黎民血淚

悲慘世界

雨果經典小說集

LES MISÉRABLES

ROMANS DE VICTOR HUGO

維克多・雨果 原著　　鄧哲生 編譯

自由年代的民主衛士，博愛國度的人道特使

二〇一二年，雨果的小說《悲慘世界》再度躍上大銀幕，並奪得當年度無數電影獎項，成為繼音樂劇、電視劇等改編作品後又一佳作，也顯示了這部經典歷久不衰的文學地位。在法國歷史上，雨果的作品象徵了浪漫主義對古典主義的勝利，也標誌了人類文明中的一個偉大時代。

維克多．雨果於一八〇二年誕生在法國東部的貝桑松，父親是拿破崙時期的將軍，幼年的雨果曾隨父親至西班牙駐軍，直到十歲時才回到巴黎就學，並在中學畢業後進入了法學院。雨果天資聰穎，九歲即開始寫詩，十五歲時在法蘭西學院的詩歌競賽會得獎，十七歲又在「百花詩賽」中得到第一名，並與兄長合辦了文學刊物《文學保守派》。二十歲，他開始發表作品，第一本詩集《頌詩集》因歌頌了波旁王朝的復辟，獲得國王路易十八賞賜。

由於家庭背景的影響，早年的雨果是一位忠實的保王派，政治立場與文藝觀點都較為保守，作品多以歌頌宗教與王權為主。隨著自由主義日漸高漲，以及對波旁王朝的失望，雨果的政治態度開始發生變化，傾向共和派。另一方面，他結識了同時期的繆塞、大仲馬等文人，崇拜早期的浪漫主義作家夏多布里昂，也使得創作風格逐漸轉變。一八二三年，他完成長篇小說《冰島的凶漢》，一八二六年又發表《布格－雅加爾》，兩部作品皆具有強烈的個人特色，宣示他已轉向了浪漫主義。

一八二七年，雨果發表了劇本《克倫威爾》，雖未能演出，卻對法國浪漫主義文學的發展起了極大的推動作用。到了一八三〇年，他的劇本《艾那尼》在法蘭西大劇院公演，掀起了軒然大波，擁護古典主義和浪漫主義的兩派觀眾甚至在劇院裡大打出手。這部戲本確立了浪漫主義在法國文壇的主導權，也將雨果推上了領袖的地位。一八三一年，雨果又完成第一部長篇浪漫主義小說《鐘樓怪人》，這是他最重要的代表作之一。小說情

節曲折離奇，富有戲劇性和傳奇色彩，表現了雨果對封建政府和教會的強烈質疑，也反映了他對下層人民的深切同情，一出版便造成全國轟動，使他享譽盛名。

一八三〇年，法國七月革命爆發，波旁王朝滅亡。新任國王路易．菲利普對雨果大加籠絡。一八四一年，雨果被選入法蘭西學士院，一八四五年又被封為貴族，還當上了上院議員；這使得他創作中的鬥爭熱情減弱了。一八四三年，他的劇本《衛戍官》在出演時遭遇了挫敗，他從此封筆了將近十年。

一八四八年，巴黎再次發生革命，成立了共和國。這時的雨果已對帝制徹底失望，成為堅定的共和主義者，因此當一八五二年路易．拿破崙稱帝時，雨果因大加反對而被迫流亡。流亡的十九年期間，他寫下了《小拿破崙》、《懲罰集》等諷刺拿破崙三世的政論作品，亦陸續完成了長篇小說《悲慘世界》、《海上勞工》和《笑面人》，他的名聲遍及了歐洲各國。

一八七〇年，拿破崙三世垮台，雨果重返巴黎。晚年的他仍創作不懈，完成了長篇小說《九三年》、詩集《祖父樂》、《歷代傳說》等作品。一八八五年，雨果因肺炎病逝於巴黎，法國政府為他在凱旋門舉行了隆重的國葬，舉國哀悼，超過兩萬民眾參加了他的葬禮遊行。他被葬於專門安葬法國名人的先賢祠。

雨果一生著作等身，他的生涯橫跨了大半個十九世紀，歷經多次朝代更迭，他的政治觀點與寫作風格亦多次轉變。他的作品是研究法國近代史與文學發展的重要材料，其中包含了詩歌、小說、戲劇、文藝理論、政論及繪畫等，合計達七十九卷之多。作品中可見到對自由的嚮往、對民族與祖國的熱情崇拜、對暴政的揭露與反抗、對貧富不均的社會的關注、對重大歷史事件的嚴正態度、對人生、愛情、自然的讚嘆與歌頌。兩百年來，他的作品膾炙人口，著名的《鐘樓怪人》和《悲慘世界》屢次成為電影、舞台劇、音樂劇的題材，為世人眼中的不朽經典。此外，他開創了浪漫主義戲劇，與高乃依、拉辛、莫里哀並稱法國四大戲劇家。時至今日，一提到法國文學，人們必然會想到雨果的名字。

在雨果的作品中，《悲慘世界》可謂集一切之大成。此書篇幅浩大，角色眾多，場景壯闊，宛如一篇雄渾的史詩。雨果在這部小說中塑造了形形色色的人物；如尚萬強，他因貧窮而偷麵包，服了十九年苦役，出獄後屢受歧視、唾棄；又如芳婷，本是一純潔、善良的少女，為了撫養女兒珂賽特，被迫淪落為妓。這些角色代表了社會下層的貧苦人民。相反地，員警賈維則代表了世俗的法制與道德，他追捕尚萬強、迫害芳婷，突顯出法律殘酷與不公的一面。另一方面，馬留斯與「ABC之友」等年輕有為的學生，為了對抗專制而獻身革命，最後壯烈成仁，這表現出作者對自由與共和的讚揚。透過幾個小人物的遭遇，雨果描繪出法國在大革命後的社會面貌，道出了人道主義與民主主義的精神。

雨果一生共著有九部中長篇小說，當中以《悲慘世界》、《鐘樓怪人》二作最為馳名，其餘作品在國內則鮮為人知，甚至未有中文譯本。作為一代文豪的傳世遺作，不免令人扼腕。故本社彙集了九部作品，分二冊出版，並以《悲慘世界》、《鐘樓怪人》二書名為題；同時，在不失原作精神的前提下，刪去了部分情節，便於讀者閱讀。上冊收錄了《悲慘世界》、《冰島的凶漢》、《布格—雅加爾》、《死囚末日記》、《克洛德·格》五部作品。《冰島的凶漢》是一部發生在北歐的冒險史詩，愛情為全文主軸。《布格—雅加爾》敘述了一七九一年的海地暴動。《死囚末日記》藉由一名死囚的日記，揭露了死刑的殘酷。《克洛德·格》介紹一樁真實發生的案件，反映出「苛政猛於虎」的道理。五篇作品在體裁、主題、風格、精神上皆迥然不同，顯示出雨果的才氣與博學，是極佳的延伸閱讀，也是不容錯過的經典名著。

在此，我們誠摯的邀請各位讀者，與我們一同感受革命年代的劇烈動蕩，體驗維克多·雨果筆下的人道真諦，並收藏這套百年不朽的傳世經典。

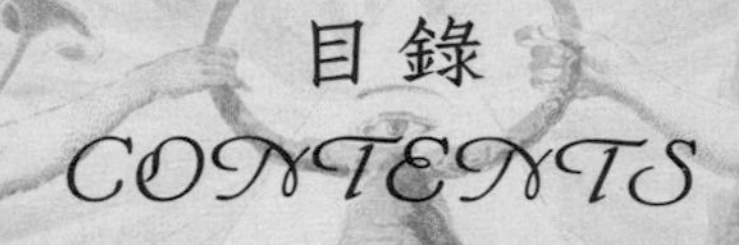

目錄 CONTENTS

Les Misérables

悲慘世界 1862

一個逃犯，代表罪行；一個督察，代表法律；
當法律制裁罪行，善良卻成了邪惡。
一個妓女，代表墮落；一個嬰兒，代表新生；
當墮落為了新生，汙穢可化為純潔。
一個帝國，代表腐朽；一群青年，代表活力；
當活力面對腐朽，生命便被迫凋零。
悲慘的年代，法制在正義之前化身成暴君；
光輝的年代，人民在暴政之下蛻變為英雄。

Les Misérables

~ Romans de Victor Hugo

第一部 芳婷

1

一八一五年的十月初，距離日落約一小時，一名步行者來到了迪涅城。稀稀落落的居民在家門口或窗前，忐忑不安地望著這個行人。要遇見一個比他更衣衫襤褸的路人是很不容易的。他是一個中等身材的人，體格粗壯，正值盛年，可能有四十六或四十八歲。一頂皮沿便帽把他黝黑的臉遮去了一片，黃粗布襯衫裡露出一部分毛茸茸的胸脯。他的領帶扭得像根繩子，藍棉布褲也磨損不堪，一邊膝蓋磨成了白色，一邊破了個洞；一件破舊的老灰布衫，左右兩肘處都用麻線縫上了一塊綠呢布；他背上有個布袋，裝得滿滿的；手裡拿著一根粗棍，一雙沒有穿襪子的腳踩在兩隻釘鞋裡，光頭，長鬍鬚。汗、熱、奔走和徒步旅行為這潦倒的人增添了一種說不出的狼狽。

他的頭髮原是剃光了的，現在又生得茂密了，而且彷彿很久沒有修剪過似的。

他想必已經走了一整天，他的神情顯得異常疲乏。許多住在下城舊區裡的婦人看見他在加桑第大路的樹下休息了一回，又在廣場盡頭的水管裡喝了些水。他一定渴極了，因為追著他的那些孩子還看見他在兩百步外的那個小菜場的水管旁停下來喝了水。

走到了巴許維街轉角，他向左轉，朝市政廳走去。他進去，十五分鐘後又走了出來，向門旁的一個員警恭敬地行了一個禮。員警沒有答禮，只是仔細打量了他一會，就走進市政廳裡了。

那人朝著一間旅店走去，這間華美的旅店叫「柯爾巴十字架」，是當地最好的一間。他走進廚房，所有的灶都生了火，一爐大火在壁爐裡熊熊地燒著。旅店主人雅甘・拉巴爾正忙著替客人預備一頓豐盛的晚餐，一聽見門開了，又來了一個新客人，兩隻眼睛仍望著爐子，也不抬頭。他說：

「先生要什麼？」

「吃和睡。」那人說。

「再容易不過了，」主人轉過頭來，目光射在旅客身上，又接著說：「要付錢的呀……」

那人從布衫的口袋裡掏出一個大錢包，回答說：「我有錢。」

「好，我馬上就去伺候您。」主人說。

那人把錢包塞回衣袋裡，取下行囊，放在門邊的地上，在火邊的一張矮凳上坐下。迪涅在山區，十月的夜晚是寒冷的。

但是，旅店主人來來去去，不停地打量這位旅客。

「馬上就能吃到東西嗎？」那人問。

「得稍等一會兒。」旅店主人說。

新來的客人轉過身去烤火。若有所思的旅店主人從口袋裡抽出一枝鉛筆，又從丟在窗台旁小桌子上的舊報紙上扯下一角，在邊緣處寫了一兩行字，交給一個跑腿的伙計。接著，他在那小伙計耳邊說了一句話，小伙計便朝著市政廳的方向跑去了。

那旅客一點也沒有看見這些經過，他又問了一次：

「馬上就能吃到東西嗎？」

「還得再等一會兒。」旅店主人說。

那孩子回來了。他帶回了那張紙。主人急忙把它打開，細心地讀了一遍，隨後又點了點頭，想了想。他終於朝著那似乎心神不寧的旅客走去一步。

「先生，」他說，「我不能接待您。」

那個人從他的位子上挺起身子。

「怎麼？您怕我不付錢嗎？您要不要我先付帳？我跟您說，我有錢呢！」

「不是因為那個。」

「那是為什麼？」

「我……」主人說，「我沒有房間。」

那人和顏悅色地說：「那把我安頓在馬房裡就好。」

「馬匹把所有地方都佔滿了。」

「那麼，」那人又說，「閣樓上的一個角落也可以，有一捆乾草就夠了。吃完飯再說吧。」

「我不能做飯給您吃。」

那個外來人對這種有禮貌而又堅決的回答感到嚴重了，他站起來。

「哈！別開玩笑了，我快餓死了。我今天已經走了十二法里的路。我並不是不付錢，我要吃東西！」

「我一點東西也沒有。」旅店主人說。

那漢子放聲大笑，轉身朝著爐灶。

「沒有東西？那是什麼？」

「那些東西都有客人預訂了。」

「誰訂了？」

「那些車伕訂了的。」

「他們有多少人？」

「十二個人。」

「那裡有二十人份的食物！」

「那些都已經預先訂好並且付了錢了。」

那個人又坐下去，用同樣的口吻說：

「我已經來到這裡，我餓了，我不走。」

那主人彎下身子，湊到他耳邊，用一種令他吃驚的口吻說：「快走！」

這時，那旅客彎下腰去，用棍子撥著火裡的紅炭。接著，他忽地轉過身來，正要開口辯駁，可是旅店主人的雙眼仍盯著他，用一樣低沉的聲音說：

「廢話少說，您要我說出您的姓名嗎？您叫尚萬強。現在要我說出您的來歷嗎？您剛進來時，我就起了疑心，我已經派人去過市政廳了，這是他們的回信。您認識字嗎？」

他一邊說，一邊把那張紙片遞給客人看，接著又說：

「無論對什麼人，我向來都是客客氣氣的，您還是走吧。」

那人低下了頭，拾起他的布袋離開了。

他沿著那條大街走去，好像一個受了侮辱、滿腹委屈的人。他緊靠著牆壁，隨意往前走。柯爾巴十字架的旅店主人仍站在門口，與旅店裡的客人和路上的行人朝著他指手畫腳，說長道短，並露出驚疑的目光。

就這樣走了一陣子，那行人感到餓得難熬，天也要黑了。他向四周望去，想找出一處可以過夜的地方。恰好在那條街的盡頭，點起了一盞燈，那是一家酒店。他朝著那地方走去。

他停了一會，透過玻璃窗望了望酒店的內部，看見桌上的燈正點著，壁爐裡的火也正燃著；幾個人在裡面喝酒，老闆也烤著火，一只掛在吊鉤上的鐵鍋在火焰中燒得發響。他不敢從臨街的門進去，於是先溜進天井，待了一會，才輕輕地提起門閂，把門推開。

「是誰？」那老闆問。

「一個想吃晚飯和過夜的人。」

「好的，這裡有飯吃，也有地方可以住。」

於是他進去了，那些正在喝酒的人全都轉過頭來。大家打量了他好一會兒。老闆對他說：

「這裡有火，晚餐也正在鍋裡煮著。來烤烤火吧！老兄。」

他走去坐在爐邊，把兩隻累傷了的腳伸到火前。他的臉仍被那頂壓得低低的便帽半遮著，顯出一種若隱若現的舒適神情，同時又攙雜著另外一種由於長期的苦痛而引起的愁容。

當時，在那些圍桌坐下的人之中有個魚販。他在走進這家酒店以前，曾到過拉巴爾的旅店，把他的馬寄放在馬房裡，這天早晨又偶然碰見這個面惡的外地人。當時這個人曾請求讓他坐在馬上休息，被他拒絕了。這時，他向酒店老闆使了個眼色。老闆立刻走到他身邊，兩人低聲交談了幾句。

酒店老闆回到壁爐旁邊，突然把手放在過路人的肩上，向他說：

「你得離開這裡。」

那個客人轉過身來，低聲下氣地說：

「唉！您知道？」

「我知道。」

「您要我到什麼地方去呢？」

「到別的地方去。」

那人提起他的棍子和布袋，走了。

他走出店門，又遇到幾個孩子拿石頭扔他。那些孩子是從柯爾巴十字架跟來、刻意在門口等他的。他狼狽地轉過頭來，舉起棍子，孩子們頓時一哄而散。

他走到一條有許多花園的小街，其中的幾處只用籬笆圍著；在那些花園和籬笆之間，他看見一棟小平房的窗子裡有燈光。他從玻璃窗朝內看去，裡頭有一張床，床上鋪著印花棉布的床單，角落有個搖籃，幾張木椅，牆上掛著一支雙管槍；屋子中間有桌子，桌上正擺著食物，一盞銅燈照著那塊潔白寬大的桌布、一把盛滿了酒的錫壺和一個熱氣騰騰的湯鍋。桌子旁邊坐著一個四十歲左右、眉開眼笑的男子，逗著腿上的一個小孩。一個年輕的婦人在旁邊餵著另一個嬰兒。一家人和樂融融地微笑著。

這個異鄉人望著這種溫柔寧靜的景象出了神。最後，他在玻璃窗上輕輕地敲了一下。

他聽見那婦人說：「親愛的，好像有人敲門。」

那名丈夫站起來，拿著燈，過來打開了門。

他是一個身材高大，半農半工模樣的人，身上圍著一件寬大的皮圍裙，裙裡有一個鐵錘、一條紅手帕、一個火藥匣，以及各式各樣的東西。他的頭朝後仰著，從敞開的襯衫裡露出了白皙光滑的脖子，表現出一種怡然自得的神氣。

「先生，」過路人說，「請原諒。假如我出錢，您能給我一碗湯，讓我在院裡棚子的角落睡上一晚嗎？」

「您是誰？」那房子的主人問。

那人回答說：

「我是從比馬松來的。我走了一整天，走了十二法里。您同意嗎？假如我出錢的話。」

「我並不介意留宿一個肯付錢的正派人，」那農人說，「但是您為什麼不去找旅店呢？」

「旅店裡沒有房間了。」

「笑話！這不可能。今天又不是演雜技的日子，也不是趕集的日子。您去過拉巴爾家了嗎？」

「去過了。」

「怎樣呢？」

那過路人感到為難，他回答說：

「我不知道，他不肯接待我。」

「您到沙佛街上那家酒店裡去過沒有？」

那個外來人更感困窘了，他吞吞吐吐地說：

「他也不肯接待我。」

那農民的臉上立刻浮起了恐懼的神情，他從頭到腳打量那陌生人，接著用一種戰慄的聲音喊道：

「難道您就是那個人嗎？……」

他又對那外來人看了一眼，向後退三步，把燈放在桌上，從牆上取下了槍。

那婦人也趕緊站了起來，抱著她的兩個孩子躲到丈夫背後，驚慌失措地瞧著這個陌生人。屋主把來者當作毒蛇觀察了一番之後，又回到門前，說道：「滾！」

「求您行行好，」那人又說，「給我一杯水吧！」

「給你一槍！」農民說。

隨後，他把門用力關上，只聽見拴上門閂的聲音。過一會兒，板窗也關上了，一陣上鎖的聲音直達屋外。

天越來越黑了，阿爾卑斯山中已經起了冷風。那個無家可歸的人看見街邊的一個花園裡有個茅棚，下定決心，越過一道木柵欄，來到了那個花園裡。他朝著茅棚走去，它的門只是一個狹窄而低矮的洞；他全身躺下，爬了進去。裡頭相當溫暖，地上還鋪了一層麥草。他正要動手解開口袋，忽然聽見一陣粗暴的聲音，他抬起頭來，赫然發現洞口露出一隻大狗頭。

原來那是一個狗窩。

他拿起棍子以及布袋，慢慢地從狗窩裡爬了出來，費盡力氣才越過木柵欄，回到了街心，孤零零，沒有棲身之所，連那個麥草堆和那個不堪的狗窩也容不下他。他癱坐在一塊石頭上，罵道：「我連狗也不如了！」

不久，他又站起來往前走。他出了城，希望能在田野中找到一棵樹或是一個乾草堆，可以倚靠一下。

他就這樣走了一段時間，來到田野中，前方是一片矮丘，丘上覆著收割過的莊稼。天已全黑了，大地顯出一種特別陰森的景色，矮丘的輪廓荒涼，被黑暗的天邊襯托得模糊難辨，色如死灰。所有這一切都是醜惡、卑鄙、黯淡的，並帶有一種驚心動魄的淒涼氣氛。過路人凝神佇立一陣子以後，猛然折回頭走了。

他順著原路回去。迪涅的城門都已關上了，他便穿過一個缺口回到城裡。

當時已是晚上八點鐘了。由於不認識街道，他只得信步走去。就這樣走到了省長公署，又到了教士培養所，以及天主堂廣場。最後，他困倦不堪，也不再希望什麼，便在廣場轉角處的印刷局門前的石凳上躺下來。

恰巧有個老婦人從天主堂裡出來，看見這個人躺在黑暗裡，便說：

「您在這裡做什麼？朋友。」

他氣憤、粗暴地回答：「如您所見，老太婆，我在睡覺。」

「睡在這石凳上嗎？」她又問。

「我已經睡了十九年的木板床，」那人說，「今天要來睡睡石板床了。」

「您為什麼不去旅店？」

「因為我沒有錢。」

「唉！」老太婆說，「我錢包裡也只有四個蘇。」

「拿來。」

那人拿了那四個蘇。老太婆繼續說：

「這點錢不夠您住旅店，但您總不能就這樣過夜呀！您一定又餓又冷。也許會有人做好事，收留您一晚。」

「所有的門我都敲過了。」

「怎麼樣呢？」

「沒有一個地方不趕我走。」

老太婆推著那人的手臂，把廣場對面主教院旁的一棟矮房子指給他看。

「敲過那扇門了嗎？」

「沒有。」

「去敲敲看。」

2

那天晚上，迪涅的主教查理·佛朗沙·卞福汝·米里艾先生從城裡散步回來，便關上房門，埋首於工作之中。到了八點鐘，當女僕馬格洛大娘按照平日的習慣到他床邊壁櫃去取銀器時，他正在一張小方紙上寫著字，腿上攤著一本礙事的厚書。

過了一會，主教覺得餐具已經擺好，他的家人也許在等待，他才闔上書本，起身走進餐廳。

餐廳是一個長方形的房間，有個壁爐，門對著街，窗子正對花園。餐桌靠近壁爐，桌上放了一盞燈。爐裡生了相當大的火。當主教走進來時，馬格洛大娘正興高采烈地說著話，她與主教的妹妹巴狄斯丁小姐談著一個她所熟悉而主教也聽慣的問題，也就是關於大門的門閂問題。

當馬格洛大娘在買晚餐的材料時，聽到了一些傳聞。大家說出現了一個面目可憎的宵小、一個形跡可疑的惡棍，似乎已來到城裡的某個地方；聰明人應該好好保護自己，並且應當小心，把房子好好地鎖起來。

馬格洛大娘把最後那句話說得格外大聲，但是主教正想著別的事情，沒有理會馬格洛大娘剛才說的話。她只得再說一遍，巴狄斯丁小姐為了顧全馬格洛大娘的面子而又不冒犯兄長，便輕聲緩頰道：

「哥哥，您聽見馬格洛大娘說的話了嗎？」

「我多少聽見了一點。」主教回答說。

隨後，他把椅子轉過來，兩手放在膝上，抬起頭來對年老的女僕說：

「怎麼？有什麼事？難道我們有什麼大不了的危險嗎？」

於是馬格洛大娘又把整個故事從頭說起：據說有一個遊民，一個赤腳大漢，一個惡乞丐已來到了城裡。他到過雅甘．拉巴爾家裡投宿，拉巴爾不肯收留他。有人看見他沿著加桑第大路走來，在街上徘徊不去。他是一個有袋子、有繩子、面貌凶惡的人。

「真的嗎？」主教說。

「是呀，主教，是這樣的。大家都說，今晚城裡一定會出事！住在山區裡，到了夜晚，街上連路燈也沒有！出了門就是一團漆黑。我說過，主教，小姐也是這樣說的……」

「我？」妹妹插嘴道，「我沒有意見，我哥哥做的事總是對的。」

馬格洛大娘仍繼續說下去，好像沒有人反對過她似的：

「我們這房子一點也不安全，如果主教允許，我就去找銅匠，要他把那些鐵門閂重新裝上去。因為，主教，一扇只有活門的門，隨便什麼人都可以從外面開進來，沒有比這更可怕的事了！加上主教平常總是讓人隨意進出，甚至連半夜也是，唉！我的天主，也不用先得到允許……」

這時，有人在門上敲了一下，並且敲得相當用力。

「請進來。」主教說。

門開了，有個人走進來。他就是我們剛才提到過的那個過路人。

他走進來，向前踏上一步，便停住了。他的肩上有個布袋，手裡有根木棍，眼裡有種粗魯、放肆、疲憊和暴虐的神情。壁爐裡的火光照著他，看起來真是凶惡可怕，簡直是惡魔的化身。

馬格洛大娘連叫喊的力氣都沒有了。她大吃一驚，變得目瞪口呆。巴狄斯丁小姐看見那人走進來，嚇得站不直身子，過了一會才慢慢地轉過頭去，對著壁爐，望著兄長。

主教用鎮靜的目光瞧著來人。他正要開口問這名客人需要什麼，那人雙手靠在棍上，把老人和兩名婦人來回打量著，不等主教開口，便大聲說：

「請聽我說。我叫尚萬強，我是個苦役犯，在監獄裡度過了十九年，出獄四天了。現在我要去彭塔利埃。我從土倫走來，已經走了四天了，光今天就走了十二法里，天黑時才到達這裡。我去過一間旅店，只因為我在市政廳查驗了黃護照，就被人趕了出來，但我卻不得不那麼做。我又走到另外一家旅店，他們也叫我滾。我爬進狗窩，狗咬了我，也把我趕了出來。接著我跑到田裡，打算露宿野外，可是天上沒有星星，我猜要下雨了，於是我又回到城裡。我在空地裡看見一塊石板，正要躺下去，一個老太婆把您的房子指給我看，要我來敲敲這裡的門。我已經敲了。這是什麼地方？是旅店嗎？我有錢，我有積蓄，一百零九個法郎十五個蘇，是我在監獄工作十九年賺來的。我睏極了，走了十二法里，而且餓得很。您肯讓我留宿嗎？」

「馬格洛大娘，」主教說，「多擺一副刀叉。」

那人走了三步，靠近台上的那盞燈。

「不是，」他說，彷彿他沒有聽懂似的，「不是這個意思。您聽見了嗎？我是一個苦役犯，是剛從牢裡出來的。」他從口袋裡抽出一張大黃紙，攤開來說道：「這就是我的護照，黃色的！您瞧，這東西害我處處受人唾棄。您要唸唸它嗎？我會唸，我在牢裡讀過書。您聽吧！這就是寫在紙上的話：『尚萬強，苦役犯，刑滿釋放，原籍──』這無關緊要，『共服役十九年，含穿牆行竊，五年，四次企圖越獄，十四年。為人異常凶狠。』就這樣！大家都把我趕走。您肯收留我嗎？您肯給我吃、給我睡嗎？您有一間馬房嗎？」

「馬格洛大娘，」主教說，「在壁廂裡的床上鋪上一條白床單。」

馬格洛大娘立刻出去執行命令。主教又轉過身來，朝著那人。

「先生，請坐，烤烤火。等一下我們就吃晚飯，當您吃飯的時候，您的床也會預備好的。」

到這時，那人才完全懂了。他那副一向陰沉嚴肅的面孔顯現出驚訝、疑惑和歡樂，變得很奇特。他彷彿一個瘋子，低聲慢氣地說：

「真的嗎？怎麼？您收留我嗎？您不趕我走！一個苦役犯！人們總是對我說：『滾！狗東西！』我還以為您一定也會趕我走呢！啊！那個好婆婆，她把這個地方告訴了我。我有晚飯吃了！有床睡了！一張有被褥、床單的床，和別人一樣！我有十九年我沒有睡在床上了，您真的不趕我走？您是有良心的人！我有錢，我一定會付帳的。對不起，先生，您尊姓大名？隨便您開價多少，我都照付。您是個好人。您是旅店老闆，是嗎？」

「我是一個住在此地的神父。」主教說。

「一個神父！」那人說，「啊，好一個神父！那麼您不要我的錢嗎？您是本堂神父對吧？那個大教堂裡的本堂神父。是呀！我真是愚蠢，我剛才還沒有注意到您的小帽子！」

他一邊說，一邊把布袋和棍子放在屋角，隨後又把護照插進口袋，然後坐下來。巴狄斯丁小姐和藹地瞧著他。他繼續說：

「您是有人道的，本堂神父先生。您沒有瞧不起人的心。那麼您不要我付錢嗎？」

「不用付錢，」主教說，「留著您的錢吧。您有多少？您好像說過有一百零九個法郎吧？」

「還有十五個蘇。」那人說。

「一百零九個法郎十五個蘇。您花了多少時間賺來的？」

「十九年。」

「十九年！」主教深深地嘆了一口氣。

馬格洛大娘又進來了，拿著一套餐具，擺在桌子上。

「馬格洛大娘，」主教說，「把這套餐具擺在靠近火的地方。」他又轉向他的客人說：「阿爾卑斯山裡的夜風不是鬧著玩的。先生，您大概很冷吧？」

每當他用那柔和、誠懇的聲音說出「先生」時，那人總是喜形於色。蒙羞的人都渴望得到尊重。

「這盞燈，」主教說，「太不亮了。」

馬格洛大娘領會了，走到主教的臥室裡，從壁爐上拿了兩支銀燭台，點好放在桌上。

「神父先生，」那人說，「您真好，沒有瞧不起我。您讓我住在您的家裡，為我點起蠟燭。我並沒有隱瞞我是從什麼地方來的，也沒有隱瞞自己是一個倒楣的人。」

主教坐在他身旁，輕輕按著他的手。

「您一定吃了不少苦吧？」

「穿紅衣，腳上拖鐵球，睡覺只有一塊木板，受熱，受寒，做苦工，編到苦囚隊裡，挨棍子！動不動就得拖上夾鍊條，說錯一個字就關禁閉，病在床上也得拖著鐵鍊，比狗還不如呢！十九年！我已經四十六歲了，現在還得帶著一張黃護照，就這樣。」

「是呀，」主教說，「您是從苦地方出來的。我告訴您，一個流著淚懺悔的罪人在天上所得的快樂，更甚於一百個穿著白衣的善人呢！您從那個苦地方出來，如果還有憤怒憎恨別人的心，那您的確值得同情；如果您懷著善心、仁愛、和平的思想，那您就比我們之中的任何人都要高貴。」

馬格洛大娘把晚餐端上來了。一盆用白開水、植物油、麵包和鹽做的湯，還有一點鹹肉、一塊羊肉、無花果、新鮮乳酪和一大塊黑麥麵包。她在主教的日常食物之外，主動加了一瓶陳年老酒。

主教的臉上忽然浮現了好客的人所特有的那種愉快神情。

「請坐。」他連忙說。如同平日留客人吃飯一樣，他請那人坐在他的右邊，巴狄斯丁小姐坐在他的左邊。做完禱告後，那人貪婪地吃起來。

主教忽然說：「桌上好像少了一件東西。」

馬格洛大娘的確沒有擺上那三副不可或缺的餐具。按照這一家人的習慣，主教有客人時，總會在桌上擺上那六份銀器，這是這家人一種饒有情趣的稚氣，也讓清寒的景象增添一絲奢華的氣派。

馬格洛大娘領會到他的意思，一聲不響地走了出去。沒過多久，主教要的那三副餐具，便在三位用餐人的面前整齊地擺出來了，在桌布上閃閃發光。

那人對誰也不注意。他如同餓鬼般貪婪地吃著。喝完湯以後，他說：

「慈悲的神父先生，這一切東西對我來說確實是太好了；但是我得說，那些車伕吃得比您還更好呢！」

「他們比我更辛苦些。」

「不，」那人接著說，「他們的錢多些。我看得出您窮，您也許連本堂神父都不是吧？您只是一個普通神父吧？豈有此理，如果上帝是公平的話，您理應當個本堂神父。」

「公平兩字遠不能表達上帝的恩典。」主教說。

吃完晚餐後，客人已不再說話，顯得非常疲倦。主教唸了謝食文，隨後便轉過身去，對他說：「您大概很需要上床休息了。」馬格洛大娘連忙收拾桌子。

主教與妹妹道過晚安以後，從桌上拿起一個銀燭台，並把另一個交給客人，對他說：

「先生，我帶您去您的房間。」

那人跟著他走。當他們經過主教的臥室時，看見馬格洛大娘正把那些銀器塞進床頭的壁櫥，那是她每晚就寢以前要做的最後一件事。

主教把他的客人安頓在壁廂裡，那裡擺著一張整潔的床。客人把燭台放在一張小桌子上。

「好了，」主教說，「好好睡一晚吧。明天早上，在您動身以前，再喝一杯家裡的熱牛奶。」

「謝謝神父先生。」那人說。

那句平靜的話剛說出口，他猛地轉過身，凶狠地望著老人，抱起雙臂，並且粗聲地喊道：

「哈！真的嗎？您讓我睡在離您這麼近的地方？」

接著是一陣猙獰的笑聲，說道：

「您考慮清楚了嗎？誰告訴過您我不曾殺過人呢？」

主教抬起頭，望著天花板，回答說：

「那只關上帝的事。」

隨後，他伸出右手的兩個指頭，為那人祝福。那人並沒有低頭。主教回到自己的房間裡去了，至於那人，他的確睏了，連那潔白的床單也沒有享用，他用鼻孔吹熄了蠟燭，和衣倒在床上，立刻睡熟了。

當主教回到他的房間時，鐘正好敲響十二點。幾分鐘過後，那棟小屋子裡的一切全都睡去了。

3

尚萬強生在布里的一個貧窮農家裡。他幼年不識字，成年以後，在法維洛勒當修樹枝的工人。他的母親叫尚馬第，父親叫尚萬強。

他在年幼時就失去了父母。他的母親是因為得了乳炎，診治失當而死的。他的父親和他一樣，也是個修樹枝的工人，從樹上摔下來死的。尚萬強只剩一個姐姐，姐姐孀居，有七個子女。把尚萬強撫養成人的就是她。丈夫在世時，她一直負擔著這名小弟的膳宿；丈夫死時，七個孩子中最大的一個八歲，最小的一歲，尚萬強剛滿二十五歲。他代行父職，幫助姐姐，報答她當年的撫養之恩。

在修樹枝的季節裡，他每天可以賺十八個蘇，其餘時期他就替人家當割麥零工、雜工、牧牛人、苦工，無所不做。他的姐姐也做工，但是七個孩子的負擔實在太重，窮苦逐漸把他們圍困起來。有一年冬天，尚萬強找不到工作。

家裡沒有麵包，一點也沒有，卻有七個孩子。

住在法維洛勒的天主堂廣場上的麵包店老闆穆伯．易查博，在一個禮拜天的晚上正準備去睡時，忽然聽見有人在他店鋪的玻璃櫥窗上用力打了一下。他趕到時，剛好看見一隻手從被打破的洞裡伸進來，把一塊麵包抓走了。易查博連忙追出去，那小偷也拚命逃，但最後仍乖乖就逮。他丟了麵包，手臂卻還流著血。

那正是尚萬強。

那是一七九五年的事。尚萬強被指控為「夜間破壞民宅入內行竊」，送到當地的法院。他原有一把槍，他比世上任何槍手射得都好，有時喜歡私自打獵，這對他十分不利。大家對私自打獵的人早有一種合法的成見。最後，他被判決服五年苦役。

一七九六年四月二十二日，當巴黎正歡呼義大利前線總指揮在蒙泰諾泰獲得的勝利時，在比塞特監獄中卻扣上了一長條鐵鍊。尚萬強便是那鐵鍊上的一人。當天，這個可憐人待在院子的北角上，被鎖在第四條鐵鍊的末端；他和其餘的犯人一樣坐在地上，當別人在他身後用大錘敲著他枷上的大頭釘時，他不禁痛哭起來。之後，他一面痛哭，一面伸起他的右手，緩緩地按下去，一共這樣做了七次，彷彿依次撫摸了七個高矮不齊的腦袋。可想而知，他所做的任何事全是為了那七個孩子的衣食。

他乘著囚車出發到土倫去，經過二十七天的路程抵達了目的地。他在那裡穿上紅色囚衣，他生命中的一切全都消滅了，連他的名字也消滅了。他不再是尚萬強，而是二四六〇一號。

至於他姐姐的消息，他在土倫自始至終只聽見人們稍微提到過一次。那似乎是在他入獄後的第四年底，有個和他們相識的同鄉人看過他姐姐，說她到了巴黎，住在常德爾街，就是聖敘爾比斯教堂附近的一條窮人街。她只帶著最小的一個孩子。其餘的六個到什麼地方去了呢？也許連她自己也不知道。每天早晨六點，她到木鞋街三號的一個印刷廠裡，在那裡做裝訂女工。在那印刷廠裡有個小學校，她每天帶著七歲的孩子到學校裡讀書。只不過，學校要到七點才開門，那孩子只好在院子裡等上一個鐘頭，等學校開門。他們不肯讓那孩子進印刷廠，因為有人說他礙事。因此，每當工人清早路過那裡時，總是看見那小孩沉沉欲睡地坐在石子路上，伏在他的籃子上睡著了，直到學校開門。

以上便是尚萬強聽到的話。從此以後，他再也沒聽見任何人提起過他們，永遠沒有得到過關於他們的其他消息，也永遠沒有和他們重逢，甚至是在這一段悲慘故事的後半段，我們也不會再見到他們了。

尚萬強體格強壯，苦役牢裡的那些人都比不上他。服勞役時，扭鐵索，推絞盤，尚萬強抵得過四個人。他的手舉得起、背也扛得動巨大的東西，有時甚至能代替一個千斤頂。一次，土倫市政廳正在修理陽台，陽台下面有許多雕刻的人形柱，其中一根脫了榫，幾乎倒塌下來。當時尚萬強就在現場，他居然用肩膀撐住了那根柱子，等著其餘的工人來修理。

他身體的輕捷比他的力氣更可觀。他能夠直登陡壁，在不易發現的凸處找出著力的地方；他在牆角裡把手肘和腳跟靠緊石塊上的不平處，便能利用背部和腿彎的伸張力，妖魔般地升到四樓。有時，他還用那種方法直上監獄的屋頂。

到了第四年底，尚萬強有了越獄的機會。他的同伙幫助他逃走。他在田野裡擔驚受怕地遊蕩了兩天，在第二天晚上又被逮住了。海港法庭對他這次過失判決延長拘禁期三年，一共是八年。

到了第六年，他又有了越獄的機會，但是他依然沒能逃脫。點名時他不在，警炮響了，到了晚上，巡夜的人在一艘正在建造的船骨裡找到了他；他拒捕，但是被捕了。越獄並且拒捕，這讓他受了加禁五年的處罰，一共是十三年。

到第十年，他再次有了越獄的機會，他又要趁機試一試，仍沒有成功。那次的新企圖又被判監禁三年，一共是十六年。最後——或許是在第十三年，他試了最後一次，但僅過了四個鐘頭後又被拘捕。這四個鐘頭換來了三年的監禁，一共是十九年。到了一八一五年十月，他被釋放了。他是在一七九六年入獄的，就因為打破一塊玻璃，拿了一個麵包。

尚萬強入獄時一面痛哭，一面顫抖，出獄時卻無動於衷；他進去時悲痛失望，出來時老氣橫秋。十九年以來，他的心慢慢地、無可挽救地越變越硬；心一硬，眼淚也就乾了。直到他出獄的那天，他未曾流過一滴淚。

當他出獄時，他聽見有人在他耳邊說了這樣一句奇特的話：「你自由了。」那一瞬間竟好像不是真實的，一道不曾有過的強烈的光突然射進他的心裡，但是很快又黯淡下去了。尚萬強起初想到自由，不禁欣喜若狂，以為獲得重生了；但很快又想到，既然拿的是一張黃護照，所謂的自由也不過如此。

他曾計算過，他的儲蓄，按照他在獄中度過的歲月來算，本應有一百七十一個法郎。除此之外，十九年中，禮拜天和節日的強迫休息大約會使他少賺二十四個法郎，他忘了將那個數目算入他的帳目。無論如何，他的儲蓄經過慣例的層層剝削以後，已減到一百零九個法郎十五個蘇。那就是他在出獄時所領到的。

出獄的第二天，他到了格拉斯，在一家橙花香精提煉廠工作。他聰明、強壯、伶俐，工作認真，雇主似乎也很滿意。正當他在工作時，有個員警走過，注意到他，便要他出示證件。他只好把那黃護照拿出來。員警看完以後，尚萬強又回去工作。他已打聽到工作一天可以賺得三十個蘇；到了晚上，他去向香精廠的廠主索取工資時，廠主一句話也沒說，給了他十五個蘇。他提出抗議。那人回答他：「這對你已經夠好了。」他仍不肯罷休，那主人睜大了雙眼對他說：「小心禁閉室！」

被釋放並不等於得到解放。儘管他出了牢獄，但仍背負著罪名。這就是他在格拉斯遇到的事，至於後來他在迪涅受到的待遇，我們已經提過了。

4

天主堂的鐘正敲著早晨兩點，尚萬強醒了。

那張床太舒服，因此他醒了。他沒有床睡已經快二十年了，他雖然沒有解衣，但那種感受太新奇，很難不影響他的睡眠。

他睡了四個多鐘頭，疲乏已經消失。他早已習慣不在休息上多花時間。他張開眼睛，向四周的黑暗望了一陣子，隨即又閉上眼，想再睡一會兒。然而，白天的感觸太複雜，腦子裡的想法太多，他無法再次入睡。

他正陷入這種思想紊亂的時刻，在他的腦子裡有一種看不見的、徘徊不去的東西。他的新愁與舊恨在他的心裡翻來倒去，凌亂雜遝，漫無條理。他想到許多事，但是其中有一件卻反反覆覆一再出現，並且凌駕了其餘的事：他注意到馬格洛大娘放在桌上的那六副銀器和那根大湯勺。那六副銀器使他心煩。那些東西就在那裡，只有幾步之遙。剛才他經過隔壁的房間時，老大娘正把那些東西放在床頭的小壁櫥裡。那些東西多重啊！而且是古銀器，連那大勺在內至少可以賣兩百法郎。是他在十九年裡所賺的一倍。

他心裡躊躇不決，掙扎了整整一個小時。三點鐘敲過了，他再次睜開眼睛，猛地坐起身，伸手去摸他丟在壁廂角落的那只布袋；隨後他垂下兩腿，又把腳踏在地上，就這樣坐在床邊。

他發了一會呆。房子裡的人全睡著了，只有他一人醒著，假如有人看見他那樣呆坐在黑暗的角落裡，一定會大吃一驚的。他忽然彎下腰去，脫下鞋子，輕輕放在床前的蓆子上，又恢復他那發呆的樣子，靜坐不動。

在那種可怕的思考中，剛才的念頭不停地在他的腦海裡翻攪著。他就這樣呆坐不動，並且也許會一直待到天亮，如果那個掛鐘沒有敲那一下——報一刻或報半點的一下。那一聲彷彿在對他說：「來吧！」

他站起來，又遲疑了一會，再側耳細聽，房屋裡一點聲音也沒有，於是他小步地走到隱約可辨的窗邊。當時夜色並不很暗，室內偶有微光，足以使室內的人行走。尚萬強走到窗邊，仔細檢查了一遍，它沒有鐵閂，只扣著活鞘，窗外便是那花園。他把窗戶打開，又仔細地把花園看了一遍。花園四周繞著一道矮白牆，容易越過；在花園盡頭，圍牆外面，他看見成列的樹梢，彼此距離相等，說明牆外便是一條林蔭道，或是一條栽有樹木的小路。

看完以後，他下定決心，向壁廂走去，打開他的布袋，從裡面搜出一件東西，放在床上，又把他的鞋子塞進袋裡，扣好布袋，背在肩上，戴上便帽；接著伸手去摸他的棍子，把它放在窗角上，回到床邊，毅然決然拿起之前放在床上的那件東西。那是一根礦工用的蠟燭架，用粗鐵條做成，一端尖銳，方便插在岩石裡。

他用右手握住那根燭架，屏住呼吸，躡手躡腳地走向隔壁的房間。走到門邊，他看見門是掩著的，留著一條縫。主教並沒有把它關上。

尚萬強張耳細聽。沒有一點聲響，於是他用指尖推開了門，輕輕地、緩緩地、就像一隻膽怯心細、想要進門的貓。他等待了一會，再推，這次用了更大的力。門縫逐漸變大了，已能容他身體過去；但是門旁有一張小桌子，堵住了他通過門縫的路。尚萬強打定主意，再推，比之前兩次更用力一些。這一次，門在黑暗裡突然發出一種嘶啞延續的聲音。

尚萬強大吃一驚，他停下來，渾身哆嗦，不知所措。他原本是踮著腳尖走路，現在連腳跟也著地了。他聽見他的動脈在兩邊太陽穴裡像兩個鐵錘那樣敲打著，胸中吐出的氣也彷彿來自山洞的風聲。他認為門發出的那種震耳欲聾的聲響，想必會天崩地裂般地把全家驚醒；那個老人就要起來了，兩個老女人也要大叫了，還有鄰居都會前來搭救。不到十五分鐘，滿城都會騷亂，員警也會出動。他頓時認為自己完了。他站在原處發慌，好像一尊石像，一動也不敢動。

幾分鐘過去了，門大大地開著。他冒險把房間瞧了一遍，絲毫沒有動靜。他伸出耳朵聽，整棟屋子裡沒有一點聲音，沒有任何人被驚醒。

第一次的危險已經過了，但是他心裡仍舊驚恐難受。不過他並不退縮，心裡只想到要儘快下手。他向前一步，跨進了那房間。

那房間是完全寂靜的。尚萬強仍往前走，謹慎小心，唯恐撞到了傢俱。他聽到主教熟睡在房間的盡頭，發出均勻安靜的呼吸。他忽然停下來。他已到了床邊，他沒有料到這麼快就到了主教的床邊。

大約在半個小時以前，就已有一大片烏雲遮著天空。正當尚萬強停在床前，那片烏雲忽然散開了，彷彿是刻意作對似的；一縷月光也隨即穿過長窗，正好照在主教那張蒼老的臉上。主教正安安穩穩地睡著，一件棕色的羊毛衫蓋住他的手臂，直到腕邊；他的頭仰在枕頭上，一副恣意放鬆的姿態；一隻手垂在床外，指上戴著主教的戒指；他的臉龐隱隱顯出滿足、樂觀和安詳的神情，那不僅僅是微笑，還幾乎是容光的煥發。

尚萬強待在黑影裡，手中拿著他的鐵燭架，站立不動，望著這位煥發光亮的老人，有些膽寒。他從來沒有見過那樣的人，他那種待人的赤忱使他驚駭。他孤零零獨自一人，卻酣然睡在一個陌生人的旁邊，這種卓絕的心懷尚萬強多少也感覺到了，不過他不為所動。

沒有人說得出他的心情，連他自己也說不出。他用凶狠而驚駭的面孔望著，既受到了感動，也受到了困擾。他的眼睛沒有離開老人。他的姿勢和面容上顯露出的僅僅是一種奇特的猶豫神情，他的內心正面臨天人交戰。

過了一會，他緩緩地舉起左手，直到額邊，脫下他的小帽，隨後他的手又緩緩地落下去，重新陷入冥想之中。他左手拿著小帽，右手拿著燭架，頭髮亂豎在他那粗野的頭上；無論他用怎樣可怕的目光望著主教，主教仍安然酣睡。

忽然間，尚萬強拿起他的小帽，戴在頭上，不去看主教，連忙沿著床邊，向床頭那隱隱可見的壁櫥走去。鑰匙還插在上面。他打開櫥子，那籃銀器頓時映入眼簾；他提起那籃銀器，大步穿過房間，進入祈禱室，推開窗子，拿起木棍，跨過窗台，把銀器放進布袋，丟下籃子，穿過園子，老虎似地翻牆逃了。

5

次日破曉，米里艾主教在他的花園中散步。馬格洛大娘慌慌張張地向他跑來。

「我的主教！我的主教！」她喊著說，「您可知道那個銀器籃子在哪裡嗎？」

「知道。」主教說。

「耶穌上帝保佑！」她說，「我剛才還在猜它跑到什麼地方去了呢！」

主教從花壇腳下拾起了那個籃子，把它交給馬格洛大娘。

「在這裡。」

「怎麼？」她說，「裡面什麼也沒有！那些銀器呢？」

「啊，」主教回答說，「原來妳是問銀器嗎？我不知道在什麼地方。」

「我的上帝！被人偷走了！是昨天晚上那個人偷了的！」

一瞬間，馬格洛大娘已氣急敗壞地跑進祈禱室，鑽進壁廂，又回到主教那裡。主教正彎下腰去，哀悼一株被籃子壓折的秋海棠，一聽到馬格洛大娘的叫聲，又站起身來。

「我的主教，那個人已經走了！把銀器也偷走了！」

她一面叫嚷，眼睛卻落在花園一角上。那裡還看得出翻牆的痕跡，牆上的垛子也弄掉了一個。

「瞧！他是從那裡逃走的，他跳進了車網巷！唉！可恥的東西！他偷了我們的銀器！」

主教沉默了一會，隨後他張開那雙嚴肅的眼睛，柔聲向馬格洛大娘說：

「妳說，那些銀器難道真的是我們的嗎？」

馬格洛大娘不敢說下去了。又是一陣沉寂。隨後，主教繼續說：

「馬格洛大娘，我佔用那些銀器已經很久了。那是屬於窮人的。那個人是什麼人呢？當然是個窮人了。」

「耶穌！」馬格洛大娘又說，「不是為了我，也不是為了小姐，我們是沒關係的。但我是為了我的主教著想，他現在該用什麼東西盛飯菜呢？」

主教露出一副驚奇的神情。

「哎！這是什麼話！我們不是有錫器嗎？」

「錫器有一股臭氣。」馬格洛大娘聳了聳肩。

「那麼，鐵器也可以。」

「鐵器有一股怪味。」

「那麼，」主教說，「用木器就是了。」

過了一會，他坐在昨晚尚萬強坐過的那張桌子旁用早餐；一邊吃，一邊開心地要他那啞口無言的妹妹和唸唸有詞的馬格洛大娘注意，他把一塊麵包浸在牛奶裡，連木匙和木叉也用不著。

「真想不到！」馬格洛大娘一面走來走去，一面自言自語，「招待這樣一個人，還讓他睡在自己的旁邊！幸好他只偷了一點東西！我的上帝！光想就令人寒毛直豎。」

正當兄妹倆要離開桌子時，有人敲門。

「請進。」主教說。

門開了，一群凶巴巴的陌生人出現在門邊，三個人抓著另一個人的衣領。那三個人是員警，另一個就是尚萬強。一個員警隊長走進來，行了個軍禮，向主教走去。

「我的主教——」他說。

尚萬強起初彷彿垂頭喪氣的，聽了這稱呼，忽然抬起頭來，露出大吃一驚的神氣。

「主教？」他低聲說，「那麼，他不是本堂神父了……」

「住口！」一個員警說，「這是主教先生。」

米里艾主教迎了上去。

「啊！您來了！」他望著尚萬強大聲說，「真高興見到您。怎麼？那一對燭台也送給您了，那跟其他東西一樣都是銀的，可以變賣二百法郎。您怎麼沒有把那對燭台和餐具一起帶走呢？」

尚萬強睜大了眼睛，望著這位可敬的主教，露出難以言喻的表情。

「我的主教，」員警隊長說，「難道這人說的話是真的嗎？我們遇到了他，他走路的樣子像是個想逃跑的人，我們就把他攔下來。他帶著這些銀器——」

「他想必告訴過你們，」主教笑容可掬地插嘴道，「這些銀器是一個神父老頭給他的，他還在他家裡留宿了一晚。我知道這是怎麼回事。你們又把他帶回來，對嗎？你們誤會了。」

「既然如此，」隊長說，「我們可以把他放走嗎？」

「當然。」主教回答說。

員警釋放了尚萬強，他向後退了幾步。

「你們真的要讓我走嗎？」他說，彷彿是在夢中，話也幾乎沒有說清楚。

「是的，我們讓你走，你耳朵聾了嗎？」一個員警說。

「我的朋友，」主教又說，「您臨走之前，不妨把您的那對燭台拿去。」

他走到壁爐邊，拿了那兩座銀燭台，送給尚萬強。兩個婦人沒有說一個字、做一個手勢或露出一點阻撓的神情。她們看著他的動作。尚萬強全身發抖，機械似地接過那兩個燭台，不知道怎樣才好。

「現在，」主教說，「您可以放心走了。哎！還有一件事，我的朋友，您再回來時，不必經過花園，隨時都可以由街上的那扇門進出。白天和夜裡，它都只上一個活門。」

他轉過去朝著那些員警說道：

「先生們，你們可以回去了。」

那些員警走了。

尚萬強像是個要昏倒的人。主教走到他身邊，低聲向他說：

「不要忘記，永遠不要忘了您允諾過我，您用這些銀子是為了成為一個誠實的人。」

尚萬強一點也想不起他曾允諾過什麼，他呆立著不能開口。主教又鄭重地叮嚀：「尚萬強，我的兄弟，您現在已不是惡那一方的人了，您是在善的一方了。我贖的是您的靈魂，我把它從黑暗的思想和自暴自棄的精神裡救出來，交還給上帝。」

6

尚萬強逃也似地出了城。他在田畝中倉皇亂竄，瞎跑了一個早晨，沒吃東西，也不知道餓。他被一大堆新的感觸控制住了，他覺得自己怒不可遏，卻又不知道為何發怒；他說不出自己是受了感動還是受了侮辱。有時他覺得心頭有一種奇特的柔和感，他卻以他過去二十年中立志頑抗到底的心情來對抗。這種情形使他感到疲乏。過去使他受苦的那種不公平的處罰早已使他決心為惡，現在他覺得那種決心動搖了，反而感到不安。

日落時分，尚萬強坐在一片荒涼的紅土平原中的一叢荊棘後面。遠處只望見阿爾卑斯山，連村落的鐘樓也看不見一個；他離開迪涅城大約已有三法里了。在離開荊棘幾步的地方，橫著一條穿過平原的小路。

他正在胡思亂想，忽然聽到一陣歡樂的聲音。他轉過頭，看見一個十歲左右的窮孩子順著小路走來，嘴裡唱著歌；一面唱，一面又不時停下來，把玩著手中的幾個銀幣。其中有一個值四十蘇的錢幣。

孩子停留在那叢荊棘旁邊，沒有看見尚萬強，把他的一把錢拋到空中，又用手背靈巧地接住了。可是下一次，他那枚值四十蘇的錢幣落了空，向荊棘叢滾去，滾到了尚萬強的腳邊。

尚萬強一腳踏在上面。

可是那孩子的目光一直緊隨著錢幣，他看見尚萬強用腳踏住，毫不驚慌地朝他走去，直視著這張凶悍的臉。

「先生，」窮孩子用天真的語氣問道，「我的錢呢？」

「你叫什麼名字？」尚萬強說。

「小傑維，先生。」

「滾！」尚萬強說。

「先生，」那孩子又說，「請您把我的錢幣還我。」

尚萬強低下頭，不答話。

那孩子再說：「我的錢，先生！」

尚萬強的眼睛仍舊盯著地上。

「我的錢！」那孩子喊起來，「我的銀幣！我的錢！」

尚萬強好像全沒聽見。那孩子抓住他的衣領，推他，同時拚命推開那隻壓在他寶貝上面的鐵釘鞋。

「我要我的錢！我要我值四十個蘇的錢幣！」

孩子哭起來了。尚萬強抬起頭，仍舊坐著不動，他的眼裡迷糊不清。他望著那孩子，感到有點驚奇；隨後，他伸手到放棍子的地方，大聲喊道：

「誰在那裡？」

「是我，先生，」那孩子回答，「我是小傑維！請把我的四十個蘇還我！拿開您的腳，先生，求求您！」

他年紀雖小，卻動了火，幾乎有要蠻幹到底的神氣：

「啊！你究竟拿不拿開你的腳？快拿開你的腳！聽見了沒有？」

「呀！又是你！」尚萬強說。

隨後，他忽然站起來，腳仍然踏在銀幣上，接著說：

「你究竟走不走！」

那孩子嚇壞了，望著他，從頭到腳哆嗦起來，發了一會呆，逃了。他拚命地跑，不敢回頭，也不敢叫。但是跑了一段路後，喘不過氣了，只好停下來。尚萬強在紊亂的心情中聽到了他的哭聲。

過一會兒，那孩子不見了，太陽也落下了，黑暗逐漸籠罩尚萬強的四周。他仍舊呆立著，沒有改變他的姿勢。他的呼吸忽長忽短，胸膛隨之起伏。呆滯的眼睛緊盯著面前一二十步的地方。

忽然，他哆嗦了一下，此刻他才感到夜間的寒冷。他重新把他的帽子壓緊在額頭上，機械地動手把布衫拉攏，扣上，走了一步，彎下腰去，從地上撿起他的棍子。這時，他忽然看見了那枚值四十個蘇的錢幣，他的腳已把它半埋在土中了，它在石頭上發出閃光。這一下彷彿讓他觸了電。

「這是什麼東西？」他咬緊牙齒說，向後退了三步，停下來，無法把他的視線從他剛才踩著的那一點移開。在黑暗裡閃光的那件東西，彷彿是一隻盯著他的大眼睛。

幾分鐘過後，他慌忙向那銀幣猛撲過去，捏住它，站起身來，向平原的遠處望去，把目光投向天邊四處，站著發抖，好像一隻受了驚想找地方藏身的猛獸。

他什麼也看不見。天黑了，平原一片荒涼，紫色的濃霧正在黃昏的微光中升起。他叫了聲「呀」，急忙向那孩子逃跑的方向走去。走了一百多步以後，他停下來，向前望去，可是什麼也看不見。

於是他使出全身力氣，喊道：「小傑維！小傑維！」

他住口細聽。沒有人回答。他再往前走，隨後又跑起來，跑跑停停，在那寂寥的原野上吼出他那無比淒慘驚人的聲音：

「小傑維！小傑維！」

毫無疑問，那孩子已經走遠了。

他遇見一個騎馬的神父。他走到他身邊，向他說：

「神父先生，您看見一個孩子走過去嗎？」

「沒有。」神父說。

「他叫做小傑維。」

「我誰也沒看見。」

他從他的錢袋裡取出兩枚五法郎的錢幣，交給神父。

「神父先生，這是給您的窮人的。神父先生，他是一個十歲左右的孩子，是朝那個方向走去的。他是一個通煙囪的窮孩子，您知道嗎？」

「我確實沒有看見。」

「小傑維，他不是這個村子裡的嗎？您能告訴我嗎？」

「如果他是像您形容的那樣，那就是一個從別處來的孩子了。他們經過這裡，卻不會有人認識他們。」

尚萬強又拿出兩個五法郎的錢幣交給神父。

「給您的窮人。」隨後又迷亂地說：「教士先生，您去叫人來抓我吧！我是一個竊賊。」

神父踢動雙腿，催馬前進，魂飛魄散地逃了。

尚萬強又朝著同樣的方向跑去，張望、叫喊、呼號，但是再也沒有遇見一個人。最後，他走到一個三岔路口，停下來，朝遠處作了最後一次的呼喚：「小傑維！小傑維！小傑維！」他的呼聲在暮靄中消失，連回音也沒有了。他的雙膝忽然折下，彷彿他良心上的負擔已成了一種無形的威力，突然把他壓倒了似的。他精疲力竭，倒在一塊大石頭上，兩手握著頭髮，臉躲在膝頭中間，他喊道：

「我是一個無賴！」

他的心碎了，他哭了出來，那是他第一次流淚。從那一刻起，他已不是從前那個尚萬強了，他的心完全變了，他已沒有能力再去做主教不曾和他談到、也不曾觸及的那些事了。

沒有人知道他哭了多少時間，也沒有人知道他哭過以後做了些什麼，去了什麼地方。但有一件事是肯定的：就在那天晚上，有輛去格勒諾布爾的車子，在早晨三點左右到了迪涅，在經過主教院街時，車伕曾看見一個人跪在米里艾主教大門外的路旁，彷彿是在黑暗裡祈禱。

7

一八一七年，在巴黎的青年當中，有四個學生，他們都是一些不足稱道的青年，既不善，也不惡；既無學問，又非無知；既非天才，亦非愚蠢；年方二十，貌美異常。一個叫斐利克斯．多羅米埃，圖盧茲人；一個叫李士多里，卡奧爾人；還有一個叫法梅依，利摩日人；最後一個是勃拉什維爾，蒙托邦人。

理所當然，每個人都有他的愛人。勃拉什維爾愛寵兒，她取了那樣一個名字，是因為她去過英國一趟；李士多里鍾情於用花名作別名的大麗；法梅傾心瑟芬，瑟芬是約瑟芬的簡稱；多羅米埃有芳婷，別號金髮美人，因為她生得一頭日光色的秀髮。

寵兒、大麗、瑟芬和芳婷是四個春風滿面、香氣襲人的美女，但仍帶有一點女工的本色，儘管談情說愛，臉上總還保存一點勞動人士的莊重氣息。四個人之中，前面的三個人都比金髮美人芳婷有經驗些、放得開些，在人生的塵囂中閱歷多些，芳婷卻還正在做她初次的情夢。

芳婷是一個從平民的底層孕育出來的孩子。她雖然是從社會那種不可測的黑暗深淵中生出來的，但她的風度卻使人摸不著她的身世。她生在濱海蒙特勒伊，誰也沒有見過她的父母；之所以叫芳婷，因為人家從來不知道她有別的名字。她沒有姓，因為她沒有家；她沒有教名，因為教堂早已不過問這些事了。她小時候赤著腳在街上走，一個過路人這樣叫了她，她就得了這個名字。除此以外，誰也不知道關於她的其他事。她便是這樣來到人間的。十歲出頭，芳婷出城到附近的莊稼人家裡去作工；十五歲時，她到巴黎來謀生。芳婷生得美，她是一個牙齒潔白、頭髮淺黃的漂亮姑娘，她擁有黃金和珍珠，不過她的黃金在她的頭上，珍珠在她的口中。

她為生活而工作，到後來，她愛上了人，這也還是為了生活，因為心也有它的飢餓。

她愛上了多羅米埃。

對他來說，這不過是逢場作戲，對她來說，卻是一片真情。

多羅米埃與勃拉什維爾、李士多里和法梅依彼此形影不離，並被後者三人奉為領袖，因為他滿腹鬼主意。多羅米埃是常見的那種紈袴子弟，他有錢，有四千法郎的年息，可以在拉丁區為所欲為。他已有三十歲了，一向尋歡作樂，不愛惜身體；他臉上已經起了皺紋，牙齒也不齊全，頭也禿了。但他自己毫不在乎。隨著他的青春去得越遠，他的興致卻越高；加上他自命不凡，懷疑一切事物，在膽怯的人的眼裡便成了一條好漢。因此，儘管禿頭、愛諷刺，他卻成了領袖。

有一天，多羅米埃把那三個人拉到一邊，指手劃腳地向他們說：

「芳婷、大麗、瑟芬和寵兒一直要求我們給她們一個驚喜，我們也信心滿滿地答應了她們。如今，我認為時候已經到了。我們來商量一下。」

說到這裡，多羅米埃的聲音放低了，並且鬼鬼祟祟地講了些話，有趣到使那四張口同時發出一陣奔放、興奮的笑聲，勃拉什維爾還喊道：

「這真是妙不可言！」

他們走到一個煙霧騰騰的咖啡館門前，鑽了進去，他們會議的尾聲便消失在黑暗中了。這次密談的結果帶來了下禮拜天舉行的一場別出心裁的郊遊，四位青年邀請了那四位女孩。

8

郊遊當天，四對情人一一享受了鄉間的各種狂歡。這是個和暖爽朗的夏日，他們坐上公共馬車去聖克魯，看了一回乾瀑布，大家喊著說：「有水的時候一定很好看！」在加斯丹的黑頭飯店裡用了午餐，在大池邊的樹林裡玩了一局七連環，登上了第歐根尼的燈籠，到過塞夫勒橋，拿著杏仁餅去押了輪盤賭局，在普托採了許多花，在納伊買了些蘆管笛，沿途吃著蘋果塔，快樂無比。

這幾個姑娘好像一群逃出籠子的黃鶯鳥，喧嘩談笑，鬧個不休，不時和這些青年們撩撩打打。勃拉什維爾的情人寵兒，二十三歲的那位大姐，在蒼翠的枝椏下帶頭奔跑，跳過泥溝，恣意地跨過荊棘，興致勃發，儼如田野間的幼年女神。至於瑟芬和大麗，在這場合下她們便互相接近，互相襯托，以表示她們的得意；她們寸步不離，互相倚偎，仿效英國人的姿態。李士多里和法梅依正談論他們的教師，向芳婷述說戴爾文古先生和布朗多先生的不同點。勃拉什維爾彷彿生來是專門替寵兒在禮拜天挽她那件德爾諾式的絨線披肩的。

多羅米埃跟在後面走，做為一伙人的殿後。他也是有說有笑的，不過大家總覺得他是家長。他的嬉笑總具有君王的架勢，他的主要服裝是一條象腿式的南京棉褲子，用一條銅絲帶把褲腳紮在腳底，手裡拿一根值兩百法郎的粗藤手杖，嘴裡銜了一支叫做雪茄的怪東西。

至於芳婷，她就是歡樂。她那一嘴光彩奪目的牙齒彷彿從上帝那裡奉了一道笑的使命，手裡拿著一頂垂著白色長飄帶的精緻小草帽，一頭蓬鬆的黃髮隨風飄舞，櫻唇喋喋不休，令人聽了心醉。她的嘴角含情脈脈地向上翹著，但那雙遲疑的睫毛藹然低垂在冶豔的面容上，彷彿欲拒還迎。她全身的裝飾具有一種說不出的和諧和奪目的光彩，她穿了件玫瑰紫的毛織薄呢袍，一雙閃爍的玲瓏古式鞋，鞋帶交叉結在兩旁挑花的細質白襪上，還穿一件輕羅短衫，與三位密友妖嬈惱人的打扮相比，顯得獨出心裁、耐人尋味。

那天從早到晚都充滿了一股朝氣。整個自然界彷彿在過節日、在嬉笑。聖克魯的花壇吐著陣陣香氣，塞納河裡的微風拂著翠葉，枝頭迎風舞弄，蜂群侵佔茉莉花，一群群流浪的蝴蝶在蓍草、苜蓿和野麥中間翩翩狂舞，四對喜氣洋洋的情侶嬉游在日光、田野、花叢、樹林中，顯得光豔照人。

晚餐時分，他們有些疲倦了，這興高采烈的四對情侶便在朋巴達酒店住下。酒店裡有一間房間，寬敞而醜陋，裡面有壁廂，廂底有床；兩扇窗子，憑窗可以眺望榆樹外面的河水和河岸；兩張桌子，一張上面擺著堆積如山的鮮花以及男人和女人的帽子，另一張則由這四對朋友佔據了。他們團團坐在一堆杯盤瓶碟的周圍，啤酒罐和葡萄酒瓶雜陳，桌上與桌下都凌亂不堪。

法梅依和大麗哼著曲子，多羅米埃喝著酒，瑟芬笑著，芳婷微笑著。李士多里吹著在聖克魯買來的木喇叭。這時，寵兒叉起兩條手臂，仰著頭，定睛望著多羅米埃說：

「好了！說好的驚喜呢？」

「正是啊，時候已經到了，」多羅米埃回答說，「諸位先生，給各位女士一個驚喜的時候已經到了。諸位女士，請等一會兒。」

「先親一個嘴。」勃拉什維爾說。

「親額頭。」多羅米埃加上一句。

每個人在自己愛人的額上鄭重地吻了一下，四個男人魚貫而出，都把一個手指放在嘴上。寵兒鼓著掌，送他們出去。

「一定很有意思。」她說。

「不要去得太久了，」芳婷低聲說，「我們在等著你們呢。」

那幾位女孩獨自留下，成雙成對地伏在窗子邊上閒談，伸著頭，隔窗對話。

她們看見那些年輕人挽著手走出朋巴達酒店。他們回過頭來，笑嘻嘻地朝著她們揮了揮手，便消失在香榭麗舍大街禮拜天的塵囂中去了。

「不要去得太久了！」芳婷喊道。

「他們準備給我們什麼驚喜呢？」瑟芬說。

「一定是些好看的東西。」大麗說。

「我呢，」寵兒說，「我希望帶回來的東西是金的。」

她們從那些大樹的枝椏間望著外頭的活動，覺得十分有趣，不久就忘記這回事了。那正是郵車和公共馬車啟程的時刻，當時到南部和西部去的客貨車，幾乎都會行經香榭麗舍大街；每隔一分鐘，就會有一輛刷了黃漆和黑漆的大車載著沉重的東西駛過，車子裡人頭攢動，一眨眼便瘋狂地穿過人堆，路面上的石塊盡成了燧石，塵土飛揚，彷彿是從煉鐵爐裡冒出的火星和濃煙。幾位女孩見了那種熱鬧的情景，大為興奮。寵兒喊著說：

「多麼熱鬧！就像一堆堆鐵鍊在飛舞著。」

一次，她們彷彿看見有輛車子停了一下，隨即又飛奔而去了。這事驚動了芳婷。

「這真奇怪！」她說，「我還以為公共客車從來不停的呢！」

寵兒聳了聳肩。

「妳啊，最簡單的事也要大驚小怪。假如我是個旅客，我可以攔下公共客車，對他們說：『我要到前面去一下，您經過河邊時讓我下車。』這是每天都有的事。妳脫離現實生活太久了，親愛的。」

又過了一些時候，寵兒忽然一愣，彷彿一個初醒的人。

「喂，」她說，「他們要給我們的驚喜呢？」

「是呀，妳說得對，」大麗接著說，「那件鬧了半天的驚喜呢？」

「他們耽擱得太久了！」芳婷說。

芳婷正嘆完這口氣，酒店的服務生走進來了，他手裡捏著一件東西，好像是封信。

「這是什麼？」寵兒問。

服務生回答說：

「這是那幾位先生留給夫人們的一張便條。」

「為什麼沒有馬上送來？」

「因為那些先生們吩咐過的，」服務生接著說，「要過一個小時才能交給這幾位夫人。」

寵兒從服務生手中把那張紙奪過來。那的確是一封信。

「奇怪，」她說，「沒有收信人的姓名，但有幾個字寫在上面——」

這就是驚喜。

她急忙把信拆開，打開來唸：

我們的愛人：

妳們應當知道，我們是有父母的人。那些親人總是想看看我們，盼望我們回去。我們現在服從他們，因為我們是有品德的人。當妳們在唸這封信時，五四馬已經把我們送還給我們的父母了。也就是說，我們之間完了，我們走了，我們已經走了，去圖盧茲的公共客車已把我們從陷阱中拉了出來。陷阱，就是妳們。啊！我們美麗的女孩，我們回到社會、天職、秩序中去了，馬蹄每小時可以跑三法里。我們要回到祖國，和旁人一樣成為長官，成為家長、鄉吏、政府顧問。快快為我們哭一場，快快找人取代我們吧！假使這封信撕碎了妳們的心，妳們就照樣向它報復，把它撕碎。永別了！

近兩年來，我們曾使妳們幸福，千萬不要埋怨我們。

勃拉什維爾、法梅依、李士多里、多羅米埃

（附註：餐費已付。）

四位姑娘面面相覷。

寵兒第一個打破沉寂。

「好呀！」她喊著說，「這玩笑的確開得不壞。」

「很有趣。」瑟芬說。

「這一定是勃拉什維爾的主意，」寵兒又說，「這倒讓我更愛他了。人不在，心頭愛，人總是這樣。」

「不對，」大麗說，「這是多羅米埃的主意。一看就知道。」

「既然是這樣，」寵兒又說，「勃拉什維爾該死，多羅米埃萬歲！」

「多羅米埃萬歲！」大麗和瑟芬都喊起來。

接著，她們放聲大笑。

芳婷也隨著大家笑。

一個小時後，她回到了自己的房間裡，哭了出來。我們已經說過，這是她第一次的愛，她早已如同委身於自己的丈夫一樣委身於多羅米埃了，而且這可憐的姑娘已生有一個孩子。

9

在巴黎附近的蒙費梅伊地方有一家旅店，是由名叫德納第的夫婦開的。一八一八年春季的一天傍晚，旅店門前停著一輛阻塞街道的大車，車軸下方橫掛著一條粗鍊。兩個小女孩，一個大約兩歲半，一個十八個月，並排坐在鍊條的彎處，如同坐在秋千索上，親親熱熱地相互擁抱著。一條手帕巧妙地繫住她們，免得她們摔下。

這兩個歡歡喜喜的孩子，確實也打扮得惹人喜愛；她們的眼睛神氣十足，鮮潤的臉蛋笑嘻嘻的。一個的頭髮是栗色，另一個是棕色；她們天真的臉龐露出又驚又喜的神氣。幾步以外，站著她們的母親，不到三十歲，是個紅髮、臃腫的婦人。她正蹲在那間旅店門口，一面用一根長繩拉蕩著那兩個孩子，一面用一種不準確的音調哼著一首當時流行的曲子。

當她開始唱那首曲子的第一節時，有人走近她身邊，她忽然聽見一個聲音在她耳邊說：

「大嫂，您的兩個小寶寶真可愛。」

那母親轉過頭來。原來是個婦人站在她面前，距離她只幾步遠。那婦人也有個孩子抱在懷裡，此外，她還挽著一個好像很重的隨身旅行包。

那婦人的孩子是個小仙女般的孩子，是一個兩三歲的女孩。她衣服裝飾的豔麗足以媲美那兩個孩子；她戴一頂絲綢小帽，帽上有瓦朗斯花邊，披一件有飄帶的斗篷，裙子下可見她那雪白、肥嫩、堅實的大腿。她面色紅潤，身體健康，著實可愛。兩頰鮮豔得像蘋果，教人恨不得咬一口。她的眼睛很大，還長著非常秀麗的睫毛，正甜甜地睡著。

至於她的母親，卻是貧苦憂鬱的模樣。她的裝束像個女工，卻又露出一些想重做農婦的跡象，她還年輕。她頭上的一絲金髮露了出來，顯出她頭髮的豐厚，但是她用一條醜而窄的頭巾緊緊繫在下巴，把頭髮全遮住了。她擁有美麗的牙齒，但是她一點也不笑。她的眼睛彷彿還沒有乾多久。她的臉上沒有血色，顯得非常疲乏，像有病似的。一條對摺的粗藍布大手巾遮去了她的腰，她的手枯而黑，長滿了斑點，食指上的粗皮滿是針痕，肩上披一件藍色的粗羊毛大衣，布裙袍，大鞋。

她就是芳婷。已經很難認出來了，但是仔細看去，她的美不減當年。

那次的「驚喜」之後，已經過了十個月了。在這十個月中發生了什麼事呢？那是可以想見的。

遺棄之後，便是艱苦。芳婷完全見不到寵兒、瑟芬和大麗了，從異性方面斷絕了的關係，在同性方面也拆散了，她們已沒有再做朋友的理由了。芳婷孑然一身，無親無故，加上自從認識多羅米埃之後，勞動的習慣減少了，娛樂的嗜好增加了，早已沒了一技之長。芳婷不大認識字，她曾請一個擺寫字攤的先生寫了一封信給多羅米埃，隨後又寫了第二封、第三封，但一封回信也沒有。

她心灰意冷了，但是該怎麼辦呢？她的本質是貞潔賢淑的，她隱隱地感到，要是不想墮入苦難，沉溺在更加不堪的境地裡，就非得有毅力不可。於是她站穩腳跟，決定回到她的家鄉濱海蒙特勒伊去，在那裡也許會有人認識她，給她工作。她又意識到，自己必須離開女兒，隱瞞住她過去的錯誤；而這次離別的苦痛將更甚於上一次。她的心扭作一團，但是她下定決心。

她已毅然摒棄了修飾，自己穿著布衣，把她所有的絲織品、碎布料、飄帶、花邊，都用在女兒身上。她變賣了所有的東西，得到兩百法郎，還清各項零星的債務後只剩下八十多個法郎了。在二十二歲的芳齡，一個晴朗的春天的早晨，她背著她的孩子離開了巴黎，坐上郊區小車到了蒙費梅伊。

她從德納第旅店門前走過，看見那兩個小女孩玩耍的歡樂景象，不禁心花怒放。她們是那樣快活！她望著她們，羨慕她們，異常感動，以至於對著那名母親脫口說出剛才那句話：

「大嫂，您的兩個小寶寶真可愛。」

那母親抬起頭，道了謝，又請這位過路的女客坐在門邊的長凳上，她自己仍蹲在門檻上。兩個婦人攀談了起來。

「我叫德納第大娘，」兩個女孩的母親說，「這家旅店是我們開的。」

遠來的女客開始談她的身世，不過談得稍微與實際情況有些出入。

她說她是一個女工，丈夫死了，巴黎缺少工作，她只好回到家鄉去。當天早晨，她徒步離開了巴黎，因為她帶著孩子，覺得疲倦了，恰巧遇到去蒙白爾城的車子，便坐了上去，又步行到蒙費梅伊。她的孩子也走了一點路，但是不多；她太幼小，只得抱著她。她的寶貝睡著了。

說到這裡，她熱烈地吻了一下她的女兒，把她弄醒了。那個孩子睜開她的眼睛，大大的藍眼睛，和她母親的一樣，露出孩子們那副一本正經而有時嚴肅的神情。隨後，她笑了起來，又用小生命躍躍欲試的那種無可約束的毅力滑到地上去了，忽然間，她看見了秋千上面的那兩個孩子，立刻停止不動，伸出舌頭，表示羨慕。

德納第大娘把她的兩個女兒解下，叫她們從秋千上下來，說道：

「妳們三個人一起玩吧。」

在那種年紀，大家很快就玩熟了，一分鐘過後，那兩個小德納第姑娘便和這個新來的伴侶一起在地上挖洞了，其樂無窮。兩個婦人繼續談話。

「您的寶寶叫什麼？」

「珂賽特。」

「她幾歲了？」

「快三歲了。」

「就跟我的大女兒一樣。」

當時，那三個女孩聚在一塊，神氣顯得極其歡樂，但又顯得非常焦急，因為那時發生了一件大事：一條肥大的蚯蚓剛從地裡鑽出來，她們正看得出神，小小的額頭一個挨著一個，彷彿三個頭同在一圈光環裡一樣。

「這些孩子們，」德納第大娘說，「一下子就混熟了！別人一定以為她們是三個親姐妹呢！」

那個母親彷彿正在等待這句話。她握住德納第大娘的手，眼睛盯著她，向她說：

「您肯替我照顧我的孩子嗎？」

德納第大娘一驚，那是一種既不表示同意，也不表示拒絕的反應。珂賽特的母親緊接著說：

「您明白嗎，我不能把我的孩子帶回家鄉。工作不允許那麼做，帶著孩子不會有安身的地方。慈悲的上帝讓我經過您的旅店門前，當我看見您的孩子那樣好看、乾淨、高興時，我的心被打動了。我心想：『這才真是個好母親啊！』唉，她們一定會相親相愛的；而且，我很快就會回來。您肯替我照顧我的孩子嗎？」

「我得考慮考慮。」德納第大娘說。

「我可以每個月付六個法郎。」

說到這裡，一個男子的聲音從旅店裡叫出來：「七個法郎才行。而且要先付六個月。」

「六七四十二。」德納第大娘說。

「我照付就是。」那母親說。

「並且另外要十五法郎，作為剛接過手時的一切費用。」男子的聲音又說。

「總共五十七法郎。」德納第大娘說。

「我照付就是，」那母親說，「我有八十法郎。剩下的錢，足夠作為旅費。到了那裡，我就賺得到錢，等我有積蓄以後，我就回來找我的寶貝。」

「那孩子有包袱嗎？」男子的聲音又說。

「當然，她有一個包袱，而且是一個裝得滿滿的包袱！不過，裡面的東西全是成對的，還有一些和貴婦人衣料一樣的綢緞衣服。它就在我的隨身旅行包裡。」

「您得把它交出來。」男子的聲音又說。

「我當然會把它交出來！」母親說，「我才不讓我的女兒赤身裸體呢！」

旅店主人把面孔露出來了，他是個矮小、瘦弱、一臉病容卻完全健康的人，從臉上虛偽的笑容，可以看出他那表裡不一的性格。

「很好。」他說。

這件買賣成交了。母親在那旅店裡住了一夜，交出了她的錢，留下了她的孩子，重新繫上了她那個縮小的旅行包，在第二天早晨走了，一心打算儘快回來。

當珂賽特的母親走了以後，旅店主人對他妻子說：

「這樣我就能支付那張明天到期的一百一十法郎的期票了。之前我還缺五十法郎，妳知道嗎？法警快要把別人告發我拒絕付款的訴狀送來了。這下可好，妳靠著兩個孩子發了一筆財。」

「我沒有預料到。」那女人說。

10

幸好有那女客的五十七個法郎，德納第得免於受到政府的追討，他開出的期票也保持了信用。下一個月他仍舊缺錢，他妻子便把珂賽特的衣服飾物帶到巴黎，典當了六十法郎。這筆錢用完以後，那孩子在他家裡經常受到被救濟者的待遇。她的衣服被典當以後，他們便要她穿德納第家女兒的舊衣；他們把大家吃剩的東西給她吃，她吃得比狗好一些，比貓又差一些。她用一個木盆，和貓狗的木盆一樣，和貓狗一同在桌子底下吃。

她的母親在濱海蒙特勒伊安頓下來了，她每月請人寫信，探問她孩子的消息。德納第夫婦總是千篇一律地回覆道：「珂賽特安好無恙。」

最初的六個月滿了以後，她母親把第七個月的七個法郎寄去，並且每月都按時寄去。不到一年，德納第先生便說：「她可真給我們面子！她的那七個法郎能做什麼？」於是他寫信向芳婷硬要十二個法郎。這位母親一心遷就，寄了十二法郎。

至於德納第大娘，她寵愛自己的兩個女兒，因而便厭惡那外來的孩子。儘管珂賽特在她家中只佔了一點空間，她仍覺得她剝奪了自己家人的享受，彷彿那孩子讓她兩個女兒呼吸的空氣也變少了一樣。珂賽特的一舉一動總會受到一陣冰雹似的毆打，凶橫無理至極。一個柔和、幼弱、還全然不瞭解人生和上帝是什麼的孩子，卻無時不受懲罰、辱罵、虐待、毆打，還得看著那兩個與她一樣的女孩享受她們孩提時期的幸福！

德納第大娘既狠心，她的女兒們便也狠心。愛波寧和雅潔瑪，在那種小小年紀，簡直是母親的翻版。

一年過了，又是一年。大家都認為珂賽特已被她的母親遺忘了。

同時，德納第先生不知從哪裡探聽到那孩子似乎是私生的，母親不便承認，於是他又向芳婷索討每月十五法郎，說孩子長大了，要東西吃，並且以送還孩子來要脅。那母親照樣寄了十五法郎。

年復一年，孩子長大了，她的苦難也增加了。

珂賽特在極小時，一向是代那兩個孩子受罪的替身；當她的身體剛長大一點，也就是說連五歲還不到的時候，她又成了這家人的僕人。

他們叫珂賽特做雜事、打掃房間、院子、街道、洗碗盤，甚至搬運重物。她的母親一直住在濱海蒙特勒伊，德納第夫婦見她最近寄錢沒有從前準時了，便更覺得有理由那樣對待孩子。有幾個月沒有寄錢來了。

當珂賽特剛到這一家的時候，是那樣美麗、那樣紅潤，現在卻又黃又瘦。她的舉動也不知怎地，總是畏畏縮縮，德納第夫婦時常說她「鬼頭鬼腦」。待遇的不平使她性躁，生活的艱苦使她變醜。她僅僅保有那雙秀麗的眼睛，令人見了格外難受，因為她的眼睛是那麼地大，看上去就彷彿那裡的愁苦也格外地多。

冬天，看見這個還不到六歲的孩子衣衫襤褸，在寒氣中顫抖；天還沒亮，便拿著一把大掃帚，用她的小紅手緊緊握著它打掃街道，一滴淚珠掛在她那雙大眼睛的眼角，令人好不痛心。

在那裡，大家都叫她百靈鳥。這個女孩個頭嬌小，而且老是哆哆嗦嗦，凡事都使她驚慌、顫抖，每天早晨總是第一個醒來，不到天亮，便已到了街上或田裡，一些愛比喻的人便替她取了這個名字。

只不過，這隻百靈鳥從不歌唱。

11

那名母親把她的小珂賽特交給德納第夫婦以後，繼續趕路，到了濱海蒙特勒伊。

這一年是一八一八年。芳婷離開她的故鄉已有十年之久，濱海蒙特勒伊的景象早已大不相同。正當芳婷從一次苦難陷入另一次苦難時，她的故鄉卻興盛起來了。

從一個不可考的時代開始，濱海蒙特勒伊就有一種仿造英國黑玉和德國燒料的特別工業。那種工業素來不發達，因為原料貴，影響到工資。正當芳婷回到濱海蒙特勒伊時，那種「燒料細工品」的生產已經進行了一種空前的改革。一八一五年年底，一個不認識的人經過這座城市，他想到在製造中用漆膠代替松膠，尤其在手鐲方面，他在做底圈時，採用只把兩頭靠攏的方法代替兩頭焊死的方法。這一點極小的改革就起了很大的作用。

不到三年功夫，發明這方法的人成了大富翁。他不是本省的人，關於他的籍貫，群眾全不知道，他的往事，知道的人也不多。據說他來到這城裡時只有很少的錢，最多不過幾百法郎。他利用這一點微薄的資本實現了他精心研究出來的那種巧妙方法，他自己獲得了實惠，全鄉也獲得了好處。

他初到濱海蒙特勒伊時，他的服裝、舉動和談吐都像一個工人。似乎是在一個十二月的黃昏，他背上馱著一個袋子，手裡拿一根帶刺的棍，摸進濱海蒙特勒伊小城時，正遇到區公所失火。他不顧生命危險，跳進火裡，救出兩個小孩，那兩個小孩恰好是員警隊長的兒子，因此大家都沒有想到驗他的護照。從那一天起，大家都知道了他的名字，他叫馬德廉伯伯，是個五十歲左右的人，神色憂慮而性情溫和。

由於那種工業經過他的巧妙改造，獲得了迅速的發展，濱海蒙特勒伊便成了一個重要的企業中心，幾乎可匹敵倫敦、柏林。馬德廉獲得了大宗利潤，因而在第二年建造了一棟高大的廠房，廠裡分兩個大車間，一個男車間，一個女車間；任何一個缺乏衣食的人都可以到那裡去應徵，擔保有工作和麵包。

馬德廉要求男工應有毅力，女工應有好德行，無論男女都應當貞潔。他把男女工人分在兩個車間，目的是要讓婦女們能安心工作。他在這一點的態度上是無可動搖的，因為濱海蒙特勒伊是一個駐紮軍隊的城市，腐化墮落的機會多。在馬德廉先生來到這裡以前，各行各業都是蕭條的；現在，大家都靠健康的勞動生活，欣欣向榮的氣象取代了一切，失業和苦難都已消滅。在這地方已沒有一個空的錢包，也沒有一個苦到一點歡樂也沒有的家庭。

馬德廉雇用所有的人，他只堅持一點：做誠實的男子！做誠實的姑娘！

靠著這樣的生產活動，他能迅速累積他的財富。但是，這彷彿不是他的主要目的，他為別人想得多，為自己想得少。一八二〇年，大家知道他有一筆六十三萬法郎的存款放在拉菲特銀行裡；但是在他為自己留下這筆積蓄之前，他已為這座城市和窮人用去了一百多萬。

醫院的經費原是不充裕的，他在那裡設了十個床位。濱海蒙特勒伊分為上下兩城，他住的下城只有一個小學校，校舍已經破敗，他建造了兩棟，一棟為男孩，一棟為女孩。他又用自己的錢創辦了一所貧兒院，為年老和殘廢的工人創辦了救濟金。他的工廠成了一個中心，在廠址附近原有許多一貧如洗的人家，到後來，那一帶卻出現了一個嶄新的區域。他在那裡開設了一間免費藥房。

一八一九年的一天早晨，城裡忽然傳說馬德廉由於省長先生的保薦和他在地方上產生的積極作用，很快就會獲得國王任命為濱海蒙特勒伊市長。整座城市都轟動了。這消息原來是真的，幾天過後，委任令在報紙上刊登出來了。第二天，馬德廉推辭不受。

就在同年，用馬德廉發明的方法製造出來的產品在工業展覽會裡陳列出來了，透過評獎委員的報告，國王授予這位發明家榮譽勳章，這在那小城裡又有過一番新的轟動，但馬德廉依然推辭了勳章。

地方受到他許多好處，窮人更是完全依靠他；他是一個那樣有用的人，大家非尊敬他不可；他又是一個那樣和藹可親的人，大家非愛他不可；尤其是他的工人們特別愛戴他，他卻用一種鬱鬱寡歡的莊重態度接受那種敬愛。當他的財富被公諸於世時，社會中的顯貴都向他致敬，在城裡，大家還稱他為馬德廉先生。他的地位越來越高，請帖也如雨一般落在他的頭上。大家爭相籠絡他，但他卻不為所動。

一八二〇年，是他到濱海蒙特勒伊的第五年，他為那地方帶來的貢獻是那樣明顯，當地人民的期望是那樣一致，以至於國王又派他擔任當地的市長。他仍舊推辭，但是省長不許他推辭，所有的重要人物也都來勸說，人民群集街頭向他請願。敦促的情況太熱烈了，他只好接受。有人注意到，當時使他作出決定的最大關鍵，是一個老婦人所說的一句氣憤話：「一個好市長，就是一個有用的人。在做好事時難道可以退縮嗎？」

就這樣，他從馬德廉伯伯變成馬德廉先生，又從馬德廉先生變成市長先生。

可是，他的生活還是和過去一樣樸素。他有灰白頭髮，嚴肅的目光，面色焦黑，像個工人，精神沉鬱，像個哲學家。他經常戴一頂寬邊帽，穿一身粗呢長禮服，一直扣到下巴。他執行他的市長職務，下班以後便閉門深居。他通常只和少數幾個人談話，他逃避寒暄，遇見人，從側面行個禮便連忙趨避；他用微笑來避免交談，用佈施來避免微笑。他的消遣方法便是到田野裡去散步。

他老是一個人吃飯，面前攤開一本書，從事閱讀。他有一個精緻的小書櫃，他愛書籍。他有了錢，閒暇時間也隨之增加了，他好像是利用這些時間來提高自己的涵養。自從他到濱海蒙特勒伊以後，大家覺得他的談吐一年比一年更謙恭、更講究、更文雅了。

他散步時喜歡帶一枝長槍，但不常用。偶開一槍，卻從無虛發，使人驚嘆。他從不打死一隻無害的野獸，從不射擊一隻小鳥。

他雖已上了年紀，不過據說體力仍好得不可思議。他常在必要時給人一臂之力，扶起一匹馬，推動一個陷在泥坑裡的車輪，握著兩隻角攔阻一頭逃跑的牛。出門時，他的衣袋中總是裝滿了錢，回來時卻都空了。他從一個村莊經過時，那些衣服破爛的孩子們都歡天喜地跑到他身邊，就像一群小飛蟲似地圍著他。

一八二一年初，濱海蒙特勒伊的地方報紙轉載了迪涅主教逝世的消息。第二天，馬德廉先生穿了一身全黑的衣服，帽子上戴了黑紗。一位多管閒事的老婦人問他：「您難道是主教的什麼親戚嗎？」

他回答：「不是的，夫人。」

「那您為什麼要他服喪呢？」那老寡婦又說。

他又回答：「因為我幼年時曾在他家裡當過僕人。」

還有一件大家都知道的事。每當有通煙囪的流浪少年經過城裡時，市長先生總會派人叫他來，問他姓名，給他錢。這件事在附近一帶傳開後，許多通煙囪的孩子便時常路過那地方。

12

到了一八二一年前後，「市長先生」在濱海蒙特勒伊市民心中的地位已是無可取代了。周圍十法里以內的人都來向馬德廉先生求教。他排解糾紛，阻止訴訟，和解敵對雙方，每個人都認他為自己正當權利的仲裁人，彷彿他在靈魂方面有一部自然的法典。那就像是一種傳染性的尊崇，經過六七年的時間，已經遍及全鄉了。

在那個城和那個縣裡，只有一個人絕對不受傳染；無論馬德廉做什麼，他總是桀驁不馴，彷彿有一種無可軟化、無可撼動的本能使他警惕，使他不安似的。

有時候，當馬德廉先生恬靜和藹地在街上走過，受到大家讚嘆時，就有一個身材高大、穿一件鐵灰色禮服、拿條粗棍、戴頂平邊帽的人迎面走來，到了他背後，又忽然轉過頭，用眼睛盯著他，直到看不見為止。這人還交叉著兩隻手臂，緩緩地搖著頭，用下嘴唇頂起上嘴唇，做出一種別有用意的表情，彷彿在說：「這個人究竟是什麼來頭呢？……我一定在什麼地方見過他……總之，我還沒有上他的當。」

這個神色嚴厲到幾乎令人恐怖的人物，便是那一種使人一見心悸的人物。

他叫賈維，是個警務部門的人員。

他在濱海蒙特勒伊擔任那些困難而有用的偵察職務。他不知道馬德廉發跡的經過。賈維取得這個職位是夏布耶先生保薦的，夏布耶先生是昂格勒斯伯爵任內閣大臣期間的秘書，當時任巴黎警署署長。賈維來到濱海蒙特勒伊是在那位大廠主發財之後，馬德廉伯伯已經變成馬德廉先生之後。

賈維是在監獄裡出生的，他的母親是一個抽紙牌算命的人，他的父親是個苦役犯。他長大以後，認為自己是被社會排除的人，永遠沒有進入社會的希望。他看見社會毫不留情地把兩種人摒棄在外：攻擊社會的人和保衛社會的人；他只能在這兩種人中選擇一種。同時他覺得自己有一種不可理解的剛毅、規矩、嚴謹的本質，面對他自身所屬的遊民階層，卻有一種說不出的仇恨。他便當了員警。

他的仕途一帆風順，四十歲出頭當上了督察。

在他的青年時代，他在南方的監獄裡服務過。

賈維的臉上有一個塌鼻子、兩個深鼻孔，兩大片落腮鬍一直生到鼻孔邊，初次見到那張臉的人都會感到不愉快。賈維不常笑，但笑時的形狀猙獰可怕，兩片薄嘴唇張開，不僅露出他的牙，還露出他的牙齦，鼻子四周也出現一種猛獸般的扁圓粗野的皺紋。除此之外，他的頭蓋骨小，牙床大，頭髮遮著前額，垂到眉邊，兩眼之間有一條固定的中央皺紋，目光深沉，嘴唇緊閉，令人生畏。總之，一副凶惡凌人的氣概。

這個人是由兩種感情構成的：尊敬政府，仇視反叛。在他看來，偷盜、殺人，一切罪行都是反叛的某種形式；對於曾經觸犯法律的人，他一概加以鄙視、嫉恨和厭惡。有些思想偏激的人，他們認為法律有權隨意指定某人為罪犯，在必要時也有權坐實某人的罪狀，並且不容社會下層的人申辯，賈維完全同意這種見解。他深信自己的作用，熱愛自己的職務，即便是自己的父親越獄，他也會逮捕；自己的母親潛逃，他也會告發，並且還會自鳴得意，彷彿做了善事一般。同時，他一生刻苦、獨居、克己、禁欲，從來不曾娛樂過。他對職務是絕對公而忘私的，他是一個無情的偵察者，一個凶頑的誠實人，一個鐵石心腸的警探。

儘管他厭惡書籍，但在偶爾得到一點閒暇時也讀書，因此他並非完全不通文墨，這從他說話喜歡咬文嚼字這一點上看得出來。他一點不良的嗜好也沒有，只不過在得意的時候聞一點鼻煙。

在遊民階級之中，一提到賈維的名字，便可使他們退避三舍，賈維一露面，便可使他們驚愕失色。

賈維好像是一隻永遠盯在馬德廉先生身上的眼睛，一隻充滿疑惑和猜忌的眼睛。到後來，馬德廉自己也看出來了，不過對他來說，這彷彿無關緊要；他既不找他，也不躲避他，他泰然自若地承受那種惱人的目光。他對待賈維，正如對待旁人一樣輕鬆和藹。

顯然，賈維已暗中調查過馬德廉從前可能在別處留下的一些蹤跡。這種好奇心一半由於本能，一半出於志願。他彷彿已經知道底細，有時他還遮遮掩掩地說，已有人在某地調查過某個消失的人物的某些情形。一次，他在自言自語時說出了這樣的話：「我相信，我已經抓住他的把柄了。」那次以後，他一連想了三天，不曾說一句話，好像他自以為握住的那條線索又中斷了。

賈維有點被馬德廉先生的那種恬靜、安閒、若無其事的態度迷惑了。

13

一天早晨，馬德廉先生經過濱海蒙特勒伊的一條沒有鋪石塊的小街。他聽見一陣嘈雜的聲音，還遠遠望見一群人。他趕到那裡，一個叫割風伯伯的老年人剛摔在他的車子下面，因為拉車的馬滑了一跤。

割風是當時一貫歧視馬德廉的少數幾個冤家之一。他從前當過官員，馬德廉初到城裡時，他的生意正開始走下坡；割風眼見這個工人日益富裕，自己卻逐漸衰敗，不禁滿腔嫉妒。後來，他破了產，靠著駕車維生。

那匹馬的兩條後腿跌傷了，爬不起來，老頭子陷在車輪中間。那一跤摔得很不巧，整個車子的重量都壓在他的胸口上。車上的東西相當重，割風伯伯急得慘叫。別人試著拖他出來，但是沒有用，要是亂來，不僅無法幫上忙，還可能送了他的命。除了把車子從下面撐起來之外，別無他法。

賈維在出事時趕來了，他派人去找一個千斤頂。

馬德廉先生也來了，大家都恭恭敬敬地讓出一條路。

「千斤頂還要多久才會來？」

「最近的地方是福拉肖，那裡有個釘馬蹄鐵的工人。但無論如何，都得花上整整十五分鐘。」

「十五分鐘！那可不行！」馬德廉大聲說。

前一晚下了雨，地浸濕了，那車子正在往下陷，把那老車伕的胸口越壓越緊了。不到五分鐘，他的肋骨一定會折斷。

「聽我說，」馬德廉又說，「那車子下面還有空間，可以讓一個人爬進去，用背把車子頂起來。只要半分鐘就可以把這個可憐的人救出來。這裡有一個有力氣和良心的人嗎？有五個金路易（金幣名，約合二十法郎）好賺！」

人群中誰都沒有動。

「十個路易！」馬德廉說。

在場的人都把眼睛低了下去，其中有一個低聲說：

「那非得是有神力的人不可。而且，弄個不好，連自己也會壓死的。」

「來吧！」馬德廉又說，「二十路易！」

仍舊沒有動靜。

「他們並不是沒有良心。」一個人的聲音說。

馬德廉先生轉過身，認出了賈維。他來時沒有看見他。賈維繼續說：

「他們缺少的是力氣。把這樣一輛車扛在背上，必須是一個特別厲害的人才行。」

隨後，他眼睛盯住馬德廉先生，一字一字地說下去：

「馬德廉先生，我這輩子只認得一個人有能力照您的話去做。」

馬德廉吃了一驚。

賈維用一副滿不在乎的神氣接著說下去，但是眼睛不離開馬德廉。

「那個人從前是個苦役犯。」

「啊！」馬德廉說。

「土倫監獄的苦役犯。」

馬德廉面無人色。

當時，那輛車慢慢地繼續往下陷。割風伯伯喘著氣，吼著說：

「我不能呼吸了！我的肋骨要斷了！來個千斤頂！或者別的東西！哎喲！」

馬德廉往四面張望。

「竟沒有一個人要賺那二十路易，來救這可憐的老人一命嗎？」

在場沒有一個人動。賈維又說：

「我這輩子只認得一個能代替千斤頂的人，就是那個苦役犯。」

「啊！我被壓死了！」那老人喊著說。

馬德廉抬起頭來，正遇到賈維那雙鷹眼始終盯在他的臉上，馬德廉望著那些呆立不動的農民，苦笑了一下。隨後，他一言不發，雙膝跪下，觀眾還沒來得及尖叫，他已到了車子下面了。

接著是一陣驚心動魄的等待。大家看見馬德廉幾乎平伏在那一堆駭人的東西下面，兩次想讓肘彎接近膝蓋，都沒有成功。大家向他喊道：「馬德廉伯伯快出來！」連年老的割風也對他說：「馬德廉先生！請快走開！我命該如此，讓我去吧！您也會壓死在這裡的！」

馬德廉不回答。

觀眾驚恐得說不出話來。車輪又陷下去了一些，馬德廉已經沒有多大的機會從車底出來了。忽然，大家看見那一大堆東西動搖起來，車子慢慢上升了，輪子已從泥坑裡起來了一半。一種幾乎氣絕的聲音叫道：「趕快！幫忙！」叫的正是馬德廉，他剛使盡了他最後一點力氣。

群眾湧上去。一個人的努力激起了所有的人的力量和勇氣。那輛車子竟被二十隻手臂抬了起來。割風老頭倖免於難。

馬德廉站起來，儘管滿頭大汗，臉色卻是鐵青的。他的衣服撕破了，滿身汙泥。大家都哭了，那個老頭子吻著他的膝蓋，稱他是慈悲的上帝。至於他，臉上顯出了一種說不出的至高無上、快樂無比的慘痛，他把恬靜自如的目光投射在賈維的面上，賈維也始終望著他。

馬德廉叫人把割風伯伯抬進療養室，這療養室是他為工人準備的，就在他工廠的大樓裡，有兩個修女在裡面服務，分別是佩爾佩迪和桑普麗絲。第二天早晨，老頭在床頭小桌上發現一張一千法郎的票據和馬德廉留下的一句話：「我買下您的車和馬。」車子早已碎了，馬也早已死了。割風的傷醫好以後，膝蓋卻依然僵直；馬德廉先生透過介紹，把他安插在巴黎聖安東尼區的一個女修道院裡做園丁。

過了不久，馬德廉先生被任命為市長。賈維第一次看見馬德廉先生披上那條表示掌握全城大權的綬帶時，不禁感到渾身哆嗦。從那天起，他盡量躲避他。如果公務迫使他與市長見面，他便恭恭敬敬地和他談話。

14

當芳婷回鄉時，家鄉已經沒有人記得她了。幸好馬德廉先生工廠的大門仍為她敞開。她到那裡去找工作，被安插在女車間，那種技術對芳婷來說是完全陌生的，她不可能做得很熟練，因此她從一天工作中得來的東西很有限，僅夠她的生活費，但問題總算解決了。

生活有了保障，也就有了暫時的快樂。她買了一面鏡子，欣賞自己的青春、美麗的頭髮和美麗的牙齒，忘了許多事情，只惦念她的珂賽特和可能的前途；她幾乎成了快樂的人了。她租了一個小房間，又以將來的工資作擔保，買了些傢俱，這是她那種輕浮習氣的殘餘。

她不能對人說她結過婚，因此她避免談到她的小女兒。

起初，她總是按時付款給德納第家。由於她只會簽名，就不得不找一個代寫書信的人寫信給他們。她經常寄信，這便引起旁人的注意。在女車間裡，大家開始議論紛紛，說芳婷「天天寄信」，說她有一些「怪舉動」。

大家對芳婷注意起來了。此外，許多婦女還嫉妒她的金髮和皓齒。

有人看見她在車間裡時常轉過頭去拭淚。那正是她惦念孩子的時刻，也許又同時想起了她愛過的那人。

有人發現她每月至少要寫兩封信，並且總是同一個地址，寫了還要貼郵票。有人把那地址找來了——蒙費梅伊旅店主人德納第先生。他們把那個替她寫字的先生邀到酒店裡閒談，得知芳婷有個孩子。「她一定是那種女人！」恰巧有個長舌婦到蒙費梅伊去了一趟，和德納第夫婦談了話，回來以後她說：「我花了三十五法郎，心裡總算暢快了。我看見了那孩子。」

這一切經過耗費了一些時日。芳婷在工廠裡已經一年多了。

一天早晨，車間女管理員交給她五十法郎，說是市長先生給的，還對她說，她已不是那車間裡的工人了，並且奉市長先生之命，要她離開濱海蒙特勒伊。這正好是德納第夫婦在要求她從六法郎加到十二法郎、又強迫她從十二法郎加到十五法郎的那一個月。

芳婷困窘極了。她不能離開城裡，她還欠了房租和傢俱費，五十法郎不夠還清債務。她吞吞吐吐地說了些求情的話，那女管理員卻執意趕她走。芳婷只得回到住處，她的過失，這時早已是眾所皆知的了。

她覺得自己連說一個字的勇氣都沒有。有人勸她去見市長先生，她不敢。市長給了她五十法郎，是因為他為人厚道，趕她走是因為他正直。她屈服了這項決定。

事實上，馬德廉先生完全不知道這件事的經過。這不過是常見的那種瞞上欺下的手法而已。馬德廉先生幾乎從來不去女車間，他委託一個老女士管理車間，他對這管理員完全信任，她為人也確實可敬、穩重、公平、廉潔、慈悲，但僅限於施捨方面，在體諒與容忍方面就比較差了。馬德廉先生把一切事務都委託給她，那女管理員便用了那種權力和她自以為是的見解，判決了那件案子，定了芳婷的罪。至於那五十法郎，她是從馬德廉先生委託她在救助工人時不必報銷的一筆款項裡挪用的。

芳婷挨家挨戶地找人雇她當僕人，沒有人要她。她也不能離開那座城市，向她收傢俱費的那個舊貨販子威脅她，要是她走了，就報警抓她。她把那五十法郎分給房東和舊貨販子，把四分之三的傢俱退還回去，只留下不可或缺的一部分。她沒有工作，沒有地位，除床榻之外一無所有，還欠了一百法郎左右的債。

她去替兵營裡的士兵們縫粗布襯衫，每天可以賺十二個蘇。她在這十二個蘇中取出十個給女兒花用。從那時起，她沒有按時如數付錢給德納第夫婦。

這時，有個叫瑪格麗特的老婦人教了她過苦日子的方法。芳婷學會如何在冬天完全不烤火，如何拿裙子做被子，拿被子做裙子，如何藉著對面窗子射來的光線吃飯，以節省蠟燭。久而久之，這些方法便成為一種技能，有了這種巧妙的技能，芳婷的膽子便也壯了一點。

如果能在這樣的苦難裡得到她的小女兒，那自然是一種莫大的幸福。她想把她接來，但是怎麼行！害她一起吃苦嗎？何況她還欠了德納第夫婦的錢，要怎麼還清呢？還有旅費，怎麼付呢？

起初，芳婷慚愧到不敢出門。當她走在街上時，她猜想得到，別人一定在她背後指手劃腳。大家都看著她，卻沒有一個人招呼她；路上行人的那種冷酷的侮蔑態度，如同一陣寒風似地直刺入她的靈和肉。

在小城裡，一個不幸的婦人，處在眾人的嘲笑和好奇心下，就彷彿是赤身裸體一樣。在巴黎，至少沒有人認識你，彼此不相識，倒像有了一件蔽體的衣服。唉！她多麼想去巴黎！但已不可能了。

她已經習慣貧苦的滋味，現在還得習慣受人輕視的滋味。她漸漸打定了主意。兩三個月過後，她克服了羞恥心理，若無其事地出門上街了。她昂著頭，帶點苦笑，在街上往來，感到自己已成為不懂廉恥的人了。

但在早晨，每當她拿著一把斷了的舊梳子去梳那一頭光澤照人、細軟如絲的頭髮的時刻，她還能得到一種顧影自憐的快感。

15

芳婷賺的錢太少了，她的債務越來越重。德納第夫婦沒有按時收到錢，便時常寫信給她，信的內容使她悲哀，使她破產。有一天，他們寫了一封信給她，說她的小珂賽特在冬天卻沒有一點衣服，她需要一條羊毛裙，母親應該寄去十個法郎，才能買到。她收到那封信，捏在手裡搓了一整天。到了晚上，她走到街角的一個理髮店，取下她的梳子。她那一頭令人讚嘆的金髮一直垂到她的腰際。

「好漂亮的頭髮！」那理髮師喊著說。

「您肯出多少錢呢？」她說。

「十法郎。」

「剪吧。」

她買了一條絨線編織的裙，寄給了德納第。這條裙子把那對夫婦惹得怒氣沖沖，他們要的是錢。他們把裙子給愛波寧穿，可憐的百靈鳥仍舊臨風顫抖。

芳婷心想：「我的孩子不會再受寒了，我已經拿我的頭髮做她的衣裳。」她自己戴一頂小扁帽，遮住她的光頭，她仍舊是美麗的。

芳婷的心裡產生了一種黯淡的心思。當她看見自己不能再梳頭時，她開始怨恨四周的一切。她向來尊敬馬德廉，但是，一想到趕她走的是他，使她受盡痛苦的也是他，她便開始恨起他來。

一天，她接到德納第夫婦寫來的一封信，信裡說：「珂賽特得了一種地方病，叫做猩紅熱，非得有昂貴的藥不可。這場病把我們的錢都花光了，我們再也沒有能力支付藥費了。假如您不在這八天內寄四十法郎來，孩子就完了。」

她放聲大笑，向著她的老鄰婦說：

「哈！他們真是好人！四十法郎！只要四十法郎！他們要我到什麼地方去掙呢？這些鄉下人多麼愚蠢！」

但當她走到樓梯上時，又拿出那封信，湊近天窗，再次唸了一遍。隨後，她從樓梯上走下來，向大門外跑，一邊跑一邊跳，笑個不停。

有個人遇見她，問她說：「您有什麼事開心成這種樣子？」

她回答：「兩個鄉巴佬剛寫了一封信給我，和我開玩笑，他們跟我要四十法郎。這些鄉巴佬真有一套！」

她走過廣場，看見許多人圍著一輛怪車，車頂上站著一個穿紅衣服的人，正在對觀眾們演說。那人是一個兜售整套牙齒、牙膏、牙粉和藥酒的江湖術士。芳婷鑽到人群中去聽演講，也跟著其餘的人笑。那拔牙的大夫見了這個美麗的姑娘張著嘴笑，突然叫起來：

「喂，那位笑嘻嘻的姑娘，您的牙齒真漂亮呀！假使您肯把您的瓷牌賣給我，我願意出兩個金拿破崙。」

「我的瓷牌？瓷牌是什麼？」芳婷問。

「瓷牌，」那位牙科醫生回答說，「就是門牙，上排的兩個門牙。」

「好嚇人！」芳婷大聲說。

她逃走了，捂著自己的耳朵，免得聽見那個人的啞嗓子。但是那人仍喊道：「您想想吧，美人！兩個拿破崙大有用處呢。假如您願意，今天晚上就到銀甲板旅店裡來，您可以在那裡找到我。」

芳婷回到家裡，怒不可遏，把事情告訴瑪格麗特：「您聽過這種道理嗎？怎麼能讓那種怪人四處遊蕩呢？拔掉兩個門牙！那會變成什麼怪樣子！頭髮還能長出來，但是牙齒——啊！我寧可從六樓跳下去！他說他今晚在銀甲板旅店。」

「他出什麼價？」瑪格麗特問。

「兩個拿破崙。」

「就是四十法郎了。」

「是呀，」芳婷說，「就是四十法郎。」

她愣了一會兒，便去工作了。十五分鐘後，她丟下她的工作，跑到樓梯上再次讀了德納第夫婦的那封信。

她轉身，向在她身旁工作的瑪格麗特說：

「猩紅熱是什麼？您知道嗎？」

「我知道，」那個老太婆回答說，「那是一種病。」

「那種病真的需要很多藥嗎？」

「啊！需要許多古怪的藥。」

「怎麼會得那種病的？」

「自然而然地就得了。」

「孩子也會得那種病嗎？」

「得了那種病會死嗎？」

「孩子最容易得。」

「很容易。」瑪格麗特說。

芳婷走出去，又回到樓梯上，把那封信重唸了一遍。

到晚上，她下樓，有人看見她朝著巴黎街走去，那正是有許多旅店的地方。

第二天早晨，天還沒亮，瑪格麗特走進芳婷的房間，看見她坐在床上，面色慘白，彷彿凍僵了似的。她還沒有睡，她的小圓帽掉在腿上。那支蠟燭點了一整夜，幾乎點完了。

瑪格麗特停在門邊。她見了那種亂七八糟的樣子，大驚失色。喊道：

「老天！這支蠟燭點完了！一定出了大事情！」

隨後，她看見芳婷把她的光頭轉過來。她在一夜間老了十歲。

「耶穌！」瑪格麗特說，「您出了什麼事？芳婷。」

「沒什麼，」芳婷回答說，「這樣也好。我的孩子不會死了，那種病真把我嚇壞了。現在她有救了，我也放心了。」

她一面說，一面指著桌子，把那兩個發亮的拿破崙指給那老太婆看。

「啊！上帝，」瑪格麗特說，「這是一大筆錢啊！您是從哪裡弄來的？」

「我弄到它們了。」芳婷回答。

同時她微笑著。那支蠟燭正照著她的面孔，那是一種血跡模糊的笑容。一條紅唾液掛在她的嘴角，嘴裡一個黑洞。那兩顆牙被拔掉了。

她把那四十法郎寄到蒙費梅伊去了。

那卻是德納第夫婦謀財的騙局，珂賽特並沒有生病。

芳婷把她的鏡子丟到窗外。她早已放棄了二樓的那個小套房，搬到屋頂下一間用木門拴著的破房間裡去了。她沒有床了，只留下一塊破布，那便是她的被褥。她早已不怕人恥笑，現在連修飾的心思也沒有了。她時常戴著骯髒的小帽上街，也不再縫補她的衣衫了。她的債主們和她糾纏不休，使她沒有片刻安寧。她時常哭一整夜，想一整夜，她的眼睛亮得出奇，並且覺得左肩時常作痛。她時常咳嗽。她恨透了馬德廉，但是不出怨言。她每天縫十七個鐘頭，但是工頭忽然壓低了工資，每日的收入減到了九個蘇！

人們究竟要她怎麼樣？慈悲的上帝。她覺得自己已無路可走，於是在她心裡便生出了一種困獸的心情。正在這時，德納第又來了信，說他寬限了很久，已是仁至義盡了，他立刻要一百法郎，否則就把小珂賽特趕出去；她大病初癒，他們不管天有多冷，路有多遠，也只好讓她走。「一百法郎！」芳婷心想，「但是哪裡有每天賺五個法郎的機會呢？」

「管他的！」她說，「全賣了吧。」

這苦命的女人作了公娼。

16

在上面提過的那些事發生後又過了八個月或十個月，在一八二三年一月的上旬，一次雪後的晚上，一個戴著窄邊帽、穿著暖和時髦大衣的貴公子，正在調戲一個穿著跳舞服、敞著胸肩、頭上戴著花、在軍官咖啡館的玻璃窗前來往徘徊的婦人。那個貴公子一邊還吸著煙，宛如時髦的象徵。

那婦人每次從他面前走過，他總會吸一口雪茄，把煙噴向她，並說一些自以為詼諧有趣的話，像是「妳多麼醜！」「還不躲起來！」「妳沒有牙齒！」等等。那位先生叫做巴馬達波先生，而那個愁眉苦臉、打扮妖嬈的婦人並不回嘴，連看也不看他一眼，她仍舊一聲不響，拖著均勻沉重的步伐，在雪地上踱來踱去。

或許是她逆來順受的反應刺激了這位好事之人，他趁她轉過身去時，躡手躡腳地跟在她後面，忍住笑，彎下腰，在地上捏了一把雪，一下子塞到她的背上，兩個赤裸裸的肩膀中間。那妓女狂叫一聲，回過身來，豹一般地跳上去，一把抓住那個人，把指甲掐進他的皮肉，罵了一些不堪入耳的話。那種惡罵從酒醉的啞嗓子裡喊出來確實刺耳，那張嘴也確實少了兩顆門牙。她便是芳婷。

軍官們聽了那種聲音，全從咖啡館裡湧出來了，路過的人也聚上來，圍成一個大圈子，有笑的、叫的、鼓掌的，那兩個人在人圈中扭打成一團，旁人幾乎看不清是一個男人和一個女人；男人竭力抵禦，帽子掉在地上，女人拳打腳踢，帽子也丟了，亂叫著，她既無牙齒，也無頭髮，氣得面孔發青，好不嚇人。

忽然，一個魁梧的人從人堆裡衝出來，抓住婦人泥汙狼藉的緞衫，對她說：「跟我來。」

婦人抬頭一望，她那咆哮如雷的嗓子頓時沉寂下去了。她目光頹喪，面如槁灰，渾身嚇得發抖。她認出那人是賈維。

貴公子趁機溜走了。

賈維撥開人群，拖著他身後的那個苦命人，大步走向廣場另一頭的警署。她機械地任人處置，一句話也沒說。一大群觀眾樂極了，嘴裡胡言亂語，都跟著走。

警署的辦公室是一間矮廳，裡面有個員警在看守，還有一扇面街的鐵欄玻璃門。賈維走到那裡，開了門，和芳婷一同走進去，隨後把門關上，把那些好奇的人們拒於門外；但他們仍擁在警署門口的玻璃前面，伸長了脖子，想看個究竟。

芳婷進門以後，便坐在牆角裡，不動也不說話，縮成一團，好像一條害怕的母狗。賈維坐下，從口袋裡抽出一張公文紙，開始寫起來。

他竭盡所能，不斷思考他正在辦的這件大事。他越考慮那個妓女所做的事，就越感到怒不可遏。他剛才目睹的分明是樁大罪，就在那裡，在街上，一個有財產和選舉權的公民所代表的社會，被一個不容於世的畜生所侮辱、冒犯了！一個娼妓竟敢冒犯一個紳士。而他，賈維，目擊了那樣一件事。他一聲不響，只是不停地寫。

他寫完後簽上了名，把那張紙摺起來，交給旁邊的員警，對他說：「帶三個人，把這婊子押到牢裡去。」隨又轉向芳婷說：「判妳六個月的監禁。」

那苦惱的婦人大吃一驚。

「六個月！六個月的監禁！」她叫道，「六個月，每天賺七個蘇！那麼，珂賽特將怎麼辦？我的孩子！我的孩子！而且我還欠德納第家一百多法郎，督察先生，您知道嗎？」

她跪在石板上，在眾人的靴子所留下的泥漿中合攏雙手，用膝蓋大步往前拖。

「賈維先生！」她說，「求求您開恩。我保證，我確實沒有做錯，假如您一開始就看見這件事，就會明白了。我在慈悲的上帝面前發誓，我沒有做錯，是那位客人，我又不認識他，他把雪塞到我的背上，讓我嚇了一跳。我原本就生了病，您知道嗎？而且他還向我囉嗦了好一陣子。『妳醜！』『妳沒有牙齒！』我並沒有理會，他便忽然把雪塞在我的背上。唉！賈維先生，我的好督察先生！我生了氣，那也許不應該，我不應該弄壞那位先生的帽子。唉！賈維先生，您不知道，在監獄裡，每天只能賺七個蘇，請您想想，我有一百法郎要付，不付的話，人家就會把我的小女兒送回來。唉！我的上帝，我不能把她帶在身邊，我做的事多麼可恥啊！我的珂賽特，啊，我的小天使，她該怎麼辦呢？我告訴您，德納第那種鄉下人是不講道理的，他們只要錢！請不要把我關起來，他們會在這麼冷的天氣把她丟在大路上，讓她自身自滅。我的好賈維先生，請您可憐可憐我。老實說，我並不是個壞女人，並不是懶惰使我墮落至此，我也曾經潔身自愛。我喝了酒，那是因為我心裡難受。請您可憐可憐我吧！賈維先生。」

她那樣彎著身子傾吐苦水，淚眼昏花，敞著胸，絞著手，急促地咳嗽，低聲下氣，如同垂死之人。隨後，她停下來，輕輕地吻著那督察禮服的下擺。那副模樣足以使一顆石心軟化，但一顆木頭的心是軟化不了的。

「夠了！」賈維說，「我已經聽見了。妳說完了沒有？現在，走吧！妳必須在牢裡待六個月，即使上帝來求情也沒用。」

員警們立刻捉住了她的手臂。

幾分鐘以前，一個人在眾人不知不覺間走了進來。他關好門，靠在門上，聽到了芳婷的哀求。正當員警們把手伸向那不肯起立的婦人身上時，他上前一步，從黑影裡鑽出來說：「請你們等一會！」

賈維抬起眼睛，看見了馬德廉先生。他脫下帽子，帶著一種不自在的怒容向他致敬：

「失禮了，市長先生……」

市長先生這幾個字給了芳婷一種奇特的感覺，她猛地一下直立起來，張開雙臂，把那些士兵推向兩旁；他們還來不及阻擋她，她已徑直朝馬德廉先生走去，像瘋子一般盯著他喊道：

「哈！市長先生，原來就是你這傢伙！」

隨後，她放聲大笑，一口唾沫吐在他臉上。

馬德廉先生擦了擦臉，說道：「賈維督察，釋放這個婦人。」

這一瞬間，賈維感覺自己快瘋了。他看見一個公娼在市長的臉上吐口水，這種事在他的想像中簡直荒謬到了無法想像的地步；同時，那位市長卻心平氣和地擦著臉，說出「釋放這個婦人」。他簡直嚇得有點頭昏眼花，他的頭腦不能再思考，嘴也不能再動了，那種驚駭已超出他可以接受的限度。他一言不發地站著。

芳婷聽了那句話也同樣驚愕，幾乎要昏過去。她朝四周望了望，又低聲地彷彿自言自語般說起話來。

「釋放？讓我走？這是誰說的？不可能的，我聽錯了，一定不會是那混蛋市長說的！是您吧？我的好賈維先生，是您要放我走吧？啊！您瞧，我就知道您會讓我走的。這個老流氓市長是一切的罪魁禍首，您想想吧，賈維先生，他聽了工廠裡那些胡說八道的謠言，把我趕了出來，這多麼可惡！從那以後，我賺的錢就不夠了，一切苦惱也都來了。之後，我幫人縫襯衫，每天賺十二個蘇，但又突然減到了九個，再也沒有辦法過活了；為了我的小珂賽特，我只好當了娼妓。您現在明白了，最會害人的就是那個混蛋市長。我還要說，我在軍官咖啡館的前面踩壞了那位先生的帽子，但是他，他卻用雪把我的衣服弄壞了，那是我僅有的一件絲綢衣服，特地為了晚上穿的。您瞧，我從來沒有故意害人，確實如此。啊！賈維先生，是您說要放我走的，不是嗎？」

馬德廉先生全神貫注地聽著她的話。正當她說話時，他摸了摸背心，掏出他的錢包，打開來看。它是空的，他又把它放進口袋，向芳婷說：

「您說您欠人多少錢？」

芳婷原本只看著賈維，她轉過頭向著他：

「我是在和你說話嗎？」

隨後，她又向那些員警說：「喂，你們看見我是怎麼把口水吐在他臉上的嗎？嘿！老奸賊市長，你到這裡來嚇我，但是我不怕你。我只怕賈維先生，我的好賈維先生！」

說著，她又轉過去朝著那位督察。

「您瞧，督察先生，我知道您一向公平。老實說，這件事沒什麼，一個人開個小玩笑，把一點雪放到一個女人的背上，好逗那些軍官們開心，我們這些人本來就是讓人尋開心的。我不會再鬧事了，賈維先生，從今以後，不管人家怎麼作弄我，我都不會亂動了。只是今天，您知道，我叫了一聲，因為那東西讓我太受不了，我完全沒有防備那位先生的雪；而且，我已跟您說過，我的身體不大好，老是咳嗽。」

她已不哭了，她的聲音是娓娓動聽的。接著，她匆匆整理了身上零亂的衣服，把弄皺了的地方扯平，便朝著大門走去，向那些員警和顏悅色地點了點頭。

「先生們，督察說過了，放我走。我走了。」

她把手放在門閂上。再走一步，她便到了街上。

賈維一直呆立不動，兩眼望地。門閂的聲音總算使他驚醒過來，他抬起頭，露出儼然不可侵犯的表情。

「員警！」他吼道，「你沒看見那賤貨要走嗎？誰叫你讓她走的？」

「我。」馬德廉說。

芳婷聽到賈維的聲音，顫抖了起來，連忙放下門閂，好像一個束手就擒的小偷一樣。聽了馬德廉的聲音，又轉過身來，目光在馬德廉和賈維之間來回巡視。

賈維轉身向著市長，面色發青，嘴唇發紫，神情冷峻，目光凶頑，渾身顫抖。而且說也奇怪，儘管他眼睛朝下，但是語氣堅決：

「市長先生，那不行。」

「為什麼？」馬德廉先生說。

「這女人侮辱了一位紳士。」

「賈維督察，」馬德廉先生用一種委婉和氣的語氣答道，「聽我說，您是個誠實人，不難向您解釋清楚。實際情形是這樣的：剛才您逮捕這婦人時，我正好經過那廣場，當時也還有成群的人在場。我進行了調查，明白了一切詳情，錯的是那位紳士，應該逮捕他，才符合員警公正的精神。」

賈維回答說：「這賤人剛才侮辱了市長先生。」

「那是我的事，」馬德廉先生說，「我想，我受的侮辱應當是屬於我的，我可以按照自己的意見處理。」

「請市長先生見諒，您受的侮辱並不是屬於您的，而是屬於法律的。」

「賈維督察，」馬德廉先生回答，「最高的法律是良心。我聽了這婦人的談話，我明白我所做的事。」

「但是我，市長先生，我不明白我所見到的事。」

「那麼，您只管服從就好。」

「我服從我的職責。我的職責要求這個婦人坐六個月的牢。」

馬德廉先生和顏悅色地回答說：

「聽清楚了，她一天牢也不會坐。」

賈維定睛注視市長，繼續抗爭到底，但是他說話的聲音始終是極其恭敬的：

「我無意冒犯市長先生，但是我請求您讓我提出一點意見：當時我就在場，是這個婊子先跳上去打巴馬達波先生的，巴馬達波先生是選民，並且是公園旁那棟漂亮的三層宅邸的主人。總之，市長先生，這件事牽涉一個員警的職務問題，我主張收押芳婷這個婦人。」

馬德廉先生叉起雙手，用一種嚴厲的、前所未有的聲音說道：

「您提的這個問題是個市政員警問題。根據刑法第九、第十一、第十五和第六十六條，我是這個問題的審判人。我命令釋放這個婦人。」

「但是，市長先生……」

「請您注意一七九九年十二月十三日的法律，關於擅行拘捕問題的第八十一條。」

「市長先生，請允許我……」

「一個字也不必再說。」

「可是……」

「出去！」馬德廉先生說。

賈維正面直立，吞下了這個硬釘子。他向市長先生深深鞠躬，幾乎彎到地面，便出去了。

芳婷連忙讓路，望著他從她面前走過，嚇得魂不附體。在這同時，她被一種奇怪而混亂的心情控制住了。那個她一向認為是一切痛苦的根源的那個市長，那個馬德廉！就在她狠狠侮辱了他一番之後，他卻搭救了她！難道她搞錯了？難道她該完全改變自己的想法？她不知所措，發抖著、望著、聽著，頭昏目眩，馬德廉先生每說一句話，她都覺得當初的那種仇恨的黑影在她心裡融化、坍塌，取而代之的是不可言喻的歡樂、信心和愛。

賈維出去以後，馬德廉先生轉身看著她，忍著眼淚向她慢慢說道：

「我聽到了您說的話，我從前完全不知情，連您離開我車間的事我也不知道。但我相信那是真的。您當初為什麼不來找我呢？這樣吧，我代您還債，把您的孩子接來，或是您去找她。無論您以後要住在此地或是巴黎，都隨您高興。您的孩子和您都歸我負責，假如您願意，可以不必再工作。您需要多少錢，我都照給。將來您生活愉快，也做個誠實的人。聽著，在上帝面前，您的一生始終是善良貞潔的。啊！可憐的婦人！」

這已不是可憐的芳婷能承受得了的，得到珂賽特？脫離這種下賤的生活？自由自在、富裕快樂地和珂賽特相依為命？她半信半疑地望著說話者，只能在痛哭中發出幾次「啊！啊！」的聲音，她的雙腿癱了下去，跪在馬德廉先生跟前，拉住了他的手，並且把嘴唇吻了上去。

她隨即暈過去了。

17

馬德廉先生叫人把芳婷抬到工廠裡的療養室。他把她交給桑普麗絲修女，讓她安頓在床上。她發了一場高燒，在昏迷中大聲叫喊，胡言亂語，鬧了大半夜，最後睡著了。

快到第二天中午，芳婷醒來了，她聽見她床邊有人呼吸，她拉起床帷，看見馬德廉先生站在那裡，正望著牆上的耶穌受難像專心祈禱，目光充滿憐憫沉痛的神情。

此刻，馬德廉先生在芳婷的心目中是另外一個人了。她覺得他渾身周圍有層光。他完全沉浸在祈禱裡，她望了他許久，不敢驚擾他。到後來，她才小聲向他說：

「您在那裡做什麼？」

馬德廉先生站在那地方已經一個小時了，他一直在等芳婷醒來。他握著她的手，摸了摸她的脈搏，說道：

「您感覺如何？」

「我很好，我睡了好一陣子，」她說，「我覺得我好多了，很快就沒事了。」

於是，他回答她剛才的問題：「我為天上的那位殉難者祈禱。」

在他心裡，他還加了一句：「也為地下的這位殉難者。」

馬德廉先生調查了一夜又一個早晨，現在完全明白了，他瞭解了芳婷悲慘的身世。他深深地嘆了一口氣，至於她，她帶著缺了兩個牙的絕美笑容向他微笑。

賈維在當天晚上寫了一封信。第二天早晨，他親自把那封信送到濱海蒙特勒伊郵局。那封信是寄到巴黎去的，收件者寫著「警署署長先生的秘書夏布耶先生」。他與市長爭執的事已經傳得沸沸揚揚，因此郵局局長和其他幾個人見到了那封信時，都以為他寄出的是辭職書。

馬德廉先生立即寫了一封信給德納第夫婦。芳婷欠他們一百二十法郎，他寄去了三百法郎，要他們多退少補，並迅速把那孩子送到濱海蒙特勒伊來，因為她的母親生病了，要看她。

德納第喜出望外。「見鬼！」他向妻子說，「別放走這孩子。這個小百靈鳥快要變成有奶的牛了。我知道，一定有個傻子愛上了她母親。」

他寄回一張偽造的五百多法郎的帳單，裡頭附了兩張收據，一共三百多法郎，一張是醫生開的，一張是藥劑師開的。那其實是替愛波寧和雅潔瑪診治的帳單，至於珂賽特，她從未病過。德納第在帳單下方寫道：「欲收三百法郎。」

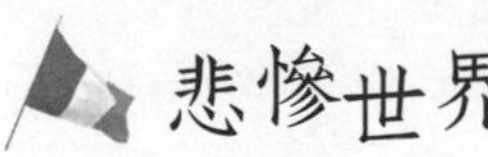

馬德廉先生立刻又寄去三百法郎，並且寫道：「快把珂賽特送來。」

「那怎麼行！」德納第說，「我們別放走這孩子。」

期間，芳婷的病沒有一點起色，她始終留在那間病房裡。馬德廉每天去探望她兩次，每次她都要問他：

「我不久就可以看見我的珂賽特了吧？」

他也總是回答：

「也許就在明天早晨。她隨時都會到，我正等著她呢！」

於是那母親慘白的面容也開朗了。

「啊！」她說，「那我就開心了。」

她的狀況彷彿一週比一週更嚴重了。那一把雪是緊貼著皮膚塞在她兩塊肩胛骨中間的，那突如其來的一陣冰冷，立刻停止了她發汗的機能，因此幾年以來潛伏在她體內的病終於急劇惡化。當醫生診療過芳婷的肺部以後，搖了搖頭。

「怎樣？」馬德廉先生問那醫生。

「她不是有個孩子想見嗎？」醫生說。

「是的。」

「趕快接她來吧。」

馬德廉先生吃了一驚。之後，芳婷問他：

「醫生說了什麼？」

馬德廉先生勉強微笑著。「他說快把您的孩子接來，您的身體就好了。」

「啊！」她回答說，「他說得對！她就快來了，現在我總算看見幸福的日子不遠了。」

但是德納第不肯放走那孩子，而且找了各種牽強的藉口：珂賽特有點不舒服、冬季不宜上路，或是他還有一些債務急待還清、他正在收取發票等等。

「我可以派人去接珂賽特，」馬德廉先生說，「必要時，我還可以自己去。」

他照著芳婷的口述，寫了這樣一封信，又叫她簽了名：

致德納第先生：請將珂賽特交給來人，零星債款將一併還清。

芳婷

就在這時，發生了一件大事。人們枉費心機，想打通人生旅途中的障礙，但命中的厄運始終是要出現的。

18

一天早晨，馬德廉先生正在辦公室裡提前處理市府的幾件緊急公事，以備隨時去蒙費梅伊。那時有人通報，說賈維督察請見。馬德廉先生聽到這個名字，頓時生出一種不愉快的感覺。自從發生警署那件事以後，賈維更加躲避著他，馬德廉也沒有再和他會面。

「請他進來。」他說。

賈維進來了，他向背對他的市長恭敬地行了一個禮。市長先生不看他，仍然批著他的公事。

賈維在辦公室裡走了兩三步，又停下來，不敢打破現場的寂靜。

最後，市長先生把筆放下，身體轉過了一半：

「說吧！賈維。有什麼事？」

賈維沒有立即回答，好像得先集中思想。隨後他放開嗓子，用一種憂鬱但不失淳樸的聲音說：

「是這樣的，市長先生，有一樁犯罪的事。」

「事情經過是？」

「一個下級警官對長官做出了極嚴重的冒犯行為。我特地來向您說明這件事，因為這是我的責任。」

「那警官是誰？」馬德廉先生問。

「是我。」賈維說。

「您？」

「我。」

「那個要控告警官的長官又是誰呢？」

「您，市長先生。」

馬德廉先生從椅子上挺直了身體。賈維說下去，態度嚴肅，眼睛始終朝下：

「市長先生，我來請求您向上級申請免我的職。您也許會覺得這樣還不夠，辭職是件有面子的事；我失職了，我應當受處罰，我應當被革職。」

「啊！為什麼呢？」馬德廉先生大聲說，「這究竟是怎麼一回事？您什麼時候對我有過冒犯的行為？您對我做了什麼事？您來見我，說要辭職……」

「革職。」賈維說。

「好，就算是革職吧，但是我不懂。」

賈維長嘆了一口氣，又始終冷靜而憂鬱地說：「市長先生，六個禮拜以前，那個女人的事發生之後，我很氣憤，便揭發了您。」

「揭發？」

「向巴黎警署揭發的。」

馬德廉笑了起來。「揭發我以市長職權干涉警務嗎？」

「揭發您是舊苦役犯。」

市長臉色發青了。賈維沒有抬起眼睛，又繼續說：

「我當時是那樣想的，我心裡早已起了疑心。容貌相似，您又派人去法維洛勒打聽過消息，您的那種力氣——割風伯伯的那件事，您的槍法準確，您那隻有點沉重的腿……我真是傻！總之，我把您誤認成一個叫尚萬強的人了。」

「什麼？您說的那個人叫什麼名字？」

「尚萬強，他是二十年前我在土倫做副監獄官時見過的一個苦役犯。那犯人剛出獄時，似乎在一個主教家裡偷過東西，隨後又在一條公路上搶劫一個孩子。八年以來，不知怎地，他行蹤全無，可是政府仍在緝拿他。我當初以為……我終於做了那件事！一時的氣憤使我下定決心，我便在警署揭發了您。」

馬德廉先生早已拿起了他的卷宗，用一種毫不關心的口氣說：

「那麼，別人怎麼回答您呢？」

「他們說我瘋了。」

「那麼，結果呢？」

「他們說對了。」

「幸好您肯承認。」

「我不得不承認，因為真正的尚萬強已經被捕了。」

馬德廉先生手中的文件掉了下來。他抬起頭來，眼睛盯著賈維，用一種無法形容的語氣叫出：「啊！」

「就是這樣，市長先生。據說，在靠近埃里勒歐克洛謝的一個地方，有個人叫做商馬第，是一個窮到極點的傢伙。就在今年秋天，這個商馬第在一戶人家偷了製酒的蘋果，被捕了。他被關進阿拉斯的省級監獄，在那裡，有個叫布萊維的老苦役犯，由於他的表現好，被指派擔任牢房的看守。當商馬第剛入獄時，布萊維便叫道：『怪了！我認識這個人，他是個老面孔。喂！看著我，你是尚萬強！』商馬第假裝奇怪。『別裝了，』布萊維說，『你是尚萬強！你在土倫監獄裡待過，那是二十年前的事了。』商馬第仍不承認。之後，大家追究了這件怪事，得到了以下資料：大約在三十年前，商馬第曾在法維洛勒當過修樹枝工人；過了好幾年，有人在奧弗涅見過他，之後，又有人在巴黎看到他，據說他在那裡當了造車工人；最後，他來到了本地。還有一件事，尚萬強的名字是『尚』，而他的母親姓『馬第』；出獄以後，他用母親的姓做自己的姓，以圖掩飾，這難道不是理所當然的事嗎？在奧弗涅，『尚』也可以唸成『商』，於是他就成了商馬第。有人到法維洛勒去調查過，但是那裡已經沒有認識他的人了，於是到土倫去調查。除了布萊維以外，還有兩個見過尚萬強的終身苦役犯，一個叫戈什巴依，一個叫舍尼傑。人們把那兩個犯人提出來，與這個商馬第對質；他們一口咬定他就是尚萬強。我就是在那時把揭發您的文書寄到了巴黎的警署，他們回覆我，說我神智不清，因為尚萬強好端端地關在阿拉斯。這件事使我很驚奇，我便去見了那個商馬第……」

「結果呢？」馬德廉先生打斷他說。

賈維用他那副堅定而憂鬱的面孔答道：

「市長先生，我很失望。那個人的確是尚萬強，我也認出了他。」

「您認為可靠嗎？」

賈維笑了出來，那是人在深信不疑時流露出來的那種慘笑。

「啊！十分可靠。」

他停了一會，若有所思，然後又繼續接著說：

「現在我已見過了那個真的尚萬強。不過我還是不懂，從前我怎麼會那麼想。請您原諒，市長先生。」

「那個人怎麼說呢？」

「啊！市長先生，事情可不妙啊。假如他真的是尚萬強，那就有累犯罪；這已不是員警的問題，而是高等法院的問題了，不是幾天的羈押問題，而是終身苦役的問題了。還有搶劫那孩子的事，我希望也能一併提出來。不過，那尚萬強是個鬼頭鬼腦的東西，他一定會裝瘋賣傻，大吵大鬧，東拉西扯。幸好，各種證據確鑿，他已被四個人指證了，遲早得受處罰。他已被押到阿拉斯高等法院。屆時我將去作證。」

「哪一天出發？」

「那件案子明天開審，我今晚就得搭公共馬車走。」

馬德廉先生極其輕微地震動了一下，旁人幾乎無法察覺。

「這件案子得花多少時間才能作出判決？」

「最多一天，判決書最晚明天晚上便會公佈。但是我不打算等到判決書公佈，那是毫無問題的。我完成了證人的任務，便會立刻回到此地。」

「那很好。」馬德廉先生說。

他做了一個手勢，叫賈維退去。但賈維不走。

「市長先生，還剩下一件事，我得重新提醒您。」

「哪件事？」

「就是我應當革職。」

馬德廉站起身來。

「賈維，您是一個值得尊敬的人，我欽佩您。您過分誇大您的過失了；況且那種冒犯，也還是屬於我個人的。賈維，您應當晉級，不應當降級。我的意見是您應該繼續堅守您的崗位。」

「市長先生，我不能同意。」

「我再向您說一遍，」馬德廉先生反駁，「這是我的事。」

但是賈維只注意他的個人意見，繼續說道：

「至於說到過分誇大，我是這樣理解的：我毫無根據地懷疑過您，僅僅出於一時的氣憤，存心報復，便把您一個可敬的人、一個市長、一個長官，當成苦役犯告發了！這是嚴重的，我身為一個法權機構中的警務人員，侮辱了您就等於侮辱了法權。假如我的部下做了同樣的事，我就會宣告他不稱職，並且將他革職，不對嗎？還有，市長先生，我生平對人要求嚴格，也對自己要求嚴格，我不希望您以好心待我，我不喜歡那一套。放縱一個冒犯紳士的公娼、放縱一個冒犯市長的警務人員、放縱一個冒犯上級的下屬的這種好心，在我眼裡，只是惡劣的好心。社會之所以腐敗，正是那種好心造成的。哼！假如您是我從前懷疑的那個人，我絕不會以好心待您！您會有罪好受的。市長先生，我應當以待人之道待己。現在我犯了錯，一切都是活該！來吧，革我的職！為了整飭紀律，應當作個榜樣。我要求您革了督察賈維的職。」

這些話全是用一種謙卑、頹喪、自負的口吻說出來的，使得這個誠實的怪人多了一種說不出的奇特、偉大的氣概。

「我們將來再說吧。」馬德廉先生把手伸給他。

「請您原諒，市長先生，這可不行。一個市長不應和奸細握手。」

於是他深深行了個禮，向著門走去。走到門口，他又轉過來，兩眼始終朝下：

「市長先生，」他說，「在有人接替我以前，我仍將代行職務。」

他出去了。馬德廉先生心中動搖，聽著他那種穩重堅定的步伐在長廊的石板上越去越遠。

19

在賈維來訪的那個下午，馬德廉仍照常去看芳婷。那一天，她的體溫很高，一看見馬德廉先生，便問他：

「珂賽特呢？」

他帶著笑容回答：「快來了。」

馬德廉先生對芳婷還是跟平日一樣。不過平日他只待半個鐘頭，這一天卻待了一個鐘頭，芳婷大為高興。他再三囑咐大家，不要讓病人缺少任何東西。人們注意到他的神色在某一時刻顯得非常陰鬱，當他們後來知道醫生曾在他耳邊說過「她的體力大減」，也就明白他神色陰鬱的原因了。

隨後，他回到市政府，辦公室的侍者看見他正細心研究掛在辦公室裡的一張法國公路圖。他還用鉛筆在一張紙上寫了幾個數字。

從市政府出來後，他走到城盡頭一個佛萊明人的家裡，那人叫斯戈弗賴爾，以出租馬匹和車子為生。當他上門時，斯戈弗賴爾正在家修補馬具。

「斯戈弗賴爾師父，」他問道，「您有匹好馬嗎？」

「市長先生，」那個佛萊明人說，「我的馬全是好的。您需要什麼樣的好馬呢？」

「我的意思是說一匹一日能走二十法里的馬。」

「見鬼！」那個佛萊明人說，「二十法里！」

「是的。」

「要套上車嗎？」

「要的。」

「市長先生，」佛萊明人又說，「這件事，我可以辦到。您應該見過我的那匹小白馬，那是一匹下布洛涅種的小馬。二十法里，牠一路小跑，不到八個鐘頭便到了。」

「那好，這小車和馬明天早晨四點半一定要在我的門口等。」

於是他出去了。回家以後，他徑直上樓到了自己的房間裡，關上房門。這是件最平常不過的事，因為他平日向來早睡。馬德廉先生唯一的女僕便是這工廠的門房，當晚，她看見市長的燈在八點半鐘就熄了，出納員回廠，她把這情形告訴他：

「難道市長先生病了嗎？我覺得他的神色有點不對勁。」

那出納員恰好住在馬德廉先生下方的房間。他絲毫沒有在意那門房說的話，很快便入睡了。快到半夜時，他忽然醒過來，他在睡夢中聽見頭頂有響聲。他注意聽，似乎有人在他上面的房間裡來回踱步；他再仔細聽，聽出了那是馬德廉先生的腳步。他感到詫異，平日在起床以前，馬德廉先生的房間裡從來不會發出聲音。過了一會兒，那出納員又聽見一種開關櫥櫃的聲音；隨後，有人搬動了一件傢俱。

一陣寂靜之後，腳步聲又開始了。出納員坐了起來，張開眼睛，看見對面牆上有從另一扇窗子裡射出的紅光，那正是馬德廉先生臥室的窗子，從窗格的影子沒有顯出這一點，可見窗子是完全敞開的。當時天氣正冷，窗子卻開著，真是怪事。出納員又睡去了。一兩個鐘頭過後，他又醒過來。同樣緩慢而均勻的步履聲始終在他的頭上來來去去。

20

讀者一定已經猜到，馬德廉先生便是尚萬強。

自從小傑維的事件在尚萬強身上產生了影響後，我們知道，他已成了另外一個人了。那位主教所期望於他的，他已都躬行實踐了。那不僅是種轉變，而是再生。

此後，他銷聲匿跡，變賣了主教的銀器，只留下那兩個燭台作為紀念，從一個城溜到另一個城，穿過法蘭西，來到濱海蒙特勒伊，發明了我們說過的那種新方法，造就了我們談過的那種事業，把自己變得難以捉摸、難以親近，獨居在濱海蒙特勒伊，一面追緬那些傷感的往事，一面慶幸自己難得的餘生，可以彌補前半生的缺憾。他生活安逸、有保障、有希望，他只有兩種心願：埋名、立德。

出於這兩種心願，他深藏不露，他樂於為善，質樸無華。儘管如此，兩者有時也不免發生矛盾；在不能兩全時，馬德廉先生絕不為後者犧牲前者，絕不為自己的安危犧牲品德。他在取捨之間毫不猶豫。

然而，當賈維走進他的辦公室，剛說了最初那幾句話時，他已隱約而深切地認識了這一事件的嚴重性。當他意圖深埋的那個名字被人突然提到時，他大為驚訝，接著是一陣大震撼前的小顫抖；他感到他頭頂烏雲密佈，雷電即將大作。聽著賈維說話，他最初的想法便是去自首，把那個叫商馬第的人從牢獄裡救出來，自己受監禁。隨後，這種念頭消失了，他對自己說：「想想吧！想想吧！」他抑制了最初的那種慷慨情懷，在英雄主義面前退縮了。

那一天餘下的時間，他就是這樣子，內心思潮起伏，外表恬靜自如。一切還是混亂的，並且在他腦中互相衝突。他什麼也說不上來，只知道剛剛受到了猛烈的打擊。他照常到芳婷的病榻旁邊去，延長了會面的時間，那也只是出自善良的本性，覺得應當如此而已。他又把她好好託付給修女們，以防萬一。他胡亂猜想，也許非到阿拉斯去一趟不可了，事實上他對於那趟遠行並未完全決定，他心想自己還沒有遭到別人懷疑，倒不如親自去看看那件事的經過，因此他向斯戈弗賴爾訂了車子，以備不時之需。

用完晚餐，他回到自己房裡，開始考慮。

他研究當時的處境，覺得真是離奇，前所未聞！離奇到使他在心思紊亂之中產生了一種不可言喻的急躁情緒。他從椅子上跳起來，把房門拴上。過了一會，又吹熄了蠟燭。燭光使他煩悶。

「我怎麼了？」

「我不是在做夢吧？」

「難道我真的看見了賈維，他真的向我說了那些話嗎？」

「那個商馬第究竟是什麼人呢？他真的像我嗎？」

「這件事有可能嗎？」

「我該怎樣辦？」

他的心因為這些煩惱而感到困惑，他的大腦也已失去了記憶的能力，他的思想如波濤般起伏翻騰。他雙手捧著頭，想使思潮停留下來，從中理出一種明確的見解和一定的辦法，但是他獲得的只有苦惱。

他的頭熱極了。他走到窗前，把窗子推開。天上沒有星星，他又回來坐在桌子旁邊。

漸漸地，一些模糊的線索在他的沉思中開始形成、固定下來了，他已能望見一些局部的端倪，並且，如同觀察實際事物似的，相當清晰了。

他彷彿覺得他剛從一場莫名其妙的夢裡醒過來，又看見自己正在黑夜之中，從一個斜坡滑向一道絕壁的邊緣。他站著發抖，處於一種進退兩難的地位。他清清楚楚地看見一個不認識的人，命運把那人當成他自己，要把他推下那深坑。為了填塞那深坑，必須有一個人掉下去，他自己也許就是那個人。

事情已經明白了：他在監獄裡的位子還是空著的，躲也無用，那位子始終在那裡等著他，直到他進去的那一天。這是無法逃避、命中註定的。隨後，他又對自己說，他已有了個替身，那個叫商馬第的活該倒楣；他可以讓商馬第去坐牢，自己則用馬德廉先生的名字生存於社會。只要他不去阻止人們把罪犯的烙印印在商馬第的頭上，他就沒有什麼可以害怕的事了。

這一切都是那樣強烈、那樣奇特，使得他心中忽然產生一種不可言喻的衝動，那是良心的一種激發，同時存在著諷刺、歡樂和失望的情緒。他又連忙點起了他的蠟燭。

「什麼！」他向自己說道，「我怕什麼？我何必那樣想呢？我已經得救了。一切都永遠安排好了。賈維那個可怕的人，多少年來，不時使我心慌，彷彿他已識破了我，而且隨時都窺伺著我，現在卻走入歧途了！他逮住了他的尚萬強，天知道，也許他還會離開這座城市呢！況且這一經過與我無關，我絲毫不曾干預！總而言之，要是有人遭殃，那完全不是我的錯，是上帝安排了一切。我應該聽其自然！接受祂的安排！」

他從椅子上站起身來，在房間裡走來走去。

「不用再想了，」他說，「就這麼辦！」

但是他絲毫不感到快樂，反而越來越不安。

他繼續反躬自問。他嚴厲地責問自己，他活在世上的目的是什麼呢？隱藏自己的名字嗎？蒙蔽員警嗎？難道他所做的一切事業，僅僅是為了那一點小事嗎？難道他沒有另一個遠大的、真正的目的嗎？重新做誠實仁善的人，做一個有天良的人！這難道不是他一生的抱負和主教對他的期望中唯一重要的事情嗎？

但是現在，他又成了一個賊，而且是最醜惡的賊！他偷盜另一個人的生活、性命、安寧和地位！他正在做殺人的勾當！他殺人，從精神方面殺害一個可憐的人，害他去受那種殘酷的徒刑！去自首，救出那個蒙受不白之冤的人，顯出自己的真面目，盡自己的責任，重新成為苦役犯尚萬強，那才是真正的洗心革面、永遠地遠離地獄。他必須那樣做！否則的話，便是什麼也沒有做！他活著便是枉然，他的懺悔也全是白費。他必須去阿拉斯，救出那個假尚萬強，揭發這個真尚萬強！

多麼悲慘的命運！這是最偉大的犧牲、最慘痛的勝利、最後的難關，但是非這麼做不可。悲慘的身世！在世人眼中，他只有重蒙羞辱，才能夠達到上帝眼中的聖潔！

「那麼，」他說，「走這條路吧，盡我的天職！救出那個人！」

他大聲地說了那些話，自己並未察覺。

他拿起他的那些書，檢查以後，又把它們擺整齊。他把一些財務窘困的商人寫給他的債券一整捆丟進火裡。他寫了一封信，蓋了章，在信封外寫上「巴黎阿圖瓦街銀行經理拉菲特先生收」，寫完之後，便把信和皮夾一同插在口袋裡，又開始踱起步來。

到這時，他胸中平息了一會的煩悶又漸漸浮起了。萬千思緒穿過他的腦海，但是更加鞏固了他的決心。他覺得冷，便生了一點火，他沒有想到關上窗子。

接著，他忽然想到了芳婷。

「啊，」他說，「還有那個可憐的婦人！」

想到這裡，一個新的難關出現了。

「哎！這可不得了！直到現在，我還只是在替自己著想，只注意到自己的利害問題。假如我稍微替旁人著想呢？假如我自首了，他們捉住我，釋放那商馬第，把我再關進牢裡，好的，接下來呢？這裡將成什麼局面啊？這裡有地，有城，有工廠，有工人，有男人，有女人，有老人，有小孩，有窮人！我創造了這一切，使人們安居樂業，繁榮了整個地方；一旦少了我，一切都將同歸於盡。還有那婦人，那個飽嘗痛苦、無依無靠的婦人！還有那孩子，我原打算把她帶來，帶到她母親身邊，而且我已作出允諾！那婦人的苦難既是我造成的，難道我沒有一點補償的義務嗎？假如我走了，會發生什麼事呢？母親喪命，孩子流離失所，那將是我自首的結果。假如我不自首呢？」

他愣住了。彷彿經過了一陣遲疑和顫抖，他鎮靜地回答自己：「那麼，那個人將去服苦役。不過，見鬼！是他自己偷了東西！我可以留在這裡，繼續我的產業，把賺來的錢散在地方上，大家日益富裕，工業發展與旺，家家戶戶都快樂，娼妓、盜竊、殺人，一切罪惡也紛紛絕跡，那個可憐的母親也可以撫養她的孩子！啊！我剛才一定是瘋了，我說什麼自首呢？為了救一個賊，讓整個地區受害！讓那個可憐的婦人死在醫院裡，那個可憐的小女孩死在路旁！這種糊塗透頂的傻事難道是我應該做的嗎？」

他起立，又走了起來。這一次他彷彿覺得滿意。

「是的，」他想，「就是這樣。我找到了真理，我有了辦法。我已經下了決心，隨它去！不必再猶豫。這是為了大眾的利益，不是為我。我仍舊做馬德廉，讓那個叫尚萬強的人去受苦！尚萬強已不是我了，我不認識那個人，也不知道那是怎麼一回事！」

他對著壁爐上的一面小鏡子看了看自己，心裡舒坦了不少。

「動手吧！」他說，「不需要猶豫，我應該斬斷與尚萬強的一切關連！這裡，就在這房間裡，有些東西會暴露我的過去，一些可以作證的東西。是的，應該把它們完全消滅。」

他搜著自己的口袋，從裡面抽出他的錢包，打開來，拿出一把鑰匙。

他將這把鑰匙插進一個鎖孔裡，那鎖孔隱藏在裱壁紙上花紋顏色最深的地方，幾乎看不見。一層夾壁開了，裡頭只有幾件破衣、一件藍粗布罩衫、一條舊罩褲、一個舊布袋、一根兩端鑲了鐵的粗刺棍。那是尚萬強在一八一五年十月間經過迪涅城時的全套行頭。他保存了那些東西，也保存了主教的兩個銀燭台，為的是讓自己永遠不忘自己的出身。

他敏捷地把所有東西一手抱起，全丟在火裡，面對自己那樣小心謹慎、冒著危險收藏了多年的東西，他連看也沒有看一眼。他把那櫥櫃關上，為了提防，又推上一件大傢俱，堵住櫃門。

幾秒鐘以後，房間裡和對面牆上都映上了一片強烈的、顫巍巍的紅光。一切都燒了。

那個布袋，在和它裡面的一些破爛一同焚化時，露出了一件東西，落在灰裡，閃閃發光。那是一枚銀幣，是從那通煙囪的小傑維那裡搶來的那枚值四十個蘇的錢幣。

他並不望火，只是來回踱步，步伐始終如一。

他的視線又落到壁爐上被火光映得隱隱發亮的那兩個銀燭台上。他拿起那兩個燭台，也丟進了火爐。

這時，他彷彿聽見有個聲音在他心裡喊：「尚萬強！尚萬強！」

他頭髮豎起來了，好像一個聽到恐怖消息的人。

「對！沒有錯，就這麼做！」那聲音說，「毀了那兩個燭台！消滅那些紀念品！忘掉那主教！忘掉一切！害死商馬第！幹吧，這樣好。那個老人將因你被囚，受懲罰，他將在唾罵和恐懼中結束他的生命。而你呢？做一個誠實的人。仍舊做市長先生，繁榮城市，接濟窮人，教養孤兒，受人敬佩。當你留在這裡，留在歡樂和光明中時，遠方有一個人正穿著你的紅色囚衣，頂著你的名字，受盡羞辱，還得在牢裡拖著你的鐵鍊！是呀，這麼做是正當的！啊！無賴！」

汗從他的額頭上流出來。他望著那兩個燭台，茫然不知所措。這時，他心裡的聲音又接著說：「尚萬強！你的四周將有許多歡騰、高呼、讚揚你的聲音，只有一種聲音，一種誰也聽不見的聲音，要在黑暗中詛咒你。聽吧！無恥的東西！那一片頌揚的聲音在到達天上以前，全會落下，只有詛咒才能直達上帝！」

那說話的聲音起初很弱，之後越來越宏亮，簡直像是從外部發出的。他毛骨悚然，向房裡四處看了一遍。沒有任何人。

他又把燭台放回壁爐上，繼續用那種單調、沉鬱的步伐走來走去，把睡在樓下的那個人從夢中驚醒了。

現在，他對自己之前先後作出的兩個決定同樣感到畏縮不前。湧上他心頭的那兩種意見，對他好像都是絕路。他思考了一下未來。自首！偉大的上帝，他想到他將拋棄和將再拿起的那一切，心情頹喪到無以復加。他將必須向美好、乾淨、快樂的生活，向大眾的尊崇、榮譽和自由告別了！取而代之的是枷鎖、紅衣、腳鐐、疲勞、禁閉室、帆布床和一切駭人聽聞的事，被搜身、挨棍子、穿鐵鞋！啊！何等的痛苦！

有時他勉強提起精神，克服疲倦，竭力想作最後一次努力，想把那個使他疲憊欲倒的問題正式提出來：應該自首？還是應該緘默？但是他什麼都分辨不出。

他就這樣幾乎不停地走來走去，走了五個鐘頭。早晨三點剛剛敲過，他倒在椅子上，睡著了。

不知睡了多久，他逐漸清醒過來，一陣馬車的聲響把他驚醒了。隨後，有個人在他房門上輕輕敲了一下。

他從頭到腳打了一個寒顫，怪聲叫道：「誰呀？」

「是我，市長先生。」是那老婦人，他的門房。

「什麼事？」他又問。

「市長先生，快早晨五點了。」

「告訴我這個做什麼？」

「市長先生，車子來了。」

「什麼車子？」

「難道市長先生沒有叫過一輛車嗎？」

「沒有。」他說。

「那車伕說他是來找市長先生的。」

「哪個車伕？」

「斯戈弗賴爾先生的車伕。」

「斯戈弗賴爾？」

那個名字使他大吃一驚，好像有道電光在他的面前閃過。

「啊！對了！」他回答說，「斯戈弗賴爾先生。」

他一聲不響，沉默了好一陣子。他呆呆地望著那支蠟燭的火焰，又從燭芯旁沾了一點火熱的蠟，在指間揉著。那老婦人等了一會兒，又高聲問道：

「市長先生，我應該怎樣答覆呢？」

「跟他說，我馬上下去。」

21

芳婷的那一夜過得很不舒服，劇烈地咳嗽，體溫更高。她做了一夜的夢，當醫生早晨來檢查時，她還正說著胡話。醫生的臉色有些緊張，吩咐大家說，等到馬德廉先生回來了，便立刻去通知他。

在那整個早晨，她精神萎靡，不太說話，兩隻手把被單捏出一條條小褶紋，嘴裡喃喃唸著一些數字，彷彿是在計算里程。她的眼睛已經深陷而且不能轉動了，眼神也幾乎沒有了；但有時又忽然充滿光彩，耀如明星，彷彿在某種慘痛的時刻臨近時，上天的光特地來照耀那些被塵世的光離棄的人們一樣。

每當桑普麗絲修女問她覺得怎樣時，她總是固定回答：

「還好。我想看看馬德廉先生。」

幾個月以來，生理上的疾病加深了精神上的創傷，讓這個二十五歲的人兒已皺紋滿額，兩頰浮腫，鼻孔萎縮，牙齒鬆弛，面色鐵青，頸骨畢露，肩胛高聳，四肢枯槁，膚色灰白，新生的金髮也雜有白毛。

到中午，醫生又來了，他開了藥方，問馬德廉先生來過療養室沒有，並連連搖頭。

馬德廉先生照例總是在三點鐘來探病的。將近兩點半鐘，芳婷焦急起來了，二十分鐘之內，她向桑普麗絲連問了十次：

「現在什麼時間了？」

三點鐘敲了，敲到第三下，平時幾乎不能動彈的芳婷竟坐起來了。她焦慮萬分，緊緊捏著自己那雙又瘦又黃的手。修女還聽見她發了一聲長嘆，彷彿吐出了滿腔的積鬱。芳婷轉過頭去，望著門。

沒有人進來，門外毫無動靜。

她就這樣盯著門，既不動，彷彿也不呼吸。桑普麗絲不敢和她說話。禮拜堂報了三點一刻，芳婷又倒在枕頭上了。她沒有說一句話，仍舊摺她的被單。

半個鐘頭過去了，接著一個鐘頭又過去了。沒有人來。每次鐘響，芳婷便坐起來，望著門，然後又倒下去。她咳得十分厲害，面色灰黑，嘴唇發青，但仍不時露出微笑。

五點敲過了，桑普麗絲聽見她低聲慢氣地說道：「既然我明天要走了，他今天就不應該不來呀！」

連桑普麗絲也為了馬德廉先生的遲到而感到驚奇。

鐘敲了六點。芳婷好像沒有聽見，她對四周的事物彷彿已不注意了。

桑普麗絲派了一名女僕去找那看守廠門的婦人，問她馬德廉先生回來了沒有，會不會立刻到療養室來。幾分鐘過後，那女僕回來了，小聲地說道，市長先生不顧那樣寒冷的天氣，竟在早晨六點鐘以前駕著一輛白馬拉的小車獨自走了，大家都不知道他是往哪個方向去的。他動身時，和平時一樣非常和藹，只和看門的婦人說過今晚不必等他。

正當這兩個婦人背對著芳婷、相互耳語時，芳婷爬了起來，跪在床上，兩隻手握緊了拳頭，撐在枕頭上，側耳細聽。她忽然產生了一種病態的急躁，興奮起來，幾乎像個健康的人一樣大叫道：

「妳們在說馬德廉先生！為什麼說那麼小聲？他在做什麼？他為什麼不來？」

她的聲音是那樣突兀、那樣粗暴。兩個婦人轉過身來，大為驚訝。

「看門的大娘說他今天不能來。」女僕吞吞吐吐地說道。

「我的孩子，」桑普麗絲說，「安靜一些，好好躺下吧。」

芳婷不改變姿勢，用一種既急躁又慘痛的口氣高聲說：「他不能來？為什麼？妳們知道原因，妳們剛才正在說，我也要知道。」

桑普麗絲抬起她那雙鎮靜而愁悶的眼睛，望著芳婷說：「馬德廉先生走了。」

芳婷直起身子，坐在自己的腳跟上，眼睛炯炯發光，放射出一陣從未有過的喜色。

「走了！」她喊著說，「他去找珂賽特了。」

於是她舉起雙手，指向天空，她的面容完全是無可形容的。她的嘴唇頻頻開闔，她在低聲祈禱。祈禱完後，她又躺了下去。

「他今天早上動身去巴黎了。我昨天和他談到珂賽特時，他對我說：『快來了，快來了。』您還記得他是怎麼說的嗎？他要趁我不注意，讓我驚喜一場呢！您知道嗎？他寫了一封信，要德納第家把她交出來，又叫我簽了字。這下他們沒話可說了，不是嗎？我真是高興極了，我的病全好了，我將會再見到珂賽特；快五年了，我沒有見過她，她讓我多麼惦念啊！而且她是多麼可愛！您很快就會看見。現在她應該長大了，她已經七歲了，是個小姐了。我的上帝！這麼久沒見到自己的孩子，這多不應該！啊！市長先生走了，他的心腸多麼好！天氣很冷嗎？他有穿了斗篷吧？他明天就會回來，和珂賽特一起，不是嗎？從這裡到蒙費梅伊有多少里路？」

桑普麗絲對於里程完全一竅不通，她回答說：

「哎！我想他明天總能回到這裡吧。」

「明天！明天！」芳婷說，「我明天就可以見到珂賽特了！您看，慈悲的修女，我已經沒有病了，我發瘋了。假如妳們允許的話，我還可以跳舞呢！」

在十五分鐘前看過她的人，一定會莫名其妙。她現在臉色紅潤，說話的聲音伶俐自如，滿面笑容。有時，她一面笑，一面又低聲自言自語。慈母的歡樂幾乎是和孩子的歡樂一樣的。

「那麼，」修女又說，「您現在快樂了，聽我的話，不要再說話了。」

芳婷把頭放在枕頭上，輕輕對自己說：「是的，睡吧，乖乖的，妳就會得到妳的孩子了。修女說得有道理，這裡的人都是有道理的。」

於是她不動彈，不搖頭，只用她一雙睜大了的眼睛向四處望，神情愉快，不再說話了。

七點多鐘，醫生來了。房間裡寂靜無聲，他以為芳婷睡著了，他輕輕走進來，踮著腳尖走近床邊。他把床帷掀開一點，發現芳婷一雙寧靜的大眼正望著他。

「先生，可不是嗎？你們可以允許我，讓她睡在我旁邊的一張小床上。」

那醫生以為她在說胡話。她又說：

「您瞧，這裡恰好有一個空位。」

醫生把桑普麗絲引到一邊，她才把事情經過說清楚：馬德廉先生在一兩天之內不能回來，病人以為他去蒙費梅伊了。大家既然還不明白真相，便認為不應該戳破她的幻想，況且她也可能猜對了。那醫生也同意。

他再走近芳婷的床，她又說：

「您知道的，當那可憐的孩子早晨醒來時，我可以向她說早安；夜裡，我不睡，我可以聽她睡。她那種溫和柔弱的呼吸使我聽了心裡多舒服。」

「把您的手伸給我。」醫生說。

她伸出她的手臂，又大聲笑著說：

「啊！對了！的確，真的，您還不知道！我的病已經好了。珂賽特明天就會到達。」

那醫生大為驚訝。她確實好了一些，鬱悶減輕了，脈搏也強了。一種突如其來的生命力使這垂死的可憐人忽然興奮起來。

「醫生先生，」她又說，「這位修女告訴過您市長先生已經去領孩子了嗎？」

醫生囑咐要安靜，並且要避免一切傷心的刺激。他開了藥方，臨走時又向桑普麗絲說：「好一些了。假如託上帝的福，市長先生明天果真和那孩子一起回來了——誰知道呢？病情的變化是那樣撲朔迷離，有時極大的歡樂可以一下子把病止住。我知道這是一種內臟的病，而且已很深了，但是這些事是那樣難以理解！也許我們可以把她救回來。」

22

當馬德廉的車子駛進阿拉斯郵政旅館時，已經快要晚上八點了。他從車上下來，漫不經心地回答旅館人員的殷勤招呼。旅館的老闆娘走上前來。

「先生在這裡過夜嗎？先生用晚餐嗎？」

他搖搖頭。

「馬伕說先生的馬很累了！」

這時他才開口說話。

「難道這匹馬明天不能走嗎？」

「哦！先生！牠至少得休息兩天才能走。」

他又問道：「這裡不是郵局嗎？」

「是的，先生。」

老闆娘把他引到郵局去，他拿出他的身分證，詢問當晚是否能搭郵車回濱海蒙特勒伊。郵差旁邊的位子恰好空著，他便訂了這位子，並付了旅費。

事情辦妥以後，他出了旅館，向城裡走去。

他從未來過阿拉斯，街上一片漆黑，他信步走去。走過了克蘭松小河後，他在一條窄巷裡迷失了方向。恰巧有個紳士提著燈走過，他遲疑了一會，決定去問這紳士，在問之前，還向四處張望了一番，彷彿怕有人聽見他即將發出的問題。

「先生，」他說，「請問，法院在什麼地方？」

「您不是本地人嗎？先生，」那位老紳士回答，「那麼，跟我來吧，我正要往那裡去。法院正在修理，因此暫時改在省公署裡開審。」

他們走到大廣場，紳士把一棟黑色的大廈指給他看，正面的四扇長窗裡透著燈光。

「先生，您看見這四扇窗子嗎？那便是法庭。您是要出庭作證嗎？」

「我並不是為了什麼案子來的，不過我有句話要和一個律師談談。」他回答。

「原來是這樣。那麼，先生，那邊便是大門，有衛兵的那個地方。您沿著大樓梯上去就好。」

他按照紳士指點的走去，幾分鐘以後，便走進了一間大廳。廳裡有許多人，有些人三五成群，圍著穿長袍的律師們低聲談話。在這間寬闊的廳堂裡，只點著一盞燈，一扇大門正關著，門裡便是法庭所在的大廳。前廳異常陰暗，因此他放膽隨便找了個律師，問道：

「先生，」他說，「我該怎麼到大廳裡去？」

「我想您是進不去了，聽眾非常擁擠。現在正是休息時間，有些人出來了。等到繼續開審時，您可以去試一試。」

「從什麼地方進去？」

「從這扇大門。」

律師離開了他。他一時煩亂到了極點，萬千思緒一齊湧上心頭。當他明白審判還沒有結束時，忍不住鬆了一口氣；但是他不明白，他感受到的是滿足還是悲哀。

他走近幾處人群，聽他們談話。他得知那名犯人偷了些蘋果，但是沒有確實證據，被證實的，只有他曾在土倫坐過牢，這便使他的案情變得嚴重了。此外，對於他本人的訊問和證人們的陳述都已完畢，但律師還沒有進行辯護，檢察官也還沒有提起公訴。

有個法警站在進入法庭的門旁。他問那法警：

「先生，快開門了嗎？」

「不會開門。」法警說。

「怎麼？繼續開審時不開門嗎？現在不是休息嗎？」

「已經開審一段時間了，」法警回答，「但是門不會開。裡頭坐滿了。」

「什麼！一個位子也沒有了嗎？」

「一個也沒有了。門已經關上，不再讓人進去了。」

法警停了一會又說：

「在庭長先生的背後還有兩三個位子，但是只允許政府的官員入席。」

法警說了這句話，便轉過身去了。

他低著頭退回去，穿過前廳，慢慢走下樓梯，似乎躊躇不絕。前一天夜裡在他心裡興起的那場激烈鬥爭還沒有結束，還隨時要起一些新變化。他走到樓梯轉角，倚著欄杆，叉起雙手。忽然，他解開衣襟，取出皮夾，抽出一枝鉛筆，撕了一張紙，匆忙寫下這樣一行字：「濱海蒙特勒伊市長馬德廉先生」。接著便邁開大步跨上樓梯，擠過人堆，朝著那法警走去，把那張紙交給他，慎重地說道：「請把這交給庭長先生。」

法警接了那張紙，瞥了一眼，便遵命照辦了。

23

濱海蒙特勒伊市長素有聲望，那是他自己不曾想到的。七年來，他的名聲早已傳遍了下布洛涅，後來更越過了這小小地區，傳到鄰近的兩三個省去。他除了振興城內的燒料細工產業以外，在濱海蒙特勒伊市的一百八十一個鎮中，沒有一鎮不曾受過他的照顧。無論在何處，提到馬德廉這個名字，大家總是肅然起敬。

這位阿拉斯的法庭主席也和旁人一樣，知道這個大名鼎鼎的人物。法警輕輕開了從會議室通往公堂的門，在庭長的圍椅後面彎下腰，遞上紙條，說道：「這位先生要求旁聽。」庭長肅然動容，向法警說：

「請進。」

幾分鐘後，馬德廉跟著法警走進一間會議室。法警把他獨自留下，離開前又叮嚀道：「先生，您現在是在會議室裡，您只要轉動門上的銅把手，就可以進入公堂，庭長先生的圍椅後面。」

緊要關頭到了，他想集中精神思考，但是做不到。他已經到了這些審判官平時商議和下判決書的地方，他靜靜地呆望著這間寂靜駭人的房間，想到許多生命是在這裡斷送的，他自己的名字不久也將從這裡傳開；他望望牆壁，又望望自己，感到驚奇不已。

他一面沉思，一面轉過身子，他的視線觸及了門上的銅把手，門那一頭便是刑庭了，他起先幾乎忘記這扇門。他的目光起初平靜地落到門上，隨後便盯住銅把手，越看越恐懼，一滴滴汗珠不停從頭頂流下，直流到鬢邊。

有那麼一瞬間，他用一種嚴肅又含有頑抗意味的神情，作出一種無法形容的姿勢，彷彿在說：「該死！難道有人逼我不成？」他隨即轉過身去，看見他先前進來的那扇門正在他前方，他走去開了門，一步跨出房間。眼前是他來時經過的那條迴廊。他吐了一口氣，又仔細傾聽了一陣子，確認沒有動靜，便開始溜走，像是有人在追他似的。

他走過了長廊的幾處轉角，又停下來聽。他的四周仍和剛才一樣寂靜、昏暗。他呼吸急促，站立不穩，連忙靠在牆上。石塊是冷的，他額上的汗也像冰一般，他把身體站直，一面卻打著寒顫。

他獨自一人立在黑暗中，感到寒冷異常，也許還因為別的事而渾身顫抖，他又沉思起來。

就這樣過了十五分鐘。最後，他低下頭，悲傷地嘆著氣，垂著兩隻手，又往回走去。他慢慢地走著，彷彿肩上的重擔不勝負荷，彷彿有人在他潛逃的時候追上了他，硬把他拖回來一樣。

他又走進那間會議室。他看見的第一件東西便是門把，那東西形狀渾圓，銅質光滑，在他眼前閃閃發光，好像一顆駭人的星星。他望著它，眼睛怎麼也無法離開它。

他一步一停，朝著門走去。

忽然，連他自己也不知道他是怎麼到了門邊。他緊張萬分地握住那門把，門開了。

他已到了公堂裡面。

24

他上前一步，機械般地反手把門拉上，開始盤算他目前的處境。

這是一間圓廳，燈光昏暗，空間頗大，時而喧囂四起，時而寂靜無聲。在廳的一端，一些神情懶散、穿著長袍的陪審官正啃著指甲或閉著眼皮；另一端，是一些衣衫襤褸的群眾、一些姿態各異的律師，以及一些面容凶狠的士兵。汙漬的舊板壁，骯髒的天花板，幾張鋪著泛黃桌布的桌子。幾張咖啡館常用的植物油燈掛在壁板的釘子上，桌上的銅燭台裡插了幾支蠟燭。這裡是陰暗、醜陋、沉悶的，卻又有一種威儀嚴肅的印象。

在人群中，所有的目光都集中在唯一的一點上，那就是在庭長左方、沿牆靠著一扇小門的那條木凳上。那條木凳被幾支蠟燭照著，在兩個法警中間坐著一個人。

他就是那名犯人。

馬德廉以為看見了自己，不過較老一些；面貌當然不是絕對相似，但是神情和外表卻完全一模一樣：一頭亂豎著的頭髮，一雙橫蠻惶惑的眼睛；一件布衫，就像他進迪涅城那天的模樣；滿臉憎恨，好像要把他在獄中度過的十九年間累積的怨恨全悶在心中一樣。

他打了個寒顫，對自己說：

「我的上帝！難道我又要變回這個樣子嗎？」

這人看上去至少有六十歲，有一種說不出的粗魯、固執和驚慌。

門一開，大家都為他讓出一條路。庭長把頭轉過去，望見進來的人正是濱海蒙特勒伊的市長，便向他行了個禮。但他並未注意，他頭昏目眩，呆呆地望著。

幾個審判官、一個記錄員、一些法警、一群幸災樂禍湊熱鬧的面孔，這一切，他在二十七年前都曾見過一次。如今，他又遇見這些魔鬼了，同樣的佈置、同樣的燈光、審判官、法警和觀眾的面目也大致相同。事情已經發展到這一地步，他見到往日那些怵目驚心的景象以及現實所能引起的一切恐怖，又在他的四周再次現形、再次活動。

他背後有一張椅子。他頹然落下，如坐針氈，唯恐別人看見他。坐下以後，他利用審判官公案上的一堆卷宗遮住自己的臉，使全廳的人都看不見他。現在他可以放心觀察別人了。他漸漸平靜下來，他已經完全回到現實的感受中來，心情的鎮定使他能聽得見東西了。

他在找賈維，但是沒看見他。證人席被記錄員的桌子遮住了，且廳裡的燈光是昏暗的。

他進門時，被告律師正說完他的辯詞，全場空氣到了最緊張的程度。這件案子開審已有三個小時了。那個被眾人盯著的人是個流浪漢，他在田野中被發現，拿著一根有熟蘋果的樹枝，那樹枝是從附近一座園子的蘋果樹上折下來的。這個人究竟是誰？已經作了一番調查，並讓證人發過言。控詞裡說：「我們逮捕的不僅是個小偷，更是一個匪徒，一個違反原判、擅離指定住址的累犯，一個被通緝已久、名叫尚萬強的暴徒；八年前，從土倫監獄裡出來時，又在大路上搶劫過一個叫小傑維的孩子。根據刑法第三百八十三條，一旦確認該犯為尚萬強，將根據上述條文另行追究。他最近又再次犯罪，請先處罰他的新罪，爾後再提審舊案。」

在這番過程中，被告只是瞠目結舌，不知所對。他搖頭跺腳表示否認，或是兩眼朝天。他口吃，答話困難，但顯然不服氣。可是目前正是威脅他未來人生的緊要關頭，他的嫌疑越來越大；全場觀眾聽著那極盡誣陷、向他步步進逼的指控，比他本人還要更加擔心。

還有一點：假如他被證實確是尚萬強，小傑維的事將來也得判罪。那麼除了監禁，還有死刑的可能。

至於辯護律師，他認定偷蘋果一事沒有具體的事實證明，因為沒有人親眼看見被告跳牆或攀折樹枝。當他被抓時，手裡拿著那根樹枝，但他聲稱那是他在地上撿到的。不過，律師並不否認被告做過苦役犯一事。他在法維洛勒住過，在那裡當過修樹枝工人，「商馬第」這個名字出自尚馬第是有可能的；而且有四個證人，他們都一口咬定商馬第便是尚萬強。但即使他確是苦役犯尚萬強，難道就能證明他是偷蘋果的賊嗎？

不過，被告堅決否認一切，否認行竊，也否認當過苦役犯。他如果肯承認第二點，毫無疑問，一定會妥當些，他也許還可以贏得陪審團的寬恕。律師也曾向他提出過這種意見，但是被告堅拒不從，他或許以為概不承認便可挽救一切。最後，律師請求陪審團和法庭，假如他們確認這人是尚萬強，也只能依法處罰他擅離指定住址，不能按鎮壓累犯的嚴刑加以處理。

檢察官反駁了辯護律師。他和平時其他的檢察官一樣，說得慷慨激昂，才華橫逸，把尚萬強刻畫成一個豬狗不如的怪物。

「——他是這樣一種人：流氓，光棍，沒有生活能力，慣於為非作歹，坐了牢仍死性不改，搶劫小傑維一事便足以證明。他行了竊，被人在路上當場抓獲，距離一堵爬過的牆只有幾步之遙，手裡還拿著贓物。人贓俱獲，仍要抵賴！甚至連自己的姓名也抵賴！我們有數不清的證據，除此之外，還有四個證人認識他：督察賈維和被告從前的三個獄友，苦役犯布萊維、舍尼傑和戈什巴依。他們一致出面作證，他要如何反駁呢？請諸位陪審員先生主持正義——」

那名犯人不時慢慢地搖著頭，這便是他的一種忍氣吞聲的抗議。檢察官請陪審團注意他的這種痴態，這分明是假裝的，並不表示他愚蠢，而是表示他狡猾、奸詐和蒙蔽法官的一貫作法，這足以把這個人的劣根性揭露無遺。最後，他再次強調小傑維的問題，要求嚴厲判處，也就是說，終身苦役。

被告律師起來，首先祝賀了檢察官的「高論」，接著又盡力辯駁。但是他洩了氣，腳跟顯然站不穩了。

25

宣告辯論終結的時候到了。庭長要被告起立，並向他問道：「您還有什麼話要替自己辯護的嗎？」

被告如夢初醒似地動了一下，睜開眼睛向四面張望，望著聽眾、法警、他的律師、陪審員，以及公堂。忽然，他兩眼緊盯著檢察官，雜亂、急迫、並且突兀地說道：

「我什麼也沒有偷！那一天，我從埃里走來，下了一陣大雨；我經過一個地方，那裡被雨水沖刷，成了一片爛泥巴，我在地上找到一根斷了的樹枝，上面有些蘋果，我便撿起了那樹枝，從未想到這會替我招來麻煩。除了這些，我沒有什麼好說的；你們和我過不去，對我說：『快回答！』我不知道該回答什麼。我沒有偷，我撿的東西是原來就是在地上的。你們說什麼尚萬強、尚馬第！這些人我全不認識。我叫商馬第，你們說得出我是在哪裡出生的，算你們厲害，連我自己都不知道。我到過奧弗涅，到過法維洛勒，是的，那又怎樣呢？難道一個人沒有坐過牢就不能去奧弗涅，不能去法維洛勒嗎？我告訴你們，我沒有偷東西，我是商馬第！聽你們不停胡說八道，真令我不耐煩！為什麼世上的人全像怨鬼一樣來逼我呢？」

檢察官向庭長說：

「庭長先生，這被告想裝傻抵賴，但是我們要預先警告他，他逃不了。根據他這種狡猾至極的抵賴，我們請求庭長和法庭再次傳訊犯人布萊維、戈什巴依、舍尼傑和督察賈維，作最後一次的訊問，要他們證明這被告是否為尚萬強。」

「我請檢察官先生注意，」庭長說，「督察賈維因為有公務在身，在作證之後便立刻離開了本庭，並且離開了本城。我們允許他走了，檢察官先生和被告律師都表示同意的。」

「您說得對，庭長先生，」檢察官接著說，「既然賈維不在這裡，我打算將他剛才在庭上說過的話，向各位陪審員先生重複一遍。賈維是一個可敬的人，為人剛毅、嚴謹、廉潔，在擔任證人上十分稱職。這便是他作出的證詞：『我千真萬確地認識他。這個人不叫商馬第，他是從前一個非常凶狠的、名叫尚萬強的苦役犯。他服刑期滿被釋，我們認為是極為失當的。他因犯了竊盜案受過十九年的苦刑，並企圖越獄達五六次之多。除小傑維案和偷蘋果案以外，我還懷疑他在已故的迪涅主教家中行過竊。我在土倫擔任副監獄官時經常看見他。我再說一遍，我千真萬確地認識他。』」

這種精確無比的宣言，似乎已在聽眾和陪審團裡產生一種根深蒂固的印象。檢察官說完以後，又聲請再次傳訊布萊維、舍尼傑和戈什巴依三名證人。

庭長把傳票交給一個法警，過了一會，證人室的門開了。在一個員警的保護下，法警把犯人布萊維帶來了。他是個六十歲左右的人，穿著一件中央監獄的灰黑色袍子，外表像個地主，神情卻像個流氓。

「布萊維，」庭長說，「在回答我以前，您先仔細想想，您的一句話，一方面可以斷送這個人，一方面也可以使法律發出光輝。這個時刻是莊嚴的，假如您認為先前說錯了，您還來得及收回您的話。被告，站起來！布萊維，好好地望著這名被告，回想您從前的事情，再憑您的靈魂和良心告訴我們：您是否確實認為這個人就是您從前在監獄裡的朋友尚萬強？」

布萊維望了望被告，又轉向法庭說：

「是的，庭長先生，我確信他是尚萬強。他在一七九六年進了土倫，一八一五年出獄。我是後一年出來的。他現在的模樣像傻子，也許是年紀把他變傻了，他在獄裡時就是這樣陰陽怪氣的。我的的確確認識他！」

接著，舍尼傑也被帶進來了，紅衣綠帽，一看便知是個終身苦役犯。他原在土倫監獄裡服刑。是為了這件案子才從獄中被提出來的。他是個五十歲左右的人，矮小、敏捷、皺紋滿面、面色枯黃，他的身軀有種孱弱的病態，目光裡卻有一種非凡的活力。他獄中的伙伴給了他一個綽號「日尼傑」，意即「我否認上帝」。

庭長像不久前問布萊維一樣，問他是否還認識被告。舍尼傑放聲大笑。

「當然！我認不認識他？我們吊在同一根鐵鍊上長達五年之久！」

法警領著戈什巴依來了。這個受到終身監禁的囚犯和舍尼傑一樣，也是從獄中提出來的，也穿一件紅衣。他是盧德地方的鄉下人，在山裡看守過牛羊，後來卻成了強盜。庭長一樣向他問道，是否能毫無疑問地、毫不含糊地堅稱自己認識這個站在他面前的人。

「這是尚萬強，」戈什巴依說，「我們還叫他千斤頂，因為他力氣大。」

這三個人的指證確實是誠懇的、憑良心說的，聽眾中發出了一陣陣亂哄哄的耳語聲，每多一位證人作出了肯定的回答，那種聲音也就越大。至於被告，他聽他們說著，臉上露出驚訝的樣子。第一個證人說完話時，一旁的法警曾聽見他咬緊牙齒，低聲抱怨道：「好呀！有了一個了。」第二個說完時他又說了聲：「好！」第三個說完時他喊了出來：「真出色！」

庭長問他：「被告，您聽見了。您還有什麼好說的？」

「我只能說：『真出色！』」他回答。

聽眾中響起一片嘈雜的聲音，陪審團也幾乎受到影響。這人顯然完了。

「法警，」庭長說，「請大家肅靜，我即將宣佈辯論終結。」

這時，庭長的左右有人動起來。大家聽到一個人的聲音喊道：

「布萊維，舍尼傑，戈什巴依！看這邊。」

這聲音太淒慘、駭人了，大家的眼睛全都轉向那一方。一個坐在法官背後的旁聽者站了起來，推開法官席和律師席中間的那扇矮門，踏到大廳的中間來了。庭長、檢察官等其他二十個人都認識他，齊聲喊道：

「馬德廉先生？」

的確是他。他手裡拿著帽子，他的服裝沒有一點不整齊的地方，但他的臉異常慘白，身體微微發顫。他的頭髮在剛到阿拉斯時還是斑白的，現在全白了。他在這裡待了一個鐘頭，頭髮全白了。

大家的頭全抬起來，愣住了。這個人的聲音那麼淒哀，但本人卻那麼鎮靜，這讓在場所有人全都一頭霧水。大家心裡都在問是誰喊了那一聲，沒有人能想像發出這種駭人叫聲的便是這個神色泰然自若的人。

這種驚疑只維持了幾秒鐘。庭長和檢察官還來不及說一句話，法警也還來不及作出反應，這個被大家稱為馬德廉先生的人已走到證人布萊維、戈什巴依和舍尼傑的面前。

「你們不認識我嗎？」他說。

三個人都不知所措，搖著頭，表示一點也不認識他。

馬德廉先生轉身向著那些陪審員和法庭人員，委婉地說：「諸位陪審員先生，請釋放被告。庭長先生，請拘禁我。你們要逮捕的人不是他，是我。我是尚萬強。」

大家都屏息無聲。最初的驚訝過後，是一陣死亡一般的寂靜。庭長的臉上終於露出了同情和愁苦的神氣，他與檢察官交換了個眼色，又和那些陪審顧問低聲說了幾句話。便朝著聽眾說道：「這裡有醫生嗎？」

檢察官發言：

「諸位陪審員先生，這種意外、突兀、驚擾大眾的事，想必不需多加解釋。諸位都認識這位可敬的濱海蒙特勒伊市長，馬德廉先生，或是聽說過他的大名。假如聽眾中有醫生的話，我們同意庭長先生的建議，請他出來照顧馬德廉先生，並且陪他回去。」

馬德廉先生絲毫不讓檢察官說完。他用一種十分溫和而又剛強的口吻打斷了他：

「感謝您，檢察官先生，我的神經並沒有錯亂；您很快就會明白，您幾乎要犯了一個大錯。快釋放這個人吧！我才是那個不幸的罪人，我是這裡唯一瞭解真相的人，我說的也是真話。您可以逮捕我。我曾經努力為善，我隱姓埋名，發了財，做到了市長；我原想回到善良的人群裡，現在看來是行不通了。我偷過那位主教先生的東西，這是千真萬確的；我搶過小傑維，這也是真的。在我家裡壁爐的灰燼裡，你們可以找出一個值四十個蘇的銀幣，那是七年前我從小傑維那裡搶來的。逮捕我吧！檢察官先生。只可惜賈維不在這裡，他會認出我來的，他……」

沒有什麼話可以形容他那悲切仁厚的酸楚口吻。他轉過去對著那三名囚犯說：

「好吧，我認識你們，我！布萊維！你記得我嗎？」

他停下來，遲疑了一會，又說道：

「你還記得你以前在獄中用的那條編織的格紋背帶嗎？」

布萊維大吃一驚，把他從頭到腳打量了一遍。

他繼續說：「舍尼傑，你替自己取了個綽號叫『日尼傑』，你的右肩上全是很深的火傷疤，因為有一次你把肩膀靠在一大盆紅炭上，想消滅上面的烙印，但是沒有成功。你說，是不是有過這回事？」

「有過。」舍尼傑說。

他又向戈什巴依說：「戈什巴依，你的左手肘旁邊有個日期，寫著『一八一五年三月一日』，字是藍的，是用燒粉刺上的。把你的袖子捲上去！」

戈什巴依捲起他的衣袖，他四周的人都伸長了脖子盯著他的手臂。有一個法警拿了一盞燈來，那上面確實有這個日期。

這不幸的人轉過來朝著聽眾，又轉過去朝著審判官，他那笑容令在場的人都感到難受。那是勝利的笑容，也是絕望的笑容。

「你們現在明白了，」他說，「我就是尚萬強。」

在這大廳裡，已經沒有審判官，沒有原告，沒有法警，只有發呆的眼睛和悲痛的心。大家都想不起自己要做的事，檢察官已忘了他原在那裡檢舉控訴，庭長忘了自己原在那裡主持審判，被告律師也忘了自己原在那裡辯護。沒有任何人提出任何問題，也沒有任何人執行任務。這時，也許沒有一個人能確切瞭解自己的感受，也沒有一個人明白他當時看到的是一種強烈的光輝，可是大家都感到自己的心腑被照亮了。這種印象固然一下就過去了，但在一剎那間卻是銳不可當的。

站在眾人眼前的是尚萬強，這已無庸置疑。

「我不願意再擾亂法庭，」尚萬強接著說，「你們既然不逮捕我，我就走了，我還有好幾件事要辦。檢察官先生知道我是誰，他知道我要去什麼地方，他隨時都可以派人逮捕我。」

他向著出口走去。誰也沒有開口，誰也沒有伸出手來阻攔他。大家都向兩旁退去，讓出道路。他緩緩地一步一步穿過人群，到了門邊，又轉身來說：

「檢察官先生，我靜候您的處理。」

他出去了，門又再度關上。

不到一個小時，陪審團撤銷了對商馬第的控告，被釋放的商馬第莫名其妙地走了，以為在場的人全是瘋子，他一點也不瞭解自己見到的是怎麼一回事。

26

芳婷發了一夜燒，而且失眠，可是這一夜卻充滿了種種快樂的幻象。到了早晨，她睡著了。守夜的桑普麗絲正彎下腰，仔細察看那些藥品和藥瓶時，忽然轉過身來，低聲叫了一下。馬德廉先生出現在她的面前。

「是您！市長先生。」她叫道。

「那可憐的婦人怎樣了？」他低聲回答說。

「現在還好。我們一直在擔心呢！」

她把經過情形告訴他，她說這一晚芳婷的狀況很糟，現在已經好些，因為她以為市長到蒙費梅伊去接她的孩子了。桑普麗絲不敢問市長先生，但是她從他的神情，看得出他不是從那裡回來的。

「這樣很好，」他說，「您沒有戳破她的幻想，做得正確。」

「是的，」桑普麗絲接著說，「但是現在，市長先生，她會見到您，卻見不到她的孩子，我們該怎樣向她解釋呢？」

他呆呆地想了一會。

「上帝會啟發我們的。」他說。

屋子裡已大亮了，陽光照著馬德廉先生的臉。修女無意中抬起頭來。

「我的上帝！先生，」她叫道，「您發生了什麼事？您的頭髮全白了！」

「白了？」他說。

修女取出一面小鏡子。馬德廉先生用它照了自己的頭髮，說了聲「怪事！」一邊又陷入了沉思。

「我可以看她嗎？」

「市長先生不打算把她的孩子接回來嗎？」桑普麗絲問。

「我當然會把她領回來，但是至少得有兩三天的時間才行。」

「假如她在孩子回來之前沒見到您，」修女戰戰兢兢地說，「她就不會知道您已經回來了，我們便容易安撫她。等孩子到了，她就會認為您是與孩子一起回來的。我們就不用說謊了。」

馬德廉先生好像思考了一會，隨後又帶著他那種鎮靜沉重的態度說：

「不行，婆婆，我應該去看看她。我的時間也許不多了。」

「也許」兩個字讓馬德廉先生的話多了一種深奧奇特的意味，不過桑普麗絲好像沒有注意到。她低著頭，恭恭敬敬地回答：

「既然如此，市長先生直接進去吧。她正在休息。」

他走進了芳婷的房間，來到床前，把床帷稍微掀開一點。她正睡著，胸中發出的呼吸聲叫人聽了心痛，那種聲音是得了那種病的人所特有的；但是她的臉上卻有一種無可形容的安詳，那種苦痛的呼吸並不怎麼影響她。她的面容已由黃變白，兩頰卻緋紅，她那兩對纖長的睫毛是她留下的唯一美色了，儘管垂閉著，卻還頻頻顫動。她的全身也顫抖著。

馬德廉先生在床邊呆呆地站了一會，看看病人，又看看耶穌受難像，正如兩個月前他初次來到這房間裡看她的情景一樣。那時的他們正和今日一樣，一個熟睡，一個祈禱；不過現在，經過了兩個月的光陰，她的頭髮已轉成灰色，而他的頭髮則變成雪白的了。

她睜開眼睛，看見了他，帶著微笑，安閒地說：「珂賽特呢？」

她既沒有驚訝的動作，也沒有歡樂的動作；當她提出這個問題時，她的信心是那樣真誠、那樣堅定、那樣絕無一絲疑慮，使得他不知道怎樣回答才好。

「請您告訴我，珂賽特在哪裡？為什麼我醒來時，沒有把她放在我的床上呢？」

他只是機械地回答了幾句。幸好，有人通知了醫生，他趕來幫助馬德廉了。

「我的孩子，」醫生說，「好好安靜下來，您的孩子在這裡了。」

芳婷頓時兩眼發光，喜上眉梢，雙手合十。這種神情具有祈禱所能包含的最強烈而又最柔和的一切情感。

「啊，」她喊道，「把她抱來給我吧！」

「還不行，」醫生接著說，「現在還不行。您的燒還沒有退。您看見孩子，會興奮，會影響您的身體。必須先把您的病養好才行。」

她焦急地插話道：

「可是我的病已經好了！唉！我要看我的孩子！」

「您瞧，」他說，「您多麼容易動氣。如果您永遠這樣，我便永遠不讓您見您的孩子。單是看見她並不能解決問題，您還得為她活下去才是。等到您不胡鬧了，我就把她帶來見您。」

可憐的母親低下了頭。

「醫生，請您原諒，我知道您擔心我情緒激動；但是我向您發誓，看看我的女兒對我是沒有壞處的。人家特地去蒙費梅伊接回我的孩子，我要看看她，這不是很理所當然的嗎？我沒有動氣，我完全明白，我的快樂就在眼前。我已不發燒了，我的病早已好了，我心裡明白我完全好了，求求您給我孩子吧！」

馬德廉始終坐在床邊的一張椅子上。她把臉轉過去向著他，竭力顯出安靜、安份的樣子，希望他們把珂賽特送給他。然而，儘管她強作鎮靜，還是忍不住要向馬德廉問東問西：

「您一路上都好吧？市長先生。啊！您多麼慈悲，為了我去找她！告訴我她長得什麼樣子。她一路來，沒有太辛苦吧？可憐！她一定不認識我了！這麼多年來，她已經忘記我了，可憐的心肝！孩子們總是沒有記性的，就和小鳥一樣。她的換洗衣服總是白的吧？德納第一家總有注意她的整潔吧？他們給她吃什麼東西？啊！我從前在受苦時，想到這些事心裡多麼難受！不過，這些都已經過去了，我已經放心了。啊！我多麼想見她！市長先生，您覺得她漂亮嗎？我的女兒生得美，不是嗎？你們在車子裡沒有著涼吧！你們怎麼不讓她到這裡來待一會兒呢？」

他握住她的手：

「珂賽特生得美，」他說，「她的身體也好，您不久後就可以看見她。但是您應該安靜一點。您說得太興奮了，您又把手伸到床外面來了，您會咳嗽的。」

的確，芳婷幾乎每說一字就要劇烈地咳一次。

「蒙費梅伊這地方還不錯，不是嗎？到了夏天，有些人會去那地方遊玩。德納第家的生意好嗎？他們那一帶的過路人並不多，那間店頂多算是一間歇馬店罷了。」

馬德廉先生始終握著她的手，望著她發愁。他當時去看她，顯然是有事要和她談，但現在卻遲疑起來了。醫生診視了一回，也退出去了。正當大家默默無聲時，芳婷忽然叫起來：

「我聽到了她的聲音！我的上帝！我聽到了她的聲音！」

她伸出手臂，叫大家靜下去，她屏著氣，聽得心往神馳。原來，有一個孩子正在天井裡玩，也許是看門婆的孩子，或是隨便一個女工的孩子。她為了取暖，正在那裡跑來跑去，高聲笑著、唱著。

「啊！」她又說，「那是我的珂賽特！我聽得出她的聲音！」

這孩子忽來忽去，走遠了，她的聲音也消失了。芳婷又聽了一會，面容慘澹。

然而，她心中歡樂的泉源又出現了。她頭在枕上，繼續對自己說，「我們將來多麼快樂啊！首先，我們有個小花園！那是馬德廉先生答應我的。我的女兒在花園裡玩！現在她應該認識字母了吧？我來教她拼字。她在草地上追蝴蝶，我看她玩。接著她要去領第一次聖禮。啊！真的！她應該什麼時候去領她的第一次聖禮呢？」

她翹起手指來數。

「一、二、三、四……她七歲了。再過五年，她披上一條白紗，穿一雙花襪，像個大家閨秀。啊！我的好修女，您不知道我多麼傻，我已想到我女兒領第一次聖禮的事了！」

她笑起來了。

馬德廉已放下了芳婷的手。他聽著這些話，如同一個人聽著風聲，眼睛望著地，精神沉溺在無邊的妄想裡一樣。忽然間，她不說話了。他機械地抬起頭來，看見芳婷神色大變。

她不再說話，也不再呼吸，她半臥半起，支在床上，瘦削的肩膀也從睡衣裡露出來，剛才還喜氣洋洋的臉色現在發青了，恐怖使她的眼睛睜得大大的，注視著她房間另一頭的一件駭人的東西。

「我的上帝！」他喊道，「您怎麼了？芳婷。」

她不回答，她的眼睛毫不離開她看見的那東西，她用一隻手抓住他，用另一隻手指著，叫他朝後看。

他轉過頭去，看見了賈維。

27

馬德廉先生從阿拉斯高等法院出來，已是晚間十二點半了。他回到旅館，正好趕上郵車。不到早晨六點，他便回到濱海蒙特勒伊，他的第一件事便是把寄給拉菲特先生的信送到郵局，再到療養室去看芳婷。

他離開法庭不久，檢察官便制止了一時的混亂，開始發言。他聲稱自己絕不因這一陣突發事件而改變原來的見解，並認為商馬第才是真的尚萬強，要求先判他的罪。然而，這樣的看法顯然與每個聽眾、庭長和陪審團的看法大相逕庭。經過馬德廉先生、也就是真正的尚萬強的揭示以後，這件案子早已改變了面貌。因此，陪審團在幾分鐘之內，便宣告對商馬第不予起訴。

釋放了商馬第以後，檢察官便立即和庭長關在房間裡密談。他們討論了逮捕濱海蒙特勒伊市長的必要性。庭長在一度感到緊張之後，並沒有表示反對。於是，逮捕狀簽發出去了。檢察官派了專人，連夜兼程送到濱海蒙特勒伊，任命督察賈維執行。

當賈維正起床，信差便已把逮捕狀和傳票交給了他。逮捕狀是這樣寫的：

督察賈維，速將濱海蒙特勒伊市長馬德廉拘捕歸案，此人在本日公審時已被查明為已釋苦役犯尚萬強。

賈維在鄰近的哨所裡找了一個伍長和四個士兵，便若無其事地來了。他把士兵留在天井裡，叫看門婆把芳婷的房間告訴他。看門婆毫無戒備，因為時常有一些武裝的人來找市長先生，她早已習以為常。

這名督察走到芳婷的門前，轉動門把，輕輕地推開門，進來了。

他這樣站立不動，幾乎有一分鐘，沒有引起任何人的注意。忽然，芳婷抬起頭看見了他，又叫馬德廉先生轉過頭去。當這兩人目光相接時，賈維並沒有動，既不驚訝，也不走近，只顯出一種可怕的神色。那是一副找到了冤家的得意神色。

正直、真誠、老實、自信、忠於職務，這些品質在被曲解時是可以變成醜惡的。不過，即使醜惡，也還有它的偉大；它們的威嚴是人類的良知所特有的，所以在醜惡之中依然存在。這是一些有缺點的優良品質，缺點便是它會犯錯。執迷於某一種信念的人，在縱恣暴戾時，有一種寡情而誠實的歡樂，這是一種陰森但又令人起敬的光芒。賈維在他這種駭人的快樂裡，正和每一個得志的小人一樣，值得憐憫。那副面孔中所表現出的，我們可以稱之為善中的萬惡，世界上沒有任何東西比這更悲慘、更可怕的了。

自從芳婷被市長從賈維手中救出來以後，還沒有見過賈維。她的大腦在病中完全不能理解當時的事，她以為他是為了她而來的，她受不了那副凶相。她覺得自己的氣要斷了，兩手掩住自己的臉，哀號著：

「馬德廉先生，救我！」

尚萬強（我們以後都這麼稱呼他）站起來，用最柔和最平靜的聲音向芳婷說：

「您放心，他不是來找您的。」隨後他又向賈維說：「我知道您來幹什麼。」

「快走！」賈維回答說。

在他的口氣裡有一種說不出的蠻橫和狂妄，簡直不是人的言語，而是野獸的吼叫。他這麼說，身體卻沒有移動一步，只是以那鐵鉤似的目光盯著尚萬強，正如同兩個月前要芳婷跟他走時一般。

賈維一聲吼，芳婷又睜開了眼睛。但是市長先生在這裡。

「你到底走不走？」賈維走到房間中央，叫道。

這個不幸的婦人四面張望。房間裡只有修女和市長先生，他對誰說話如此無禮呢？當然是對她了。她渾身發抖。同時，她又看見了一樁不曾有過的怪事。她看見賈維抓住了市長的衣領，又看見市長低著頭。她彷彿覺得天翻地覆。

「市長先生！」芳婷喊著說。

賈維放聲大笑，把他滿口的牙齒全露了出來。

「這裡已經沒有市長先生了！」

尚萬強讓那隻手抓住他禮服的領子，並不反抗。他說：

「賈維……」

「叫我督察先生！」

「先生，」尚萬強接著說，「我想和您個人說句話。」

「大聲說！你得大聲說！」賈維回答，「人家對我說話總是大聲的！」

「我求您一件事……」他低聲下氣地回答。

「我叫你大聲說！」

「但是這件事只有您一個人可以聽……」

「這關我什麼事？我不聽！」

尚萬強轉身朝著他，急急忙忙低聲向他說：

「請您暫緩三天！讓我去領回這個可憐婦人的小孩！該付多少錢我都付。您要跟著我走也可以。」

「笑話！」賈維叫道，「想不到你竟是一個這麼蠢的傢伙！你要我暫緩三天，卻是要去領這賤貨的孩子？哈！哈！真妙！妙極了！」

芳婷顫抖了一下。

「我的孩子！」她喊道，「去領我的孩子！她原來不在這裡！我的修女，回答我，珂賽特在什麼地方？我要我的孩子！馬德廉先生！市長先生！」

賈維提起腳來一跺。

「少囉嗦！妳到底閉不閉嘴？這個可恥的城市，囚犯當市長，公娼享著貴婦人的清福，不必工作！一切都會走上正軌的，是時候了！」

他看芳婷不動，便又一把抓住尚萬強的領帶、襯衫和衣領說道：

「我告訴妳，這裡沒有馬德廉先生，也沒有市長先生。只有一個賊，一個土匪，一個苦役犯，叫尚萬強！

我現在抓的就是他！就是這麼一回事！」

芳婷幾乎跳起來，支在她僵硬的手臂上，她望望尚萬強，望望賈維，望望修女，張開口，彷彿要說話，一口痰從她喉嚨深處湧上來，她的牙齒格格作響，她悲傷地伸出兩隻手，在空中摸索著。隨後，她忽然一下倒在枕頭上，她的頭撞在床頭，彈回來，落在胸上，嘴巴張著，眼睛睜著，但已黯淡無光。

她死了。

尚萬強把他的手放在賈維那隻抓住他的手上，好像掰嬰兒的手一般，一下便掙脫了它。接著他向賈維說：

「您把這婦人害死了。」

「不許多話！」怒氣沖天的賈維吼叫道，「我不是來這裡聽你講道理的。別浪費時間！隊伍在樓下，馬上走，不然我就要用手銬了！」

尚萬強走到角落一張舊鐵床旁，一下子便把床頭的鐵條拆了下來。他緊緊握著那根鐵條，眼睛望著賈維。賈維向門邊退去。尚萬強又慢慢走到芳婷的床前，然後轉過身，用一種幾乎聽不見的聲音說道：

「我勸您不要在這時來打擾我。」

賈維想去叫員警，但又怕尚萬強趁機逃走，只好守著不動，眼睛緊盯住尚萬強。

尚萬強把手肘倚在床頭的圓球上，手托著額頭，望著那躺著不動的死人。他就這樣待著，凝神、靜默，面容和體態上顯出一種說不出的痛惜。默哀之後，尚萬強兩手捧著芳婷的頭，把它端正安放在枕頭上，又把她襯衣的帶子繫好，把她的頭髮塞進帽子。做完了這些事，他閉上了他的眼睛。

芳婷的手還垂在床沿外。尚萬強跪在這隻手的前面，輕輕地拿起來，吻了一下。

最後，他站起來，轉身向著賈維。

「現在，我跟您走。」

28

馬德廉先生被捕的消息震撼了濱海蒙特勒伊，僅因為「他當過苦役犯」這句話，大家便幾乎把他完全遺棄了。他從前做過的一切好事，不到兩個小時，也全被遺忘了，他已淪為一個苦役犯。一整天，城裡四處都能聽到這樣的談話：

「您不知道嗎？他原是個被釋放的苦役犯！」

「誰呀？」

「市長。」

「呸！馬德廉先生嗎？」

「是呀。他原本不叫馬德廉，他的舊名真難聽——尚萬強！」

「啊！我的天。」

「他已經被捕了。暫時還在市監獄裡，不久就會被押到別處。」

「他從前在大路上犯過一樁劫案，還得上高等法院呢！」

「原來如此！我早就起疑了。這個人平常太好、太善良了。我常在想，他一定有些見不得人的過去！」

這個一度被稱為馬德廉先生的典型便這樣在濱海蒙特勒伊消逝了。全城中，只有三四個人還懷念他，服侍過他的那個老看門婆便是其中之一。

當天日落時，這個老太婆還坐在她的門房裡。工廠停了一天工，大門關起來了，街上行人稀少。那棟房子裡只有兩個修女，她們正在守著芳婷的遺體。

快到馬德廉平常回家的時間，忠實的看門婆又機械地站了起來，從抽屜裡取出市長房間的鑰匙，端起他每晚拿上樓的燭台，放在市長習慣的位置上，彷彿在等候他似的。接著，她又轉過身去，坐下來沉思。

兩個多鐘頭過去了。就在這時，門房的玻璃窗自動開了，一隻手從窗外伸進來，拿著鑰匙和燭台，湊到另一支燃著的蠟燭上接了火。看門婆抬起頭，張開口，幾乎要喊出來。

她認識那隻手，以及那件禮服的袖子。那是馬德廉先生。

「我的上帝！市長先生，」她終於喊出來了，「我還以為您……」

「進監獄了，」他說，「我的確去了。我折斷窗口的鐵條，從屋頂上跳下來，又回到這裡。我現在要去我的房間，請您把桑普麗絲修女找來，她一定是在那可憐的婦人旁邊。」

老太婆連忙去找了。他走上通往他房間的那條樓梯，輕輕地打開門，朝四面望了一眼。昨晚那一陣忙亂並未在桌子上、椅子上，以及他那張三天沒有動過的床上留下絲毫痕跡，因為看門婆早已把房間整理過了。

沒過多久，桑普麗絲來了，她面色蒼白，眼睛發紅，手裡拿著蠟燭，抖個不停。她已痛哭過一陣，現在還在發抖。當她進來時，尚萬強正在一張紙上寫好了幾行字。他把這張紙交給修女說：

「我的修女，請您交給本堂神父。」

她朝那上面望了一眼，上頭寫的是：「請本堂神父代為處理我留在這裡的一切，用以支付我的訴訟費和今日死去的這個婦人的喪葬費。餘款捐給窮人。」

修女想說話，但是泣不成聲。她勉強說了一句：

「市長先生想再看一次那苦命的婦人嗎？」

「不，」他說，「抓我的人就快追來了。他們會到她的房裡去找我，她會不得安寧。」

他的話剛說完，樓下已鬧了起來，他聽見許多人的腳步走上樓梯，又聽見看門婆用她尖銳的嗓子說：

「我的好先生，我向您發誓，今天一整天都沒人來過這裡，我也沒有離開過大門！」

「可是那房間裡有燈光。」有個人回答說，他們聽出那是賈維的聲音。

尚萬強吹熄了蠟燭，躲在牆角。桑普麗絲修女跪在桌子旁邊。

門開了，賈維走進來。他看見修女低著眼睛正在祈禱，一支蠟燭在壁爐台上發著微光，這莊嚴的場面使他停住了腳，不敢為難。我們知道，賈維的本性、氣質、一舉一動，都是對權力的尊崇。在他看來，教會的權力更是高於一切；在他眼裡，神父是種沒有缺點的神明，修女是種純潔無瑕的生物。因此，他見到桑普麗絲在房中，第一個動作便是向後退。

「我的修女，」他說，「您是一個人在這房間裡嗎？」

修女抬起頭來，回答說：「是的。」

「既然如此，」賈維又說，「請原諒我的叨嘮，這是我份內應做的事，我們正在找一個男人，他是個逃犯，叫做尚萬強。您有看見他嗎？」

「沒有。」

生平從不說謊的桑普麗絲一連說了兩次謊。她毫不躊躇、直截了當地說著假話，彷彿把自身置於度外。

「請見諒。」賈維說，他深深行了個禮，退出去了。修女的話在他耳中是那樣可靠，以至於那支剛吹熄的、還在桌上冒煙的蠟燭也沒有引起他的注意。

一個小時以後，有個人在樹林和迷霧中大步離開了濱海蒙特勒伊，朝著巴黎走去。這人便是尚萬強。有兩三個趕車的車伕遇到他，看見他背著包袱，穿一件布衫。那件布衫，據說是不久前死去的一名老工人留下的。

本堂神父盡可能把尚萬強留下的東西送給窮人。他簡化了芳婷的殯葬，極力削減費用。於是，芳婷被葬在墳場中那塊屬於大眾的公有土地裡；他們把她扔在遍地遺骸的泥坑裡，她的墳正像她的床一樣。

第二部　珂賽特

1

尚萬強又被捕了。

那些慘痛的經過，我們不打算一一細談，只節錄一八二三年七月二十五日報紙刊載的兩則小新聞。第一則是從《白旗報》上錄下來的：

加萊海峽省某縣發生了一件怪事。有個名叫馬德廉的人，在最近幾年內，曾採用一種新方法，振興了當地的燒料細工業，並成了當地的巨富，並且該縣也因而致富。為了報答他的貢獻，大家舉薦他當市長。不料警廳發現，這位先生原名尚萬強，為一苦役犯，一七九六年因竊案入獄，服刑期滿，竟又違禁私遷。尚萬強現已重新入獄，據說他在被捕前，曾從拉菲特銀行提取存款五十萬法郎，那筆款項據信是他在商業行為中獲得的合法利潤。尚萬強既已回到土倫監獄，那筆錢藏在何處，也就無人知曉了。

第二則是從《巴黎日報》摘錄下來的：

一個刑滿獲釋、名叫尚萬強的苦役犯，近日在瓦爾省高等法院受審，案情頗受關注。該暴徒曾蒙蔽員警，改名換姓，並就任北方某地市長一職。他在該城經營一種事業，規模相當可觀。在警方的努力不懈下，終於揭發真相，將其逮捕歸案。該犯力量過人，曾越獄逃亡，越獄三四後日又在巴黎被捕獲，當時正欲坐上一輛行駛至蒙費梅伊的小車。他被移交瓦爾省高等法院受審，並被控於八年前在大路上搶劫一個孩子。該犯放棄了申訴機會，經司法人員一番激辯之後，此案被定為累犯罪，尚萬強被判處死刑，該犯亦拒絕上訴。國王無邊寬大，恩准減為終身苦役。尚萬強立即被押赴土倫監獄。

尚萬強在苦役牢裡換了號碼，成為九四三〇號。

自從馬德廉先生消失，濱海蒙特勒伊的繁榮也不復存在，取而代之的是自私自利、四分五裂的局面。工頭們自稱業主，競爭猜忌出現了。馬德廉先生的工廠關了門，房屋坍塌，工人四散；有的離開了本地，有的改了行。馬德廉先生曾主持一切，從中指揮；他垮台了，於是每個人都為自身著想，惡性的競爭代替了合作的精神，粗暴代替了赤忱，相互的仇視代替了創辦人對大眾的關切。大家偷工減料，降低了品質，失去了信用；產品滯銷，訂單減少；工資降低，工廠停工，終至破產。從此窮人一無所有，一切如雲煙般消散。

2

就在同一年，一八二三年，十月將完時，土倫的居民都看見戰船「俄里翁號」回港。這艘船在當時隸屬地中海艦隊，因為受了大風災的損害才回港修理。每天從早到晚，在土倫的那些碼頭、堤岸、防波堤上，都站滿了成群的無所事事的人，為了觀看俄里翁號。

它停泊在兵工廠附近，一面調整設備，一面修理船身。在右舷一面，船殼沒有受傷，但是為了使船身內部的空氣流通，按照慣例，揭開了幾處舷板。

有一天早晨，觀眾們目擊了一件意外的事。

當時水手們正忙著上帆。負責管理大方帆右上角的那個水手忽然失去平衡，摔了下來。在墜落之前，他一手抓住了一根踏腳的繩環，另一隻手也立即一同抓住，就這樣懸在空中。他下面是海，深極了，使他頭暈目眩。他身體落下時的衝力使得那根繩子在空中強烈擺動。那人吊在繩的末端，盪來盪去，擠在碼頭上的觀眾們齊聲驚叫。

該救他嗎？那得冒著生命的危險，好不嚇人！船上的水手們沒有一個敢挺身犯險。那不幸的帆工氣力漸漸耗盡，人們都看得出他四肢的疲乏。他兩臂直直地吊在空中，不斷抽搐；他想向上攀，但是每用一次力，只是讓繩子盪得更厲害。大家眼睜睜地看著他的雙手漸漸鬆開，所有的人都不時把頭別過去，以免看見他落下時的慘狀。

這時候，忽然有一個人，矯捷地從帆索中間攀登直上。那人身穿紅衣，又戴一頂綠帽，原來是名終身苦役犯。他攀到桅棚上面時，一陣風吹落了他的帽子，露出一頭白髮，原來他已不年輕。

那的確是一個苦役犯，代替獄中苦役被調來船上工作。他在事發時便已跑去找值班軍官，向他提出由自己獻出生命救那帆工。軍官只點了一下頭，他便一錘敲斷了腳上的鐵鍊，取了一根繩子爬上索梯。一眨眼，他已到了那橫杆上面。他停了幾秒鐘，彷彿是在估算距離。他望著那掛在繩子末端的帆工在風中飄盪，接著便兩眼望著天空，向前走上一步。眾人望見他順著那橫杆一口氣向前跑去；跑到杆尾以後，他把帶去的繩子一頭綁在杆上，一頭讓它往下垂，接著兩手握住繩子，順勢滑下。

很快地，他已滑到水手的身邊。如果再遲一分鐘，那人筋疲力盡，就會落入深淵。苦役犯一手抓住繩子，一手用繩子把他緊緊繫住。隨後，大家望著他爬回橫杆，把那水手拉上去，又扶著他在上面站了一會，好讓他恢復力氣。最後，他雙手抱住他，踏著橫杆，把他送回桅棚，交給他的伙伴們。

這時，觀眾齊聲喝彩，有些年老的獄吏還流下眼淚，碼頭上的婦女都互相擁抱，所有的人都帶著激動的憤怒聲一齊吼道：「應該赦免那個人！」

至於那名苦役犯，他遵守規則，歸隊去幹他的苦活。為了早點歸隊，他順著帆索滑下，又踏著下面的一根帆杆向前跑。一瞬間，也許他疲倦了，或是眼花了，大家看見他彷彿有點遲疑，有點搖晃，接著忽然掉到海裡去了！那樣摔下去是很危險的，輕巡洋艦「阿爾赫西拉斯號」當時停泊在俄里翁號旁邊，那苦役犯正掉在兩艘船中間，有可能會被沖到某一艘的下方去。

四個人連忙跳上一條舢板。觀眾也一齊鼓勵他們，所有人的心又焦急起來了。那個人再也沒有浮上水面；

人們在水面打撈，也潛到海底尋找，仍毫無下落。大家一直找到傍晚，屍體也同樣找不到。

第二天，土倫的報紙上，刊登了這樣幾句話：

一八二三年十一月十七日。昨天，一名在俄里翁號船上幹活的苦役犯，在救了一名水手後歸隊時，落入海裡溺死。無法尋獲他的屍體，據推測，他也許陷在兵工廠堤岸盡頭的那些尖木樁下面。

那人在獄中的號碼是九四三〇，名叫尚萬強。

3

蒙費梅伊位於利弗里和謝爾之間，在烏爾克河與馬恩河間那片高原的南麓。那是一片平靜宜人、不在任何交通要道上的地方，當地人都過著豐衣足食的鄉村生活。美中不足的是地勢較高，水源缺乏。

人們取水，得走一段相當遠的路。靠近加尼那一頭的居民要到林裡一處幽靜的池塘邊才能取到水；住在禮拜堂附近靠謝爾那一頭的人，必須到離謝爾大路不遠、到蒙費梅伊約十五分路程的半山腰裡，才能從一處泉水裡取得飲水。

也因此，水的供應對家家戶戶來說是件辛苦的工作。德納第的旅店往往會花一個蘇向一個以挑水為業的老人換一桶水，但這個老人在夏季工作到傍晚七點，冬季只工作到五點；天黑以後，若是沒有水喝，就得自己去取，或是不喝。

那正是小珂賽特最害怕的事。那個可憐的小女孩，她在德納第夫婦的眼裡一向有雙重用處，既可從孩子的母親那裡得到錢，又可從孩子那裡得到勞力。因此，當她母親完全停止寄錢以後，德納第夫婦卻仍留住珂賽特。她替他們省下了一個女工。於是，每逢需要水時，她便得去取。這孩子一想到要在黑夜裡走到泉邊取水，便膽戰心驚，所以她非常留意，從不讓旅店缺水。

一八二三年的聖誕節，巴黎來了幾個雜耍藝人，同時還有一群流動的商販，在村裡的空地上搭了一些臨時棚子。所有的旅店都擠滿了人，為這清靜的小地方帶來了一片熱鬧歡騰的氣象。這一晚，德納第旅店人聲鼎沸，人們圍著矮廳的桌子坐下喝酒。德納第大娘正在火光熊熊的烤爐前準備晚餐，德納第老闆陪著客人們喝酒、談話。

珂賽特待在她的老地方，也就是壁爐旁一張切菜桌下方的橫杆上。她穿著破衣，赤著腳，套一雙木鞋，湊近爐火的微光，在替德納第家的小姐織襪子。一隻小貓在椅子下嬉戲。可以聽見隔壁房間裡有兩個孩子清脆的談笑聲，那是愛波寧和雅潔瑪。一個幼兒的哭聲不時從同一間房裡傳出來，在一片嘈雜聲中顯得高而細；那是德納第大娘前兩年冬天生的一個小男孩。

就在這時，新來了四個旅客，這讓珂賽特很發愁。天已經黑了，卻又突然來了新的客人，她得立刻去把那些客人房間裡的水罐和水瓶倒滿水，但水槽裡已經沒有水了。

幸好德納第家的人不大喝水，她的心又稍稍安穩了些。在這種場合，大家都喝著酒，要是有個人要喝水，所有人都會覺得他是個怪胎。

珂賽特繼續做她的活，可是在那一刻鐘裡，她覺得她的心就像一個皮球，在胸腔裡直跳。她一分一秒地數著時間的流逝，恨不得一下子就到了第二天的早晨。

不時有一個酒客望著街上，大聲說：「簡直黑得像個洞！」或是說：「只有貓兒才能在這種時間不提著燈上街！」珂賽特聽了好不心驚。

忽然，有一個要在旅店過夜的貨商走進來，大聲說：

「你們沒有給我的馬喝水！」

「給過了，早就給過了。」德納第大娘說。

「您沒有給過，大娘。」那小販說。

珂賽特從桌子下鑽了出來。

「啊，先生，確實給過了，」她說，「那匹馬喝過了，用桶子喝的，喝了一整桶，是我送去給牠喝的，我還跟牠說了許多話。」

那不是真話，珂賽特在說謊。

「這小妞年紀輕輕就會撒這種大謊，」那小販說，「小妖精！我告訴妳，牠沒有喝，我從牠吐氣的模樣就看得出來。」

珂賽特繼續狡辯，她急了，嗓子僵了，發不出聲，別人幾乎聽不清她在說什麼：

「而且牠喝得很飽！」

「夠了，」那小販動了氣，「沒這回事。快拿水給我的馬喝，別囉嗦！」

珂賽特又回到桌子下面去了。

「的確，您說得對，」德納第大娘說，「要是那牲口沒有喝水，當然就得喝。」

她彎下腰去，看見珂賽特蜷縮成一團，躲到桌子的另一頭去了。

「妳出不出來？」德納第大娘吼道。

珂賽特從她的桌子底下爬出來。德納第大娘接著說：

「妳這沒有姓名的雜種，快拿水去餵馬！」

「可是，太太，」珂賽特小聲說，「水已經沒了。」

「沒了？那就去取！」德納第大娘打開了門。

珂賽特低下了頭，走到壁爐角上取了一只空桶，那桶子比她的身體還大。

這時候，德納第大娘又把手伸進一個抽屜，在裡頭來回翻了翻。

「來，小怪胎，」她又說，「妳回來的時候，到麵包店去買一個大麵包來。錢在這裡，一枚值十五個蘇的錢幣。」

珂賽特的圍裙側面有個小口袋，她一聲不響，接了錢，塞在口袋裡。她提著桶，面對那扇敞開著的大門站立不動，似乎是指望有誰來搭救她。

「還不走！」德納第大娘一聲吼。

珂賽特走了。大門也關上了。

4

德納第旅店在那村裡的位置在禮拜堂附近，因此珂賽特得到謝爾那一側的樹林中取水。

她越往前走，四周也越黑。街上行人已經絕跡，她偶然遇到一個婦人，那婦人停下來，轉身望著她走過去，嘴裡喃喃地說：「這孩子究竟要去哪呢？」隨後，她認出了是珂賽特，又說：「嘿！原來是百靈鳥。」

珂賽特就這樣穿過了蒙費梅伊村靠謝爾一側的那些彎曲、荒涼的街道。只要她還看得見人家，只要她走的路兩旁還有牆，她總能壯起膽子；然而，當她過了最後那間房子的牆角，忽然站住不動了。她把水桶放在地上，把手伸進頭髮，慢慢地搔著頭，那是孩子在驚慌到不知所措時慣有的姿態。

在她面前已不是蒙費梅伊，而是黑暗荒涼的田野了。她心驚膽戰地望著那漆黑一片、沒有人、有野獸、也許還有鬼怪的地方。她仔細看，她聽到了在草叢裡行走的野獸，也清楚看見了在樹林裡移動的鬼影。於是她又提起水桶，恐怖給了她勇氣。「管他的！」她說，「我回去說沒有水就好了！」她堅決轉身回蒙費梅伊。

她才剛走上百來步，又停下來，搔著自己的頭。現在浮現在她眼前的是德納第大娘那張牙舞爪、眼裡怒火直冒的模樣。孩子淚眼汪汪地望了望前面，又望了望身後。該怎麼辦？會有什麼下場？往哪裡走？最後，她在德納第大娘的權威面前退縮了，再次走上往泉水去的路，並且跑起來。她跑出村子，跑進了樹林，什麼也不看，什麼也不聽，只顧著往前走。

她一面趕路，一面想哭出來。

從林邊走到泉水，只需七八分鐘。珂賽特認識那條路，因為她在白天常常走。靠著一些殘存的本能引導，她的眼睛既不向右望，也不向左望，唯恐看到樹枝和草叢裡有什麼東西。她便那樣到達了泉水邊。

珂賽特不想歇下來喘氣。她伸出左手，在黑暗中摸索一株斜在水面上的小槲樹，那是她平日用來作扶手的。她摸到了一根樹枝，攀在上面，彎下腰，把水桶伸入水中。她的心情異常緊張，以至於當她俯身取水時，沒有注意到圍裙口袋裡的某件東西掉進潭裡了。她提起那水桶，放在草地上，幾乎是滿滿一桶水。

這時候，她才覺得渾身疲乏，一點力氣也沒有了。她很想立刻回去，但是她在裝水時已把力氣用盡，一步也走不動了。她不得不坐下來，在草地上一動也不動。

她閉上眼睛，接著又睜開，她自己也不知道為什麼非那樣做不可。

原野上吹來一陣冷風。樹林裡一片深黑，沒有樹葉摩擦的聲音，也沒有夏夜那種朦朧的微光。高大的枝椏猙獰張舞，枯萎的矮樹在林邊空地上簌簌作聲，長高的野草在寒風中像鰻魚似地蠕動。草木彎曲招展，有如伸出長臂張爪攫人。一團團的乾草在風中疾走，彷彿大禍將至，倉皇逃竄。四面八方全是淒涼寂寥的景象。

珂賽特只覺得自己被宇宙那無邊的黑暗所控制。她當時感受到的不只是恐怖，而是一種比恐怖更可怕的東西。她打著寒顫，寒顫使她一直冷到心頭，沒有言語能表達那種奇怪的感受。她愣然睜著一雙眼睛，彷彿覺得明晚的同一時刻還得再來此地。

她開始感到手冷，她的手在剛才取水時弄濕了。她站起來，又恐懼起來了，那是一種自然的、無法克制的恐懼。她只有一個念頭：逃走，拔腿飛奔，穿過樹林，穿過田野，逃到有人家、有窗子、有燭光的地方。她低頭看到了水桶，她不敢不帶著那桶水逃，德納第大娘的權威太可怕了。她雙手握住桶上的提把，用盡力氣提起那桶水。

她大約走了十多步，但那桶水太滿、太重，她只得又把它放下來。她喘了口氣，再次提起水桶往前走。這次走得比較長一些，但她仍然得再停下來。休息了幾秒鐘後，她再走。她走時，俯著身子，低著頭，像個老太婆，水桶的重量把她那兩條瘦弱的手臂拉得又直又僵，桶上的鐵提把也把她那雙濕手凍壞了。她不得不走走停停，而每次停下來時，總會有些水潑在她的光腿上。

她帶著痛苦的喘氣聲呻吟，一陣陣哭泣使她喉頭哽咽，但她不敢哭，她太怕德納第大娘了，即使離得很遠依然如此。

可是她那樣走不了太遠，而且走得很慢。她估計那樣的速度，得花一個小時才到得了蒙費梅伊，一定會挨德納第大娘的一頓毒打。她心中焦急萬分，這種心情又和深夜獨自處在林中的恐懼絞成一團。她已困憊不堪，便走到一株熟悉的老槲樹旁，作最後一次較長的歇息。隨後她又集中全部力氣，提起水桶，鼓足勇氣往前走。可是這傷心絕望的孩子不禁喊了出來：

「啊！我的天主！我的天主！」

就在這時，她忽然覺得她的水桶一點也不重了。一隻粗壯無比的手已抓住那提把，輕而易舉地把那桶水提了起來。她抬頭望，有個高大直立的黑影，在黑暗中陪著她一同往前走。那是一個男人。

5

珂賽特並沒有害怕。

那個人和她談話。他說話的聲音是莊重的，幾乎是低沉的。

「我的孩子，妳提的這東西對妳來說太重了。」

珂賽特抬起頭，回答說：「是呀，先生。」

「給我，」那人接著說，「我來替妳拿。」

珂賽特丟下那水桶，那人便陪著她一起走。隨後，他又問道：

「孩子，妳幾歲了？」

「八歲，先生。」

「妳是從很遠的地方這樣走來的嗎？」

「從樹林的泉水邊來的。」

「妳要去的地方還很遠嗎？」

「從這裡走過去，還得花整整十五分鐘。」

那人沉默了一會，不曾開口，隨後又突然問道：

「難道妳沒有母親嗎？」

「我不知道。」那孩子回答。

那人還來不及開口，她又補充一句：

「我想我沒有母親。別人都有，我呢？我沒有。」

靜了一會兒，她又說：

「我想我從來不曾有過母親。」

那人停下來，放下水桶，彎著腰，把他的兩隻手放在那孩子的肩上，想在黑暗中看清她的臉。來自天空的一點黯淡的微光隱隱照出了珂賽特瘦削的面容。

「妳叫什麼名字？」那人說。

「珂賽特。」

那人彷彿觸了電似的。他又仔細注視了一陣。之後，他從珂賽特的肩上縮回了他的手，提起水桶，又開始往前走。

過了一陣子，他問道：

「孩子，妳住在什麼地方？」

「我住在蒙費梅伊，您知道那地方嗎？」

「我們現在是去那地方嗎？」

「是的，先生。」

「是誰要妳這時間到樹林裡來提水的？」

「是德納第太太。」

那人想讓自己說話的聲音顯得鎮靜，可是他的聲音抖得出奇，他說：

「這個德納第太太是做什麼的？」

「她是我的主人，」那孩子說，「她是開旅店的。」

「旅店嗎？」那人說，「好的，我今晚就在那裡過夜。妳帶我去。」

那人走得相當快，珂賽特卻也不難跟上他。她已不再感到累了，她不時抬起頭來望著那個人，顯出一種無可言喻的寧靜和信賴。她感到心裡有樣東西，彷彿是飛向天空的希望和歡樂。

「難道德納第太太家裡沒有女佣人嗎？」過了幾分鐘，那人又問。

「沒有，先生。」

「只有妳一個嗎？」

「是的，先生。」珂賽特想了想，又提高嗓子說道：「應該說，還有兩位小姐。」

「什麼小姐？」

「愛波寧和雅潔瑪。也就是德納第太太的女兒。」

「她們兩個又做些什麼事呢？」

「噢！」那孩子說，「她們有漂亮的娃娃，有各式各樣的玩意兒。她們用它們玩遊戲。」

「整天玩嗎？」

「是的，先生。」

「妳呢？」

「我？我工作。」

「整天工作嗎？」

那孩子抬起一雙大眼睛，一滴眼淚幾乎掉下來，不過在黑暗中沒有人看見。她細聲回答：

「是的，先生。」

她靜了下來，又接著說：

「有時候，我做完了事，人家允許的話我也玩。」

「妳怎麼玩呢？」

「我沒有什麼好玩的東西，愛波寧和雅潔瑪都不讓我玩她們的娃娃。我只有一把小鉛刀，這麼長。」

那孩子伸出她的小指頭來比。

他們已到了村子裡，珂賽特領著那陌生人在街上走。他們經過麵包鋪，可是珂賽特忘了買麵包的事。那人沒有再問她什麼話，只是面帶愁容，一聲不響。當他們快到旅店的時候，珂賽特輕輕碰了碰他的手。

「先生？」

「什麼事？我的孩子。」

「我們快到家了。」

「到家又怎麼樣呢？」

「您現在讓我來提水桶吧。」

「為什麼？」

「因為，要是太太看見別人替我提水，她會打我的。」

那人把水桶還給她。不過多時，他們已到了旅店的大門口。

6

門開了。德納第大娘端著一支蠟燭走出來。

「啊！是妳這個小乞丐！感謝上帝，妳去了這麼久！玩夠了吧？小賤貨！」

「太太，」珂賽特渾身發抖地說，「有位先生來過夜。」

德納第大娘的怒容立刻變成了笑臉，她連忙睜眼去望那新來的客人。

「是這位先生嗎？」她說。

「是，太太。」那人一面舉起手放到帽沿，一面回答。

德納第大娘一見到他的服裝行李，頓時又收起了笑容，重新擺出生氣的面孔，冷冰冰地說：

「進來吧，伙計。」

客人進去了。德納第大娘再度望了他一眼，注意到他那件很舊的黃大衣和他那頂有點破的帽子，於是提高了嗓子說：

「喂！老頭，對不起，我這裡已經沒有房間了。」

「請您隨便安置我就好，」那人說，「頂樓上、馬棚裡都可以。我仍按照一個房間的價錢付帳。」

「四十個蘇！」

「四十個蘇，可以。」

「好吧。」

「四十個蘇？」一個車伕對德納第大娘小聲說，「不是二十個嗎？」

「他得付四十個，」德納第大娘回答說，「窮人來住，更不能少給呀！」

這時，那人已把他的包袱和棍子放在板凳上，靠近一張桌子坐下來，珂賽特也連忙擺上了一瓶葡萄酒和一只玻璃杯。之前那個要水的小販親自提了水桶去餵馬，珂賽特便坐回她的切菜桌下面，繼續打毛線。

那人替自己斟了一杯酒，送到嘴邊，一邊帶著一種奇特的神情，留心觀察那孩子。

珂賽特的相貌醜；假如她快樂，也許會更漂亮些。這個沉鬱的小傢伙體瘦面黃，她已快滿八歲，但看上去仍像是個六歲的孩子；兩隻大眼睛深深隱在一層陰影裡，已經失去光彩，這是由於經常哭的緣故；她嘴角的弧線顯示出長時間內心的痛苦；她的手生滿了凍瘡。當時，爐裡的火正照著她，使她身上的骨頭顯得格外突出，看來瘦到令人心酸。由於她經常冷得發抖，她已有了緊緊靠攏兩個膝蓋的習慣。她身上只穿著一件滿是破洞的布衣，到處都露出她的皮膚，看得到被德納第大娘打出來的瘀青。兩條光腿又紅又細，鎖骨的深窩使人見了心痛。從頭到腳，她的態度、神情、聲音、動作，都只透露出一種情感：恐懼。

那個穿黃大衣的人一直望著珂賽特，眼睛不曾離開過她。

德納第大娘忽然喊道：

「我想起來了！麵包呢？」

珂賽特連忙從桌子下面鑽出來。她早已把麵包的事忘得一乾二淨，只能採取那些長期生活在驚恐中的孩子慣用的應付手段：撒謊。

「太太，麵包店已經關門了。」

「妳可以敲門呀。」

「我敲過了，太太。」

「敲了以後呢？」

「他不開。」

「是真是假，我明天就會知道，」德納第大娘說，「要是妳說謊，看我不抽妳一頓。走著瞧。先把那十五個蘇還來。」

珂賽特把手插到口袋裡，臉色變得鐵青。那個值十五個蘇的錢幣已經不在了。

「怎麼回事？」德納第大娘說，「妳聽到我的話了嗎？」

珂賽特把那口袋翻過來看，什麼也沒有。那錢幣掉到哪裡去了呢？她一句話也說不出來，嚇傻了。

「妳把那十五個蘇弄丟了嗎？」德納第大娘暴跳如雷，「還是妳想騙我的錢？」

同時她伸手去取掛在壁爐邊的那條皮鞭。這可怕的動作讓珂賽特叫了出來：

「饒了我！太太！太太！我不敢了。」

這時，那個客人在他背心的口袋裡掏了一下。

「對不起，大娘，」那人說，「剛才我看見有個東西從小姑娘的圍裙口袋裡掉了出來，在地上滾。也許就是那個錢幣。」

同時他彎下腰，好像在地上搜索。

「沒錯，就在這裡。」他站起來說。

他把一枚銀幣遞給德納第大娘。

「對，就是它。」她說。

儘管那是一枚值二十個蘇的錢幣，不過德納第大娘卻因此佔了便宜。她把錢塞進衣袋，橫著眼對孩子說：

「下不為例！」

珂賽特又回到她的老地方，一雙大眼望著那個陌生的客人，開始表現出一種從來不曾有過的神情，那還只是一種天真的驚異之色，但已有一種徬徨不定的依慕之情在其中了。

這時，有扇門開了，愛波寧和雅潔瑪走了進來。那的確是兩個漂亮的小女孩，落落大方，惹人憐愛，一個挽起了又光又滑的栗褐色麻花髻，一個背上拖著兩條烏黑的長辮子，兩個都活潑、整潔、豐腴、紅潤。她們都穿得保暖，而且喜氣洋洋；除此以外，她們的裝飾、嬉笑、吵鬧都表現出一種自認高人一等的氣派。

兩個女孩走去坐在火爐旁。她們有個娃娃，她們把它放在腿上，嘴裡有說有笑。珂賽特的眼睛不時離開毛線，淒哀地望著她們玩。但愛波寧和雅潔瑪不曾看過珂賽特一眼，彷彿她只是一條狗。

德納第大娘發現珂賽特分了心，沒有專心工作，卻在留意那兩個在玩耍的小女孩。

「哈！這下子，妳逃不掉了吧！」她大吼道，「妳是這樣幹活的！看我不用鞭子教妳工作！」

那個外來人仍舊坐在椅子上，轉過身望著德納第大娘。

「大娘，」他帶著笑容，有點膽怯地說，「算了！您讓她玩吧！」

「她既要吃飯，就得幹活。我不能白養著她。」

「她到底是在幹什麼活？」那外來人溫和地說道。

「她在織毛襪，我兩個小女兒的毛襪。她們沒有襪子，馬上就要赤著腳走路了。」

那個人望著珂賽特兩隻紅得可憐的腳，接著說：

「她還要多少時間才能織完這雙襪子？」

「她至少還得花上整整三四天，這個懶丫頭！」

「這雙襪子打完了，可以值多少錢呢？」

「至少三十個蘇。」德納第大娘輕蔑地瞪了他一眼。

「我出五個法郎（一法郎等於二十個蘇）買這雙襪子行嗎？」那人接著說。

「老天！」一個聽見的車伕大笑說，「五個法郎！真是好價錢！」

這時候，一旁的德納第先生認為應該發言了。

「好的，先生，假如您高興，這雙襪子我們就算五個法郎賣給您。我們對客人總是好說話的。」

於是，那人從口袋裡掏出一枚五法郎的錢幣放在桌子上，說：「我付現金。」

接著，他轉向珂賽特說：

「現在妳的工作歸我了。玩吧！我的孩子。」

珂賽特仍舊在發抖。她冒險問道：

「太太，是真的嗎？我可以玩嗎？」

「去玩妳的！」德納第大娘大吼一聲。

「謝謝，太太。」珂賽特說。

她的嘴在謝德納第大娘的同時，心裡卻在謝那陌生人。接著，她放下毛線，從背後的一個盒子裡取出幾塊破布和那把小鉛刀。

德納第大娘朝著那客人走來，把手肘支在他的桌子上。

「先生……」她說。在不久之前，她還稱呼他為「伙計」或「老頭」。

「您想想吧，先生，」她裝出一副令人難受的巴結樣子說道，「我很願意讓那孩子玩，偶爾玩一次也沒有什麼不好；但是您得知道，她什麼也沒有，就必須幹活。」

「難道她不是您的孩子嗎？」那人問。

「老天，不是我的！先生。那是個窮人家的孩子，我們為了做善事才收養她的。我們竭盡所能去幫助她，但我們並不富裕。我們寫過信到她家鄉去，但沒有用，半年來一點回信也沒有。我想她母親一定死了。」

「啊！」那人說，又回到他的沉思中去了。

「她母親也是個沒出息的東西，」德納第大娘又補充道，「她拋棄了自己的孩子。」

在整個談話過程中，珂賽特彷彿受到一種本能的暗示，知道別人正在談論她的事，她的眼睛便沒有離開過德納第大娘。她似懂非懂地聽著，一邊低聲唱道：「我的母親死了！我的母親死了！我的母親死了！」

忽然間，她不再唱了。她剛才轉頭時，發現了德納第小姐的那個娃娃，它被扔在切菜桌旁邊。於是她放下小鉛刀，慢慢地把廳堂四周望了一遍。沒有人監視她。於是她連忙溜到那娃娃旁邊，一手抓了過來。一會兒過後，她又回到原來的位置，坐著不動，只不過轉了方向，好讓她懷裡的娃娃隱在黑影中。撫弄娃娃的幸福對她來說絕無僅有，一時竟感到極強烈的陶醉。

那種歡樂延續了將近十五分鐘。

然而，儘管珂賽特十分注意，卻沒有發現那娃娃有隻腳露了出來，壁爐裡的火光早已把它照得雪亮。那隻突出在黑影外顯得耀眼的粉紅腳，突然引起了雅潔瑪的注意，她向愛波寧說：「姐，妳瞧！」

兩個小女孩呆住了，感到不可思議。珂賽特竟敢動那娃娃！

愛波寧站起來，走到母親身旁去扯她的裙子，用手指了指珂賽特。德納第大娘的臉上頓時表現出那種明知無事卻又大驚小怪的惡毒神情，她那受了傷的自尊心使她再也無法抑制憤怒。珂賽特褻瀆了小姐們的娃娃！她猛吼一聲，聲音完全被憤怒梗塞住了：「珂賽特！」

珂賽特嚇了一跳，轉過頭去。

「珂賽特！」德納第大娘又叫了一聲。

珂賽特把娃娃輕輕放在地上，神情虔敬而沮喪。她的眼睛依舊望著它，哭了起來，她在那一整天裡受到的折磨——摸黑去取水、水桶的重壓、丟失的錢，甚至是德納第大娘說的那些殘忍的話，都不曾使她哭出來，現在她卻傷心地痛哭起來了。

這時，那陌生客人站起來了。

「什麼事？」他問德納第大娘。

「您沒看見嗎？」德納第大娘指著那躺在珂賽特腳旁的罪證說。

「那又怎麼樣呢？」那人又問。

「這壞丫頭，」德納第大娘回答說，「好大膽，她動了小姐們的娃娃！」

「為了這一點事就要大叫大嚷？」那個人說，「她玩了那娃娃又怎麼樣呢？」

「她用她那髒手碰了它！」德納第大娘緊接著說。

這時，珂賽特哭得更悲傷了。

「不許哭！」德納第大娘大吼一聲。

忽然間，那人衝到臨街的大門邊，開了門，出去了。

他剛出去，德納第大娘趁他不在，又狠狠地踢了珂賽特一腳，踢得那孩子連聲慘叫。

大門又開了，那人回來了，雙手捧著一個仙女似的娃娃，把它放在珂賽特的面前，說：

「妳的，這給妳。」

那人來到店裡已經一個多小時了，當他獨坐深思時，也許從餐廳的玻璃窗裡約略望見對街的那家燈火輝煌的玩具店。

珂賽特抬起眼睛，看見那人帶來的那個娃娃，就好像看見他捧著太陽向她走來似的。她望望他，又望望那娃娃，隨即慢慢往後退，蜷縮到桌子底下躲起來，既不再哭，也不再叫，彷彿也不敢再呼吸。

德納第大娘、愛波寧、雅潔瑪都像木頭人一般呆住了。那些喝酒的人也都停了下來。整間店內寂靜無聲。

德納第先生的臉上出現了一種奇特的表情，他來回仔細打量那玩偶和那客人，彷彿嗅到了一袋銀子似的。那不過是一剎那間的事。他走近妻子的身邊，低聲對她說：

「那玩意兒至少值三十法郎。別做傻事，快低聲下氣好好伺候他！」

於是，德納第大娘竭力讓講話聲音變得柔和，說道：

「怎麼了？珂賽特，妳怎麼還不來拿妳的娃娃？」

珂賽特半信半疑，從桌下鑽了出來。

「我的小珂賽特，」德納第老闆也帶著不勝憐愛的神氣接著說，「這位先生給妳一個娃娃，快來拿，它是妳的。」

珂賽特懷著恐懼的心情望著那美妙的玩偶。她臉上還滿是眼淚，但是她的眼睛已顯出歡樂奇異的光芒。她彷彿覺得，萬一她碰一下那娃娃，就會打雷；德納第大娘會罵她，而且會打她。

但是誘惑佔了上風。她終於走過來，轉過頭，戰戰兢兢地向著德納第大娘小聲說：

「我可以拿嗎？太太。」

「當然可以，」德納第大娘說，「那是妳的。這位先生已經把它送給妳了。」

「真的嗎？先生，」珂賽特又問，「是真的嗎？是給我的嗎？這娃娃。」

那個客人好像忍著滿眶的眼淚，對珂賽特點了點頭，拿著娃娃的手送到她的小手裡。珂賽特連忙把手縮回去，好像那娃娃燙到她似的。她望著地上不動，伸著舌頭，突然扭轉身子，心花怒放地抱著那娃娃。

「我要叫它『凱薩琳』。」她說。

珂賽特的破衣和那玩偶的絲帶以及鮮豔的羅衫相互接觸，確是一種奇觀。

「太太，」她又說，「我可以把它放在椅子上嗎？」

「可以，我的孩子。」德納第大娘回答。

現在輪到愛波寧和雅潔瑪眼紅了。

珂賽特把凱薩琳放在一張椅子上，自己對著它坐在地上，一點也不動，也不說話，只一心讚嘆、瞻仰。

「妳玩嘛，珂賽特。」那陌生人說。

「啊！我是在玩呀。」那孩子回答。

這個素不相識、彷彿是上帝派來看珂賽特的客人，這時已是德納第大娘在世上最恨的人了。但是她得抑制住自己。她連忙叫兩個女兒去睡，隨即又請那客人「允許」她送珂賽特上床。「她今天已經很累了。」她慈母般地補充道。珂賽特雙手抱著凱薩琳去睡了。

那人一手支著頭，靠在桌上，重新陷入了沉思。所有的客人，商販們和車伕們，都懷著敬畏的心情從遠處望著他。這個怪人，衣服穿得這麼破舊，從衣袋裡掏出錢來卻又這麼隨便，拿著又高又大的娃娃隨意送給一個穿木鞋的邋遢小姑娘，這一定是個值得欽佩的大人物。

好幾個鐘頭過去了。夜宴散了，酒客們走了，店門也關了，廳裡冷清清的，蠟燭也熄了，那外來人卻一直坐在原處，姿勢也沒有變。自從珂賽特走後，他一句話也沒有說。

德納第先生脫下他的軟帽，輕輕走過去，壯起膽量說：

「先生還不想就寢嗎？」

「對！」那陌生客人說，「您說得對。您的馬棚在哪裡？」

「先生，」德納第笑了笑說，「我領您過去。」

他端著蠟燭，那個人也拿起了他的包袱和棍子。德納第把他領到樓上的一個房間裡，這房間華麗得出奇，裡頭全是桃花心木傢俱，一張高腳床，紅布幔。

「這是什麼？」那客人問。

「這是我們夫婦結婚時的新房，」客店老闆說，「我們現在住另一個房間。」

「我倒覺得馬棚也一樣。」那人直率地說。

德納第假裝沒聽見這句不客氣的話。他把壁爐上的一對全新白蠟燭點燃，又在火爐裡生起了火，接著便悄悄溜出房間了。他不願以不恭敬的親切態度去對待一個他即將在明天狠狠敲詐一番的客人。

那客人坐在一張圍椅上，又想了一陣心事。隨後，他脫掉鞋子，端起一支蠟燭，推開門，走出房間，四面張望，好像在找什麼。他穿過一條走廊，來到樓梯口。在那地方，他聽見一陣極其微弱而又甜蜜的聲音，似乎是一個孩子的鼾聲。他朝著那聲音走去，看見在樓梯下有一間三角形的小房間，裡頭滿是舊籃子、破瓶罐、灰塵和蜘蛛網，還有一張床，所謂床，只不過是一條磨損的蓆子和一條破被褥，連床墊也沒有，而且是鋪在方磚地上的。珂賽特正睡在那張床上。

這人走近前去，望著她。

珂賽特睡得正酣，她抱著那個在黑暗中睜圓著雙眼的娃娃，不時深深嘆口氣，好像要醒來似的，又把那娃娃緊緊地抱在懷裡。在她床邊，只有一隻木鞋。

在珂賽特的房間附近，有一扇門，這外來人跨了進去。在房間盡頭，一扇玻璃門後露出一對整潔的小床，那是愛波寧和雅潔瑪的床。小床後面有個柳條搖籃，睡在其中的便是那個哭了一整夜的小男孩。

外來人正準備退出去，忽然看見一個壁爐，裡面放了兩隻小鞋。每逢聖誕節，孩子們總會把自己的一隻鞋子放在壁爐裡，好讓仙女能偷偷塞進一些閃閃發亮的禮物給他們。愛波寧和雅潔瑪顯然也沒有忘了這回事。

客人彎下腰去。

仙女，也就是說，她們的母親，已經來光顧過了；他看見在每隻鞋裡都放了一個美麗的、全新的、閃亮亮的值十個蘇的錢幣。

客人站起來，正準備離開，忽然又看見一件東西，遠遠地在壁爐裡那個最黑暗的角落裡。他留意看去，才認出是一隻木鞋，一隻最粗陋不堪、已經裂開、滿是塵土和汙泥的木鞋。這正是珂賽特的木鞋。儘管她年年失望，卻從不灰心，她仍充滿那種令人感動的自信心，把她的這隻木鞋也照樣放在壁爐裡。

在那木鞋裡，什麼也沒有。

那客人在自己的背心口袋裡摸了摸，彎下腰去，在珂賽特的木鞋裡放了一枚金路易。

7

第二天早晨，離天亮還有兩個多小時，德納第老闆已經到了酒店的矮廳裡，點起了一支蠟燭，握著一枝筆，在桌子上替那穿黃大衣的客人開立帳單。他的妻子站在一旁，望著他寫，彼此都不吭聲。

經過了整整十五分鐘和幾次塗改之後，德納第完成了一張傑作。隨即走了出去。

他才剛走出廳堂門，卻看見那客人走了進來，手裡抓著他的棍子和包袱。德納第老闆立刻又轉過身來，跟在他的後面走回矮廳，站在門口。

「這麼早就起來了？」德納第大娘說，「難道先生要離開這裡了嗎？」

「是呀，大娘，我要走了。」

「那麼，」她說，「先生來蒙費梅伊沒有要辦的事？」

「是的，我路過此地，沒有別的事。」接著他又說：「大娘，我欠多少錢？」

德納第大娘一聲不響，把帳單遞給他。客人把那張紙打開，望著它，但是他的注意力顯然在別的地方。

「大娘，」他接著說，「你們在這地方的生意還好吧？」

「啊！先生，勉強過得去！這一帶沒什麼有錢人家，要是我們不偶爾遇到一些像您這樣又慷慨又有錢的旅

客的話……我們的開銷又這麼大，例如說，那小姑娘，她把我們的血都吸盡了。」

「哪個小姑娘？」

「還不就是那個小姑娘！您知道的，珂賽特。」

「哦！」那人說。

「您知道，先生，我們並不求人家佈施，可是也不能總是佈施給別人。營業執照、消費、門窗稅、附加稅……政府什麼都要錢！再說，我還有兩個女兒，實在養不起別人的孩子。」

他說這句話時，極力想讓聲音顯得平常，但仍然有些發抖。

「要是有人肯替您帶走她呢？」

「帶走誰？珂賽特嗎？」

「是啊。」

婦人的那張蠻橫的紅臉立刻顯得眉飛色舞，醜惡不堪。

「當真？您要帶她走？」

「我帶她走。」

「馬上走？」

「馬上走。您去把那孩子叫來。」

「珂賽特！」德納第大娘大聲喊。

那時候，那客人朝帳單望了一眼，不禁大吃一驚。

「二十三個法郎！」他望著那婦人又說了一遍：「二十三個法郎？」

德納第大娘對這一疑問早已作好了心理準備。她毫不猶豫地回答說：

「是啊，先生，是二十三個法郎。」

客人把五枚值五法郎的錢幣放在桌上。

「請把那小姑娘找來。」

就在這時，德納第走上前來。

「先生付二十六個蘇就好。」他冷冰冰地說，「至於小姑娘的問題，我得和這位先生談幾句。妳走開一下，親愛的。」

德納第大娘一聲不響，走了出去。之後，德納第先生搬了一張椅子給客人，自己仍然站著，臉上露出一種虛偽的溫和、淳樸的神情。

「先生，」他說，「是這樣的，我一直很疼那孩子呢！」

「哪個孩子？」那陌生人用眼睛盯著他說。

「哎，小珂賽特呀！您不是要把她帶走嗎？可是，說實在的，我不能同意。真的，如果這孩子走了，我會很掛念她的。我從小看著她長大，她花我們的錢，那是真的；她有許多缺點，那也是真的；我們不是有錢人，那一樣是真的；但是人總得做點善事。這孩子沒爹沒娘，我一手把她養大，我捨不得。您明白嗎？我們已經有了感情，我愛這孩子，我的妻子也愛她。她就像是我們自己的孩子一樣，我需要她留在家裡。」

那陌生人一直用眼睛盯著他。他接著說：

「請見諒，先生，沒有人會把自己的孩子隨便送給一個過路人吧？雖然您有錢，也像是個誠實人，但總得明白這一點。我希望能知道她被誰收養，好時常去看望她，讓她知道她的好義父一直在關心她。總而言之，我連您的姓名也還不知道，至少得先看一看什麼證件，像是一張小小的護照吧？什麼都行！」

那陌生人始終用一種看穿一個人的眼光注視著他，又用一種沉重堅定的口吻對他說：

「德納第先生，假如我要帶走珂賽特，我就一定要帶她走。您不會知道我的姓名，不會知道我的住址，也不會知道她將來住在哪裡。我打算讓她今生今世不再和您見面，讓她永遠離開此地。這樣您滿意嗎？」

德納第先生明白自己遇到了一個強勁的對手。在這攸關成敗的重要時刻，他決定直接揭開他的底牌。

「先生，」他說，「我非得有一千五百法郎不可。」

那人從他衣服側面的口袋裡取出了一個黑色皮夾，打開來，抽出三張鈔票，放在桌上。接著他把大拇指壓在鈔票上，對那店老闆說：

「把珂賽特找來。」

珂賽特一覺醒來，便跑去找她的木鞋。她在那裡面找到了那個金幣，那是一枚全新的、值二十法郎的硬幣。珂賽特把眼睛都看花了。她樂不可支，連忙把它藏在衣袋裡，彷彿是偷來的一樣。她猜得出這禮物是從什麼地方來的，並感到滿意，覺得自己不再是孤零零的一個人了。

她趕緊去做她每天早晨的工作。口袋裡的那枚路易使她心慌意亂，她不敢去摸它，但又不時去看它，一看就是五分鐘。她掃掃樓梯，又停下來，站著不動，把她的掃帚和整個宇宙全忘了，一心只看著那顆在她口袋裡發光的星星。

當德納第大娘找到她時，她正在再一次享受她的這種眼福。

「珂賽特，」她幾乎是輕輕地說，「快來。」

過了一會兒，珂賽特進了矮廳。那外來人解開他的包袱，從裡頭拿出一件小毛衣、一條圍裙、一件毛布衫、一條短裙、一條披肩、長統毛襪、皮鞋。那是一套八歲小女孩的全身服裝，全是黑色的。

「我的孩子，」那人說，「趕快把這穿起來。」

天漸漸亮了，蒙費梅伊的居民陸續打開大門。他們在街上看見一個穿著破舊衣服的男人，牽著一個全身孝服、懷裡抱著一個粉紅娃娃的小女孩，朝著利弗里的方向走去。

珂賽特走了，離開了那個她痛恨的、同時也痛恨她的那個家。她睜開一雙大眼睛望著天空。她已把她的那枚金幣放在新圍裙的口袋裡了，她不時低著頭去看它一眼，接著又看看這個老人，心裡彷彿覺得自己是在上帝的身旁。

8

當那人和珂賽特走了以後，又過了十五分鐘，德納第先生把妻子拉到一邊，拿出那一千五百法郎給她看。

「就這樣？」她說。

她難得向一家之主的行為發出質疑。這一教唆產生了作用。

「的確，妳說得對，」他說，「我是個笨蛋。去把我的帽子拿來。」

他把那三張鈔票摺好，放進口袋，匆匆忙忙出了大門；向幾個鄰居打聽以後，摸清了路線。他一面邁著大步向前走，一面在自言自語。

「這人顯然是個百萬富翁，我真是傻！他起初給了二十個蘇，接著又給了五法郎，接著又是五十法郎，最後又是一千五百法郎，眼睛一下也沒眨。他也許還會給一萬五千法郎。我一定要追上他！」

出了蒙費梅伊，來到往利弗里的那條岔路口，他又向旁人打聽。有些過路人告訴他，說他正在找的那個人和孩子已經朝加尼一側的樹林走去了，他便朝那方向趕上去。他相信，孩子走得慢，他走得快，而且熟悉這地方，一定能追上那一老一幼。

他繼續趕他的路，快速向前奔，幾乎是極有把握的樣子，像一隻憑嗅覺獵取野雞的狐狸一樣敏捷。果然，當他走過池塘，穿過大路右方的那一大片空地，來到那條長著淺草、幾乎環繞那個土丘而又延伸到修道院的小徑時，忽然看見一頂帽子從樹叢中露出來，那的確是那男人的帽子；接著，他又看見了那玩偶的頭。

德納第沒有看錯，那人確實坐在那裡，好讓珂賽特休息一下。旅店老闆繞過那堆樹叢，突然出現在他尋找的那兩個人面前。

「對不起，請原諒，先生，」他一面喘著氣，一面說，「這是您的一千五百法郎。」

他這樣說著，同時把那三張鈔票伸向那陌生人。那個人抬起頭來。

「這是什麼意思？」

「先生，意思就是說，我要把珂賽特帶回去。」德納第恭敬地回答。

珂賽特渾身顫抖，緊靠在老人懷裡。老人沉穩地說道：

「您——要把珂賽特帶回去？」

「是的，先生，我要把她帶回去。我考慮過了，事實上，我沒有把她送給您的權利。這小女孩不是我的，是她母親的。她母親把她託付給我，我只能把她還給她母親。的確，她母親死了，在這種情況下，我只能把這孩子交給一個攜帶她母親簽了名信件的人，信裡還得同意我把孩子交給他。這是無庸置疑的。」

這人不回答，把手伸到口袋裡。德納第又看見那個裝鈔票的皮夾出現在他眼前，他樂得渾身酥軟。

「好了！」他心裡想，「站穩腳步，他要來滿足我了！」

那陌生人打開皮夾，可是他從裡頭抽出來的，不是德納第期望的一疊鈔票，而是一張普通的小紙條。他把它打開來，送給旅店老闆看，並且說：「您說得有道理。唸吧。」

德納第拿起那張紙，唸道：

致德納第先生：請將珂賽特交給來人，零星債款將一併還清。

芳婷

一八二三年三月二十五日，寫於濱海蒙特勒伊

「您認得這簽名吧？」那人又說。

那的確是芳婷的簽名，德納第也認出來了。

沒有什麼可以反駁的了，他感到強烈的悔恨，自己原有的期待落空了。

「您可以把這張紙留下，好釐清責任。」

德納第先生向後退了一步，仍舊不慌不亂，試圖作最後一次無望的掙扎。

「先生，」他說，「您來了，這很好。但是那『零星債款』必須照付給我。這筆債不少呢！」

那個人站起來了，一面用手指彈去他那已磨損的衣袖上的灰塵，一面說：

「德納第先生，她母親在一月份欠了您一百二十法郎，您在二月中寄給她一張五百法郎的帳單，在二月底收到了三百法郎，三月初又收到三百法郎。此後又講定數目，十五法郎一個月，這樣又過了九個月，共計一百三十五法郎。您之前多收了一百法郎，我們只欠您三十五法郎的尾數，剛才我給了您一千五百法郎。」

這時候，德納第感受到的，正和同豺狼感到自己被捕獸器鉗住時的感覺一樣。他把身體一抖，決定再蠻幹一回。這一次，他不再裝出恭敬的樣子，斬釘截鐵地說：

「不知名的先生，我一定要領回珂賽特，除非您再給我一千埃居！」

這陌生人心平氣和地說：

「來，珂賽特。」

他左手牽著珂賽特，右手從地上撿起他的那根棍棒，帶著珂賽特走進樹林中去了，把那呆若木雞的旅店老闆丟在一邊。

可是這旅店老闆還不肯甘休。

「我一定要知道他去什麼地方！」

於是他遠遠地跟著他們。那人領著珂賽特，朝著利弗里和邦迪的方向走去，不時回過頭來，看看是否有人跟蹤。忽然，他看見了德納第，連忙拉著珂賽特轉進矮樹叢裡，一下子消失了蹤影。

「見鬼！」德納第說，他加緊腳步往前追。那人帶著一種戒備的神情望了他一眼，搖了搖頭，再往前走。旅店老闆仍舊跟著他。

一瞬間，那人又轉過身來，他又看見了德納第。他這一次露出那樣陰沉的神色，使得德納第認為不便再跟上去了，這才轉身回家。

9

尚萬強沒有死。

他掉入海裡時，或者該說，他跳進海裡時，他已脫去了腳鐐，在水裡迂迴地潛到了一艘停在港口的海船下面，海船旁又停著一艘渡船。他設法在那渡船裡躲了起來，一直躲到傍晚。天黑以後，他又跳下水，游向海岸，在那裡弄到了一身衣服。之後，尚萬強選擇了一條隱蔽曲折的道路，朝上阿爾卑斯省布里昂松附近的大維拉爾走去，最後到了巴黎。

他到了巴黎，做的第一件事，就是替一個七八歲的小女孩買一身喪服，再替自己找個住處。辦妥了這兩件事以後便去了蒙費梅伊。

大家都認為他死了。他在巴黎偶然看到一張登載此事的報紙，也就放了心，而且幾乎安心下來了，好像自己確實死了一般。

他把珂賽特從德納第夫婦的魔爪中救出來以後，當天傍晚便回到巴黎。他帶著孩子，從蒙梭便門進了城，在那裡坐上一輛小馬車到了天文台廣場。他下了車，付了車錢，便牽著珂賽特的手，兩人在黑夜裡穿過烏爾辛和冰窖附近的一些荒涼街道，朝著醫院路走去。

這一天對珂賽特來說，是一個奇怪但充滿驚恐、歡樂的日子，他們在一棟房子的籬笆後面吃了從某間荒僻的旅店裡買來的麵包和乾酪。他們換過好幾次車子，徒步走了不少路。她並不叫苦，但是疲倦了，尚萬強也感覺到她越走越慢，索性把她馱在背上。珂賽特一直抱著凱薩琳，頭靠在尚萬強的肩上，睡著了。

尚萬強在五〇一五二號、一棟叫做戈爾博老屋的房子門前停下來，從口袋裡摸出一把鑰匙，開門進去以後，又仔細把門關好，走上樓梯，一直背著珂賽特。

到了二樓，他又取出另外一把鑰匙，用來開另一扇門，一進門便又把門關上。那是一間相當寬敞的破房間，地上鋪著一條被褥，還有一張桌子和幾張椅子。屋角有個火爐，燒得正旺。房間盡頭還有一個小房間，擺著一張帆布床。尚萬強把孩子抱去放在床上，仍讓她睡著。

他呆呆地望著珂賽特，眼裡充滿了感嘆的神態，一片仁慈憐愛的表情幾乎達到了不可思議的程度。小女孩無憂無慮地熟睡著，她並不知道自己跟誰在一起，也不知道自己身在何方，卻安然睡去。尚萬強彎下腰，吻了吻孩子的手。

一種苦痛、虔敬、辛酸的情感充滿了他的心。他跪在珂賽特的床旁邊。

天已經大亮了，孩子卻還睡著。

一線慘白的陽光從窗口射進房間的天花板上，拖著一條條的光線和陰影。一輛滿載著石塊的貨車忽然走過街心，像暴雨似地把房子震得上下搖晃。

「好的！太太，」珂賽特驚醒時連聲喊道，「來了！來了！」

她連忙跳下床，眼睛在睡意的籠罩下還半閉著，便伸手摸向牆角。

「啊！我的天主！我的掃帚！」她說。

她完全睜開眼以後，才看見尚萬強滿面笑容。

「啊！對，是真的！」孩子說，「早安，先生。」

珂賽特看見凱薩琳躺在床腳邊，連忙抱住它，一面玩，一面向尚萬強喋喋不休地問個沒完：她在什麼地方？巴黎是不是個大城市？德納第太太在哪裡？她會不會再來？……她忽然大聲喊道：「這地方多麼漂亮！」

這是個醜陋不堪的破房間，但她感到自己自由了。

「我不用掃地嗎？」她終於問出來。

「妳玩吧。」尚萬強說。

這一天便是那樣度過的。珂賽特沒有多去考慮什麼，只在這娃娃和老人間感到說不出的愉快。

10

第二天破曉，尚萬強還站在珂賽特的床邊。他呆呆地望著她，等她醒來，心裡有一種新的感受。

他從不曾愛過什麼。二十五年來，他孑然一身。父親、情人、丈夫、朋友，這些他從來沒有當過。他姐姐和姐姐的孩子們只留給他一種遙遠、模糊的印象，到後來幾乎完全消逝，他也就把他們忘了。

當他見到珂賽特，當他得到了她、領到了她、救了她的時候，他感到滿腔熱血沸騰起來了。他胸中的全部熱情和慈愛都甦醒過來，灌注在這孩子身上。他走到她睡著的床邊，快樂到渾身發抖，彷彿成了一名母親似的，因而感到十分慌亂，但又不明白這是怎麼回事。

他已經五十五歲，而珂賽特才八歲，他畢生的愛已經全部化為一點無可言喻的星光。

這是他第二次見到光明的啟示。主教曾在他心中喚醒了善的意義，珂賽特又在他心中喚醒了愛的意義。

至於珂賽特，她也變成了另外一個人。當她母親離開她時，她還那麼小，已經不記得了。從那之後便不曾有什麼人接受過她，德納第夫婦、他們的孩子、其他的孩子，都把她推在一邊，她小小年紀便心灰意冷。然而，她並不缺乏愛的天性，缺少的只是愛的可能。因此，從第一天起，她便全身心地愛著這老人了，她有一種從來不曾有過的、心花怒放的感覺。

年齡相差五十歲，這在尚萬強和珂賽特之間是一道天生的鴻溝，可是命運把這鴻溝填了起來，以它那無可抗拒的力量將這兩個年齡迥異而苦難相同的人撮合在一起。珂賽特一直隱約渴望一個父親，尚萬強也渴望一個孩子，於是兩隻手一經接觸，便緊緊握在一起；兩人相互瞭解後，便緊密地團結在一起。

尚萬強選了一個合適的住處，住在這地方似乎十分安全。這個房間只有一扇窗戶是臨街的，因此無論是從側面或是從對面，都不必擔心鄰居的窺視。

五〇一五二號房屋的樓下，是間破舊的敞棚，是蔬菜工人停放車輛的地方，和樓上完全隔絕；樓層之間相隔一層木板，沒有樓梯相通；至於樓上，有幾間住房和貯藏室，其中只有一間是由一個替尚萬強料理家務的老太婆住著。其餘的房間都沒有人住。

老太婆的頭銜是「二房東」，主要任務是看門。她在聖誕節那天把這個房間租給了他，當時他曾向她作了自我介紹，說自己是個靠利息過日子的人，要帶孫女來住在這裡。他預付了六個月的租金，並且委託老奶奶把房間裡的傢俱佈置好。在他們搬進來的那天晚上，生好火、預備一切的便是這老太婆。

好幾個禮拜過去了。一老一小在這簡陋不堪的破房間裡過著幸福的日子。

一到天亮，珂賽特便有說有笑，唱個不停。孩子們都有他們在早晨唱的曲調，正如小鳥一樣。

有時，尚萬強捏著她的一隻凍到發紅發裂的小手，送到嘴邊一吻。那可憐的孩子挨慣了揍，不明白這是什麼意思，難為情地溜走了。

有時，她又一本正經地細看自己身上的黑衣服。珂賽特現在穿的已不是破衣，而是孝服。她已脫離了苦難，走進了人生。

尚萬強開始教她識字。有時，他一面教這孩子練習拼寫，一面露出了一種不勝感慨的笑容，宛如天使的莊嚴面孔。

除此以外，他還和她談到她的母親，要她祈禱。

她稱呼他「爸爸」，不知道用別的稱呼。

他經常一連幾個鐘頭看她玩著那娃娃，聽著她嘰嘰喳喳地說東說西。他彷彿覺得，從今以後，人生是充滿意義的，世上的人也是善良公正的，他的心裡不需要再責備什麼人。現在，既然這孩子愛他，他便找不出任何自暴自棄的理由。他感覺珂賽特就像一盞明燈，把他未來的日子照亮了。

11

尚萬強很謹慎，他白天從不出門。每天下午，到了黃昏時候，他才出去遛達一兩個小時，有時獨自一人，有時也帶著珂賽特，總是挑那些最僻靜的小巷走，或是在天快黑時跨進禮拜堂。當他不帶珂賽特出門時，珂賽特便待在老太婆身邊，但是這孩子最喜歡陪著老人出去玩。他牽著她的手，一面走一面和她談些開心的事。

他們過著節儉的生活，爐子裡經常有一點火，但是總過得像個手頭拮据的人家。尚萬強從來不曾換過傢俱，不過珂賽特房間的玻璃門卻換成了一扇木板門。

他的穿戴一直是那件黃大衣、黑短褲和舊帽子。街坊也都把他當成一個窮人；有時，他會遇見一些好心的婦人施捨他一個蘇，尚萬強總是收下它，深深地一鞠躬。有時，他也會遇見一些討錢的乞丐，這時，他便回頭望望是否有人注意他，再偷偷走向那窮人，拿個硬幣放在他手裡，並且往往是個銀幣，又連忙走開。這種舉動有它不妥的地方，附近一帶的人開始稱他為「送錢的乞丐」。

那年老的「二房東」是個心眼狹窄的人，對尚萬強非常留意，尚萬強卻沒有提防她。她向珂賽特打聽過好多話，珂賽特什麼也不知道，只說了她是從蒙費梅伊來的。一天早晨，這個不懷好意的老太婆看見尚萬強走進一個沒有人住的房間，神情不大尋常，她便踮著腳，跟在後面，朝虛掩著的門縫裡張望。她看見他從口袋裡摸出一只小針盒、一把剪刀和一條棉線，接著他把自己身上那件大衣的內裡拆開一個小口，從裡面抽出一張發黃的紙幣，打開來看。那是一張一千法郎的鈔票，老太婆嚇得瞠目結舌，趕緊逃了。

一會兒過後，尚萬強走來找她，請她幫忙把那一千法郎的鈔票換成零錢，並說這是他昨天取來的這一季度的利息。老太婆出門換錢，路上不忘說長論短。這張一千法郎的鈔票經過大家議論誇大以後，在三姑六婆中開始出現一大堆駭人聽聞的謠言。

幾天過後，尚萬強偶然穿著襯衣在走廊裡鋸木頭，珂賽特看得出神。老太婆獨自在打掃他的房間，一眼看見大衣掛在釘子上，便走去偷看。大衣內裡是重新縫好的。老太婆細心捏了一陣，覺得在大衣的衣角和腋下部分，裡面都鋪了一層層的紙。那一定全是一千法郎的鈔票了！

此外，她還注意到口袋裡裝著各式各樣的東西，不僅有針、線、剪刀，還有一個大皮夾、一把很長的刀、幾頂顏色不同的假髮，大衣的每個口袋都裝著一套應付各種不同突發狀況的道具。

住在這棟破屋裡的居民就這樣到了冬末。

12

在聖美達禮拜堂附近，有一個窮人時常蹲在一口井的欄杆上，尚萬強時常施捨他錢。他從那人面前走過，總是不忘了給他幾個蘇。那是一個七十五歲、在禮拜堂裡當過雜務的老頭，嘴裡總是喃喃唸著祈禱文。

一天傍晚，尚萬強經過那地方，路旁的路燈剛點上，他看見那乞丐蹲在燈光下面的老地方，跟平常一樣在祈禱，腰彎得很低。尚萬強走到他面前，把錢照常送到他手裡。乞丐突然抬起了頭，狠狠地盯了他一眼，隨即又低下了頭。這一動作快得如同閃電，尚萬強為之一驚；他彷彿覺得剛才在路燈的微光下見到的不是老雜務那平靜憨厚的臉，而是一副見過的嚇人的面孔。他嚇得倒退一步，呆呆地望著那個低著頭、頭上蓋了塊破布的乞丐。那乞丐的身材、那身破爛衣服、他的外貌，都和平常一樣。

「見鬼！……」尚萬強說，「我瘋了！我在做夢！這不可能！」他心慌意亂，回到家裡去了。

他幾乎不敢對自己說，他以為看見的那張臉是賈維的。

第二天夜晚，他又去了那裡。那乞丐還在原處。「您好，老伯，」尚萬強大著膽說，同時給了他一個蘇。乞丐抬起頭來，帶著悲傷的聲音說：「謝謝，我的好先生。」這的確是那個老雜務。

尚萬強感到自己放心了。他笑了出來，不再去想那件事了。

幾天過後，大約晚上八點鐘，他正在房間裡教珂賽特拼字時，忽然聽見有人推開破屋的大門，接著又關上。他覺得奇怪，因為住在同一棟屋裡的那個老太婆，為了節省蠟燭，一向是天黑就上床的。尚萬強立刻要珂賽特不要出聲。他聽見有人上了樓梯，腳步很沉，聽起來像是一個男人的腳步聲，但又像是老婦人的腳步聲。

尚萬強吹熄了蠟燭，打發珂賽特去睡。正當他吻著她的額頭時，腳步聲停下了。尚萬強不吭聲，也不動，背朝著門，依舊坐在他的椅子上，屏住呼吸。過了一陣子，他聽到沒聲音了，才悄悄轉過身子，朝著房門望去，看見鎖眼裡有光。顯然，有人拿著蠟燭在外面偷聽。

幾分鐘過後，燭光遠去，他沒有再聽見腳步聲。或許是竊聽的那人已脫去了鞋子。尚萬強和衣倒在床上，整夜沒有闔眼。

天快亮時，他正因疲憊而朦朧睡去，忽然又被叫門的聲音驚醒，這聲音是從走廊盡頭的一個房間傳來的。接著他又聽見有人走路的聲音，正如昨晚上樓的那個腳步聲一樣。腳步聲越走越近，他連忙跳下床，把眼睛湊在鎖眼上，希望能趁那人走過時，看看他究竟是誰。

走過房門外的確實是個男人，但當時走廊的光線太暗，看不清他的臉。不過，當這人走近樓梯口時，從外面射進來的一道陽光把他照得一清二楚，尚萬強看清了他的真面目。這人身材高大，穿一件長大衣，手臂夾著一條短棍。那正是賈維的那副嚇壞人的形象。

毫無疑問，他是帶著一把鑰匙進來的，但鑰匙是誰給他的呢？這究竟是怎麼回事？

早晨七點，老太婆進來打掃房間，尚萬強睜大一雙眼睛盯著她，但是沒有說話。老太婆的神情還是和平常一樣，她一面掃地，一面對他說：

「昨天晚上先生也許聽見有人進來吧？」

「對，聽到了，」他用毫不在意的聲音回答說，「是誰？」

「是個新來的房客，」老太婆說，「我們這裡又多一個人了。」

「叫什麼名字？」

「我不太清楚。好像是叫都孟先生吧。」

「這位都孟先生是做什麼的？」

老太婆用那雙發光的眼睛盯著他，回答說：

「靠利息度日的，跟您一樣。」

她也許沒有言外之意，尚萬強聽了卻不免多心。

老太婆走開以後，他把放在壁櫥裡的幾百個法郎捲成一捆，收進口袋裡。他做這件事時非常小心，生怕被人聽見錢幣的響聲。但是，儘管他再三留意，仍然有一枚五法郎的銀幣掉在地上，滾得一片響。

太陽下山時，他跑下樓，到大路上東張西望地看了一遍。沒有人，他又回到樓上。

「來。」他向珂賽特說。

他牽著她的手，兩個人一同出門走了。

13

尚萬強離開大路，轉進小街，盡可能走著曲折的路線，有時甚至突然回頭，看是否有人跟蹤他。

珂賽特什麼也沒問，她生命中最初六年的痛苦已使她的性情變得有些被動了。在不知不覺中，她早已對這老人的獨特行為和自己命運中的離奇變幻習以為常；除此之外，她覺得跟他一起總是安全的。

尚萬強毫無打算，毫無計畫，甚至不能肯定那就是賈維。而且即使是賈維，也不一定就知道他是尚萬強。他不是已經易了容嗎？人們不是早以為他死了嗎？可是最近幾天發生的事太過怪異，他不能再觀望了。他決心不再回戈爾博老屋，先找一個地方暫時躲躲，以後再慢慢地尋找安身之處。

他在穆夫達區左彎右拐地繞了好幾個圈子，深信即使有人在跟蹤他，也早已迷失了方向。當十一點的鐘聲響起時，他正從蓬圖瓦茲街的員警哨所前走過。沒過多久，他又轉身折回來。這時，他看見有三個緊跟著他的人，出現在街旁的陰影裡。接著，其中一人走進了哨所裡。

他連忙離開了蓬圖瓦茲街，兜了一圈，轉過長老通道，大步穿過了木劍街和弩弓街，走進了驛站街。那地方有個十字路口，月光把那路口照得雪亮。尚萬強隱身在一個門洞裡，心裡盤算著，如果幾個人還跟著他，就一定會在月光中穿過，他便能看得清楚。

果然，還不到三分鐘，那幾個人又出現了。他們現在多了一人，個個都是高大個兒，穿著棕色長大衣，戴著圓邊帽，手裡拿著粗棍棒。這四人走到十字路口中央，停下來，聚攏在一起，彷彿在交換意見。正當其中一人轉過頭時，月光正照著他的臉，尚萬強看得清清楚楚，那確實是賈維。

尚萬強不再懷疑了，他從藏身的門洞裡走出來，轉進驛站街，朝著植物園一帶走去。珂賽特開始感到累了。他把她抱起來，兩步併一步地往前走。

他跨過鑰匙街，到了聖維克多噴泉，再順著植物園旁邊的下坡路走到了河岸。到了那裡，他再回頭望去，河岸上是空的，街上也是空的。沒有人跟來。他喘了口氣，來到了奧斯特里茨橋。

過了橋，他發現右前方有幾處工廠，他便朝那裡走去。必須冒險在月光下穿過一片寬廣的空地才能到達。他毫不遲疑，搜索他的那些人顯然迷失方向了，尚萬強認為自己脫離了危險。

在兩處有圍牆的工廠中間出現一條小街，那條街又窄又暗。他在進街口以前又往後望了一眼。從他當時的位置望去，可以看見奧斯特里茨橋的整座橋身。

有四個人影剛剛走上橋頭。

尚萬強渾身寒毛直豎，宛如再次陷入羅網的野獸。不過，他還存有一線希望，他剛才牽著珂賽特在月光下穿過這一大片空地的時候，那幾個人也許還沒有上橋，也就不至於看見他。既然如此，只要他走進那小街，到那些工廠、窪地、園圃、空地，他就有救了。

他彷彿覺得可以把自己託付給那條靜悄悄的小街。他走進去了。

走了三百步以後，他到了一個岔路口，他毫不躊躇地朝著右邊走去，那是通往鄉間的路。然而，他已不像剛開始那樣走得飛快了，珂賽特的腳步拖住了他。他又抱起她來。珂賽特把頭靠在老人肩上，一聲不響。

他不時回頭望去。什麼也沒有看見，什麼聲音也沒有，他繼續往前走，心裡稍微舒坦了些。忽然，他往後望時，又彷彿看見在他剛剛走過的那段街上，在遠處的陰影裡，有東西在動。

這時候，他不是走，而是往前跑了，一心只想找到一條側巷，從那裡逃走。

他又來到了一個岔路口。向右邊望去，巷子兩旁有一些敞棚和倉庫之類的建築物，盡頭是一堵高牆；向左望，有許多巷弄相通，而且，在二百步外的地方又接上另一條街。

尚萬強正要轉向左邊，打算逃到他隱約看到的巷底的那條街上去，忽然發現在巷口和那條街相接的轉角上，有個烏黑的人形站著不動。

那是一個人，顯然是被派來守在巷口擋住去路的。

已經無路可退了，尚萬強感到自己陷入一個越收越緊的網中。他懷著失望的心情望著天空。

14

這時候，從遠處開始傳出一種低沉而有節奏的聲音。尚萬強從牆角探出頭來望了一眼，看見七八個士兵，排著隊，正走進他剛才走過的街口，朝著他所在的地方而來。

他看見賈維的高大身軀走在前面，領著那隊士兵慢慢地前進，不時停下來。顯然，他們是在搜索每一個牆角、每一個門洞和每一條小巷弄。

從賈維的行進速度和一路上的停留來看，還得十五分鐘才能到達尚萬強所在的地方。這是千鈞一髮的時刻，尚萬強明白，不出幾分鐘他又得完了，而且這次不只是苦役的問題，珂賽特也將從此被斷送，變得和孤魂野鬼一樣漂泊無依。

就在走投無路之際，他看見了岔路轉角處的一面牆，牆後冷冷清清的，彷彿沒有人住；他心想，如果能翻過牆去，也許有救。

尚萬強從前在土倫監獄裡多次越獄的歲月中，學會了一種絕技，而且他還是這種絕技中首屈一指的高手。他能不用梯子、不用踏腳處，全憑自己肌肉的力量，用後頸、肩膀、臀部、膝蓋在石塊上偶有的一些稜角上稍稍支撐一下，從兩堵牆連接處的直角裡，一直升上六層樓高。

尚萬強用眼睛估量了那堵牆的高度，並看見有棵菩提樹從牆頭伸出來。那牆大約十八尺高，它和建築物的側牆相接，形成一個凹角，牆腳砌了一個三角形的磚石堆，約有五尺高。也就是說，從石堆到牆頭的距離不超過十四尺。

傷腦筋的是珂賽特，她不會爬牆。丟下她嗎？絕不可能；背著她上去卻也做不到。他得使出全身的力氣才能躍上去，哪怕是一點累贅，也會使他失去重心摔下來。非得有一根繩子不可，但在這關頭去哪找繩子呢？

尚萬強正在倉皇四顧時，忽然瞥見了那條死巷裡的路燈柱。

在當時，巴黎的街道上還沒有煤氣燈，只是用一根繩子將一盞燈吊上燈柱。繩子被裝在柱子的槽裡，繞繩子的轉盤鎖在燈下的一個小鐵盒中，鑰匙由點燈工人保管。尚萬強一個箭步穿過了街，進了死巷，用刀尖撬開了小鐵盒的鎖，一會兒又回到了珂賽特身邊，他已經拿到了一根繩子。

在那種時刻、那種地方、那種黑暗、尚萬強的那種神色、他的那些怪舉動，這一切已叫珂賽特靜不下來了。她輕輕扯著尚萬強的大衣。

「爸爸，」她用極低的聲音說，「我怕。是誰來了？」

「不要出聲！」那老人回答說，「是德納第大娘。」

珂賽特嚇了一跳。他又說道：

「不要說話。要是妳叫，或是哭出聲，德納第大娘會來把妳抓回去的。」

接著，尚萬強不慌不忙，迅速解下自己的領帶，繞過孩子的腋下，繫在她身上，又把領帶綁在繩子的一端，打了一個結。他咬著繩子的另一頭，脫下鞋襪，丟過牆頭，跳上石堆，開始從兩牆相會的轉角往高處跳，動作穩健踏實，不到半分鐘，他已經跪在牆頭上了。

珂賽特一直望著他發呆，一聲不響。這時才聽到尚萬強的聲音向她輕輕喊道：

「把背靠在牆上。」

她背牆站好。

「不要出聲，不要怕。」尚萬強又說。

她覺得自己離了地，往上升。還沒弄清楚是怎麼回事，便已到了牆頭上。

尚萬強把她抱起，馱在背上，用左手握住她的兩隻小手，平伏在牆頭，一口氣爬到牆內的屋頂上。他剛接觸到屋頂的斜面，便聽見一陣嘈雜的人聲，巡邏隊已經來到了，又聽見賈維的嗓子雷霆般地吼道：

「搜這死巷！這條巷子已經有人把守住了，盡頭的小街也把守住了。我敢說他在這死巷裡！」

士兵們一齊衝進了那條死巷。

尚萬強扶著珂賽特，順著屋頂滑下去，滑到那菩提樹，又跳到地面上。也許是由於恐懼，也許是由於膽大，珂賽特一聲也沒出。她手上擦破了點皮。

15

尚萬強發現自己落在一座園子裡，那園子的面積相當寬廣，長方形，盡頭有條小路，路旁有成對的大白樺樹，牆角都有相當高的樹叢；園子中間，有一棵極高的樹立在一片寬敞的空地上，另外還有幾株果樹，以及幾片菜圃、一片瓜田，還有一個蓄水坑。幾條石凳分佈各處。

他們滑下來的那棟破屋已經殘破不堪，幾間房的門窗牆壁都坍塌了。其中一間堆滿了東西，彷彿是個堆廢物的棚子。對面的一側是一棟大樓房，房裡比外面顯得更加陰森，所有的窗子都裝了鐵條，一點燈光也望不見。樓上幾層的窗子外還裝了通風罩，和監獄一樣。除此之外，再也看不見什麼建築。

尚萬強穿上鞋子，再領著珂賽特到棚子裡。孩子一直在想著德納第大娘，她哆哆嗦嗦的，緊靠在他身邊。他們聽到巡邏隊搜索那死巷和街道的一片嘈雜聲、槍托撞到石頭的聲音，以及賈維朝著那些把守各處的士兵們的叫喊；他又罵又說，但一句也聽不清楚。

十五分鐘過後，那陣風暴似的怒吼聲漸漸遠了，一切又歸於沉寂。牆內外都毫無聲息，只有牆頭上的幾根枯草在風中發出輕微淒楚的聲音。

可憐的珂賽特一句話也不說。她倚在他身旁，坐在地上，尚萬強以為她睡著了。他低下頭去望她，看見珂賽特的眼睛睜得大大的，好像在想心事，而且一直在發抖。尚萬強不禁一陣心酸。

「妳想睡嗎？」尚萬強說。

「我冷。」她回答。

過了一會，她又說：「她還沒有走嗎？」

「誰？」尚萬強說。

「德納第太太。」

「啊！」他說，早已忘了之前說過的話，「她已經走了，不用害怕。」

孩子嘆了一口氣，彷彿放下了壓在胸口的一塊石頭。

地是溼的，棚子敞著，風越來越冷了。老人脫下大衣裹住珂賽特。

「這樣妳暖和一點了吧？」他說。

「好多了，爸爸。」

「那麼，妳等我一下。我馬上就回來。」

他從破棚子裡出來，沿著大樓房走去，想找一處比較安穩的藏身之所。他看見好幾扇門，但都是關上的。樓下的窗子全裝了鐵條。

寒冷、焦急、憂慮、一夜的驚恐，真使他渾身發燒了，萬千思緒在他的腦子裡縈繞。

他走回珂賽特身旁，她把頭枕在一塊石頭上，已經睡著了。

他坐在她身邊，望著她睡，心漸漸安定下來。

這時，在夢幻中，他不只一次聽見一種奇怪的聲音，好像是鈴鐺的響動聲。那聲音來自園裡，聲音雖弱，卻很清楚。尚萬強立刻轉過頭去。

他朝前一望，看見園裡有個人。

那人好像是個男子，他在瓜田裡走來走去，時而彎下腰，時而又直起身，彷彿在田裡拖著或撒著什麼似的。那人走起路來好像有些瘸。

尚萬強吃了一驚。他想到，賈維和士兵們也許還沒有離開，他們一定留下了一部分的人在街上守望，這人如果發現了他在園裡，一定會大叫捉賊，把他交出去。他把睡著的珂賽特輕輕抱在懷裡，移到破棚最角落裡的地方，放在一堆廢棄的傢俱後面。珂賽特一點也不動。

他繼續仔細觀察瓜田裡那個人的行動。有一件事很奇怪，鈴鐺的響聲是隨著那人的行動而起的，並隨著那人的位置而移動；顯然，是繫在他身上的。這麼做有什麼用意？那究竟是什麼人？

他一面東猜西想，一面伸出手摸珂賽特的手。她的手冰冷。

「啊，我的天主！」他說。

他低聲喊道：

「珂賽特！」

她不睜眼睛。他拚命推她，她也不醒。

「難道是死了？」他說，隨即站了起來，從頭一直顫抖到腳。

他的頭腦裡出現了一陣恐怖的想法，他想到冬夜在戶外睡眠可以使人致命。珂賽特臉色發青，躺在他腳前一動也不動。他聽她的呼吸，她還吐著氣，但是他覺得她的氣息已經弱到快要停止了。

該怎麼使她暖過來呢？怎樣使她醒過來呢？他什麼也不顧了，發狂似地衝出了破屋子。

一定得在十五分鐘內讓珂賽特躺在火爐前和床上！

16

他朝著園裡的那個人徑直走去，手裡捏著一卷從背心口袋裡掏出來的錢。

那人正低著腦袋，沒有看見他來。尚萬強幾個大步跨到了他身邊，劈頭便喊：

「一百法郎！」

那人嚇得一跳，睜大了眼。

「一百法郎是您的，」尚萬強接著又說，「如果您今晚給我一個地方過夜！」

月亮完全照亮了尚萬強驚慌的面孔。

「啊，是您，馬德廉先生！」那人說。

在這樣的黑夜裡，在一個陌生的地方，從一個陌生人的嘴裡聽到自己的名字，尚萬強忍不住倒退了幾步。

和他說話的是一個駝背、瘸腿的老人，穿的衣服像個鄉巴佬，左膝上綁著一條皮帶，上面吊了一個相當大的鈴鐺。他的臉背對著月光，因此看不清楚。

「您是誰？這是什麼地方？」尚萬強問。

「啊，老天，您在開玩笑！」老頭喊著說，「是您把我安插在這裡的，是您把我介紹到這地方來的。您在說什麼？您不認識我了嗎？」

「不認識，」尚萬強說，「您怎麼會認識我的？」

「您救過我的命。」那人說。

他轉過身去，一線月光照出他的半邊臉，尚萬強認出了割風老頭。

「啊！」尚萬強說，「是您嗎？對，我認識您。」

「幸好！」老頭帶著埋怨的口氣說。

「您在這裡做什麼？」尚萬強接著又問。

「嘿！我在照顧我的瓜嘛！」他又說道：「您是怎麼進來的？」

尚萬強心想，既然這人認得他，自己就得格外提防。於是他立刻對他盤問了起來，大有反客為主的態勢。

「您的膝上為什麼繫了個鈴鐺？」

「這個？」割風回答說，「繫個鈴鐺，好讓人家聽了避開我。」

「什麼？好讓人家避開您？」

割風老頭陰陽怪氣地擠著一隻眼。

「啊，是的！這屋子裡盡是些女人，大部分還是小姑娘。鈴鐺可以讓她們留意，好躲開我。」

「這是間什麼屋子？」

「嘿！您把我介紹到這裡當園丁，會不知道？」

「的確不知道。」

「好吧，這裡就是小比克布斯女修道院！」

尚萬強想起來了。兩年前，割風老頭從車上摔下來，摔殘了一條腿，經由他的介紹，聖安東尼區的女修道院收留了他，而他現在恰好又落在這修道院裡，這是巧遇，也是天意。

「啊，話說回來，」割風接著說，「您到底是從什麼地方進來的？馬德廉先生，雖然您是一個正人君子，但您總是個男人。男人是不許到這裡來的。」

「可是，」尚萬強說，「我非得在這裡待下去不可。」

「啊，我的天主！」割風嚷道。

尚萬強向老頭身邊邁進一步，用嚴肅的聲音向他說：

「割風爺爺，我救過您的命。我從前是怎樣對待您的，您今天也可以怎樣對待我。」

割風用他那兩隻滿是皺紋的手抱住尚萬強的兩隻鐵掌，過了好一陣子說不出話來。最後他喊道：

「啊！要是我能報答您一點，那才是慈悲上帝的恩典呢！市長先生，請您儘管吩咐吧！」

一陣眉開眼笑的喜色好像改變了老人的容貌。他臉上也好像有了光彩。

「請您說，我可以做些什麼呢？」

「好的，」尚萬強說，「現在我要求您兩件事。」

「哪兩件？市長先生。」

「第一件，有關我的事，您對誰也不許說。第二件，您絕不追問關於我的其他事。」

「就這麼辦。我知道您光明磊落，也知道您是信上帝的人，而且是您把我安插在這裡的。那是您的事，我聽您吩咐就是。」

「一言為定。現在請跟我來，我們去找孩子。」

「啊！」割風說，「還有個孩子！」

不到半小時，珂賽特已經睡在老園丁的床上，面前燒著一爐熊熊大火，她臉色又轉紅了。尚萬強重新打上領帶，穿上大衣，割風也取下膝上的鈴鐺帶。兩個人一齊靠著桌子坐下烤火，割風已經在桌上放了一塊乾酪、一塊黑麵包、一瓶葡萄酒和兩個玻璃杯，他把一隻手放在尚萬強的腿上，向他說：

「啊！馬德廉先生，您想了那麼久才認出我來！您救了我的命，又把我忘了！哎！這太不應該了，我一直惦記著您呢！您這壞心眼。」

17

芳婷去世那天，賈維在死者的床邊逮捕了尚萬強。尚萬強在當晚便從濱海蒙特勒伊市監獄逃了出來，當局認為這名逃犯一定會去巴黎。巴黎是淹沒一切的漩渦，沒有一個地方能像那裡的人流那樣容易掩藏一個人的蹤跡。各式各樣的亡命之徒都知道這一點，警務部門也瞭解這一點；因此，凡是在別處逃脫的犯人，他們都會到巴黎來尋找。

賈維被調來巴黎協同破案，在逮捕尚萬強一事中作出了巨大的貢獻。警署秘書夏布耶先生早已注意到賈維在本案上表現出的忠心和智力，他曾經提拔過賈維，這次又把濱海蒙特勒伊的這位督察調到巴黎任職。賈維到巴黎之後，曾經多次立功，並且表現得忠誠、幹練。

在那之後，賈維再也沒有想到尚萬強。直到一八二三年十二月，他偶然拿起報紙，在某個角落看見了尚萬強這名字。那張報紙宣稱苦役犯尚萬強已經喪命，並敘述了當日的情形，言之鑿鑿，因而賈維深信不疑。他只說了一句：「這就算是個好下場。」說完，把報紙扔下，便不再去想它了。

不久以後，塞納—瓦茲省的省政府送了一份警務通知給巴黎警署，上面提到在蒙費梅伊鎮發生的一件誘拐幼童案，據說案情離奇。有個七八歲的女孩由她母親託付給當地一個旅店主人撫養，被一個不知名的人拐走了；女孩的名字叫珂賽特，是一個叫芳婷的婦人的女兒，芳婷已經死於某地的醫院裡。通知到了賈維手裡，又引起了他的疑惑。

芳婷這名字是他熟悉的，他還記得尚萬強曾要求他寬限三天，好讓他去接回她的孩子；他又想到尚萬強是從巴黎搭車去蒙費梅伊時被捕的，他在前一日已到那村子附近去過一次。他當時去蒙費梅伊做什麼？賈維總算明白了。芳婷的女兒住在那裡，尚萬強要去找她。而現在這孩子被一個不知名的人拐走了，這個人是誰？難道是尚萬強？可是尚萬強早已死了。賈維沒有和任何人談過這件事，便雇了一輛單人小馬車直奔蒙費梅伊。

德納第夫婦出於懊惱，曾走漏過一些風聲。珂賽特失蹤的消息便在村裡傳開了，並立刻出現了好幾種不同的謠言，最後被說成了誘拐幼童案。但當德納第老闆一時的氣憤平息以後，又很快意識到驚動警方不是件好事，他從前有過一些不法的勾當，不想引起當局注意。於是他立刻改變態度，堵住了妻子的嘴；有人和他談到珂賽特，他便故意表示詫異，說自己也不清楚，而且帶走她的人正是她祖父，這是件再平常不過的事。

然而，當賈維聽了德納第的說法後，又追問了幾句，想探探虛實：

「這祖父是什麼人？他叫什麼名字？」

德納第若無其事地回答說：「是個有錢的農夫。我見過他的護照，他叫做紀堯姆・朗貝爾。」

朗貝爾是個正派人的名字，聽了能使人安心。賈維返回巴黎去了。

「尚萬強明明死了，」他心裡說，「我真傻。」

他又把這件事完全拋在腦後了。可是在一八二四年三月間，他聽說聖美達教區有個怪人，外號叫「送錢的乞丐」，似乎是個靠利息度日的富翁，可是誰也不知道他的真實姓名。他獨自撫養著一個八歲的小女孩，那女孩只說自己是從蒙費梅伊來的，除此以外一概不知。蒙費梅伊！這個地名讓賈維的耳朵又豎了起來。

那個當過雜務的老乞丐又提供了一些情報：「那富翁是個性情異常孤僻的人。」「他不到天黑，從不出門。」「他從不和任何人談話，只偶爾和窮人們交談。」「他不讓人家和他親近，他經常穿一件非常舊的黃大衣，大衣裡塞滿了鈔票，值好幾百萬！」這些話引起了賈維的好奇心。於是，他向老乞丐借了那身爛衣服，去蹲在他每天傍晚乞討的地方。

那可疑的傢伙果然朝他走來了，並且作了佈施。賈維趁機抬頭望了一眼，可是當時天色很黑了，他沒有看清楚。賈維是個謹慎的人，在還有疑問時，他絕不會動手抓人。

他遠遠跟著那人，一直跟到戈爾博老屋，向那老太婆打聽了一些事。老太婆證實了那件大衣裡的確有好幾百萬，還把上次兌換那張一千法郎鈔票的經過也告訴了他。於是，賈維租下一個房間，當天晚上便住在裡面。他曾到那神秘的房客的門外去偷聽，希望聽到他說話的聲音，但是尚萬強在鎖眼裡見到燭光，沒有出聲，他識破了那密探的陰謀。

第二天，尚萬強準備逃走。但是那枚五法郎銀幣落地的聲音被老太婆聽見了，她猜想人家要搬走，連忙通知賈維。尚萬強晚間出門時，賈維正領著兩個人在大路旁的樹後等待著。

他緊跟著尚萬強，從一棵樹跟到另一棵樹，又從一個街角跟到另一個街角，眼睛不曾離開過他一下。即使是在尚萬強自以為安全時，賈維的眼睛也始終盯在他身上。然而，此時的他仍然沒有把握。

尚萬強一直是背對著他的，並且走在黑影裡。平日的憂傷、苦惱、焦急、勞頓，加上為了配合珂賽特的腳步，使得尚萬強在不知不覺中已改變走路的姿勢，並且為他的動作增添一種老態，以至於賈維也可能發生錯覺。加上他那種落魄的服裝、德納第編造的祖父身分，還有相信他已在服刑期間死去的想法，這些都加深了賈維心裡越來越重的懷疑。

所以他一路跟著走，心裡躊躇不決，對那怪人的身分提出了上百個疑問。

直到相當晚的時候，在蓬圖瓦茲街上，他才藉著從一家酒店裡射出的強烈燈光，清楚地認出了尚萬強。他立刻到蓬圖瓦茲街哨所請求了支援。

這一耽擱差點讓他迷失了方向，但是他很快就猜到尚萬強一定會利用那條河甩開跟蹤的人。賈維憑著本能判斷，徑直走上了奧斯特里茨橋，他在橋上望見尚萬強在河對岸牽著珂賽特的手，穿過月光下的一片空地，看見他走進了聖安東尼綠徑街，立即想到了兩面包抄的妙計。他連忙派了一名助手繞道去守那出口，他本人則帶著一隊士兵跟在犯人後面。

賈維得意洋洋。他的網是牢固的，他有了那麼多的人手，無論尚萬強多麼頑強、多麼勇猛、多麼悲憤，即使連抵抗一下的想法也不可能有了。

賈維緩步前進，一路上搜索街旁的每個角落，如同翻看小偷身上的每個口袋一樣。

然而，當他走到蜘蛛網的中心，卻不見了蒼蠅。

不難想見他胸中的憤怒。

他追問那名把守小巷和街口的步哨，那位探子一直守著他的崗位沒有動，絕對沒有看見任何人走過。

賈維意識到尚萬強已經逃脫，但他並沒有慌了手腳。他深信那逃犯一定走不遠，他佈下了監視哨，設置了陷阱和埋伏，在附近一帶搜索了一整夜。他首先發現了那路燈柱的情況，燈上的繩子被拉斷了。這一寶貴的破綻恰好把他引上歧途，使他的搜捕重心完全轉向死巷。

黎明時，他留下兩個精幹的人繼續看守，自己回到警署裡，滿面羞慚，像個被小毛賊暗算了的惡霸。

18

珂賽特上床以後，尚萬強和割風兩人便對著爐火吃了晚餐。之後，由於那破屋裡唯一的一張床已由珂賽特佔用，他們便分頭躺在一堆麥草上面。尚萬強在闔眼以前說道：「從此以後，我得住在此地了。」這句話在割風的腦中翻騰了一整夜。

兩個人，誰也沒有睡著。

尚萬強感到自己已被人發現，而且賈維緊跟在後面，他不能回到巴黎；既然命運把他帶到這修道院裡，那麼最好的方法就是在這裡待下去。女修道院是個最危險也最安全的地方，一方面，那裡不許任何男人進入，萬一被人發現，就會被人當成現行犯；另一方面，如果能得到許可，在那裡住下來，又有誰會找到那裡去呢？

至於割風，他的心裡也不住盤算著。他想不通，圍牆那麼高，馬德廉先生是怎麼進來的呢？又怎麼會有個孩子呢？那孩子究竟是誰？他們是從什麼地方來的？割風自從來到修道院後，就沒有再聽說濱海蒙特勒伊的消息，也完全不知道外面發生什麼事。不過，從尚萬強透露出的幾句話裡，這園丁可以推測得出：由於時局艱難，馬德廉先生也許虧了本，正躲避債主們的追討，或是他受到什麼政治問題的牽連，不得不隱藏起來。但他不明白的是，馬德廉先生是怎麼進來的？又怎麼會有一個小女孩？

割風胡亂猜想了一陣，越想越糊塗，但有一點卻是清清楚楚的，那就是馬德廉救過他的命。這一點已足夠使他下定決心了。他心想：「當初馬德廉先生鑽到車子下救我時，絲毫沒有猶豫。現在輪到我救他了。」可是他心裡仍七上八下，考慮了許多事情：「萬一他是匪徒，我該不該救他呢？假如他是個殺人犯，我該不該救他呢？還是應該救他，他是個聖人，我當然要救他！」

他終於下定決心，要替馬德廉先生出力。

破曉時，割風睜開眼睛，看見馬德廉先生坐在他的麥草堆上，望著珂賽特睡覺。便開始與他商量。

「首先，」割風說，「您應當注意的第一件事，便是小姑娘和您，不要到這間屋子外面去。跨進園子一步，我們就完了。」

「對。」

「馬德廉先生，」割風又說，「您來的時機正好。我們院裡的受難修女正生著重病，因此大家都不會注意我們這裡的事。聽說她快死了，整個修道院都在為了那件事忙著。她們正在替她做四十小時的祈禱，接下來又得替死人做禱告。今天一整天，我們這裡不會有事，可是明天就不一定了。」

「但是，」尚萬強指出說，「這棟房子被那破屋和樹木遮擋住了，修道院的人望不見。」

「事實上，修女們也從來不到這邊來的。」

「那豈不是更好？」尚萬強說。

「但是那些小姑娘呢。」

「哪些小姑娘？」尚萬強問。

割風張著嘴，正要解釋他剛說出的那句話，有口鐘響了一下。

「那老修女死了，」他說，「這是報喪的鐘。」

同時他作出手勢要尚萬強聽。鐘又敲了一下。

「這是報喪鐘，這鐘會連續敲上二十四小時，直到屍體離開禮拜堂為止。在下課時間，只要有個皮球滾來了，她們全會追上來，什麼規矩也不管了，跑到這裡來亂找亂翻的。她們全是些孩子。」

「誰？」尚萬強問。

「那些小姑娘。您會被她們發現的。不過不是今天，今天她們不會有遊戲的時間，整整一天全是禱告。」

「我懂了，割風爺爺，您指的是寄讀學校的孩子們。」

尚萬強心裡又獨自想道：「這下子，珂賽特的教育問題也解決了。」

割風嚷著說：「是的！一大群小姑娘！她們會圍著您起哄！一個男人在這裡，就像瘟疫一樣。您知道的，她們在我的膝上繫了一個鈴，把我當成野獸看待。」

尚萬強越想越深。

「這修道院能救我們，」他嘟噥著，接著他提高嗓子說：「對。問題在於怎樣才能待下來。」

「不對，問題在於怎樣才能出去。」

「出去？」尚萬強覺得血全湧到心裡去了。

「是呀，馬德廉先生。為了回來，您得先出去才行。她們會問您是從哪裡來的。對我來說，這並不重要，因為我認識您；可是那些修女們，她們只允許人家走大門進來。您可以從您進來的那條路出去嗎？您是從什麼地方進來的？」

尚萬強臉色發白，一想到要再回到那條嚇人的街上去，他便渾身顫抖。

「不可能！」他說，「割風爺爺，您就認為我是從天上掉下來的吧！」

「那也沒關係。」割風接著說，「您的小姑娘還不醒來。她叫什麼名字？」

「珂賽特。」

「是您的女兒？看樣子，您是她的爺爺吧？」

「對。」

「對她來說，要從這裡出去倒不難。我可以把她放在簍子裡，上面蓋一塊油布，背著她走出大門。出去以後，我把她寄放在綠徑街一個賣水果的老朋友家裡，要住多久都行；我會告訴那老太婆說，她是我的侄女，請她照顧一下，我明天就來領走。在那之後，小姑娘再和您一起回來。可是您要怎麼出去呢？」

就在這時，另一口鐘敲出了一陣複雜的聲音。

「是院長在叫我。馬德廉先生，您先不要動，等我回來。要是餓了，那裡有酒、麵包、乾酪。」

說完，他往屋子外面走，嘴裡一面說：「來啦！來啦！」尚萬強望著他急忙從園中穿過去，盡量邁開他的瘸腿，邊走邊望向兩旁的瓜田。他腿上的鈴鐺響個不停，把那些修女們全嚇跑了。

19

當割風走進接待室，看見院長德．布勒麥爾小姐臉上露出緊張和沉鬱的神情。園丁小心翼翼地行了個禮，站在房間門口。院長正撥動著手裡的念珠，她抬起頭來說道：

「啊，是您，割風爺爺。」

割風又行了個禮。「我來了，崇高的女士。」

「我有話要和您談。」

「我也有件事想和崇高的女士談談。」

「那好，您說吧。」

割風在那修道院裡已住了兩年多，和大家也相處得很好。他終年過著孤獨的生活，十分守規矩，除了果園菜地的事情以外，他從不出大門一步。這種謹慎的作風讓他得到了修道院裡人們的信賴。

老頭也知道自己深得人家的重視，因此便滿懷信心地向那崇高的院長說了。他說自己有個弟弟，年紀不怎麼輕了，假如院長允許，他想讓這弟弟來和他住在一起，幫他工作；那是一個出色的園藝工人，會替修道院作出良好的貢獻，比他本人更加有用。他弟弟還有個小女孩，他想把她帶來，求天主保佑，讓她在修道院裡受教育，也許她將來有成為修女的一天呢！

他談完以後，院長手指中間的念珠也停止轉動了。她對他說：

「您能在今晚以前找到一根粗鐵棒嗎？」

「做什麼用？」

「當撬棍用。」

「可以，崇高的女士。要撬哪裡呢？」

「祭台旁邊那塊鋪地的石板。」

「蓋著地窖的那一塊嗎？」

「對。」

「開了地窖以後……」

「得把一件東西抬下去。」

說到這裡，兩人都安靜下來了。院長好像在躊躇不決，她伸出下唇，嘸了一下嘴，之後便打破了沉默：

「割風爺爺。」

「崇高的女士？」

「您知道，今天早上受難修女死了。」

「阿門。」他說。

「我們應該滿足死者的願望。」

院長撥動了幾粒念珠，割風卻不開口。她接著說：

「為了這個問題，我已請教過好幾位德高望重的教士。他們都在宗教人事部門擔任職務，而且都有過輝煌的功績。」

幾粒念珠又悄悄地滑了過去，院長接著又說：

「割風爺爺，我們要把死者裝殮在她已經睡了二十年的那口棺材裡。」

「那麼，我得把她釘在那棺材裡嗎？」

「對。」

「還有殯儀館的那口棺材，我們就把它放在一邊嗎？」

「一點也沒錯。」

「我會依照崇高的修道院的命令行事。」

「那四個唱詩修女會來幫您的忙。」

「為了釘棺材嗎？用不著她們幫忙。」

「不是。幫您把棺材抬下去。」

「抬到哪裡？」

「地窖裡。」

「什麼地窖？」

「祭台下面。」

割風跳了起來。

「祭台下面的地窖？」

「沒錯。」

「可是……」

「您帶一根鐵棒來，把石板轉開來。」

「可是……」

「必須服從死者的意旨。葬在聖壇祭台下的地窖裡，不沾俗人的泥土，並且留在她生前祈禱的地方，這便是受難修女臨終時的心願，她對我們提出了那樣的要求。」

「這是被政府禁止的。」

「人禁止，天主命令。」

「萬一被人家知道了呢？」

「我們信得過您。」

院長吐了一口氣。

「院務會議已經召開過了。她們已經作出決議，依照受難修女的遺言，把她裝殮在她的棺材裡，埋在我們的祭台下面。我們可以依靠您吧？」

「我全心全意忠於修道院。」

「那就好。您把棺材釘好，修女們把它抬進聖壇。接著大家就回去休息。晚上十一點的時候，您帶著鐵棍來。一切都要秘密進行。」

「我會盡我所能。我去釘棺材，十一點整，再到聖壇裡面；唱詩修女們會在那裡，我帶著我的撬棍，打開地窖，把棺材抬下去，再蓋好地窖；一點痕跡也不留下，政府絕不會起疑。崇高的女士，這樣就行了吧？」

「還不夠。」

「那麼，還有什麼事呢？」

「還有那口空棺材。」

「我拿一塊蓋棺布把它遮起來就是了。」

「但是，那些腳伕在把它抬上靈車，送進墳坑時，一定會發現裡面沒有東西。」

「那麼，我在那棺材裡放些泥土，就像有個人在裡面了。」

「您說得有道理。泥土和人原是一樣的東西，您就這樣安排吧。」

「我一定做到。」

院長的臉一直是煩悶陰鬱的，現在卻平靜了。她把事情交代完畢了，便要割風退下。割風朝著房門走去，正要跨出門外時，院長又稍微提高了嗓子說：

「割風爺爺，我對您很滿意。明天出殯以後，把您的兄弟帶來，順便把他的孩子也帶來。」

20

十五分鐘後，割風回到園裡的破屋。珂賽特已經醒了，尚萬強讓她坐在火旁；當割風進屋時，尚萬強正把那園丁掛在牆上的簍子指給她看，並且說：

「聽我說，我的小珂賽特。我們必須離開這個地方，但是我們還會回來，這樣我們就能一直住在這裡了。住在這裡的那位老伯會讓妳躲在裡頭，把妳帶走。妳到一位太太家裡去等我，我馬上就會去找妳。最重要的是，要是妳不想讓德納第大娘又把妳抓回去，就得乖乖聽我的話，什麼也不能說啊！」

珂賽特鄭重地點了點頭。

尚萬強聽到割風開門的聲音，回過頭去。

「如何了？」

「一切都安排好了，但還有一些問題。」割風說，「我得到允許，讓您進來；但是在帶您進來以前，得先帶您出去。問題就在這裡。至於這小姑娘，倒好辦！」

割風嘴裡嘰哩咕嚕，卻並非在和尚萬強談話，而是在自言自語：

「還有一件事，我總覺得怪怪的。我說過，放些泥土在裡面；可是我想，裡面裝了泥土，跟裝了人是不一樣的。那玩意兒會跑、會動，別人會發現不對勁的。您懂嗎？馬德廉先生，政府會察覺出來的。」

這時，他向尚萬強一一說明，早晨死去的那個修女曾要求把她裝殮在她平日睡覺用的棺材裡，並且要把她埋在聖壇祭台下的地窖，這種做法是法律所不允許的，而死者又是那樣一個不容違抗的人物，但院長和修女們都決定要遵從死者的遺願。而他，要負責把棺材釘好，到聖壇裡去撬開石板，還得把那死人送到地窖下面去。為了酬謝他，院長同意讓他的「弟弟」到修道院裡當園丁，也讓他的「侄女」來寄讀。可是他必須把馬德廉先生從外面帶進來，這是第一層困難；還有一層困難，便是那口空棺材。

「什麼空棺材？」尚萬強問。

「政府送來的棺材。第二天，他們會派一輛靈車和幾名殯儀執事來把那棺材抬到公墓去。要是殯儀執事們來了，抬起那棺材，裡面卻沒有東西……」

「放點東西在裡面。」

「放個死人？我找不到。」

「不是。」

「那麼，放什麼呢？」

「放個活人。」

「什麼活人？」

「我。」

尚萬強露出一種少見的笑容，正如冬季裡天空中的那種微光。

「您！這是在開玩笑吧？您不是在說正經話。」

「當然是了。我不是得先從這裡出去嗎？」

「是的。」

「問題是要怎麼出去。現在有辦法了，但是您得先把一切情形告訴我。事情怎麼進行？棺材在哪裡？」

「在太平間裡。放在兩個木架上，上面蓋了一塊蓋棺布。」

「那棺材有多長？」

「六尺。」

「太平間長什麼樣子？」

「那是一樓的一個房間，有一扇鐵窗對著園子；還有兩扇門，一扇通往修道院，一扇通往禮拜堂。」

「您有那兩扇門的鑰匙嗎？」

「沒有。我只有通往修道院那扇門的鑰匙，另一扇門的鑰匙在門房手裡。」

「誰釘棺材？」

「我釘。」

「就您一個人嗎？」

「除了警署的醫生以外，任何男人都不許進太平間。這是規定。」

「今天晚上，等到修道院裡的人都睡了，您能不能把我藏在那房間裡？」
「不行。但是我可以把您藏在與太平間相通的一個小房間，那是我放工具的地方，鑰匙歸我管。」
「靈車幾點鐘來？」
「下午三點左右。」
「我就在您放工具的小房間裡躲一整天。到明天兩點鐘時，您再來把我釘在棺材裡。」
割風朝後退了一步，把兩隻手上的關節捏得嘎嘎作響。
「這，我做不到！」
「有什麼困難？拿一個鐵槌，把幾根釘子釘到木板裡面去！」
「但是您要怎麼呼吸呢？」
「您在靠近頭部的地方，隨便鑽幾個小孔，棺蓋也不要釘得太緊。」
尚萬強接著說：
「唯一使我擔心的事，便是不知道到了公墓後該怎麼辦。」
「您放心好了，」割風大聲說，「那個埋葬工人，梅斯千爺爺，是我的朋友。他是個愛喝酒的老頭兒。等我們到了公墓，殯儀執事們把您的棺材吊下壙坑，神父也走過來唸過經、畫過十字、灑上聖水以後，我就拉著梅斯千爺爺去酒館，把他灌醉，再拿走他那張進公墓的工作證，獨自一人回來，把您拖出洞外。」
尚萬強向他伸出一隻手，割風跳上前，一把握住，鄉下人的那股熱情的確很動人。
「我同意，割風爺爺。希望一切順利。」
「只要不發生意外，」割風心想，「這是多麼大的一場風險！」

21

第二天，太陽偏西時，梅恩大路上出現了一輛靈車，後面跟著一輛四輪馬車，裡頭坐著神父和一個唱詩小童；兩個灰色制服的殯儀執事走在靈車兩旁，後面還有一個穿著工人服的瘸腿老人。一隊人朝著沃日拉爾公墓走去。

割風得意洋洋地跟著那靈車一步一拐。他一方面和修女們串通，另一方面又和馬德廉先生串通，兩個計畫都一齊如了願。尚萬強的鎮靜是一種具有強大感染力的東西，割風不再懷疑事情的可能性了。

忽然，靈車停住了，大家已經走到鐵柵門前。殯儀館的一個人和那公墓的門房會了面，交涉了兩三分鐘。正在交涉的時候，一個不認識的人走到割風旁邊，那是一個工人模樣的人，穿一件有大口袋的罩衣，腋下夾著一把十字鎬。

「您是誰？」割風望著那個陌生人，問道。

「埋葬工人。」

「埋葬工人？您？」

「對。」

「埋葬工人是梅斯千爺爺。」

「從前是的。」

「怎麼！從前？」

「他死了。」

割風什麼都料到了，卻沒有料到這一步。他張大著嘴，呆住了。

「這，這是不可能發生的。」

「現在就發生了。」

「可是，」他又上氣不接下氣地說，「埋葬工人，是梅斯千爺爺呀！」

靈車又走動了，在公墓的大路上前進。繞過一棵參天古柏後，靈車轉進了小路，走上了泥地，進入樹叢，最後在墳地邊停住了。唱詩童子從那裝了布帷的車裡走出來，接著神父也出來了。

靈車前面的一個小輪子已經滾上了土堆，再過去，便是那敞開的墳坑了。

「這玩笑開得可不小！」割風無限沮喪地說道。

棺材被吊了下去。接著，靈車離開了，神父和唱詩童子也都上車走了。割風看見那埋葬工人彎下腰，準備去取他那把插在泥堆裡的鐵鍬。

割風鼓足勇氣，走去站在墳坑和埋葬工人的中間，叉起雙手，說道：

「來喝一杯！我付帳。」

埋葬工人吃了一驚，瞪眼望著他，回答說：「什麼？鄉巴佬。」

「我付帳！」割風重複說。

「什麼帳？」

「酒帳！」

「滾一邊去！」埋葬工人說，同時他鏟起一鍬土，拋在棺材上。

棺材發出一種空的響聲。割風感到自己重心不穩，幾乎摔倒在墳坑裡。他上氣不接下氣地喊了起來。

「伙計，趁現在酒館還沒有關門！」

埋葬工人又鏟滿一鍬土。割風一把抓住他的手臂，繼續說道：

「請聽我說，伙計。我是修道院的埋葬工人，是來幫您忙的。這些工作，晚上再做就好。我們先去喝一杯，回頭再來幹。」

「老天！」工人說，「既然您這麼堅持，我陪您喝就是。但必須幹了活再去，幹活以前，絕對不行。」

同時他抖了抖那把鐵鍬。割風又抓住了他。

「是六法郎一瓶的『阿爾尚特伊』呢！」

「怎麼，」埋葬工人說，「您不能說點別的東西嗎？走開！別老是在這裡囉嗦。」

同時他拋出了第二鍬土。

「來喝一口嘛，」割風吼道，他已經不知道自己在說什麼了。「我付帳！」

「先把這傢伙安頓了再說。」埋葬工人說。

這時候，他彎下身子去鏟土，衣服的口袋張開了。割風一雙六神無主的眼睛落在那個口袋上，看見了一張白色的東西。他忽然有了個主意。

那埋葬工人正在注意他那一鍬土，割風趁其不備，從後面把手伸到他的口袋裡，抽出了那張白色的東西。

當那工人轉過身來，準備再鏟一鍬土的時候，割風不動聲色地望著他，對他說：

「喂，新來的，您有帶通行證嗎？」

埋葬工人停下來說：「什麼通行證？」

「太陽快下山了，公墓的鐵柵門就快關上了。」

「那又如何？」

「您有帶通行證嗎？」

「啊！我的通行證。」埋葬工人說，一邊搜著自己的衣袋。

他搜了一個，又搜另一個，接著又搜起背心口袋。

「沒有，」他說，「我沒有帶我的通行證，我忘了。」

「十五法郎的罰金。」割風說。

埋葬工人的臉變青了。

「十五法郎的罰金！」

「三枚一百個蘇的錢幣。」割風說。

埋葬工人丟下了他的鐵鍬，割風的機會來了。

「不用慌，」割風說，「我是老手，我來替您出個主意。也就是說，太陽下山了，它已到了那圓屋頂的頂端，不用五分鐘，公墓大門就會關上了。您一定來不及趕在關門前填滿這個坑，趕到門口去。」

「這是對的。」

「不過還是有機會。您住在什麼地方？」

「離大門不遠。從這裡走去，大約十五分鐘。沃日拉爾街，八十七號。」

「您還有時間，現在立刻拔腿飛奔，跑出大門，回家取了通行證再回來。公墓的門房會替您開門，您有了證件，就不會被罰款。到時您再來埋您的死人，我會在這裡替您守住，免得被人發現。」

那埋葬工人感激得心花怒放，握著他的手一謝再謝，颼的一聲跑了。割風一直到聽不見他的腳步聲，才趕緊跳進墳坑裡，撬開棺蓋。

三分鐘以後，割風與尚萬強已到了墳坑的外面。割風拿著鍬，尚萬強拿著鎬，一起埋了那口空棺材。

他們循著靈車走過的小路走去，來到鐵柵門和門房的小屋前。割風出示了埋葬工人的證件，門房便打開柵門，放他們出去。一路上兩人沒有遇到絲毫困難，在公墓附近一帶，一把鍬和一把鎬就等於是兩張通行證。

22

一個鐘頭過後，割風、尚萬強和珂賽特已來到比克布斯小街六十二號的大門口，割風提起門錘來敲了幾下。他原是修道院裡的人，知道院裡的各種口語暗號。所有的門一一打開了。

就這樣，那個令人發愁的雙重難題：出去和進來的問題，得到了解決。

門房領著他們三人一同進了接待室。院長正在等候他們，參議修女站在她的旁邊。一支慘澹的細白蠟燭照著整個房間。

院長審視了尚萬強，問道：

「您就是那兄弟嗎？」

「是的，崇高的女士。」

「您叫什麼名字？」

「烏爾迪姆．割風。」

「您是什麼地方人？」

「原籍皮基尼，靠近亞眠。」

「年紀多大了？」

「五十歲。」

「您是做什麼行業的？」

「園藝工人。」

「這小姑娘是您的嗎？」

「是的，崇高的女士。」

「您是她的父親嗎？」

「是她的祖父。」

那參議修女對院長低聲說：「他回答得倒不壞。」

院長仔細看了看珂賽特，又與參議修女到角落低聲商量了幾分鐘。接著她走回來，說道：

「割風爺爺，您得再準備一副鈴鐺。現在需要兩副了。」

尚萬強算是安插妥當了，他有了那副繫在腳上的鈴鐺，從此是有正式職務的人了。他的名字是烏爾迪姆．割風。

院長讓珂賽特在寄讀學校裡佔了一個免費生的名額。她很快就習慣了修道院裡的生活，不過時常想念玩偶凱薩琳，卻又不敢說。只有一次，她對尚萬強說：「爸爸，早知道我就把它帶來了。」

她換上了院裡規定的學生制服。尚萬強把她換下的喪服收起來，連同毛線襪和鞋，都收在他的一只小提箱裡，箱裡放了許多樟腦和各式各樣的香料。他把提箱放在自己床邊的一張椅子上，鑰匙始終不離身。珂賽特有一天問他說：「爸爸，這是什麼箱子，這麼香？」

至於割風，他從他的好行為中得到了好報。首先，他為自己做的事感到快樂；其次，他的工作多了人分擔，減輕了不少負擔；最後，他非常愛吸煙，馬德廉先生供給了他不少煙葉。

要是修女有賈維那樣的眼力，也許會發現：當園裡的工作需要人出門跑腿時，每次總是又老又瘸的割風去做，從來不會是另一個。幸運的是，她們完全沒有注意到這一點。

幸好尚萬強一直安安靜靜地待著沒動。賈維注視著那地區整整一個多月。

那修道院對尚萬強來說彷彿是個孤島，那四道圍牆從今以後便是他的活動範圍了。他在那裡看得見天空，這已足夠使他感到舒適；看得見珂賽特，已足夠使他感到快樂。

對他來說，一種非常恬靜的生活又開始了。

他和割風一同住在園內的破屋裡。那棟破屋是由殘磚剩瓦搭起來的，一共有三間房間，光禿禿的，除了牆壁外一無所有。割風把最大的一間讓給了尚萬強。

尚萬強整天在園裡工作，十分能幹。他從前當過修樹枝工人，在培養植物方面有許多方法和竅門，他現在可以派上用場了。那些果樹幾乎全是野生的，他用接枝法讓它們結出了鮮美的果實。

珂賽特得到許可，每天可以去他那裡玩一個鐘頭。每天在固定的時間，她跑進那間破屋裡；她一進來，那窮酸的房間立刻成了天堂。尚萬強笑逐顏開，想到自己能讓珂賽特幸福，自己的幸福也增加了。在課間休息時，尚萬強從遠處望著珂賽特嬉戲奔跑，他能從許多人的笑聲中辨別出她的笑聲來。

珂賽特會笑了。

甚至是珂賽特的面貌，在某種程度上也有了改變。那種抑鬱的神情已經消逝了。笑，就是陽光，它能消除人們臉上的寒冬。

珂賽特一直不漂亮，卻變得更惹人愛了。她用她那嬌柔的孩童聲音訴說著各式各樣的瑣碎小事。

休息時間過了，珂賽特回去上課時，尚萬強便望著她教室的窗戶。半夜裡，他也起來，望向她寢室的窗戶。

他的心完全溶化在感恩戴德的情感之中。

就這樣又過了好幾年，珂賽特長大了。

第三部　馬留斯

1

在第二部分談到的那些事發生後的八九年，人們在大廟路和水塔一帶，時常可以看見一個十一二歲的野孩子，嘴邊帶著他那種年紀慣有的笑容，心裡卻充滿著苦悶和空虛。他穿著一條大人的長褲，但不是他父親的，也披著一件婦女的襯衣，但不是他母親的；一些不認識的人出於善心送給他那些破衣服。他並不是沒有父母，不過他的父親不關心他，他的母親也不愛他。

這是一個值得憐憫的那種有父有母、卻又是孤兒的孩子。他的父母早已一腳把他踢進了人生，而他也毫不在乎地飛走了。

他是一個愛吵鬧、臉色發青、敏捷、機警、貧嘴、神氣活現卻又病態的孩子。他去來去去，又唱又叫，玩擲錢遊戲，掏水溝，偶爾偷點小東西玩。他沒有家，沒有麵包，沒有火，但是他快樂，因為他自由。

不過，儘管那孩子無依無靠，每隔兩三個月，卻也偶爾會說：「哎，我要去看看媽媽！」於是他離開了大路、馬戲場、聖馬丁門，走下河岸，過了橋，進了郊區，走過婦女救濟院，來到讀者所熟悉的那扇五〇一五二號大門，戈爾博老屋。

五〇一五二號破屋經常是空著的，而且永遠掛著一塊牌子，寫著「房間出租」。說也奇怪，卻有幾個人住在那裡；他們全屬於那種貧窮階級。尚萬強時期的房東已經死了，接替她的是一位叫畢爾貢大娘的老太婆。

在那破屋的住戶中，最窮苦的是一戶四口人家，父親、母親和兩個已經相當大的女兒，四個人同住在一個破房間裡，也就是我們已經提過的那間。乍看之下，這一家人除了那種一貧如洗的窘況外，似乎也沒什麼特別的地方。那個家長在租下那個房間時，自稱姓容德雷特。

這裡便是那快樂的野孩子的家。他到了那裡，看見的只是貧窮、困苦，而且見不到一點笑容，他感到的只是火爐裡的冷氣和親人的冷漠；他走進去時別人問他：「你從哪裡來的？」他回答：「從街上來。」他離開時別人問他：「你要去哪裡？」他回答：「去街上。」他母親還對他說：「你來這裡做什麼？」那孩子就這樣生活在缺乏愛的環境中，有如地窖中枯黃的草。他並不因此感到傷心，也不埋怨任何人。他根本不知道正常的父母是什麼樣子。

儘管如此，他母親是愛他的兩個姐姐的。

在大廟路上，人們叫那孩子小加夫洛許。至於為什麼叫加夫洛許，很可能是因為他父親叫容德雷特。斷絕親子關係好像是某些窮苦人家的本能。

容德雷特住的房間位於破屋走廊盡頭，在它隔壁的那個小房間裡住著一個極窮的青年男子，名叫馬留斯。

2

在沼澤區受難修女街六號，住著一位獨特的老人，人們都叫他吉諾曼先生。他已過了九十高齡，但步伐穩健，聲音洪亮，目光炯炯，能吃，能睡，能打鼾。這不是一位風中殘燭般的壽星，而是一位雄心猶存的老者。他迂腐、急躁、易怒，動輒大發雷霆，經常違悖情理；如果有人不肯迎合他的意思，他舉起手杖便打。

他結過兩次婚。他的第一任妻子生了一個女兒，這老姑娘五十歲出頭了，還沒有出嫁。第二任妻子也生了一個女兒，三十歲左右就死了；她和一個軍人結了婚，那軍人在共和時期和帝國時期的軍隊裡都服務過，得過奧斯特里茨勳章，並在滑鐵盧被授予上校軍銜。然而，那老紳士並不滿意這樁婚事，他常說：「這是我的家醜。」

那名軍人叫喬治．彭梅西，在滑鐵盧一役中表現出色，卻也受了傷；王朝復辟以後，他被編在半薪人員裡，又送到韋爾農去休養。國王路易十八對於他的榮譽勳章資格、他的上校軍銜、他的男爵爵位一概不予承認。他在韋爾農租下一棟小房子，獨自一人住在那裡，後來與吉諾曼小姐結了婚。那位老紳士心裡憤恨，卻又不得不同意。彭梅西太太是個有教養、難得一見的好女人，配得上她的丈夫，卻在一八一五年去世了，留下一個孩子。這孩子是上校在孤寂中的歡樂，但是那個外祖父蠻不講理地要把他的外孫領去；他口口聲聲說，要是不把那孩子交給他，便不讓他繼承遺產。父親為了孩子的利益，只好讓步。愛子被奪以後，他便寄情於培育花木。

吉諾曼先生跟他的女婿毫無來往。那上校在他的心目中是個「強盜」，而他在上校的眼裡則是個「瘋老頭」。吉諾曼先生平日談話從來不提到上校，除非要嘲諷他的「男爵爵位」時才影射一兩句。兩人之間已經明確約定，彭梅西永遠不得探望他的兒子，否則就要把那孩子趕走，取消他的財產繼承權，送還給父親。上校謹守諾言，認為犧牲他個人不算什麼，那樣做還是對的。吉諾曼本人的財產不多，吉諾曼大小姐的財產卻很可觀。那位沒有出嫁的老姑娘從她母親的娘家繼承了大宗產業，她妹妹的兒子自然是她的繼承人了。

這孩子叫馬留斯，他知道自己有個父親，此外便什麼都不知道了。誰也不在他面前多說一句，可是在他外祖父帶著他去的那些場合，低聲的交談、隱晦的詞句、眨眼的神氣，終於使那孩子心裡有所領悟，有所認識，並且，由於一種潛移默化的作用，他也自然而然地把他身處的環境裡的觀點和意見變為自己所固有的了。久而久之，他一想到父親，便感到羞慚、苦悶。

就在他漸漸成長時，那位上校每隔兩三個月總會偷偷地來到巴黎一次，趁著吉諾曼小姐領著馬留斯去望彌撒時，溜到聖敘爾比斯教堂裡，躲在一根石柱後面，心驚膽戰，唯恐那位老小姐回過頭來，一動也不動地注視著那孩子。

正因為那樣，他和韋爾農的本堂神父馬白夫有了交情。

這位好神父是聖敘爾比斯教堂一位理財神父的兄弟。理財神父多次看見那人盯著那孩子，眼裡一眶眼淚，感到十分詫異。有一天，他到韋爾農去探望他的兄弟，在橋上遇見了彭梅西上校，認出他正好是教堂裡的那個人。理財神父向本堂神父談起這件事，並且找了一個藉口一同拜訪了上校，之後便經常往來了。上校對他們無所不談，這兩位神父終於知道了全部事實，瞭解彭梅西是怎樣為了孩子的前程而犧牲自己的幸福。從此以後，本堂神父對他特別尊敬、友好，上校也將他視為知己。

馬留斯每年寫兩封信給他的父親，分別在元旦和聖喬治節，那種信也只是禮貌性的、由他姨母不知從什麼地方抄來口授的，這是吉諾曼先生唯一肯通融的事情。他父親的回信裡卻是滿紙慈愛，那外祖父收到便往口袋裡一塞，從來不看。

童年時期，馬留斯‧彭梅西和其他孩子一樣，胡亂讀了一些書。當他從吉諾曼小姐手中解放出來時，他的外祖父便把他託付給一個昏庸的老師。這智力初開的少年從一個愚婦轉到一個腐儒手裡，讀了幾年中學，繼而又進了法學院。他不知不覺成了保王派，狂熱而冷峻。他不大愛他的外祖父，外祖父那種輕浮狠鄙的作風使他難受；他對父親冷漠陰沉。

那孩子內熱外冷、高尚、慷慨、自負、虔誠而勇往直前，他嚴肅到近於嚴厲，純潔到像尚未開化。

3

一八二七年，馬留斯剛滿十七歲。一天傍晚，他回到家裡，看見外祖父手裡捏著一封信。

「馬留斯，」吉諾曼先生說，「你明天得去韋爾農一趟。」

「去做什麼？」馬留斯說。

「看你父親。」

馬留斯顫抖了一下。他從未料到他有去看父親的一天，這件事使他感到突兀、奇特，甚至是不自在。一向疏遠慣了的事物，現在卻突然非去親近不可，那不只是一種苦惱，而是一樁苦差事。

除了政治方面的反感以外，馬留斯一向確信他的父親從不愛他，否則絕不會那樣丟下他不管，交給旁人。他既然感到沒有人愛他，他對人也就沒有愛。

他當時驚訝到不知道該說什麼。他外祖父接著又說：

「據說他生病了。他要你去看他，越快越好。你明天早上六點就走。」

接著，他把那封信揉成一團，往口袋裡一塞。馬留斯本可當天晚上就出發，但祖孫倆都沒有提起這事。

第二天，馬留斯在蒼茫夜色中抵達了韋爾農。他隨便找個過路人問了彭梅西先生的住處。那人把一間房子指給他看。他拉動門鈴，有個婦人拿著一盞小油燈，出來開了門。

「彭梅西先生住這裡？」馬留斯說。

那婦人站著不動。

「是這裡嗎？」馬留斯問。

那婦人點點頭。

「我可以和他談談嗎？」

那婦人搖搖頭。

「我是他的兒子，」馬留斯接著說，「他正等著我呢。」

「他不等你了。」那婦人說。

她淌著眼淚，伸手指向一扇矮廳的門。他走了進去。

廳裡的壁爐上燃著一支羊脂燭，照出三個男人，一個站著，一個跪著，一個躺在地上，穿一件襯衫。那躺著的便是上校了。另外那兩個人，一個是醫生，一個是神父，神父正在祈禱。

上校害了三天的腦炎。剛染病時，他已預感到凶多吉少，便寫了一封信給吉諾曼先生，要接回他的兒子。病情一天比一天嚴重，馬留斯到達韋爾農的那個傍晚，上校的神智已開始昏迷了，早已有人去找醫生和神父。醫生來得太遲了，神父來得太遲了，他的兒子也一樣，來得太遲了。

馬留斯望著他生平第一次、也是最後一次見面的那個人，望著那張雄赳赳、令人敬慕的臉，那雙睜著而不看人的眼睛，那一頭白髮，強壯的肢體。上頭滿是黝褐色的條痕，那些都是刀傷；滿是紅色的星星，那些都是彈孔。他望著那道又長又闊的刀痕，為那張慈祥的臉增添了一層英勇的氣概；想到這個人便是他的父親，而這個人已經死了。他一動不動，漠然立著。

他感到的淒涼，與他看見任何一個死人躺在面前時感受到的淒涼相差無幾。屋裡的人個個都在悲傷。僕人在屋角裡痛哭，神父抽抽噎噎地唸著禱文，醫生在擦著眼淚，死者也在掉淚。只有他，無動於衷。同時，他又感到有些後悔，覺得自己那種行為可恥。不過，這該說是他的過錯嗎？他不愛他的父親，還有什麼可說的！

上校什麼也沒有留下來，變賣傢俱的錢幾乎不夠付喪葬費。僕人找到一張破紙，交了給馬留斯。上面有上校親筆寫的幾句話：

吾兒覽：皇上（指拿破崙）在滑鐵盧戰場上曾封我為男爵。王朝復辟，否認我這用鮮血換來的爵位，但吾兒仍有權承襲享受這爵位。毫無疑問，他當之無愧。

在那後面，上校還加了這樣幾句話：

就在滑鐵盧戰役中，有個中士救了我的命，那人叫德納第。多年以來，我彷彿記得他是在巴黎附近的一個村子裡，謝爾或是蒙費梅伊，開著一家小旅店。吾兒若有機會遇見德納第，務必盡力報答他。

馬留斯把那張紙緊緊捏在手裡，那並不是出自他對父親的孝心，而是出自對一名死者的那種應有的敬意。

上校身後毫無遺物。吉諾曼先生把他的一把劍和一身軍服賣給了舊貨販子，左右鄰居竊取了他的花園，劫掠了那些稀有的花木。其他的植物都變成了荊棘叢莽，或是枯死了。

馬留斯在韋爾農只停留了四十八小時。葬禮過後，他便回到巴黎，繼續學他的法律，從不悼念他的父親，彷彿世上從未有過那樣一個人似的。上校在死後兩天便入了土，死後三天便被遺忘了。

4

一個禮拜日，馬留斯到聖敘爾比斯去望彌撒。他的心情比平時來得散亂、沉重，無意中跪在一根石柱後面的一張絲絨椅上，椅背上寫著「本堂理財神父馬白夫先生」。彌撒剛開始，便有一個老人過來對馬留斯說：

「先生，這是我的位子。」

馬留斯連忙閃開，讓老人就座。

彌撒結束後，馬留斯站在相隔幾步的地方，若有所思，那老人又走過來對他說：

「我來向您道歉，先生，我剛才打擾了您，您一定覺得我有些不近人情吧？我得向您解釋一下。」

「先生，」馬留斯說，「不用了。」

「一定得解釋一下，」老人接著說，「我不願在您心裡留下一個不好的印象。您看得出，我很重視這個位子，我覺得在這位子上望彌撒是最好的。至於原因，讓我向您說明清楚。過去的好多年間，每隔兩三個月，我總會看見一個可憐的好父親走到這個地方，遠遠地望著他的孩子；這是他唯一可以能看見他孩子的機會和辦法。因為，由於家庭達成的協議，不許他接近自己的孩子。他知道人家在什麼時候把他那孩子帶來望彌撒，便趁那時間趕來。那孩子並不知道父親在這裡，也許根本不知道他有一個父親呢！他父親唯恐被人發現，便待在這柱子後面，默默注視他的孩子，流著眼淚。可憐的人！從那之後，這裡便成了我心靈的聖地，我來望彌撒總是待在這裡，這已成了習慣了。我是本堂的理財神父，教堂裡原有我固定的座位，但我還是喜歡待在這裡。那位先生的不幸我也略有耳聞。他有一個岳父、一個有錢的大姨子，還有一些親戚。那些人都威嚇他，不許他這個作父親的去看他孩子，否則便不讓他的孩子繼承遺產。他為了兒子將來的幸福，只好犧牲自己。那人是波拿巴的一個上校，我想他已經去世了。他當年住在韋爾農，我的兄弟就在那裡當神父。他的名字好像是叫做『蒙培西』或是『彭馬利』，臉上有一道好大的刀傷。」

「您說的是彭梅西吧？」馬留斯面無人色，問了一聲。

「一點也沒錯，正是彭梅西。您認識他嗎？」

「先生，」馬留斯說，「那是我的父親。」

那年老的理財神父雙手相握，大聲說道：

「啊！您就是那孩子。是的，如今您應該是個大人了。唉！可憐的孩子，您確實有過一位愛您的父親！」

馬留斯伸出手臂攙扶那老人，送他回家。

第二天，他對吉諾曼先生說：

「我和幾個朋友約好要去打一回獵。您肯讓我出門玩三天嗎？」

「四天也行！」他外公回答說，「去吧，去開開心。」

同時，他擠眉弄眼，對他的女兒低聲說：「找到小姑娘了！」

5

馬留斯三天沒有回家，接著他又到了巴黎，徑直去了法學院的圖書館，要了一套《通報》。

他讀了《通報》，讀了共和時期和帝國時期的全部歷史，《聖赫勒拿島回憶錄》和其他各種回憶錄、報紙、戰報、宣言，他無所不讀。當他第一次在大軍的戰報裡見到他父親的名字後，整整發了一個禮拜的高燒。他訪問了一些曾與他父親共事的將軍，也拜訪了教區理財神父馬白夫。馬白夫把韋爾農的生活、上校的退休、他的花木、他的孤寂全告訴了他。馬留斯這才全面認識了那位稀有、卓越、仁厚、勇猛而又溫馴的人，也就是他的父親。

在他以全部時間和精力閱讀文獻的那一段時間裡，他幾乎沒有和吉諾曼一家人見過面。只有吃飯時間才露一下面，接著又出門去了。他的姨母對此頗有怨言，老紳士卻笑著說：「有什麼關係！是該找姑娘的時候了！」偶爾也補上一句：「見鬼！我還以為只是逢場作戲呢，想不到是一場火熱的愛。」

這的確是一場火熱的愛。他正狂熱地愛著他的父親。

同時，他的思想上也產生了一種劇烈的變化。自從他改變了對父親的看法，他對拿破崙的看法也自然改變了。當他結束了那次隱秘的攻讀，更完全蛻去了舊有的那身波旁王黨和極端派的皮，也擺脫了貴族和保王派的見解，成了完全革命的、徹底民主的，並且幾乎是擁護共和的。同時，他又到金匠河岸的一家印刷鋪裡，訂了一百張名片，上面印著「男爵馬留斯．彭梅西」。

當他越接近他的父親、他父親的形象，越接近上校為之奮鬥了半生的那些事物，他便越和他的外祖父疏遠了。長久以來，他早已感到吉諾曼先生的性格和他一點也合不來，他倆之間早已存在一個嚴肅的青年人和一個輕浮的老年人之間的各種不和諧。當兩人還有共同的政治見解和意識時，彼此似乎還可以在一座橋樑上坦誠相見；一旦橋樑崩塌，鴻溝便出現了。尤其是當馬留斯想到，這個老人為了一些荒謬絕頂的動機，把他從上校的懷裡奪過來，使父親失去了孩子，孩子也失去了父親，他胸中就感到一種說不出的憤怒。

由於對他父親的愛，馬留斯心中幾乎有了對外祖父的厭惡。

他絲毫沒有流露出這一切。不過，他變得越來越冷淡了，在餐桌上不大開口，也很少待在家裡。姨母為了這些責備他，他表現得非常溫順，總解釋說是為了學習、功課、考試、講座等等。那位外祖父始終不改他那萬無一失的推測：「情竇初開了！一定沒錯。」

馬留斯不時要出門走動，他旅行的時間總是很短的。一次，他去了蒙費梅伊，那是為了遵從父親的遺言，去尋找滑鐵盧的那個退役中士，旅店老闆德納第。他打聽到德納第破了產，旅店也關了，沒人知道他的下落。為了這次尋訪，馬留斯四天沒回家。

這時候，有人好像察覺到，他脖子上有一條黑帶掛著什麼，直垂到胸前，就在他的襯衫裡面。

6

吉諾曼先生有一個侄孫，他一向遠離家庭，在外地過著軍營生活。這位提奧多中尉是人們眼中的漂亮軍官，他有優美的腰身與俊俏的八字鬍。他很少來巴黎，馬留斯從來不曾見過他，表兄弟之間只是彼此知道名字而已。提奧多一向深得吉諾曼小姐的疼愛。

一天早晨，吉諾曼小姐竭力鎮靜才按捺住心頭的激動，回到自己房裡。馬留斯剛才又請求外祖父讓他出門旅行一趟，並說當天傍晚就要動身。吉諾曼小姐回到房間裡，仍舊冷靜不下來，又走到樓梯上，狠狠地說了一句：「未免太過火了。他究竟是要去什麼地方呢？」她彷彿窺到了他心中某種見不得人的秘密，一個若隱若現的女人，一次幽會，一種密約。

她在她的椅子上一連坐了好幾個小時，房門忽然開了。吉諾曼小姐抬起頭，發現那位提奧多中尉站在她面前，正向她行禮。她發出一聲幸福的叫喊。

「你來了！」她喊著說。

「我路過這裡，姑姑。」

他上前擁抱了她。

「你至少得在這裡住上一個禮拜吧？」

「姑姑，我今晚就得走。」

「胡說！」

「這是真的。」

「留下來，我的小提奧多，我求你。」

「我想留下，但是命令不允許。軍隊正要前往加隆，途中經過巴黎，我跟他們說，要來看看我的姑姑。」

「你是不是騎馬來的呢？」她問他。

「不，我的姑姑，我搭公共馬車。說到這裡，我想起要問您一件事。」

「什麼事？」

「我的表弟馬留斯，他也要去旅行嗎？」

「你怎麼知道的？」他姑姑說，她的好奇心一瞬間到達了頂點。

「來這裡之前，我到公共馬車站去訂一個前廂座位，發現有個旅客已經在車上訂了位子。我在旅客名單上見到了他的名字，叫做馬留斯．彭梅西。」

「那壞蛋！」姑姑喊道，「到公共馬車裡去過夜，這像什麼話！」

這時候，吉諾曼小姐感到有事可做了。她有了個主意，急忙問提奧多：

「你知道你表弟不認得你嗎？」

「不知道，我見過他，但是他從來不曾注意過我。」

「你們不是要坐同一輛車嗎？」

「他坐在車頂上，我坐在前廂裡。」

「那輛公共馬車去什麼地方？」

「去萊桑德利。」

「馬留斯是去那地方嗎？」

「除非他和我一樣半路下車。我要在韋爾農轉車去加隆。」

「聽我說，提奧多。」

「我在聽，我的姑姑。」

「馬留斯時常不回家，在外頭過夜。我們很想知道他在玩什麼花樣。」

提奧多帶著那種閱歷豐富的、自信而含蓄的笑聲說道：

「八成是幾個小姑娘吧。」

「顯然是這樣，」姑姑興奮地說，「你得為我們做一件事。你跟著馬留斯，設法瞧一瞧那個姑娘，之後再寫封信把細節告訴我們。他外公一定會很開心。」

「您喜歡怎樣就怎樣吧，我的姑姑。」提奧多漫不經心地回答。

當晚，馬留斯坐上公共馬車，絕沒有想到有人監視他。那位監視者在車上睡了一整夜，天剛濛濛亮時，公共馬車上的管理人喊道：「韋爾農車站到了！」提奧多中尉這才醒過來。隨後，他的記憶逐漸回復了，他想到了他的姑姑，還有監視馬留斯的任務。

就在這時，他看見馬留斯從車頂上下來，出了馬車，走向一個賣花小姑娘，向她買了她托盤中最美麗的一束鮮花。

提奧多跳下前車廂，開始跟在馬留斯後面。

馬留斯一點也沒有注意到提奧多。一些衣飾華麗的婦女從公共馬車上走下來，他一眼也不瞧，彷彿周圍的事物他全不放在眼裡。

他徑直朝著禮拜堂走去。到了禮拜堂前，卻不往裡面走，而是朝後堂繞了過去，繞到堂後牆垛的轉角處，忽然消失不見了。

「約會地點在外面，」提奧多心想，「可以看到那小姑娘了。」

他踮起腳尖，朝著馬留斯拐彎的那個牆角走去。到了那裡，他大吃一驚，停住不動了。

馬留斯兩手捂著額頭，跪在一個墳前的草叢裡；他已把那簇鮮花的花瓣撒在墳前。在墳墓隆起的一端，也就是死者頭部所在處，有個木十字架，上面寫著一行白字：「上校男爵彭梅西」。馬留斯正在失聲痛哭。

7

這便是馬留斯第一次離開巴黎時來的地方，也是他每次出門旅行時來的地方。

第三天早晨，馬留斯回到外祖父家裡。經過兩夜的旅途勞頓，他感到需要作一小時的游泳才能消除他的失眠，他趕緊上樓鑽進房間，急急忙忙脫去身上的旅行服和脖子上那條黑帶子，到浴池裡去了。

吉諾曼先生和所有健康的老人一樣，一大早便起了床。一聽到他回來，連忙跨上樓梯，想到馬留斯的房間去擁抱他，順便探聽他的秘密。但是那年輕人已下樓了，當吉諾曼老人走進頂樓時，馬留斯已經不在房裡了，而那身旅行服和那條黑帶子卻毫無戒備地攤在床上。

過了一會兒，他來到客廳，吉諾曼小姐正坐在那裡繡花。老紳士一手提著那身旅行服，一手提著那條掛在頸上的帶子，得意洋洋地喊道：

「好了！我們就要揭開秘密了！真相馬上就要大白了！我們摸到這位不動聲色的風流少年的底了！他的戀愛故事就在這裡了！我有了她的相片！」

的確，那條帶子上懸著一個黑軋花皮的圓匣子，很像個相片匣。

老頭捏著那個匣子，細看了很久，神情如痴如醉，心裡又樂又惱。最後，他把那彈簧一按，匣子開了。裡面除了一張摺疊得整整齊齊的紙以外，沒有別的東西。

「原來如此，」吉諾曼先生放聲大笑，「我知道這是什麼。一張情書！」

「啊！快唸唸看！」老小姐說。

她連忙戴上眼鏡，打開那張紙唸道：

吾兒覽：皇上在滑鐵盧戰場上曾封我為男爵。王朝復辟，否認我這用鮮血換來的爵位，但吾兒仍有權承襲享受這爵位。毫無疑問，他當之無愧。

這對父女的感受是無可言喻的，他們彷彿覺得自己被一陣從骷髏頭裡吹出的冷氣凍僵了。他們一句話也沒有交談，吉諾曼小姐拿起那張紙仔細端詳，最後又把它放回匣子裡。

就在這時，一個長方形的藍紙包從那旅行服的一個口袋裡掉了出來，那是馬留斯的一百張名片。吉諾曼小姐撿起它，打開包裝，拿出一張遞給吉諾曼先生，他唸道：「男爵馬留斯．彭梅西。」

老頭拉鈴叫來了女僕妮珂萊特，他抓起那黑帶子、匣子和衣服，一股腦兒丟在客廳中央，說道：「把這些破爛拿回去。」

整整一個鐘頭在絕對的寂靜中過去了。那對父女背對背坐著，各自想著同一件事。

過了一會兒，馬留斯出現了。在進門以前，他便看見外祖父手裡捏著一張他的名片，看著他進來了，便擺出笑裡帶刺、蓄意挖苦的高傲態度，喊道：

「了不起！了不起！你現在居然是男爵了。我祝賀你！這究竟是什麼意思？」

馬留斯臉上微微紅了一下，回答說：「這就是說，我是我父親的兒子。」

吉諾曼先生收起笑容，厲聲說道：「你的父親，是我。」

「我的父親，」馬留斯低下頭，神情嚴肅地說，「是一個謙卑而英勇的人，他曾為共和國與法蘭西光榮地服務，是人類有史以來最偉大時代中一個偉大的人。他奪取過兩面軍旗，受過二十處傷，死後卻被人遺忘和拋棄。他一生只犯了一個錯誤，那就是他過於熱愛兩個忘恩負義的傢伙，祖國和我！」

這一番話，在那老保王派臉上產生的效果，正如一陣陣從鼓風爐中吹到燒紅的炭上的熱氣。他的臉由陰沉變紅，由紅而紫，由紫而變得烈焰直冒了。

「馬留斯！」他吼道，「荒唐的孩子！我不知道你父親是什麼東西！我也不想知道！我不知他幹過什麼！我不知道這個人！但是我知道，在這伙人之中，沒有一個不是無賴漢！全是些乞丐、凶手、革命黨、賊，背叛了他們正統的國王的叛徒！假如您那位父親也在裡面，那我可不知道！」

馬留斯渾身顫抖，他的腦袋冒火了。他的父親剛才被人當著他的面踐踏了一陣，被誰？被他的外祖父。他要怎樣為前者報復而不冒犯後者呢？他不能侮辱他的外祖父，又不能不為父親雪恥。這一切在他的腦中互相碰撞，他頭重腳輕，搖搖欲墜。最後，他抬起了眼睛，狠狠盯著他的外祖父，雷聲般地吼著：

「打倒波旁，打倒路易十八！」

路易十八死去已四年，但是他管不了這麼多。

那老頭的臉原是鮮紅的，突然變得比他的頭髮更白。他從壁爐到窗前，又從窗前走到壁爐，緩慢而肅靜地來回走了兩次；穿過那客廳時，就像個活的石人一樣，壓得地板嘎嘎作響。在第二次走回來時，他朝著女兒彎下腰去，帶著一種鎮靜的笑容對她說：

「像那位先生那樣的一位男爵和像我這樣的一個老百姓是不可能住在同一個屋簷下的。」

接著，他突然挺直身體，臉色發青，渾身發抖，咬牙切齒，額頭因盛怒而擴大，用手指著馬留斯吼道：

「滾出去！」

馬留斯離開了那一家。

第二天，吉諾曼先生對他的女兒說：

「妳每隔六個月，寄六十皮斯托爾給這吸血鬼。從今往後，永遠不許再向我提到他。」

馬留斯走了，沒有說去什麼地方，也不知道有什麼地方可去，身邊帶著三十法郎、一只錶、一個裝日用品和衣服的旅行袋。他雇了一輛馬車，漫無目的地朝著拉丁區駛去。

在當時，巴黎出現了一個名為「ＡＢＣ之友」的組織。

這是一個在表面上宣導幼童教育、實際上以訓練成人為宗旨的社團。他們自稱「ＡＢＣ之友」。Abaissé，是受屈辱的意思，也就是指人民。他們要讓人民站起來。

「ＡＢＣ之友」成員為數不多，那是個尚在胚胎狀態的秘密組織。他們在巴黎有兩處聚會場所，都在大市場附近，一處是名為「柯林斯」的酒店，一處是聖米歇爾廣場的一家小咖啡館，名為「繆尚咖啡館」。這些聚會地方的第一處接近工人，第二處接近大學生。

「ABC之友」的秘密會議經常是在繆尚咖啡館的一間後廳裡舉行的，來往須經過一條很長的走廊，廳和店相隔頗遠，有兩扇窗和一道後門，經過一道隱蔽的樓梯通到一條格雷小街。他們在那裡抽煙、喝酒、玩耍、談笑。他們對一切都高談闊論，但當涉及某些事時，卻又把聲音低下來。牆上釘著一幅共和時期的法蘭西舊地圖，這一標誌足以使警探們有所警覺。

「ABC之友」大部分是大學生，他們和一些工人有著深厚友誼。幾個重要成員分別是安佐拉、康白斐、讓・布魯維爾、弗伊利、古費拉克、巴阿雷、賴格爾、洛李、格朗泰爾。

安佐拉是這一群人的首領，是一個有錢人家的獨生子。他二十二歲，看去卻像十七歲，是個具有魅力的青年，但也會變得凶猛駭人。他有天使般的美貌，但也粗野；當他那運用心思的神色從眼中閃射出來時，人們也許會以為他在上輩子已經歷過革命的風暴。他的性格莊嚴、持重，而又勇敢。他有才能，又有鬥志。他目光深沉，眼瞼微紅，下嘴唇肥厚，易於露出輕蔑的神情，高額頭。他只有一種熱情：人權；一個志願：清除障礙。

在代表邏輯的安佐拉旁邊，有個代表哲學的康白斐。康白斐補充並糾正著安佐拉，他宣導的革命比安佐拉所宣導的要來得易於接受。安佐拉宣揚革命的神聖權利，而康白斐宣揚自然權利；安佐拉近於義，康白斐近於仁；康白斐的溫和，由於天性純潔，正好和安佐拉的嚴正相互對應；安佐拉是個首領，康白斐是個嚮導，人們願意跟著前者戰鬥，也願意跟著後者前進。這並不是說康白斐不能戰鬥，他並不排斥暴力，但是他覺得，一點一點地透過原理的啟導和法律明文的頒佈，使人類各自安於命運，更符合他的心意。

讓・布魯維爾的色調比康白斐來得更柔和些。他是個多情種子，喜歡栽盆花、吹笛子、作詩、愛人民、為婦女叫屈、為孩子流淚。他說話的聲音經常是柔婉的，但又能突然剛勁起來。他有文學修養，甚至達到淵博的程度；他尋求知識，也靜觀萬物；他整天深入鑽研資本、婚姻、宗教、教育、刑罰、貧困、結社、財產、生產和分配等社會問題，到了夜間，也仰望群星，觀測巨大的天體。和安佐拉一樣，他也是有錢人家的獨生子。他說話時語調輕緩，態度靦腆，神氣笨拙，無緣無故羞紅了臉；必要時刻卻猛不可當。

弗伊利是個製扇工人，一個無父無母的孤兒，每天掙不到三個法郎。他只有一個念頭：拯救世界，他還另外有種願望：教育自己。他能讀能寫，全是靠著自學。弗伊利是個性情豪放的人，他有遠大的抱負，認人民為父母，思念祖國；他胸中富有銳利的遠見，孕育著民族思想。他學習歷史，以讓自己能對他人的行為憤慨。

古費拉克具有人們稱為鬼聰明的那種青春熱力，如同多羅米埃一般。不過古費拉克是個誠實的孩子。從表現出的聰明來看，他與多羅米埃有著同樣的外貌，可是在外貌背後的那個人卻截然不同。在多羅米埃身上蘊藏著一個法官，在古費拉克身上蘊藏著一個士兵。

巴阿雷是個善於諷刺而難以相處的人，誠實，愛花錢，揮霍到近乎奢侈，多話到近乎囉嗦，蠻橫到近乎不擇手段。在他眼裡，沒有什麼比爭吵與騷動更可愛的。他關注法律，卻不學它，無所事事地吃著一筆相當大的學膳費，三千法郎。但事實上，他是個感覺敏銳的人，是有思想的。他的父母是農民。

賴格爾．德．莫又被同學稱為博西埃。他是個運氣不好的快樂孩子，專長是一事無成。他二十五歲時，便禿了頭。他的父親留下了一棟房子和一塊田地，可是他卻在一次失算的投機買賣中把它們全賠光了。他有學識和智力，但不成功；他處處失利，事事落空。然而，他從不大驚小怪，在逆境前泰然自若。命運的種種折磨使他成了一個富有創造力的人，胸中滿是智慧。博西埃學習法律，但態度和巴阿雷一樣。他沒有固定住處，有時和朋友同住，和洛李同住的時候最多。

洛李攻讀醫學，比博西埃小兩歲。他是個無病呻吟的青年，日日夜夜對著鏡子看自己的舌頭，這是他學醫的收穫。在所有這些人之中，他是最熱鬧的一個，年輕、乖僻、體弱、興致高昂，這一切不相關的性格集合在他一人身上，使他成了一個放蕩不羈而又惹人喜愛的人。

所有這些年輕人，儘管形形色色，卻有一個共同的信念：進步。

他們全是法蘭西革命的親生兒子，他們年輕，發生在他們以前的那種混亂和他們無關，道義的純潔血液在他們的血管裡流著。他們堅持著不容腐蝕的正義和絕對的職責，沒有中間色彩。他們有組織，有初步認識，在暗地裡追尋理想。

在這一伙熱情奔放和信心十足的心靈中，卻有一個懷疑派，他的名字是格朗泰爾。格朗泰爾是個不輕信的人，民權、人權、社會、法國大革命、共和、民主、人道、文明、宗教、進步，所有這些詞彙，對他來說幾乎都是毫無意義的。他對這些一概報以微笑。然而，他有一種狂熱，這狂熱既不是一種思想，也不是一種科學，而是一個人：安佐拉。如同沒有人比瞎子更喜愛陽光一般，格朗泰爾憑著本能羨慕著自己的反面，羨慕安佐拉的信心。他把安佐拉視為精神的支柱，離不開這堅強的人。

安佐拉，一個信心堅定的人，是瞧不起這種懷疑派的。他生活有節制，更瞧不起嗜酒的格朗泰爾。他只對他表示一點點高傲的憐憫。格朗泰爾經常受到安佐拉的衝撞、斥責，被趕走以後，仍舊回來，說安佐拉是座「美麗的石膏像」。

9

就在之前提到的那些事發生的那一天，賴格爾．德．莫正滿腔心事地靠在繆尚咖啡館的大門框上，顯得百無聊賴。他心裡不在乎地想著他前天在法學院遇到的一件倒楣事，這事把他一生的計畫全打亂了，儘管他那計畫原本就不怎麼清晰。

這時候，他忽然看見一輛馬車在廣場上慢慢駛著，彷彿不知道往什麼地方去。賴格爾朝它望了一眼，只見車伕旁坐著一個年輕人，年輕人前面有個大旅行袋，袋上縫了一張硬紙，上面寫著「馬留斯．彭梅西」。

這名字改變了賴格爾的姿勢。他站直了，對著馬車上的年輕人喊道：

「馬留斯．彭梅西先生！」

經他這一喊，馬車停下來了。那年輕人彷彿也正專心想著什麼，他抬起頭說：「嗯？」

「您是馬留斯．彭梅西先生嗎？」

「沒錯。」

「我正在找您。」賴格爾・德・莫接著說。

「是嗎？」馬留斯說，他剛離開外祖父家裡，卻遇到了這個初次見面的人。「我不認識您。」

「我也是這樣，我一點也不認識您。」賴格爾回答，「您前天沒有去學校吧？」

「或許沒有去。」

「肯定沒有去。」

「您是大學生嗎？」馬留斯問。

「是的，先生，和您一樣。前天我偶然去了學校一趟，那位教授正點著名。您知道，現在的教授是非常可笑的，要是連喊三次沒人回答，您的學籍便會被註銷了。」

馬留斯開始注意聽著。賴格爾繼續說：

「點名的是布朗多，您知道，他是個狡詐的人，最愛找那些缺課的人麻煩。當時，他喊到『馬留斯・彭梅西』，發現沒人回答，於是滿懷希望，又喊了一聲，同時拿起了他的筆。先生，我一向心腸軟，連忙對自己說：『又一個好孩子要被開除了，那一定是一個不守時的傢伙，這不是一個好學生，不是一個用功的學生，不是一個精通科學、文學、神學、哲學的書呆子，而是一個可敬的、遊手好閒、喜歡遊山玩水、調戲姑娘的懶漢。是的，應該救他！』這時，布朗多正把他那管鵝毛筆浸在墨汁裡，瞬圓了眼睛，對著課堂來回掃射，第三次喊出：『馬留斯・彭梅西！』我立刻應了一聲：『到！』就這樣，您便沒有被開除。」

「先生！……」馬留斯說。

「可是我呢，卻被開除了。」賴格爾・德・莫說。

「我真是抱歉……」

「年輕人，」賴格爾說，「希望您能從中吸取教訓。今後，應當守時。」

「千言萬語，也說不盡我心裡的懊悔。」

「不能再連累您左右的人，害他們上不了學。」

「我真是後悔極了……」

賴格爾放聲大笑。

「而我，高興極了。這一開除救了我，使我不必成為律師，不必去保護什麼寡婦，也不必去控告什麼孤兒了。我解脫了。這全是多虧了您，彭梅西先生，我一定要到府上作一次隆重的拜謝。您住在什麼地方？」

「就在這馬車裡。」馬留斯苦笑，「一言難盡。我不知道該去哪裡。」

這時，古費拉克從咖啡館裡走出來。

「先生，」古費拉克說，「去我那裡。」

「這優先權原是屬於我的，」賴格爾說，「可惜我沒有家。」

古費拉克跨上馬車。

「車伕，」他說，「到聖雅各門旅館。」

當天晚上，馬留斯便住在聖雅各門旅館的一個房間裡，緊鄰古費拉克的房間。

10

沒過多久，馬留斯便成了古費拉克的朋友。年輕人與年輕人相遇，總是一見如故。古費拉克沒有問過他什麼話，他甚至也沒想過有什麼要問。在那種年齡，一切都是寫在臉上，一望便知的。

可是在某天早晨，古費拉克突然問了他這麼一句話：

「我說……您有政治見解嗎？」

「啊！」馬留斯說，幾乎感到這問題有些唐突。

「您的派別呢？」

「波拿巴民主派。」

「像隻安分的小灰老鼠。」

過了一陣子，古費拉克帶馬留斯到繆尚咖啡館，帶著笑容，湊近他耳邊輕輕地說：「我應該帶您去革命。」他領著他走進了「ABC之友」的那間大廳，把他介紹給其他的伙伴們。

馬留斯，由於習慣和愛好，從來就是性情孤僻，喜歡獨自思考問題、自問自答的，現在見了周圍這一群吵吵嚷嚷的青年，感到有些不自在。所有這些初次接觸的新鮮事物一齊刺激著他，使他暈頭轉向；所有這些自由自在和從事工作的青年人的喧囂往來攪亂了他的思想。他聽到大家談論哲學、文學、藝術、歷史、宗教，談論的方式是他從未預料到的；他隱約見到一些奇異的現象，感到有些莫名其妙。當他從外祖父的見解轉為父親的見解時，他總以為自己堅定了，現在卻又懷疑起來，感到自己並不穩。他心裡苦悶，不敢相信自己；他慣於用來觀察各種事物的角度被顛覆了，他頭腦裡的見識全都動搖了。這是一種奇特的內心震撼，他幾乎為之痛苦。

在那些青年人的心目中似乎沒有什麼「已成定論」的東西。在各種問題上，馬留斯經常聽到一些奇特的言論，使他那仍然怯懦的心情感到不大中聽。他時常參加那些青年人的交談，有時也談上幾句。有一次的交談在他的精神上引起了真正的震動。

那是在繆尚咖啡館的後廳裡發生的。「ABC之友」的人那晚幾乎到齊了，大家談天說地，興致不高，聲音卻很大。除了安佐拉和馬留斯沒開口，其餘每個人都多少說了幾句。就在混戰正酣之時，唇槍舌劍中突然出現一種奇怪的嚴肅思想，穿過了喧雜的語聲。當時，博西埃對著康白斐隨口說出了一個日期：

「一八一五年六月十八日，滑鐵盧。」

馬留斯正看著一杯水，一手托著腮幫，支在一張桌子上坐著，聽到「滑鐵盧」三個字，他的手腕不禁離開了下巴，開始注視在座的人們。

「上帝知道，」古費拉克喊著說，「十八是個奇怪的數字，給我的印象非常深。這是決定波拿巴命運的數字，你把路易放在它的前面，霧月放在它的後面，這個人的整個命運便一目了然了。其中還有一個耐人尋味的特點，那就是結局是緊隨著開場的。」

安佐拉一直沒有說過一句話，這時他才開口，對著古費拉克說道：

「你是要說懲罰緊隨著罪行吧。」

馬留斯在聽見人家提到「滑鐵盧」時，已經很緊張了，現在又聽人說出「罪行」這種字眼，那就更超出他所能接受的限度了，他站起來，從容走向那張掛在牆上的法蘭西地圖，指著地圖下端的一個島，說道：

「科西嘉，一個使法蘭西變得偉大的小島。」

大家全不說話了，都預感將要發生什麼事了。

安佐拉沒有看馬留斯，嘴裡卻回答：

「法蘭西並不需要科西嘉來使它偉大。法蘭西之所以偉大，只因為它是法蘭西。」

馬留斯絕沒有退卻的意思。他轉向安佐拉，用發自肺腑的激昂聲音說道：

「我無意貶低法蘭西，但是把它和拿破崙結合在一起，並不會貶低它一丁點。老實說，你們真使我感到奇怪。你們的熱情究竟寄託在什麼地方？你們的熱情究竟要用來做什麼？如果你們不佩服拿破崙，你們佩服的又是誰？如果你們不要這麼一個偉大的人物，你們又要什麼樣的人物？他是一個全才，是一個聖人；他像查士丁尼那樣制定法典，像凱撒那樣日理萬機；他創造歷史，也寫歷史，他的戰報是詩篇；他經心整飭紀律，竭力排難解紛；他像檢察官一樣瞭解法律，像天文學家一樣瞭解天文；他見到一切，知道一切；他的大軍源源開拔，炮隊紛紛滾動，江河上建起了浮橋，原野中馳騁著騎兵，叫喊聲和號角聲震動了所有的寶座，搖撼了所有王國的國境線。人們看見他屹立在天邊，霹靂一聲，展開了兩翼大軍，即使天神也不過如此！」

大家全不言語，安佐拉低著頭，不知是默許或是啞口無言。馬留斯幾乎沒有喘氣，更加激動地繼續說：

「我的朋友們，應該公正些！帝國有這麼一個皇帝，這是一個民族多麼輝煌的命運啊！他到了一國，便統治一國，打了一仗，便勝了一仗，以別國的首都為兵站，封自己的士卒為國王，接連宣告王朝的滅亡，以衝鋒的步伐改變歐洲的面貌，讓他的百萬大軍遍佈整個大地，征服、控制、鎮壓，使法蘭西在歐洲成為一個因豐功偉績而耀眼的民族。這多麼卓絕！還能有什麼比這更偉大的呢？」

「自由。」康白斐說。

這下子，馬留斯也把頭低下去了。這個簡單冰冷的詞像一把鋼刀似地插進他那慷慨激昂的傾訴裡，登時使他涼了半截。當他抬起眼睛時，康白斐已不在那裡了，大家也都跟著他一起走了，只留下安佐拉一個人。安佐拉獨自待在馬留斯旁邊，默默地望著他。馬留斯這時已稍稍理了理思緒，但仍沒有認輸的意思，他心裡還剩下一股未盡的暖流在沸騰著，正準備向安佐拉展開爭論；忽然間，他聽到有人一面下樓梯一面歌唱，那正是康白斐的聲音。他唱的是：

凱撒若給我光榮與戰爭，
要我拋棄愛情與母親，
我將對偉大的凱撒說：
收回你那指揮杖和戰車，
我更愛我的母親，
更愛我的母親！

康白斐柔婉而又粗放的歌聲給了那歌詞一種雄偉的氣勢。馬留斯若有所思，呆望著天花板，幾乎是機械地跟著唱：「我的母親！」

這時，他覺得安佐拉把手放他的肩上。

「公民，」安佐拉對他說，「我的母親是共和國。」

11

這晚的聚談使馬留斯深受震撼，並在他心中留下了憂愁的陰影。不久前，他才為自己建立起一種信念，難道該拋棄了嗎？他對自己說不能，對自己說他不願意懷疑，可是他已不由自主地開始懷疑了。他走了那麼長的路，才靠近了他的父親，現在想到也許又要離開他，便不免有些惶惑起來。出現在他心頭的思緒越多，他的苦悶也越沉重。他既不同意他的外祖父，也不同意他的朋友們，他感到自己在老輩中或在青年中都是孤立的。他不再去繆尚咖啡館了。

在這心緒紊亂時，他幾乎沒有再去想人生中的其他重要方面。不過，生活的現實卻是無法忽視的。他的手頭越來越拮据了。

就在這時，吉諾曼小姐終於找到了馬留斯的住處。一天上午，馬留斯從學校回來，發現他大姨母的一封信和六十個皮斯托爾——也就是六百金法郎，封在一個匣子裡。他把這筆錢如數退還回去，並附上一封措詞恭順的信；信裡說他有辦法謀生，今後已能滿足自己的一切需要。而他在當時只剩三個法郎了。

人生對馬留斯來說變得嚴峻起來了。他的生活成了沒有麵包的白天、沒有睡眠的黑夜、沒有蠟燭的晚上、沒有火的爐子、沒有工作的禮拜、沒有希望的前途、手肘處有破洞的衣服、惹女孩們嘲笑的破帽、由於積欠房租而夜晚緊閉的大門、看門人和旅店老闆的傲慢、鄰居的作弄與羞辱、被糟蹋的尊嚴、被迫接受的任何工作、厭惡、苦惱、疲憊。馬留斯學會了怎樣忍氣吞聲。貧窮的考驗能讓意志薄弱的人變得卑鄙無恥，堅強的人變得卓越非凡。

他自己掃樓梯，到水果店去買一個蘇的乾酪，有時等到天快黑了才走進麵包鋪買個麵包，遮遮掩掩地回到自己的房間，彷彿那麵包是他偷來的。有時，人們會看見一個外貌笨拙的青年，一隻手裡夾著幾本書，神氣靦腆而莽撞，溜進街角的肉鋪，花六七個蘇買一塊羊排骨，用張紙把它裹好，夾在兩本書中帶走了。這人便是馬留斯。他有了這塊排骨，便能過三天。

吉諾曼小姐曾多次設法把那六十個皮斯托爾送給他，馬留斯每次都退了回去，說他什麼也不需要。

這段期間他獲得了律師身分。他自稱住在古費拉克的房間裡，那是一間整潔的房間，裡面也有一定數量的法律書籍，加上一些殘缺不全的小說，湊合佈置一下，便也算有了些業務需要的藏書。他的通訊地址就是古費拉克的這個房間。

成為律師以後，馬留斯寫了一封信把這消息通知外祖父，措詞是冰冷的，但也全是恭順的話。吉諾曼先生接到那封信，雙手發抖，唸完以後，撕成四片，扔在字紙簍裡。兩三天過後，吉諾曼小姐聽見他在臥室裡獨自一人高聲說話，她聽見那老人激動地說道：「人不能同時是男爵，又是律師！」

馬留斯的日子苦盡甘來。由於勤勞、振作、有恆心和志氣，每年他能從工作中獲得大約七百法郎。他學會了德文和英文，古費拉克把他介紹給一個開書店的朋友，他寫書評、翻譯報刊資料、作註解、編纂一些傳記，酬勞不無小補。

他每年花三十法郎的租金，在戈爾博老屋裡租了一間沒有壁爐的破房間，作為辦公室。房裡只有必要的傢俱。他每月付三法郎給那名房東太太，讓她打掃房間，每天早晨送他一點熱水、一個雞蛋和一個蘇的麵包。那便是他的午餐，得花二到四個蘇。傍晚六點，他沿著聖雅各街走下去，到馬蒂蘭街轉角處的盧梭餐館吃晚飯。他不喝湯，只吃一盤六個蘇的肉、半盤三個蘇的蔬菜和一份三個蘇的甜點，外加三個蘇的麵包；他不喝酒，以白開水代替。

午餐四個蘇，晚餐十六個蘇，每天的伙食共花二十個蘇，每年便是三百六十五法郎；加上三十法郎房租、三十六法郎給房東，再加上一點雜費，一共四百五十法郎，馬留斯便有吃有住了。衣服得花費他一百法郎，換洗衣服五十法郎，洗衣費五十法郎；一共不超過六百五十法郎，還能節餘五十法郎。他漸漸寬裕起來，有時還能借一點錢給朋友。至於取暖，由於沒有壁爐，馬留斯也就省去了這一項。

馬留斯有兩套外出服，一套舊的，供平時穿著，一套全新的，供特殊用途。兩套全是黑的。他只有三件襯衫，這些襯衫經常是破損的，因此他總把短外衣一直扣到下巴。

在馬留斯達到這種富裕的境況之前，他的生活是艱苦的、困難的，有些是度過去的，有些是熬過去的。馬留斯一天也不曾灰心喪氣。任何窘困他都經歷過了，什麼事情他都做過，除了借錢。他的臉上常有一種不可辱的羞澀神情。他靦腆到了魯莽的程度。

馬留斯過著孤獨的生活。由於他喜歡獨來獨往，也由於他受到太大的刺激了，他完全沒有參加那個以安佐拉為首的組織。大家仍是好朋友，彼此之間也有互相幫助的默契，如此而已。馬留斯有兩個朋友，一個是年輕的古費拉克，一個是年老的馬白夫先生。他和那年老的更投緣一些。

一八三〇年前後，馬白夫那當本堂神父的兄弟死了。同一時間，一次公證人方面的背約行為使他損失了一萬法郎，這是他與兄弟名下的所有財產。他辭去了理財神父的職務，脫離了聖敘爾比斯，搬到蒙帕納斯大街的一棟小房子裡，之後又搬到婦女救濟院附近、奧斯特里茨村的一間茅屋裡，以務農為生。

馬留斯喜歡這個憨厚的老人。老人發覺自己慢慢為貧寒所困，逐漸驚慌起來了，卻還沒有感到憂愁。馬留斯常遇見古費拉克，也常去找馬白夫先生，但是次數很少，每月頂多一兩次。

他喜歡獨自一人到郊外的大路上、戰神廣場或盧森堡公園中人跡罕至的小路上作長時間的散步。他正是在這樣閒逛時發現戈爾博老屋的，這地方偏僻、房租低廉，正合他的意，他便在那裡住下來了。

馬留斯的政治狂熱已經過去。一八三〇年的革命（指推翻波旁王朝的七月革命）給了他不少安慰。他跟從前一樣，除了那種憤慨的心情外，對事物還抱著相同的見解，不過變得溫和一些了。嚴格來說，他並沒有什麼見解，只有同情心。他熱愛人類、熱愛法蘭西、熱愛人民、熱愛婦女，這便是他的憐憫傾注的所在。現在的他重視理想勝於事實，重視詩人勝於英雄；當他在遐想中度過了一天，傍晚沿著大路回家時，從樹枝間窺見了無限廣闊的天空、無名的微光、深遠的空間、黑暗、神秘後，凡屬人類的事物他都感到多麼渺小。

在一八三一年的夏秋之間，房東太太告訴他，他的鄰居，一個叫容德雷特的窮苦人家，即將被趕走。

「為什麼要趕走他們？」他說。

「因為他們不付房租。他們已經欠了兩個季度的租金了。」

「那是多少錢呢？」

「二十法郎。」老婦人說。

馬留斯有三十法郎的備用款放在一只抽屜裡。

「拿去吧，」他向那老婦人說，「這裡有二十五法郎，拿去付這些窮人的房租吧。另外五個法郎也給他們，但不要說是我給的。」

12

馬留斯二十歲了。他已是個美少年，中等身材，頭髮烏黑而厚，額高而聰明，神色富有熱情，氣度誠摯穩重，臉上顯出一種說不出的高傲、若有所思和天真的表情。他側臉的輪廓是圓的，但並不因此失了剛強；他的態度謙遜、冷淡、文雅、不大開朗。由於他的嘴唇紅潤，牙齒白淨，輕輕一笑便可驅散外表的嚴肅。他的眼眶小，目光卻遠大。

在他最窮困時，他發現年輕女士們見他走過，常把頭轉過來看他，他連忙躲避，心情萬分頹喪，以為她們是在嘲笑他的衣服破舊。其實她們是為了他的風韻著迷，她們在夢想。

他把和這些漂亮女子之間的誤會都憋在心裡，這使他變成一個性情孤僻的人。她們之中他一個也沒選中，原因是他見到任何一個都逃走。他便這樣漫無目標地活著，古費拉克卻說他傻裡傻氣。

在這個世上只有兩個女人是馬留斯既不逃避也不提防的。一個是那替他打掃房間的老太太，另一個是位小姑娘，是他經常見到、卻從來不去關注的。

一年多以來，馬留斯發現在盧森堡公園裡一條僻靜的小路上，也就是沿著苗圃石欄杆的那條小路上，有一名男子和一名小姑娘，幾乎每次都是並排坐在遊人最少的西街那邊的一條板凳上，從來不換地方。每天他經過那裡時，總能在一樣的地方遇到那一老一小。那男子大約六十多歲，神情抑鬱而嚴肅，整個人表現出退伍軍人的那種強健和疲乏的形象。他的神氣是善良的，但又使人感到難於親近，他的目光從來不停留在別人的眼睛上。他穿一條藍色長褲，一件藍色騎馬服，戴一頂寬邊帽，打一條黑領帶，穿一件白到耀眼的粗布襯衫。他的頭髮雪白。

至於那姑娘，當她第一次陪同老人坐在那條板凳上時，還是個十三四歲的女孩，瘦到近乎難看，神情笨拙，毫無可取之處，只有一雙眼睛還算得上秀麗。當她抬起眼睛看人時，總有那麼一種不怕羞的神氣，不怎麼討人喜歡。她穿著修道院寄讀生的黑色粗呢裙袍，既像老婦人，又像小孩。這兩人看起來像是一對父女。

馬留斯觀察了這個老人和那個小姑娘兩三天，便不再去注意了。至於他們，似乎根本沒有看見他。他們安安靜靜地說著話，完全不注意旁人。那女孩不停地又說又笑；老人不常開口，只是望著她，眼裡滿含一種說不出的父愛。

馬留斯已經養成習慣，一定會到這小路上來散步。就這樣，他在最初一年當中，幾乎每天在同一個時間，總會見到他們。他對那男子的印象不壞，對那姑娘卻感到不怎麼順眼。

13

第二年，馬留斯常去盧森堡公園的習慣忽然中斷了，他幾乎一連六個月沒有到那條小路上去過一次。可是，有一天，他又去了。那是在夏天一個晴朗的上午。馬留斯心情舒暢，享受著風和日麗的景象，彷彿覺得所有他聽到的鳥鳴聲、所有他從樹葉中望見的藍天全深入了他的心裡。

他徑直朝著那條小路走去。到了盡頭，他又見到了那兩個面熟的人，仍舊坐在從前的那條板凳上。然而，當他走近時，他看見那男子還是那男子，姑娘卻不像是從前的那一個了。如今在他眼前的是個秀氣、美麗、有著成熟女性體態的最動人的人兒。她有一頭栗色的頭髮、光潔如玉的額頭、玫瑰般的雙頰，一張妙嘴發出的笑聲如同光明，話聲如同音樂；鼻子雖生得不美，卻生得俏皮、秀氣，不直也不彎。

馬留斯走過她身邊，卻沒能看見她那雙一直低垂著的眼睛。他只見到栗色的長睫毛，掩映著文靜的神態，但並不妨礙她微笑著聽那老人說話；而且，沒有什麼比低著眼睛微笑更蕩人心魂的了。

最初，馬留斯以為這是那男子的另一個女兒。但是，當他再次走近板凳，留意打量以後，才認出她還是原來的那一個。六個月，已足以使小女孩變成少女，正如同在四月裡，三天的時間已足以使樹上綻滿花朵。

她已不是從前那個戴著棉絨帽、穿件毛呢裙袍和一雙平底鞋，兩手發紅的寄讀生；審美力伴隨容光的煥發而來，她已是個打扮得簡單、雅致、秀氣、脫俗的少女。她穿一件黑花緞裙袍，一件同樣布料的短披風，戴一頂白紗帽；白手套顯出一雙細長的手，手裡玩著一把遮陽傘，一雙緞鞋襯托出她雙腳的優美。當人們走過她身邊，她全身的衣著吐著青春的強烈香氣。

當馬留斯再次走近她時，少女抬起了眼睛。她的眼睛是深藍色的，但是在這濛濛的天空中還只有孩子的神氣。她天真無邪地望著馬留斯，彷彿眼前的只是一個在樹下跑著玩的孩子，或是照在板凳上的一個花盆的影子。馬留斯也只管往前走，心裡想著別的事情。

他在那少女的板凳旁邊又走了四五趟，連眼睛也沒有向她轉一下。

後來的幾天，他和平時一樣，天天去盧森堡公園，和平時一樣，他總在那地方見到那對父女，但是他已不再注意了。他照例從她坐的那條板凳旁走過，因為這是他的習慣。

14

一天，空氣溫和，盧森堡公園中一片陽光和綠影，天空明淨，彷彿天使們一早便把它洗過了似的，小鳥在林子深處輕輕地鳴叫。馬留斯把整個心胸向這美景敞開了，什麼也不想；當他從那條板凳旁邊走過，那少女抬起了頭向著他，兩人的目光碰在一起了。

這次在那少女的目光裡，有了什麼呢？馬留斯不明白。那裡面什麼也沒有，可是也什麼都有了。那是一種

奇特的閃光。

她低下了眼睛，他也繼續往前走。

他剛才見到的，不是一個孩子的那種天真單純的目光，而是一種奧秘莫測的深淵，稍稍張開了一線，接著又立刻關閉了。

每一個少女都有這樣看人的一天。誰遇上了，誰就該苦惱！

這種連自己也莫名其妙的心靈的最初一望，有如天邊的曙光。它趁人不備，突然從朦朧的黑夜中隱隱顯現出來，一半是現在的天真，一半是未來的情愛；它那危險的魅力絕非言語所能形容的，那是一種在期待中偶然流露的迷離恍惚的柔情，是天真在無意中設下的陷阱，勾攝了別人的心，既非出於有意，自己也並不知道。

在這種目光瞥到的地方，很難不惹起連綿的幻想。所有的純潔感情和所有的強烈欲念都集中在這一線天外飛來的閃光裡，它的魔力使人在靈魂深處突然開出一朵奇香無比的花，這便是人們所說的愛。

那天晚上，馬留斯回到他的破房間，對身上的衣服望了一眼，第一次發現自己邋裡邋遢，不修邊幅，穿著這樣的衣服去公園裡去散步，真是荒唐透頂！

第二天，到了平常的時間，馬留斯從衣櫃裡翻出了他的新衣、新褲、新帽、新靴，把這些行頭全部穿上身，戴上手套，去了盧森堡公園。

到了公園，馬留斯圍著噴水池繞了一圈，看天鵝，接著又站在一座雕像前，呆呆地望了許久。隨後，他又圍著噴水池兜了個圈子，才朝著那條小路走去，慢吞吞地，彷彿在後悔不該來，彷彿有誰在逼著他阻止自己。但他一點也沒有意識到這一切，還以為自己和平時一樣在散步。

走上那小路時，他看見老人和少女已經坐在那條板凳上了。他把自己的上衣一直扣到頂，挺起腰板，略帶滿足地望了望長褲上的反光，便朝那板凳走去。他一邊走，一邊緊盯著那名少女。

他越往前走，腳步也越慢。當他走到離板凳還有一段距離處，忽然停了下來，連他自己也不知道是怎麼回事，竟轉身走回來了。腰板仍舊挺得筆直。

他走到原地，又再次往回走去。這一次，他走到離板凳還有三棵樹的地方，可是不知怎地，他感到無法再前進，心裡遲疑起來了。他覺得那少女已把臉轉向了他，於是他鼓足勇氣，打消了顧慮，繼續往前走。幾秒鐘後，他從那板凳前面走過，身軀筆直，意志堅強，連耳朵也漲紅了，不敢向左右看一眼。當他走過時，他感到心跳得真厲害！而她，仍跟昨天一樣，穿著花緞裙袍、白紗帽。他聽到她正在安詳地說著話。她長得美極了。

他走過了板凳，直到相距不遠的盡頭，接著又回頭，再次經過那美麗姑娘的面前。這次，他的臉色白得像張紙，他的感受難以言喻，他離開了那條板凳和那少女，背對著她，卻感到她正在打量自己，這一想法幾乎使他摔倒。

他不想再靠近那板凳了，走到小路中段便停下來，在那裡坐下了，斜著眼睛朝一邊頻頻偷看。坐了十五分鐘，他站起來，彷彿又想朝那條板凳走去。可是他站著不動，心想那位老先生也許已經開始注意他，並會覺得他這樣殷勤有些古怪。

他這樣低著頭，呆想了幾分鐘。隨後，他突然轉身過來，背對著那對父女，徑直回家去了。

那天他忘了吃晚飯。晚上八點鐘，他才想到忘記去聖雅各街了。「嘿！」他說道，便吃了一塊麵包。接著，他刷淨衣服褲子，細心地疊好，然後上床睡了。

15

半個月就這樣過去了。馬留斯去盧森堡公園，不再是為了散步，而是去呆坐，他自己也不知道究竟是為了什麼。到了那裡，他便不再動了。他每天早晨穿上新衣，卻不是為了讓人看。第二天又重來。

在第二個禮拜最後幾天中的一天，馬留斯照常坐在他的板凳上，手裡拿著一本書，打開已經兩個鐘頭了，卻一頁也沒有翻過。他忽然吃了一驚。在那小路的另一頭發生了一件大事。老先生和他的女兒剛剛離開他們的板凳，少女挽著父親的手臂，兩個人一同朝著馬留斯慢慢走近。馬留斯連忙闔上他的書，接著又把它打開，強迫自己閱讀。他渾身發抖，那團光芒直朝他這裡來了。

他心慌得厲害，多麼希望自己是一個美男子，多麼希望自己能有一個十字勳章。他聽到他們輕柔、有節奏的腳步聲越來越近了，連忙把頭低了下去。當他重新抬起頭來時，他們已到了他身邊。那少女走過去了，一面望著他一面走過去，帶著一種若有所思的和藹神情，仔細地望著他，使馬留斯從頭顫抖到腳。他面對這雙光芒四射、深不可測的眼眸，心慌目眩，呆呆地發愣。

他目伴送著她，直到望不見為止。隨後，他像個瘋子般在公園裡走來走去，不時獨自大笑，大聲說話。

他已經愛到了神魂顛倒的地步。

第二天，古費拉克邀他去伏爾泰咖啡館吃午餐。馬留斯去了，比前一晚吃得更多。他好像有滿腹心事，卻又非常愉快，彷彿要抓住一切機會來扯開嗓子狂笑。許多同學走來擠在他們的桌子周圍，大家談論了國家與社會的大事。馬留斯忽然打斷他們，大聲嚷道：「能弄到一個十字勳章，那才妙呀！」

「這真滑稽！」古費拉克低聲對讓．布魯維爾說。

「不，」讓．布魯維爾回答，「這真嚴重。」

確實嚴重。馬留斯正處在狂烈感情前期那驚心動魄的階段。

他愛上了一個女人。他的命運進入了未知的境地。這全是望了一眼的後果。

16

整整一個月過去了，在這期間，馬留斯天天去盧森堡公園。時間一到，什麼也不能阻擋他。他彷彿覺得自己正在做一場好夢。毫無疑問，那少女也常在注視他。

到後來，他能放膽靠近那條板凳了。但是他仍小心不引起那名父親的注意。他坐在樹和雕像底座的後面，讓那少女可以見到他，而那老先生見不到。有時候，在整整半個小時裡，他一動也不動，手裡拿著一本書，眼睛卻從書本上微微抬起，去尋找那美麗的少女；而她，也帶著不明顯的微笑，把她那動人的側影轉向他這邊。她一面和那老人極自然安詳地談著話，一面又以熱情的少女神態把一切夢想傳達給馬留斯。

然而，那名老先生還是有所察覺的。因為，常常馬留斯一到，他便站起來走動。他放棄了他們常坐的位子，轉到小路的另一端，選擇了另一條板凳，彷彿是要觀察馬留斯會不會跟隨他們。馬留斯一點也不懂，居然犯了這個錯誤。那父親開始變得不準時了，也不再每天都帶著女兒來了。有時他獨自一個人來，馬留斯見了便不再待下去。

某個黃昏，他在那對父女剛離開的板凳上撿到一塊手帕。那是一塊樸素的手帕，但是白潔、柔軟，微微散發一種芳香。他心花怒放地把它收了起來。手帕上有兩個字母「U・F」。U一定是她的名字了。

「烏蘇兒（Ursule）！」他想，「多麼美妙的名字！」他吻著那手帕，聞它；白天，把它貼在胸口上，晚上，便壓在嘴唇下面睡。

這手帕原是那老先生的，只不過偶然從他口袋裡掉出來罷了。

在撿到這寶物後的幾天裡，他一到公園便吻那手帕，把它壓在胸口。那美麗的女孩一點也不懂這是什麼意思，連連用一些察覺不出的動作向他表示。

「她害羞了！」馬留斯說。

17

馬留斯已經知道她叫「烏蘇兒」，但是對他來說還是太少。他要求更多的幸福，他要知道她住在哪裡。

他跟蹤了她，來到了西街行人最少的地方，一棟外表樸素的四層新樓房裡。

從這時開始，馬留斯除了在那公園中相見的幸福之外，又多了一種一直跟她到家的幸福。

他的食量增加了。他已經知道她的名字，也知道了她住在什麼地方，他還要知道她是誰。

一天傍晚，他跟著他們到了家，看見他們從大門進去以後，接著他也跟了進去，向那看門人問道：

「剛才回家的是二樓那位先生嗎？」

「不是，」看門的回答說，「是四樓的先生。」

又前進了一步，這一成果給了馬留斯勇氣。

「那先生是做什麼的？」馬留斯又問。

「靠年金生活的。他是個非常好的人，雖然不很富裕，卻常對窮人做些好事。」

「他叫什麼名字？」馬留斯又問。

那門房抬起了頭，說道：

「先生是個密探吧？」

馬留斯很難為情，走了，但是心裡相當高興。因為他又有了收穫。

「好，」他心裡想，「我知道她叫烏蘇兒，是個有錢人的女兒，住在這裡，西街，四樓。」

第二天，這對父女只在盧森堡公園待了一下子。他們離開時，天還很亮。馬留斯跟著他們到西街。走到大門口，老人讓女兒先進去，他自己在跨進門以前，轉頭向馬留斯仔細瞧了一眼。

次日，他們沒有來公園。馬留斯白等了一整天。

天黑以後，他到西街去，看見四樓的窗子上有燈光，便在窗子下面走來走去，直到熄燈。

再過一日，公園裡沒人。馬留斯又等了一整天，然後再到那些窗戶下面去巡邏，直到十點。晚飯也沒吃。

就這樣過了八天，那對父女不再在盧森堡公園出現了。馬留斯無精打采地胡思亂想，他不敢白天去張望那扇大門，只好在晚上以仰望玻璃窗裡的燈光來滿足自己。有時見到人影在窗子裡走動，他的心便跳個不停。第八天，他走到窗子下面，卻不見燈光。他一直等到十點，等到午夜，等到凌晨一點，窗子還是沒有光，也不見有人回來。他垂頭喪氣地走了。

隔天，他又去了公園，誰也沒遇見。他在那裡等下去，傍晚時又到那樓房下面。窗裡一點光也沒有，板窗也關上了，整個四樓是漆黑的。

馬留斯敲敲大門，走進去問那看門人：

「四樓的那位先生呢？」

「搬走了。」看門的回答。

馬留斯晃了一下，有氣無力地問道：

「什麼時候搬走的？」

「昨天。」

「他現在住在什麼地方？」

「我不知道。」

看門的抬起頭來，認出了馬留斯。

「嘿！是您！」他說，「您肯定是個密探。」

18

在人類的社會中，有著劇院裡常說的那種「地下層」。在社會的土壤下面，處處都有活動，有的為善，有的為惡。這些坑道是層層相疊的。有上層坑道和下層坑道，它們有時會崩塌在文明的底下，並因我們的不聞不問和麻木不仁而被踐踏。

我們已見過上層坑道的一角，那是政治、革命和哲學的大坑道。在那裡，一切都是高尚、純潔、尊貴、誠實的。當然，人們可能走錯路，但是那裡的錯誤是可敬佩的，因為它含有犧牲精神。那裡的工作，可以總結為一個名稱：進步。

現在，我們來看看另外一些深處，一些醜惡到極點的深處。

在社會的底下，還有一個藏惡的地窖。這個地窖在一切地窖之下，也是一切地窖的敵人。在它那極為醜惡的蠕動當中，它不僅是要鑽垮現在的社會秩序，還要鑽垮哲學，鑽垮科學，鑽垮法律，鑽垮人類的思想，鑽垮文明，鑽垮革命，鑽垮進步。它的名字，簡單來說，叫做偷盜、邪淫、謀害、暗殺。它代表黑暗，它要的是漆黑。這地窖的頂部是由無知構成的。

在它上面的那些地窖全都只有一個願望：把它消滅掉。這便是哲學和進步同時運用它們的全部力量，透過現實的改善和對絕對真理的嚮往，全力奔赴的目標。摧毀這個無知地窖，那罪惡淵藪也就毀滅了。

自一八三〇到一八三五年，一個四人黑幫：巴伯、海嘴、鐵牙和蒙帕納斯，統治著巴黎的地下層。

海嘴是個大力士，他棲息在馬利容橋拱的暗溝裡。他有六尺高，石胸、鐵臂、風聲般的鼻息、巨無霸的腰身、麻雀的腦袋。額頭低，額角寬闊，不到四十歲眼角便有了皺紋，毛髮粗而短，板刷般的臉頰，野豬般的鬍子。他有一身長於工作的肌肉，但是他的愚蠢不願意。這是個強而有力的凶手，一八一五年曾在阿維尼翁當過腳伕，在那以後便當了土匪。

巴伯的輕盈和海嘴的肥壯形成對比。巴伯瘦小而多才，是個難以捉摸的人。他在波白士戲班裡當過丑角，在波比諾戲班裡扮過花臉，在聖米耶爾演過鬧劇。這是個裝腔作勢的人，能言善道，突出他的笑容，重視他的手勢。他的工作是在街頭叫賣石膏像和畫像；此外，他還拔牙。他結過婚，也有過孩子，卻把他們拋棄了。在他那黑暗的世界裡，他是個了不起的人物。

至於鐵牙，是個夜貓子。他總是夜晚行動，是個行蹤不定、東遊西蕩、可怕的人。他能像煙一樣忽然消失無蹤，他出現時也彷彿是從地裡冒出來的。

還有一個陰森人物，那便是蒙帕納斯。蒙帕納斯是個小伙子，不到二十歲，一張英俊的臉，櫻桃似的嘴唇，動人的黑髮，滿面春風。他幹盡缺德事，任何罪惡他都想試試。他從野孩子變成流氓，又從流氓變成凶手。他是溫和、嬌柔、文雅、強健、凶狠的。他以暴力行劫為生，十八歲便已害過好幾條人命。

這四個人總攬了塞納省的一切犯罪活動，不懷好意的人都來找他們實現計畫。人們把腳本供給他們，他們負責導演。他們還佈置演出。任何殺人越貨的勾當，只要酬勞豐厚，需要找人幫一把，他們總有辦法分配勝任和適當的人手。

他們的夥伴不計其數，我們只提幾個：邦卓（又叫比格納耶）、比戎、二十億、寡婦、地角、快報、光榮漢、煞車、普薩格利弗、克呂丹尼……等等。這些名字都有代表性，它不只是說明個人，而是說明一種類型，代表文明底下的那些奇形怪狀的毒瘤的一種。

這些人是不輕易露面的。他們在黑夜裡狠狠地幹了一票以後，疲倦了，白天便去睡覺，有時睡在石灰窯裡，有時睡在廢棄的採石場裡，有時睡在水溝裡。他們把自己掩埋起來。

他們總是傍晚睡醒，在婦女救濟院附近的草地上會合。在那裡，他們進行討論。在他們面前有十二個小時的長夜，足夠他們安排利用。

人們在私底下給了這四人幫會一個名稱——「貓老闆」。

19

夏天過去了，秋天也過了，冬天到了。那一老一少都沒有再去過盧森堡公園。馬留斯只有一個念頭：再見到那張溫柔和令人傾倒的臉蛋。他無時不找、無處不找，可是什麼也沒有找到。他陷入了一籌莫展的苦境裡，工作使他反感，散步使他疲倦，孤獨使他煩惱；廣大的天地從前是如此充滿形相、光彩、聲音、啟導、遠景、見識和教育的，現在卻成了一片空虛。他彷彿覺得一切全消失了。

他不停地埋怨自己。當初為什麼要去跟蹤她？那時能看見她，便已那麼快樂了。她望著我，難道這不是已很了不起了嗎？看神氣，她在愛我，難道這還不美滿嗎？我還有什麼好期盼的呢？這以後已不會再有什麼。我太傻了，是我錯了。

一次，馬留斯見到九月天美麗的陽光，滿懷信心，跟著古費拉克、博西埃和格朗泰爾去參加索城的舞會，希望能有機會在那裡遇見她。當然，他沒有見到他正在尋找的人兒。馬留斯把朋友甩在舞會裡，孤孤單單地走回家去了，他在黑暗中走著，渾身疲倦，腦子發燒，眼神朦朧憂鬱，感到心煩意亂。

他開始過著越來越孤獨的生活，徬徨、沮喪，完全深陷內心的苦惱裡。

有一次，他在榮譽軍人院路附近的小路上看見一個工人模樣的男子，戴一頂長簷鴨舌帽，露出幾絲雪白的頭髮。那人一步一步慢慢走著，彷彿心事重重，沉浸在憂傷的遐想裡。說也奇怪，馬留斯彷彿認出了那人便是那少女的父親。但他為什麼穿這身工人服呢？有什麼用意？馬留斯心裡驚疑不定，當他的心情安定下來後，立刻想到去追那人，但那人已不在那裡了。他心想：「也許只是個長得像的人罷了。」

馬留斯一直住在戈爾博老屋裡，從不留意旁人的事。

當時住在那棟破房子裡的，只有他和容德雷特一家。容德雷特便是他上次代為支付房租的那人，但他從來沒有和那一家人說過話。其他的房客早已搬了、死了，或是因欠付房租而被趕走了。

在冬季的某一天，太陽在午後稍稍露了一下面。那天正是二月二日，馬留斯走出了房子，沿著大路，慢慢地朝聖雅各街走去。他正低著頭想心事。

忽然，在迷霧中，他覺得有人撞了他一下。他回過頭，看見兩個衣衫襤褸的年輕女孩，一個瘦長，一個較矮，兩人都喘著氣，慌慌張張，飛快地朝前走，彷彿怕被追上似的。馬留斯在昏暗的暮色中看見她們那蠟黃的臉、散亂的頭髮，以及兩頂不成模樣的包頭帽子，拖著兩條破爛的裙，赤腳。她們邊跑邊談，年長的那個用極低的聲音說：

「條子來了，差點銬住了我。」

另一個回答：「我看見他們，就溜呀，溜呀，溜呀！」

她們竄到他背後路旁的大樹下去了。馬留斯停下來望了一會兒，又要繼續往前走，卻看見他腳邊有個灰色包裹，他彎下腰撿了起來。那是一種類似信封的東西，裡面裝的好像是紙。

「哼，」他說，「一定是那兩個窮女孩掉的！」

他轉身喊，沒有喊住她們，他想她們已經走遠了，便把那包裹放入口袋裡，去吃晚飯。

夜裡，馬留斯正要脫衣去睡，忽然在上衣口袋裡碰到了這個包裹。他心想，包裹裡也許會有那兩個女孩的住址，或是一些必要的線索，好讓他歸還失主。

他打開了那信封。裡面有四封信。

其中一封信，收件人寫著「眾議院對面廣場的格呂什雷侯爵夫人」，內容是這樣的：

侯爵夫人：

在下是西班牙炮兵隊長唐．阿爾瓦內茨，為了避難而逃至法國。為實現神聖的正統事業，在下付出了自己的血，貢獻了全部的錢財，如今財務拮据，難以維繫生活。期盼夫人滿懷人道，慷慨相助，保全一有教育與榮譽、飽嘗刀傷而萬分痛苦的軍人之姓命。不勝感激！

第二封的收信人是「卡塞特街九號的蒙維爾內伯爵夫人」，信裡寫道：

伯爵夫人：

我的名字是巴里查，是六個孩子的母親，最小的一個才八個月。我從最後一次分娩以來便病倒了，丈夫五個月前遺棄了我。我身無分文，窮苦不堪。希望夫人能對我們伸出援手，不勝敬佩之至。

馬留斯拿起第三封，那也是一封求告的信，信裡寫道：

巴布林若先生：

我是一名文學家，名叫尚弗洛。我寄這封信給您，是希望您能以您的同情心給我們一些寶貴的關懷。您一向以文學的保護人而聞名，這一名氣鼓勵了我派我的女兒來向您陳述我們在冬天沒有麵包、沒有火的窘境。萬一您不嫌棄，肯給予一些微薄的捐獻，我將立即著手寫出一個劇本，以向您表達我的感激。

（註：哪怕只是四十個蘇。）

馬留斯又讀了第四封。這是寫給「聖雅各教堂的好心人」的：

善人：

假使您不嫌棄，肯跟我的女兒一起走，您將看見一種窮苦的災難。您慷慨的靈魂在這副景象面前，一定能被一種熱切的行善心情所感動。命運對於一部分人是殘酷無情的，而對於另一部分人又過於慷慨或愛護。

我靜候您的降臨或您的捐獻，假使承蒙不棄，我懇求您接受我最尊敬的感激。

戲劇藝術家白．法邦杜

馬留斯讀完四封信以後，並不覺得有多大的收穫。首先，四名寄件人全沒有留下地址；其次，四封信看上去好像出自不同的人，但奇怪的是，四封信的字跡是一模一樣的。如果這不是別人遺失的東西，便像是一種惡作劇。

馬留斯正在苦悶中，沒有心情參與這偶然的惡作劇；況且，也無法肯定這幾封信確實是屬於他在路上遇見的那兩個女孩的。他把它們重新放回信封，隨意丟在一個角落裡，上床去了。

早上七點左右，他剛起床，用過早餐，正準備開始工作，忽然聽到有人輕輕敲他的房門。

「請進。」馬留斯說，眼睛沒有離開他桌上的書籍和抄本。

門開了。他聽到一個啞、破、緊、糙的聲音，像是被酒精弄沙啞了的男子聲音說道：

「對不起，先生……」

馬留斯連忙轉過去，看見一個年輕女孩。

20

一個年輕女孩站在半開的門口。那是個蒼白、瘦弱、枯乾的人兒，只穿了一件襯衣和一條裙，裸露的身子凍得發抖；一根繩子代替腰帶，另一根繩子代替帽子，兩個肩頭從襯衣裡頂出來；蒼白的白膚，滿是塵垢的鎖骨，通紅的手，嘴半開著，兩角下垂，缺了幾個牙，兩眼無神，大膽而卑賤，體型像一個未長成的姑娘，眼神卻像個墮落的老婦人。那是一個脆弱卻又令人畏懼、令人見了不傷心便寒心的人兒。

尤其令人痛心的是，這少女並非生來便是醜的；在她的童年時期，甚至還是生得標緻的。青春的風采仍在跟墮落與貧苦招致的衰老對抗，美的餘韻在這張十六歲的臉上尚存有奄奄一息。

馬留斯站了起來，心裡不住顫抖。

「您要什麼？小姐。」他問。

女孩以她那酗酒的苦役犯般的聲音回答說：

「這裡有一封信是給您的，馬留斯先生。」

說完，她大膽地走進房間，用一種令人難受的冷靜望著整個房間和那張散亂的床。她赤著腳，裙子上有不少大洞，露出她的瘦腿。她正冷得發抖。

她將手裡的信交給了馬留斯。當他拆信時，注意到信封上那條又寬又厚的漿糊還是溼的，顯然並非來自太遠的地方。他唸道：

可敬的鄰居：

我已經知道您的義舉，您在六個月以前替我付了一個季度的租金。我祝福您！年輕人，我的大女兒將告訴您，這兩天來，我們一家四口沒有一塊麵包，內人又生了病。我熱切地盼望您能為我們做些什麼。

容德雷特

見了這封信，馬留斯恍然大悟。這封信與昨天那四封，都來自同一個地方。同樣的字跡、同樣的筆調、同樣的用詞、同樣的信紙、同樣的氣味。並且，他認出了眼前的姑娘就是昨晚在大路上遇到的其中一位。

現在他看清了一切。他意識到這位鄰居容德雷特處境困難，依靠騙取那些行善人的佈施來維持生活。他蒐集了一些人名地址，挑出一些他認為有錢並且肯施捨的人，捏造一些假名寫信給他們，讓他的兩個女孩冒著危險去送信。想不到這個父親竟到了不惜犧牲女兒的地步。

正當馬留斯以驚奇痛苦的目光注視著少女時，她卻像個幽靈般，不管自己衣不蔽體，在他的房間裡毫無顧忌地來回走動。她搬動椅子，亂動放在櫃上的盥洗用具，又摸摸馬留斯的衣服，翻看每個角落裡的雜物。

「嘿！」她說，「您有一面鏡子。」

她又走到桌子旁邊，說：

「啊！書！我會唸書。」

她興沖沖地拿起那本攤開在桌上的書，並且唸得相當流利：

「……博丹將軍接到命令，率領他那一旅的五連人馬去奪取滑鐵盧平原中央的烏古蒙古堡……」

她停下來說：

「啊！滑鐵盧！我知道那是什麼。那是從前打仗的地方。我父親去過那裡。我父親在軍隊裡待過，我們一家人是道地的波拿巴派。那是打英國佬的地方。」

她放下書，拿起一支筆，喊道：

「我也會寫字！」

她把那支筆沾上墨水，在桌上的一張紙上寫了「條子來了。」接著，她丟下筆，說：

「我沒有拼錯，您可以看看。我們姐妹都受過教育。我們以前不是這樣子，我們沒有打算要當……」

說到這裡，她停住了，她那陰鬱無神的眼睛緊緊地盯著馬留斯，然後又忽然大笑，用一種辛酸、苦楚的語調說道：「呸！」

隨後，她仔細端詳馬留斯，表現出一種奇特的神情，對他說：

「您知道嗎？馬留斯先生，您是個非常英俊的男子。」

他倆的心裡同時產生了一種想法，讓她笑了出來，也讓他漲紅了臉。

「您從不注意我，但是我認識您，馬留斯先生。我常在樓梯上遇到您。有幾次，我去奧斯特里茨那邊遛達，還看見您走進了馬白夫先生家裡。」

馬留斯慢慢地向後退。

「小姐，」他帶著冷淡的嚴肅神情說，「我這裡有一個包裹，我想是您的。」

他把那包著四封信的信封遞給了她。她連連拍手，叫道：

「我們找得好辛苦！」

於是她連忙接過那包裹，打開那信封，翻出了那封寫給「聖雅各教堂的好心人」的信。

「對！」她說，「這就是送給那望彌撒的老頭的。現在正是時候，我去送給他，他也許能給我們一點什麼吃的。」

這番話使馬留斯想起了這苦命少女上門找他的原因。他掏了掏所有的口袋，湊出了五個法郎和十六個蘇。這是他當時的全部財富。「這夠我今天吃晚飯了。」他心想，於是留下了十六個蘇，把五法郎給那女孩。

她抓住錢，說道：「好呀，太陽出來了。」

她把襯衣提上肩頭，向馬留斯深深行了個禮，接著又作了個親暱的手勢，便轉身朝房門走去。當她走過抽屜櫃時，看見上面有一塊在塵土中發霉的乾麵包殼，她撲了上去，拿來一面啃，一面嚷道：

「真好吃！好硬呀！把我的牙也咬斷了！」

隨後她出去了。

21

五年來，馬留斯一直生活在窮困、艱苦、甚至痛苦中，他忽然發現自己一點也不明白什麼是真正的悲慘生活。真正的悲慘生活，他剛才見到了，也就是剛才在他眼前走過的那個幽靈。看到男人的悲慘生活不算什麼，應該看看婦女的悲慘生活；看到婦女的悲慘生活也不算什麼，還得看看孩子的悲慘生活。

當一個男子到了窮途末路、同時也到了無可救藥的地步時，倒楣的是他周圍那些沒有自衛能力的人！工作、工資、麵包、火、勇氣、毅力，他一下子全沒有了；太陽的光彷彿已在他體外熄滅，精神的光也在他體內熄滅，在黑暗中，男子遇到婦女和孩子的軟弱，便殘暴地逼迫她們去幹下賤的勾當。

馬留斯幾乎譴責自己，不該那樣終日神魂顛倒，深陷於兒女私情，而對自己的鄰居不聞不問。他與那幾個窮苦的人之間只有一牆相隔，他們過著黑暗的生活，被隔絕在大眾的生活之外，而他竟視若無睹！假如他們有另一個鄰居、一個不這麼愚痴而比較關切的鄰居、一個樂於為善的普通人的話；顯然，他們的窘境會被注意到，苦痛的跡象會被察覺到。他們也許早已得到照顧，脫離困境了！

馬留斯一面這樣訓斥自己，一面望著把他和容德雷特一家隔開的牆壁，那牆是一層薄薄的塗在窄木條和小柱上的石灰，能讓人把隔壁房間裡說話的聲音聽得清清楚楚。馬留斯發現在牆面靠近天花板的地方，有個三角形的洞，是由三根木條構成的一個空隙。他跳上抽屜櫃，把眼睛湊近那小洞，望向隔壁。

他看見了一個窮窟。

那是醜陋、骯髒、惡臭、黑暗的房間。全部傢俱只有一把藤椅、一張桌子、幾個舊瓶罐，以及兩張破床。全部光線來自一扇有四塊方玻璃的天窗，掛滿了蜘蛛網。幾堵牆彷彿得了麻瘋病，滿是補縫和疤痕。地板沒有鋪磚，人直接踩在陳舊的石灰地面上，把它踩得烏黑、凹凹凸凸。怪異的破布鞋、破布，凌亂地堆放在四處。

房裡有個壁爐，爐裡有個鍋子，兩根焦柴在下面淒涼地冒著煙。桌子旁，坐著一個六十多歲的男人，馬留斯看見桌上有鵝毛筆、墨水和紙張。那男人是個瘦小個子，臉色蠟黃，眼睛陰狠，神態凶惡而不安，是個壞透了的惡棍。他生了一臉灰白的長落腮鬍，穿一件女人襯衣，露著毛茸茸的胸脯和手臂。襯衣下面是一條滿是汙垢的長褲和一雙開了口的靴子，腳趾全露在外面。他嘴裡銜著一個煙斗，正吸著煙。房裡明明沒有麵包，卻還有煙。

他正寫著什麼，也許是馬留斯唸過的那一類信。

一個胖婦人，蹲在壁爐旁邊，坐在自己的光腳跟上面。她也只穿一件襯衣和一條針織的裙，裙上縫了好幾塊補丁；一條粗布圍腰把裙子遮去了一半。這婦人是個極高的大個子，她的頭髮醜陋，赤紅色，已經半白了。

在一張破床上，馬留斯瞥見一個臉色灰白的瘦長少女，幾乎光著身體，坐在床邊，垂著兩隻腳，乍看之下有十一、二歲，但仔細留意去看，又能看出她一定有十五歲。這想必是剛才來他房間的那名少女的妹妹。

這家人沒有一點從事勞動的跡象，沒有織布機、沒有紡車、沒有工具，只有幾根奇怪的廢鐵件堆在一個角落裡，以及一派絕望以後和死亡以前的那種坐以待斃的悲慘景象。

馬留斯望了許久，感到這室內的陰氣比墳墓裡更可怕，因為這裡仍有人的靈魂在遊移，生命在活動。他心裡憋得難受，正打算從抽屜櫃上下來；這時候，那破房間的門突然開了，大女兒出現在門口。

她走了進來，順手把門推上，接著，像歡呼勝利似地喊著說：「他來了！」

她父親轉動了眼珠，那婦人轉動了頭，妹妹沒有動。

「誰？」父親問。

「那位先生。」

「那慈善家嗎？」

「是呀。」

「聖雅各教堂的那個嗎？」

「是呀。」

「他要來了？」

「他就在我後面。」

那男子挺起了腰板，容光煥發。

「親愛的，」他吼道：「妳聽見了！慈善家馬上就到。快把火熄掉！」

母親被這句話弄傻了，沒有動。

那名父親敏捷地從壁爐上抓起一個罐子，把水潑在兩根焦柴上。接著又對大女兒說：

「妳！把這椅子捅穿！」

女兒一點也不懂。他抓起那把椅子，一腳把它踹破了。他一面拔出自己的腿，一面問他的女兒：

「天冷嗎？」

「冷得很，在下雪呢。」

父親轉向坐在床邊的小女兒，雷鳴般地對她吼道：

「快！下床來，懶貨！妳什麼事也不幹！把這玻璃打破一塊！」

小女孩哆哆嗦嗦地跳下了床。

「妳聽見我說的嗎？」父親又說，「我叫妳打破一塊玻璃！」

那孩子嚇壞了，只得服從。她踮起腳尖，對準玻璃一拳打去。玻璃破了，嘩啦啦掉了下來。

「打得好。」她父親說。

他神情嚴肅，動作急促，瞪大眼睛把房間的每個角落迅速地掃了一遍。

那母親還沒有說過一句話。她站起來，用一種緩慢而沉重的語調問道：

「親愛的，你要幹什麼呀？」

「給我躺到床上去！」那男人回答。

那種口氣是不容反抗的。婦人服服貼貼，咚的一聲倒在了一張破床上。

這時，角落裡有人在啜泣。

「什麼事？」那父親吼著問。

那小女孩在陰影下縮成一團，不敢出來，只伸出一個血淋淋的拳頭。她在打碎玻璃時受了傷，她走到母親床邊，偷偷地哭著。

「你看見了吧！你幹的蠢事！你叫她打玻璃，她的手流血了！」那母親嚷道。

「這樣更好！」那男子說，「我早就料到了。」

接著，他從自己的襯衣上撕下一塊布，當作繃帶，氣沖沖地把女兒的手裹起來。裹好以後，他低下頭，望著撕破的襯衣，頗為得意。

「這襯衣也不賴。一切都有模有樣了。」

那父親又向四周望了一遍，彷彿在檢查還有什麼忘了做的。他拿起一把舊鏟子，撒了些灰在那兩根濕透的焦柴上，把它們完全掩沒。然後他站起來，背靠在壁爐上說：

「現在我們可以接待那位慈善家了。」

22

這時候，有人在門上輕輕敲了一下。那男人連忙趕到門口，開了門，一再深深敬禮，滿臉堆起了傾心崇拜的笑容，一面大聲說道：

「請進！先生，久仰大名，我的恩人，您這位標緻的小姐也請進。」

一個老先生和一個年輕姑娘出現在那窮窟門口。

馬留斯沒有離開他站的地方。他這時的感受是人類語言所無法表達的。

是「她」來了。那正是他久別了的意中人，那顆向他照耀了六個月的星，那雙眼睛，那個額頭，那張嘴，那副在消失時把陽光也帶走了的美麗容顏。原已破滅了的幻象現在竟又出現在他眼前。她重現在這黑暗中，在這破爛人家，在這不成形的窮窟裡，在這醜陋不堪的地方！

馬留斯心驚膽戰，為之駭然。怎麼！竟會是她！他感到自己要失聲痛哭了。怎麼！尋尋覓覓了那麼久，竟又在此地見到她！他彷彿感到他找回了自己失去的靈魂。

她仍是原來的模樣，只不過稍微蒼白了一些，秀雅的面龐嵌在一頂紫絨帽子裡，身體消失在黑緞斗篷裡。在她的長裙下，能隱約看見一雙緞靴緊裹著兩隻纖巧的腳。

她仍由老先生陪伴著，向房間中央走了幾步，把一個相當大的包裹放在桌子上。

容德雷特大小姐已退到房門後，帶著陰沉的神情望著那頂絨帽、那件緞斗篷和那張幸福迷人的臉。

老先生慈祥而抑鬱地走向容德雷特，對他說：「先生，這包裹裡是幾件新衣，還有幾雙襪子和幾條毛毯，請您收下。」

「您真是仁慈。」容德雷特說，一面深深鞠躬；隨即又趁兩個客人打量房間的機會，彎下腰去向大女兒說道：「我就知道！該死的破衣服！沒有錢！他們總是這樣。對了，我寫給這老頭的信上，簽的是什麼名字？」

「法邦杜。」他女兒回答。

「戲劇藝術家，對！」

就在這時，老先生轉過身來和他談話。

「看來您的境況確實不太好，法邦杜先生。」

「是啊！先生。從前，我也曾經一帆風順，但是現在，唉！運氣不好。您瞧，我的恩人，沒有麵包，沒有火，兩個女兒凍得發抖！唯一的椅子也坐壞了，玻璃碎了一塊，特別是在這種天氣！而內人又病倒了……」

「可憐的婦人！」老先生說。

「還有個孩子受了傷！」容德雷特又補上一句。那孩子早已不哭了，容德雷特偷偷在她那隻受了傷的手上掐了一把。她果然又高聲叫喊。

跟著老先生來的那名少女連忙走過去。

「可憐的孩子！」她說。

「您瞧，我美麗的小姐，」容德雷特接著說，「她這流血的手腕！為了每天掙六個蘇，她被機器傷到了手。這隻手也許得鋸掉才行呢！」

「真的？」那位吃驚的老先生說。

「可不是！我的恩人。」那父親回答。

在這之前，容德雷特早已鬼鬼祟祟地觀察起這名慈善家。他一面說著話，一面仔細端詳他，彷彿想回憶起什麼往事。突然，他走向妻子的床邊，用極小的聲音對她說道：「注意看那老頭！」

隨即又轉向老先生，繼續訴他的苦：

「您瞧，先生，我只有這麼一件襯衣，而且已破得不成樣子，又是在這冬天裡最冷的時候！家裡一個蘇也沒有，偏偏內人病了，小女兒還受了重傷，醫療費用該怎麼辦呢？還有，明天，二月四日，是個要命的日子，是房東給我的最後期限，假如今晚我不把租金付給他，那麼，我們一家四口明天都會被趕出去，被丟在街上、大路上、雨裡、雪裡，無家可歸。就這樣，先生，我欠了四個季度的租金，整整一年！也就是六十法郎。」

容德雷特在說謊。四個季度的租金只有四十法郎，他也不可能欠上四個季度，馬留斯在六個月以前便替他付了兩個季度。

那老人從自己的口袋裡掏出五個法郎，放在桌上。

「法邦杜先生，」他說，「我身上只有五個法郎，但是等我把女兒送回家以後，我會再來一趟，您不是今晚要付錢嗎？」

「是呀，尊貴的先生。八點鐘，我得到達房東的家。」

「我六點鐘來，把那六十法郎帶來給您。」

老先生挽著少女的手，轉向房門，容德雷特走在兩位客人前面。三個人一同出去了。

馬留斯連忙從抽屜櫃上跳下來，拿起他的帽子，跟了出去。他出了走廊，衝到樓梯口，又跑到大路上，正好看見一輛馬車轉進小銀行家街，回巴黎城區去了。他又朝那方向追去。到了大路轉角處，馬留斯看見那輛馬車在穆夫達街上急往前走，已經走得很遠了，追不上了。就在這時，他看見一輛空的出租馬車經過大路上，便做了一個手勢，攔下了那輛車。

車伕看了看馬留斯的舊工作服，擠著一隻眼，把左手伸向他，輕輕搓著拇指與食指。

「怎麼？」馬留斯說。

「先付錢。」那車伕說。

馬留斯這才想起他身上只剩十六個蘇。

「要多少？」他問。

「四十個蘇。」

「我待會再付！」

車伕朝著他的馬甩了一鞭。馬留斯只得呆呆地望著馬車離去。由於缺少二十四個蘇，他喪失了他的歡樂、他的幸福、他的愛！他又落入黑暗中了！他萬分苦惱地想起，不該把五法郎送給那窮女孩的。

他垂頭喪氣地回到家裡，正要踏上樓梯，忽然看見容德雷特在大路另一側的一面人跡罕至的牆下，和一個形跡可疑的人談著話。他記得那個人叫做邦卓，又叫比格納耶；因為有一次，古費拉克曾把那人指給他看，說他在夜裡經常出沒在這一帶，是個相當危險的傢伙。

馬留斯慢慢走上了老屋的樓梯，正要回到他那冷清的房間裡去時，忽然看見容德雷特大小姐跟在他後面。他見了那女孩，不禁心裡有氣，因為把那五法郎拿走的正是她。他走進房間，反手把門關上。門沒有關上，他轉過身去，看見有隻手抵住了那半開的門。是那容德雷特小姐。

「是您？」馬留斯又說，聲音幾乎是粗魯的，「又是您！您要什麼？」

她抬起一雙憂鬱的眼睛望著他，裡面似乎隱約有了一點神采。她對他說：

「馬留斯先生，您看起來不快樂。您心裡有什麼事？」

「我？」馬留斯說，「沒有什麼。」

「一定有！」

「沒有。」

「一定有！」

「不要找麻煩！」

馬留斯又要把門推上，她仍抵住不走。

「您聽我說，」她說，「您不要這樣。您雖然沒有錢，但是今天早上您做了件好事。現在您再做件好事吧！您已給了我吃的，現在把您的心事告訴我。我不希望您苦惱，要怎樣才能使您開心呢？我能出點力嗎？儘管使喚我吧，無論要送什麼信、跑什麼腿，或是打聽誰、跟蹤誰，我都做得到。讓我替您出點力吧！」

馬留斯心裡忽然有了個主意。他向容德雷特小姐靠近一步。

「好吧，」他又說，「剛才是妳把那老先生和他女兒帶來這裡的？」

「是的。」

「妳知道他們的住址嗎？」

「不知道。」

「妳替我找吧。」

容德雷特小姐的眼睛又從快樂轉為陰沉。

「您要的就是這個？」她問。

「是的。」

「您認識他們嗎？」

「不認識。」

「也就是說，」她連忙改口，「您不認識她，但是您想要認識她。」

她特別強調「她」，這裡頭有一種耐人尋味的苦澀。

「別管那麼多，妳辦得到嗎？」

「替您把那美麗的小姐的住址找到嗎？」

在「美麗的小姐」這幾個字裡又有一種使馬留斯感到不快的感覺。他接著說：

「反正都一樣！找到他們的住址就對了！」

她定定地望著他。

「您要給我什麼報酬？」

「隨妳要什麼，都可以。」

「什麼都可以？」

「是的。」

「我一定辦到。」

她低下了頭，隨即迅速地離開了。

馬留斯坐進一張椅子，頭和兩肘靠在床邊，沉浸在亂七八糟的思緒裡。這一天從早上便陸續不斷發生的事、希望的忽現忽滅、那女孩剛才跟他說的話，這一切都零亂地充塞在他的腦子裡。

一瞬間，他又突然從夢幻中警覺過來。他聽到容德雷特響亮生硬的聲音正在隔壁說道：

「告訴妳，我沒有看錯。我已經認出來了，是他！」

容德雷特說的是誰？他認出了誰？那位先生？烏蘇兒的父親嗎？怎麼回事！容德雷特早就認識他？難道他終於能知道他愛的是誰？那少女是誰？她父親是誰？把他們隔開的那一層厚厚的黑影難道終於要消散了？啊！天呀！

他一縱身跳到了櫃上，又守在牆上那個小洞的旁邊了。

那房間裡的樣子一點也沒有改變，只是那婦人和女孩們取用了包裹裡的衣服，穿上了襪子和毛線衫。兩條新毛毯被丟在兩張床上。

容德雷特顯然是剛剛回來，正在房間裡大步地來回走動。他的眼神異乎尋常。那婦人似乎有些膽怯，愣住了似的，壯著膽子對他說：

「怎麼？真的嗎？你看仔細了嗎？」

「看仔細了！已經八年了，但是我還認得他！啊！我還認得他！我一下子就把他認出來了！怎麼，難道妳沒有看出來？」

「沒有。」

「我不是早就提醒妳了嗎？當然，他還是那身材、那相貌、那聲音，沒有老多少，只是穿得比較體面了。啊！神秘的老傢伙，今天可落在我手裡了，哈！」

他停下來，對兩個女兒說：

「別待在這裡！妳們兩個。」

女孩們聽話地站了起來。正要走出房門，父親拉住大女兒的手，用一種特殊的口氣說：

「五點整，回到這裡來。兩個人都回來。我有事要妳們辦。」

她們離開後，容德雷特又開始踱起步來。他默默地兜了兩三個圈子，突然轉向妻子，叉起雙手，大聲說：

「要我再告訴妳一件事嗎？那小姐……」

「那小姐怎麼了？」

馬留斯明白，他們要談的一定是她了。他焦急地側耳細聽。但是容德雷特彎下腰，放低了音量和妻子談話。談完後他才站起來，大聲說道：

「就是她！」

「那東西？」

「沒錯！」丈夫說。

「不可能！」她吼著說，「你一定是搞錯了！那姑娘穿著緞斗篷、絲絨帽、緞子靴，簡直像個貴婦人！而且，那一個醜得很，這一個長得並不差。絕不可能是她！」

「我說一定是她。妳等著瞧吧！」

聽見這斬釘截鐵的話，容德雷特大娘抬起一張寬臉，用一種奇醜無比的神情注視著天花板。這時，馬留斯感到她的模樣比容德雷特更嚇人，活像一頭虎視眈眈的母豬。

一陣寂靜過後，容德雷特又走到妻子面前，像剛才那樣又起了雙手。

「還要我再告訴妳一件事嗎？」

「什麼事？」她問。

「我發財了！」

女人呆望著他，那神氣彷彿是在想：「和我說話的這個人難道瘋了？」

「聽我說，那位大爺已經被我逮住了，一切都佈置好了。我約了好幾個人。他今晚六點鐘便會來，送他那六十法郎來，正是鄰居去吃晚飯的時間，畢爾貢大娘也到城裡洗碗去了。這房子裡一個人也沒有。隔壁的年輕人在十一點以前是從不回來的。兩個孩子可以幫忙把風，妳也可以幫我們一把。他會聽話的。」

「萬一他不聽話呢？」那婦人問。

容德雷特做了個陰森的手勢，說道：「我們就給他一刀。」

接著，他一陣大笑。那笑聲冷漠而平靜，令人聽了寒毛直豎。

「現在，」他說，「我要出去一下。我還要去看幾個人，幾個好手。妳會看見一切都很順利。我會儘早趕回來，妳看好家。」

說完，容德雷特關上了門，馬留斯聽到他的腳步在走廊裡越走越遠，很快便下了樓梯。

這時，聖美達教堂的鐘敲了一點。

23

馬留斯儘管神魂顛倒，但仍意識到，擺在他眼前的是個魔窟。

「必須阻止這幫無賴。」他心裡想。

他希望猜出的謎題一個也沒有解開，相反地，一切都變得更加難以看透了。只有一點他是清楚的，那就是一場凶險的陰謀正在準備中，那對父女面臨了巨大的危險；她也許還能倖免，她父親卻一定會遭毒手，必須搭救他們，必須粉碎容德雷特的惡毒詭計！

但是該怎麼辦呢？通知那兩個將被暗算的人嗎？到哪裡去找他們呢？他不知道他們的住址。傍晚六點，在門口守候那位老人，等他一到便把陰謀告訴他嗎？但是容德雷特和他的同謀會識破他的意圖，他們會把他抓住，或是把他帶到遠處去，這樣他要救的人也就完了。

鐘剛敲過一點，陰謀要到六點才會實行，馬留斯眼前還剩下五個小時。

只有一個辦法。

他穿上外出的衣服，繫上一條方圍巾，戴上帽子，悄無聲息地溜出了房間。

出了大門，他便朝聖馬爾索郊區走去，在一家店鋪裡打聽了員警的哨所在什麼地方。人家告訴他在蓬圖瓦茲街十四號。

馬留斯到了那裡，走上樓，要求見哨所所長。

「所長先生不在，」一名勤務說，「但是有一個代理他的督察，您可以和他談談。」

勤務領著他來到所長辦公室。一個高大的人正站在火爐前，穿著一件寬大的、有三層披肩的大衣。那人有著一張方臉、薄而有力的嘴唇，兩叢濃厚的灰色鬢毛，形象極其粗野，神情凶惡可怕。

「您有何貴幹？」

「我要說一件秘密的事。」

「那麼，快說吧。」

這人冷靜而突兀，讓人見了既害怕，又心安。馬留斯把經過告訴他，說一個他不認識的人在當天晚上將遭到謀害；說自己住在那歹徒的隔壁房間，偷聽到了全部陰謀；說主謀者是個叫容德雷特的傢伙，他有一伙幫凶，其中有個叫做邦卓的；說他無法通知那個被暗算的人，因為他連他的姓名都不知道；最後還說這一切都將在當晚六點動手，地點在醫院路上最荒涼的地方，五〇一五二號房子裡。

提到這號碼時，那督察抬起頭，冷冷地說：

「那麼，是在走廊盡頭的那個房間吧？」

「是的，」馬留斯說，他又加問一句，「您知道那棟房子嗎？」

督察沉默了一陣子，接著，他一邊在火爐前烘他的靴子，一邊回答：

「表面的一點。」

他咬著牙齒，繼續自言自語道：

「這裡頭多少有點貓老闆的手腳。」

他又沉默下來，隨後說：

「五〇一五二號，我知道那地方，沒辦法躲在房裡而不驚動他們。他們隨時都可以停止計畫。那可不行，必須等他們動手。您有大門鑰匙嗎？」

「有。」馬留斯說。

「您帶在身上了？」

「在身上。」

「給我。」督察說。

馬留斯從背心口袋裡掏出他的鑰匙，遞給了督察。作為交換，督察也從那件大衣的兩個大口袋裡掏出兩支小手槍，交給馬留斯，乾脆而急促地說：

「拿好這個。回家去，躲在您的房間裡，讓人以為您不在家。槍已經裝了子彈，每支各有一發。您注意監視他們，當您認為時機已到，應當及時制止了，便朝沒人的地方開一槍，不能太早。」

馬留斯接過了那兩支手槍，塞在他的兩個背心口袋裡。

「現在，」督察接著說，「一分鐘也不能浪費。什麼時間了？兩點半。他們幾點動手？」

「六點。」馬留斯說。

「還有時間，」督察說，「但不多。您別忘了我說的話。一槍。」

「放心。」馬留斯回答。

馬留斯正伸手要拉門閂出去，督察對他喊道：

「對了，萬一您在那之前還需要我，就說您要找賈維督察就行了。」

24

馬留斯趕回了五〇一五二號。他到家時，大門還開著，他踮起腳尖上了樓，再貼著走廊的牆溜回自己的房門口。走廊兩側是些沒人住的房間，房門通常是敞開著的。在經過那些空房間時，馬留斯彷彿看見在其中的一間裡有四個人待著不動。他怕引起注意，不便細看，悄悄地回到了自己的房間。不一會兒，他聽見畢爾貢大娘出去了，大門也關上了。

馬留斯坐在自己的床上。當時大約是五點半，離動手的時間只剩半小時了。他聽見自己血管跳動的聲音，想到這時間同時有兩種力量在暗中活躍，罪惡正從一方前進，法律也正從另一方到來。他不害怕，但想到即將發生的種種，不禁感到戰慄。

雪已經停了。月亮穿透濃霧，逐漸明朗，它的光線和積雪的反光交相輝映，給那房間一種薄暮的景色。容德雷特的房間裡有著光。馬留斯望見陣陣紅光從牆上的洞裡像鮮血一般射出來。然而，那裡聲息全無，既沒有一個人活動，也沒有一個人說話。

他輕輕地脫下靴子，把它們推到床底下。

幾分鐘過後，馬留斯聽到樓下的門打開的聲音，一陣沉重急促的腳步上了樓梯，穿過走廊，隔壁房門的鐵閂一聲響，門開了，容德雷特回來了。

立刻有好幾個人說話的聲音。原來全家的人都在那破房間裡，但家長不在時誰也不敢吭聲，正如老狼不在時的小狼群。

「怎麼樣了？」那母親問。

「一切順利。老鼠籠已經打開，貓兒也全到了。」容德雷特回答，「什麼時候了？」

「快六點了。聖美達剛敲過五點半。」

「見鬼！」容德雷特說，「孩子們該去把風了。來，妳們兩個，聽我說。」

接著是一陣竊竊私語的聲音。馬留斯聽到兩個女孩赤腳經過走廊的聲音，又聽到容德雷特向她們喊：

「要好好留意！一個在便門這邊，一個在小銀行家街的轉角。眼睛一刻也不要離開房子的大門。要是發現什麼不對勁，便趕快回來！妳們各帶一把進大門的鑰匙。」

她們下了樓梯，幾秒鐘過後，樓下的門砰的一聲關上了，這說明她們已到了外面。

現在，房子裡只剩下馬留斯和容德雷特夫婦了，也許還有馬留斯在昏暗中隱隱見到的、待在一個空房間門後的那幾個神秘人物。馬留斯認為監視的時刻到了，便一下跳到了那牆洞旁邊，朝裡頭注視。

房裡已生起了滿滿一爐煤火，就在一個燒紅的鐵板爐裡，爐火的反光把整個房間照得雪亮。他看見門旁的角落裡有兩堆東西，一堆似乎是鐵器，一堆是繩子，都像是事先安排好，放在那裡備用的。

容德雷特點燃了他的煙斗，坐在那張捅破了的椅子上吸煙，一面和妻子低聲談著話。接著，他又站起來，走到那放著一堆破爛的屋角，彎下腰去，好像在檢查什麼。馬留斯這才看出那原來是一條繩梯，綁了一根根的木棍和兩個掛鉤。

房間主人又坐了下去。燭光把他臉上凶橫和陰險的紋路突顯出來。他時而皺起眉頭，時而急促地張開右手，彷彿是在對自己的密謀作最後的確認。有一次，他拉開桌子的抽屜，把藏在裡面的一把廚刀取出來，在自己的指甲上試試刀鋒。試完以後，又把刀子放進抽屜，重新推上。

至於馬留斯，他也從背心右邊的口袋裡取出手槍，把子彈上了膛。

25

令人心驚的鐘聲忽然從遠處傳來，震撼著窗上的玻璃。六點鐘了。

第六下鐘聲敲完以後，容德雷特把蠟燭吹熄了，在房裡踱來踱去，傾聽走廊裡的動靜，嘴裡不停嘟噥著：

「只要他真的肯來！」隨後他又回到椅子旁。他剛坐下，房門就開了。

「請進吧，先生。」容德雷特大娘推開房門，滿臉堆笑地說道。

「請進，我的恩人。」容德雷特也站起來跟著說。

老先生出現了。他神態安詳，顯得異常地莊嚴可敬。

進門以後，他拿了四個路易放在桌上。

「法邦杜先生，」他說，「這是給您付房租和應急的。以後我們再說。」

「天主保佑您！我慷慨的恩人。」容德雷特說，一邊扶著一把椅子請他坐下。

老先生剛坐下，便轉眼去望那兩張空著的破床。

「那位受了傷的小姐，現在怎樣了？」他問。

「不太好，」容德雷特帶著苦惱和感激的笑容回答，「很不好，高貴的先生。她姐姐帶著她去包紮了。您很快就能看見她們，她們等下就會回來的。」

「法邦杜夫人似乎好多了？」老先生又問，眼睛望向容德雷特大娘，這時她正站在他和房門之間，擺出一副威脅的、幾乎是戰鬥的架勢注視著他。

「她快死了，」容德雷特說，「但是有什麼辦法呢？這女人向來強壯，就像一頭公牛一樣。」

容德雷特大娘深受這一讚揚的感動，裝腔作勢地大聲嚷道：

「你太過獎了，容德雷特先生！」

「容德雷特？」老先生說，「我還以為您的大名是法邦杜呢。」

「法邦杜，別名容德雷特！」她丈夫趕緊補救道，「藝術家的藝名！」

同時，他對妻子聳了一下肩，接著又改用緊張激動而委婉動聽的語調往下說：

「啊！可不是嗎，我和內人的感情一向很好。要是連這一點情分也沒有，我們還剩下什麼呢？我們的日子過得太苦了，可敬的先生！我有手有腳，卻沒有工作！回想起我們從前的境況，這是何等的墮落！唉！我們當年發達時的作品一點也沒能留下來。只剩下一件東西，一幅油畫，是我最捨不得的，卻也可以忍痛出讓，因為我們得活下去；無論如何，我們總得活下去呀！」

容德雷特雖然語無倫次，但從他的臉部表情看，顯然腦中是機靈的。這時，馬留斯忽然發現房間角落多了一個人，是他之前不曾見過的。這人剛進來不久，動作是那麼輕巧，因而沒人聽見門把轉動的聲音。他穿一件又破又髒的針織背心，以及一條寬大的棉線長褲，腳上套一雙布襯鞋，沒有襯衣，脖子和兩條手臂袒露著，臉上塗了黑。他一聲不響地坐到了最近的那張床上。

老先生幾乎和馬留斯同時轉過頭去，做了一個驚訝的動作。

「那是什麼人？」白先生說。

「他？」容德雷特說，「是個鄰居。您不用管他。」

雖然那鄰居的模樣有些特殊，但附近一帶有不少工廠，許多工人的臉的確是燻黑了的，老先生便不以為意。他接著說：

「對不起，法邦杜先生，您剛才說了些什麼？」

「我剛才在說，先生，」容德雷特說下去，同時把兩肘支在桌上，用固定而溫柔的眼睛，像一條蟒蛇似地注視著客人，「我剛才談到了一幅想賣出的油畫。」

房門輕輕響了一下，又進來一個人，走去坐在床上。這人和前一個一樣，也光著手臂，還戴著一個塗黑了的面具。老先生同樣察覺到了。

「您不用理會，」容德雷特說，「都是些房客。我剛才說，我有一幅油畫，一幅珍貴的油畫……先生，請您來瞧瞧吧。」

他站起來，走到牆邊，拿起了一塊板子，把它靠在牆上。那確實是一種像油畫般的東西，馬留斯隱約望見一種用拙劣手法塗抹出來的玩意兒，上面有一個主要的人物形象，色彩生硬刺眼，類似那種在市集上叫賣的圖片或屏風上的繪畫。

「這是什麼？」老先生問。

「這是一幅名家的手筆，一幅價值連城的作品！我的恩人。對我來說，它就跟我的兩個女兒一樣寶貴。它讓我回憶起不少往事！但是，我剛才已經說過，我的境況太遭了，因此想把它賣掉——」

也許是出於偶然，也許是因為有了戒心，老先生的眼睛儘管看著那油畫，卻一直在注意房間的角落。這時，已經來了四個人，三個坐在床上，一個站在門框邊，四個全都光著手臂，待著不動，臉上塗了黑。

「他們都是些朋友，」他說，「他們臉上烏黑，是因為他們整天在煤堆裡幹活的緣故。他們是通煙囪的。您不用管他們，我的恩人，還是瞧瞧我的這幅油畫吧！您看它值多少錢呢？」

「可是，」老先生像個開始戒備的人那樣，瞪著眼，正面望著容德雷特說，「這是一間酒店的招牌，值三個法郎。」

容德雷特和顏悅色地回答：

「您的錢包帶來了吧？我只要一千埃居就夠了。」

老先生站了起來，靠牆站著，眼睛很快地朝房屋四周掃了一遍。在靠窗的那一面，是容德雷特；靠門的那一面，則有容德雷特大娘和那四個男人。就在這時，容德雷特那雙陰沉的眼睛一下子亮了，冒著凶狠的光焰；他咄咄逼人地朝著老先生走上一步，像炸雷似地對他吼道：

「你還認得我嗎？」

26

房間的門突然開了，出現三個男子，身上穿著藍布衫，臉上戴著黑面具。第一個是個瘦子，拿著一根包鐵的粗木棒；第二個是個彪形大漢，提著一把宰牛的斧頭；第三個肩膀寬闊，體型介於另外二者之間，手裡握著一把奇大的鑰匙。

容德雷特似乎一直在等待這幾個人。他急忙向那拿粗木棒的瘦子說道：

「全準備好了？」容德雷特問。

「準備好了。」那瘦子回答。

「蒙帕納斯呢？」

「在跟你的女兒說話。」

「馬車在下面了？」

「在下面了。」

「在我指定的地方等著嗎？」

「是的。」

「好。」容德雷特說。

老先生臉色蒼白。他好像已意識到自己的處境，仔細注意著四周的一切；他的頭在脖子上慢慢轉動，以謹慎、驚訝的神情注視著圍繞他的每一個人，但是絲毫沒有一點畏怯的樣子。他把那張桌子當成自己的碉堡，將兩隻粗壯的拳頭放在椅背上，架勢威猛驚人。

三個光著手臂、塗黑了臉的人，分別從那堆廢鐵裡挑出了一把剪鐵皮用的大剪刀、一根平頭短撬棍，以及一支鐵錘，一聲不響地擱在門口。剩下那一個仍然待在床上，只睜了一下眼睛。容德雷特大娘坐在他旁邊。

容德雷特和拿粗木棒的人密談過後，又轉向老先生，帶著他特有的那種低沉、含蓄、可怕的笑聲，再次提出他的問題：

「難道你不認得我嗎？」

「不認得。」老先生直朝著他的臉回答。

於是容德雷特一步跨到桌子邊，叉著手臂，把他那凶惡的臉湊近老先生，大聲吼道：

「我不叫法邦杜，也不叫容德雷特，我叫德納第！我就是蒙費梅伊的那個旅店老闆！你聽清楚了吧？德納第！你現在認得我了吧？」

老先生的額頭起了一陣不明顯的紅潮，他以一貫的鎮靜態度回答道：

「我還是不認得。」

馬留斯感到惶惑、痴傻、驚慌。當容德雷特說出「我叫德納第」時，馬留斯的四肢一下子顫抖了起來，他連忙靠在牆上，彷彿感到有一把冰冷的利劍刺穿了他的心。接著，他的右臂，原要開槍告警的，也慢慢垂了下來。德納第這名字，老先生似乎不知道，馬留斯卻知道；那是他銘刻在心的、寫在他父親的遺囑上的，是他崇拜的對象之一。想不到，眼前的人便是德納第，便是他多年尋求不著的那位蒙費梅伊的旅店老闆！他父親的救命恩人竟會是一個匪徒！他曾暗自許下心願，一旦找到了德納第，一定要拜倒在他的膝前；現在他終於找到了，卻又把他交給劊子手！這多麼荒唐！

另一方面，眼見這場陰謀，卻不加以制止？坐視善良的人受害，並放任殺人犯害命？面對這樣一個惡棍，難道能因私恩而退縮嗎？馬留斯渾身戰慄，一切都取決於他，他掌握著眼前所有人的命運。假如他開槍，老先生能得救，德納第卻完了；假如他不開槍，老先生便會沒命。無論是幫助哪一方，他都問心有愧。該怎麼辦？他感覺雙膝不斷往下沉，幾乎昏了過去。

同時，德納第卻在桌子前面踱來踱去，既茫然不知所措，又得意到發狂。

「啊！我總算找到你了，慈善家先生！你不認得我？當然了！八年前，一八二三年的聖誕節前夕來到蒙費梅伊，來到我的旅店的不是你？從我這裡把芳婷的孩子拐走的不是你？啊！你不認得我？可是我認得你！你一鑽進我這地方，我就立刻認出了你來。啊！你這老光棍，誘拐小孩的老賊，現在總算學乖了吧！」

他停下了，好像在自言自語什麼。隨後，又一拳捶在桌上吼道：

「你是我一切苦難的根源！你用一千五百法郎把我的一個姑娘帶走了，這姑娘肯定是什麼有錢人家的孩子，她已替我賺過許多錢，我本該好好靠她撈一筆的！我猜，你把那百靈鳥帶走的時候，一定覺得我是個傻瓜吧？不過，今天總算輪到我報仇了！你完了，老頭！」

他停了下來，氣喘吁吁。老先生不曾打斷過他的話，這時才向他說道：

「我不懂您的意思。您弄錯了。我是一個窮人，不是百萬富翁。我不認識您，您把我誤認成別人了。」

「啊！」德納第叫道，「你真會胡扯！你仍然要裝傻！你是在自欺欺人，我的老朋友！啊！你想不起來嗎？你看不出我是誰嗎？」

「對不起，先生，」老先生以一種異常斯文的口吻回答，「我看得出您是個匪徒。」

毫無疑問，卑鄙的人同樣也有自尊心，一聽到匪徒這兩個字，德納第抓住了他的椅子，彷彿要把它捏碎。

「聽著！慈善家先生，我不是一個來歷不明的人，不是一個跑到別人家裡誘拐孩子的人！我是一個法蘭西的退伍軍人，參加過滑鐵盧戰役，還在那次戰鬥中救出一個叫什麼彭梅西的伯爵！你看見的這張油畫是大衛在布魯塞爾畫的，你知道他畫的是誰嗎？他畫的是我！我背著那位將軍，把他從炮火中救出來。經過就是這樣。那位將軍從來沒有回報過我什麼，我卻沒有因此就不冒生命危險去救他！該死的！現在，我已把這一切告訴了你。言歸正傳，我要錢，我要很多的錢！要不然，我就要你的命！」

馬留斯靜靜地聽著，他已確信這人的確是遺囑裡指的那個德納第了。馬留斯聽到他責備他父親有恩不報，不禁萬分痛苦，幾乎要承認那種責備是對的。因此他更感到左右為難、不知所措了。並且，在德納第說的那一番話裡，在他的語調、姿勢、眼神裡，也的確有一種像罪惡一樣不堪入目、像真情一樣令人心酸的東西。

他要求老先生買下的那幅油畫，其實只不過是他從前那旅店的招牌，是他自己畫的，是他在蒙費梅伊破產時留下來的唯一紀念。

馬留斯又仔細看了那幅畫，果真看出塗抹在上面的是一個戰場，遠處是煙，近處是一個背著一個人的人。那兩個人便是德納第和彭梅西。馬留斯如痴如醉，彷彿看見父親在畫上活了起來，聽見滑鐵盧的炮聲，他父親隱隱約約出現在那醜惡的畫面上，血流如注，神色倉皇，直直地盯著他。

當德納第的氣憤平復以後，把他一雙血紅的眼睛盯著老先生，乾脆地對他說：

「你還有什麼要說的嗎？」

一剎那間，老先生踢開了椅子，一拳推開桌子，一個縱步，輕巧異常，已到了窗前。他打開窗戶，跳上窗台，跨出窗外，這只是一秒鐘的事。他的半截身子已經到了外面，卻又被六隻強壯的手抓住，一齊拖了回來。抓住他的人是那三個「通煙囪的」。

其他的匪徒聽到眾人騷動的聲音，全都跑進來了。燭光照出了那幾個「通煙囪的」其中一人，儘管他臉上塗了黑，馬留斯仍認出他就是邦卓。這人把一根兩端裝了鉛球的棍子舉到老人的頭頂上。

馬留斯見到這情況，實在忍不住了。他暗自說道：「請原諒我！父親。」同時手指扣住了扳機；正要開槍時，卻又聽見德納第喊道：

「不要傷害他！」

這句話止住了那待發的槍聲。馬留斯認為緊急關頭已過，決定再觀望一下。

那群無賴已把老先生按在靠近窗子的那張床上，使他動彈不得。

「搜他的身。」德納第說道。

老先生彷彿已放棄了抵抗的念頭。大家上前搜他身上，只找到一個錢包和一條手帕，錢包裡裝著六個法郎，再也沒有別的東西。

「怎麼？沒有皮夾？」他問。

「也沒有錶。」一個黑臉的人回答。

德納第走到角落裡，拿起一把繩子，丟向他們。

「把他捆在床腳上。」他說。

老先生任由這群人擺佈。匪徒們要他站著，把他牢牢地綁在離窗口最遠、離壁爐最近的那張床上。最後一個結打好了，德納第拿了一把椅子，走來坐在老先生的斜對面。他的面容已從凶狠、放肆，轉為溫和而狡猾。

「你們站遠一點，讓我和這位先生談談。」

大家一齊退向門口。他接著說：

「先生，您打錯主意了，您不該想到跳窗。萬一摔斷了腿呢？現在，假如您允許，我們來心平氣和地談談。首先，我應該把我注意到的一個情況告訴您，那就是，您直到現在還沒有喊過一聲。」

德納第說得對，這一細節確實奇怪，馬留斯在慌亂中沒能察覺出來。老先生並未說過太多話，而且也沒有提高嗓子；更怪的是，即使是在窗口旁被那些匪徒擒住時，他也緊閉著口，一聲不吭。

「您明明可以喊上一兩聲『搶劫啊！』『救命啊！』任何人在這種情況下都會喊的；但是，您卻沒有喊一聲。這樣最好，我佩服您的高明，而且我要把我從中得到的結論告訴您：親愛的先生，要是您喊，誰會來呢？員警。員警來過以後呢？法律制裁。因此您沒有喊，顯然您並不比我們更樂於看見員警。同時，出於某種利害關係，您有某些秘密需要加以隱藏。這對我們來說也是一樣的，因此我們一定可以談得攏的。」

老先生始終不為所動。這顯然是顆不受恐懼侵襲，也不知什麼叫驚慌失措的心靈。儘管情況是那麼凶險，儘管災難是那麼迫近，他的眼中卻一點也沒有那種驚駭萬狀的悲慘神情。

「來吧，」他說，「讓我們為這件事做一個友好的解決。我知道您是百萬富翁，因此我只要求二十萬法郎。只要您把這點小錢從您的口袋裡掏出來，我保證，誰也不會再動您一根汗毛。您一定會說：『可是我身上沒有帶二十萬法郎。』嘿！我當然也想到了這一點。我並不要您現在付錢，我只要求您一件事，勞駕您把我唸出的話寫下來。」

德納第把桌子推向老先生，緊緊地靠著他，又從抽屜裡拿出一個墨水瓶、一枝筆和一張紙，讓那抽屜半開著，露出一把雪亮的尖刀。他轉向邦卓說道：

「放開先生的右手。」

接著，他把紙放在老先生面前。

「寫。」他說。

「寫什麼？」被綁人問。

「我唸，您寫。」

老先生拿起了筆。德納第開始唸：

「『我的女兒——』」

被綁人吃了一驚，抬起眼睛望著德納第。

「寫『我親愛的女兒』。」德納第說。

老先生照寫了。德納第繼續唸：

「『妳立刻到這裡來，我需要妳。送這封信的人是我派去接妳的。我等妳。』」

老先生全部照寫了。

「現在，」德納第又說，「請簽名。您叫什麼名字？」

「烏爾邦．法白爾。」被綁人說。

「簽上去。」

被綁人簽了。德納第摺好信，又說：

「寫上收信人的姓名——『法白爾小姐』，還有您的住址。我知道您住的地方離這裡不會很遠，在聖雅各教堂附近，您每天都去那裡望彌撒，但是我不知道在哪條街。您自己把住址寫上。」

被綁人若有所思地想了一會，又拿起筆來寫：

聖多明尼克．唐斐街十七號，烏爾邦．法白爾先生府上，法白爾小姐收

德納第急忙抓起那封信，要妻子把它送去信上的住址。不到一分鐘，便聽見馬鞭揮動的劈啪聲，聲音越來越弱，很快便聽不到了。

「好！」德納第嘀咕著，「他們走得很快。用這樣的速度，只要三刻鐘就可以回來了。」

他把一張椅子移向壁爐，坐下，交叉著雙手，朝鐵皮爐伸出兩隻靴子。

在那房間裡，與德納第和那被綁人一起留下來的只剩那五名匪徒了。他們無精打采，既不憤恨，也不憐憫，一句話也不說，擠在一個角落裡。剛才還充滿這房間的凶暴的喧嚷已被一種陰沉的寂靜所代替。

馬留斯的心情變得更加焦急萬分，他等待著。他的疑問越來越深了。被德納第稱為「百靈鳥」的那個少女究竟是誰？是指他的「烏蘇兒」嗎？話說回來，「U．F」似乎是「烏爾邦．法白爾」的縮寫，她根本不叫烏蘇兒。想到這裡，馬留斯陷入了一種失魂落魄的苦惱；他站在那裡，好像已被眼前的各種事物搞得精疲力竭，幾乎喪失了思考和行動的能力。他等待著，盼望事情能出現一點轉機。

就這樣過了將近半小時。德納第彷彿沉浸在陰暗的思索中，被綁人也沒有動。可是，有好一陣子，馬留斯似乎聽到一種輕微的窸窣聲，斷斷續續地從被綁人那裡傳出來。

忽然，德納第粗魯地對被綁人說：

「法白爾先生，聽我說，我的妻子應該快回來了，您不用急。她會把您的女兒帶到一個秘密的地點，然後再回到此地跟我們說：『辦妥了。』至於那百靈鳥，不會有人虐待她的，她將安安穩穩地待在那裡，等您交出二十萬法郎，我們立刻把她送還給您。要是您叫人逮捕我，我的人只好對那姑娘不客氣了。就是這樣。」

被綁人一個字也不回答。停了一會，德納第又說：

「等到我的妻子回來了，並告訴我說『百靈鳥已在路上了』，我們便放您走，您可以自由自在地回家去睡覺。您瞧，我們並沒有什麼壞心眼。」

馬留斯心中一驚。怎麼！他們要綁走那少女？他們不把她帶來此地？他們要把她帶去什麼地方？馬留斯感到他的心臟停止跳動了。怎麼辦？開槍嗎？把這些惡棍全交到法律的手中嗎？

現在不僅是上校的遺囑，還有他的愛情、他意中人的危險，都使他進退兩難。

在這陣沉寂中，樓梯下忽然傳來大門開關的聲音。

「老闆娘回來了。」德納第說。

話還沒說完，德納第大娘果然衝進了房間，漲紅了臉，呼吸急迫，喘不過氣來，眼裡冒著火，用她兩隻肥厚的手同時捶自己的屁股，吼道：

「假地址！」

「假地址？」德納第跟著說。

「什麼也沒有找到！聖多明尼克街十七號，沒有法白爾先生！誰也不認識他。」

馬留斯舒了一口氣。她，烏蘇兒或百靈鳥——那個不知道該如何稱呼的少女，脫險了。

當那氣瘋的婦人大吼大叫時，德納第坐到了桌子上，有好一陣子沒說話，晃著他的右腿，橫眉豎目地望著小火爐發呆。最後，他用慢吞吞的、凶狠異常的語調對被綁人說：

「一個假地址？你究竟有什麼打算？」

「爭取時間！」被綁人以洪亮的嗓子大聲回答。

同時，他一下子掙脫了身上的綁索，綁索早已割斷了，只有一條腿還被綁在床腳上。那七個人還來不及衝上去，他已鑽到壁爐下，把手朝火爐伸去，抽出一把燒得通紅的鑿子高舉在頭頂，模樣好不嚇人。

那些匪徒已從最初的驚訝中醒了過來。

「不用慌，」邦卓說，「他還有一條腿是綁著的，逃不走。」

這時被綁人提高嗓子說：

「你們這些惡棍，要知道，我這條命是不值錢的。可是，要是你們認為有本事強迫我說話，強迫我寫我不願意寫的東西，說我不願意說的話——」

他撩起左邊衣袖，同時伸直左臂，右手捏住鑿子的木柄，把燒紅的鑿子壓在赤裸的皮肉上。

肉被燒得劈啪作響，房間裡頓時散開了可怕的臭味。馬留斯嚇得心驚膽跳，雙腿發軟，匪徒們也人人戰慄。但那老人卻若無其事地、幾乎是威風凜凜地，把他那雙不含恨意的眼睛緊盯著德納第，痛苦全消失在莊嚴肅穆的神態之中。

「你們這些可憐的人，」他說，「不要以為我有什麼比你們更可怕的地方。」

說完，他把鑿子從傷口裡拔出來，向窗外丟出去。又說：

「現在，我隨你們處置。」

他已經放棄了自衛的武器。

「抓住他！」德納第說。

兩個匪徒抓住了他的肩膀。馬留斯聽到德納第夫婦在牆邊低聲交談，說道：

「只剩下一個辦法了。」

「把他砍了！」

「對。」

德納第慢慢地走到桌前，拉開抽屜，拿出那把尖刀。

馬留斯緊握著槍柄，猶豫到了極點。兩種聲音已經在他心裡交戰了一個鐘頭，一個要他遵從父親的遺囑，一個要他拯救那被綁的人。他茫然地希望能找到一個兩全的辦法，卻始終沒有發現這種可能性。同時，危險已經逼近，德納第手持尖刀，站在和被綁人相距幾步的地方思考。

馬留斯慌亂無主，朝四面東張西望。這是人在絕望中無可奈何的自然反應。

一道月光正照在他腳邊的桌子上，照出了一張紙。他瞥見了德納第家大小姐早晨在紙上寫下的那行大字：

「條子來了。」

馬留斯靈光一閃，他有了一個主意，這正是他一直在尋求的方法，既能包庇凶手，又能搭救被綁的人。他拿起那張紙，輕輕地從牆上剝下一塊石灰，裹在紙上，透過小洞丟到了隔壁房間。

「掉下了什麼東西！」德納第大娘喊道。

「什麼？」她的丈夫問。

那婦人向前一步，把裹在石灰裡的紙條撿了起來，遞給丈夫。

「這是從什麼地方丟進來的？」德納第問。

「見鬼！」那婦人說，「還能從什麼地方來?當然是窗口了。」

德納第連忙把紙打開，湊到蠟燭下去看。

「這是愛波寧的字！條子來了！」

他向妻子做了個手勢，她連忙上前，他把寫在紙上的那行字指給她看，隨即低聲說：

「快！準備軟梯！把這傢伙丟下，我們趕快逃！」

「不砍這人的脖子了？」德納第大娘問。

「來不及了。」

匪徒們紛紛開始行動，抓住被綁人的那兩人也立即鬆了手。一轉眼，那條軟梯已吊在窗子外面，兩個鐵鉤牢牢地鉤住了窗沿。德納第正要衝向窗前，忽然被邦卓一把拖住了衣領。

「喂！老賊，讓我們先走！」

「讓我們先走！」匪徒們一齊喊。

「別胡鬧！」德納第說，「不要浪費時間，員警已經快追上來了。」

「好吧，」一個匪徒說，「我們來抽籤，看誰應該最先走。」

德納第吼道：「你們瘋了！你們這堆傻瓜！耽誤時間，是吧？抽籤，是吧？很好！去拿些紙條，寫上我們每個人的名字！放在帽子裡！……」

「需要我的帽子嗎？」有人在房門口大聲說。

大家轉過頭去，看見了賈維。

27

傍晚，賈維便佈置好人手，自己躲在戈爾博老屋對面的樹下。他一到達，便下令把那兩個在附近把風的女孩抓起來，蒙帕納斯逃脫了。賈維隨即埋伏好，豎起耳朵等待約定的信號。等到後來，他按捺不住了，決定不再等待槍聲，徑直上樓去。他到得正是時候。

賈維戴上帽子，朝房裡走了兩步，叉著雙手，腋下夾根棍子，劍在鞘中。

「不許動！」他說，「你們不用從窗口出去，走大門吧！你們有七人，我們有十五人，不要反抗對你們比較好。」

邦卓從衣服裡抽出一把手槍，放在德納第手裡，在他的耳邊說：

「他是賈維，我不敢朝他開槍。你敢嗎？」

「有什麼不敢！」德納第回答。

「那麼，你開。」

德納第接過手槍，指著賈維。賈維定定地望著他，沒有把他放在眼裡，只說：

「還是不開槍的好，我說！你瞄不準的。」

德納第扣下扳機。沒有射中。

「我早已說過了！」賈維說。

邦卓把手裡的棒子丟到賈維腳前。

「你是魔鬼的皇帝！我投降！」

「你們呢？」賈維問其餘的匪徒。

「我們也投降！」

「很好，這樣才對，我早說過，不要反抗對你們比較好。」

他又回過頭來朝後面喊道：「進來！」

一個排的持劍憲兵和拿著棍棒的員警，一聽到賈維喊，全都湧進房間。他們把匪徒綁了起來。這一大群人在微弱的燭光映照下，把房間裡擠得水泄不通。

「你們敢動我！」有個人吼著說，那聲音既不像男人，也不像女人。

德納第大娘守在靠窗的一個角落裡，剛才的吼聲就是她發出的。她用自己的身體遮著丈夫，兩手把一張石凳高舉過頭頂，一副惡狠狠的模樣。

憲兵和員警都向走廊裡退去。房間中央頓時空了一大片。

賈維笑瞇瞇地走到那塊空地，德納第大娘睜圓雙眼盯著他。

「不要過來，滾開！」她喊道，「不然我砸扁你！」

賈維繼續朝前走。

披頭散髮、殺氣騰騰的德納第大娘叉開兩腿，身體向後仰，使出全身力氣把石凳對準賈維的腦袋拋去。賈維一彎腰，石凳便從他頭上飛過，砸在對面牆上，又彈回來，從一個角落滾到另一個角落，最後在賈維的跟前不動了。

這時賈維已走到德納第夫婦面前。他那雙寬大的手，一隻抓住了婦人的肩膀，一隻貼在她丈夫的頭皮上。

「手銬拿來！」他喊著說。

那些警探又湧了進來，賈維的命令很快就執行好了。

德納第大娘完全洩了氣，望著自己和丈夫的手全被銬住了，便倒在地上，嚎啕大哭，嘴裡喊著：

「我的女兒！」

「都已看管好了。」賈維說。

這時，賈維發現了被匪徒俘虜的人，自從員警進來以後，還沒有說過一句話，總是低著頭。

「替這位先生解開繩子！」賈維說，「誰也不許出去。」

說完後，他大搖大擺地坐在桌子前，桌上還擺著燭台和寫字用具。他從口袋裡抽出一張公文紙，開始寫他的報告。

當他寫完最初幾行以後，他抬起頭來說：

「把剛才被這些傢伙捆住的那位先生帶過來。」

員警們朝四面張望。

「怎麼了，」賈維問道，「他在哪裡？」

匪徒們的俘虜、烏爾邦．法白爾先生、烏蘇兒或百靈鳥的父親，不見了。

門是有人守著的，窗子卻沒人守著。他看見自己已經鬆了綁，當賈維正在寫報告時，他便利用大家還在哄亂、喧嘩、推擠，而且燭光昏暗，人們的注意力都不在他身上的一瞬間，跳出了窗口。

一個員警跑到窗前去看。外面也不見人影，那軟梯卻還在晃動。

「見鬼！」賈維咬牙切齒地說，「也許這才是最肥的一個！」

第四部　卜呂梅街的兒女情和聖德尼街的英雄血

1

當賈維把那群犯人押進三輛馬車裡，還不曾離開那棟破房子時，馬留斯便已溜出了房間。當時是晚上九點鐘，馬留斯去了古費拉克的住處。古費拉克為了一些「政治理由」，已經搬到玻璃廠街去了，這一地區是當時最常發生暴動的地段之一。

隔天早上七點，馬留斯又回到破房子，付清了房租，並找人把他的書籍與傢俱裝上一輛手推車，便離開了那裡，也沒有留下新住址。因此，當賈維不久後上門找他時，只聽到畢爾貢大娘回答一聲：「搬走了！」

馬留斯匆匆搬走，有兩個原因。首先，他在那棟房子裡目睹一樁醜惡的陰謀，對那地方產生了強烈的反感；其次，他不願被人傳喚，出面揭發德納第。

賈維猜想這年輕人由於害怕而逃避了，他曾設法把他找出來，但沒能做到。

一個月過去了，又是一個月，馬留斯始終住在古費拉克那裡。他打聽到德納第已被關進監獄，因此每個禮拜一，他都會送五個法郎到拉弗爾斯監獄的管理處，託人轉交給德納第。

馬留斯沒有錢，便向古費拉克借那五個法郎。這五個按時支付的法郎，對古費拉克和德納第都成了一個謎。古費拉克常猜想：「這究竟是要給誰的呢？」德納第也常在問自己：「這究竟是誰送來的呢？」

馬留斯心中也苦悶萬分。一切又重新墜入五里霧中了，他心愛的那個少女、似乎是她父親的那個老人，曾從黑暗中偶然向他閃現了一下；正當他以為自己把他們抓住時，一陣風卻又把這兩個人影吹散了。

沒有一絲線索可以追蹤，連他發現的那個名字也落了空。烏蘇兒肯定不是她的名字，百靈鳥又只是一個綽號；而那老人，他又該如何找到他呢？難道他真的不敢在員警前露面嗎？他為什麼要溜走？他究竟是不是那少女的父親？還有，難道他真的是德納第認識的那個人嗎？這一切疑問都無從解答，沒有任何事物能為馬留斯指出方向。他的自信心已完全喪失。他始終抱著和她再次相見的心願，可是他已不再存有這種希望。最不幸的是貧困又逼近了。在那些苦惱的時日裡，他早已中斷了他的工作。狂熱的戀情把他推向了不切實際的幻想中，他出門僅僅為了胡思亂想。而且，隨著工作的減少，支出增加了。他的處境越來越窘迫。

馬留斯一心想著那名少女，不再思考別的事情了。他不知不覺地感到他那套舊衣服已不可能再穿了，新的那套也變舊了；他的襯衫破爛了，帽子破爛了，靴子破爛了，他的生命也破爛了。他常暗自想道：「但願我在死前能再見她一面！」

日子一天天過去了，卻一點新的發現也沒有。他只覺得他剩下的淒涼時日隨時都在縮短。他彷彿已清清楚楚地望見那無底深淵邊上的陡壁。

「怎麼！」他常這樣想，「難道在這以前，我就不會再遇見她了？」

順著聖雅各街往前走，走過便門，再沿著左邊的馬路往前走一段，便來到健康街，接著便是冰窖；在離哥白蘭小河不遠的地方，人們會見到一塊空地，在圍繞巴黎的環城馬路附近。這裡散發著一種淡遠的情趣，一片青草地，旁邊有幾間古老的農舍，一個小池塘隱藏在白楊樹叢中，幾個婦女在附近有說有笑；更遠處，可以看見聖母院鐘塔的方頂。

一次，馬留斯獨自閒逛，偶然走到這地方的小池邊，被這裡近乎蠻荒的趣味感動了。他問一名過路人：「這地方叫什麼名字？」

過路人回答：「百靈場。」

一聽到「百靈」這兩個字，馬留斯便神魂顛倒了。百靈鳥，在馬留斯的愁腸深處早已取代了烏蘇兒的名字。他在那種迷了心竅的痴情中，傻頭傻腦地對自己說：「嘿！這是她的家，我一定能在這地方找到她。」

這是荒唐的想法，然而卻不可抗拒。

從此他天天都去百靈場。

2

馬留斯已不再訪問任何人，不過他有時會遇見馬白夫先生。

馬白夫先生已經年近八十了，他的境況越來越差。他把每天的早餐縮減到兩個雞蛋，其中一個留給他年老的女僕普盧塔克，他已十五個月沒有付給她工資了。他的早餐通常是一天中唯一的一餐。他已失去了那種稚氣十足的笑聲，變得陰沉了，也不再接待朋友；幸好馬留斯也不想去看他。有時，馬白夫去植物園，和那年輕人在醫院路上迎面走過，兩人彼此並不交談，只愁眉苦臉地相互點個頭罷了。

一天傍晚，馬白夫坐在花園裡的一張長凳上，戴著眼鏡，手裡捧著兩本書，一邊閱讀，一邊從書本上方望著他的那些花木。四天的乾旱剛過去，不見一滴雨，樹枝下垂了，花朵枯萎了，葉子落了，一切都需要灌溉。老人剛在他那塊靛青地裡工作了一整天，精疲力竭，但他仍站起來，把他的兩本書放在長凳上，彎著腰，搖搖晃晃地走到井邊，抓住鐵鍊，想把它提起一點，卻一點力氣也沒有。他只好轉過頭來，淒慘萬分地望著天空。

就在這時，他聽見一個人的聲音說道：

「馬白夫爺爺，要我來替您澆園子嗎？」

同時，籬笆中發出一陣聲響，他看見從雜草叢裡走出一個瘦長的大女孩，站在他面前，大膽地望著他。馬白夫還來不及回答一個字，那個神出鬼沒的姑娘已從黑暗中取下鐵鍊，把吊桶垂下去，隨即又提起來，灌滿了澆水壺。老人這時才看出那人是赤著腳的，穿一條破爛裙子，正在田地中來回奔跑，把水灑向四周。

第一桶澆完了，那姑娘又打了第二桶、第三桶。她把整個園子全澆遍了。

她那渾身黑的輪廓在小路上這樣走來走去，兩條骨瘦如柴的長手臂上飄著一塊薄薄的破爛披肩，看上去就像一隻蝙蝠一樣。

當她澆完了水，馬白夫含著滿眶眼淚走上前去，把手放在她的額頭上說：

「天主保佑您。您是一個天使，能這樣愛惜花草。」

「不，」她回答說，「我是鬼，做鬼，我並不在乎。」

那老人沒有聽見她的回答，便又大聲說：

「可惜我太沒用了，太窮了，一點忙也幫不上！」

「您能幫上我。」她說。

「怎麼做？」

「把馬留斯先生的住址告訴我。」

「哪個馬留斯先生？」老人一點也不懂。

「一個年輕人，前陣子常常到這裡來的。」

馬白夫先生這才回憶起來。

「啊！對了，」他大聲說，「我明白了，馬留斯．彭梅西男爵，是吧！他住在……他已不住在……真糟，我不知道。」

他一面說，一面彎下腰去整理花草，接著又說道：

「有了，我想起來了。他經常走過那條大路，朝著冰窖那裡走去。庫爾巴伯街，百靈場。您到那一帶去找，不難遇見他。」

等馬白夫先生直起身子，什麼人也沒有了，那姑娘不見了。

3

幾天以後的一個早晨，禮拜一，馬留斯把五個法郎放進口袋，決定在送去管理處以前，先去溜達一會兒。他去了百靈場。

他走過庫爾巴伯街口，坐在哥白蘭河邊的石欄杆上。一道歡快的陽光正穿過那些通明透亮的新葉。他在想念她，他的想念接著又轉為對自己的責備；他痛苦地想到自己已被懶惰所控制，想到自己的前途越來越黑暗，甚至連太陽也看不見了。

他正這樣一籌莫展地想出神時，突然聽到一個人的聲音在說：「嘿！在這裡。」

他抬起頭來，認出了那人便是之前來過他房裡的那個窮女孩，德納第的大小姐愛波寧，他現在已知道她的名字了。說也奇怪，她看起來更窮，卻也漂亮些了。她赤著一雙腳，穿一身破爛衣服，仍是那種堅定的態度，仍是那副嘶啞的嗓子，仍是那因風吹日曬而發黑的額頭，仍是那種放肆、散亂、浮動的目光。她頭髮裡有些麥稈和草屑，因為她曾在某個馬廄的草堆上睡過覺。

儘管這樣，她仍是美麗的。

她走到馬留斯面前，停了下來，枯黃的臉上略帶一點喜色，並稍露一點笑容，好一陣子說不出話來。

「我總算找到您了！」她終於說道，「馬白夫爺爺說得對，是在這條大路上！我找得好辛苦！要是您知道就好了。我在牢裡關了十五天，他們又把我放了，看見我身上什麼也找不出來，況且我還不到受管制的年齡！還差兩個月。啊！我找得好辛苦呀！已經找了六個禮拜。您已不住在那邊了嗎？」

「不住那邊了。」馬留斯說。

「是呀，我懂，是因為那件事。怎麼了！您為什麼戴一頂這麼舊的帽子？像您這樣的青年，應該穿上漂亮的衣服才對。我聽到馬白夫爺爺叫您『彭梅西男爵』，您不會是男爵吧？您現在住在什麼地方？」

馬留斯不回答。

「啊！」她接著說，「您的襯衫上有個洞。我得替您補好。」

她又帶著漸漸沉鬱下來的神情說：

「您看起好像見到我不高興一樣。」

馬留斯不出聲，她也靜了一會兒，隨即又大聲喊道：

「可是只要我願意，我就一定能使您高興！」

「什麼？」馬留斯問，「妳這句話是什麼意思？」

她咬著自己的嘴唇，似乎拿不定主意，內心在掙扎著。最後，她好像下定了決心。

「沒有關係，怎樣都可以。您老是這樣愁眉苦臉的，我希望您高興。不過您得答應我，您一定要笑。馬留斯先生，您知道的，您曾經答應過我，無論我要什麼，您都願意給我……」

「對，妳說吧！」

她瞪著眼望著馬留斯，向他說：「我已找到那個住址。」

馬留斯面無人色。他的全部血液都回到了心臟裡。

「什麼住址？」

「您要我找的那個住址！」她彷彿又很辛苦地補充一句：「就是那個住址……那位小姐的。」

說完這幾個字，她深深地嘆了一口氣。

馬留斯從他坐著的石欄杆上跳了下來，緊緊捏住她的手：

「啊！太好了！快帶我去！告訴我！隨妳要什麼都行！在什麼地方？」

「跟我來，」她回答，「我不清楚那是在什麼街，幾號。但是我認得那棟房子，我帶您去。」

她抽回了她的手，以一種能使旁觀者聽了感到苦惱的語氣接著說：

「唉！瞧您多麼高興。」

一陣陰影浮過馬留斯的額頭。他抓住愛波寧的手臂。

「妳得向我發個誓！」

「發誓？」她說，「那是什麼意思？奇怪！您要我發誓？」

「妳的父親！答應我，愛波寧！我要妳發誓不把那住址告訴妳父親！」

她轉過去對著他，帶著驚訝的神氣說：

「愛波寧！您怎麼會知道我叫愛波寧？」

「答應我！」

她好像沒有聽見他說話似的。

「這多有意思！您叫了我一聲愛波寧！」

馬留斯抓住了她的兩隻手。

「回答我呀，看在上帝的份上，發誓妳不會把那個住址告訴妳父親！」

「我父親？」她說，「啊，是的，我父親！放心吧，他在牢裡。而且，我父親關我什麼事！」

「妳還沒有回答我！」馬留斯大聲說。

「不要這樣抓住我！」她一面狂笑一面說，「您這樣推我幹什麼？好吧！我答應您！我發誓！這有什麼關係呢？我不把那住址告訴我父親。就這樣！這樣可以了嗎？」

「也不告訴別人？」馬留斯說。

「不會。」

「好，」馬留斯又說，「現在，妳帶我去。」

「來吧。」她說，「啊！他多麼高興啊。」

她走了十幾步，又停下來，偏過頭去和馬留斯談話，臉並不轉向他：

「對了，您知道您從前曾答應過我什麼嗎？」

馬留斯掏了掏口袋，拿出了他僅有的五法郎，放在愛波寧手裡。

她張開手指，讓錢掉在地上，愁眉不展地望著他。

「我不要您的錢。」她說。

4

十八世紀中葉，一位貴族在聖日爾曼郊區荒僻的卜呂梅街興建了一棟小房子。這棟房子是一座兩層的樓房，樓下兩間大廳，樓上兩間正房；另外，樓下有間廚房，樓上有間客廳，屋頂下面有間閣樓。整棟房子面對一個花園，臨街一道鐵柵門，院子佔地約一公頃。在樓房後面，還有一個小院子，院子裡有兩間帶地窖的平房，這是個在必要時可以藏人的地方。平房後面有扇偽裝的暗門，通往一條長而窄的小巷，這條小巷夾在兩道高牆的中間，蜿蜒地向前延伸，一路都有掩蔽，從外面看上去，毫無痕跡可尋，它直通八分之一法里外的另一扇暗門，開門出去，便是巴比倫街上人煙稀少的一個地區。

那棟樓房是用條石砌成的，並嵌鑲了壁飾，陳設了傢俱；裡面是自然景色，外面是古典形式，並植了三道花籬，顯得既雅致，又俏麗，又莊嚴。

一八二九年十月，有個老人租下了這棟房子，又雇人把那巷子兩頭的暗門修理好。陳設在屋裡的仍是過去的一些舊傢俱，這位新房客稍加修葺了一下，添補了一些缺少的東西後，便帶著一位年輕姑娘和一個老女僕悄悄地搬了進來。

這位房客便是尚萬強，年輕姑娘便是珂賽特。那女僕是個老太婆，名叫杜桑，是尚萬強從醫院和窮苦中救出來的。她年老、口吃，又是外省人，因此尚萬強決定把她帶在身邊。

尚萬強為什麼要離開小比克布斯修道院呢？發生了什麼事？

什麼事也沒有發生。

他在修道院裡是幸福的，甚至幸福到了不安的程度。他能每天見到珂賽特，感到自己的心裡產生了父愛，並且日益發展。他全心全意地守護著這孩子，他常對自己說，她是屬於他的，任何東西都不能把她從他那裡奪走。生活將這樣無止盡地過下去，她會成為修女，並與他一同在這修道院裡終老一生。

他在思考這些事時，感到自己陷入困惑之中。他捫心自問，這幸福是否完全是他的？這裡面是否攙有屬於那個孩子的幸福？這究竟是不是一種盜竊行為？他常對自己說：「這孩子在放棄人生以前，有認識人生的權利。如果在取得她的同意以前，便藉口為她擋開一切不幸，而斷絕她的一切歡樂；利用她的無知與孤單，強迫她發出遁世的誓言，那將是違反自然、戕害人心，也是向上帝撒謊。」而且，誰能斷言，將來有朝一日，珂賽特明白了這一切，後悔成為修女，不會轉過來恨他呢？這一念頭使他無法忍受，他決心離開修道院。

他已在那四堵牆裡銷聲匿跡，住了五年，這足以驅散與消除那些顧慮了，他已能安心地回到人群中去。他老了，一切都變了，現在誰還能認出他來呢？再說，即使是最壞的情況，有危險的也只可能是他本人，而不會累及珂賽特；況且，危險在責任之前又算得了什麼？至於珂賽特的教育，也早已告一段落。

下定決心以後，他便等待機會。機會很快便出現了，老割風死了。

尚萬強去見了院長，說由於兄長去世，他得到一筆小小的遺產，從今以後不工作也能過活了；他打算辭掉修道院裡的職務，並帶走他的女兒。作為珂賽特留院五年的補償，他向修道院捐獻了五千法郎。

離開修道院的時候，他親自把那小提箱夾在腋下，不讓任何人替他代拿，鑰匙他也是一直放在身上的。這提箱總是發出一股香料味，常使珂賽特困惑不解。

尚萬強回到了自由的空氣裡，但他心裡仍懷著重重的憂慮。

他找到了卜呂梅街的那棟房子，便潛伏在那裡，自稱烏爾迪姆·割風。

他在巴黎還同時租了另外兩個住處，免得別人注意他長期待在一個市區裡；在感到危險逼近時，也可以有個遷移的地方，不至於再像上次那樣走投無路。那兩個住處是兩間相當簡陋、外觀寒酸的公寓，分別在兩個相隔很遠的市區，一處在西街，另一處在武人街。

他常帶著珂賽特，有時在武人街，有時在西街，住上一個月或六個禮拜，讓杜桑留在家裡。住公寓時，他讓門房替他料理雜務，只說自己是郊區的一個靠利息過日的人，想在城裡找個歇腳處。

珂賽特住在那間粉刷過的大臥房，尚萬強在那裡放了一張帶古式三色花緞床帷的床，和一條古老而華麗的波斯地毯，又配置了一套適合少女的輕巧雅致的小用具：多寶盒、書櫃和精裝書籍、文具、鑲邊的工作台、銀質鍍金的針線盒、日本瓷梳妝用具。窗子上掛的是和床帷一套的三色窗簾。整個冬季，珂賽特的房間裡都是生了火的。

至於他，住在後院的那種下人房裡，帆布床上放了一條草褥、一張木桌、兩張藤椅、一個陶水壺，以及幾本舊書，他的寶貝提箱放在角落。房裡從來不生火。他和珂賽特同桌進餐，只讓杜桑為他準備一塊黑麵包。

珂賽特在修道院裡學會了管理家務，一切的家用全歸她調度。尚萬強每天都挽著她去散步。他帶她到盧森堡公園那條遊人罕至的小路上去走走，每個禮拜天去聖雅各教堂做彌撒，因為那裡偏僻。這是個很窮的地段，他在那裡經常佈施，在教堂裡，他的四周總圍滿了窮人。

當尚萬強帶著珂賽特一同出門時，他的衣著就像一個退役軍官；但當他獨自出門時，便經常穿一身工人的短上衣和長褲，戴一頂鴨舌帽，把臉遮起來。這既是出於謹慎，也是出於謙卑。珂賽特早已習慣於自己離奇的命運，幾乎沒有注意她父親的怪異之處。至於杜桑，她對尚萬強極其尊敬，認為他的一舉一動都無可非議。

尚萬強、珂賽特和杜桑向來只從巴比倫街上的那扇門進出。如果不是他們偶爾也在花園的鐵柵門內露面，別人便無法猜出他們住在卜呂梅街。那道鐵柵門是從來不開的，尚萬強也不整理那園子，免得惹人注意。

珂賽特離開修道院時，幾乎還是個孩子。她才十四歲出頭，並且是在那種不可愛的年紀；除了一雙眼睛以外，她不但不標緻，而且還有點醜，不過倒也沒什麼不順眼的地方，只顯得有些笨拙、瘦弱，既不大方，同時又莽撞。總之，是個大孩子的模樣。

尚萬強把荒廢的後院交給她，說道：「妳想在這裡做什麼都可以。」珂賽特大為高興，她翻動所有的草叢和石塊，找昆蟲，在那裡玩耍。當她追夠了蝴蝶，氣喘吁吁地跑到他身邊說：「啊！我再也跑不動了！」他便在她額頭上親一個吻。

珂賽特愛她的父親，她以她的全部靈魂愛著他，以兒女孝親的天真熱情對待他，把他視為自己一心依戀的伴侶。她隨時跟在他後面，尚萬強在哪裡，哪裡便有幸福。有時候，尚萬強因被她糾纏而高興，便笑著說：「還不回妳的房間裡去！讓我一個人休息一下吧！」

這時，她便向他提出那種不顧父女尊卑、嬌憨動人、極有風趣的責問：

「爸爸，您房間裡冷死了！為什麼不在這裡鋪一塊地毯，放一個火爐呀？」

「親愛的孩子，多少人比我高貴多了，但他們頭上連塊瓦片也沒有呢。」

「那麼，我的房裡為什麼生著火，什麼也不缺呢？」

「因為妳是個女人，而且是個孩子。」

「難道男人就應該挨餓受凍嗎？」

「某些男人。」

「好吧，那麼我以後要時時刻刻待在這裡，讓您非生火不可。」

她還這樣對他說：

「爸爸，您為什麼老是吃這種壞麵包？」

「不為什麼，我的女兒。」

「好吧，您要吃這種，我也就吃這種。」

於是，為了不讓珂賽特吃黑麵包，尚萬強只好改吃白麵包。

珂賽特對於童年只有一些模糊的印象，德納第夫婦對她來說中就像是夢裡見過的兩張鬼臉。她還記得某一晚曾到一個樹林裡去取過水，她認為那是離巴黎很遠的地方。她彷彿記得她從前生活在一個黑洞裡，是尚萬強把她從那洞裡救出來的。但她不太明白自己怎麼會是尚萬強的女兒，他又怎麼會是她的父親。

她依稀記得自己有過母親，卻不知道她的名字。每當她向尚萬強問起她母親的名字，尚萬強總是默不作聲。要是她再問，他便以笑容作答。有一次，她一定要問個清楚，他的笑容便成了一眶眼淚。

珂賽特和他一起出門時，總是緊靠在他的手臂上，心裡充滿了自豪和幸福。尚萬強知道這種美滿的溫情是屬於他一人的，感到自己心也醉了。這可憐的老人沉浸在無盡的幸福裡，快樂到渾身顫抖，他暗自慶幸將能這樣度過餘生，心想自己受的苦難還不夠，不配享有這樣美好的幸福，並從靈魂的深處感謝上帝，讓他這樣一個毫無價值的人受到這個天真孩子如此真誠的愛戴。

5

一天，珂賽特偶然拿起一面鏡子照她自己，脫口說出一聲：「奇怪！」她幾乎感到自己是漂亮的。這使她心裡產生了一種說不出的煩惱。從小到大，她總是聽到別人說她長得醜，只有尚萬強一人說過：「一點也不！」她也一向覺得自己醜。但現在，她的那面鏡子卻和尚萬強一樣，突然對她說：「一點也不！」

那一夜她沒有睡好。

「我漂亮又怎麼樣呢？」她心想，「真可笑，我也會漂亮！」

第二天，她又去照鏡子，這一回她沒有懷疑：「不，我長得醜。」其實是她沒有睡好，眼皮垂下來了，臉也是蒼白的。前一天，她以為自己漂亮，當時並不感到快樂，現在她不那麼想了，反而感到傷心。她不再去照鏡子了，一連兩個多禮拜，她老是盡可能背對著鏡子梳頭。

又一次，她在街上走，彷彿聽到有人在她後面說：「多漂亮的女人！可惜穿得不好。」她心想：「他說的一定不是我。我穿得好，長得醜。」當時她戴的是一頂棉絨帽，穿的是一件粗毛呢裙袍。

還有一天，她在園子裡，聽見杜桑大娘說道：「先生，您注意到小姐現在長得多漂亮了嗎？」珂賽特沒有聽到父親的回答，杜桑的那句話已在她心裡引起一陣驚慌。她立刻離開園子，逃到樓上的臥房裡，跑到鏡子前面——她已三個月沒有照鏡子了——叫了一聲。這下子，她把自己的眼睛也看花了。

她既漂亮又秀麗，她的身軀成熟了，皮膚白淨了，頭髮潤澤了，藍色的瞳孔裡燃起了一種不曾見過的光彩。一瞬間，她對自己的美完全深信無疑。她又下樓來，走到園子裡，自以為當了王后，聽著鳥兒歌唱，望著金黃色的天空、樹枝間的陽光、草叢裡的花朵，瘋了似地暈頭轉向，心裡說不出的舒暢。

另一方面，尚萬強卻感到心情無比沉重，一顆心彷彿被什麼揪住了一樣。

長久以來，他一直懷著恐懼的心情，注視那美麗的容光在珂賽特的小臉蛋上一天比一天更加光彩奪目。對所有人來說，那是清新可喜的曉色，對他來說，卻是陰沉黯淡的。

他感到這是他幸福生活中的一種變化。他的生活過得那麼幸福，以至於他戰戰兢兢，生怕打亂了什麼。這個人，經歷過一切災難，他能接受一切、原諒一切、饒恕一切、為一切祝福，向天、向人、向法律、向社會、向自然、向世界，但也只有一個要求：讓珂賽特愛他！

讓珂賽特繼續愛他！讓她的心永遠向著他！只要得到珂賽特的愛，他便覺得傷口癒合了，身心舒坦了、平靜了、圓滿了、得到補償了。除此以外，他便別無所求。

但如今，那種青春煥發的美，在他的身旁、眼前，在這孩子天真開朗、令人驚豔的臉蛋上，從他的醜、老、窘困、矛盾、苦惱的土壤中綻放出來，日益燦爛，使他看了心慌意亂。

他對自己說：「她多麼美！我將怎麼辦呢？」

自從珂賽特從鏡中發現自己美貌的那一天起，她便開始留意她的服飾。她想起了她在街上聽到的那句話：「多漂亮的女人！可惜穿得不好。」從此見了粗毛呢便厭惡，見了棉絨便感到羞恥。她父親對她向來有求必應，使得她很快便掌握了關於帽子、裙袍、短外套、緞靴、袖口花邊、時髦布料、流行顏色這方面的學問。

不到一個月，珂賽特在巴比倫街附近的荒涼地段裡，已不只是最漂亮的女人之一，而且還是「穿得最好的」女人之一。

尚萬強在一旁看著她胡鬧，心裡暗自著急。他覺得自己就像是個在地上爬的人，最多也是個在地上走的人，現在卻看見珂賽特長出了翅膀。

而且，他發現珂賽特已不像平常那樣喜歡待在家裡，她現在總想去外面走走。確實，假如不到人前去露臉，又何必生一張漂亮的臉，穿一身時髦出眾的衣服呢？

他還發現，珂賽特對那個後院已不怎麼感興趣了。她現在比較喜歡待在花園裡，並且時常走到鐵柵門旁。尚萬強一肚子悶氣，不再涉足花園。他待在自己的後院裡，像一條老狗。

正是在這時候，馬留斯相隔了六個月，又在盧森堡公園裡遇見了她。

6

從很久以前開始，她便在看他、研究他，當馬留斯還覺得珂賽特醜的時候，珂賽特已覺得他美了。但是，由於他一點也不注意她，這年輕人在她眼裡也是無所謂的。

但是她不能阻止她對自己說，他的頭髮美、眼睛美、牙齒美；當她聽到他和同學們談話時，她也覺得他說話的聲音動人；走路的姿態雖不好看，但也頗有風度；他的模樣一點也不傻，他是高尚、溫柔、樸素、自負的；雖然看起來窮，但是個有骨氣的人。

到了那天，他們的視線交會在一起了，一剎那間，兩人互相交換了某種隱諱不宣、無法言喻的一些最初的東西。起初，珂賽特並沒有懂，她若有所思地回到了西街的房子裡。第二天醒來時，她想起了這個不認識的青年，他素來是冷淡、漠不關心的，現在似乎在注意她了。但她還不滿意，一種戰爭的意圖在她的心裡起伏，她彷彿覺得，並且感到一種孩子氣的快樂——她總得報復一回。

我們記得，馬留斯總是待在他的長凳上，不肯走近，這讓珂賽特又氣又惱。一天，她對尚萬強說：「我們到那邊走走吧，爸爸。」

就這樣，珂賽特的那一望使馬留斯發瘋，而馬留斯的一望使珂賽特發抖。馬留斯滿懷信心地走了，珂賽特的心卻七上八下。從那一天起，他們相愛了。

珂賽特最初的感受是一種慌亂而沉重的愁苦。她覺得她的靈魂一天比一天更晦暗了，她已不再認識它了。女孩們靈魂的潔白是由冷靜和輕鬆愉快構成的，像雪一般，它遇到愛情便融化，愛情是它的太陽。

她每天焦急地等待散步的時刻，遇見馬留斯，便感到說不出的快樂。他們彼此沒有交談、不打招呼、不相識；他們彼此能看得見，正如天空中相隔十萬八千里的星星那樣，靠著彼此對看來生存。

然而，儘管馬留斯竭力想避開那名父親的注意，尚萬強仍識破了他。他發現他不再像從前那樣走近他們身邊，而是坐在遠處發怔；他總是捧著一本書，假裝閱讀；從前，他穿著舊衣服出門，現在卻天天穿新衣；他那雙眼睛的神情也的確古怪。總而言之，尚萬強打從心底討厭這個年輕人。

他看見珂賽特朝著心花怒放的馬留斯投以微笑，馬留斯除此之外什麼也瞧不見了，彷彿世上只剩下這一張容光煥發、他所傾倒的臉。當兩個情人正感到此時此刻無比美好時，尚萬強卻狠狠地睜著一雙冒火的眼睛盯著馬留斯。他自以為心中已不再有惡念了，但有時看見馬留斯，卻不禁感到自己又有了那種野蠻粗暴的心情，在他當年充滿仇恨的靈魂的深淵裡，舊時的怒火又在重新迸裂的缺口裡燃燒起來。他幾乎覺得在他心裡，一些不曾有過的火山口正在形成。

為什麼！會有這麼一個人在這裡！他來幹什麼？他來轉、嗅、研究、試探！他到他生命的周圍來打主意！到他幸福的周圍來打主意！他想奪取它，據為己有！

尚萬強的眼裡充滿了異常陰沉的煞氣。那已不是看著一個仇人的眼神，而是看著一個小偷的眼神。

有一次，馬留斯跟著珂賽特到了西街；另一次，他找門房談過話，那門房又把這件事告訴了尚萬強，並且問他：「那個找您的愛管閒事的小伙子是什麼人？」第二天，尚萬強向馬留斯望了一眼。一個禮拜後，他便搬走了。他發誓不再去盧森堡公園，也不再去西街。他回到了卜呂梅街。

珂賽特沒有表示異議，也沒有吭一聲，沒有問一句話，但是他卻察覺到她變得抑鬱了，而他，變陰沉了。

一天，他進行一次試探。他問珂賽特：

「妳想去盧森堡公園走走嗎？」

珂賽特蒼白的臉上頓時喜氣洋洋。

「想。」她說。

他們去了。那是過了三個月以後的事，馬留斯已經不去那裡了。他不在。

第二天，尚萬強又問珂賽特：

「妳想去盧森堡公園走走嗎？」

「不想。」

尚萬強見她發愁就生氣，見她柔順就懊惱。

這小腦袋裡究竟發生了什麼事？年紀這麼小，便已這樣猜不透？裡面正在策劃著什麼？珂賽特的靈魂出了什麼事？有時，尚萬強不睡，常常整夜坐在破床邊，雙手捧著腦袋，思考珂賽特在想些什麼。

儘管如此，這一切想法他都不流露出來。既沒有急躁的表現，也從不粗聲大氣，總是那副寧靜溫和的面孔。尚萬強的態度比以往任何時候都更像慈父，更加仁愛。如果有什麼東西可以使人察覺他不像從前那麼快樂，那就是他更加和顏悅色了。

至於珂賽特，她終日悶悶不樂。她為看不見馬留斯而愁苦，正如過去因看到他而喜悅；她萬般苦悶，卻不知道究竟是怎麼回事。當尚萬強不再像平常那樣帶她去散步時，一種女性的本能便暗示她，她不應該顯出想念盧森堡公園的樣子；如果她裝得無所謂，她父親就會再帶她去的。但是，多少個月過去了，尚萬強仍然沒有動作。她後悔起來了，已經太遲了。她回到盧森堡公園的那天，馬留斯不在，他不見了，全完了，怎麼辦？她還能與他再次相見嗎？她感到自己的心揪成一團，而且一天比一天更甚。她整天垂頭喪氣，發呆出神，心裡只想著同一件事。

然而，除了她那憔悴面容外，她也不讓父親發現什麼。她對他仍是親親熱熱的。

這兩個人，多年以來，彼此相依為命，極其相愛，現在卻面對面地各自隱忍，都為對方苦惱。大家避而不談心裡的話，也沒有抱怨的心，而還總是微笑著。

他們的生活便這樣一天一天地黯淡下去了。

他們只剩下一種消遣方法，也就是從前的那種快樂事：把麵包送給挨餓的人，把衣服送給受凍的人。珂賽特時常陪著尚萬強去訪問貧苦的人，他們在這些事情上還能找到一些共同的志趣。有時，當一天的活動進行順利，幫助了不少窮人，使不少小孩得到溫飽後又活潑起來，珂賽特便感到愉快一些。正是在這些日子裡，他們去拜訪了德納第的破房子。

就在那次事件的第二天早晨，尚萬強來到樓房裡，和平時一樣鎮靜，只是左臂上帶著一條大傷口，相當紅腫，像是被火燒過。他隨口解釋了一下。這次的傷使他發了一個多月的高燒，不曾出門。他不願請任何醫生，當珂賽特堅持要請一個的時候，他便說：「找個替狗看病的醫生吧。」

珂賽特替他包紮，她的神氣無比莊嚴，並以能為他盡力感到莫大的安慰；尚萬強覺得舊時的歡樂又回到他心頭了，他的恐懼和憂慮煙消雲散了，他常望著珂賽特說：「啊！多美好的創傷！多美好的痛苦！」

珂賽特看見父親生病，便離開了那座樓房，重新跟小房子和後院親熱起來。她幾乎整天待在尚萬強身邊，唸書給他聽。尚萬強重生了，他的幸福也以無可形容的光輝煥然再現了，盧森堡公園、那個不相識的少年、珂賽特的冷淡、他心靈上的一切烏雲都已消逝。

在修道院時，珂賽特曾向修女學習音樂，她的歌喉就像一隻有靈性的黃鶯。有時，天黑以後，她在父親養病的那間簡陋的小屋裡唱一兩首憂鬱的歌曲，尚萬強聽了，心裡大為喜悅。

珂賽特看見父親的痛苦減輕了，傷口漸漸好了，心境也好像寬了些，她便也得到了安慰。

三月到了，白晝漸漸長了，冬天已經過去，冬天總是會把我們的傷感帶走一部分。隨後是四月，這是夏季的黎明，像曉色一樣新鮮，像童年一樣歡樂，也像初生的嬰兒一樣活潑。珂賽特的傷感已在不知不覺中消失了，每天早晨，當她扶著她父親負傷的手臂，攙他到園裡散步，曬上幾分鐘的太陽時，她一點也沒意識到自己在笑，而且是快快樂樂的。

尚萬強看到她又變得紅潤光豔了，感到滿腔欣慰。

「啊！美好的創傷！」他喃喃地說道。

他並對德納第懷著感激的心情。

傷口好了以後，他又恢復了夜間獨自散步的習慣。

7

一天晚上，小加夫洛許一點東西也沒吃，他想起昨天也沒有任何東西下肚，決定去找點食物來充飢。他走到婦女救濟院一帶的荒涼地方，心想也許能有一些意外收穫。

前幾次他來這地方遊蕩時，便注意到這裡有一個園子，住著一個老頭和一個老婦人，園裡還有一棵不怎麼樣的蘋果樹，樹下有一個破箱子，也許能從裡面摸到幾個蘋果。那園子緊挨著一條荒僻的小巷，兩旁雜草叢生，一棟房子也沒有，園子和巷子中間只隔了一道籬笆。

加夫洛許向園子走去。他找到了那條巷子，也認出了那株蘋果樹，看到了那個箱子。他研究了那道籬笆，籬笆是一抬腿便可以跨過去的。天色暗下來了，巷子裡連一隻貓也沒有，時機正合適。加夫洛許正準備跨越籬笆，卻又忽然停了下來。園裡有人說話。加夫洛許湊近一個空隙往裡瞧。

在離他兩步的地方，一位老人正坐在石凳上，他前面站著一個老婦人，正在絮叨不休。

「馬白夫先生！」

「怎麼了？普盧塔克大娘。」

「房東不高興了。」

「為什麼？」

「我們欠了三個季度的房租了，他說要趕您走。」

「我走就是。」

「賣柴的大娘要我們付錢，她不肯再供應樹枝了。今年冬天您打算用什麼取暖呢？」

「有太陽嘛。」

「賣肉的不肯賒帳。他不再給肉了。」

「正好。我消化不了肉，太膩。」

「吃什麼呢？」

「吃麵包。」

「賣麵包的要求清帳，他也說了，沒有錢，就沒有麵包。」

「好吧。至少我們還有這棵蘋果樹。」

「可是，先生，我們總不能一直這樣沒錢吧？」

「我沒有錢。」

老婦人走了，老人獨自待著。加夫洛許蹲在籬笆下不動，他已不想翻過去了。代替晚餐，他只好睡大覺。天上蒼白的微光把大地映成白色，那條巷子成了兩行深黑的矮樹中間的一條灰白地帶。

忽然，在這白茫茫的帶上，出現兩個人影。一個走在前，一個跟在後，相隔只幾步。

「來了兩個人。」加夫洛許自言自語。

第一個影子彷彿是個老人，低著頭，正在想什麼，穿得極簡單；由於年事已高，步伐緩慢，顯然正趁著月光散步。第二個是健步如飛的瘦長個子，遠遠跟著前面那人的步伐慢慢前進。這個人影穿著時髦，帽子下方露出一張美少年的側影，但顯得異常凶險。這個人是加夫洛許熟悉的，他就是蒙帕納斯。

這兩個行人，其中一個顯然對另一個有所企圖。蒙帕納斯在這種時刻，這種地方，出來行動，那是極可怕的。加夫洛許不禁為那老人暗叫不妙。

怎麼辦？出去干涉嗎？以弱小救老弱？加夫洛許明知道，對那個十八歲的凶殘匪徒來說，一老一小，他瞬間便能收拾掉。

加夫洛許正在躊躇，凶猛的突襲已經開始了。蒙帕納斯突然往前一躍，撲向老人，抓住他的衣領，掐住他的咽喉。不一會兒，那兩人的其中一個已被另一個壓倒在下面，聲嘶力竭，不住掙扎。但是情況跟加夫洛許預料的完全相反。在下方的是蒙帕納斯，在上方的是那老人。

「好一個勇猛的老頭！」加夫洛許心裡想。

老人沒有說一句話，也沒有喊一聲。他站了起來，加夫洛許聽見他對蒙帕納斯說：

「起來。」

蒙帕納斯起來，那老人仍抓住他不放。蒙帕納斯又羞又惱，像一頭被綿羊咬住了的狼。

「你多大了？」

「十九歲。」

「好手好腳的，為什麼不工作呢？」

「不願意。」

「你是幹哪一行的？」

「遊手好閒。」

「好好回答，我可以給你一些幫助嗎？你想做什麼？」

「做強盜。」

對話停止了，老人好像在深思細想。他絲毫不動，也不放鬆蒙帕納斯。

那年輕的匪徒像一頭被鐵夾子鉗住的野獸，不時要亂蹦一番。他突然掙一下，踢一腳，拚命扭動四肢，企圖逃脫。老人彷彿不為所動，用一隻手抓住他的兩隻手臂，鎮定自若。他深思了一段時間，才直直地望向蒙帕納斯，用溫和的語調，語重心長地說道：

「我的孩子，你什麼也不想幹，便會進入最辛苦的人生。你見過壓片機嗎？那是個可怕的東西，假如它拉住了你衣服的一個角，你整個人便會被捲進去。這架機器，就像是遊手好閒的習慣，趁你還沒有被捲住的時候趕快避開！要不然，用不了多久，你就會卡在齒輪中間，受一輩子的苦！去工作吧，盡你的義務吧！你不願意？好吧，你不願意當工人，就得當奴隸。你將不會有一個禮拜、一天、一個小時不吃苦受罪，生活將處處與你為敵，走一步路、吸一口氣，都成了吃力的苦活，而你又得到什麼樣的報酬呢？坐牢！這便是你的前途。懶惰，貪圖享樂，多麼險惡的懸崖！什麼事也不幹，那是一種可悲的打算，你知道嗎？無所事事地靠犯罪來生活！做一個無用的、甚至有害的人！那只會把我們一直帶往絕路的盡頭。唉！你不願意工作，你只想吃好、喝好、睡好；但你將來只能喝水、吃黑麵包、睡木板，還要在手腳上銬上鐵鐐，讓你整夜都感到皮肉是冰冷的！啊！可憐的孩子，你還年輕，我誠懇地奉勸你，聽我的話吧！你走錯路了，懶惰替你出了個壞主意，最艱苦的工作是搶劫；相信我，不要幹這種苦活。做一個壞人，並不那麼方便嘛！做一個誠實人，反倒輕鬆一些。現在，你走吧！好好思考我對你說的話。你剛才想要什麼東西？我的錢包？在這裡。」

老人放了蒙帕納斯，把他的錢包放在他手裡，蒙帕納斯拿來放在手上掂了掂，隨後便小心翼翼地把它塞進衣服後面的口袋裡，彷彿是他偷來的。

老人說完這番話又做了這件事後，便轉過身去，安詳地繼續他的散步。蒙帕納斯呆呆地望著他消失在朦朧的夜色中，嘟噥道：

「傻老頭！」

加夫洛許向旁邊望了一眼，看見馬白夫仍坐在石凳上，像是睡著了。這野孩子隨即從他的草叢裡鑽出來，在黑影的掩護下，朝著呆立著的蒙帕納斯背後爬去，把手輕輕地伸進他的口袋裡，抓住那個錢包，縮回手，再爬回來。蒙帕納斯正想著心事，一點也沒有發覺。加夫洛許回到馬白夫身邊後，便把錢包從籬笆上面丟過去，連忙跑開。

錢包落在了馬白夫的腳上，把他驚醒了。他彎下腰去，撿起錢包，把它打開來看。那是個分成兩格的錢包，一格裡有些零錢，另一格裡有六枚拿破崙。

馬白夫大吃一驚，把這東西拿去交給了他的女僕。

「這是天上掉下來的！」普盧塔克大娘說。

8

在四月的上半月裡，尚萬強作了一次旅行。每隔一段很長的時間，他便要出一次門，每次離家一天或兩天，最多三天。他去什麼地方？沒有人知道，連珂賽特也不知道。尚萬強作這種短期旅行，通常是在家用拮据的時候。

那晚點燈以後，珂賽特獨自待在客廳裡。為了解悶，她揭開了她的鋼琴蓋，一面唱，一面彈伴奏。唱完以後，她便坐著發怔。

忽然，她彷彿聽見園子裡有人走路。

不會是她的父親，他出門去了，也不會是杜桑，她已睡了。當時是晚上十點鐘。

客廳裡的板窗已經關上，她過去把耳朵貼在板窗上面聽。

那彷彿是一個男人的腳步聲，並且走得很慢。

她連忙上樓，回到她的臥室裡，打開板窗上的一扇小窗，朝園裡張望。那裡並沒有人。

她又打開大窗子。園裡毫無動靜，她望見街上也和平時一樣荒涼。

珂賽特心想，是她自己搞錯了，於是也不再去想它了。

第二天，天剛黑，她在園裡散步，正想著一些煩雜的事情，又彷彿聽到了昨晚的那種聲音。好像有人在離她不遠的樹下走路，走走停停。但她對自己說，那只不過是兩根樹枝互相磨擦的聲音罷了。她沒有再去注意，況且她並沒有看見什麼。

當她從那樹叢中走出來，正要穿過一小片草坪走上台階時。月亮從她背後升起，把她的身影投射在她面前的草地上；珂賽特不禁站住，心裡大吃一驚。

在她的影子旁邊，月光把一個可怕、嚇人的人影清清楚楚地投在了草地上，那影子還戴著一頂圓邊帽，似乎就立在樹叢邊，在珂賽特的背後，離她只有幾步遠。

她有好一陣子說不出話來，不敢叫也不敢喊，不敢動也不敢回頭。最後，她終於鼓足了全部勇氣，突然把身子轉過去。

什麼人也沒有。

她再望望地上。那影子也不見了。

她又回到樹叢裡，壯起膽子，到那些轉角裡去找，一直找到鐵柵門，什麼也沒有找到，她只覺得自己出了一身冷汗。

第三天，尚萬強回家了，珂賽特把遇到的事說給他聽，希望能得到一些寬慰；她猜想父親會聳聳肩，對她說：「妳這小姑娘發神經了。」

尚萬強卻顯得有些不安。

「這裡面或許有點問題。」他對她說。

他支吾了幾句，便離開她去園子裡，珂賽特看到他正在仔細地檢查那道鐵柵門。之後，尚萬強在園裡一連守了兩夜。

第三天，大約在午夜一點鐘，她忽然聽見有人大笑，隨即又聽見她父親的聲音在喊她。她連忙跳下床來，套上她的長睡衣，開了窗子。

她父親站在下面的草地上。

「瞧！」他說，「這就是妳那戴圓邊帽的影子。」

同時，他把月光投射在草地上的一個影子指給她看，那確實像一個戴圓邊帽的人影，但只是隔壁人家屋頂上一個帶罩煙囪的影子。

珂賽特也笑了出來，她種種不祥的猜想被打消了。第二天，她和父親一同吃早點時，這個煙囪鬼影的故事使她又說又笑。

可是幾天過後，又發生了一件新的怪事。

那一天，將近黃昏時，尚萬強上街去了，珂賽特坐在鐵柵門旁的一張石凳上。當時太陽已經下山，樹林裡的風有些涼意，珂賽特正想著心事，一種不明的傷感情緒漸漸籠罩了她。她站起來，繞著園子慢慢地走，一邊想道：「這種時候在園裡走，得穿著木鞋才行。一不小心就會著涼。」

她又回到了石凳前。

正要坐下去時，她發現在她剛才離開的位子上，放了一塊相當大的石頭，這是先前沒有的。

她害怕起來了，沒有去碰那塊石頭，連忙逃走，也不敢回頭望一眼。進了房子之後，她立刻把台階旁的落地窗關上，推上板門、鎖上鐵門，要杜桑把所有的門窗一一留意關好；然後又把整棟房子，從頂樓到地窖，全部檢查一遍。最後，她把自己關在臥房裡，推上鐵門，檢查了床底下，提心吊膽地睡了。

出太陽的時候，珂賽特醒來，把自己的一場虛驚當成了一場惡夢，她對自己說：「我在想什麼？這和我上禮拜以為在園子裡聽到的腳步聲，還有煙囪的影子是一樣的！是我多心了。」太陽光從窗縫裡強烈地照射進來，把窗簾照得發紫，使她完全恢復了信心，清除了她的一切恐懼，連那塊石頭也不見了。

「石凳上不會有石頭，就像園裡不會有戴圓帽的人，全是我在做夢。」

她穿好衣服，下樓走到園裡，跑向石凳。她忽然出了一身冷汗。石頭仍在老地方。但這只是一剎那的事，夜間的恐懼一到白天便成了好奇心。

「有什麼關係！」她說，「讓我來看看。」

她搬開那塊相當大的石頭，下面出現一件東西，是一封信。

珂賽特拿起來看，上面沒有姓名地址，也沒有火漆印。信封口敞開著，裡面露出幾張紙。

珂賽特把信封裡的東西抽出來看。那是一小疊紙，每一張都編了號，並寫了幾行字，筆跡很秀麗，而且字體纖細。

這是寄給誰的呢？也許是給她的，因為是放在她坐過的石凳上。是誰送來的呢？一種無法抗拒的誘惑把她吸引住了。她想把她的眼睛從那幾張在她手裡發抖的紙上移開，她望望天，望望街上，望望那些沐浴在陽光中的花木、在屋頂上飛翔的鴿子，隨後她的視線迅速回到那封信上，並對自己說，她也許知道上面寫了些什麼。

信上寫著：

把宇宙縮減到唯一的一個人，把唯一的一個人擴張到上帝，這才是愛。

愛，便是天使們向群星的膜拜。

靈魂是何等悲傷，當它為愛而悲傷！

見不到心目中的那個人，這是何等的空虛！情人成了上帝，這是何等的真實！

能從遠處望見一頂白紗帽下的盈盈一笑，足以使靈魂進入美夢的宮殿。

相隔兩地的情人，有千百種虛幻而真實的藉口驅走離愁。他們不能見面，不能互通音訊，卻能找到無數神秘的通信方法。他們互送飛鳥的啼唱、花朵的香味、孩童的笑聲、太陽的光輝、風的嘆息、星的閃光、整個宇宙。這有什麼辦不到呢？上帝是為愛服務的，愛有足夠的力量可以命令大自然為它傳遞書信。

啊！春天，你便是我寫給她的一封信。

愛是靈魂的組成，它不可腐蝕、不可分割、不會枯竭。愛是人們心裡的一個火源，它是無盡期、無止境、不能侷限、也不能熄滅的。人們感到它一直燃燒到骨髓，一直照耀到天際。

上帝不能增加相愛之人的幸福，除非給予他們無止境的生命。

你望一顆星，既因為它發光，又因為它是猜不透的。但在你的身邊，有一種更柔美的光輝和一種更大的神秘，那就是女人。

無論我們是誰，都必須呼吸。愛就是我們的空氣，不能呼吸，靈魂便會窒息，便會死去。

一個女人來到你的面前，一面走，一面放光。從那時起，你便完了，你便愛了。你只有一條路可走，集中全部力量去想她，以迫使她也來想你。

真正的愛可以為了一隻失去的手套或一條找到的手帕而懊惱、陶醉，並且需要永恆來寄託它的忠誠和希望。它既由無限小所構成，也由無限大構成。

愛是不會知足的。有了幸福，還想樂園；有了樂園，還想天堂。

愛中的人啊，那一切已全在愛中了，你必須自己去找來。天上所有的，愛中全有；愛中所有的，天上不一定有。

「她還會來盧森堡公園嗎？」「不會再來了，先生。」「她到這個禮拜堂裡來做彌撒，不是嗎？」「她現在不來這裡了。」「她仍住在這棟房子裡嗎？」「她已經搬走了。」「她搬到什麼地方去了呢？」「她沒有說。」

多麼淒慘！竟不知道自己的靈魂在何方。

這是一件怪事，你知道嗎？我身處黑暗之中，有個人臨走時把天帶走了。

因愛而受苦的你，愛得更多一點吧。為愛而死，便是為愛而生。

愛吧。在這苦刑中，有星光慘澹的樂境。極苦中有極樂。

我在街頭遇見一個為愛所苦的窮青年。他的帽子是破舊的，衣服是磨損的，他的袖子有洞，水浸透他的鞋底，但星光照亮了他的靈魂。

何等大事，被愛！何等更為重大的事，愛！

人間如果沒有愛，太陽也會滅。

9

珂賽特在讀信時，漸漸進入夢想。她細細地玩味這一封紙，紙上的字跡非常秀麗，字是出於同一人之手，但是墨跡不一樣，有時濃，有時淡，顯然是在不同的日子寫的。因此，那是一種有感而發的筆記，不規則、無次序、無目的、信手拈來的。珂賽特從來沒有見過這樣的書信，但信上寫的她卻都能領會，那些奧妙語言的每一句都使她感到耀眼，使她的心沐浴在一種奇特的光裡。她感到在那寥寥幾行字裡有一種激動、熱烈、高尚、誠摯的性格，一種崇高的志願、巨大而痛苦的希望、一顆抑鬱的心、一種坦率的傾慕。

那麼，這封信是誰送來給她的呢？是誰寫的呢？珂賽特絲毫沒有懷疑，一定是那唯一的人，他！

她感到一種從未有過的快樂和一種深切的酸楚。是他！是他寫給她的！是他來過了這裡！在她幾乎快忘了他的時候，他又把她找到了！不過，她真的把他忘了嗎？沒有！從來沒有！她在意識不清的時候曾偶然地想過一下。她始終是愛他的，她心中的火曾隱在灰底下燃燒了一段時間，現在重新冒出來了，把她整個人裹在火焰之中。

她回到屋內，把自己關在房間裡，反覆閱讀那幾篇隨筆，把它背下來，並細細思索。讀夠以後，吻了它一下，把它塞在自己的襯衣裡。

一整天，珂賽特都處在如痴如醉的狀態中。她什麼也不想，只是恍恍惚惚地一心期待著。有時，她彷彿覺得進入了幻境，她問自己：「這是真的嗎？」這時，她便捏一捏自己衣服裡的那一疊信，把它壓在胸口，同時想道：「是呀！一定是他！是他送來給我的！」

黃昏時，尚萬強出去了，珂賽特動手梳妝。她把頭髮理成最適合自己的樣式，穿上一件裙袍；上衣的領口，因為多剪了一刀，把頸窩露出來了。那是當時少女之間流行的做法。她這樣裝飾，自己也不知道為什麼。

天黑了，她從樓上下來，到了園裡。走到了石凳前。

那塊石頭仍在原處。

她坐下來，伸出一隻白嫩的手，放在那石頭上，彷彿要撫摸它、感激它似的。

忽然間，她有一種說不出的感覺：在自己背後站著一個人。即使不看，也能感到。

她轉過頭去，並且站了起來。

果然是他。

他頭上沒戴帽子，臉色顯得蒼白，並且消瘦了。傍晚的微光把他俊美的臉照得發青，兩隻眼睛隱在黑影裡。他在一層無比柔和的暮靄中，有一種類似幽靈和黑夜的氣息；他的臉映出了奄奄一息的白晝的殘暉和即將消逝的靈魂的思慕。

珂賽特雙腳發軟，卻沒有喊一聲。她慢慢往後退，因為她感到自己被吸引住了。而他，站著不動。她看不見他的眼睛，卻感到他的目光裡有一種說不出的、難以表達和憂傷的東西，把她包住了。

珂賽特往後退時，碰到一棵樹，她便靠在樹幹上。如果沒有這棵樹，她早已倒下去了。

她聽見他吞吞吐吐地說道：

「請原諒，我到這裡來了。我心裡太苦悶，不能再那樣活下去，所以我來了。您已看了我放在這張石凳上的東西了吧？您認出我了吧？請不要害怕。已經很久了，您還記得您看我一眼的那天嗎？那是在盧森堡公園裡，在那座角鬥士雕像的旁邊。還有您從我面前走過的那一天，您也記得嗎？那是六月十六和七月二日。快一年了。許久以來我一直見不到您。您當時住在西街，我跟蹤過您，我有什麼辦法呢？之後，您忽然不見了。我好不容易找到了這裡，到了晚上，我常來這裡，我到您的窗子下面張望，我輕輕地走路，免得嚇到了您。有一天晚上，我站在您的背後，您轉過身來，我便逃了。還有一次，我聽到您唱歌。我快樂極了。您不會不高興的，對嗎？您明白，您是我的天使，讓我多來幾次吧！我想我快死了，假如您知道！我崇拜您！請您原諒，我不知道自己在說些什麼，也許您生氣了，我讓您生氣了嗎？」

「啊，我的母親！」她說，彷彿要死去一般，癱軟下去了。

他連忙攙住她，她仍往下墜，他只得用手臂把她緊緊抱住，一點也不知道自己在做什麼。他踉踉蹌蹌地扶住她，覺得自己腦中一片混亂，心裡也迷糊了。

她拿起他的一隻手，把它放在胸口。他感到藏在裡面的那疊紙，怯生生地說：

「您愛我嗎？」

她以輕如微風、幾乎使人聽不見的聲音悄悄回答：

「何必問？您早就知道了！」

她把羞得發紅的臉藏在那個出類拔萃、心花怒放的青年懷裡。

他坐在條凳上，她待在他旁邊。他們已不再說話，兩人的嘴唇無聲無息地相遇了。

他們已感覺不到晚涼，也感覺不到石凳的冷、泥土的潮、青草的濕，他們睜開眼睛，相互望著，思緒滿懷，不知不覺中已彼此互握著手。

她沒有問他，甚至沒有想到要問他是從哪裡進來的，又是如何進到園子裡的。在她看來，他的出現是一件極簡單自然的事！

兩人漸漸談起話來了，傾訴衷腸取代了情真意切的沉默。他們無所不談，談他們的懷念、他們的思慕、他們的陶醉、他們的幻想、他們的憂傷、他們如何兩地相思、如何遙相祝福、他們離開時的痛苦。他們以無可增添的親密互訴了自己心裡最隱密和最神秘的東西。他們各憑自己的幻想，以天真憨直的信任，把愛情、青春全部交流了，把自己的心傾注在對方的心裡了。就這樣過了一個小時，少男獲得了少女的靈魂，少女也獲得了少男的靈魂。他們互相滲透，互相陶醉，互相照耀。

當他們傾吐盡了時，她把頭靠在他的肩上，問他：

「您叫什麼名字？」

「我叫馬留斯，」他說，「您呢？」

「我叫珂賽特。」

10

從一八二三年起，當蒙費梅伊的那個旅店漸漸衰敗，逐步向債務的深淵陷下去時，德納第夫婦又添了兩個孩子，全是男的。這下便成了五個，兩個女孩，三個男孩，夠多的了。

德納第大娘的母愛只到她的兩個女兒身上為止。讀者已見識過她怎樣厭惡她的大兒子；至於最小的兩個，當他們年紀還很小時，德納第大娘便把他們送給了一個叫馬儂的女人。

兩個孩子歸了馬儂小姐以後，沒有什麼可挑剔的。他們備受照顧，穿得不壞，吃得也不壞，被養得幾乎像兩個公子。想不到，就這樣過了幾年，他們忽然一下子被拋入人生，不得不開始自謀生路。

原來，馬儂小姐與貓老闆有些牽連。當德納第一家與貓老闆遭到逮捕後，員警展開了一連串的搜查和拘捕；馬儂小姐被抓了，她家中的人因形跡可疑，也都被一網打盡。兩個小男孩當時正在一個後院裡玩，不知道發生了什麼事。當他們要回家時，才發現家裡的門已經封了，整棟房子都是空的。

於是，這兩個孩子，大的牽著小的，開始在街上隨便流浪。

在一個晚上，冷風正吹得起勁，小加夫洛許披著他的那身破布，站在聖傑維榆樹附近的一家理髮店前面，手腳冷得發抖。他望著那家店鋪，想看看有沒有辦法從櫃台上偷一塊香皂，拿到郊區的一個理髮師那裡去賣一個蘇。他時常依靠這種香皂換來一頓飯。

這時候，忽然走來兩個孩子，一高一矮，穿得相當整潔，比他個子還小，看來一個七歲，一個五歲，羞怯地轉動門把，走進那間店，似乎是在請求佈施，低聲下氣，可憐兮兮的。理髮師怒容滿面地轉過身來，手裡捏著剃刀，左手推著大的，一隻腳推著小的，把兩人一齊推到街上，關上大門。

那兩個孩子，一面往前走，一面哭。同時，天上飄來一片烏雲，開始下雨了。

小加夫洛許從他們後面追上去，對他們說：

「你們怎麼了，小傢伙？」

「我們不知道該去哪裡睡覺。」大的那個回答。

「就因為這個？」加夫洛許說，「這有什麼好哭的！真是兩個傻瓜。」

接著，他又以略帶譏笑意味的老大哥派頭，用憐惜的命令語氣和溫和的愛護聲音說道：

「孩子們，跟我來。」

「是，先生。」大的那個說。

兩個孩子便跟著他走，像跟了個大主教似的。他們已經不哭了。加夫洛許領著他們朝巴士底廣場的方向走上了聖安東尼街，一面走，一面轉過頭去，對著理髮師的店鋪狠狠望了一眼。

下起雨來了。他們走過一處被厚鐵絲網遮住的櫥窗，一看便知道是一家麵包鋪，加夫洛許轉過身來問道：

「我說，孩子們，你們吃過晚飯了沒呀？」

「先生，」大的那個回答說，「我們從今天早上起還沒有吃過東西。」

加夫洛許在他那身破爛衣服的各個角落裡摸摸找找了好一陣子，最後，終於仰起了頭，顯得十分興奮，同時從身上的一個口袋裡摸出了一個蘇來。

「不用愁了，孩子們。這已經夠我們三個人吃一頓晚飯了。」

兩個孩子還來不及表示高興，他便推著他們，一起走進了麵包鋪，把手裡的那個蘇換成了一個麵包。他要店主人把麵包切成三塊，他給了那兩個孩子每人一塊，留了最小的一塊給了自己。

他們繼續朝著巴士底廣場走去。

在那個年代，在巴士底廣場的東南角，運河旁監獄下水道開鬬出來的那個船塢附近，建有一座怪模怪樣的建築物。那是一頭四丈高的大象，內有木架，外有塗飾，背上馱一個塔，像座房子。隨著時間的推移，它已漸漸圮毀，每季都有泥灰從它的腰腹剝落下來，使它傷痕累累，醜惡不堪。它待在它的朽木柵欄裡，搖搖欲墜，隨時都受到一些酗酒的車伕們的糟蹋，肚皮龜裂，尾巴上露出一根木條，腿間長滿茅草。

加夫洛許領著兩個孩子走向廣場這個淒涼空曠的角落，來到那龐然大物的附近。隨後，他從木柵欄的一個缺口鑽進了圍住大象的圈子裡，並幫助兩個孩子跨過縫隙。那兩個孩子有些膽怯，一聲不響地跟著加夫洛許，把自己託付給這位曾分給他們麵包、許給他們住處、穿一身破爛的小救星。

有一條梯子順著木柵欄倒在地上，加夫洛許把它扶了起來，靠在大象的一條前腿上。在靠近梯子的盡頭處，巨獸的肚子上露出一個黑洞。加夫洛許把梯子和洞口指給兩位客人看，對他們說：

「請上去，請進。」

兩個小孩害怕了，彼此瞪眼望著。

「你們害怕了嗎？孩子們。」加夫洛許說，他隨即加上一句：「看我的。」

他不屑用梯子，抱住那條象腿，一眨眼便到了裂口邊。他把頭伸進去，一下子便滑到洞裡。

「好，」他喊道，「上來吧！小傢伙，上來瞧瞧，這裡多舒服！」

兩個小孩用肩頭互相推著，那野孩子一邊嚇唬他們，一邊又鼓勵他們，而且雨也確實下大了。大的那個決定冒一下險，小的那個望著哥哥往上爬，自己獨自一人留在巨獸的兩條腿中間，幾乎要哭出來，卻又不敢。

大的那個順著梯子的橫條，搖搖晃晃地往上攀，加夫洛許一路鼓勵他，不斷地嚷著：

「不要怕！」

「慢慢來！」

「腳踩在這邊！」

「手抓好！」

「加油！」

等孩子到了近處，他狠狠一把抓住他的手臂，猛力向自己身邊一拖。

「到啦！」他說。

那小傢伙已經越過了裂縫。

接著，加夫洛許又從裂縫裡鑽出來，以猴子般的敏捷順著象腿滑下，直立在草地上，把那五歲的孩子攔腰抱起，讓他站在梯子的中段，自己跟著爬到他的後面，對大的那個喊道：

「我來推他，你來拉他。」

一轉眼，他們把那小的朝著洞口又送、又推、又拖、又塞的，這孩子還搞不清楚是怎麼回事，加夫洛許已經跟在他後面鑽了進去，順腳把梯子踢倒在草地上，連連拍手，叫道：

「小兄弟，歡迎你們來到我家！」

說完，加夫洛許又以熟練的動作，摸黑進去，取出一塊木板，堵住洞口，回到了原地。兩個孩子只聽到火柴擦響的聲音，加夫洛許已燃起一根浸過松脂的繩子，象肚子的內部隱約可見。

這兩位客人朝他們的四周望去，看見一具特大的骨架出現在他們眼前，把他們包圍起來。上面是一條褐色的大樑，每隔一段距離，便有兩根弓形的橫木條依附在樑上；鐘乳石般的石膏，像內臟似地懸在骨架上，左右肋骨之間掛著大張的蜘蛛網，像是橫膈膜。在那些暗處裡有一些大黑點，彷彿是活的，以急促驚慌的動作竄來竄去。

最小的那個緊靠著哥哥，低聲說道：「黑漆漆的。」

「笨蛋，」加夫洛許帶著安慰的口吻說道，「外面才是黑漆漆的呢！外面下雨，這裡沒有雨；外面刮風，這裡一點風也沒有；外面盡是人，這裡沒有一個陌生人；外面連月亮也沒有，這裡有我的蠟燭，你說對嗎？」

兩個孩子望著這個「房間」，漸漸不怎麼怕了。這時候，加夫洛許又把他們推向了一個角落，那是他放床的地方，備有一條草薦，還有一條相當寬大的灰色粗羊毛毯，十分保暖。除此之外，頭頂上還掛了一副銅紗罩，紗罩邊緣壓了一圈大石塊，那是用來防老鼠的。

加夫洛許把那幾塊石塊移了移，敞開了兩片紗罩。仔仔細細把他的兩位客人送進去以後，自己也跟在後面爬了進去，再把那些石塊放好，嚴密地闔上罩子。

他們三人一同躺在那草薦上。加夫洛許像個母親一樣，拿了一塊舊破布，墊在孩子頭邊的草薦下面，當作他們的枕頭。

小的那個瞪著眼睛，但是不說話。過了一陣子，他又對大的那個說：

「你說，這地方，不是挺舒服的嗎？」

「是啊！」大的那個回答說，眼睛望著加夫洛許，活像個得救的天使。

渾身濕透的兄弟倆開始感到溫暖了。

「我問你，」加夫洛許繼續說，「你們剛才為什麼要哭？」

「先生，」那孩子說，「我們不知道該去什麼地方找住處，害怕兩個人就這樣待在黑夜裡。」

「聽我說，」加夫洛許說，「以後不要再這樣無緣無故地哭泣，我會照顧你們的。你們會明白，好玩的事情可多著呢！夏天，我帶你們和我一個朋友到冰窖去玩，到碼頭上去洗澡；我們光著屁股到奧斯特里茨橋旁的木筏上面奔跑，逗那些洗衣服的小妞們生氣。她們又叫又罵的，多有趣呀！除此之外，我還要帶你們去看戲我能弄到戲票，我認識好多演員，而且參加過一次演出。看完以後我們再去看那個劊子手，他住在沼澤街，叫做桑松先生。他的門上有個信箱。啊！開心的事可多著呢！」

風暴更猛了。在滾滾的雷聲中，能聽到傾盆大雨打在那巨獸背上的聲音。

「下吧！雨，」加夫洛許說，「冬天是個笨蛋，它白白浪費力氣，淋濕不了我們，只好拚命地下啊下。」

就在這時，打了一道極其強烈耀眼的閃電。幾乎就在同時，轟然一聲霹靂，嚇得那兩個孩子尖叫了一聲，猛然坐起，幾乎撞開了紗罩，但是加夫洛許把他那大膽的臉轉過去對著他們，大笑起來。

「冷靜下來！孩子們，不要把這座房子掀倒了。這雷打得漂亮，好極了！」

說了以後，他又把紗罩整理好，輕輕地把那兩個孩子推到床頭邊，讓他們把腳伸直，並說道：

「孩子們，該睡了。不睡覺是很不好的，那樣你會有口臭。快蓋好被子。我要熄燈了。準備好了嗎？」

「準備好了。」大的那個細聲說，「我很舒服，好像有鴨絨枕頭枕著頭。」

那兩個孩子彼此擠在一起，加夫洛許把他們好好安頓在草薦上，又把毯子一直拉到他們的耳朵邊，便用異常溫柔的語氣發出命令：

「睡了。」

同時，他吹熄了蠟燭。

11

自從馬留斯和珂賽特在那幸福和神聖的時刻一吻訂終身以後，馬留斯便沒有一天不去那裡。整個五月的每天夜裡，在那荒蕪的小園子裡，在那些日益芬芳茂盛的繁枝雜草叢中，總有那兩人在黑暗中相互輝映。他們無比貞潔、無比天真，心中洋溢著幸福，純潔、忠實、心醉神迷、容光煥發。他們相偎相望，手握著手，一個挨緊一個。

到了夜晚，每當他們在一起時，那園子好像成了一個生氣勃勃的聖地。所有的花都在他們的周圍綻放，向他們獻出香氣；他們也展開各自的靈魂，撒向花叢。四周的植物正是精力旺盛、汁液飽滿的時節，面對著這兩個情話綿綿的天真人兒，也不免感到醉意撩人，春心蕩漾。

珂賽特曾對馬留斯說：「你知道嗎？我的名字是歐福拉吉。」

「歐福拉吉？不會吧，妳叫珂賽特。」

「啊！珂賽特，這名字多難聽，是我小時候人家隨便取的。我的真名是歐福拉吉。你不喜歡這名字嗎？」

「當然喜歡……但是珂賽特並不難聽。」

「你覺得珂賽特比歐福拉吉好聽嗎？」

「呃……是的。」

「那麼我也覺得珂賽特好些。沒有錯，珂賽特的確好聽，你就叫我珂賽特吧。」

她臉上浮起一陣笑容，使這些對話足以媲美天國林園中牧童牧女的語言。

另一次，她理直氣壯地望著他，喊道：

「先生，您生得俊美，您聰明，您的知識比我淵博；但是我敢說，提到『我愛你』三個字，您的體會卻比不上我！」

這時候，馬留斯便神遊到了太空，彷彿聽到了星星唱出的一首戀歌。

一次，馬留斯向珂賽特說：

「妳知道嗎？有一段時間，我還以為妳叫烏蘇兒呢。」

他們為這件事笑了一整夜。

馬留斯又說：

「啊！妳多麼美！我不敢看妳，因此我只是嚮往妳。妳是一種美的形態。我不知道我是怎麼搞的，只要妳的鞋尖從妳的裙下伸出來，我便會心慌意亂。並且當我猜著妳的思想時，我便看見一種多麼耀眼的光！彷彿妳只是幻境中的人。妳說話吧！我聽妳說，我敬佩妳！珂賽特。這是多麼奇特，多麼迷人，我確實要瘋了！妳是可愛的，小姐，我用顯微鏡研究妳的腳，用望遠鏡研究妳的靈魂！」

珂賽特回答說：

「從今早到現在，我一刻比一刻更愛你了。」

在這種對話中，一問一答，漫無目標，隨心所欲，最後總像水乳交融，情投意合。

在這種美滿的時刻，他們隨時都會感到淚眼汪汪。一隻被踏死的金龜子、一片從鳥巢裡落下的羽毛、一根被折斷的山楂枝，都會使他們傷感，望著發怔，沉浸在輕微的惆悵中，恨不得大哭一場。與此同時，他們又常放聲大笑、無拘無束，幾乎像是兩個男孩子。他們互敬互愛，如對神明。

馬留斯告訴珂賽特，說自己是孤兒，是一位律師，靠著替幾個書店編寫資料過活，他父親當初是個上校、是個英雄，而他卻和他那有錢的外祖父鬧翻了。他也多少談了一下他是男爵，但是這對珂賽特一點影響也沒有，對她來說，馬留斯就是馬留斯。至於她，她告訴他自己是在小比克布斯修道院長大的，她的母親已經死了，她的父親叫割風先生，還說他為人友善，時常救濟窮人，而他自己卻並不富有；他節省自己的開銷，以保證她什麼也不缺。

說也奇怪，自從馬留斯遇見了珂賽特以後，過去的事，甚至是剛發生不久的事，對他來說都已變得那樣模糊、遙遠，以至於珂賽特對他談的一切完全可以滿足他。他甚至沒有想到要把那一晚在德納第家發生的事、她父親怎樣燒傷自己的手、他那奇怪的態度、機靈的脫險等經過說給她聽。馬留斯一時把那些全忘了，他甚至一到天黑，便想不起自己白天做了些什麼，在哪裡吃了午飯，有誰和他說過話；他耳朵裡經常有歌聲，使他接觸不到其他思想，只有在看見珂賽特時才活了過來。

愛幾乎取代思想，愛是健忘的，它使人忘掉一切。對珂賽特和馬留斯來說，世上除了馬留斯和珂賽特以外，再也沒有別的什麼了。他們周圍的宇宙已落到一個洞裡去，他們生活在黃金的片刻裡，前面無所有，後面也無所有。馬留斯幾乎忘了珂賽特有個父親。在他的腦子裡，只有一片耀眼的彩光，把什麼都遮沒了。

他們便這樣睜著眼睛沉睡在溫柔鄉中，不曾想過這將把他們引向什麼地方。他們認為這便是他們最後的歸宿了。想要愛情把人導向某處，那是人們的一種奇怪的奢望。

12

尚萬強什麼也沒有發覺到。

珂賽特不像馬留斯那樣神魂顛倒。她比較心情輕快，雖有她的心事、以及她那甜滋滋的憂慮，但她那無比純潔美好的面貌和原先一樣，仍是天真爛漫、笑盈盈的。因此，尚萬強沒有察覺出不對勁。由於他總是在晚上十點上床睡覺，馬留斯便等到十點過後，從街上聽到珂賽特把台階上的落地窗打開以後，才跨進園子。當然，馬留斯白天是從不露面的。尚萬強甚至早已忘了還有馬留斯這樣一個人。

至於杜桑大娘，她睡得早，家務一幹完，便只想睡覺；她和尚萬強一樣蒙在鼓裡。

馬留斯從來不進那屋子。當他和珂賽特一起時，他倆便躲在台階附近的一個凹角裡，免得被街上的人發現。他們坐在那裡，往往什麼也不說，只不過彼此緊握著手，每分鐘握上二十次，呆呆地望著樹枝。在這種時刻，夢幻是那麼深邃、那麼深入到另一個夢幻；即使天雷落在他們身邊三十步以內，也不會驚動他們的。

馬留斯經常要到午夜十二點才離開，回到古費拉克家裡；每次進出時，他總會把鐵柵門上被移動了的鐵條重新擺好，不露出絲毫痕跡。

在這明媚的五月中，馬留斯和珂賽特嘗到了這些天大的幸福。一天晚上，馬留斯走過榮譽軍人院街去赴約會。他一貫是低著頭走路的，正當他要轉進卜呂梅街，聽到有人在他身邊喊他：

「晚上好，馬留斯先生。」

他抬起頭，認出了是愛波寧。

這給了他一種奇特的感受。自從那一天這女孩把他引到卜呂梅街以後，他一次也沒有想起過她，也從來沒有再見過她；他已經完全把她忘了。他對她原只懷著感激的心情，他今天的幸福是從她那裡得來的，但遇見她總不免有些尷尬。

他帶點為難的樣子回答：「啊！是您嗎？愛波寧。」

「您為什麼要對我說『您』？難道我什麼地方得罪您了嗎？」

「沒有那回事。」他回答說。

她看見他不再說話，便嚷道：

「喂，您……」

她又停住了。這女孩從前原是那樣隨便、那樣大膽，這時卻彷彿找不出話題了。她想擠出笑臉，但是做不到。她接著說：

「那麼……」

她又不說下去了，低著頭站在那裡。

「晚安，馬留斯先生。」她忽然急促地說，隨即轉身走了。

第二天傍晚，馬留斯正順著他昨晚走過的那條路往前走，心裡想著那些開心的事，忽然看見愛波寧從樹林和大路之間朝他走來。一連兩天，太過分了！他連忙轉身，離開大路，改變路線，穿過紳士街去卜呂梅街。

愛波寧跟著他到卜呂梅街，這是她過去從未做過的。在這以前，她只要能望著他穿過大路，便滿足了，從沒想到要去和他打招呼。直到昨天傍晚，她才第一次想找他談話。

愛波寧跟著他，他卻沒有察覺。她看見他挪開鐵柵門上的鐵條，鑽到園子裡去。

「嘿！」她說，「他到她家裡去了。」

她走近鐵柵門，一根根搖動那些鐵條，很快就找出了馬留斯挪動過的那根。

她坐在鐵柵門的石基上，緊靠著那根鐵條，彷彿是在守護它。那正是在鐵柵門和鄰牆相接的地方，有一個黑暗的角落；愛波寧躲在那裡面，一點也看不到。她就這樣待在那裡，足足一個多鐘頭，既不動也不出聲，完全被自己的心事控制住了。

將近十點鐘的時候，有六個人，或前或後，彼此相隔一定距離，貼著圍牆，走進了卜呂梅街。第一個人走到那園子的鐵柵門前，停了下來，等待其餘的幾個人；過了一會兒，六個人都到齊了。

這些人開始低聲說話。

「就是這裡。」其中的一個說。

「園子裡有狗嗎？」另一個問。

「我不知道。不用擔心，我帶了一個團子給牠吃。」

「你帶了砸玻璃窗用的油灰嗎？」

「帶了。」

「這是一道老柵門。」第五個人說。

「再好不過了，」第二個說話的人說，「它不會發出聲響，也不會那麼難鋸斷。」

一直還沒有開門的那第六個人開始察看鐵柵門，就像愛波寧先前做過的那樣，把那些鐵條逐根抓住，仔細地一一搖動。他搖到了馬留斯已經弄脫了的那根，正要抓住，黑暗中突然伸出一隻手，打在他的手臂上，同時他感到胸口被人推了一把，聽到一個人的嘶啞聲音對他輕輕吼道：

「有狗！」

他看見一個面色蠟黃的少女站在他面前。

那人大吃一驚，立刻退後一步，嘴裡結結巴巴地說：

「這是個什麼妖精？」

「你的女兒。」

那正是愛波寧在對德納第說話。

德納第與海嘴、巴伯、鐵牙、比戎在一個夜晚越獄了，他們連同早已逃脫的蒙帕納斯，手裡握著奇形怪狀的凶器，在這一晚來到了此地。當愛波寧出現時，這五人無聲無息，不慌不忙，沒說一句話，帶著夜晚活動的人所特有的那種鎮靜而陰狠的態度，一齊走了過來。

「妳在這裡做什麼？妳想怎樣？瘋了嗎？」德納第盡量壓低聲音吼道，「妳幹嘛來礙我們的事？」

愛波寧笑了出來，跳上去抱住他的脖子。

「我一直在這裡！我的好爸爸，難道我不能坐在石頭上嗎？是你們不該來這裡。你們來這裡做什麼？這裡什麼也沒有。但是，親親我吧！我的好爸爸，我有多久沒看見您了！看起來，您已經逃出來了？」

德納第試圖掰開愛波寧的手臂，低聲埋怨說：

「好了。妳已經吻過我了。是的，我已逃出來了。現在，妳快走開！」

但是愛波寧不鬆手，反而抱得更緊。

「我的好爸爸，您是怎麼出來的？您費盡心力才逃出來的吧？快說給我聽聽！還有媽媽呢？她在什麼地方？快把媽媽的消息告訴我。」

「她過得不壞。我不知道，不要煩我！滾開，聽見了嗎？」德納第回答。

「我就是不走，」愛波寧裝出孩子撒嬌的樣子說，「您放著我不管，已經四個月了；我見不到您，也親不到您。」

她又抱緊她父親的脖子。

「夠了，別再做傻事了！」巴伯說。

「快點！」海嘴說，「憲兵們要來了。」

愛波寧轉過身來，對著那五個匪徒說：

「嘿！比戎先生。您好，巴伯先生，鐵牙先生。您不認識我嗎？海嘴先生。過得怎樣？蒙帕納斯。」

「認識，大家都認識妳！」德納第說，「但是，快滾一邊去！不要搗亂了。」

「我們正忙著做一筆好買賣。」蒙帕納斯說。

「沒錯，我們還有正經事要辦！」巴伯接著說。

「先生們，」她柔聲柔氣地回答，「你們要相信我。我是我父親的女兒，我已經調查過這裡了，我向你們發誓，這屋子裡找不出什麼值錢東西。」

「有幾個單身的女人。」海嘴說。

「沒有。人家已經搬走了。」

「那些蠟燭可沒有搬走！」巴伯說。

他還指給愛波寧看，從樹梢的上面，看得見室內有亮光在移動。

愛波寧試圖做最後的努力。

「好吧，」她說，「這是些很窮的人，是個沒有錢的破屋子。」

「少囉嗦！」德納第吼道，「等我們把這房子翻了一遍，就知道屋裡放的究竟是法郎、蘇，還是小錢。」

他把她推到一旁，要衝向前去。

「你們一定要進這棟屋子？」愛波寧又說。

「有點想！」一個人半開玩笑地說。

於是她背靠著鐵柵門，面對那六個武裝起來、在黑影裡露出一張鬼臉的匪徒，堅決地說道：

「可是，我不答應。」

那些匪徒全愣住了。她又說：

「朋友們！聽我說，廢話到此為止。首先，要是你們跨進這園子，或是碰一下這鐵柵門，我便大聲叫喊，敲人家的大門，把人家叫醒。我要他們把你們全部抓起來，我要叫員警！」

德納第走近她。

「站遠點！老傢伙。」她說。

他退回去，嘴裡一邊嘟囔道：「她究竟要什麼？」並加上一句：

「母狗！」

她開始笑起來，叫人聽了害怕。

「隨便你們怎麼說，反正你們進不去了，因為我不想讓你們進去。你們如果走近我，我便大叫。趕快走開！我一點也不怕你們，見到你們就生氣！你們去哪裡都行，就是不准到這裡來，我禁止你們過來！你們要是動刀，我就用破鞋子對付你們！反正都一樣。你們敢來試試！」

她向那幫匪徒跨上一步，氣勢好不嚇人，又瞪人眼睛，望著德納第說道：

「連你也不怕！」

接著，她睜大那雙血紅的眼睛，對那幫匪徒掃視一眼，繼續說：

「就算我爸爸拿刀把我戳個稀巴爛，明天早晨人們把我從卜呂梅街的鋪石路上撿起來；或是一年後，人家在聖克魯或天鵝洲的河裡用網子把我打撈起來，我也不在乎！」

她不得不停下來，一陣咳嗽堵住了她的嗓子，從她那狹小瘦弱的胸口裡傳出一串咯咯的喘氣聲。

德納第朝她那邊動了一下。

「不准靠近我！」她大聲說。

他立刻停了下來，和顏悅色地對她說：

「好，好，我不靠近妳，但是說話小聲一點，我的女兒。妳不讓我們幹活嗎？但我們總得找活路。妳對妳父親一點情份也沒有嗎？」

「你討厭。」愛波寧說。

「但我們總得活下去呀，總得有吃……」

「餓死活該。」

說完，她坐回鐵柵門的石基上，把手肘支在腿上，掌心托著下巴，搖晃著一隻腳，露出滿不在乎的神情。

六個歹徒被這女孩鎮住了，垂頭喪氣，不知道怎麼辦。他們一齊走到路燈的陰影裡去商量，又羞又惱，不斷聳肩。

「這裡面一定有鬼，」巴伯說，「難道她愛上了這裡的狗不成？白白跑這一趟，太不划算了。兩個女人，一個住在後院的老頭；窗上的窗簾是高級貨，那老頭一定是個猶太人。我認為這是一筆好買賣。」

「那就進去吧！你們五個，」蒙帕納斯說，「負責辦事。我留在這裡看好這女孩，要是她敢亂動……」

他把藏在衣袖裡的刀子拿出來在路燈下亮了一下。

德納第沒出聲，彷彿準備聽從大伙兒的意見。

這時，巴伯問道：「你覺得呢？比戎。」

比戎以機智見長，他的意見在這伙人之中具有權威性。他沉默了一會兒，接著又搖了搖頭，大聲說道：「今天早上，我看見兩隻麻雀打架，現在又遇到一個發瘋的女人。這一切都不是好兆頭。我們還是走吧！」

他們走了。

愛波寧的眼睛一直盯著他們，看見他們沿著來的那條路走了，便站起來，一路順著圍牆和房屋，跟在他們後面爬，一直跟到大路邊。到了那裡，她看見他們各自散去，走進了黑暗中，彷彿與黑暗融合在一起。

13

匪徒們走了以後，卜呂梅街便恢復了它平靜的夜間景色。

正當愛波寧堅守鐵柵門，六個強盜在一個女孩面前退卻時，馬留斯卻在珂賽特的身旁。他從來沒有那麼鍾情、那麼幸福、那麼興高采烈。但是他發現珂賽特悶悶不樂。珂賽特哭過，她的眼睛還是紅的。

「妳怎麼了？」

「沒什麼。」她回答。

隨後，她坐在台階旁邊的凳上，正當他哆哆嗦嗦地過去坐在她身旁時，她繼續說：

「今天早上，我父親叫我作好準備，說他有重要的事，我們也許要走了。」

馬留斯感到一陣寒顫，從頭抖到腳。他彷彿從夢中驚醒過來。這六個禮拜以來，他一直生活在現實之外，這句話卻又狠狠地把他拉回了現實。

他一句話也說不出。珂賽特只覺得他的手是冰冷的。現在輪到她問道：

「你怎麼了？」

他有氣無力地回答，珂賽特幾乎聽不清，他說：

「我聽不懂妳說了些什麼。」

她接著說：

「今天早上，我父親要我把我的日用品收拾好，並幫他把他的換洗衣服放進大箱子裡，他得出門旅行一趟，我們不久就要走了。他要我準備一個大箱子，替他準備一個小的，這一切都要在一個禮拜內準備好，還說我們也許要去英國。」

「這太可怕了！」馬留斯大聲說。

隨即，他又聲音微弱地問道：

「妳什麼時候動身？」

「他沒有說。」

「妳什麼時候回來？」

「他也沒有說。」

馬留斯站了起來，冷冰冰地問道：

「珂賽特，妳去不去呢？」

珂賽特把她那對哀淒欲絕的大眼轉過來望著他，不知所云地回答說：

「去哪裡？」

「英國，妳去不去呢？」

「妳希望我怎麼做？」她扭著自己的兩隻手說。

「也就是說，妳要去了？」

「假如我父親要去呢？」

「也就是說，妳要去了？」

珂賽特抓住馬留斯的一隻手，緊握著它，沒有回答。

「好吧，」馬留斯說，「那麼，我就到別的地方去。」

珂賽特聽出了這句話的嚴重性。她頓時臉色大變，在黑暗中顯得慘白。她結結巴巴地說：

「你這話是什麼意思？」

馬留斯望著她，隨即慢慢地抬起頭來，望著天空，回答說：

「沒有什麼。」

當他垂下頭時，他看見珂賽特在對他微笑，那笑容在黑暗中彷彿散發出光亮。

「我們多傻！馬留斯，我想出了一個辦法。」

「什麼辦法？」

「我們走，你也走！過一陣子，我把新的住址告訴你，你再來找我！」

馬留斯現在是個完全清醒的人了。他又回到了現實。他對珂賽特大聲說：

「和你們一起走？去英國？妳瘋了嗎？我沒有錢！我現在還欠古費拉克至少十個路易。我的帽子只值三個法郎，我的上衣缺了扣子，我的襯衫稀爛，袖子全破了，我的靴子透水！六個禮拜以來，我從未想到這些，也沒向妳談過。珂賽特，我是個窮小子！到英國去？哈！我連護照費也付不起！」

他又衝到旁邊的一棵樹前，把手臂伸到頭頂，前額抵著樹幹，一動也不動，像一座絕望的雕像。

他就這樣站了許久。忽然，他轉過頭來，因為聽到從他後面傳來一陣輕柔淒楚的啜泣聲。是珂賽特在痛哭。

他朝她走去，跪在她跟前，又慢慢伏下去，抓住她露出裙底的腳尖，吻著它。

「不要哭了。」他說。

「我或許就要離開此地了，你又不能跟來！」她低聲地說。

「妳愛我嗎？」他接著說。

她一面啜泣，一面回答，她的話在含著淚水時說出來，令人格外驚心動魄：

「我崇拜你！」

他用一種說不出的溫柔委婉的聲調說：

「不要哭了。為了我，請妳不要哭了。」

「你愛我嗎？」

他捏著她的手。

「珂賽特，我願意向妳發出最神聖的誓：如果妳走，我就死。」

他說這些話時的聲調有著一種莊嚴而平靜的憂傷氣息，使珂賽特聽了為之戰慄。她感到某種陰森而真實的東西在空氣中掠過，由於恐懼，她停止了哭泣。

「現在，聽我說，」他說，「妳明天不要等我。」

「為什麼？」

「後天再等我。」

「啊！為什麼？」

「妳會知道的。」

「一整天見不到妳！那是不可能的。」

「我們就犧牲一整天吧，也許能換來一輩子。」

「你一定要這樣？」

「是的，珂賽特。」

她用兩隻手捧著他的頭，踮起腳尖來達到他身體的高度，想從他的眼睛裡猜出他的意圖。

馬留斯接著說：

「對了，我應該告訴妳我的住址。我住在一個叫古費拉克的朋友家裡，在玻璃廠街十六號。」

他從口袋裡摸出一把小刀，用刀尖在石牆上刻下了「玻璃廠街十六號」。

珂賽特這時又開始觀察他的眼睛。

「把你的想法說給我聽，馬留斯，你在計畫著一件大事。啊！快說給我聽，讓我安心睡一夜！」

「我的想法是：上帝不可能把我們分開。後天妳等我吧。」

「後天！我要怎麼捱到後天！」珂賽特說，「你在外面來來去去，我卻要一個人待在家裡。啊！多麼憂愁。明天晚上你要做什麼？」

「有件事，我得去試試。」

「那麼我祝福你成功。我會想著你，為你祈禱。後天晚上九點，我在園子裡等你。」

「我也一樣。」

他倆不約而同地投入了對方的懷抱，他們的嘴唇也於無意中相遇了，神魂飛越，淚水盈眶。

當馬留斯把腦袋抵在那棵樹上冥思苦想時，一個念頭出現在他的腦子裡。儘管那在他本人看來是荒誕且不可能的，但他決定硬著頭皮去試試。

14

吉諾曼老人已經九十一歲，他一直和吉諾曼小姐住在受難修女街六號的老房子裡。自從馬留斯離開後，他已不再打女僕的嘴巴，當他生氣時，提起手杖敲樓梯板，也沒有從前的那股狠勁了。無論是肉體方面或精神方面，他仍然是那副不屈服、不讓步的狀態，但是他卻感到他的心力日漸衰竭了。

四年來，他無時不在盼著馬留斯，深信這小壞蛋遲早會回來拉他的門鈴；但到了後來，心裡卻不禁浮現出一個念頭，那就是他或許再也見不到馬留斯了。這一念頭時常侵擾他，使他心寒。但他認為，作為長輩，他無論如何也不能讓步。他認為自己沒有錯，但只要一想到馬留斯，心裡總會浮出一個行將就木的老人的那種深厚的慈祥和無可奈何的失望情緒。

吉諾曼先生一生從來沒有像愛馬留斯那樣愛過一個情婦，但是他不敢對自己承認這一點，因為他覺得那樣會使自己狂怒，也會覺得慚愧。

他叫人在他臥室的床頭掛一幅畫像，使他醒來第一眼就能看見。那是他的小女兒，過世的那個女兒，彭梅西夫人十八歲時的舊畫像。他常對著這畫像看個不停。一天，他一面看，一面說道：

「我看，他很像她。」

「像我妹妹嗎？」吉諾曼小姐說，「可不是。」

老頭補上一句：「也像他。」

一次，他正坐在椅子上，眼睛半閉，一副洩氣的模樣，他女兒壯著膽子問道：

「父親，您還在生他的氣嗎？……」

她停住了，不敢說下去。

「生誰的氣？」他問。

「那可憐的馬留斯。」

他一下子抬起他的頭，把他那枯皺的拳頭敲在桌子上，以極端暴躁、洪亮的聲音吼道：

「可憐的馬留斯？這位先生是個怪物，是個無賴，是個愛慕虛榮的小子，沒有良心，沒有靈魂，是個驕縱惡劣的傢伙！」

同時他把頭轉了過去，免得女兒看見他眼睛裡的滿眶老淚。

三天過後，一連四個小時沒說一句話，他突然對著他的女兒說：

「我早已請求過您，永遠不要向我提到他。」

一天晚上，正是六月四日，吉諾曼老人獨自待在臥室裡，他的壁爐裡已經生起一爐好火。他把腳靠在壁爐旁的鐵欄上，坐在一把大圍椅裡，手肘支在桌子上，手裡拿著一本書，但並不閱讀。

他懷著滿腔的慈愛和苦水思念馬留斯。他已作好固執到底、安然承受折磨的決心了，此時正在對自己說：到現在，已沒有理由再指望馬留斯回來，如果他要回來，早就回來了，還是死了這條心吧！今生今世不會再見到那個小傢伙了。但是他的心底卻無法同意這一點。

「怎麼！」他說，這是他痛苦時的口頭禪，「他再也不回來了？」

他的頭落在胸前，眼睛迷迷濛濛地望著爐裡的柴灰，神情憂傷而鬱悶。

他正深深陷在這種思想中時，他的老僕人巴斯克走進來問道：

「先生，能接見馬留斯先生嗎？」

老人面色蒼白，像受到電擊一樣，突然間坐得直挺挺的。他結結巴巴地說：

「哪一位馬留斯先生？」

「我不知道，」巴斯克說，「我沒有看見他，是妮珂萊特告訴我的。她說：『來了一個年輕人，您就說是馬留斯先生好了。』」

吉諾曼老人低聲嘟噥著：「讓他進來。」

他照原樣坐著，腦袋微微顫抖，眼睛盯著房門。門又開了。一個青年走進來，正是馬留斯。

馬留斯走到房門口，便停了下來，彷彿在等待主人叫他進去。他的衣服幾乎破得不成樣子，幸好在場的光線不強，看不出來。人家只看見他的臉是安靜嚴肅的，但顯得異常憂鬱。

吉諾曼先生又驚又喜，傻傻地望了半晌，幾乎暈了過去。那確實是他，確實是馬留斯！

終於盼到了！盼了整整四年！他現在抓住他了！他想張開手臂、喊他、朝他跑去，他的心融化在歡天喜地之中，多少慈祥的言語在胸中洶湧澎湃。但這滿腔的愛卻如曇花一現，話只到了嘴邊，卻成了冷峻無情。他粗聲粗氣地問道：

「您來此地做什麼？」

「先生……」馬留斯尷尬地回答。

吉諾曼先生恨不得馬留斯衝上來擁抱他。他恨馬留斯，也恨他自己。他感到自己粗暴，也感到馬留斯冷淡。他想到自己內心是那麼和善、那麼愁苦，外表卻不得不板起面孔，真是令人難受，也令人冒火。

「那麼，您為什麼要來？」

「先生……」

「您是來請求我原諒您的嗎？您已明白您的過錯了嗎？」

馬留斯渾身顫抖，低著眼睛回答說：「不是，先生。」

「既然不是，您又來找我幹什麼？」老人聲色俱厲，悲痛極了。

馬留斯扭著自己的兩隻手，上前一步，以微弱顫抖的聲音說：

「先生，可憐我。」

這話感動了吉諾曼先生。如果早點說，也許能使他心軟，但是說得太遲了。老人站了起來，雙手支在手杖上，嘴唇蒼白，額頭顫動，低下頭來看著馬留斯。

「可憐您？先生！年紀輕輕，要一個九十一歲的老頭可憐您？您剛進入人生，而我即將退出！您享盡了世上的福，我受盡了老年的罪、病痛、孤苦！您有您的一口好牙、一雙明亮的眼睛、一頭黑髮，我卻連白髮也沒有了！我的牙齒掉了，力氣沒了，記憶力消退了！您有著美好燦爛的前程，我卻什麼也看不到了！您在追女人，而我，全世界沒有一個人愛我了！您卻要我可憐您？真是滑稽！」

接著，這老人又以憤怒嚴峻的聲音說：

「您究竟要我幹什麼？」

「先生，」馬留斯說，「我知道我來會使您不高興，但我只想向您請求一件事，說完馬上就走。」

「您這個傻瓜！」老人說，「誰說要您走了？」

其實他想說的是：「快請求我的原諒吧！快來抱住我的脖子吧！」但馬留斯偏偏不能領會，這使得老人感到痛苦，痛苦又立即轉為憤怒。他怒火直冒地說道：

「怎麼？您離開了我，離開了我的家，不知道跑到哪裡去了，害您的姨媽好不擔心！您在外面過著單身漢的生活，吃喝玩樂，好不快活！現在，四年過去了，您來到我家裡，卻只有這樣幾句話想說？」

這種粗暴的言語只能使馬留斯無從開口。吉諾曼先生叉起雙手，對馬留斯毫不留情地吼道：

「快說！您要向我要求一件事，對吧？那麼，好，是什麼事？快說！」

「先生，」馬留斯說，眼神活像一個絕望的人，「我來請求您允許我結婚。」

「您要結婚？」老人吼道，他的激動到達了極點，「二十一歲結婚？這就是您計畫好的？好極了！您只要得到許可就行了，一個手續問題。請坐下，先生。請問，您有職業了嗎？您有財產嗎？在您那律師的行業裡，您能賺多少錢？」

「一毛錢也沒有。」馬留斯說，語氣乾脆堅定，幾乎是放肆的。

「一毛錢也沒有？您打算就靠我給您的那一千兩百利弗過活嗎？」

馬留斯沒有回答。吉諾曼先生接著又說：

「啊，我懂了，是因為那姑娘有錢嗎？」

「她和我一樣。」

「沒有。」

「什麼？沒有陪嫁的財產？」

「有財產繼承權嗎？」

「或許沒有。」

「窮姑娘一個！她父親是做什麼的？」

「我不清楚。」

「她姓什麼？」

「割風。」

「呸！」老頭說。

「先生！」馬留斯大聲說。

吉諾曼先生以自言自語的聲調打斷了他的話。

「對，二十一歲，沒有職業，每年一千兩百利弗，彭梅西男爵夫人每天可以上街買兩個蘇的青菜。」

「先生，」馬留斯眼看最後的希望也將幻滅，驚慌失措地說，「我懇切地請求您！先生，我跪在您的跟前，請您允許我娶她，與她結為夫婦。」

老人放聲狂笑，笑聲尖銳淒厲，邊笑邊咳地說：

「哈！哈！你要結婚，你要娶一個來路不明的女人，把你的事業、你的前程、你的青春、你的一生全拋到水裡去，跟這個女人一起過苦日子，你沒有鞋子，她沒有襯衣……不行，我的孩子，你休想！」

「我的父親！」

「不行！」

聽到他說「不行」時的氣勢，馬留斯知道一切全完了。他低著腦袋，躊躇不決，慢慢地朝房門走去。吉諾曼先生的眼睛注視著他，正當房門已開，馬留斯要出去時，他連忙向前跨去，一把抓住馬留斯的衣領，把他拖回房間，甩在一張圍椅裡，對他說：

「把一切經過和我談談。」

是馬留斯脫口而出的「我的父親」這個詞使氣氛發生了變化。

馬留斯呆呆地望著他。這時表現在吉諾曼先生那張變幻無常的臉上的，只剩下一種含蓄的溫和神情。嚴峻的老人變成慈祥的外祖父了。

「來吧，你說吧，把你的風流故事講給我聽，不用害怕。見鬼！年輕人全不是好東西！」

「我的父親！」馬留斯緊接著說，「您知道我多麼愛她就好了。我第一次遇見她，是在盧森堡公園，她常去那地方，起初我並不怎麼注意，之後不知怎麼搞的，我竟愛上她了。啊！這使我十分苦惱！現在我每天和她見面，在她家裡，她父親不知道。您想，他們就要離開了，她父親要把她帶到英國去，這樣一來，我會活不下去的，我會跳水自殺。我一定要和她結婚，否則我會發瘋。事情的經過就是這樣。她住在一個花園裡，有一道鐵柵門，就在卜呂梅街，靠榮譽軍人院那一側。」

吉諾曼老人笑逐顏開地坐著，一面聽他說，一邊深深吸了一撮鼻煙。聽完馬留斯的話，他忽然停止吸氣，讓剩下的鼻煙屑落在腿上。

「馬留斯！這非常好，像你這樣的年輕人愛上一個姑娘，這在你這個年紀是常有的事。我情願你愛上一個女人，總比當一個革命份子好些。漂亮女人嘛，誰能抗拒呢？至於那個小姑娘，她瞞著她父親接待你，這是對的，我也曾有過這類經驗，而且不只一次。你知道該怎麼做嗎？應付這種事，不能操之過急，不能一頭就栽進去，也不要談結婚問題。這裡有兩百皮斯托爾，好好去尋開心吧！事情應該這樣解決，不要結婚。你懂我的意思嗎？」

馬留斯像個石頭人，失去了說話的能力，連連搖頭表示反對。

老頭放聲大笑，擠弄著一隻老眼，在他的腿上拍了一下，又輕輕地聳了聳肩，對他說：

「傻孩子！讓她當你的情婦。」

馬留斯面無人色。外祖父剛才說的那一套，他完全沒有聽懂。在他心裡，珂賽特是一朵百合花，那老頭的胡言亂語無疑是對她極盡惡毒的侮辱。「讓她當你的情婦」這句話，像一把劍似地插進了他的心中。

他站起來，從地上撿起他的帽子，以堅定穩重的步伐走向房門口。到了那裡，他轉身向著他的外祖父，對他深深一鞠躬，昂著頭，說道：

「五年前，您侮辱了我的父親，今天，您侮辱了我的愛人。我什麼也不向您要求了，先生。就此永別。」

吉諾曼老人被嚇呆了，張著嘴，伸著手臂，想站起來，還來不及開口，房門已經關上，馬留斯也不見了。

老頭好像被雷擊似的，半晌動彈不得，說不出話來，也不能呼吸。之後，他才使出全力從圍椅裡站起來，以一個九旬老人的最快速度奔向房門，開了門，放聲吼道：

「來人啊！來人啊！」

他的女兒來了，接著，僕人們也來了。他悲慘地哀號著：「快去追他！抓住他！我對他做了什麼？他瘋了！他走了！啊！我的天主！啊！我的天主！這下子，他不會再回來了！」

他跑向臨街的那扇窗子，用兩隻哆哆嗦嗦的手開了窗，把大半個身體伸到窗外，喊道：

「馬留斯！馬留斯！馬留斯！馬留斯！」

但是馬留斯已經聽不見了，他這時正轉進聖路易街的轉角。

這個老人三番兩次地把他的雙手舉向鬢邊，神情沮喪，步履蹣跚，倒在一張圍椅裡，沒了聲音，沒了眼淚，腦袋搖著，嘴唇發抖，活像個呆子。在他的眼裡和心裡，只剩下了一些陰沉、幽遠、類似黑夜的東西。

15

就在同一天下午，將近四點時，尚萬強獨自一人坐在戰神廣場上一條最冷清的斜坡上。他穿著一件工人的襯衫，一條灰色帆布長褲，戴一頂帽舌突出的便帽，遮著自己的臉部。

最近一兩個禮拜以來，他又多了另一層憂慮。一天，他在大路上散步時，忽然見到德納第，幸好他化了裝，德納第絲毫沒有認出他來；但是，在那之後，尚萬強又多次遇見他。現在他可以肯定，德納第常在那一帶遊蕩，這意味著說不盡的後患。

另外，當時巴黎不平靜，政治上的動亂，為那些隱瞞身世的人帶來一種麻煩，那就是員警已變得非常緊張、非常多疑，很可能會發現像尚萬強這樣的人的。

由於這些原因，他已是心事重重了。

近來又發生一件匪夷所思的事，使驚魂未定的他再次受到一回震動，更加警惕起來。在那一天的早上，他第一個起床，到園裡散步時，珂賽特的板窗還沒有開，他忽然發現有人在牆上刻了這樣一行字：「玻璃廠街十六號」。

這是最近出現的。那堵牆上的石灰原已年久發黑，而刻出的字跡是雪白的；牆腳邊的一叢葉子上，還鋪著一層新落上去的白粉。這也許是昨晚剛刻上的。這究竟是什麼？是個通信地址嗎？是為別人留下的暗號嗎？是給他的警告嗎？無論如何，這園子顯然已被一些來歷不明的人偷偷闖入過了。

經過一番深思熟慮以後，尚萬強決心離開巴黎，甚至法國，到英國去待上一段時間。他已向珂賽特提過，要在八天以內起程。現在他坐在戰神廣場的斜坡上，腦子裡反覆想著這些事：德納第、員警、刻在牆上的那一行字、這次的遠行以及弄到一份出國護照的困難。

正當他這樣思前想後時，忽然看見太陽把緊挨著他背後的一個人的影子投射到他的眼前。他正要轉過頭去看，一張摺好的紙掉在他的大腿上，好像是從他的頭頂扔下來的。他撿起那張紙，展開來看，上面有幾個用粗鉛筆寫的大字：

快搬家。

尚萬強立刻站了起來。斜坡上一個人也沒有，他向四面尋找，只見一個比孩子稍大又比成年人稍小的人，穿一件灰色襯衫和一條土色的燈芯絨長褲，正跨過矮牆，向戰神廣場的水溝滑下去。

尚萬強連忙回家。心情沉重。

16

馬留斯懷著沮喪的心情離開了吉諾曼老人的家。他進去時，原只抱著極小的一點希望，出來時，失望卻大極了。

他在街上走個不停，盡可能不去回憶起這一切。凌晨兩點，他回到了古費拉克的住所，不脫衣服，便一頭倒在他的被褥上。當他朦朧入睡時天早已大亮了。他昏昏沉沉地睡著，腦子仍在胡思亂想。他醒來時，看見古費拉克、安佐拉、弗伊利和康白斐都站在屋子裡，戴上帽子，非常忙亂，正準備上街。

古費拉克對他說：

「你要去為拉馬克將軍送葬嗎？」

他什麼也聽不懂。

他們走後不久，他也出去了。二月三日發生那次事件時，賈維曾交給他兩支手槍，槍還一直留在他手中。他上街時，把這兩支槍放在口袋裡，槍裡的子彈原封不動。沒人知道他為什麼要帶上這兩把槍。

他在街上漫無目的地遊蕩了一整天，有時下著雨，他也渾然不知。他在一家麵包鋪裡買了一個麵包，準備當晚餐，麵包一放進口袋，便把它忘得一乾二淨。據說他在塞納河裡洗了一個澡，他自己卻沒有一點印象。從昨晚開始，他已經什麼也不指望，什麼也不畏懼。他像熱鍋上的螞蟻，等著天黑，只想著一件事：九點鐘，他將與珂賽特見面。這最後的幸福將成為他的全部前程，此後，便是茫茫一片黑暗。

他在最荒僻的大路上走時，不時聽到巴黎的方向有些奇特的聲音。他振作精神，伸長了腦袋細聽，說道：「是不是打起來了？」

天剛黑，九點整，他遵守與珂賽特的諾言，來到了卜呂梅街。他走近鐵柵門，挪動那一根鐵條，溜進園子，卻發現珂賽特不在她平常等待他的地方。

他穿過草叢，走到台階旁邊的凹角。珂賽特也不在那裡。他抬起頭，看見房子各處的板窗全是關著的。他在園裡尋了一遍，園子是空的。他又回到房子的前面，一心要找出他的愛人，急得心驚膽戰，滿腹疑惑，心裡亂成一團，痛苦萬分。他在一扇扇板窗上亂捶一陣，也顧不得是否會被她父親發現。他捶完以後，又提高嗓子喊她的名字。

「珂賽特！」他喊道，「珂賽特！」

他喊得更急迫，仍沒有人應聲。完了。園子裡沒有人，屋子裡也沒有人。

馬留斯大失所望，呆呆地望著那棟陰沉沉、和墳墓一樣黑、一樣寂靜的空屋。他望著石凳，在那上面，他和珂賽特曾共度過多少美好的時光啊！接著，他坐在台階上，心裡充滿了溫情和決心，他在心底深處為他的愛人祝福，並對自己說：「珂賽特既然走了，我只有一死。」

忽然，他聽見一個聲音穿過樹木，在街上喊道：「馬留斯先生！」

他站了起來。

「哎！」他說。

「馬留斯先生，是您嗎？」

「是我。」

「馬留斯先生，」那聲音又說，「您的那些朋友在麻廠街的街壘裡等您。」

那像是愛波寧嘶啞粗糙的聲音。馬留斯跑向鐵柵門，移開那根鐵條，把頭伸過去，看見一個人朝著昏暗處跑去不見了。

17

尚萬強的錢包對馬白夫先生沒有一點幫助。這個老人素來品行端正，絕不會接受那份來自星星的禮物。他把錢包當作撿到的失物，交給了員警，讓失主認領。當然，誰也不曾去認領，它對馬白夫也毫無助益。

在這期間，馬白夫繼續走著下坡路。他又欠了幾個季度的房租，他的園子荒蕪了。他把最後的幾件木器也賣了；隨後，凡是多餘的被褥、衣服、毛毯，以及植物標本和木刻圖版，也全賣了。馬白夫的臥室裡從來不生火，為了不點蠟燭，他不到天黑便上床睡覺。他彷彿已沒有鄰居，當他出門時，人們都敬而遠之，他也察覺到了。可是這個老人沒有完全喪失他那種富於孩子氣的寧靜。當他注視他那些寶貴的藏書時，他的眼睛總是神采奕奕的。他有一個玻璃書櫃，是他無論如何也不忍割捨的東西。

一天，普盧塔克大娘對他說：

「我沒有東西做晚餐了。」

「賒欠呢？」馬白夫先生說。

「您知道，人家都不肯賒欠了。」

馬白夫先生打開他的書櫃，望著他的那些書，猶豫不決，接著又狠心抓出一本，夾在手臂下，出去了。兩個小時後他回來時，手臂下已沒有東西，他把三十個蘇放在桌上說：

「您拿去做點吃的吧。」

從這時起，普盧塔克大娘看見一道陰暗的面紗落在這憨厚老人的臉上，不再撩起了。

第二天、第三天，每天，都得重演一次。馬白夫先生帶一本書出去，帶一個銀幣回來。一本接著一本，整套藏書就這樣不見了。他的憂傷一天一天地加劇。

每晚上床以前，他總要拿出第歐根尼．拉爾修的作品來讀上幾頁，這已成了他的習慣。就這樣又過了幾個禮拜，某一天，普盧塔克大娘病了，醫生開了一劑相當貴的藥。馬白夫先生打開了他的書櫃，裡面全空了，只剩下那本第歐根尼．拉爾修的作品。

他把這本冊子夾在手臂下出去了。那正是一八三二年六月四日，他到聖雅各門的魯瓦約爾書店，換了一百法郎回來。他把那一串五法郎的銀幣放在老婦人的床頭櫃上，沒說一句話便回到他的房裡去了。

第二天，天剛亮，他在園子裡那塊圮倒的石碑上坐了一個早晨，紋絲不動，兩眼朦朧地望著那枯萎了的花圃。有時下了雨，老人似乎全然不知。到了下午，巴黎各處都發出一些不尋常的聲響。好像是槍聲和人群的喧擾聲。

馬白夫老人抬起了頭。他看見一個花匠走過，便問道：

「怎麼了？」

花匠背著一把鐵鏟，以極平常的口吻回答說：「暴動了。」

「什麼？暴動！」

「對。打起來了。」

「為什麼要打？」

「啊！天知道！」花匠說。

「在哪一邊？」馬白夫又問。

「靠兵工廠那邊。」

馬白夫老人走進屋子，拿起帽子，機械般地要找一本書夾在手臂下面，卻找不到，便說道：「啊！對了！」就恍恍惚惚地走出去了。

18

一八三二年春，巴黎仍處於長期以來就有的那種一觸即發的情緒中。這個大城市就像一座大炮，火藥已經裝上，只待一粒火星落下便會爆炸。在一八三二年六月，那粒火星便是拉馬克將軍之死。

拉馬克是個有聲望也有作為的人。他在帝國時期和王朝復辟時期先後表現出了不同的勇敢：戰場上的勇敢和講台上的勇敢。他在高舉令旗以後，又高舉著自由的旗幟。人民愛他，因為他接受未來提供的機會；群眾愛他，因為他曾效忠於國王。過去，他曾是拿破崙的幾個元帥之一，一八一五年的維也納條約把他氣得七竅生煙，如同個人受到了侮辱；他對威靈頓恨之入骨，因而為群眾所愛戴。十七年來，他幾乎不過問這其間的多次事件，巍然不動地把滑鐵盧的教訓銘刻心中。臨終之際，他把百日帝政時期一些軍官送給他的一把劍緊抱在胸前。拿破崙臨終時說的是「軍隊」，拉馬克臨終時說的是「祖國」。

他的死，原是預料中的。人民把他的死當成一種損失而怕他死，政府把他的死當成一種危機而怕他死。這種死，是一種哀傷。就像任何苦痛一樣，哀傷可以轉化為反抗。當日的情形正是這樣。

六月五日是拉馬克安葬的預定日子，在那天的前夕和早晨，殯儀行列會路過的聖安東尼郊區沸騰起來了。這個街道縱橫交錯的雜亂地區，處處人聲鼎沸。人們盡可能地把自己武裝起來。

送葬當天，時而下雨，時而放晴，拉馬克將軍的殯葬行列配備了正式的陸軍儀仗隊，穿過巴黎，那行列是為了預防不測而稍微強化了的。兩個營，鼓上蒙著黑紗，倒背著槍，一萬名國民自衛軍腰上掛著刀，他們的炮隊伴隨著靈柩。柩車由一隊青年牽引著，榮譽軍人院的軍官們緊跟在後，手裡握著桂樹枝。隨後跟著的是無窮無盡的人群，神情急躁，模樣奇特，人民之友社、法學院、醫學院、各個國家的流亡者、各式各樣的旗幟，應有盡有。孩子們揮動著樹枝。正在罷工的石匠和木工，有些人頭上戴著紙帽，三兩並排地走著；他們大聲叫喊，幾乎每個人都揮舞著棍棒，毫無秩序，有時混亂，有時成行，有些小隊還推選了自己的首領。在大路的橫巷裡、樹上、陽台上、窗戶上、屋頂上，人頭像螞蟻一樣攢動，男人、婦女、小孩，眼睛裡充滿了不安的神情，驚慌地看著一群群帶著武器的人走過去。

政府從旁注視著，不敢放鬆戒備。在路易十五廣場上，有四個卡賓槍連，長槍短銃，子彈全上了膛，彈盒飽滿；人人騎在鞍上，軍號領頭，一切準備就緒，待命行動；在拉丁區和植物園一帶，保安員警隊分佈了每一條街，分段站崗守衛著；在酒市有一個龍騎兵中隊，格列夫廣場有半個第十二輕騎連隊，另一半在巴士底；第六龍騎連隊在賽勒庭，羅浮宮的大院裡全是炮隊。其餘的軍隊在軍營裡，巴黎四周的連隊還沒計算在內。提心吊膽的政府，在市區部署了兩萬四千名士兵，在郊區部署了三萬名，提防橫眉怒目的群眾。

送葬行列從死者的府邸，以激動而沉重的步伐經過幾條大路，慢慢走到了巴士底廣場。天不時下著雨，人們全不介意。發生了幾件意外的事：柩車繞過旺多姆紀念碑時，有人發現一名保王派站在一個陽台上，便向他扔擲石塊；有一根旗杆上的高盧雄雞被人拔了下來，在汙泥裡拖著走；在聖馬丁門，有個憲兵被人用劍刺傷；第十二輕騎連隊的一個軍官忽然喊道：「我是個共和黨人！」綜合工科學校的學生，在強制留校不許外出之後卻出現了；人們高呼：「萬歲！共和萬歲！」

氣勢洶洶的趕熱鬧的人群，像江河的洪流，後浪推前浪，從聖安東尼郊區走下來，走到巴士底，和送葬隊伍匯合起來。一種翻騰、震盪的駭人聲勢，把人群變得更加激動了。

柩車經過了巴士底，沿著運河，穿過小橋，到達了奧斯特里茨橋頭廣場。它在這裡停下來了。這時，那股人流，從橋頭廣場沿著波登河岸擴展，蓋滿巴士底廣場，再順著林蔭大道一直延伸到聖馬丁門。柩車的四面圍著一大群人。

嘩亂的人群忽然靜了下來。拉斐德將軍致詞，向拉馬克告別，這是一個莊嚴的時刻，所有人都脫下帽子。

突然間，有個穿黑衣、騎在馬上的人出現在人群中，手裡握著一面紅旗。那是埃格澤爾芒將軍，他離開了隊伍。

這面紅旗掀起了一陣騷動，隨即不見了。從波登林蔭大道到奧斯特里茨橋，人聲鼓噪，人群動盪起來了。兩聲高亢的叫喊騰空而起：「拉馬克去先賢祠！拉斐德去市政府！」一群青年，在大片叫好聲中，立刻動手將柩車推向奧斯特里茨橋，拉著拉斐德的馬車順著莫爾朗河岸走去。

這時，在河的左岸，市政府的馬隊趕到橋頭，擋住去路；右岸的龍騎兵從賽勒庭開出來，順著莫爾朗河岸散開。拉住拉斐德的人群在河岸轉彎處看見了他們，便喊道：「龍騎兵！龍騎兵！」龍騎兵緩步前進，一聲不響，手槍插在皮套裡，馬刀插在鞘裡，短槍插在槍托套裡，神色陰沉地觀望著。

龍騎兵在離橋兩百步的地方停下來了，他們向兩旁讓出一條路，讓拉斐德的馬車通過，接著又合攏。這下子，龍騎兵和群眾就面對面了。婦女們驚慌失措地逃散開來。

一剎那間，連響了三槍，第一槍打死了中隊長佐雷，第二槍打死了孔特斯卡爾浦街上一個老婦人，第三槍打壞了一個軍官的肩章。人們忽然看見一個龍騎兵中隊從莫爾朗河對岸的兵營裡衝了出來，舉著馬刀，經過巴松比爾街和波登林蔭大道，橫掃一切。

至此，衝突爆發，事情已無可挽回。石塊亂飛，槍聲四起，許多人跳到河岸下逃命；盧維耶島的巨大堡壘上聚滿了戰士，有的拔木樁，有的開手槍，一個街壘便形成了。被趕回的那些青年拉著柩車，一路飛奔，穿過奧斯特里茨橋，向著保安員警隊衝去，卡賓槍連來了，龍騎兵逢人便砍，群眾向四面八方逃散，巴黎的四面八方都響起了投入戰鬥的吼聲，人人喊著：「拿起武器！」人們跑著、衝撞著、逃著、抵抗著。怒火鼓起了暴動，正如大風煽揚著烈火。

19

暴動開始時，人們心中充滿了驚恐，同時也攙雜著一種駭人的得意勢頭。最初，喧囂鼓噪，店鋪關門，陳列的商品失蹤；接著，四處傳來零散的槍聲、行人奔竄、槍托撞擊車門的聲音，人們聽到一些女僕在後院裡笑著說：「這下子可熱鬧了！」

不到十五分鐘，在巴黎二十個不同的地方幾乎同時發生了這些事：

聖十字架街，二十多個留著鬍鬚和長髮的青年走進一間咖啡館，隨即又出來，舉著一面橫條三色旗，旗上繫一塊黑紗，他們的三個首領都帶著武器，一個有指揮刀，一個有步槍，一個有長矛。

諾南第耶爾街，有個衣服相當整潔的資產階級，挺著肚子，聲音洪亮，光頭高額，茂密的鬍鬚向左右岔開，公開地把槍彈散發給過路行人。

聖彼得蒙馬特爾街，一些光著手臂的人舉著一面黑旗在街上走，黑旗上寫著「共和或死亡」，絕食人街、鐘面街、驕山街、曼達街，都出現一群群的人揮動著三色旗，白色的那一條窄到幾乎瞧不見。

聖馬丁林蔭大道的一個武器工廠被搶，還有三個武器商店也被搶，第一個在波布林街，第二個在米歇爾伯爵街，另一個在大廟街。群眾的千百隻手在幾分鐘之內便抓走了兩百三十支步槍、六十四把指揮刀、八十三支手槍。為了分給較多的人，便有的人拿步槍，有的人拿刺刀。

在格列夫河岸對面，有些青年拿著短槍從一些婦女的房間裡朝外發射。他們拉動門鈴，走進去，在裡面填塞子彈。

老奧德里耶特街上的一家古玩店被一群人衝破門，拿走了幾把彎背刀和一些土耳其武器。

一個被步槍打死的泥水匠的屍體躺在珍珠街。

接著，在右岸、左岸、河沿、林蔭大道、拉丁區、菜市場區，無數氣喘吁吁的民眾、工人、大學生讀著告示，高呼：「武裝起來！」他們砸破路燈，解下駕車的馬匹，挖起鋪路的石塊，撬下房屋的門板，拔樹，搜地窖，滾酒桶，堆砌石塊、石子、傢俱、木板，建造街壘。

資產階級也被強迫一同動手。人們走進婦女的住處，要她們把不在家的丈夫的刀槍交出來，並在門上用白粉寫上「武器已繳」。街上落單的哨兵和回到區公所的國民自衛軍被人繳了械，軍官們的肩章被扯掉。在聖尼古拉公墓街上，有個軍官被一群拿著棍棒和劍的人追趕著，好不容易才躲進一棟房子，直到夜裡才溜出來。

在聖雅各區，一群群大學生從旅館裡湧出來，走到聖亞森特街上的進步咖啡館，或到馬蒂蘭街的七球台咖啡館。在那裡，有些青年站在大門前發送武器。人們搶劫了特蘭斯諾南街上的建築工廠去建造街壘。

不到一個鐘頭，僅僅在菜市場區，便造起了二十七座街壘。不到三個鐘頭，起義的人便佔領了右岸的兵工廠、王宮廣場、整個沼澤區、波邦古武器製造廠、加利奧特、水塔、菜市場附近的每一條街道，左岸的老軍營、聖佩拉吉、莫貝爾廣場、雙磨火藥庫和所有的便門。到傍晚五點，他們已是巴士底、內衣商店、白大衣商店的主人，他們的偵察兵已接近勝利廣場，威脅著銀行、小神父兵營、郵車旅館。

巴黎的三分之一已在暴動中。

在每一處，鬥爭都是大規模進行的，從解除武裝、搜查住宅，到積極搶奪武器商店；從以石塊開始的戰鬥，變成了火器交鋒。

傍晚六點前後，鮭魚街道成了戰場。暴動者在一頭，軍隊在另一頭。大家從一道鐵柵門對著另一道鐵柵門對射。這時，敲起了集合鼓，國民自衛軍連忙穿上制服，拿起武器，憲兵走出了區公所，連隊走出了兵營。在鐵錨街道的對面，一個鼓手挨了一刀；另外一個，在天鵝街受到了三十來個青年的圍攻，他們刺破了他的鼓，奪走了他的刀；另一個在聖拉札爾麥倉街被殺死。米歇爾伯爵街上，有三個軍官，一個接著一個倒地死了。好幾個國民自衛軍在倫巴底街受傷，退了回去。

那次的起義把巴黎的中心地帶變成了一種曲折錯亂、叫人摸不清道路的巨大城寨。

在少數幾個連隊裡，軍心是不穩的，這更使人因不明危機的結局而更加驚恐。幾個加強營組成的巡邏隊，在國民自衛軍幾個連的全體官兵護衛和一個警務長官的率領下，到起義地區的街道上去進行視察。起義的人也在一些岔路口的路角上佈置了哨兵，並大膽地派遣了巡邏隊到街壘外面去巡邏。雙方互相監視著。政府手裡有著軍隊，卻還在猶豫不決。

天快黑了，聖梅里的警鐘響起。郊區的國民自衛軍匆匆忙忙地趕來了。第十二輕騎連隊的一個營也從聖德尼跑到了，第十四連隊從彎道趕到，陸軍學校的炮隊已經進入卡魯塞爾陣地，不少大炮從萬塞納下來。

杜樂麗宮一帶冷冷清清。國王路易—菲利普泰然自若。

20

人民和軍隊在兵工廠前發生衝突以後，跟在柩車後緊壓著送葬行列的人群，這時已不得不折回往後退，前面擠後面，這樣一來，連續幾條林蔭大道上的隊伍頓時一片混亂。行列瓦解，人人爭相推擠、奔跑、潰散、躲藏，有的高喊向前衝擊，有的面色蒼白各自逃竄。一瞬間，林蔭大道上的人群有如江河的水，向左右兩岸氾濫，同時注入那二百條大街小巷。

這時，加夫洛許從梅尼孟丹街走來，正要去投入戰鬥。他經過一個賣破爛婦人的店門前，一眼瞧見了櫃台上的長管手槍，立刻抓起就跑。

走到林蔭大道上，他發現那手槍沒有撞針。

在那風雨交加的夜晚，加夫洛許把兩個小傢伙留宿在大象裡，卻沒料到他收留的正是他的親兄弟，他替上帝行了一件善事。天剛亮時，他帶著兩個弟弟出了象肚子，和他們一同分享了一頓他弄來的早餐，隨即便和他們分了手，把他們留在街道上。和他們分手時，他和他們約好晚上在原處碰面。這兩個孩子，或許是被員警帶進拘留所了，或是被什麼陌生人拐走了，或是迷失在無邊無際的城市裡了；他們沒有回來，加夫洛許也不曾再見過他們。直到十個或十二個禮拜後，他還不時搔著頭說：「我那兩個孩子究竟到哪裡去了？」

他手裡捏著那支手槍，走到了白菜橋街。他注意到這條街上只剩下一間商店是開著門的，而且是一間糕餅店。這真是上帝安排的一個好機會，要他在上戰場之前再吃一個蘋果塔。加夫洛許停下來，摸了摸自己的口袋，卻連一個硬幣也沒有。

加夫洛許又繼續前進。

兩分鐘後，他到了聖路易街。在穿過御花園街時，他感到需要補償一下那個無法得到的蘋果塔，便懷著無比暢快的心情，趁著天色還亮，把那些劇場的海報一張張撕了個痛快。

握著一支手槍，一路招搖過市，儘管沒有撞針，這對員警來說仍是件大事，因此加夫洛許越走越起勁。他

大喊大叫，同時還斷斷續續地唱著《馬賽曲》。

這時，國民自衛軍的一個長矛兵騎著馬走來。馬摔倒了，加夫洛許把手槍放在地上，扶起那人，然後又幫他扶起那匹馬。

這之後他撿起手槍繼續往前走。

他走過拉莫瓦尼翁公館，在那門前發出了這一號召：「出發去戰鬥！」

他隨即又受到一陣淒切心情的侵擾。他帶著惋惜的神情望著那支手槍，對它說：

「我已出發了，可惜你卻發不出。」

隨後，他向聖傑維榆樹走去。

這時候，聖約翰市場的據點已被繳械，加夫洛許走來，正好遇上了安佐拉、古費拉克、康白斐、弗伊利率領的人。他們已武裝起來。巴阿雷和讓．布魯維爾也找到他們，進一步壯大了這支隊伍。安佐拉有一支雙響獵槍，康白斐有一支國民自衛軍的步槍，腰帶上還插了兩支手槍；讓．布魯維爾有一支舊式馬槍，巴阿雷是一支短槍，古費拉克揮動著一根帶劍的手杖，弗伊利握著一把馬刀走在前面。一行人走到了莫爾朗河岸，沒有領帶、沒有帽子，喘著氣，淋著雨，眼睛閃閃發光。加夫洛許態度從容，加入了他們的隊伍。

一長列喧鬧的人伴隨著他們，大學生、藝術家、其他結社的成員、工人、碼頭工人，有的拿著棍棒，有的拿著刺刀，有的和康白斐一樣，腰帶裡插著手槍。夾在一群人裡往前走的還有一個老人，他什麼武器也沒有，神情彷彿在想著什麼，但仍奮力前進，唯恐落在人後。加夫洛許發現了他。

「那是誰？」他問康白斐。

「是個老人。」

這是馬白夫先生。

當龍騎兵衝擊時，安佐拉和他的朋友們正走到波登林蔭大道的儲備糧倉附近。安佐拉、古費拉克、康白斐和另外許多人，都沿著巴松比爾街一邊走一邊喊著：「到街壘去！」走到雷迪吉埃街時，他們遇見一個老人，也在走著，古費拉克認出了那是馬白夫先生。他認識他，因為他曾多次陪馬留斯走到他的大門口。他向他打了個招呼，接著開始了以下的對話：

「馬白夫先生，您回家去吧。」

「為什麼？」

「這裡太亂了。」

「好啊！」

「子彈是不長眼睛的。」

「好啊！」

「還有大炮。」

「好啊！你們這些人，要去什麼地方？」

「我們要去推翻政府。」

「好啊！」

他立刻跟著他們往前走，一句話也沒有說。他的步伐忽然穩健起來了，有些工人想攙著他的手臂走，他搖搖頭，拒絕了。他幾乎是走在行列的最前面，他的動作是前進，他的神情卻彷彿是睡著了。

這一支隊伍朝著聖梅里走去。

21

隊伍越走越壯大。到皮埃特街時，一個頭髮花白的高大個子加入了他們的行列，古費拉克、安佐拉、康白斐都注意到他那粗獷大膽的容貌，但是沒有人認識他。加夫洛許忙著唱歌、吹口哨、哼小調，走在前面領路，並用他那支沒有撞針的手槍敲打那些商店的板窗，沒有注意那個人。

進入玻璃廠街，他們從古費拉克的住處門前走過。

「正好，」古費拉克說，「我忘了帶錢包，帽子也丟了。」

他離開隊伍，回到了他在樓上的房間裡，拿了一頂舊帽子和他的錢包，以及一只相當大的方匣子。他跑到樓下時，看門婆叫住他。

「德·古費拉克先生！有個人找您。」

「誰？」

「我不知道。」

「在哪裡？」

「在門房裡。」

「見鬼！」古費拉克說。

這時，從門房裡走出一個工人模樣的小伙子，個頭瘦小，面色枯黃，還有斑點，穿一件有洞的襯衫、一條有補丁的燈芯絨褲子，像是個穿男孩衣服的女孩，說起話來卻一點也不像女人。他問古費拉克：

「請問馬留斯先生在嗎？」

「不在。」

「今晚他會回來嗎？」

「我不知道。」古費拉克又加上一句：「我是不會回來的了。」

那小伙子定定地望著他，問道：

「為什麼？」

「因為……」

「您要去什麼地方？」

「這關你什麼事？」

「您肯讓我替您背這匣子嗎？」

「我要去街壘呢。」

「您能讓我跟您一起去嗎？」

「隨你的便，」古費拉克回答說，「路是大家的，誰都可以走。」

他隨即一溜煙跑去追他那些朋友了。趕上他們後，他把匣子交給其中的一人背著。過了十五分鐘以後，他果然發現那小伙子真的跟在他們後面來了。

隊伍漫無目的地走著。他們經過了聖梅里，不知不覺得來到了聖德尼街。

22

賴格爾．德．莫經常住在洛李的宿舍裡。兩個朋友同吃、同住、同生活，形影不離。六月五日的上午，他們到柯林斯酒館吃午飯。洛李正害著重感冒，賴格爾也被傳染了。賴格爾的衣服已很破舊，但是洛李穿得好。

他們走進酒店時大約九點，裡面還是空的，只有他們兩個。

他們上了樓，點了牡蠣、乾酪和火腿，接著便選了一張桌子坐下。

他們正吃著開頭幾個牡蠣時，格朗泰爾走了上來。服務生認識格朗泰爾，在他的桌上放了兩瓶葡萄酒。

「格朗泰爾，你剛才是從大路來的嗎？」賴格爾問。

「不是。」

「剛才洛李和我看見那送葬行列的頭走過。」

「那真是一種使人驚奇的場面！」洛李說。

格朗泰爾正準備喝他那兩瓶酒，這時，從樓梯口的方洞裡冒出一個陌生人。這是個不到十歲的男孩，一身破爛，個子很小，黃臉皮，突嘴巴，眼睛靈活；渾身淋溼了，但神情愉快。

這孩子顯然不認識那三個人，但是他毫不遲疑，一上來便對著賴格爾問道：

「您就是博西埃先生吧？」

「那是我的別名，」賴格爾回答說，「你找我做什麼？」

「是這樣的，林蔭大道上的一個金髮高個子對我說：『你知道柯林斯嗎？』我說：『知道，麻廠街上的那間酒館。』他又對我說：『你到那裡去一趟，找到博西埃先生，對他說：ＡＢＣ。』他給了我十個蘇。」

「洛李，借我十個蘇，」賴格爾說，又轉過頭來對格朗泰爾說：「格朗泰爾，再借我十個蘇。」

賴格爾把借來的二十個蘇給了那男孩。

「謝謝，先生。」那小孩說。

「你叫什麼名字？」賴格爾說問。

「我叫小蘿蔔，我是加夫洛許的朋友。」

「你就留在這裡吧。」賴格爾說。

「跟我們一起吃午餐。」格朗泰爾說。

那孩子回答：

「不行，我是遊行隊伍裡的，輪到我喊口號了。」

他把一隻腳向後退一大步，敬了一個禮，轉身走了。

這時，賴格爾若有所思，他低聲說著：「ＡＢＣ，也就是說，拉馬克的安葬。」

「那個金髮高個子，一定是安佐拉，他派人來通知你了。」格朗泰爾說。

「我們去不去呢？」博西埃問。

「正在下雨，」洛李說，「要我跳大坑，我願意；淋雨，我卻不幹。我可不想感冒！」

「我就待在這裡，」格朗泰爾說，「我覺得吃午飯比送棺材來得有意思些。」

「那麼，我們都留下，」賴格爾接著說，「繼續喝酒。再說，我們可以錯過送葬，但不會錯過暴動。」

「啊！暴動，算我一份。」洛李喊著說。

賴格爾連連搓著兩隻手。

「我們一定要替一八三〇年的革命補一堂課。那次革命確實叫人民不舒服。」

酒店裡、街上，一個人都沒有，大家全跑去看熱鬧了。

格朗泰爾愁眉苦臉，只顧喝酒。

「安佐拉瞧不起我，」他嘴裡唸道，「安佐拉考慮過，洛李病了，格朗泰爾醉了。他派小蘿蔔是來找博西埃的。要是他肯來找我，我就會跟他走的。安佐拉想錯了，算他倒楣！我不會去送葬的。」

這樣決定以後，博西埃、洛李和格朗泰爾便不再打算離開那酒店。將近下午兩點時，他們伏著的那張桌子上放滿了空酒瓶，三個人都醉了。

博西埃較為清醒，他坐在敞開的窗台上，讓雨水淋濕他的背，睜眼望著他的兩個朋友。忽然間，他的背後傳來一陣鼓噪和奔跑的聲音，有些人還大聲喊著：「武裝起來！」他轉過頭去，看見在麻廠街口聖德尼街上，有一大群人正往前走，其中有安佐拉，手裡拿著一支步槍，還有加夫洛許，捏一支手槍，弗伊利，拿把馬刀，古費拉克，拿把劍，讓．布魯維爾，拿根短銃，康白斐，拿支步槍，巴阿雷，拿支卡賓槍，另外還有一大群帶著武器、氣勢洶洶的人跟在他們後面。

博西埃立即圍起兩隻手，湊在嘴上，喊道：

「古費拉克！古費拉克！喂！」

古費拉克聽到喊聲，看見了博西埃，便向麻廠街走了幾步，一面喊道：「幹什麼？」博西埃回答：「你要去哪裡？」

「去造街壘！」古費拉克回答說。

「來這裡！這裡地段好！就造在這裡吧！」

「你說得對！賴格爾。」古費拉克說。

古費拉克一揮手，那一伙人全湧進了麻廠街。

23

那一地段的確選得非常高明。街口寬，街身窄，街尾像條死胡同，柯林斯控制著咽喉，左右兩側的蒙德都街口都容易堵塞，攻擊只能來自正面的聖德尼街。

那一伙人湧進來後，整條街上的人都驚慌起來了，沒有一個路人不躲避。一眨眼工夫，街底、街右、街左、商店、鋪面、巷口的柵欄、窗戶、百葉窗、頂樓、大小板窗，從地面直到屋頂全關上了。

同時，不到幾分鐘，酒店鐵柵門上的鐵條便被拔走了二十根，二十多米長的街面上的石塊也被挖走了。加夫洛許和巴阿雷看見一輛載著三桶石灰的馬車從他們面前經過，便攔住那車子，把它推翻，把石灰墊在石塊的下面。安佐拉掀開地窖的平板門，把所有的空酒桶全部拿去支住那些石灰桶；弗伊利為了固定那些木桶和那輛馬車，在桶和車子的旁邊堆起了高高的鵝卵石。他們從臨近一棟房子的外牆上拆下了一些支牆的木柱，用來鋪在木桶的面上。當博西埃和古費拉克回來時，半條街已被一座一個人高的堡壘堵塞住了。

兩匹白馬拖著一輛公共馬車從那街口經過。博西埃見了，便跨過石塊，攔住那輛車，把旅客們全部趕下來，把車子翻倒在街壘旁，完成了最後的堵塞工事。

格朗泰爾這時仍沉浸在酒精中，酒店女侍經過時，格朗泰爾把她攔腰抱了一把，還在窗邊狂笑不止。

「不要鬧了！酒鬼。」古費拉克說。

格朗泰爾回答說：

「我是風流才子！我是情場高手！」

「格朗泰爾，」安佐拉喊道，「你走開！到別處酗酒去。這裡是出生入死的地方，不是醉生夢死的地方。不要在這裡丟街壘的臉！」

這些含著怒氣的話在格朗泰爾的身上產生了一種奇特的效果。他彷彿被人朝著臉上潑了一杯冷水，忽然清醒過來了。他走到窗子旁邊，把手肘支在一張桌子上，坐了下來，帶著一種說不出的和藹神情望著安佐拉，對他說：

「讓我在這裡睡。」

「到別處去睡！」安佐拉喊著說。

但是格朗泰爾那雙溫和而困窘的眼睛一直望著他，嘴裡回答說：

「讓我睡在這裡……直到我死在這裡。」

安佐拉帶著藐視的神情打量著他：

「格朗泰爾，你什麼也不能，信仰、思想、志願、活著、死亡，你全不能。」

格朗泰爾以嚴肅的聲音回答說：

「你走著瞧吧。」

他還結結巴巴說了幾句聽不清楚的話，便一頭倒了在桌上，不一會兒便睡著了。

24

雨已經停了。來了些新的人手。有些工人把一些有用的東西藏在布衫下帶了過來：一桶火藥、一個盛著幾瓶硫酸的籃子、兩三支狂歡用的火把、一筐節慶後剩下的紙燈籠。麻廠街唯一的一盞路燈、聖德尼街上以及附近所有的街——蒙德都街、天鵝街、佈道修士街、大小乞丐窩街上的路燈，全被打掉了。

安佐拉、康白斐和古費拉克指揮一切。這時，人們在同時建造兩座街壘，兩座都靠著柯林斯，構成一個曲尺形；大的那座堵住麻廠街，小的那座堵住靠天鵝街那面的蒙德都街。小的那座很窄，只是用一些木桶和鋪路石構成的，裡面有五十來個工人，其中三十來個有步槍，那是他們在來的路上，從一家武器店弄到手的。

廚房裡生起了一爐火。他們把酒店裡的錫器：水罐、匙子、叉子等放在一個模子裡，燒熔了做子彈。他們一面工作，一面喝酒。桌上亂七八糟地堆滿了封瓶口的錫皮、鉛彈和玻璃杯。酒店老闆娘與女侍恐懼不已，有的變傻了，有的喘不過氣來，有的被嚇醒了；她們待在大廳裡，在撕舊布巾做繃帶，三個起義者在幫著她們。

不久前在皮埃特街轉角處加入隊伍的那個高大個子，這時在小街壘工作，並且出了些力。加夫洛許在大街壘工作。至於那個曾到古費拉克家打聽馬留斯的事情的年輕人，在大家推翻公共馬車時不見了。

加夫洛許歡天喜地，興奮得像要飛起來一樣，他主動負責加油打氣的激勵工作。他走來走去，爬上爬下，吵吵嚷嚷的。

「加把勁！還要石塊！還要木桶！還要這東西！去哪裡弄啊？弄一筐石灰來堵住這個洞！你們的這街壘太小了，再堆高一點！把所有的東西都搬上去，丟上去，甩上去！把那房子拆了！」

此外，他想到他那沒有撞針的手槍便冒火。他從一個人問到另一個人，要求說：「一支步槍，我要一支步槍！你們為什麼不給我一支步槍？」

「給你一支步槍？」古費拉克說。

「嘿！」加夫洛許回駁說，「有什麼不行？一八三〇年我們對抗查理十世時，我就有過一支！」

安佐拉聳了聳肩。

「要等到大人都有了，才分給孩子。」

加夫洛許趾高氣揚地轉身回答他：「要是你比我先死，我便撿你的槍。」

「野孩子！」安佐拉說。

「毛頭小子！」加夫洛許說。

25

兩個街壘都已完成，紅旗已經豎起，人們便從酒店裡拖出一張桌子，古費拉克站在桌子上。安佐拉搬來了方匣子，古費拉克打開匣蓋，裡面放滿了槍彈。這樣東西讓大家都起了一陣戰慄，紛紛安靜下來。

古費拉克面帶笑容，把槍彈分給大家。

每人得到三十發槍彈。有些人有火藥，便開始用熔好的子彈頭做更多的槍彈。至於整桶的火藥，他們把它放在店門旁的另一張桌子上，保存起來。

集合軍隊的鼓角聲響徹巴黎，迄今未止，漸漸成了一種單調的聲音，他們不再注意了。那種聲音時而由近及遠，時而由遠及近，來回飄蕩，慘不忍聞。

各人的崗位都指定了，槍彈進了膛，哨兵上了崗，行人已絕跡，四周房屋全是靜悄悄的，毫無人的聲息。暮色開始加深，逐漸進入黑夜，他們孤孤單單地留在這種怵目驚心的街巷中，黑暗和死寂的環境中，感到自己已和外面隔絕，向他們逼來的是一種悲慘和駭人的事物。他們緊握手中武器，堅定、安閒地等待著。

天已完全黑了，還沒有發生任何事。人們只聽到一些隱隱約約的鼓噪聲，有時也聽到遠處傳來的一些有氣無力的零散槍聲。這種漫長的沉寂狀態說明政府正在從容不迫地集結力量。這五十個人在等待六萬人。

這時候，正如那些面臨險境的性格頑強的人那樣，安佐拉感到自己有些急躁，便走去找加夫洛許。加夫洛許正在樓下大廳裡的微弱燭光下做子彈，那些桌子上都撒滿了火藥，為了安全，只在櫃台上放兩支蠟燭。燭光一點也不會照到外面，起義的人已注意不在樓上點燈。

加夫洛許這時心神不定，並不完全是為那些子彈。

不久之前，來自皮埃特街的那個人走進了大廳，他坐在燭光最暗的那張桌子旁，兩腿夾著一支大型的軍用步槍，彷彿正在沉思。當他走進來時，加夫洛許的眼光自動地落在他的那支步槍上，心裡羨慕不已；但等那人一坐下，這野孩子突然站了起來，踮著腳走過去，繞著他兜圈子，怕驚醒了他似的。這時，加夫洛許的表情好像在說：「怎麼！」「不可能吧！」「我眼花了吧！」「我在做夢吧！」「難道這會是個……」「不，不會的！」「肯定是的！」「肯定不是！」等等。他把兩個拳頭握緊在他的口袋裡，像隻小鳥般轉動著腦袋，用他的下嘴唇做出一個奇醜無比的鬼臉。他全部的嗅覺和才智都活躍起來了。很明顯，加夫洛許正面臨一件大事。

當安佐拉走來找他時，他正處在這種緊張狀態的頂點。

「你個子小，」安佐拉說，「不容易被發現。你到街壘外面去一趟，沿著房屋的牆壁溜到街上各處去看看，回來後再把外面的情況告訴我。」

加夫洛許叉起雙手，挺起胸膛說：

「小孩也會有用處！這太好了！我這就去。可是，你信得過小孩，也還得提防大人——」同時，加夫洛許抬起頭，瞄著從皮埃特街來的那個人，低聲說道：

「你看見那個大個子嗎？」

「怎麼了？」

「那是個特務。」

「你確定？」

「不到半個月前，我在橋欄杆上納涼，揪住我的耳朵，把我從欄杆上拉下來的就是他。」

安佐拉立刻離開了那野孩子，對旁邊一個碼頭的工人說了幾句話。工人便走出大廳，立刻又帶著三個人回來。這四個大漢悄無聲息地走到那個人後面，已準備好隨時向他撲上去。

這時，安佐拉走向那個人，問他：「你是什麼人？」

那人被這樣突如其來地一問，驚醒過來。他把他的目光直射到安佐拉坦率的瞳孔裡，立刻猜出了對方的想法。他露出傲慢的笑容，以堅定、沉著的聲音回答：

「我明白了……隨便你們怎麼處置吧！」

「你是密探嗎？」

「我是公職人員。」

「你叫什麼名字？」

「賈維。」

安佐拉向那四個人使了個眼色。一眨眼，賈維已被揪住衣領，按倒在地，用繩索綁了起來，身上也被搜了一遍。從他身上搜出一張卡片，一面印有銅版雕刻的法蘭西國徽和這樣的銘文：「視察和警惕」；另一面寫著「賈維，警務督察，五十二歲」，以及警署署長的簽字。

除此之外，他有一只錶和一個錢包，在放著錶的下面口袋裡，摸出了一張裝在信封裡的紙。安佐拉打開來看，上面有警署署長親筆寫的這幾行字：

著令賈維督察即刻執行特殊任務，前往耶拿橋附近，調查是否確有匪群在塞納河右岸進行活動。

搜完身以後，他們要賈維站起來，把他的兩隻手臂反綁在背後，捆在大廳中央的一根木柱上。

過不了多久，這件事傳出去了，古費拉克、博西埃、洛李、康白斐以及兩個街壘裡的人都跑來看。他們看見賈維背靠著木柱，身上纏了無數條繩子，一點也動彈不得，卻仍昂著頭，露出無畏而泰然自若的神氣。

「這是個特務。」安佐拉說，又轉過去對賈維說：

「你將在這街壘淪陷以前兩分鐘被槍斃。」

賈維以極其大膽的語調回答說：

「為什麼不立刻動手？」

「我們要節省彈藥。」

「那麼，給我一刀就好了。」

「特務，」俊美的安佐拉說，「我們是法官，不是凶手。」

接著，他又向加夫洛許喊道：

「你！快去幹你的事！照我剛才交代你說的去做。」

「我這就去。」加夫洛許大聲說。

正要走時，他又停下來說：

「對了，你們得把他的步槍給我！」他還加上一句，「這人是我逮到的，我要他的槍！」

野孩行了個軍禮，高高興興地從那大街壘的缺口跨出去了。

26

馬留斯在黃昏時分聽到的那要他去麻廠街街壘的聲音，對他來說正是求之不得。他一心求死，死的機會卻自動上門了。

馬留斯已經痛苦到發瘋，不再有任何堅定的主見，經過這兩個月來的青春和愛情的陶醉，他已完全失去了掌握自己命運的能力，已被失望中的各種妄想所壓倒，他這時只有一個願望：早日一死了之。

他邁步往前奔。剛好他身上帶有武器，賈維的那兩支手槍。

至於那喊他的人，到街上卻不見了。

馬留斯離開了卜呂梅街，走上林蔭大道，穿過榮譽軍人院前的大廣場和榮譽軍人院橋、香榭麗舍大街、路易十五廣場，到了里沃利街。那裡的商店都還開著，拱門下面點著煤氣燈，婦女在商店裡買東西。

他經過德樂姆大道進入聖奧諾雷街。那裡的店鋪都關了門，商人們在半掩的門前談話，路上還有行人來往，路燈還亮著，每層樓的窗子裡和平時一樣，都還有燈光。王宮廣場上有馬隊。

馬留斯沿著聖奧諾雷街往前走。走過王宮，有光的窗子逐漸變少了，店鋪已關緊了門，不再有人在門口聊天，街越來越暗，但人卻越來越多。路上的行人現在已是成群結隊的了。在人群中沒有人談話，卻能聽到一片低沉的耳語聲。

到了布魯維爾街街口，人群已不再前進。那是一群群低聲談論著的群眾，緊聚在一起，擠得水洩不通，裡面都是些穿罩衫、戴鴨舌帽、頭髮蓬亂、面如土色的人。這一大群人在夜霧中暗暗騷動，他們的耳語有如風雨聲；雖然沒有人走動，卻能聽到腳踏泥漿的聲音。

在更遠一點的地方，在魯爾街、布魯維爾街和聖奧諾雷街的盡頭，只有一扇玻璃窗裡還有燭光。在這些街道上，還可以看見一排排零零落落的路燈、一叢叢架在一起的步槍、晃動的刺刀和露宿的士兵。誰也不敢越過去。那裡是交通停止、行人留步、軍隊駐守的地方。

馬留斯無所畏懼。他想盡辦法穿過那人群，穿過露宿的士兵，避開巡邏隊，避開崗哨。他繞了一個圈子，到了貝迪西街，朝著菜市場走去。到波多內街轉角處，已經沒有路燈了。

他穿過人群密集的地區，越過了軍隊佈防的前線，到了一個可怕的地方。沒有一個過路人、沒有一個士兵、沒有一點光，什麼都沒有。孤零零，冷清清，黑漆漆，如同一個地窖，使人好不害怕。

他往前走了幾步。有人從他身邊跑過。是男是女？幾個人？他看不清楚。跑過去便不見了。

他繞來繞去，繞進了一條小巷，撞到一件障礙物。他伸手去摸，那是一輛翻倒的小車；他的腳下處處是泥漿、水坑、分散各處而又成堆的石塊。那裡有一座被放棄的街壘。他越過那些石塊，到了壘址的另一邊，摸著房屋的牆壁往前走。

當他走近民約街，不知從哪裡飛來一顆子彈，在黑暗中穿過他的耳邊，颼的一聲，把他身旁一家理髮店門上掛著的鏡子打了個洞。

在這之後，他便什麼也沒有遇到了。

27

馬留斯繼續往前走，來到了菜市場。

這裡和附近那些街道相比更加寧靜、黑暗、荒無人煙。一團紅光把那排從聖厄斯塔西方向擋住麻廠街高樓的屋脊映了出來，這是燃燒在柯林斯街壘裡的火炬的反光。馬留斯朝那裡走去，走到了甜菜市場。他隱隱看見佈道修士街的黑暗街口，便走了進去。起義的哨兵守在街的另一頭，沒有看見他。

他感到自己已經很接近他要找的地方了。他踮著腳往前走。

在這條巷子和麻廠街交叉的地方一片漆黑，他看見前面稍遠處的路面上有點微光，看見酒店的一角和酒店後面的一盞燈在牆後閃著，還有一伙人蹲在地上，腿上橫著步槍。這一切和他只相距十英尋（即六英尺）。那是街壘的內部。

馬留斯只需再多走一步了。

這個苦惱的青年坐在一塊牆角石上，手臂交叉，想起了他的父親。

他想到那英勇的彭梅西上校是個多麼傑出的軍人，他在共和時期捍衛了法國的國境，在皇帝的率領下到過亞洲的邊界，在歐洲每一個戰場上灑過他的鮮血；他一生維護軍紀，指揮作戰，未到老年便已頭髮斑白；他腰扣武裝帶，肩章的穗子飄落胸前，硝煙燻黑了帽徽，額頭被頭盔壓出了皺紋；生活在板棚、營地、帳幕、戰地醫院裡，東征西討二十年，臉上掛著一條大傷疤。他向法蘭西獻出了一切，絲毫沒有辜負祖國的地方。

他又想，現在輪到他自己了，他應該跟隨他父親的腳步，當個勇敢、無畏、冒著子彈、迎接刺刀、灑鮮血、殺敵人、不顧生死、奔赴戰場的人。他想到他要去的戰場是街巷，他要參加的戰鬥是內戰。

想到內戰，他不禁打了一個寒顫。

他想起他父親的那把劍，被他外祖父賣給了舊貨販子；他平時一想到這事，便感到痛心。現在他卻對自己說，這把英勇堅貞的劍寧可飲恨潛藏於黑暗中，也不願落到他的手裡。它有智慧，有先見之明，它預知這次暴動，不願參加這種街巷中的戰爭。他又對自己說，幸好它不在，這是正確的，他的外祖父真正捍衛了他父親的榮譽，寧可讓人家把那把劍拍賣掉，也不想用它來使祖國流血。

接著他痛哭起來。

這太可怕了。但是怎麼辦呢？失去了珂賽特，仍舊活下去，這是他辦不到的。她既然走了，他便只有一死。他不是已向她發過誓，說他會死的嗎？她明明知道這點，卻又走了，那也就是說，她已不在乎他的死活了。並且，她事先沒有告訴他，也沒有留下一句話；她明明知道他的住址，卻沒有寫一封信，便這樣走了，足以顯示她已不再愛他了。現在他又何必再活下去呢？並且，已經來到此地，卻又退縮！已經走向危險，卻又逃走，把等待著他的朋友們丟下不管！以愛國為藉口，來掩飾自己的畏懼！

他被他的思潮起伏所苦惱，他的頭慢慢低下去了。

他問自己，身為上校彭梅西的兒子，要是參加目前的戰鬥，會不會降低他的身分呢？這並不是神聖的領土問題，而是一個崇高的理想問題。祖國受苦，固然是的，但是人類在歡呼。並且祖國是不是真的在受苦呢？法蘭西流血，而自由在微笑，在自由的微笑面前，法蘭西將忘卻她的創傷。況且，如果從更高的角度來看，人們對內戰究竟會說些什麼呢？

什麼是內戰？人與人之間的戰爭，不都是兄弟之間的戰爭嗎？戰爭的性質只取決於它的目的，只有正義與非正義之分。在人類進入大同世界的日子到來前，戰爭，也許是必要的。對於這樣的戰爭又有什麼可譴責的呢？只有在用來扼殺人權、進步、理智、文明、真理時，戰爭才是恥辱，劍也才是凶器。

如今，君主制就如同侵略者，壓迫就如同侵略者，神權就如同侵略者，專制制度侵犯精神的疆界，正如武力侵犯地理的疆界。驅逐暴君或驅逐英國人，同樣都是為了收復國土。有時抗議是不管用的，談了哲學之後還得有行動；以理論開路，以暴力完工。因此，應當敲響警鐘，進行戰鬥；應當有偉大的戰士挺身而出，以大無畏的精神作為民族的表率，把人類從神權、武裝、暴力、不負責任的政權和專制君王的黑暗中拯救出來，樹立社會的真理，恢復自由的統帥地位，把主權還給老百姓。還有什麼事業比這更正義的呢？還有什麼戰爭比這更偉大的呢？只有這樣的戰爭，才能導致和平。

馬留斯心情頹喪，不過有了信心，但仍在遲疑不決。總之，一想到他將採取的行動仍不免膽戰心驚，他一面思考，一面望著街壘。起義的人正在那裡低聲談話，沒人走動，這種半沉寂狀態說明最後時刻即將到來了。

28

聖梅里的鐘已經敲過十點。安佐拉和康白斐都握著卡賓槍，坐在大街壘的缺口附近。他們沒有談話，側耳細聽，注意那些最遠和最微弱的腳步聲。

突然，在這陰森的寂靜中，一個年輕人的清脆愉快的聲音從聖德尼街那一面傳來，那聲音開始清晰地唱出一首歌，末尾還加上一句模仿雄雞的啼叫。

「那是加夫洛許的聲音。」安佐拉說。

「是來向我們報信的。」康白斐說。

一陣急促的腳步聲驚動了荒涼的街道。一個比雜技演員還矯捷的人影從公共馬車上爬過來，緊接著，加夫洛許跳進了街壘。他氣喘吁吁，急忙說道：

「我的槍呢？他們來了。」

一陣電流似的寒顫傳遍了街壘，只聽見手摸槍枝的聲音。

「你要不要我的卡賓槍？」安佐拉問那野孩子。

「我要那支步槍。」加夫洛許回答。

說著，他取了賈維那支步槍。

兩個哨兵也折回來了，幾乎是跟加夫洛許同時到達的。他們一個原在街口放哨，一個在小乞丐窩街。佈道修士街的那個守衛仍留在崗位上，顯示在橋與菜市場方向沒有發生狀況。

麻廠街在照著紅旗的那一點微光的映射下，只有幾塊鋪路石還隱約可見，它像一個煙霧迷濛的大黑洞一樣，展現在那些起義的人們眼前。

每個人都在自己的戰鬥崗位上。

四十三個起義戰士，包括安佐拉、康白斐、古費拉克、博西埃、洛李、巴阿雷和加夫洛許，都蹲在大街壘裡，頭略高出壘壁。步槍和卡賓槍的槍管都靠在石塊上，如同炮台邊的炮眼；他們聚精會神，全無聲息，等待開槍射擊。弗伊利率領六個人，守在酒館上下兩層樓的窗口，端著槍，瞄準待放。

又過了一陣子，一陣整齊沉重的腳步聲清晰地從聖勒那方向傳來，起初聲音微弱，後來逐漸明顯，最後又重又響，一路走來，沒有停頓。那腳步聲已很接近了，突然停了下來。人們彷彿聽到街口有許多人呼吸的聲音，並隱約看到街道的盡頭處，有無數纖細的金屬線條在黑暗中晃動，像針一樣。那是被火炬的光映照著的槍管和刺刀。

又停頓了一段時間，雙方都在等待。忽然從黑暗中發出一個人喊話的聲音：

「口令？」

同時傳來一陣端槍的摩擦聲。

安佐拉以洪亮高亢的聲音回答說：「法蘭西革命。」

「開火！」那人的聲音說。

火光一閃，把街旁的房屋照成紫色，街壘發出一陣駭人的摧折破裂聲。那面紅旗倒了。這陣射擊來得如此猛烈，如此密集，把那旗杆掃斷了。有些子彈從牆壁上的突出面反射到街壘裡，打傷了好幾個人。

這一次射擊令起義者膽戰心驚。攻勢如此凶猛，他們要對付的顯然是一整個連隊。

「同志們，」古費拉克喊著說，「不要浪費彈藥，讓他們進入這條街，我們再還擊。」

「首先，」安佐拉說，「我們得把這面旗子豎起來。」

他撿起了那面恰巧倒在他腳跟前的旗幟。

他們聽到外面有通槍管和槍身碰撞的聲音，軍隊又在上子彈了。

「誰有膽量再把這面紅旗插到街壘上去？」安佐拉說道。

沒有人回答。街壘顯然已成了再次射擊的目標，上去那裡，就等於自殺。最大膽的人也下不了自我犧牲的決心。安佐拉自己也感到膽寒。他又問：

「沒有人願意去？」

自從他們來到柯林斯並開始建造街壘以後，便沒有再去注意馬白夫老人。但馬白夫一直沒有離開隊伍，他走進酒店，坐在那間大廳的櫃台後面，彷彿已不再望什麼，也不再想什麼。古費拉克和其他人曾多次走到他面前，把當時的危險告訴他，請他避開，他卻好像什麼也沒聽見，雙眼就像已失去了生命似的。幾個鐘頭過去了，他一直待在那裡，任何事都沒有驚動他，直到槍聲響起時，他才終於震動了一下，猛地站起來，走出大廳。

當安佐拉正在重複他的號召，說：「沒有人願意去？」人們看見這老人出現在酒店門口。

他徑直朝安佐拉走去，起義的人都懷著敬畏的心為他讓出一條路。他從安佐拉手裡奪過紅旗，安佐拉也愣住了，往後退了一步。其他的人，誰也不敢阻擋他，誰也不敢攙扶他。

這個八十歲的老人，身體顫顫巍巍，腳步踏踏實實，向街壘裡的那道石階一步一步慢慢跨上去。那副情景是那麼莊嚴、那麼偉大，使得在他四周的人都齊聲高喊：「脫帽！」他每踏一步，他那一頭白髮、乾癟的臉、滿是皺紋的額頭、凹陷的眼睛、愕然張著的嘴、舉著旗幟的枯臂，都從黑暗中步步伸向火炬的血光中，逐漸升高、擴大，樣子好不駭人。

當他走上最高一階，當這戰戰兢兢而目空一切的鬼魂面對一千兩百個看不見的槍口，視死如歸，捨身忘我，屹立在那堆木石堆的最高點時，整個街壘都從黑暗中望見了一個無比崇高的偉人形象。所有的人都屏住了呼吸，只有在奇蹟出現時才會出現那種沉寂。

老人在這沉寂中，揮動著那面紅旗，喊道：

「革命萬歲！共和萬歲！博愛！平等和死亡！」

人們從街壘裡聽到一陣低微、急促的低語聲。也許是警官在街的另一頭做例行的勸降工作。

接著，之前喊過「口令？」的那尖銳嗓子喊道：

「下去！」

馬白夫老人的臉氣白了，眼裡冒著悲憤的火焰，把紅旗高舉在頭頂上，再一次喊道：

「共和萬歲！」

「開火！」那人的聲音說。

第二次射擊，像霰彈似地打在了街壘上。

老人的兩個膝蓋往下沉，隨即又立起；旗子從他的手中滑脫了，他的身體像一塊木板似地向後倒在石塊上，直挺挺地伸臥著，兩臂交叉在胸前，一條條鮮血像溪水一樣從他的身下流出來。他那衰老的臉，慘白而悲哀，彷彿仍在仰望天空。

起義的人全被一種莫名的憤慨所控制，甚至忘了自衛。他們在驚愕與恐懼中齊向那屍體靠近。

「這位老人家真是了不起！」安佐拉說。

接著，他提高嗓子說：

「公民們！這是老一輩為年輕一代做出的榜樣。我們遲疑，他便挺身而出！我們後退，他便勇往直前！他在祖國面前可以說是正氣凜然。他活得長久，死得光榮。現在讓我們保護好他的遺體，我們每個人都應該像保護自己活著的父親那樣，來保護這位死去的老人。讓他留在我們中間，使這街壘成為銅牆鐵壁！」

接著是一陣低沉而堅決的共鳴聲。

安佐拉蹲下去托起那老人的頭，在他的前額上吻了一下，隨即又掰開他的手臂，扶起他的身體，解下他的衣服，把那上面的彈孔和血跡一一指給大家看，並說道：

「現在，這就是我們的紅旗了！」

29

人們把一條黑色長圍巾蓋在馬白夫的身上，六個人用他們的步槍組成一個擔架，把屍體放在上面，脫下帽子，緩步莊嚴地抬進酒店的大廳，放置在一張大桌子上。

這些人都在一心一意地辦著這件嚴肅神聖的事，甚至忘了當時處境的危險。

當屍體從賈維身旁經過時，安佐拉對那一貫高傲的密探說：

「你！待會就輪到你！」

加夫洛許是唯一沒有離開崗位，留在原地守望的人。這時候，他彷彿看見有些人朝著街壘偷偷地摸過來。他大聲喊道：「大家注意！」

古費拉克、安佐拉、讓．布魯維爾、康白斐、洛李、巴阿雷、博西埃連忙從酒店裡衝出來，但幾乎來不及了，他們看見密密麻麻一排閃著光的刺刀已在街壘的頂上晃動。一群保安員警，有的越過公共馬車，有的穿過缺口，正往裡面鑽，向那野孩子撲去，野孩子只往後退，卻不逃跑。

那真是萬分緊急的時刻。正如洪水潰堤，開始從各個缺口滲透進來的那種駭人景象。再過一秒鐘，那街壘便要被攻佔了。

巴阿雷端起卡賓槍，向第一個鑽進來的保安員警衝去，一槍了結了他，第二個人卻一刀殺死了巴阿雷。另一個已把古費拉克打倒在地，古費拉克大喊：「救我！」一個高大的大漢握著刺刀向加夫洛許逼來，野孩子的兩隻小手端起賈維那支大步槍，堅決地抵在肩上，瞄著那巨人射擊。槍聲未響，賈維沒有在他的槍裡裝子彈。那個大漢放聲大笑，提起槍桿朝孩子刺去。

刺刀還沒有碰到加夫洛許身上，那步槍已從大兵的手裡脫落；他的眉心挨了一顆子彈，仰面倒在地上。第二顆子彈又打中了撲向古費拉克的那個保安員警的心口，把他射倒在石塊上。

馬留斯已經進入了街壘。

他原來一直躲在蒙德都街的轉角處，目睹了初次交鋒的情況。他心驚膽戰，慌了手腳；但是，沒過多久，他便擺脫了那種強烈的暈眩感，面對那一髮千鈞的危險、馬白夫的慘死、巴阿雷的犧牲、古費拉克的呼救、那孩子受到的威脅，以及等待他救援或為之報仇的朋友們，他原有的疑慮完全消失了。他握著他的兩支手槍投入了戰鬥，用第一槍救了加夫洛許，第二槍幫了古費拉克。

聽到連續的槍聲、保安員警的號叫，那些軍隊頓時湧了上來，街壘頂上出現一大群握著步槍、露出大半截身體的員警、正規軍，以及國民自衛軍。他們已覆蓋壘壁的三分之二，但沒有跳進來，只是遠遠觀望著。

馬留斯已沒有子彈。他丟掉那兩支手槍，卻看見了大廳門旁的那桶火藥。

正當他轉過臉朝那裡望去時，一名士兵也正朝著他瞄準。這時，一個人忽地跳上來，用手抓住那槍管，並堵在槍口上。這人便是那個穿燈芯絨褲子的小伙子。槍響了，子彈穿過那人的手，也許還打在他身上；他倒下去了。這一切都發生在煙霧中，看不太清楚。馬留斯正衝進大廳，幾乎沒看到這一經過，只隱約見到那對準他的槍管和堵住槍口的那雙手，也聽到了槍聲。

起義的人們吃了一驚，立刻聚集在一起。大部分的人已經上樓，守在二樓和頂樓的窗前，居高臨下，盯著那些進攻的人。安佐拉、古費拉克、讓．布魯維爾、康白斐等人抬頭挺胸地排列在街底那排房屋的牆下，毫無屏障，面對著立在街壘頂上的層層士兵和部隊。

兩邊都已將槍口指向對方，瞄準待放，彼此間的距離又近到可以相互對話。就在這一觸即發的時刻，一名佩戴肩章的軍官舉起軍刀喊道：

「放下武器！」

「開火！」安佐拉說。

兩邊的槍聲同時爆發，硝煙瀰漫，任何東西都看不見了。

在辛辣刺鼻、令人窒息的煙霧中，人們聽到一些即將死去和受了傷的人發出的微弱呻吟。

煙散以後，兩邊的戰士都少了許多，但仍留在原處，一聲不響地在上子彈。

突然有個人的聲音猛吼道：

「你們快滾！不然我就炸掉這街壘！」

大家都朝向發出這聲音的地方望去。

馬留斯剛才衝進大廳，抱起那桶火藥，趁著硝煙漫起的時機，沿著街壘，一直跑到火炬旁邊。他拔出那根火炬，又把火藥桶的桶底砸開，這一切都是在一瞬間完成的。這時，在街壘上擠成一團的國民自衛軍、保安員警、軍官、士兵，全都駭然望著馬留斯，只見他一隻腳踏在石塊上，手握火炬，悲壯的面孔在火光中顯示出一種必死的決心，把火炬的烈焰靠近那火藥桶，並叫道：

「你們快滾，不然我就炸掉這街壘！」

「炸掉這街壘！」一個軍士說，「你也活不了！」

馬留斯回答：「我當然活不了！」

同時他把火炬伸向那桶火藥。

一剎那間，那街壘上一個人也沒有了。入侵的士兵丟下他們的傷患，一窩蜂地朝街的盡頭逃走了，消失在黑夜之中。一副各自逃命的狼狽景象。

街壘解了圍。

30

大家都圍住馬留斯。古費拉克抱住他的脖子。

「你也來了！」

「太好了！」康白斐說。

「你來得正是時候！」博西埃說。

「沒有你，我早已死了！」古費拉克又說。

「沒有您，我早已完蛋了！」加夫洛許補上一句。

馬留斯問道：「首領在哪裡？」

「首領就是你。」安佐拉說。

馬留斯的腦中刮起了一陣風暴，他彷彿覺得他已遠離人生十萬八千里。他兩個月來美滿的歡樂和戀愛竟會一下子演變到這種地步。珂賽特消失無蹤、這個街壘、犧牲的馬白夫、自己成了起義首領；所有這一切在他看來，都像是一場驚心動魄的惡夢。他得拚了命地集中精神，才能回憶起圍繞著他的事物都是真實的。

這時，那些進犯的士兵停止了活動，人們聽到他們在街口走動的聲音，但已不再前來送死；他們或許是在等候指示，或許是要等到增援之後再進攻。起義的人們又派出了崗哨，幾個醫科大學生著手替傷患包紮。

大家正在為街壘解了圍而高興，隨即又因一件事而驚慌焦急。

在集合點名時，他們發現少了一個起義人員。那正是最親愛的一個、最勇猛的一個，讓．布魯維爾。他們到傷患裡去找，沒有他。到屍體堆裡去找，也沒有他。他顯然是被俘虜了。

康白斐對安佐拉說：「他們逮住了我們的朋友，但我們也逮住了他們的人員。你一定要處死這特務嗎？」

「當然，」安佐拉說，「但是讓．布魯維爾的生命更重要。」

這些話是在大廳裡賈維的木柱旁說的。

「那麼，」康白斐接著說，「我可以在我的手杖上繫一塊手帕，作為交涉的代表，拿他們的人去換回我們的人。」

「你聽！」安佐拉把手放在康白斐的手臂上說。

只聽見從街口傳出了一下扳動槍機的聲音。他們聽到一個男子的聲音喊道：

「法蘭西萬歲！未來萬歲！」

他們聽出那正是讓．布魯維爾的聲音。

火光一閃，槍也立即響了。接著，聲息全無。

「他們把他殺害了！」康白斐大聲說。

安佐拉望著賈維，對他說：「你的朋友剛才把你槍斃了。」

31

當起義的人把全部注意力都集中在大街壘這邊時，馬留斯卻想到了小街壘。他走去視察了一番。那邊一個人也沒有，守在那裡的只有一盞在石塊堆中搖曳的油燈。除此之外，蒙德都巷、小乞丐窩巷和天鵝巷都是靜悄悄的。

馬留斯正要回去，忽然聽見一個人在黑暗中有氣無力地喊著他的名字。

「馬留斯先生！」

他吃了一驚，因為這聲音正是兩個小時前在卜呂梅街隔著鐵柵門叫他的那個聲音。不過現在這聲音彷彿只是一種吐氣的聲音了。

馬留斯向四周望去，不見任何人。他以為自己聽錯了，便向前走了一步，想要退出那街壘所在的凹角。

「馬留斯先生！」那聲音又說。

這一次他聽得清清楚楚，不再懷疑了，他四面張望，什麼也看不見。

「就在您的腳邊。」那聲音說。

他彎下腰去，看見有個人在黑暗中向他爬來，向他說話的便是這個人。

油燈的光照出一件襯衫、一條撕破的粗絨布長褲、一雙赤腳、還有一攤像是血的東西。馬留斯隱約看見一張慘白的臉抬起來，對他說：

「您不認識我嗎？」

「不認識。」

「愛波寧。」

馬留斯連忙蹲下去，真是那苦命的少女，她穿一身男人的衣服。

「您怎麼會在這裡？您來這裡做什麼？」

「我就要死了。」她對他說。

這句話讓頹喪的心情激動了起來，馬留斯彷彿從夢中驚醒般喊著說：

「您受了傷！等一下，讓我把您抱到大廳裡。他們會把您的傷口包紮起來。傷勢嚴重嗎？我應該怎麼抱起您？您什麼地方痛？我的天主！您到底為什麼要到這裡來？」

他試著把他的手臂伸到她的身體底下，想抱她起來。這時候，他碰了一下她的手，讓她輕輕叫了一聲。

「我弄痛您了嗎？」

「有一點。」

「可是我只碰了一下您的手。」

她伸出她的手給馬留斯看，馬留斯看見她手掌心有一個洞。

「您的手怎麼了？」他說。

「它被射穿了。」

「射穿了！被什麼東西射穿的？」

「一顆子彈。」

「怎麼會？」

「您剛才沒看見有一支槍在瞄準您嗎？」

「看見了，還看見有隻手堵住了那槍口。」

「那就是我的手。」

馬留斯打了個寒顫。

「您真是瘋了！可憐的孩子！幸好，如果只傷到手，還不要緊。讓我把您放到一張床上去。他們會把您的傷口包紮起來，射穿一隻手，不會送命的。」

她細聲說道：

「子彈射穿了手，又從我背上穿出去。不用把我搬到別的地方了。讓我來告訴您，要怎樣才能包紮好我的傷口，您一定會比外科醫生包紮得更好。請坐在我旁邊的這塊石頭上。」

他照著她的話坐下。她把頭枕在馬留斯的大腿上，眼睛不望馬留斯，獨自說道：

「啊！多麼好！這樣多舒服！就這樣！我已經不痛了。」她靜了一會兒，接著又把臉轉過去，望著馬留斯說：「您知道嗎？馬留斯先生，看到您進那園子，我心裡就不舒坦。我太傻了，把那棟房子告訴您的本來就是我；而且，到頭來，我應該明白，像您這樣的一個青年……」

她突然停了下來，她心裡或許還有許多傷心話要說，但她沒有吐出來，只帶著慘痛的笑容接著說：

「您一向認為我生得醜，不是嗎？」

她又往下說：

「您瞧，您已經完了！現在誰也出不了這街壘。是我把您引到這裡來的，您知道！您就快死了。我擔保。可是當我看見有人瞄準您的時候，又用手去堵住那槍口。太可笑了！那是因為我願意比您先走一步。我挨了那一槍後，便爬到這裡，沒有人看見我，也沒有人把我抬進去。啊！我一直咬緊我的衣服，我痛得好厲害啊！現在我舒服了。您還記得嗎，有一天，我到過您的房間，在您的鏡子裡望著自己；還有一天，我在路上遇見了您，旁邊還有一些做工的女人。您記得這些嗎？這都像是昨天的事。您給了我一百個蘇，我還對您說：『我不要您的錢。』那天太陽多好，也不冷。您記得嗎？馬留斯先生。啊！我真高興！大家都快死了。」

她的神情瘋瘋癲癲的，令人心碎。那件撕裂了的襯衫讓她的胸口露在外面。說話時，她用那隻被射穿的手捂住她胸口上的彈孔，鮮血從彈孔裡一陣陣流出來，有如從酒桶口淌出的葡萄酒。

馬留斯望著這不幸的人，心裡十分難受。

「啊！」她又忽然喊道，「又來了。我吐不出氣！」

她提起她的襯衫，把它緊緊地咬著，兩腿僵直地伸在鋪路的石塊上。

這時，大街壘裡響起加夫洛許的噪音。那孩子正站在一張桌子上，朝他的槍口裡裝子彈，興高采烈地唱著一首當時流行的歌曲。

愛波寧欠起身子仔細聽，她低聲說：「這是他。」

她又轉向馬留斯：

「我弟弟也來了。不要讓他看見我，他會罵我的。」

馬留斯聽了這話，又想起他父親要他報答德納第一家的遺囑，心中無比苦惱和沉痛。他問道：

「您弟弟？誰是您的弟弟？」

「那孩子。」

「是唱歌的孩子嗎？」

「對。」

馬留斯動了一下，想起身。

「啊！您不要走開！」她說，「不會太久了！」

她幾乎坐了起來，但是她說話的聲音很低，而且上氣不接下氣，有時還得停下來喘氣。她把她的臉盡量靠近馬留斯的臉，以一種奇特的神情往下說：

「聽我說，我不願意作弄您。我口袋裡有一封信，是給您的。昨天便已經在那裡了。人家要我把它放進郵筒，但我把它扣住了。我不希望您收到這封信。但是待會兒我們再見面時，您也許會埋怨我。死了的人會再見的，不是嗎？把您的信拿去吧。」

她用那隻受傷的手痙攣地抓住馬留斯的手，放進襯衫的口袋裡。馬留斯果然摸到裡面有一張紙。

「拿去。」她說。

馬留斯拿了信。她點點頭，表示滿意和同意。

「現在，為了答謝我，請答應我……」

她停住了。

「答應什麼？」馬留斯問。

「先答應我！」

「我答應您。」

「答應我，等我死了，請在我的額頭上吻我一下。我會感覺到的。」

她讓她的頭重新落在馬留斯的腿上，她的眼睛也閉上了。正當馬留斯認為她已從此長眠時，她又慢慢睜開眼睛，露出半死之人那種虛無縹緲的神態，以一種來自另一個世界的淒婉語氣說：

「還有，聽我說，馬留斯先生，我想我早就有點愛您呢。」

她再一次勉強笑了笑，於是溘然長逝了。

32

馬留斯履行他的諾言。他在那冰涼的灰白額頭上吻了一下。這不算對珂賽特的不忠，這是懷著無可奈何的感傷向那不幸靈魂的告別。

他立即想起了那封信，迫不及待地要知道它的內容。他把愛波寧輕輕放在地上，便走開了，他感到無法在這屍體面前唸那封信。

他走進大廳，靠近一支蠟燭。那是一封以女性的優雅和細心摺好、封好的便條，信封上用女子的筆跡寫道：

玻璃廠街十六號，古費拉克先生轉交馬留斯．彭梅西先生

他拆開信封，唸道：

我心愛的，真不巧，我父親要我們立刻離開此地。今晚我們住在武人街七號。八天之內我們要去倫敦。珂賽特，寫於六月四日。

幾句話便可把一切解釋清楚了：一切全是愛波寧做的。經過六月三日夜裡的事以後，她心裡有了個雙重打算，既打亂她父親和匪徒們的搶劫計畫，又拆散馬留斯和珂賽特。

她弄到了一套男裝，在戰神廣場警告尚萬強「快搬家」的就是她。尚萬強果然立刻回到家裡，向珂賽特說：「我們今晚要離開此地，和杜桑一起搬到武人街去，下禮拜前往倫敦。」珂賽特被這一突如其來的決定弄得心煩意亂，連忙留了兩行字給馬留斯。但是要如何把信寄出去呢？她從來不獨自上街；讓杜桑去送，難保她不會起疑。正在焦急時，珂賽特一眼看見穿著男裝的愛波寧在鐵柵門外閃過，他近來時常在那園子附近出沒。珂賽特把這少年叫住，給了他五個法郎，並託他送信。愛波寧卻把信留在了口袋裡。

第二天，六月五日，她跑到古費拉克家去找馬留斯。她去不是為了送信，而是為了滿足好奇心，這是每一個嫉妒的情人都能理解的。她在那門口見到了古費拉克，並聽到他說「我們去街壘」時，她腦中忽然有了個主意。她想，既然她活不下去，不如就死在街壘裡，同時也把馬留斯拉進來。她跟在古費拉克後面，確切知道了街壘的地點，接著便回到卜呂梅街，找到在那裡等候的馬留斯，把他引到街壘去，自己也隨後回到了麻廠街，並且走上了慘死的道路。

馬留斯不斷親吻珂賽特的信。這樣看來，她仍是愛他的了！但他又對自己說：「她要走了，她父親要帶她

去英國，我的外祖父也不允許我與她結婚。因此，命運一點也沒有改變。」一想到這個遺憾，馬留斯求死的決心依然沒變。

隨後，他又想到還剩下兩件事是他必須完成的：把他求死的心告訴珂賽特，並向她訣別；另外，要把那可憐的孩子，愛波寧的弟弟和德納第的兒子，從這場即將來臨的災難中救出去。

他從身上的紙夾中撕下一張紙，用鉛筆寫了這幾行字：

我們的婚姻是不可能實現的。我已向我的外祖父提出要求，他不同意。我沒有財產，妳也一樣。我到妳家裡去過，沒有找到妳。如今，我決心去死。我愛妳。當妳唸著這封信時，我的靈魂將在妳的身邊，向妳微笑。

他沒有信封，只好把那張紙摺好，寫上地址：

武人街七號，割風先生家，珂賽特．割風小姐收

信摺好以後，他想了一會兒，又拿起他的紙夾，翻開第一頁，用筆寫了這幾行字：

我叫馬留斯．彭梅西。請把我的屍體送到我外祖父吉諾曼先生家，地址是沼澤區，受難修女街六號。

他把紙夾放進他的口袋裡，接著便把加夫洛許喊來。

「你肯替我辦一件事嗎？」

「您儘管說！」加夫洛許說，「我的好上帝！沒有您的話，我早就被烤熟了。」

「你拿著這封信，馬上繞出街壘，明天早上把它送到武人街七號割風先生家，交給珂賽特．割風小姐。」

那英勇的孩子回答：

「好是好，可是，在這段時間街壘會先被人家佔領了，而我卻不在場！」

「天亮以前他們應該不會再進攻，明天中午以前也絕對攻不下來。」

「好吧，」加夫洛許說，「我明天早上再去，可以嗎？」

「那太遲了，街壘也許會被封鎖，所有的通道會被切斷，你會出不去。你立刻就走！」

加夫洛許找不出反駁的理由，但還是呆立著不動，拿不定主意，愁眉苦臉地搔著耳朵。忽然間，他以那小雀般的急促動作抓住了那封信。

「好。」他說。

他從蒙德都巷子跑出去了。他內心已有了個主意，但是沒有說出來：

「現在還不到午夜，武人街也不遠。我立刻把這封信送去，還來得及趕回來。」

33

六月五日前夕，尚萬強在珂賽特和杜桑的陪同下遷到了武人街。

珂賽特在離開卜呂梅街以前，不是沒有試圖阻止。自從他們一起生活以來，這兩人的意見第一次出現了分歧，一方不願意走，一方卻非走不可。然而，尚萬強表現出無可通融的態度，珂賽特便只好讓步。

他們在去武人街的路上，彼此都咬緊了牙沒說一句話，各自想著心事。尚萬強憂心如焚，看不見珂賽特的愁苦，珂賽特柔腸寸斷，也看不見尚萬強的恐懼。

這次離開卜呂梅街幾乎是倉皇出走，尚萬強只攜帶那只香氣撲鼻的小提箱，其他的東西全沒帶。如果要搬其他行李，就得雇用人手，增加洩漏行蹤的危險。因此，他們在巴比倫街雇了一輛馬車便走了，杜桑好不容易才得到許可，包了幾件換洗衣服、裙袍和梳妝用具；珂賽特只帶了她的文具和吸墨紙。

尚萬強為了掩人耳目，一直等到天黑才離開卜呂梅街。這給了珂賽特寫那封信的時間。他們到達武人街時天已完全黑了。

武人街的房子是朝向後院的，一樓有兩間臥室、一間餐廳和一間與餐廳相連的廚房，還帶一個斜頂小房間，裡面有張吊床，也就是杜桑的臥榻。那餐廳同時也是客廳，位於兩間臥室之間。房子裡已配備了日用必需的家庭用具。

尚萬強安安穩穩地睡了一夜。第二天早晨，他醒來時幾乎是愉快的。

至於珂賽特，她一直待在她的臥室裡，直到傍晚才露面，什麼也沒吃。

晚上，珂賽特藉口頭痛，向父親道了晚安，便回到臥室裡去了。尚萬強津津有味地吃著晚餐，期間隱隱約約聽到杜桑向他說道：「先生，外面正熱鬧著呢！巴黎城裡打起來了。」但是他心裡正在想事情，沒有追問這些消息。

他站起來，開始在窗子與門之間來回走動，心情越來越平靜了。躲在這條僻靜的街巷中，漸漸擺脫了近來的種種苦惱。他為自己能平安無事地離開卜呂梅街感到慶幸，並愉快地盤算著帶珂賽特去英國的事。

他正在緩步來回走動，視線忽然觸及一件奇怪的東西。

在碗櫥前面，他看見那傾斜在櫥上的鏡子清楚地映出這幾行字：

我心愛的，真不巧，我父親要我們立刻離開此地。今晚我們住在武人街七號。八天之內我們要去倫敦。珂賽特，寫於六月四日。

尚萬強一下子驚呆了。

珂賽特昨晚一到家，便把她的吸墨紙簿子放在碗櫥上的鏡子前，她當時正在發愁，因此把這件事忘了，甚至沒有注意到它是攤開的，而攤開的那頁又恰好是她在卜呂梅街寫完那封信以後用來吸乾墨汁的那一頁。信上的字跡全印在那頁吸墨紙上了，而鏡子又把字跡反映出來。

尚萬強走向那面鏡子，把這幾行字重讀了一遍，又把吸墨紙拿在手裡，激動地細看紙上的那幾行字跡。顯然，這是珂賽特寫給某個人的。當他意識到這一點後，他癱倒一張圍椅裡，低垂著腦袋，眼神沮喪，茫然不知所措。

目前為止，尚萬強還不曾在考驗面前失敗。他經歷過可怕的試探，受盡了逆境的折磨、法律的迫害、社會的遺棄，以及命運的作弄，但他從不曾倒退或屈服。他犧牲過他的尊嚴、放棄過他的自由、冒過殺身的危險、喪失了一切、忍受了一切，成了一個刻苦自勵、與世無爭的人，以至於有時人們認為他就如殉教者一般無私無我。然而，若是有人能洞察他的心靈深處，就會明白：此時此刻，他的心境並不是那麼坦然的。

那是因為他正遭遇人生中最嚴峻的考驗，感到了有生以來從未嘗過的那種心碎腸斷的慘痛。這最嚴峻的考驗，便是眼睜睜望著即將失去的心愛的人。一直以來，他把珂賽特當成女兒愛，也把她當成母親愛，當成妹妹愛；並且，由於他從未有過情婦，也從不未有過妻室，他的這種情感便也攙雜了一些朦朧、愚昧、純潔、盲目、無知、天真。這種情感，與其說是情感，不如說是本能。

他與珂賽特之間是不可能有什麼結合的，即使是靈魂的結合也不可能；但兩人卻又相依為命。除了珂賽特，尚萬強在他這一生的漫長歲月中再也不知道有什麼可以愛。她愛珂賽特，並且崇拜她，把這孩子當作光明，當作安身之處，當作家庭，當作祖國，當作天堂。

因此，當他看見這一切都要破滅，她要溜走，要從他手中滑脫，她要逃避，把她的終身幸福託付給另一個人，並把他拋下；他感到他的內心世界全部塌陷了，他痛苦、憤怒、渾身發抖。

他又立刻回想起某些情景、某些日期、珂賽特臉上幾次的紅暈、幾次的蒼白，並對自己說：「就是他了。」他一猜便猜到了馬留斯。他還不知道他的名字，但已猜到了這個人。在他的回想中，他一清二楚地看見了那個在盧森堡公園裡跟蹤的可疑陌生人，那個對珂賽特擠眉弄眼的書呆子，那個蠢漢、無賴！當他一想到事情的背後是這樣一個小伙子在作怪，他便怒不可遏。

就在這時，杜桑進來了。尚萬強站起身來，問她說：

「是靠哪一側？您知道嗎？」

杜桑愣住了，回答道：「您指的是……」

「您剛才不是跟我說，巴黎打起來了嗎？」

「啊！對，先生，」杜桑回答說，「是靠聖梅里那一側。」

五分鐘以後，尚萬強已到了街上。他坐在家門口的護牆石礅上，彷彿是在靜聽。

34

街上冷冷清清的，偶爾有幾個心神不寧、急著回家的資產階級路過，卻沒有注意他。遠處傳來號召武裝反抗的鐘聲，也隱約聽到風暴似的鼓噪聲。在這一片喧囂之中，聖保羅教堂的時鐘莊嚴緩慢地敲著十一點。尚萬強在原地呆坐不動。

忽然間，從菜市場方向突然傳來一陣爆破的巨響，接著又傳來第二聲，比第一次更猛烈。這連續兩次的射擊發生在死寂的夜間，顯得格外狂暴，尚萬強聽了也大吃一驚；他站了起來，望向發出聲音的方向，隨後又坐在護牆石上，交叉著手臂，頭慢慢垂到了胸前。

過了一會兒，他抬起頭，聽見街上有人在近處走路的聲音。在路燈的光中，他看見一個瘦黃的小孩，從通往歷史文物陳列館的那條街上興高采烈地走來。

加夫洛許剛走到武人街。

他昂著頭左右張望，彷彿要找什麼，儘管看見了尚萬強，卻沒有理睬他。

加夫洛許抬頭張望了一陣以後，又低下頭來看，他踮起腳尖去摸那些門和臨街的窗子。門窗全都關上、鎖上了。試了五六扇門窗以後，那野孩子聳了聳肩，嚷了一句：「見鬼！」

接著他又朝上望。

這時候，尚萬強主動向那孩子搭話了。

「小伙子，」他說，「你要什麼？」

「我要吃的，我肚子餓。」加夫洛許毫不含糊地回答。

尚萬強從他的背心口袋裡摸出一個五法郎的錢幣。同一時間，加夫洛許已從地上撿起一塊石頭。他注意到了那盞路燈。

「嘿！」他說，「你們這裡還點著燈。你們不守規則！我的朋友，這是破壞秩序。砸掉它！」

他拿起石頭往路燈砸去，燈上的玻璃掉得一片響，住在對面房子裡的幾個有錢人從窗簾下探出頭來大罵。路燈猛烈地搖晃著，熄滅了。街上一下子變得漆黑。

接著，加夫洛許又轉向尚萬強說：

「這條街盡頭的那棟大樓叫什麼？歷史文物陳列館，是嗎？它那些又大又粗的石頭柱子，可以用來造一座不錯的街壘。」

尚萬強走到加夫洛許身旁，低聲對自己說：「可憐的孩子，他餓了。」

他把一枚值一百個蘇的錢放在他手裡。

加夫洛許心花怒放地把玩了一陣，又轉向尚萬強，把錢遞給他，一本正經地說：

「先生，我還是喜歡去砸路燈。把您的錢收回去吧，我絕不受人家賄賂。」

「你有母親嗎？」尚萬強問。

「也許比您的還多。」

「好吧，」尚萬強又說，「你就把這個錢留給你母親吧。」

加夫洛許心裡大受感動，對眼前這人生出了好感。

「真的！」他說，「這不是為了阻止我去砸路燈吧？」

「你愛砸什麼，就砸什麼吧。」

「您是個誠實人。」加夫洛許說。

他立刻把那枚錢幣塞進自己的口袋裡。接著又問：

「您是住在這條街上的嗎？」

「是的，為什麼這麼問？」

「您肯告訴我哪裡是七號嗎？」

「你問七號做什麼？」

那孩子不開口。他怕說得太多，只回答了這一句：

「啊！沒什麼。」

尚萬強靈機一動。焦急的心情常使人思想敏銳。他對那孩子說：

「我在等一封信，你是來送信的吧？」

「您？」加夫洛許說，「您又不是個女人。」

「信是給珂賽特小姐的，不是嗎？」

「珂賽特？」加夫洛許嘟噥著，「對，我想是的，是這樣一個滑稽的名字。」

「那麼，」尚萬強又說，「我會負責把信交給她。你給我就好。」

「既然如此，您應該知道我是從街壘裡派來的吧。」

「當然。」

加夫洛許把他的拳頭塞進另一個口袋，從那裡抽出一張摺好的紙。

「快給我。」尚萬強說。

「的確，」加夫洛許繼續說，「在我看來，您似乎是個誠實人。」

說著，他把那張紙遞給了尚萬強。

「還得請您早點交去，先生，因為珂賽特小姐在等著。」

尚萬強又說：「回信應該送到聖梅里吧？」

「您別胡說了，」加夫洛許大聲說，「這封信是從麻廠街街壘送來的。我馬上就要回到那裡去，祝您晚安！公民。」說完，加夫洛許便走了，重新隱沒在黑暗之中。但是，幾分鐘過後，一陣清脆的玻璃破裂和路燈落地聲又把那些怒氣沖沖的資產階級們驚醒了。加夫洛許正走過麥稈街。

35

尚萬強拿著馬留斯的信回家去。

他一路摸黑，上了樓梯，像個抓到獵物的夜貓子，輕輕地打開又關上了他的房門。他仔細聽了四周的動靜，看來珂賽特和杜桑都已睡了。接著，他點上蠟燭，把兩肘支在桌上，展開那張紙來看。

當他唸到：「……我決心去死。當妳唸著這封信時，我的靈魂將在妳的身邊。」便感到一陣幸災樂禍的狂喜，他彷彿被心情上的急劇轉變壓垮了。他懷著驚喜交集的陶醉感，久久地望著馬留斯的信，眼前浮起一幅仇人死亡的美麗圖景，並在心裡發出一陣惡毒的歡呼。

這樣，一切就結束了。事情的好轉比他原先預期的還來得早。他命運中的絆腳石就要消失了，它自己心甘情願、自由自在地離去了，他絕對沒有干預這件事，也沒有做錯什麼，那個年輕人便要死去了，甚至也許已經死了。

想到這裡，他又開始盤算：「不對，他還沒有死。」這封信應該是寫給珂賽特明天早晨看的，午夜之前發生了那兩次爆炸以後，他還沒有遇到什麼，街壘要到天亮時才會受到攻打。但是，沒有關係，既然那個人參加了戰鬥，他便完了，他已萬劫不復了。尚萬強感到自己已經得救，他又可以獨自和珂賽特生活下去了。競爭已經停止，前途又有了希望。他只要把這封信留在口袋裡，珂賽特就永遠不會知道那個人的下落。

「一切聽其自然就可以了。這個人絕對逃不了。如果現在他還沒有死，他遲早總得死。多麼幸福！」

他對自己說了這一切以後，感到心裡鬱悶、徬徨。

他隨即走下樓去，叫醒看門人。

大約一小時後，尚萬強出去了，穿上了國民自衛軍的全套制服，並帶了武器。看門人沒有花多少力氣，便在附近為他弄到了裝備。他有一支裝了子彈的步槍和一只盛滿的彈盒。他朝著菜市場的方向走去。

第五部 尚萬強

1

起義者充分利用夜晚的時間，不僅對街壘進行了修理，而且還加高了兩尺。那些插在路面上的鐵杆，好像一排防護的長槍；從各處搬來的殘物堆積在上面，使這些混亂的外形更加複雜化。這棱堡的外表是亂七八糟的，可是朝內的一側卻很巧妙地變成了一堵牆。

他們修復了用鋪路石堆砌成的台階，用來登上像城堡一樣的牆頂。

街壘的內部也整理了一番，清空了地下室，把廚房改成戰地病房，包紮了傷患，收集了散在地上和桌上的彈藥，理好了包紮傷患的碎布，分配了武器，打掃了棱堡內部，收拾了殘餘物品，搬走了屍體。

死屍被堆到還在控制範圍內的蒙德都巷。那裡的路面早已是血跡斑斑了，屍體中有四具是郊區國民自衛軍的士兵。安佐拉下令把他們的制服收集好。

大部分的傷患還能繼續作戰，這也是他們的意願。在那臨時改為戰地病房的廚房裡，用草蓆和草捆鋪成的墊子上面躺著五個重傷者，其中兩個是保安員警。保安員警首先被敷藥包紮。

糧食已經沒了。街壘中有五十多個人，在十六個小時內，很快就把酒店裡有限的貯藏物吃得一乾二淨。正因為沒有食物，安佐拉禁止大家喝酒；他不准大家喝葡萄酒，只定量配給一些燒酒。

他們在酒窖中發現了封存好的滿滿十五瓶酒，安佐拉同樣沒收了它們，不讓任何人碰。他下令放在躺著馬白夫老人的桌子底下。

清晨兩點鐘左右，他們點了一下人數，還有三十七個人。

天快亮的時候，安佐拉出去偵察了一番。他從蒙德都巷子出去，繞路地沿著牆走，在黑暗中作了一次仔細的巡視。回來之後，他雙臂交叉，一隻手按在嘴上，面色紅潤、精神飽滿地向人們說：

「整個巴黎的軍隊都出動了。三分之一的軍隊都圍在這個街壘的外部，還有國民自衛軍。我認出了正規軍第五營的軍帽和憲兵第六隊的軍旗。一個小時以後你們就要遭到攻打。至於人民，昨天還很激奮，今天早晨卻沒有動靜了。不用期待，毫無希望。既沒有一個郊區能相互呼應，也沒有一支連隊來接應。你們被遺棄了。」

這些話落在人們的嗡嗡聲中，就像暴風雨的第一個雨點打在蜂群上。大家啞口無言。在一陣無法形容的沉默中，好像聽到死神在飛翔。

短促的一剎那後，人群中的一個聲音向安佐拉喊道：

「就算是這樣，我們還是把街壘加到了二十尺高，我們堅持到底！公民們，讓我們用屍體來抗議。我們要宣示，雖然人民拋棄共和黨人，共和黨人是不會背離人民的！」

這幾句話，從個人的憂心忡忡裡道出了大伙兒的想法，受到了熱情的歡呼。大家異口同聲發出了一聲奇特的既滿意而又可怕的呼聲，內容淒慘但語氣高亢，好像已得到勝利似的：

「死亡萬歲！咱們大家都留下來！」

「為什麼留下來？」安佐拉問。

「都留下！都留下！」

安佐拉又說：「地勢優越，街壘堅固，三十個人就夠了。為什麼要犧牲四十個人呢？」

大家回答：「因為沒有一個人想離開呀！」

「公民們，」安佐拉大聲說，他的聲音帶了一點憤怒，「共和國的人手不多，要節約人力。對某些人來說，如果他們的任務是離開這裡，那麼這個任務也該像其他任務一樣，要去完成！」

安佐拉是一個堅持原則的人，在他的團體中，他具有一種從絕對中產生出來的無上權威。他雖有這種無限的權力，但大家仍低聲議論紛紛。

人群中有個聲音提醒道：「離開這裡，說得倒容易！整個街壘都被包圍了。」

安佐拉說：「菜市場那邊還沒被包圍，蒙德都街無人看守，而且從佈道修士街可以通到聖嬰市場去。」

人群中另一個聲音指出：「在那裡就會被抓起來。我們會遇到郊區的或正規的自衛軍，他們見到穿工人服、戴便帽的人就會上來盤查，然後叫你伸出手來看，只要發現你手上有火藥味，就槍斃！」

安佐拉並不回答，他用手碰了一下康白斐的肩膀，他們走到下面的廳堂裡去，一會兒才又出來。安佐拉兩手托著四套他吩咐留下的制服，康白斐拿著皮帶和軍帽跟在後面。

「穿上制服就很容易脫身了。這些至少夠四個人穿上。」安佐拉說，他把這些制服扔在地上。

泰然自若的聽眾沒有一個人動一動。康白斐接著發言。

「各位，」他說，「你們知道現在的問題是什麼嗎？是婦女。你們願意犧牲自己，我也願意，但我不願女人的陰魂在我周圍悲泣。你們願意死，可以，但是不能連累別人，應該為那些孩童與老人想想。當一個人必須用勞動撫養他的近親時，他就沒有權利犧牲，否則就是背離家庭。還有那些有女兒的、有姐妹的人，你們考慮過沒有？你們自己犧牲了、死了，倒不錯，可是明天怎麼辦呢？年輕的女孩們沒有麵包，這是可怕的。男人可以去乞食，女人就得去賣身！啊，你們自己犧牲了！你們想把人民從王權下拯救出來，卻把自己的女兒交給了保安員警。朋友們，注意，應當有同情心！現在，那些有家室的人請發發善心，離開這裡，讓我們安心作戰。我知道，離開是需要勇氣的，也是困難的，但越困難就越值得讚揚。我再重複一遍，這是和妻子、女兒和孩子有關的問題；大家都知道你們是勇士，知道你們正為偉大事業而獻身，這是很好的。但你們不是單身漢，要想到其他的人，不要自私。」

大家沉鬱地低下了頭。

在最壯烈的時刻，人的內心會產生多麼奇特的矛盾！康白斐自己也不是孤兒。他想到別人的母親，而忘了自己的。他準備犧牲自己。他是「自私的人」。

馬留斯心情狂熱，接二連三地被一切希望所拋棄，他受到痛苦的折磨，充滿了激烈的感情，感到末日即將來臨，於是逐漸陷入痴呆的幻境中，這是一種自願犧牲者臨死前常出現的狀態。

可是這件事卻刺激了他。這一情景有點觸及了他的心靈，使他驚醒過來。他唯一的心願就是等死，他不願改變主張，但是在淒涼的夢遊狀態中他也曾想過，他死，並不妨礙他去拯救別人。

他提高嗓子說：

「安佐拉和康白斐說得有道理。不要作無謂的犧牲。我同意他們，要趕快！你們中間凡是有家屬的、有母親的、有姐妹的、有妻子的、有孩子的人就站出來。」

沒有一個人動作。

馬留斯又說：「已婚男子和有家庭負擔的人站出來！」

安佐拉也說：「我命令你們！」

馬留斯說：「我請求你們。」

於是，這些被康白斐的話所激動、被安佐拉的命令所動搖、被馬留斯的請求所感動的英雄，開始互相揭發。一個青年對一個中年人說：「是呀，你是一家之長，你走吧！」那個人回答：「你才是，你有兩個姐妹要撫養！」一場前所未聞的爭辯展開了，人人都不希望被趕出墓門。

古費拉克說：「趕快，再過十五分鐘就來不及了。」

安佐拉接著說：「公民們，這裡是共和政體，實行普選制度。你們自己推選出應該離開的人吧！」

大家服從了，大約過了五分鐘，人們一致指定的五個人從隊裡站了出來。

一共只有四套制服，得有一個人留下來。於是又開始了一場慷慨的爭論。

「你，你有一個熱愛你的妻子！」

「你，你有一個老母親！」

「你，你父母雙亡，三個小兄弟怎麼辦？」

「你，你是五個孩子的父親！」

「你，你只有十七歲，太年輕了！應該活下去。」

這時，人群中有個人向馬留斯喊道：「由你指定吧，哪一個該留下。」

那五個人也齊聲說：「對，由你選定，我們服從。」

馬留斯想到要選一個人去送死，他全身的血液都湧上了心頭。他的面色本來已經慘白，不可能變得更蒼白了。他望著對他微笑的五個人，然後他的視線又移到地上的四套制服上。

就在這時，第五套制服，彷彿從天而降，落在這四套上面。那第五個人得救了。

馬留斯抬頭認出是割風先生。

2

尚萬強從蒙德都巷子來。多虧了那身國民自衛軍的制服，他很順利地就通過了。起義軍設在蒙德都街上的哨兵，沒有為了一名自衛軍發出警報信號。這哨兵看見他進入街道時心想：「他要不是來幫忙的，就是來就縛的。」於是放他進入。

尚萬強走進棱堡，沒有引起任何人的注意，當時大家的目光都集中在那五個人和四套制服上。尚萬強也目睹了一切，他一聲不響地脫下自己的制服，把它扔在那堆制服上。

當時人群的激動是無法描繪的。

博西埃開口問道：「他是什麼人？」

馬留斯用深沉的語氣回答：「我認識他。」

這種保證使大家放了心。安佐拉轉向尚萬強說：「公民，我們歡迎您。」

尚萬強一言不發，幫助被他救的那個起義者穿上他的制服。

五個指定的人從蒙德都巷子走出了街壘，他們非常像國民自衛軍。其中的一個泣不成聲。離開以前，他們擁抱了所有留下的人。

當這五個得救的人走了以後，安佐拉想起了該處死的那個人。他走進地下室，賈維仍被綁在柱子上，正在

思考著什麼。

安佐拉問他：「你需要什麼嗎？」

賈維回答：「你們什麼時候處死我？」

「等一等，目前我們還需要我們所有的子彈。」

賈維說：「那就給我一點水喝。」

安佐拉親自遞了一杯水給他，幫他喝下，因為賈維被捆綁著。

安佐拉又問：「不需要別的了？」

「我在這柱子上很不舒服，」賈維回答，「你們一點也不仁慈，就讓我這樣過夜。隨便你們怎樣捆綁，可是至少得讓我躺在桌上，像那一個一樣。」

他用頭朝馬白夫先生的屍體點了一下。

在安佐拉的命令下，四個起義者把賈維從柱子上解下來，另一個用刺刀抵住他的喉嚨。他們把他的手反綁在背後，又把他的腳用一根結實繩子捆好，使他無法邁開大步。他們讓他走到屋子盡頭的桌旁，把他放在上面，攔腰緊緊捆牢。為了萬無一失，又用一根繩子套在他的脖子上，使他不可能逃跑。

捆綁賈維的時候，有一個人在門口特別留意地端詳他。這個人的影子使賈維轉過頭來，認出了是尚萬強。他一點也不驚慌，傲慢地垂下眼皮，說了句：「這毫不意外。」

3

天很快就要亮了，聖德尼街鴉雀無聲，在陽光照亮了的十字路口沒有一個行人。沒有比這種晴朗日子的荒涼街道更淒涼的了。

人們什麼也看不到，可是聽得見。一個神秘的活動正在遠處進行；可以肯定，重要關頭就要到來。正如昨晚哨兵撤退，現在已全部撤離完畢一樣。

街壘比起第一次被攻打時更堅固了，當那五個人離開後，眾人又把它加高了一些。安佐拉為防備後方受到突擊，又下令堵住了那條暢通的蒙德都巷子。為此，他們又挖了一段街道的鋪路石。這個街壘如今堵塞了三個街口：前面的麻廠街、左邊的天鵝街和小乞丐窩巷、右邊的蒙德都街，確實是不易攻破的了，不過大家也就被封死在裡面了。

即將發動進攻的那方依然沉寂，安佐拉命令所有人回到各自的崗位上去。每人還分到了一些燒酒。

當首領發出了準備戰鬥的口令以後，一切雜亂的行動頓時終止了。彼此間不再拉扯，不再閒聊，不再三三兩兩地聚在一起；所有的人都精神集中，等待著進攻一方。

當安佐拉一拿起他的雙響槍，待在他的槍眼前，這時，大家都不說話了。接著，一陣清脆的嗒嗒聲沿著石牆交錯地響了起來，這是大家在替槍上膛。

和昨晚一樣，所有的注意力都轉向那條街的盡頭，天已亮了，看得很清楚。

等待的時間並不長。騷動很明顯地在聖勒那的方向開始了，可是卻不像第一次進攻。鍊條的嗒拉聲、一個使人不安的巨大物體的顛簸聲、一種金屬在鋪路石上的跳動聲、一種巨大的隆隆聲，預報著一個可怕的機器正在向前推進。

所有注視這街道盡頭的目光都變得凶狠異常。

一尊大炮出現了。

炮兵們推著炮車，炮已上了炮彈，在前面拖炮的車已分開，兩個人扶著炮架，四個人走在車輪旁，其餘的人都跟著子彈車。人們看到點燃了的導火線在冒煙。

「射擊！」安佐拉發出命令。

整個街壘開了火，在一陣可怕的爆炸聲裡傾瀉出大量濃煙，淹沒了炮和人，一會兒煙霧散去，炮和人又重新出現。炮兵們緩慢地、不慌不忙地、準確地把大炮推到街壘對面，沒有一個人被擊中。炮長用力壓下炮的後部，抬高炮口，慎重地瞄準目標。

「幹得好啊！炮兵們。」博西埃喊道。

所有街壘中的人都鼓掌。

片刻後，大炮恰好安置在街中心，跨在街溝上，準備射擊。令人生畏的炮口已對準了街壘。

「重上子彈！」安佐拉說。

街壘的牆將怎樣抵擋炮彈呢？會不會被打開一個缺口？這倒是一個問題。當起義者重上子彈時，炮兵們也在上炮彈。棱堡中人心焦慮。

開炮了，突然出現一聲轟響。

「到！」一個喜悅的聲音高呼道。

炮彈打中街壘的同時，加夫洛許也跳了進來。他是從天鵝街那邊進來的，他輕巧地跨過了正對小乞丐窩斜巷側面的街壘。

大家圍住了加夫洛許。但他沒有時間講什麼話，因為馬留斯顫抖著把他拉到了一邊。

「誰叫你回來的？你究竟有沒有把我的信送到那個地點？」

由於加夫洛許急忙趕回街壘，沒有把信送到收信人手中，而匆匆脫了手。他對這件事多少有些內疚，但又怕馬留斯責怪，只好撒了一個彌天大謊。

「公民，我把那封信交給了看門的。那位小姐還睡著，她醒來就會看到的。」

說完，加夫洛許迅速跑向街壘的另一頭，喊道：

「我的槍呢！」

古費拉克要人把槍還給了他。

加夫洛許警告所有人，街壘被包圍了。他是費了很大的力氣才進來的。一營作戰的軍隊把槍架在小乞丐窩斜巷，守住了天鵝街那一側；另一側是保安員警隊守著佈道修士街，正面是主力軍。

安佐拉一邊聽著，一邊仍在槍眼口仔細窺伺。

進攻的軍隊似乎對那發炮彈不太滿意，沒有再放。一連步兵跟在大炮的後面，把鋪路石挖起，堆成了一道矮牆，大約有十八寸高，正對街壘。在牆左邊，可以看到集合在聖德尼街上的一營郊區軍隊。

這時，安佐拉聽到了一種從子彈箱中取出散裝子彈盒的特殊聲響。他還看到那個炮長，把炮轉向左邊一點，調整了瞄準目標。接著炮兵開始裝炮彈。那炮長親自湊近炮筒點火。

「低下頭，集合到牆邊！」安佐拉喊道，「大家沿著街壘跪下！」

許多起義者在加夫洛許進來時，離開了各自的作戰崗位，分散在小酒店前面，這時都亂哄哄地衝向街壘；可是還來不及執行安佐拉的命令，炮已打出，聲音很可怕。那是一發連珠彈。

大炮瞄準棱堡的缺口，從那裡的牆上彈回來，彈跳回來的碎片打死了兩人，傷了三人。

出現了一陣驚慌雜亂的聲音。

「先防止第二炮。」安佐拉說。

於是他放低他的卡賓槍，瞄準那個正俯身在炮膛口校正方位的炮長。這炮長是一個長相英俊的年輕中士，長著一頭金髮，臉很溫和，看得出是一個聰明人。

康白斐站在安佐拉旁邊注視著這個青年。

「多可惜！」康白斐說，「殺戮是何等醜陋的行為！安佐拉，你想像一下，他是一個可愛的青年，勇敢有為，看起來還有學問。他有父親、母親，有一個家，也許還在談戀愛呢！他頂多才二十五歲，可以當你的兄弟！算了，不要打死他吧！」

「不要管我。該做的還是要做。」

一滴眼淚慢慢流到安佐拉那秀美的臉頰上。

同時他扣動扳機，噴出了一道閃光。那炮手身子轉了兩下，兩臂前伸，臉仰著，好像要呼吸空氣，然後便倒在炮上不動了。他的背上流出一股鮮血，子彈穿透了他的胸膛。他死了。

要把他搬走，再換上一個人，這樣就爭取到了幾分鐘。

4

街壘中議論紛紛。這門炮又要重新開始轟擊。在這樣的連珠炮轟擊下，街壘在十五分鐘以內就會垮了，必須削弱它的轟擊力。

「得在缺口處放一塊床墊。」安佐拉說。

「沒有床墊了，」康白斐說，「上面都躺著傷患。」

尚萬強始終坐在遠處的界石上，雙腿夾著他的槍；一聽到安佐拉的命令，他站了起來。

當人們剛來到麻廠街時，曾見到一個老太婆，她為了防禦流彈，把她的床墊放在窗前。那是一扇閣樓的窗戶，在緊靠街壘外面的一棟七層樓的屋頂上。那張床墊橫放著，下端放在兩根曬衣竿上，用兩根繩子掛在閣樓窗框上。繩子看得很清楚，彷彿兩根髮絲懸在空中。

「誰能借一支雙響的卡賓槍給我？」尚萬強說道。

安佐拉把他那支剛上了子彈的槍遞給他。尚萬強瞄準閣樓放了一槍，一根吊著床墊的繩子應聲而斷。

尚萬強又開了第二槍。第二根繩子也斷了，床墊從兩根竿子中間滑了下來，掉在街上。街壘裡的人紛紛鼓掌叫好。

「有一個床墊了！」人們大聲喊道。

「沒錯，」康白斐說，「但是誰去把它拿進來？」

的確，那床墊是掉在街壘外側，在攻守兩方的中間。那個炮兵中士的死亡讓軍隊十分憤怒，士兵們都已臥倒在他們堆起的石牆後面，朝街壘開槍。因此外頭子彈橫飛，非常危險。

尚萬強從缺口出去，進入街心，冒著彈雨奔向床墊，拿起來背回街壘。他親自把床墊擋住缺口，緊緊靠著牆，好讓炮兵們注意不到。

做完以後，大家等待著下一次轟擊。

等不多久，大炮一聲吼，噴出了一叢霰彈，但沒有彈跳開來，停在床墊上了。街壘就此保住。

「公民，」安佐拉向尚萬強說，「共和國感謝您。」

博西埃一邊笑一邊讚嘆道：「太不像話了，一個床墊有這麼大的威力！這是謙遜戰勝了暴力。無論如何，光榮應該屬於床墊，它讓大炮失效了。」

進攻的軍隊繼續在開火。排槍和霰彈輪番發射，但實際上並沒有造成太多損傷，只有酒館二樓的窗子和屋頂閣樓被打得千瘡百孔。這是進攻方的一種策略，目的是引誘起義者回擊，消耗他們的彈藥。但安佐拉沒有中計，街壘毫不回擊。

分隊每開一次火，加夫洛許就放開嗓子大喊，表示極大的蔑視。

「好啊！」他說，「把床墊撕爛。我們需要繃帶呀！」

古費拉克斥責霰彈不中用，他對大炮說：

「伙計，你太不集中了！」

或許是棱堡內的沉默開始讓進攻的一方擔心了，他們感到必須摸清楚牆後方的情況，並瞭解街壘裡的人究竟在幹什麼。起義者們突然發覺鄰近的屋頂上有一頂鋼盔在陽光中閃爍。一個消防隊員靠在高煙囪旁，好像在那裡站崗。他的視線正好直直地落到街壘裡。

「那是一個礙事的監視。」安佐拉說。

尚萬強已經把卡賓槍還給了安佐拉，他提著自己的槍，一聲不響地瞄準那消防隊員，一秒鐘後，鋼盔被一顆子彈打中，很響亮地落在街心。受驚的士兵趕快逃開了。

另一個監視者接替了他的崗位。這是一個軍官。尚萬強又裝好子彈，瞄準新來的人，把軍官的鋼盔打下去了。軍官不再堅持，很快也退了下去。他們明白這個警告，從此沒有人再出現在屋頂上。他們放棄了對街壘的偵察。

「您為什麼不打死那個人？」博西埃問尚萬強。

尚萬強沒有答覆。

博西埃在康白斐的耳邊低聲說：「他沒有回答我的問題。」

「這是一個槍下留情的人。」康白斐說。

古費拉克坐在安佐拉旁邊一塊鋪路石上，繼續辱罵那門大炮，每次隨著巨響迸射出被稱為霰彈的大量炮彈時，他就用一連串的諷刺話來數落它。

「可憐的老畜生！你大叫大嚷，我替你難受，你吼不響了，這不像是放炮，而是在咳嗽呀！」

他周圍的人哄然大笑起來。這些年輕人，他們的英雄氣概和愉快心情隨著危機與時俱增，他們用開玩笑來代替飲食，因為沒有葡萄酒了，就向群眾灌注歡樂。

忽然間，古費拉克又大喊道：

「來了個新玩意兒！那是八磅炮！」

確實，一個新角色登上了舞台。這是第二門火炮。

炮兵們迅速而使勁地操作著，把這第二尊炮在第一尊旁邊架好，準備射擊。

這樣就出現了收場的局面。

過沒多久，這兩門炮立刻進入戰鬥，對準街壘轟擊，作戰分隊和郊區分隊用排槍協助作戰。兩門炮之中，一門使用霰彈，一門發射實心彈；發射實心彈的那門炮瞄準得較高，試圖讓炮彈擊中街壘頂層，把鋪路石打成碎片，像霰彈一樣去擊傷那些起義者。

這樣轟擊的用意是想把棱堡頂上的戰士趕下去，迫使他們退進街壘，如此一來，突擊中隊就可以衝進街道而不致遭到射擊，甚至不被發覺，像昨晚那樣突然爬進棱堡，並且拿下街壘。

「必須減輕這兩門炮的威脅。」安佐拉說，接著大聲喊道：「向炮兵開火！」

人人都準備好了。沉寂了那麼久的街壘又開槍射擊了，他們猛烈而痛快地連續發射了七八排槍彈，街道上充滿了濃煙，令人睜不開眼睛。幾分鐘過後，透過夾雜一道道火焰的煙霧，大家可以隱約看到三分之二的炮兵倒在地上，進攻已經緩了下來。

「好極了，」博西埃向安佐拉說，「很成功！」

安佐拉搖搖頭，回答說：「這樣的打法，再過十五分鐘，街壘裡便剩不到十顆子彈了。」

加夫洛許好像聽到了這句話。

5

古費拉克忽然發現有個人在街壘的下面、外側、街上、火線下。

加夫洛許從小酒店裡取了一個盛玻璃瓶的籃子，穿過缺口走出去，悠閒自在地把那些倒斃在街壘外上的國民自衛軍的彈藥包倒進籃子。

「你在幹什麼？」古費拉克說。

加夫洛許翹起鼻子：「公民，我在裝籃子。」

「難道你沒看見霰彈？」

「是啊，在下雨。又怎麼樣呢？」

古費拉克吼了起來：「進來！」

「馬上就來。」加夫洛許說，他又一躍到了街心。

整條街的路面上躺著將近二十具屍體。對加夫洛許來說，那就是二十多個彈藥包，對街壘來說，是大批的子彈。

街上的煙就像迷霧一樣，佈滿了兩列高房子中間。它緩緩上升，還不斷得到補充，以至於光線越來越朦朧，甚至連白晝也變得陰暗起來。這條街兩端的距離並不怎麼長，可是交戰的人幾乎彼此望不見。這種情況為加夫洛許帶來了方便。

在這層煙幕的縈繞下，由於加夫洛許個子小，便能在這條街上走得相當遠而不被人察覺。他倒空了最初七八個彈藥包，冒的危險還不算大。

他緊貼地面往前爬，四肢快速地行動著，用牙咬住籃子，身體扭著、溜著，像蛇一樣爬行，從一具屍體到另一具屍體，把每一個彈藥包或子彈盒都倒乾淨，就像一隻剝核桃的猴子。

他離街壘還相當近，裡面的人不敢叫他回來，生怕引起對方的注意。

他不斷往前移動，終於到了煙霧稀薄的地方。這時候，埋伏在石堆後面的一排士兵和聚集在街角上的狙擊兵，忽然不約而同地相互指出煙霧裡有個東西在動。

正當加夫洛許在解一個倒在界石附近的中士身上的彈藥包時，一顆子彈打中了那屍體。

「好傢伙！」加夫洛許說，「他們竟來殺這些死人了。」

第二顆子彈打在他身邊，把路面上的石塊打得直冒火星。

第三顆打翻了他的籃子。

加夫洛許望了一下，看見子彈是從郊區方向射過來的。他筆直地立起來，站著，頭髮隨風飄揚，兩手叉在腰上，眼睛盯著那些開槍射擊的士兵，唱道：

楠泰爾人醜八怪，
這只能怨伏爾泰；
帕萊索人大膿包，
這也只能怨盧梭。

隨後他撿起他的籃子，把掉出來的子彈全撿回去，一顆不剩，然後繼續朝開槍的地方前進，去解另一個彈藥包；到了那裡，第四顆子彈仍舊沒有射中他。加夫洛許唱道：

公證人我做不來，
這只能怨伏爾泰；
我只是隻小雀兒，
這也只能怨盧梭。

第五顆子彈打出了他的第三段歌詞：

歡樂是我的本性，
這只能怨伏爾泰；
貧窮是我的格調，
這也只能怨盧梭。

這景象真駭人，也真動人。加夫洛許被別人射擊，他卻和射擊的人逗樂。他的神情似乎覺得很好玩。他用一段唱詞回答一次射擊。人們不斷地瞄準他，卻始終打不到他。那些士兵一邊對他瞄準一邊笑。他伏下身去，又站起來，躲在一個角落裡，接著又跳出來，躲起來不見了，隨即又出現，對著步槍做鬼臉，同時還撿子彈、掏彈藥包，充實他的籃子。

那些起義者急得直跳腳，眼睛盯住他不放；而他，在歌唱。他不是個孩子，也不是個大人，而是個小精靈般的頑童。子彈緊跟著他，但他比子彈更靈活。他跟死亡玩著駭人的捉迷藏遊戲，每一次當索命死神來到他面前時，這頑皮的孩子總是「啪」的一下把它彈走。

可是有一顆子彈，比其餘的都來得準確些，終於射中了他。人們看見加夫洛許東倒西歪地走了幾步，便倒下去了，街壘裡的人發出一聲叫喊。但加夫洛許很快就又直起身子，坐了起來，臉上流著一長條鮮血，舉起他的兩隻手臂，望著開槍的方向，又開始唱起來：

如今我倒了下來，
這只能怨伏爾泰；
鼻子栽進了小溪，
這也只能怨……

他沒有唱完。第二顆子彈，由原先的那個槍手射出的，一瞬間使他停了下來。這一次，他臉朝地倒下去，不再動彈了。這個偉大的小靈魂飛逝了。

6

就在此時，在盧森堡公園中，有兩個孩子手牽著手，一個大約七歲，另一個五歲。雨水把他們淋濕了，他們在向陽的小徑上走著，大的帶著小的。他們衣衫襤褸，面容蒼白，好像兩隻野雀。小的說：「我好餓。」老大多少像個保護人了，左手牽著弟弟，右手拿著一根小棍棒。

只有他們兩人在花園裡，花園空無一人，鐵柵門在起義期間根據警方的命令關閉了。駐紮在園內的部隊已離開去作戰了。

孩子們怎麼會在這裡的？也許是從半掩著門的收容所裡逃出來的；也許是從附近賣藝的木棚裡逃出來的；

也可能是前一晚關門時，他們躲過了看門人的目光，在閱報亭裡度過了一晚。總而言之，他們在流浪。

這就是被加夫洛許發現的兩個孩子，德納第的兒子。如今他們像無根的斷枝上掉下來的落葉，被風捲著遍地亂滾。他們的衣服已是破爛不堪了。

一八三二年六月六日上午十一點左右，盧森堡公園杳無人跡，景色迷人。排成梅花形的樹木和花壇在陽光下發出芬芳的氣息和奪目的色彩。所有的樹枝在正午的烈日下似乎都在狂喜地相互擁抱。埃及無花果樹叢中的鶯群一片啁啾，麻雀在唱凱歌，啄木鳥用嘴在樹皮的小洞裡啄著。花壇接受了百合花的合法王位；最尊貴的馨香出自潔白的顏色。石竹花的芬芳瀰漫在空氣中，老白嘴鴉在大樹林中談情說愛。陽光在鬱金香上飛金貼紫，使它們發出火光，這簡直就是一朵五光十色的火焰。蜜蜂在所有的鬱金香花壇四周忙亂地轉圈，就像火花上的火星，連同即將到來的陣雨，一切都是豔麗的，喜氣洋溢的；這一再滋潤的雨水，使得鈴蘭和金銀花正可受益而無須擔驚受怕！這裡的萬物都浸沉在幸福裡，生命是何等的美好，整個自然界處於真誠、救助、支援、父愛、溫存和曙光之中。

兩個被遺棄的孩子來到大池旁，陽光使他們有點昏昏沉沉，他們設法躲藏，來到了天鵝棚後面。在公園各處，可以斷斷續續地聽見模糊的叫喊聲、嘈雜聲和一種喧鬧的嗒嗒聲，那是機槍在響，還有低沉的擊拍聲，那是在開炮。菜市場方向的屋頂上冒著煙，一個類似召喚的鐘聲在遠處迴響。

這兩個孩子似乎聽不見這些響聲。小的那個不時輕聲說：「我肚子餓。」

幾乎和這兩個孩子同時，一對父子也走近了大水池；父親大約五十歲左右，牽著一個六歲的孩子。孩子手裡拿著一塊大蛋糕。

在這一時期，在夫人街和唐斐街上有一些沿河的房屋，房客都配發了盧森堡公園的鑰匙；當公園的鐵柵門關閉時，房客們便可以用它進入園中。這對父子大概便是從一棟這樣的房子裡出來的。

兩個窮孩子望見有人走來，便藏得更隱蔽一些。

父子倆停在兩隻天鵝戲水的大池旁，天鵝正在游泳，姿態十分優美。這時候，兒子咬了一口蛋糕，又吐出來，忽然哭了起來。

「你哭什麼？」父親問。

「我不餓。」孩子說。

父親笑了笑。「點心不一定要等餓了才吃。」

「我討厭這塊蛋糕，它不新鮮。」

「你不要了？」

「不要了。」

父親向他指指天鵝。「丟給這些鳥兒吧！」

孩子猶豫不決。他不要糕點，但也沒有理由要把它送出去。

父親繼續說：「要仁慈，對動物應當有同情心。」

於是他從兒子那裡拿過蛋糕，丟進水池。蛋糕掉在離岸很近的水裡。

天鵝在距離較遠的池中心忙著吃捕獲的東西。牠們既沒有看見這些人，也沒有看見蛋糕。

這名父親感到蛋糕有白丟的可能，對無謂的損失感到痛心，就設法露出一種焦急的樣子，結果引起了天鵝的注意。牠們看見水面上漂浮著一樣東西，於是便像帆船似地轉舵慢慢游向蛋糕。

「天鵝看得懂這些手勢。」這名父親得意洋洋地說道。

這時候，城中的騷亂忽然又增強起來，變得更為淒厲。幾陣風吹來，可以聽見清晰的戰鼓聲、叫囂聲、小分隊的槍聲，沉鬱的警鐘和炮聲相互呼應著。

天鵝還沒有游到蛋糕那裡。

「回去吧。」父親說，他抓住了兒子的手

「我要看天鵝吃蛋糕。」孩子說。

「這太冒失了。」父親回答。

於是他把兒子帶走了。

孩子捨不得天鵝，不停地向大池回頭望，直到梅花形排列的樹木在轉角處遮住了他的視線為止。

與天鵝同時，兩個小流浪者也走近了蛋糕。蛋糕浮在水面上，小的那個眼睜睜地望著，另一個望著走開的父子倆。當不再看到他們時，大的立刻趴在水池旁，左手抓住邊緣，俯在水上，幾乎要掉下去，另一隻手伸出棍子，把蛋糕撥近。抓住以後，他站了起來。蛋糕浸濕了，但他們又餓又渴。大孩子把蛋糕一分為二，一大一小，自己拿小的，把大的那一半給了弟弟，並對他說：

「拿去填飽肚子吧。」

7

馬留斯衝出街壘，康白斐跟著他。但太遲了，加夫洛許已經死去。康白斐捧回了那籃子彈，馬留斯抱回了孩子。

唉！他心想，德納第為他父親所做的，他要在兒子身上報答，可是最後，他卻只抱回了死孩子。

當馬留斯抱著加夫洛許走進棱堡時，他像那孩子一樣，臉上也是鮮血淋淋。當他正彎腰抱加夫洛許時，一顆子彈擦傷了他的頭蓋骨，他並沒有察覺到。

康白斐解下他的領帶包紮馬留斯的額頭。大家把加夫洛許放在停放馬白夫的那張桌子上，並用一塊黑紗蓋住兩具屍體，一老一少剛好夠用。

康白斐又把他取回籃子裡的子彈發給大家，每人各得到了十五發。

尚萬強仍一動不動地坐在他的界石上。當康白斐遞給他十五發子彈時，他搖搖頭。

「這真是個怪人！」康白斐低聲對安佐拉說，「他居然在街壘中不作戰。」

「這並不妨礙他保衛街壘。」安佐拉說。

「有一些奇怪的英雄。」康白斐回答。

古費拉克聽見後，補充了一句：「他跟馬白夫老人不一樣。」

在棱堡內部，人們走來走去，隨意聊天，開著玩笑，鬆鬆散散。事實上，一切演變都已經完成或即將結束，處境已從危急轉為可怕，並將從可怕演變成絕望。隨著處境逐漸變得慘澹，英雄們的光芒也把街壘映得越來越紅。

康白斐腰間圍著圍裙，在包紮傷患；博西埃和弗伊利將加夫洛許從屍體上取來的火藥做成子彈；古費拉克像一個少女在仔細整理她的針線盒一樣，在幾塊他撿來的鋪路石上排列一整套軍械：他的劍、他的槍、兩支馬槍和一支手槍。尚萬強默不作聲，望著他面前的牆。馬留斯則在發愁：他的父親會對他說些什麼呢？

突然間，在兩次炮火齊射中，他們聽見遠處的鐘聲在報時。

「中午了。」康白斐說。

十二響還未打完，安佐拉筆直站了起來，在街壘頂上發出雷鳴般的聲音：

「把鋪路石搬進樓房，沿著窗台和閣樓的窗戶排好！一半的人持槍，一半的人搬石頭！時間不多了。」

一組消防隊員扛著斧頭，排成戰鬥隊形，在街的盡頭出現了。無疑，這是一個縱隊的前列，奉命摧毀這座街壘，要在負責攀登的士兵進攻之前行動。

安佐拉的命令被正確無誤地快速執行了。不到一分鐘，安佐拉又命令把堆在酒館門口的三分之二的鋪路石搬上二樓和閣樓；第二分鐘還沒過完，這些鋪路石已被整齊地疊起來，堵住二樓窗子和閣樓窗子的一半。在弗伊利的精心部署下，用來防衛的槍管已經從幾個孔隙伸了出去。

當用來作最後防禦物的鋪路石安置好時，安佐拉下令把地下室的酒瓶搬上二樓。

「誰喝這些酒？」博西埃問。

「他們。」安佐拉回答。

接著大家堵住下面的窗戶，並把那些晚上拴酒店大門的鐵門閂放在手邊備用。

這是一座不折不扣的堡壘，街壘是壁壘，而酒店是瞭望塔。

剩下的鋪路石，他們用來堵塞街壘的缺口。

這時，安佐拉決定再全部檢閱一遍，使一切更為完備。他在地下室簡短地發出了最後的指示，語氣十分鎮靜，弗伊利聽著並代表大家回答。

「二樓，準備好用來砍樓梯的斧頭了沒？」

「有。」弗伊利回答。

「有多少？」

「兩把斧頭和一把戰斧。」

「好。我們有二十六個沒倒下的戰士。有多少支槍？」

「三十四。」

「多的八支也裝上子彈，放在手邊。劍和手槍插在腰間。二十人待在街壘裡，六個埋伏在閣樓和二樓，從石縫中射擊進攻者。不要有一個人閒著。待會兒，當戰鼓擂起進攻號時，樓下的人就奔進街壘，越快越好。」

部署完了，他轉向賈維說：「我沒有忘了你。」

他把手槍放在桌上，又說：

「最後離開屋子的人，把這個密探斃了。」

「在這裡嗎？」有一個聲音問。

「不，不要把這傢伙和我們的屍體混在一起。蒙德都巷子的小街壘很容易跨過去，它只有四尺高。把這人帶去，在那裡幹掉他。」

尚萬強在這時出現了。他混在一群起義者中間，站出來，向安佐拉說：

「您是司令官嗎？」

「是的。」

「您剛才謝了我。」

「是的，代表共和國。」

「您認為我可以得到獎賞嗎？」

「當然可以。」

「那我就向您要一次。」

「什麼獎賞？」

「讓我來處決這個人。」

賈維抬起頭，看見尚萬強，他做了一個不易察覺的動作說：

「這是公正的。」

至於安佐拉，他在馬槍裡重新裝上子彈，環視一下四周：「有人不同意的嗎？」

接著他轉向尚萬強：「把密探帶走。」

尚萬強坐在桌子一端。他拿起手槍，輕輕的一聲「喀噠」，說明子彈上了膛。

幾乎就在同時，大家聽到了號角聲。

「注意！」馬留斯在街壘上面喊。

賈維以他那種獨有的笑容無聲地笑了笑，盯著起義者向他們說：

「你們的處境並不比我好多少。」

「大家都出來！」安佐拉喊道。

當起義者亂哄哄地衝出去時，賈維朝他們背後說道：

「待會兒見！」

8

剩下尚萬強單獨和賈維在一起，他解開那根攔腰捆住犯人的繩索。然後做手勢要賈維站起來。

賈維含笑照做了，笑容還是那樣無法捉摸，但表現出一種優越感。

尚萬強手中握著手槍，抓住賈維的腰帶，如同人們抓住牲口的皮帶那樣，把他拖在自己後面，慢慢走出酒店，由於賈維雙腿被捆，只能跨很小的步伐。

他們經過了街壘內部的小空地，起義者對即將到來的猛攻全神貫注，身子都朝前轉了過去。馬留斯單獨一人站在圍牆盡頭的左側，看見了他們走過。

尚萬強又艱難地讓腿被捆著的賈維爬過蒙德都巷子的戰壕，但是一刻也不鬆手。

他們跨過了圍牆。如今，小路上只有他們兩人，誰也看不見他們。房屋的轉角遮住了起義者的視線。街壘中搬出來的屍體在他們前面幾步堆成可怕的一堆。

尚萬強臂下夾著槍，盯住賈維，這目光的意思是：「賈維，是我。」

賈維回答：「你報仇吧。」

尚萬強從口袋中取出一把刀，並打開來。

「一把匕首！」賈維喊了一聲，「你做得對，這對你更合適。」

尚萬強把捆住賈維脖子的繩子割斷，又割斷他手腕上的繩子，再彎腰割斷他腳上的繩子，然後站起來說：

「您自由了。」

賈維是不容易吃驚的。這時，雖然他善於控制自己，也不免受到震撼，變得目瞪口呆。

尚萬強又說：「我想我是出不了這裡了。如果我有幸脫身，我住在武人街七號，用的名字是割風。」

賈維像老虎般皺了皺眉，嘴的一角微微張開，在牙縫中嘟噥著：

「你得小心點。」

「走吧！」尚萬強說。

「你剛才說的是割風，武人街？」

「七號。」

賈維小聲重複一遍：「七號。」

他重新扣好他的大衣，挺起胸膛，恢復軍人的姿態，向後轉，雙臂交叉，一隻手托住腮，朝麻廠街走去。

尚萬強目送著他。走了幾步，賈維又折回來，向尚萬強喊道：

「您真使我厭煩！還不如殺了我。」

「您走吧。」尚萬強說。

賈維緩步離去，片刻後，他在佈道修士街的街角轉了彎。

當賈維已看不見了，尚萬強向天空開了一槍。

他回到街壘裡來，說：「幹掉了。」

不久之前，馬留斯忙於外面的事，沒心思注意屋內，也還沒有仔細看看捆在地下室裡的密探；當他在日光下看見他跨過街壘去受死時，這才認了出來。一個回憶突然在他腦中閃過。他想起了蓬圖瓦茲街的督察，這人曾給過他那兩支手槍，就是他在街壘中使用的那兩支。

「他不就是那個叫做賈維的警務督察嗎？」他在心裡問自己。

接著，他又想到，或許還來得及由他出面說一下情。但首先要知道究竟是不是那個賈維。

「安佐拉！」

「什麼？」

「那人叫什麼名字？」

「哪個人？」

「那個員警。你知道他的名字嗎？」

「當然知道。他對我們說了。」

「叫什麼？」

「賈維。」

馬留斯豎起了身子。就在同時，聽見一聲槍響，尚萬強回來喊道：「幹掉了。」

他的心裡憂鬱地打了一個寒顫。

9

街壘的垂死掙扎即將開始。

一切都使這至高無上的最後一刻有著悲劇性的莊嚴：空中那千萬種神秘的爆破聲、在看不見的街道上行動著的軍隊的聲息、騎兵隊斷斷續續的疾馳聲、前進的炮兵部隊發出的沉重的震動聲；齊射的槍聲和大炮聲在巴黎的上空迴旋，戰爭的金黃色煙雲在屋頂上騰起，一種說不出的駭人叫聲從遠處傳來，到處是可怕的火光。在這溫和的季節，陽光和浮雲點綴著的燦爛的藍天、絢麗的時光以及令人恐怖的死氣沉沉的房屋。

進攻的戰鼓敲響了，大炮開始狂吼，軍隊向街壘猛衝。一支強大的步兵呈戰列縱隊，在相當的距離內，平均地安插在國民自衛軍和保安員警隊之間，並有無數聽得到但看不見的人作後盾，向大街跑步衝來。他們擂起戰鼓，吹著軍號，刺刀平端，由工兵開路，在槍林彈雨中沉著前進，直抵街壘，像根銅柱般重壓在一堵牆上。

起義者激烈地開火。街壘出現了人群競相攀登的場面。攻打是如此猛烈，一時間四周全是進攻者；街壘擺脫了這些士兵，又被圍攻者覆蓋，只不過就像浪花衝擊懸崖一樣，不一會兒，又重新露出黑色的巨大峭壁。

縱隊退卻後又在街上密集，他們已沒有掩護，但仍用一排排子彈向棱堡還擊。在這個時刻，雙方的決心是相等的。勇敢在這裡近於野蠻，並夾雜著某種殘酷的英雄行為，它來自自我犧牲的精神，並逐漸轉變為瘋狂。街上堆滿了屍體。

街壘的一頭是安佐拉，另一頭是馬留斯。安佐拉關心整個街壘，他等待戰機，暫作隱蔽；三個士兵還沒有看到他，就在他的槍孔前接連倒下。馬留斯則是不加掩護地作戰，成了眾矢之的。他從棱堡頂上露出大半截身子，發狂似地作戰著。

被包圍者的子彈逐漸耗盡，他們的嘲諷卻還沒有枯竭。在這座墳墓的旋風中，他們還是嬉笑自如。

博西埃問古費拉克：「你把帽子弄到哪裡去了？」

古費拉克回答：「他們用炮彈把它轟掉了！」

街壘的內部撒滿炸開的彈片，就像下了一場雪。

進攻者人數眾多，起義者地勢優越。起義者在一堵高牆上近距離瞄準那些在屍體和傷兵之間踉蹌前進或在陡坡上跌跌撞撞的士兵。街壘築得相當牢固，少數人就可抵擋一個軍團。可是突擊縱隊不斷增援，在槍林彈雨中漸漸迫近。

這些面容憔悴、衣衫破爛、疲憊不堪的起義者，十四小時沒進食、沒闔眼，只剩下幾發子彈可以射擊；他們幾乎都受了傷，頭或手臂都用發黑的血汙的布條包紮著，衣服的破洞中流出鮮血，有的人武器只是一把壞槍和舊而鈍的刀，卻仍艱苦奮戰。街壘曾十次受到圍困、攻打、攀登，但始終未被佔領。

肉搏開始了，短兵相接，用手槍射擊、長刀砍、拳頭打；遠處、近處、從上面、從下面、從屋頂、從酒館窗戶，到處都是；幾個人鑽進了地下室，從通風口射擊。這是一比六十的懸殊戰。酒館的門已毀去一半，窗上彈痕累累，玻璃和窗框都已不在，剩下一個畸形的洞，用鋪路石亂七八糟地堵著。博西埃被殺死了，弗伊利被殺死了，古費拉克被殺死了，洛李被殺死了，康白斐在扶起一個傷兵時被刺刀捅了三下，刺穿了胸，只朝天望了一眼就氣絕了。

馬留斯繼續戰鬥，渾身是傷，尤其是頭部，滿面鮮血，好像蓋了一塊紅手帕。

安佐拉是唯一沒有受傷的。他沒了武器，就左右伸手，有個起義者隨便放一把刀在他手裡。他的四把劍只剩下了碎片。

活著的領隊人只剩下安佐拉和馬留斯在街壘的兩端，由古費拉克、洛李、博西埃、弗伊利和康白斐堅守很久的中部已抵擋不住了。炮火雖沒有轟出可通行的缺口，卻在棱堡的中部打出了一個相當大的凹形。這裡的牆頂已被炮彈打塌，碎石四處散落，堆積成山，使牆內外形成了兩個斜坡，有利於進攻。

這一次突擊成功了。士兵們舉著刺刀向前猛衝，勢不可擋；突擊縱隊密集的戰鬥行列在陡坡頂上的煙火中出現了，大勢已去，在中部抵抗的起義人群混亂地後退了。

有些人燃起了一線模糊的求生欲望，不願在這槍林彈雨中束手待斃。他們退到棱堡後部一棟七層樓的房子前面，這棟房屋從上到下關得嚴嚴實實的，像砌了一堵牆似的。在軍隊進入棱堡之前，還有充分的時間打開並關上一扇門，房屋後面就有大路可以逃跑，空曠無阻。他們開始用槍托捶門、用腳踢門、又喊又叫、合掌哀求，可是沒有人來開。在四樓的窗前，只有死人的頭在望著他們。

安佐拉和馬留斯，還有七八個聚在他們身旁的人，飛奔過去保護他們。安佐拉向士兵們喝道：「不要靠近！」一個軍官不聽，安佐拉殺死了他。此刻他在棱堡小後院中，緊靠著酒館，一手持劍，一手握槍，把酒館的門打開，用身體攔住進攻者，讓那些絕望的人逃到他身後。大家都衝進去。安佐拉揮舞著馬槍，擋住了四周和前面的刺刀，然後進了酒館，把門關上。

馬留斯還留在外面，一顆子彈打碎了他的鎖骨，他感到暈眩而倒了下來。這時他閉上了眼睛，但意識到一隻有力的手抓住了他。對珂賽特最後的懷念在他心頭縈繞，他剛閃過這樣一個念頭：「我成了俘虜，要被槍斃了。」接著就昏了過去。

安佐拉拴上門閂，插上插銷，把鑰匙在鎖孔裡轉了兩圈，再鎖上掛鎖，這時外面猛烈敲打，士兵用槍托、工兵用斧頭，進攻者擠在門前，開始圍攻酒店。所有士兵都充滿了狂怒。

當門已堵住後，安佐拉向其他人說：「我們死，也必須讓對方付出慘痛的代價。」

起義者的抵抗十分頑強。有鋪路石從窗口和屋頂如雨般擲向圍攻者，有從地窖和閣樓射出來的子彈，有猛烈的攻打，有狂暴的抗擊。當門攻破後，接著就是瘋狂的屠殺。進攻者衝進酒店，倒地的破門板絆住了他們的腳，竟找不到一個戰士。盤旋的樓梯被斧頭砍斷，橫在樓下大廳中，幾個受傷者剛斷了氣；所有還活著的人都在二樓，從樓梯口向下猛烈地開火。這是他們最後的子彈。當子彈用盡了，每人手中拿兩個瓶子，瓶子裝了硫酸。天花板洞口四周很快被一圈死人的頭圍著，流淌著長條的鮮血。那種嘈雜聲簡直無法形容，酒店內宛如地獄一般。

最後，進攻者疊人成梯，再利用斷梯爬上牆，攀住天花板，劈傷洞口最後幾個抵抗者，二十個左右的士兵亂成一團，一大半人在驚心動魄的攀登中臉部受傷，流血使眼睛看不見東西。他們怒不可遏，野性大發，衝進了二樓。那裡只有一個人還站著，正是安佐拉。他沒有子彈，也沒有利劍，手中只有一柄槍管，槍托已敲斷了。他把撞球桌橫在自己和進攻者之間，自己退到屋角，目光炯炯，昂首挺立。他握著斷槍，神情可怖，使得無人敢上前。突然有人大叫：

「這是首領，是他殺死了炮長！他倒挑了個好地方，就讓他這樣站著，就地槍決！」

「開槍吧。」安佐拉說。

他扔掉手裡的槍管，兩臂交叉，挺起胸等著。

英勇就義總是令人感動的。當安佐拉一叉起雙臂，靜待死刑，震耳的廝殺聲在屋中頓時寂靜下來，混亂狀態立刻平息，變為墳場般的肅穆。安佐拉手無寸鐵，一動也不動，凜然不可侵犯。這年輕人似乎對嘈雜聲施展了一種壓力，是唯一沒有受到一點傷的人。他舉止高貴，渾身沾滿鮮血，神態動人，好像單憑他那鎮靜的目光，就能使這凶狠的人群懷著敬意來槍殺他。他那英俊的容貌，再加上他此刻的傲氣，使他容光煥發；他好像既不知疲勞，也不會受傷，經過了這可怕的二十四小時，仍然面色紅潤。

十二個人在安佐拉的角落對面組成了一個小隊，默默地準備好他們的武器。

然後一個班長叫了一聲：「瞄準！」

一個軍官打斷了說：「等一下。」

他問安佐拉：

「需要替您蒙上眼睛嗎？」

「不要。」

「是不是您殺了我們的炮長？」

「是的。」

格朗泰爾已經醒了一會兒了。他從昨晚起就一直睡在酒店的樓上，撲倒在桌上。子彈齊射，炮彈、霰彈從窗戶打進他所在的房內，甚至連突擊時的叫囂，一切都沒有吵醒他。好幾個屍體躺在他的四周，乍看之下，他就和這些死去的沉睡者一樣。

喧囂不曾吵醒一個醉漢，寂靜反而使他醒來。格朗泰爾對四周的坍塌一無所知，卻察覺了在安佐拉面前停止的喧囂。他突然站起身來，撐開兩臂，揉揉眼睛張望，打了個呵欠，終於清醒了。

士兵們盯著退到角落裡的安佐拉，班長正準備再次命令：「瞄準！」這時他們忽然聽見一個洪亮的聲音在旁邊喊著：

「共和國萬歲！算我一個。」

格朗泰爾站起來了。

他錯過的整場戰鬥的光輝，此刻在變得高尚的醉漢目光中閃耀著。

他重複說著：「共和國萬歲！」並用堅定的步伐穿過房間，站到安佐拉身旁。

「你們一次打兩個吧！」他說，又轉向安佐拉溫和地問他：

「你允許嗎？」

安佐拉微笑著握了握他的手。

這微笑尚未結束，槍聲便響了。

安佐拉，中了八槍，靠著牆，像被子彈釘在那裡一樣，只是頭垂下了。

格朗泰爾被打倒在他腳下。

不久之後，士兵們把最後幾個躲在房子頂樓的暴動者趕了下來，他們穿過一個木柵欄，對準閣樓開槍，接著又爬上去。有人被從窗戶扔了出去，還有幾個是活的。兩個在酒館外的騎兵，被閣樓裡射出的兩槍奪了命。一個穿制服的人被拋了出來，肚子被刺刀戳穿，倒在地上呻吟。一個士兵和一個暴動者同時從瓦礫坡上滑下來，互不鬆手，扭在一起摔下來。在地窖裡也進行著同樣的搏鬥，叫喊聲、槍聲以及野蠻的踐踏聲不絕於耳，然後突然寂靜下來。街壘被佔領了。

士兵們開始搜查四周的房屋並追捕逃亡者。

10

馬留斯確實被俘了，他成了尚萬強的俘虜。

當他摔倒的時候，一隻手從後面緊抱住他；他雖已失去知覺，仍能感到被抓住了。這隻手是尚萬強的。

尚萬強沒有參加戰鬥，他只是冒著危險待在那裡，並默不作聲地幫助人。屠殺開始時，他在戰場中來去穿梭，把倒下的人扶起來，送到地下室包紮好；攻擊停歇時，他修整街壘。但類似打人、攻擊、或個人的自衛等，他絕不出手。

在鬥爭的濃煙中，尚萬強的目光一直沒離開過馬留斯。當一顆子彈把馬留斯打倒時，尚萬強如老虎般敏捷地一蹦，向他撲過去，像擒住一個獵物那樣，把他帶走了。

旋風式的進攻此刻正猛烈地集中在酒店門口和安佐拉身上，因此沒有人看見尚萬強；他用雙臂托著暈過去的馬留斯，走過了被挖去鋪路石的街壘戰場，在柯林斯酒館的轉角處消失了。

這個轉角處形成了一個伸向大街的屏障，能擋住槍彈和霰彈，也能擋住人的視線。尚萬強在這裡止了步，把馬留斯輕輕放在地上，他緊靠著牆，並用目光向四面掃視。

在兩三分鐘以內，這裡還是安全的，但要怎麼能逃出這個屠殺場呢？他面前是一棟七層的樓房，左邊是戰場，右邊是堵住小乞丐窩的、相當低矮的街壘，跨過這障礙看似容易，但在它頂上可以見到一排刺刀，一隊士兵正在外側埋伏著。

怎麼辦？

必須立刻作出決定，找到辦法。在他幾步之外正在作戰，幸虧所有的人都在激烈地攻打酒店的門；但要是有任何一個士兵，想到繞過房屋，或從側面去攻打，那就一切都完了。

尚萬強望望面前的房屋，看看身旁的街壘，然後又帶著陷入絕境的強烈感情望望地面，心裡十分混亂，簡直想用眼睛在地上挖出一個洞。

就在這時，他看見幾步以外，在那堵外側有人看守的矮牆腳下，有一扇被一堆坍塌的鋪路石蓋住一部分的鐵柵門，它是裝在地上的。這扇門用粗的鐵棍製成，長寬約兩尺；支撐它的框架已被掘掉，柵欄好像已被拆開。透過鐵條可以看到一個陰暗的洞口，一個類似煙囪的管道或是貯水槽的管線。尚萬強靈機一動，衝過去，搬開鋪路石，掀起鐵柵門，背起一動也不動的馬留斯，降到了井裡，再把頭上的鐵門放下來。他用巨人的力氣、雄鷹的敏捷完成了這些動作，僅花了幾分鐘的時間。

尚萬強和昏迷的馬留斯進入到一種地下長廊裡。

這裡無比安全、極端寂靜，是漆黑的夜。

此刻，他只勉強聽到從他上面傳來一種彷彿模糊不清的竊竊私語聲。那是攻佔酒館時驚人的喧囂聲。

11

現在，尚萬強正處於巴黎的下水道中。

一剎那間，他從市中心離開了城市。在揭開蓋子又關上的片刻，他就從大白天進入絕對的黑暗，從中午到了半夜，從喧囂達到寂靜，從極端的險境到了絕對的安全地帶。

他最初的感覺是失明。他突然什麼也看不見了。不到一分鐘之內，他感到耳也聾了，什麼也聽不見了。激烈的廝殺怒吼在他上面只有幾尺遠，但由於被厚厚的地面隔絕，傳到他耳裡時已變得微弱不清，好像地底深處的聲響似的。他伸出兩條手臂，碰到了兩側的牆，發現巷道很窄；他腳下滑了一下，發現石板很濕。他謹慎地跨出了一步，怕有坑洞或小井。他發現石板路向前伸展著。一股惡臭提醒他自己身在何處。

不久以後，他已不瞎了。從他滑落下來的通風口那裡射進了少許光線，他的視覺已經適應這地窖。他開始能分辨出一些東西。他藏身的地下巷道後面有牆堵著，是一條死胡同，在他前面是一片黑暗。光線在離他十二步遠處即消失。鑽到黑暗中似乎很可怕，就像被吞沒一樣；但他必須這樣做，甚至得趕緊做。尚萬強已把馬留斯放在地上，現在又把他背起來，堅決地走入黑暗。

他走了五十步後就不得不停下來，出現了一個問題。這條巷道通到另一條橫管道。兩條路在面前出現了。選擇哪一條呢？向左還是向右？這條橫管道是一座斜坡，順著斜坡往下，就通往河流。

尚萬強心中立刻有了數。

他想他大概是在菜市場的下水道中，因此，如果他選左路順坡而下，十五分鐘後就能抵達兌換橋和新橋之間，塞納河的一處出口，也就是巴黎人口最稠密的地方。行人會驚愕地看到兩個血淋淋的人從他們腳底冒出來，員警很快就會趕到，把他們逮住。所以還不如鑽進這座曲折的迷宮，信任這黑暗，至於以後的出路便聽天由命了。

他向右轉，走進上坡路。

當他轉過了巷角以後，遠處通風口的光線就消失了，黑幕又在他前面落下，使他再次失明。但他仍繼續前進，盡可能快走。馬留斯的雙臂圍著他的脖子，雙足在他後面掛著；他用一隻手抓住這雙手臂，另一隻手摸索著牆。馬留斯的面頰靠著他的面頰，而且在流血，但挨在他耳旁的嘴裡仍有一股濕潤的熱氣，說明他仍有呼吸。他困難地走著。昨夜的雨水尚未流盡，在溝槽中間形成一道小激流。他必須靠著牆走，以免雙腳泡在水裡。

他心情焦急，但鎮靜地向前走去，什麼也看不見，什麼也不知道，一切全靠運氣。

漸漸地，有一種恐懼侵襲了他。包圍他的黑暗進入了他的心靈。他在迷霧中走著，盲目地探索他的路線。在這陌生地區，他每走一步都有可能成為他的最後一步。他怎麼走出這裡呢？他是否能找到一條出路？他是否能及時找到？在黑暗中是否會碰到什麼意想不到的障礙？馬留斯是否會因流血過多而死？難道他倆最後要在這裡迷路並在這黑夜的角落裡留下兩具骸骨？他不斷問自己，但又無法回答。

他不停地向前直走，但發現他已不在上坡，小河的水在衝擊他的腳跟，而不是迎著腳尖瀉來。渠道在下降。這是為什麼？他是否會突然到達塞納河？往前走的危險很大，但後退的危險更大。於是他繼續前進。

每遇到一個分支管，他就去摸轉角，如果發覺那條路比他所在的巷道狹窄，他就不進去，繼續原來的路線。他認為窄路通向死路，只會使他遠離目標，也就是離開出口。

有一陣子，他覺得他已躲開了因暴動而造成的驚慌的巴黎，回到了活躍正常的地區下方。他忽然聽到頭上有雷鳴般的響聲，距離很遠，但連續不斷，那是車輛的滾動聲。

大致走了半個小時，他還沒有想到要休息一下，只換了抓住馬留斯的手。黑暗顯得更加幽深，但這一幽深使他安心。

忽然間，他在身前看見自己的影子。它被一種微弱得幾乎看不清的紅光襯托出來，這一微光使他腳下的路和頭上的拱頂呈現出模糊的紫紅色，並在他左右溼黏的牆上移動。他驚愕地回頭一望。

在他後面，在他剛經過的溝巷中，他覺得離他很遠的地方，一點可怕的星光劃破了沉重的黑暗，彷彿在注視著他。

保安員警陰暗的燈光在陰渠中升起了。

在這燈光後面有八到十個黑影，筆直、模糊、駭人地在亂動。

12

六月六日的白天，上級命令搜索下水道，他們擔心戰敗者以此作為避難所。於是，三個由員警和水道清潔工人組成的小隊探索著巴黎的地下管道。一隊在河右岸，一隊在河左岸，一隊在市中心。

此時照著尚萬強的，是河右岸的巡邏隊的燈光。

這隊人馬剛檢查了鐘面街下面彎曲的管道和三條死巷。當他們走出鐘面街的巷道時，好像聽見有聲音從總渠的方向傳來，那正是尚萬強的腳步聲。員警班長舉起燈，那小隊開始朝傳出聲音的迷霧中探望。

這對尚萬強是無可言狀的一剎那。幸好，雖然他看清了燈光，燈光卻照不到他。他在很遠處，隱在一片黑暗當中。他停下來，靠牆縮著，也沒有聲音了。

巡邏隊一無所聞。他們看了看，什麼也看不見。他們商量了一下，認為是搞錯了，並沒有什麼聲音，也沒有什麼人在這兒，沒有必要鑽進總渠，那是浪費時間。

班長下令向左轉，沿塞納河坡岸前進。在離去之前，為了盡到員警的責任，班長朝著離去的地方，也就是尚萬強的方向開槍射擊，槍聲在地下墳墓中引起一連串的回聲，一塊泥土掉入流水中，使水濺到尚萬強前面幾步的地方，這告訴他槍彈已打中他頭上的拱頂了。

整齊而緩慢的腳步聲在管道中迴響、減弱。那群黑影鑽進深處，一點微光搖晃著、浮動著，形成了一個圓形的淺紅色暗光，照在拱頂上。這圓光逐漸消失，深沉的寂靜又出現了，尚萬強重新回到了徹底的黑暗中。他還不敢動彈，在很長的一段時間裡，他一直靠著牆壁，豎起耳朵，睜大眼睛，望著這鬼影巡邏隊的消失。

尚萬強又繼續走下去，不再停留。

走路已變得越來越困難了。圓拱頂的高度變了，他必須彎著腰，才能使馬留斯不致撞到拱頂；他得隨時彎腰，接著又豎起身子來不停地摸著牆。潮濕的石頭和黏滑的溝槽對手腳都是不利的支撐點，只能踉蹌前進著。

下午三點鐘左右，他走到了一條伸手觸不到兩邊的牆、而且頭也碰不到頂的巷道中了。這是城市的總溝渠，大約有八尺寬，七尺高。

他已又累又餓，而且疲憊，慢慢減弱的體力使負擔越來越重；馬留斯又在他背上一動也不動，可能已經死去。考慮到情勢緊急，無論多麼危險都必須立刻到塞納河去。於是他向左轉，走進一條下坡的路。

走過了一條支流，他停下來休息。他很勞累。有一個通風口相當大，射進了一道幾乎閃亮的光。尚萬強小心地把馬留斯放在水溝裡的長凳上。馬留斯血淋淋的臉在白光中顯了出來，他雙目緊閉，頭髮黏在太陽穴上，雙手垂著一動也不動，四肢冰冷，唇角凝著血塊。有個血塊凝固在領帶結上；襯衫進到傷口裡，摩擦著裂開的肉。尚萬強用手指把衣服扯開，把手放在他的胸膛上，還有心跳。他撕下自己的襯衫，盡量把傷口包紮好，止住了血。於是，在朦朧的光線中，他俯視著一直失去知覺、幾乎沒有呼吸的馬留斯，用難以言喻的仇恨瞧著他。

在解開馬留斯的衣服時，他在口袋裡發現兩件東西：一塊昨晚就忘在那裡的麵包和馬留斯的筆記本。他吃了麵包，把筆記本打開。在第一頁上，他發現馬留斯寫的幾行字，內容是：

我叫馬留斯．彭梅西。請把我的屍體送到我外祖父吉諾曼先生家，地址是沼澤區，受難修女街六號。

藉著微弱的光線，尚萬強唸了這幾行字，呆了一會兒，像在沉思，低聲重複著：「受難修女街六號，吉諾曼先生。」他把筆記本放回馬留斯的口袋裡。吃了麵包後，他的體力已恢復，又背起馬留斯，小心翼翼地把他的頭放在自己的右肩上，開始在溝裡往下坡走。

他的四周越來越黑，他仍在黑暗中摸索前進。漸漸地，他感到他進入水中，在他腳下不再是石塊路，而是淤泥了。

在尚萬強面前是一塊陷落的地。這處塌陷是前一晚的暴雨造成的，它的深度無從得知，黑暗在這裡比任何地方都深厚，這是黑洞中的一個泥坑。

尚萬強感到溝道在腳下陷落了，他踏進了泥漿。這裡上面是水，下面是淤泥。但他還是得走過去，轉身折返已不可能了。現在馬留斯已瀕死，尚萬強也已力竭，還有什麼路可走呢？因此他仍繼續前進。

他朝著窪地裡走了幾步，並不感到深，但越向前走，他的腳就越陷越深。不久後，淤泥深到小腿的一半，而水則過了膝蓋。他一邊走，一邊用雙臂盡量舉起馬留斯，超出水面。現在淤泥已到膝蓋，而水則到了腰際。他已無法再後退了，越陷越深。這淤泥的稠度可以承受一個人的重量，但顯然承受不了兩個人。如果馬留斯和尚萬強是逐一走過去，還有可能脫險。尚萬強仍繼續往前走。

水到了腋下，他感到自己在沉下去，他在這泥濘深處幾乎無法活動。他一直舉著馬留斯，消耗了大量體力。他在陷下去。現在他只剩下頭部露出水面了，但兩手仍高舉著馬留斯。

他還在下沉，他仰起臉來保持呼吸。同時，他拚命出了一下力，把腳伸向前方；他的腳踩到了一個不知是什麼的硬東西。

這是個支點。好險！再晚一點就完了。

他直起身來又彎下去，拚命在這個支點上站穩。這個支點原來是溝道另一邊的斜坡的開始，尚萬強踏上這平坦的斜坡，就走到了泥沼的另一邊。

他走出水時碰到一塊石頭，就跪著跌倒了。他就這樣待了一會兒，沉浸在向上帝的喃喃祈禱中。接著，他又站起來，顫抖著，感到僵冷，惡臭薰人。他彎腰去背那垂死的人，心裡充滿了奇異的光彩。

13

他又開始上路了。

最後的一搏使他精疲力盡，現在他每走兩三步就要靠在牆上喘口氣。有一次他不得不坐在長凳上來改變馬留斯的姿勢，他以為自己再也動不了了。他雖然失去了體力，但毅力卻絲毫無損。於是他又站了起來。

他拚命地走著，連續走了上百步而不抬頭。忽然間，他撞在牆上，這是陰溝的轉角處。他抬頭一望，在巷道的盡頭，距離他很遠的地方，出現了亮光。那是白天的光線。

尚萬強看見了出口。

他連忙走過去。到了那裡，他愣住了。

這確是出口，但出不去。

半圓的出口被鐵柵門關著，柵門被一把鏽得發紅、像一塊磚頭似的厚鎖固定在石頭框上。出了鐵柵門，就是野外、河流和陽光，以及遙遠的河岸，巴黎，與自由。

當時大約是晚上八點半了，天已快黑。

尚萬強把馬留斯放在牆邊溝道上的乾燥處，然後走到鐵柵門前，兩手緊握住鐵條，瘋狂地搖晃，但一點震盪也沒有，鐵柵門紋絲不動。尚萬強一根又一根地抓住鐵棍，希望能拔下一根不太牢固的來撬門破鎖，可是一根也拔不動。沒有撬棍、沒有能撬的東西，便無法開門。

難道就死在這裡？怎麼辦？會發生什麼事呢？退回去，重新走那條駭人的已走過的路線？他已沒有力氣。再說，要怎樣再穿過那段窪地呢？員警巡邏隊離開了嗎？而且，往哪裡走？朝什麼方向？即使能再找到另一個出口，又可能被一個蓋子或鐵柵門堵住。

一切都完了。尚萬強所做的一切都無濟於事，因為上帝不允許。

他背向鐵柵門，跌倒在地，靠著一直沒有動的馬留斯，他的頭垂在兩膝間。

在這沉重的沮喪時刻，忽然有一隻手放在他的肩上，一個輕輕的聲音向他說：

「兩人平分。」

黑暗中難道竟還有人？沒有比絕望更像夢境的了。尚萬強以為是在做夢，他沒有聽見一點腳步聲。這可能嗎？他抬頭一望。

一個人站在他面前。

這個人穿一件襯衫，光著腳，左手拿著鞋，他脫去鞋肯定是為了靠近尚萬強而不發出腳步聲。

尚萬強一刻也不猶豫，相遇雖然如此突然，但他認得這個人。那是德納第。

接著是一剎那的沉默。

德納第把右手舉到額頭，接著又皺起眉頭，眨了眨眼，試圖認出眼前的人。但他沒有認出來，尚萬強背對著陽光，加上他滿臉的汙泥和鮮血，即使是在白天，也未必能被人認出來。尚萬強立刻意識到這一點。

兩人在這半明半暗的地方互相觀察了一番，好像在進行較量，德納第首先打破了沉默：

「你打算怎麼出去？」

尚萬強不回答。

德納第繼續說：「無法用小鉤開鎖，可是你必須出去。」

「對。」尚萬強說。

「那麼對半分。」

「你說什麼？」

「你殺了人，對吧？我有鑰匙。」

德納第用手指著馬留斯，繼續說：

「我不認識你，但我願意幫助你，你得付出一點代價才行。」

尚萬強開始懂了，德納第以為他是一個凶手。

德納第又說：「聽著，老兄，把這傢伙的錢分我一半，我就替你開門。」

他從襯衫下面露出了一把大鑰匙的一半，又從一個大口袋裡抽出一根繩子。

「拿著，」他說，「我額外送你這根繩子。」

「一根繩子，可以做什麼？」

「你還需要一塊石頭，但你在外面找得到，那裡有一堆廢物。」

「一塊石頭？做什麼？」

「笨蛋，你既然要把這傢伙丟下河，就得有一塊石頭和一根繩子，不然他就會浮起來。」

尚萬強接過繩子。這時，德納第彷彿忽然想起了一件事：

「喂，老兄，你是怎麼擺脫那片窪地的！我還沒膽子去那裡。哎！你真難聞。」

停了一下，他又說：

「你不回答是正確的。儘管如此，你別以為我就猜不出你是什麼人，想幹什麼。我什麼都知道。你敲了一下這位先生，現在要把他藏在一個地方，你需要的是河。我來幫你一把，我一向樂於助人。」

儘管他贊許尚萬強的緘默，顯然也一直在設法使他開口。他推推他的肩膀，想從側面觀察他，並一直用不高不低的聲音叫道：

「說到窪地，你真是一個古怪的傢伙！你為什麼不把這個人丟進去？」

尚萬強保持沉默。

「說實話，你這樣做可能才是對的。明天工人來修路，肯定會找到被丟棄在那裡的屍體，他們可能會根據線索，一點一點找出你的足跡，抓到你。要是丟在河裡，一個月後才會在聖克魯被打撈上來，而且已經成了一具腐爛的屍體了，法院根本不會過問。你做得對。」

德納第的話越多，尚萬強也越沉默。德納第又搖搖他的肩膀。

「現在，把生意結束一下，要平分。那傻瓜的口袋裡究竟有多少錢？」

尚萬強把手伸進口袋裡翻了翻。他總是習慣帶點錢在身上，但昨晚他穿上軍服時心情頹喪至極，因此忘了帶上錢包。現在，他只有幾枚零錢在他背心的口袋裡，總共三十法郎左右。他把一個金路易和兩個五法郎的錢幣以及五六個銅幣放在下水道的長凳上。

德納第伸長了下唇，意味深長地扭了一下脖子。

「你殺了他也沒撈到多少好處。」他說。

他開始放肆地摸摸尚萬強和馬留斯的口袋。尚萬強任由他搜。在翻著馬留斯的衣服時，德納第偷偷撕下了一片衣角，藏在他的襯衫裡面，或許認為這塊破布以後能幫助他認出被害者和凶手。他除了那三十法郎之外再也沒有找到什麼。

「很好，」他說，「兩個人加起來，你們也只有這一點錢。」

他全部拿走了，忘了他所說的「平分」。隨後，他又從襯衫下把大鑰匙拉出來。

「現在你得出去了，朋友。這裡和市集一樣，出去是要付錢的。你既然付了，就出去吧！」

他幫助尚萬強背起馬留斯，接著踮起腳尖走到鐵柵門前，又向尚萬強做了個手勢，要他跟上來。他望望外面，把手指放在唇邊，停了幾秒鐘；觀察以後，他把鑰匙伸進鎖眼。鐵門滑開，門轉動了，沒有一點聲音。德納第半開著門，讓尚萬強的身子正好能通過，便關上了門，把鑰匙穿進鎖孔中轉兩圈，隨即又鑽進黑暗處，沒發出一點比呼吸更大的聲響。不久以後，這個鬼鬼祟祟的怪人已經消失無蹤了。

尚萬強到了外面。

14

他把馬留斯輕輕放在河灘上。

他們出來了！

腐爛的氣息、黑暗、恐怖已在他的後面。健康、純潔、新鮮、歡樂、自由的空氣已充滿他的周圍。四周一片寂靜，這是夕陽西沉時令人心曠神怡的寂靜。黃昏來臨，夜晚開始了，蒼穹廣闊安詳，寥寥幾顆明星在無邊無際的天空中發出難以辨認的微弱閃光，把一切溫存撒在尚萬強的頭上。

這是明暗難辨的絕妙時間，天已黑了，數步之外人就看不清，然而在走近時卻還有足夠的餘暉來辨認。

尚萬強情不自禁地仰望頭上這遼闊皎潔的夜色，陷入了冥想。在永恆蒼穹莊嚴的寂靜中，他沉浸在祈禱和出神之中；於是忽然間，好像又恢復了責任感。他彎腰向著馬留斯，又用手心捧了點水，輕輕地灑了幾滴在他臉上。馬留斯的眼睛沒睜開，但半開的嘴還有呼吸。

尚萬強正要把手重新伸入河中，忽然間，他感到有什麼人在他身後。

他轉過頭來。果真有一個人在他後面。

一個魁梧的大個子，裹著一件長大衣，兩臂交叉在胸前，右拳握著一根可以見到鉛錘頭的棍子，站在尚萬強後面幾步的地方。

尚萬強認出來這是賈維。

賈維在出乎意料地離開街壘之後，就回到警署，向署長本人作了口頭彙報，接著立刻復職。他的職責包括搜捕一名小偷，也就是德納第。他在香榭麗舍大街的右河灘發現了目標並追蹤他，一路來到了此地。那扇門之所以如此殷勤地在尚萬強面前打開，全是德納第的詭計。德納第感到賈維一直在這裡，必須扔一根骨頭給這警犬。送上一個凶手，這會是多麼意外的收穫呀！德納第把尚萬強放出去代替他，同時給員警一個獵物，使他放棄追蹤，同時又白白賺了三十法郎。

尚萬強從一個暗礁又撞到另一個暗礁上。

賈維沒認出尚萬強，因為尚萬強早已面目全非了。他沒有垂下手臂，而是用一種察覺不出的動作抓穩棍子，並用簡短鎮定的聲音說：

「您是誰？」

「是我。」

「是誰？您？」

「尚萬強。」

賈維用牙咬住棍子，彎下腰來，把兩隻有力的手放在尚萬強肩上，像兩把老虎鉗似地把他夾緊，仔細觀察，認出了他。他們的臉幾乎相碰，賈維的目光令人感到恐怖。

「賈維督察，」他說，「您抓住我了。其實，從今天早晨起，我就已把自己當成是您的犯人了，我絲毫沒有在告訴您地址後又從您手中逃脫的打算。您抓住我吧！只是請答應我一件事。」

賈維好像沒有聽見似的，他的雙眼盯住尚萬強，聳起的下巴把嘴唇推向鼻子，專心沉思著。後來，他放開尚萬強，一下子站起身來，一把抓住棍子，含含糊糊地問道：

「您在這裡做什麼？這人又是誰？」

他已經不再用「你」這種稱呼來和尚萬強說話。

「我正想和您說說他的事，您可以隨意處置我，但先幫我把他送回家。我只向您要求這一件事。」

賈維皺起了眉頭，但他並沒有拒絕。

他重新彎下腰，從口袋裡抽出一塊手帕，在水中浸濕，拭去了馬留斯額上的血跡。

「這人曾在街壘裡，」他自言自語道，「就是那個叫馬留斯的人。」

他抓住了馬留斯的手，尋找他的脈搏。

「是一個受了傷的人。」尚萬強說。

「是一個死人。」賈維說。

「不，還沒有死。」

「您把他從街壘帶到這裡來的嗎？」賈維說。

他似乎心事重重，一點也沒有追究尚萬強從下水道逃出的經過，也沒有注意到尚萬強對他的問題默不作答。

尚萬強也好像只有一個念頭，他說：

「他住在沼澤區受難修女街，他的外祖父家裡……我不記得他外祖父的名字了。」

尚萬強在馬留斯的衣服裡搜尋，把筆記本抽出來，翻出馬留斯用鉛筆寫的一頁，遞給賈維。

賈維看了馬留斯寫的幾行字，嘴裡嘟囔著：「吉諾曼，受難修女街六號。」

於是他叫了一聲：「車伕！」

一輛車正在不遠處等著，以備不時之需。

不久，馬車緩緩駛過來，到了河灘。馬留斯被放在後座，賈維和尚萬強並排坐在前面的長凳上。車門又關上，馬車向前飛奔，朝著巴士底的方向駛去。

他們離開河岸到了大街。車中是冰冷的沉默，馬留斯一動不動，身體靠在後座角落，頭垂在胸前，雙臂掛著，兩腿僵硬，彷彿只等著嚥氣了。尚萬強就像一個鬼魂，賈維好像石像。在漆黑的車中，每次經過路燈時，車內彷彿被間隔的閃電照成灰暗的蒼白色，命運把他們結合在一起，好像在使這三個一動不動的屍體、幽靈、石像在共同淒慘地對質。

15

街車到了受難修女街六號時已是夜晚了。

賈維第一個下車，看了一眼門牌後，就抬起樣式古老的熟鐵門錘，重重敲了一下。門半開了，賈維把門推開。看門人半露出身子，打著呵欠，半醒半醒，手中拿著蠟燭。房子裡所有的人都已入睡。

尚萬強和車伕把馬留斯從車裡抬出來，尚萬強從腋下抱著他，車伕抱著腿部。他一面抱著馬留斯，一面把手伸進撕開的衣服裡，摸摸他的胸口，確定了他的心還在跳。心跳得比剛才有力一些了，車子的震動似乎對生命的恢復帶來了一定的效果。

賈維對看門人說道：「有個叫吉諾曼的人嗎？」

「是這裡沒錯。您找他有什麼事？」

「我們把他的兒子送回來了。」

「他的兒子？」看門人目瞪口呆地說。

「他死了。」

尚萬強走在賈維後面，他向門房搖搖頭，表示沒有死。但看門人似乎沒有理解。

賈維繼續說：「他到街壘去了，現在在這裡。」

「到街壘去了！」看門人叫了起來。

「他自己去找死的。快去把他父親叫醒。」

看門人不動。

「快去呀！」賈維又說，並又加上一句：「明天這裡要埋葬人了！」

看門人立刻叫醒巴斯克，巴斯克又叫醒妮珂萊特，妮珂萊特叫醒吉諾曼小姐。至於外祖父，他們沒有叫醒他，考慮到他很快就會知道這件事的。

他們把馬留斯抬到二樓，家裡其他的人誰也沒有見到，他們把他放在吉諾曼先生套房裡的一張舊長沙發上。巴斯克去找醫生，妮珂萊特打開衣櫃。這時，尚萬強感到賈維碰了一下他的肩頭，他明白了，就下樓去，賈維的腳步聲在後面跟著他。

他們又坐上馬車，車伕坐到自己的位子上。

「賈維督察，」尚萬強說，「再答應我一件事吧。」

「什麼事？」賈維粗暴地問他。

「讓我回一趟家，以後隨您怎樣處理我。」

賈維沉默了片刻，下巴縮進大衣的領子裡去，然後放下了前面一塊玻璃：

「車伕，」他說，「武人街，七號。」

馬車又緩緩開動了。

在接下來的路程中，他們不再開口。

尚萬強打算怎麼辦？將他已開始做的事作個了斷，通知珂賽特，告訴她馬留斯在什麼地方，也許再給她一些有用的指示；如果可能的話，作些最後的交代。至於他，和他本身有關的，那是完了，他被賈維逮捕了，而他也不抗拒。

進入武人街口，車子停下，因為街道太窄，車子進不去。賈維和尚萬強下了車，賈維從口袋裡取出四個金拿破崙，把馬車打發走了。

他們走進了街，街上照樣空無一人。賈維跟著尚萬強走到了七號，尚萬強敲門，門開了。

「好吧，」賈維說，「上去。」

他用奇特的表情似乎很費力地說了這樣一句話：

「我在這裡等您。」

尚萬強看看賈維，這做法和賈維的習慣不相符。然而，如果說賈維現在對他有一種高傲的信任，明白他決心自首並結束一切，這種做法也不會使他太訝異。他推開大門，走進屋子，對著門房叫了一聲：「是我！」就走上樓去。

上到二樓，尚萬強喘了一口氣，同時不經意地探頭望望窗外，俯身看看街心。街道很短，從頭到尾都有路燈照明。尚萬強驚喜得呆住了，沒有人了。

賈維已經離去。

16

巴斯克和看門人把馬留斯抬到客廳裡。醫生已經趕到，吉諾曼小姐也已起床了。她慌慌張張，來回走動，什麼忙也幫不上。

醫生檢查了馬留斯，確認傷者的脈搏還在跳，胸部沒有重傷，唇角的血來自鼻腔後，便讓他在床上平臥，不用枕頭，頭部和身體一樣平，上身赤裸，好讓呼吸通暢。吉諾曼小姐退了出去，回到寢室裡去祈禱。

馬留斯上半身沒有一點內傷，有顆子彈被皮夾擋住，順著肋骨偏斜了，造成一個可怕的裂口，但傷口不深，因此沒有危險。在地下的長途跋涉使碎裂的鎖骨脫了臼，這才是嚴重的傷。他的兩臂有刀傷，臉上沒有太大的傷口，可是頭上好像佈滿了刀痕，這會產生什麼後果呢？目前還無法斷定。一個嚴重的症狀就是傷口引起了昏迷，這種昏迷不一定能夠甦醒過來。此外，流血已使傷者極度衰弱。至於腰部以下，受到了街壘的防護，沒有大礙。

巴斯克和妮珂萊特在撕床單和衣衫做繃帶。由於缺少裹傷用的舊紗布團，醫生暫用棉花卷止住傷口的血。床榻旁，三支點燃的蠟燭放在陳列著外科手術用具的桌上。醫生用冷水洗淨馬留斯的臉和頭髮，一桶水很快就成了紅色。看門人手裡拿著蠟燭照明。

醫生好像很憂愁地在思考著。不時搖一下頭，彷彿在回答自己心裡的問題。醫生這種秘密的自問自答對病人來說是不利的表現。

當醫生擦拭他的臉部並用手指輕輕碰觸他闔上的眼皮時，客廳那頭的一扇門打開了，外祖父蒼白的臉出現在門口。

兩天以來，暴動使吉諾曼先生很緊張，他既氣憤又發愁。這一晚他很早就上了床，吩咐家人把屋子都插上插鞘，他則因疲憊而朦朧睡去。

老年人的睡眠容易驚醒，吉諾曼先生的臥室緊連著客廳，儘管大家很小心，仍有聲音把他吵醒了。他看見門縫裡漏出燭光，感到驚訝，就起床摸著黑出來。

他站在門口，一隻手抓住半開的門的把手，頭稍向前傾斜而搖晃著，神情驚訝，像一個幽靈在窺視著墳墓。他看見了床，床上是血淋淋的年輕人，像白蠟那樣慘白，雙目緊閉，口張著，嘴唇沒有血色，上身赤裸著，到處是紫紅色的傷口，一動也不動。這一切都被照得清清楚楚。

外祖父消瘦的軀體從頭到腳哆嗦起來，整張臉顯出了骷髏般的土灰色，雙臂垂下來，彷彿裡面的骨頭斷了似的；膝蓋向前彎曲，從敞開的睡衣裡可以見到他那寒毛直豎的雙腿。他低聲說：

「馬留斯！」

「老爺，」巴斯克說，「有人把少爺送回來了，他到街壘裡去了，而且……」

「他死了！」老人用可怕的聲音叫道，「啊！這無賴！」

一種陰森的變化使這個近百歲的老人像年輕人一樣豎直了身子。

「先生，」他說，「您就是醫生，先告訴我一件事，他死了，是嗎？」

醫生焦急萬分，沒有回答。

吉諾曼先生扭著雙手，同時駭人地放聲大笑：

「他死了！他死了！他到街壘去讓人殺了、為了報復我！為了對付我才這麼做！啊！吸血鬼！這樣回來見我！我真是不幸，他死了！」

他走到一扇窗前，把窗子打開，朝著黑夜大喊道：

「被子彈打穿，被刀刺，割斷喉嚨，毀滅，被撕碎，切成碎塊！你們看，這無賴！他明知道我在等他，我要人把他的寢室佈置好，把他小時候的相片放在我床頭；他明知他隨時都可以回家，他明知多少年來我都在等他回來，每晚我坐在火爐旁，兩手放在腿上，不知該做什麼；他明知我因想念他而消瘦！你全知道，只要你回來，說一聲『是我』，你就立刻成為一家之主，我就會聽從你，你就可以任意擺佈你的外祖父！但你卻跑去街壘，懷著惡意去找死！為了向我報復！這是何等的卑鄙！您睡吧，靜靜地安眠吧！他死了。我醒來發現的就是這麼回事！」

他走近面色慘白、仍然一動不動的馬留斯，又開始扭絞他的手臂。老人家蒼白的嘴唇機械地顫動著，吐出一種難以聽清的、如同臨終嚥氣時的話：「咳！沒良心的東西！啊！政治集團分子！哼！無賴漢！王黨的仇人！」他用一種臨終的人的輕聲在責備一個死人。

漸漸地，正如內心的火山總是要爆發一樣，外祖父長串的話又開始了，但他好像已無力說出，他的聲音已微弱得像來自深淵的底層：

「不管了，我也要死了。你們想想，在巴黎沒有一個女人不樂意投向這傢伙的懷抱。他不去尋歡作樂，不去盡情享受生活，偏要去打仗，像畜生一樣被機槍掃射！究竟是為了誰？為了什麼原因？為了共和政府！共和國，冠冕堂皇的謬論！你被人害成這個模樣，只為了博得拉馬克將軍的歡心！這個拉馬克將軍給了你什麼？一個殘暴無知的軍人！胡說八道的人！為了一個死人去拚命！怎麼不令人發瘋！想想看！才二十歲！也不回頭看看身後留下了什麼！這下子，可憐的老人們只好獨自死去。說實在的，這樣子最好不過，正是我所期盼的。我已太老了，我已一百歲，早就有權死去了，多麼痛快！何必替他急救呢？醫生，您是白費力氣！算了吧，他已死了，完全死了！」

這時，馬留斯慢慢地睜開了眼睛，他的目光仍被昏睡後醒來的驚訝所籠罩，停在吉諾曼先生的臉上。

「馬留斯！」老人大叫，「馬留斯！我的小馬留斯！我的孩子！我親愛的兒子！你睜開眼睛了，你望著我，你活回來了，謝謝！」

於是他昏倒了。

17

賈維腳步緩慢地離開了武人街。

他生平第一次垂頭喪氣地走著，也是生平第一次把兩手放在背後。他全身顯得遲鈍憂鬱，惶恐不安。

他走進僻靜的街道，抄最近的路朝塞納河走去；到了榆樹河岸後，又沿著岸邊走過格列夫廣場，距離沙特萊廣場的哨所不遠，在聖母院橋的轉角上停了下來。塞納河在聖母院橋到兌換橋這一邊，和皮革廠河岸到花市河岸的那一邊，形成一個有急流經過的方形水池。

塞納河的這一處是水手們害怕的場所，沒有比這急流更危險的了。這水流並不寬，並被橋頭磨坊的一排木樁所堵塞，因而十分湍急。這兩座橋離得如此近，更增加了危險。河水經過橋洞時，變得急沖猛瀉，掀起可怕的大浪，就在那裡積聚起來，水位暴漲；波浪像根粗繩那樣緊抱橋墩，好像想把它們拔去。在這裡落水的人是不會再露出水面的，最懂得水性的人也會滅頂。

賈維兩肘撐在欄杆上，兩手托著下巴，指甲緊縮在他的鬍鬚裡沉思著。

他異常痛苦。一件新奇的事、一次革命、一樁災禍正在他的心裡發生，他有必要檢視一下自己。

幾小時以來，賈維已不再是個頭腦簡單的人了。他心裡十分混亂，這個腦袋在盲目執行時是很清晰的，現在卻籠罩了雲霧。

在他面前有兩條路，都是筆直的，這使他驚惶失措，因為他生平只認得一條直路。使他萬分痛苦的是這兩條路方向相反，兩條中只能選擇一條。究竟哪一條才是正確的呢？

他的處境真是無法形容。

被一個壞人所救，欠了人情又還了他，這違反自己的意願；和一個慣犯平起平坐，還幫了他的忙，以此作為報答；為了個人的原因而不顧職責，但又感到這麼做似乎更加高尚；為了忠於良心而背叛社會；這些荒誕的事他居然都做了，而且還壓在他的心頭，把他嚇呆了。

有件事使他驚愕，就是尚萬強饒恕了他。還有另一件事把他嚇傻了，就是他也饒恕了尚萬強。

他究竟怎麼了？他在尋找自己而找不到。

現在該怎麼辦？交出尚萬強，這是不應該的；讓尚萬強恢復自由，也不對。選擇第一條路，是執行權威的人比苦役犯還卑鄙；選擇第二條路，是蔑視法律。這兩種情況對他來說都是有損榮譽的，都是犯罪的。

這種強烈的矛盾感情迫使他思考。思考對他是不習慣的，因而他也特別感到苦惱。思想裡總會有些內心的叛逆，由於這些叛逆，他又感到非常憤懣。

他剛才做的事使他戰慄。他，賈維，違反一切警章，違反一切社會和司法制度，違反所有的法規，認為釋放一個人是對的，這樣做使他自己滿意；他不辨公而循私，這不正是罪惡嗎？他應該怎麼做呢？他只有一個辦法：立刻回到武人街，把尚萬強監禁起來。這顯然是他該做的事。但是他不能這樣做。

有件東西堵住了他這樣做的路。

是什麼東西？難道世上除了審判廳、執行判決、警署和權威之外，還有其他東西嗎？難道發生了如此荒謬絕倫的事以後，竟無人受到懲罰？

他對尚萬強這個人感到困惑。他一生中依據的所有原則在這個人面前都無法存在。尚萬強對他的寬宏大量使他感到壓抑。他回想起了另外一些事，過去他不肯相信，現在看來是真實的了。當他見到馬德廉先生，他感到一種可怕的東西侵入了他的心，那就是他對一個苦役犯感到欽佩。去尊敬一個苦役犯，這可能嗎？他因此發抖，但又無法擺脫。經過無效的掙扎，他在內心深處不得不承認這個卑賤者的崇高品質。這真令人厭惡！

一個行善的壞人，一個有著同情心的苦役犯，溫和、樂於助人、仁慈、以德報怨，寧可毀滅自己也不斷送敵人，拯救打擊過他的人，尊崇高尚的道德，比天使更接近天使！賈維被迫承認這個怪物是存在的。

接著他又想到自身，在高尚的尚萬強面前，他感到自己的地位降低了。

一個苦役犯居然是他的恩人！

他為什麼同意這個人讓自己活下去？他在那街壘裡有權被人殺死。他應該利用這一權利，叫別的起義者來幫助他取代尚萬強，強迫他們槍斃他，這樣還好些。

他極端痛苦，失去堅定的信心，感到自己被連根拔起。他發現了一種感情，和法律上的是非截然不同，而這法律過去一直是他唯一的尺度。他被迫承認善良是存在的，這個苦役犯是善良的。而他自己，真是前所未聞，也行了善。因此他已墮落了。

他覺得自己懦弱，他厭惡自己。

對賈維來說，最理想的是不去講人道、偉大和崇高，而只求沒有過錯。

可是現在，他犯了錯誤。

他怎麼會到這種地步？這一切是怎麼發生的？他自己也無法對自己說清楚。他兩手捧著頭，但無濟於事，他仍茫然不知如何解答。

他自問：「這個苦役犯，這個絕望的人，我追捕他到了近乎迫害的地步，而我曾倒在他的腳下，他本可以復仇，也為了洩恨，同時為了自身的安全，他都應該復仇。但他卻赦免了我，讓我活著。他做了什麼？盡他的責任？不是，不僅於此。而我，我也饒恕了他，我又做了什麼？盡了我的責任。不是，也不僅於此。這麼說來，在職責之外還有其他的東西？」

這使他驚惶失措。一直以來，他將警務當成他的信仰，他做密探就像別人做神父一樣。他有一個上級：警署署長，但他卻從沒想過另外那個上級：上帝。

這個新長官，上帝，他出乎意外地感到了，因而心情紊亂。

這一發現使他迷失了方向，他不知該怎麼面對這個上級。他明知下級應當永遠服從，不能違背命令，不能抱怨，不能爭辯，他知道在一個使他感到過分驚奇的上級面前，下級只有辭職這一條出路。

但要如何向上帝遞辭呈呢？

無論如何，有件事對他比什麼都重要，那就是他犯了可怕的罪行。他對一個判了刑潛逃的慣犯視若無睹，他釋放了一個苦役犯，他從法律那裡扣下一個應受制裁的人。他不明白自己這樣做的原因是什麼，他感到的只是頭暈目眩。至今為止，他一直是靠著盲目的信仰生活著，由此而產生一種黑暗的正直；現在這一信仰已經失去，所以這一正直也不復存在。他信仰的一切都消逝了，他不願接觸的真理正嚴酷地折磨著他。

他被迫承認這一點：正確無誤不是肯定有效的，教條也可能有錯，法典並不包括一切，社會不是盡善盡美的，權力也會動搖，永恆不變的也可能破裂。法官只是凡人，法律也可能有錯，法庭可能錯判！

賈維的心裡出現了一個憨直的良心所能有的極大震動，他的靈魂筆直地和上帝相撞而撞碎了。治安的司爐、權力的司機，騎著盲目的鐵馬在一條直硬的路上疾馳，竟被一道光打下馬來！那是真正的良心，它不為虛假的良心所左右，它指示心靈要認識真正的絕對，人性必勝，人心不滅，這一光輝的現象。但賈維能理解它嗎？賈維能洞察它嗎？賈維能有所體會嗎？肯定不能。然而，在這種不容置疑的壓力下，他感到自己的腦袋快裂開了。

他感到很惱火，只感到要活下去極其艱難，他覺得從今以後他的呼吸彷彿都無法順暢了。

怎麼？這個社會的弱點可以被一個寬宏大量的壞人找到！法律忠實的勤務員能看到自己身處兩種罪行之中：讓人逃脫之罪和逮捕人之罪！政府對職員下的命令並不都是確實可靠的！在職責中竟出現走不通的路！怎麼，這些都是真的！難道一個屈服在刑罰之下的過去的罪犯，竟能抬頭挺胸，理直氣壯了？難道法律有時在改變面貌的罪人面前應當退卻，而且還表示歉意？

是的，確實如此！賈維見識到了！賈維接觸到了！他不但不能否認，他還參與其中了。這是事實。他感到社會、人類、宇宙都只剩下一個簡單而醜惡的輪廓，所有的刑罰、判決、公權力、司法界、政府、軍隊、法律的正確性、權力的原則、一切政治和公民安全所依據的教條、主權、邏輯、真理，都成了殘磚破瓦和一團混亂。而他——秩序的監視者、廉潔的警務員、社會的看門狗——現在已經戰敗，被打倒在地。同時，在這一切的廢墟上卻站著一個人，那就是尚萬強。

這能容忍嗎？不能。

他只剩下兩條出路，一條是堅決去找尚萬強，把犯人送進牢獄，另一條……

賈維離開了欄杆，這一次他仰起頭，穩步走向沙特萊廣場一個角落裡的哨所。

到了那裡，他從窗外看見一個員警，便走了進去，說出自己的名字，出示證件，然後在哨所裡的一張桌旁坐下。他從桌上拿起筆和一張紙，開始寫字，下面就是他寫的內容：

關於工作，有幾項要點須注意：

第一：我請求警署署長親自過目一遍。

第二：當被拘押者從預審處到來時，是赤著腳站在石板上等待搜查。很多人回獄後就咳嗽，這增加了醫療的開支。

第三：跟蹤一個可疑的人時，至少要有兩個員警相互接應，如果遇到某些情況，一個員警在工作中表現軟弱，另一個便可監視他並替代他。

第四：不能理解為何要對瑪德蘭內特監獄作出特別規定，禁止犯人有一張椅子，即使付錢也不准許。

第五：瑪德蘭內特監獄食堂的窗戶只有兩根欄杆，因此女炊事員的手有讓犯人碰到之虞。

第六：有些被拘押者，他們負責把其他被拘押者叫到探監室去。他們往往要犯人付兩個蘇才肯把名字喊清楚。這是一種搶劫行為。

第七：在紡織車間，一根斷線要扣犯人十個蘇，這是工頭濫用職權。斷線對紡織品無損。

第八：訪問拉弗爾斯監獄的人須經過少年法庭才能到埃及人聖瑪麗接待室，這件事不好。

第九：在警署的院子裡，每天都能聽到員警在談論司法官審問嫌疑犯的內容。員警應是神聖的，散播他在預審辦公室裡聽到的話，這是嚴重的違規。

第十：亨利夫人是一個正派的女人，她管理的監獄食堂十分清潔，但讓一個婦女來掌握秘密監獄活板門的小窗是錯誤的。這不是文明大國該有的措施。

賈維用他最工整的書法寫下了這幾行字，不遺漏一個逗號，下筆堅定，寫得紙在筆下沙沙作響。他在最後一行的下方簽了名。

一級督察賈維

一八三二年六月七日凌晨一點，於沙特萊廣場哨所

賈維吸乾墨漬，把紙摺好、封好，在背面寫上「呈政府的報告」，並把它放在桌上，便走出哨所。他又穿過沙特萊廣場，回到了河岸邊，機械而準確地回到他十五分鐘前離開的那地點。他用手肘以同樣的姿勢靠在原本的石欄杆上，好像沒有走動過似的。

黑夜幽深，一層烏雲遮住了星星。天上是陰沉沉的厚厚一層，城裡的房屋已沒有一盞燈火，也沒有過路的人；目光所及之處，路上和岸邊都空無人影。聖母院和法院的鐘樓好像是黑夜勾勒出的輪廓。一盞路燈照紅了河岸的邊石，那些橋的影子前後排列著，在迷霧中都變了形。雨使河水上漲。

賈維憑倚的地方，正在塞納河急流的上方，可怕的漩渦就在它的腳下，漩渦旋開又旋緊，形成了一個無休止的螺旋形。

賈維低下頭，望了望。一片漆黑，什麼也看不清；聽得見浪花聲，但見不到河流。偶爾，在這令人暈眩的深淵裡出現一線微光，模模糊糊，像蛇一樣蜿蜒著；接著，光線消失了，一切又變得模糊不清。無限遼闊的天地好像在這裡開了一個洞，下面的不是水，而是深谷；陡峭的河堤模糊不清，與水氣相混，忽而隱藏不見，就像迷霧中的絕壁一樣。

什麼也看不見，但能感到水那含有敵意的冷氣和石頭的潮溼。一陣寒風從深淵中直吹上來，看不見的河水的上漲、波濤淒涼的嗚咽聲、高大陰森的橋拱，在想像中掉進了這憂鬱的虛空之中，整個陰影都充滿了恐怖。

賈維一動不動地待了幾分鐘，望著這個黑暗的洞口，似乎在專心注視著面前的虛空。忽然間，他脫下帽子，放在石欄邊上；片刻後，一個高大黑色的人影，站著出現在欄杆上方，俯身塞納河上，接著又豎起身子，筆直地掉進了黑暗中，立即發出低沉的水花濺起聲，只有陰間才知道這個墜入水中的人的結局。

18

馬留斯長期處於半死不活的狀態。他在幾個禮拜裡發著高燒，神智昏迷，加上腦部症狀嚴重，主要是由於頭部受傷後受震盪，而不是由於傷口本身。

他常整夜在淒慘的高燒囈語中喊著珂賽特的名字。他的一些傷口太大，大的傷口化膿，若是氣候不佳，容易造成感染，導致死亡。每次氣候發生點變化，再遇上點暴風雨，醫生就提心吊膽。他一再叮囑不要讓病人受一點刺激。每當病情危急時，吉諾曼老人絕望地守在外孫床前，他和馬留斯一樣，也半死不活。

看門人注意到，每天總會有一個衣著整齊的白髮老人來打聽病人的消息，並且留下一大包裹傷布。

過了整整三個月，九月七日，醫生終於確定病人已脫離險境，恢復期開始了。由於鎖骨折斷引起的後遺症，馬留斯還得在長椅上躺兩個多月。

吉諾曼先生先經歷了一切痛苦，接著又嘗到了各種狂喜。他要人把他的大靠背椅搬到馬留斯的床邊，好讓他整夜陪伴病人，又要他的女兒把家中最漂亮的麻紗布料做成紗布和繃帶。當醫生通知他病人已脫離危險期的那天，這老人欣喜若狂。那一天，他賞了看門人三個路易。晚上回到自己的寢室時，他用大拇指和食指彈著，跳起了舞，並且大聲唱歌。

病情明顯地在日益好轉，每有一次新的好轉，外祖父就做一次荒謬的行動。他不時在兩層樓之間來回跑動；他在一個早晨送了一個漂亮的女鄰居一大束花；他稱馬留斯為男爵先生；他高呼：「共和國萬歲！」

這種輕鬆愉快使他成了一個可愛的孩子。為了避免使初癒的人疲乏或厭煩，他就待在病人後面對他微笑。他心滿意足，他快樂、愉快、可愛、年輕。他那白髮使煥發的容光更增添了溫柔的莊嚴。

至於馬留斯，他任憑別人替他包傷、護理，心裡只有一個念頭：珂賽特。

他不知道珂賽特怎麼樣了，麻廠街的經過在他的回憶中就像煙霧一樣迷朦，模糊不清的人影在他腦海中飄浮，愛波寧、加夫洛許、馬白夫、德納第，還有他所有的朋友，都陰慘地混合在街壘的硝煙中。割風先生在這次暴動中的露面，也使他感到一頭霧水；他對自己是如何得救的一無所知，他不知道是誰，用什麼方法救了他，他四周的人也不知道。在他模模糊糊的思緒裡，過去、現在和將來的事都好像迷霧重重，但在這迷霧中有絕不動搖的一點，那就是重新找到珂賽特。在他的心裡，生命和珂賽特是分不開的，他已作出決定，要不就兩個都放棄，要不就兩個都找回來。

至於阻礙，他並非沒有想到。

這些日子以來，外公的關懷和愛護一點也沒有贏得他的歡心，也很少使他感動。首先，他不知道一切內情；再來，他對這種溺愛是有戒心的，認為外祖父的這種表現，目的是為了馴服他。他對老人的微笑十分冷淡，心想只要自己不開口，任人擺佈，事情就好說；但只要一提到珂賽特，外公就會露出真面目了，他又將重提家庭問題，說出各種嘲諷、反對的言語。馬留斯已開始準備頑強對抗。

當他逐漸恢復健康時，他心中的不滿又出現了。他想到過去，想到了彭梅西上校；他覺得這個對他父親如此不公正的人，是不會有真正的善心的。隨著健康的增加，他又恢復了生硬的態度。老人溫順地忍受著痛苦。

有一天，當吉諾曼小姐正在整理櫥櫃上的杯具時，吉諾曼老人彎下腰，用他最溫柔的聲音向馬留斯說：

「你知道，我的小馬留斯，如果我是你，我現在就吃肉而不吃魚。鰈魚對於初期的恢復是最恰當的；但若要讓病人站起來，就得吃一大塊排骨。」

馬留斯已大致恢復了元氣，他集中力量，在床上坐起身子，緊握的兩拳放在床單上，望著外祖父的臉，擺出一副嚇唬人的樣子說：

「說起排骨，我倒要向你談一件事。」

「什麼事？」

「就是我要結婚。」

「早知道了。」外祖父說，於是他哈哈大笑起來。

「什麼？早知道了？」

「是呀，早知道了。你會娶到你那小姑娘的！」

馬留斯呆住了，驚喜得喘不過氣來，四肢顫抖著。

吉諾曼先生繼續說：

「是呀，你會娶到你那標緻的小姑娘的。她每天讓一位老先生來打聽你的消息。自從你受傷後，她整天哭泣、做紗布。我打聽過了，她住在武人街七號。啊，說中了吧！哈！你要她。好吧，你會得到她的。你想不到吧？你用你那小詭計，打算和你的外公大吵一架！但是事情卻出乎你意料之外，你準備好的演說稿沒用了！律師先生。你想做什麼我都聽你的，你一定大吃一驚吧！傻瓜。聽我說，我調查清楚了，她是個美麗的姑娘，又賢慧。她做了很多紗布，她是個寶貝，她愛你。假如你死了，我們三個都要同歸於盡，她的靈柩會伴著我的。總之，好吧，不必再談論了，說定了，娶她吧！你看，我就是這麼地殘暴。你知道，我看到你對我沒有好感，我在思考要怎樣才能讓這個小畜生愛我呢？我想到，有了，小珂賽特已在我手裡，我要把她送給他，他就多少會愛我一點了，否則他就會去講他的大道理。啊！你以為老頭子又要大發雷霆了，大吼大叫，不答應，並且拿起拐杖打人。一點也不！珂賽特，同意！愛情，同意！我舉雙手贊成，先生，勞駕你結婚吧！祝你幸福，我心愛的孩子。」

說完這話，老人突然痛哭起來。

他捧著馬留斯的頭，用兩臂把它緊貼在他的胸前，於是兩人都哭起來了。這是種至高無上的幸福的表現。

「我的父親！」馬留斯喊著。

「啊！你還是愛我的！」老人說。

有那麼一會兒難以形容的時刻，他們像窒息般說不出話來。

後來老人結結巴巴地說：「好吧！他想通了。他叫我父親。」

馬留斯把頭從老人的雙臂中掙脫出來，溫和地說：「可是，父親，現在我既然已經痊癒了，我覺得可以和她見面了。」

「這個我也想到了，你明天就可以見到她。」

「父親！」

「怎麼啦？」

「為什麼不在今天呢？」

「好吧，今天。就今天吧。你叫了我三次父親，這值得我讓步。我去設法，會有人送她來的！」

19

珂賽特和馬留斯又相見了。

當珂賽特進來時，全家人，連巴斯克和妮珂萊特在內，都聚集在馬留斯的臥室裡。她出現在門口，好像有一個光環圍繞著她的臉。

珂賽特如痴如醉，心花怒放，驚恐不安，像進了天堂。幸福使她驚慌失措。她吞吞吐吐，面色一陣白一陣紅，很想撲向馬留斯的懷裡，卻又不敢。

陪著她進來的是一位白髮老人，態度莊重，含著微笑，但是一種捉摸不定和沉痛的微笑。這是割風先生，也就是尚萬強。他的衣著講究，全身穿著黑色的西裝，繫著白領帶。

看門人一點也不知道，眼前這個人原來就是六月六日晚上那個背著死屍闖進門來的人。當時他衣衫襤褸、滿身泥汙、醜陋不堪、驚慌失色，滿臉鮮血和汙泥，背著昏迷的馬留斯。然而，當割風先生和珂賽特到來時，他忍不住向妻子說了這樣一句話：「不知道為什麼，我總覺得我見過這張臉。」

割風先生遠遠地站在門口，臂下夾著一個小包裹，好像一本書籍，用紙包著。

「這位先生是不是經常隨身帶著書？」一點也不愛書的吉諾曼小姐低聲問妮珂萊特。

「就是，」吉諾曼老人聽見了她的話也低聲回答，「他是一位學者。怎麼啦？他有什麼不對？我認識的幾位先生也是走路都抱著一本書的。」

於是他一邊鞠躬，一邊高聲打招呼：

「割風先生，我榮幸地替我的外孫彭梅西男爵向小姐求婚。」

尚萬強以鞠躬來致答。

「一言為定了。」外祖父說。

於是他轉身向著馬留斯和珂賽特，高舉兩臂祝福他們，並且叫道：

「允許你們相愛了！」

小倆口開始喁喁細語。他們低聲說著，馬留斯的手肘支在躺椅上，珂賽特站在他身邊。

「哦，老天！」珂賽特輕聲說，「我總算又見到您了。是您！是您，就這樣去打仗！為什麼？太可怕了，四個月來我就像是死了。哦！您真壞，去參加這次戰爭！我哪裡得罪了您？我原諒您，但是不能再這麼做了。剛才有人來通知我們時，我還以為我要死了，但是快樂得要死！我原先是那麼地憂愁，衣服也沒換，一定難看極了！被您的家長看見了會怎麼說呀？您怎麼不開口！讓我一個人說？我們還是住在武人街。聽說您的傷勢很嚴重，這太可怕了，我不停地哭，哭到眼睛都腫了，想不到一個人竟能這樣痛苦！您的外祖父看起來很和善！您別動，不要撐著手肘，這樣會疼的。哦！我真快樂！不幸的日子結束了！我真傻。我要向您說的話都想不起來了。您還是愛我的吧？我們住在武人街，那裡沒有花園，我整天做紗布。您瞧！先生，這裡，全怪您，我手指上都起了繭啦！」

「天使！」馬留斯說。

「天使」在這段對話中屢見不鮮，所有其他的字眼都被談戀愛的人重複得無法再用了。

後來，因為有人在旁，他們中止了談話，互相輕輕地用手碰一下。

吉諾曼先生轉身向那些在房裡的人大聲說：

「你們大聲聊吧！大家都出點聲音。來吧！得有點嘈雜的聲音嘛，好讓這兩個孩子能夠盡情說話。」

他坐近他們，讓珂賽特坐下，把他們的四隻手抓在他起皺的老手中。

「這寶貝兒真俊俏，這個珂賽特真是一件傑作！她是個小小的姑娘，又像一個高貴的夫人。她將來只能是位男爵夫人，這未免委屈了她，她應該成為一位侯爵夫人才對。看她的睫毛多美！孩子們，你們相親相愛吧！可是——」他忽帶面帶愁容地說，「真不幸！我此刻才想到，我的一大半財產都是終身年金，我活著的時候還過得去，但我死後，大概二十年後，啊！我可憐的孩子們，你們將一無所有！到那時候，男爵夫人，你那纖白的手就要過操勞的日子啦！」

這時，一旁有人用嚴肅安靜的聲音說：

「歐福拉吉．割風小姐有六十萬法郎。」

這是尚萬強的聲音。他一直沒有開過口，大家彷彿忘了他的存在，他一動也不動站在這些幸福的人後面。

「這位歐福拉吉小姐是什麼人？」外祖父驚愕地問道。

「是我。」珂賽特回答。

「六十萬法郎！」吉諾曼先生重複了一遍。

「其中可能少一萬四五千法郎。」尚萬強說。

他把那個吉諾曼小姐以為是書本的紙包放在桌上，親自把包打開。裡面是一疊現鈔。經過清點後，其中有五百張一千法郎的鈔票和一百六十八張五百法郎的鈔票，共計五十八萬四千法郎。

「這真是一本好書！」吉諾曼先生說。

「五十八萬四千法郎！」吉諾曼小姐低聲說道。

「這樣就解決了很多問題，對嗎？吉諾曼小姐，」外祖父又說，「馬留斯這小傢伙，他在夢裡找到了一個富有的姑娘！這年頭，年輕的情侶真有辦法！男學生找到了六十萬法郎的女學生！」

「五十八萬四千法郎！」吉諾曼小姐又輕聲重複一遍，「將近六十萬！」

至於馬留斯和珂賽特，他們此時正互相注視著，對這些細節不很關心。

20

讀者已經知道，尚萬強在商馬第案件之後，及時來到巴黎，從拉菲特銀行中取出了他在濱海蒙特勒伊掙得的存款。他把這些錢埋在蒙費梅伊的布拉烏礦地裡。幸虧六十三萬法郎的紙幣體積不大，放在一個盒裡綽綽有餘。事後，每當尚萬強需要錢時，他就到礦地去取，之前提到過的他的幾次旅行就是如此。當他看見馬留斯已初步恢復健康，他感到需要用款的時候已不遠了，就去把錢取了出來。

總數是五十八萬四千五百法郎，尚萬強留五百法郎自己使用。從拉菲特銀行取出的六十三萬法郎和現在這筆錢之間的差額就是這十年間的開支，在修道院的五年只花了五千法郎。

此外，尚萬強知道自己已擺脫了賈維。有人在他面前講過，同時他也見到《通報》上的公告，證實了這件事：警務督察賈維淹死在兌換橋和新橋之間的一條洗衣婦的船下面。這個恪盡職守並深受長官器重的人留下了一紙遺書，使人推測到他是因神經錯亂而自殺的。

「總之，」尚萬強暗想，「他既已抓住了我，又讓我自由，毫無疑問，他已經神經失常了。」

21

家中為了婚事正在準備一切。徵求了醫生的意見，認為二月份可以舉行婚禮。目前還是十二月，幾個禮拜美滿幸福的愉快日子過去了。

珂賽特和馬留斯忽然從墳墓上升到了天堂。轉變是如此突然，他們倆若不是眼花繚亂，也會目瞪口呆的。

「妳明白這是怎麼回事嗎？」馬留斯問珂賽特。

「不，」珂賽特回答，「但是我感到上帝在瞧著我們。」

尚萬強辦理一切、調停一切，使事情順利推進。表面看來他似乎和珂賽特一樣愉快，他殷切地盼望著她的幸福能早日來臨。

他首先解決了一個為難的問題，也就是有關珂賽特的身分問題。直截了當地說出她的出身，有可能破壞婚事。他為珂賽特排除了一切困難，他把她描述成一個父母雙亡的孩子，這樣才可以不冒風險。珂賽特是一個孤兒，不是他的女兒，而是另一位割風先生的女兒。至於那五十八萬四千法郎，是一個不願具名的人留給珂賽特的遺產。原來的數字是五十九萬四千法郎，珂賽特的教育花去了一萬法郎，其中五千法郎付給了修道院。這筆遺產交給第三者保管，應在珂賽特成年後或結婚時交還給她。

珂賽特知道被她叫了很久「父親」的老人不是她的親父，而只是一個親戚。如果不是此時此刻，她會感到難過的。但目前她處在這難以形容的美好時光中，這不過是一點陰影罷了，而她的心情是那麼愉快，使得烏雲不久也消散了。她有了馬留斯，別的什麼就不那麼重要了。她仍然稱呼尚萬強「父親」。

珂賽特心曠神怡，她崇拜吉諾曼老爺爺。他向她說了不少讚揚的話，並送給她無數禮物。當尚萬強在替珂賽特創造一個社會上的正常地位和一筆無可挑剔的財富時，吉諾曼先生在為她的結婚禮品作準備。他送了珂賽特一件班希的花邊衣服，那是他的親祖母傳給他的，他翻開那多年沒動過的高級五斗櫃，裡面塞滿了他的妻子、他所有的情婦和前輩的名貴服裝。他把所有一切都送給了珂賽特。珂賽特驚喜交集，對馬留斯情深似海，對吉諾曼先生感激不盡。

每天清晨，外祖父都送來一些古董給珂賽特。她四周是應有盡有的襯裙花邊，就像盛開的花朵一樣。

新婚夫婦已安排好要住在外祖父家中。吉諾曼先生堅持把家中最漂亮的、他的寢室讓出來。「這樣就使我年輕了，」他說，「我一直打算在我的房裡舉行婚禮。」他用各種高雅的古玩佈置新房，而他的藏書室則成了馬留斯的律師辦公室。

珂賽特和割風先生每天上門。馬留斯和割風先生並不交談，這彷彿是一種默契。女孩子都需要一個長輩陪伴，沒有割風先生，珂賽特就不可能來；對馬留斯來說，割風先生是珂賽特來的條件。他接受了。

在馬留斯的內心和思想深處，對這個僅僅是和氣而又冷淡的割風先生有著各種說不出的疑問。有時他對自己的回憶產生懷疑。在他的記憶裡有個黑洞，一個被四個月的垂死掙扎掘出的深淵，許多片段在裡面消失了。他甚至問自己在街壘裡是否真的見到了這位嚴肅而又鎮靜的割風先生。

有時候，他也會憂傷地回顧起一些事。他見到馬白夫倒下去，聽見加夫洛許在槍林彈雨中唱歌，唇下又感到愛波寧冰冷的額頭；安佐拉、古費拉克、讓．布魯維爾、康白斐、博西埃、格朗泰爾，所有朋友在他面前站起來又幻滅了。所有這些寶貴的、勇敢的、悲慘的人是夢中幻影，還是真正存在過的？他暗自發問，他在思索，消逝了的往事使他頭暈目眩。他們究竟在哪裡呢？難道真的都死去了嗎？這一次暴動，除了他一人之外，把一切都帶走了。他感到所有這一切彷彿都消失在劇院的一塊布幕後面。

割風先生幾乎也處在這些消失的人中。馬留斯對於街壘中的割風先生是否就是面前這個有血有肉、莊重地坐在珂賽特旁邊的割風先生，始終猶豫不敢相信。他倆的性情太不相同，馬留斯很難向他提出問題，也不曾想過這麼做。

只有一次，馬留斯試探了一下。他在談話中故意提到麻廠街，於是向割風先生轉過身去問道：

「您認識這條街吧？」

「什麼街？」

「麻廠街。」

「我對這一街名沒有任何印象。」割風先生回答時語氣非常自然。

他的回答是涉及街名，而不是街道本身，馬留斯覺得這更能說明問題。

「顯然，」他想道，「我一定是做了惡夢。這是我的一種錯覺。那是個和他相似的人，割風先生並沒有去過那裡。」

22

狂歡的日子雖然使人銷魂，但一點也不能抹去馬留斯心中的其他掛慮。

婚禮正在準備，在等待佳期來臨的時候，他設法對往事作出艱苦而又審慎的調查。

他想起了德納第，還有那個把他送回吉諾曼先生家中的陌生人。

馬留斯決心要找到這兩個人，他不願意自己過著幸福的日子而把他們遺忘，他不願在他後面欠著未償的債務，要在愉快地進入未來生活之前，對過去有一張清帳的收據。

他任用了一些偵察人員，但沒有一個找得到德納第的蹤跡。所有的線索似乎已經全部消失了。德納第的妻子在預審時就已死在獄中，德納第和二女兒雅潔瑪也已潛入黑暗中。社會上那條不可知的深淵靜靜地將他們淹沒了，水面上見不到一點波動，一點戰慄，也見不到那陰暗的圓形水紋，說明有東西掉在裡面。

至於另外一個，就是那個救了馬留斯的陌生人，開始尋找時有過一點眉目，後來又停滯不前了。人們找到了那輛在六月六日傍晚把馬留斯送到受難修女街的馬車，但車伕只知道那男人是從香榭麗舍大街旁的下水道走出來的，以及他們最後在歷史文物陳列館附近下車，其餘便一無所知了。

馬留斯什麼也回憶不起來，他只記得當他在街壘中昏倒時，一隻強而有力的手從後面抓住了他，他隨即不省人事。他醒來以後已是在吉諾曼先生家。他百般推測，仍得不到解答。

他不能懷疑自己。然而他明明倒在麻廠街，怎麼又被員警從塞納河灘榮譽軍人院橋附近尋獲？是有人把他從菜市場區背到香榭麗舍大街來的，怎麼背來的？經過下水道。這真是前所未聞的獻身！

關於這個人，他的救命恩人，沒有消息，毫無跡象，連一點徵兆也沒有。

這個人，這個神秘的人，車伕看見他背著昏倒的馬留斯從下水道的鐵柵門走出來，被埋伏的員警當場抓住。他後來怎樣了？員警又去哪兒去了？那人是否已經逃跑？為什麼這員警要保持緘默？為什麼這個恩人不來見馬留斯呢？這種無私的態度和慷慨的犧牲是同樣偉大的。為什麼這個人不露面呢？他是否已經死去？他是怎樣的一個人呢？他長什麼樣子？任何人都答不出來。車伕回答說：「那天晚上天太黑了。」巴斯克和妮珂萊特當時嚇得魂不附體，只注意到血流滿面的馬留斯。至於門房，當他用蠟燭照著馬留斯時，注意到了這個人，他只記得一個特徵：「這個人的神態令人感到恐怖。」

馬留斯把他回外祖父家時穿的血跡斑斑的衣服保留著，希望能對他的搜索有用。當他仔細看著這件衣服時，發現下擺的一角很古怪地被人撕破了，而且還少了一塊。

有一天晚上，馬留斯在珂賽特和尚萬強面前談起了這樁離奇的遭遇，以及他多次徒勞的調查。尚萬強冷淡的表情使他很不耐煩，他很激動，幾乎發怒似地喊道：

「是的！這個人，不論他是個怎樣的人，他做的事真了不起！他在戰火中把我救出來，打開下水道，把我拖進去，背著我！在這可怕的長廊裡彎著腰、屈著膝，在黑暗中、汙水中，走了差不多一法里半！先生，背上還要背著一具死屍呢！他的目的何在？只是為了搭救這個死屍，而這個死屍就是我！他對自己說：『可能還有一線生機，為了這一線生機，我不惜冒生命危險！』而他不只冒了一次，而是二十次！他的每一步都很危險，證據就是他一出下水道就被捕了。先生，這人所做的這一切您知道嗎？他並不指望任何報酬。我當時是什麼人？一個起義者，一個逃犯。啊！如果珂賽特的六十萬法郎是我的……」

「這錢是您的。」尚萬強插了一句。

「那麼，」馬留斯接著說，「為了找到這個人，我寧願花掉這筆錢！」

尚萬強對此默不作聲。

23

一八三三年二月十六日是喜氣洋洋的一天，這是馬留斯和珂賽特的新婚之日。這一天恰好是禮拜二，狂歡節的最後一日，天空正下著雨。

前一天，尚萬強當著吉諾曼先生的面，把那五十八萬四千法郎交給了馬留斯。婚姻採取的是夫妻共有財產制。從此，尚萬強已不再需要杜桑，珂賽特留下了她，並把她提升為貼身女僕。

至於尚萬強，在吉諾曼家中已特地為他佈置了一間漂亮的臥室，珂賽特還說：「父親，我求求您。」這使他很難拒絕，她幾乎已得到他來此居住的諾言了。

婚禮前幾天，尚萬強出了點意外，他的右手大拇指被壓傷了，但不嚴重，他不願任何人為這件事操心，也不要人替他包傷或看他的傷口，但不得不用布把手包起來，用繃帶吊著手臂。這使他無法簽字。吉諾曼先生是珂賽特的代理保護人，於是就代替了他。

結婚當天，車輛從受難修女街出發前往聖保羅教堂。當時聖路易街北段末端正在翻修，從御花園街開始就不通行了。婚禮的車輛不能直接去教堂，必須改變路線，最近的路線是從林蔭大道繞過去。來賓中有一個人提醒說今天是狂歡節，那邊會有很多車輛。吉諾曼先生問：

「為什麼？」

「因為有化裝遊行。」

「妙極了！」外祖父說，「就走那裡，這兩個年輕人結婚後要過嚴肅的家庭生活，讓他們看一下狂歡節的化裝，好作心理準備吧！」

他們就從林蔭大道走。第一輛馬車中坐著珂賽特和吉諾曼小姐、吉諾曼先生和尚萬強。馬留斯按照慣例，仍與未婚妻分開，只乘坐第二輛。婚禮的行列從受難修女街出發後，就加入了那漫長的車隊。

林蔭大道上全是戴著面具的人。儘管不時下著雨，滑稽角色、小丑和傻瓜依然在活動。街道兩旁擠滿了過路人，窗口擠滿了好奇的人。在劇院立柱廊周圍的大平台上，沿著邊擠滿了觀眾。形形色色的車輛在路上依序前進，按照警章嚴格要求，一輛緊跟一輛，就像在鐵軌上行駛一般。員警把這兩條平行的、朝相反方向前進的絡繹不絕的車輛控制在林蔭大道的兩側，不讓這兩條車流發生任何堵塞。一條走向昂坦大街，一條走向聖安東尼郊區。

婚禮的車隊走在往巴士底的行列裡，沿著大道的右邊。走到白菜橋街附近時，迎面來了一輛載有戴假面具的人的車，裡頭坐著一群怪異的蒙面男女。一個有大鼻子、大黑鬍子、模樣顯老的西班牙人和一個瘦小的罵街女子注意到了婚禮車上的人，開始低聲對話。

「喂！」

「什麼？爸爸。」

「妳看見那個老頭了嗎？」

「哪個老頭？」

「那裡，在婚禮的第一輛馬車裡，靠我們這一側。」
「那個有黑領結、吊著手臂的？」
「沒錯。」
「怎麼了？」
「我肯定認識他。」
「啊！」
「妳彎下腰能看見新娘嗎？」
「新郎呢？」
「看不見。」
「那輛車裡沒有新郎。」
「妳設法再彎下點腰去，這樣就能看清楚新娘了。」
「我辦不到。」
「無論如何，那個綁著繃帶的老頭，我肯定認識他。」
「你認識他又有什麼用？」
「不知道。也許有用！」
「隨便你吧。」
「這婚禮車是從哪裡來的？」
「我哪知道！」
「聽著，妳去做件事。」
「什麼事？」
「妳下去跟蹤這輛婚禮車。」

「為什麼？」

「為了查出它去哪裡，是什麼人的車。快下去，快跑！我的女兒。」

「我不能離開車子。」

「為什麼不能？」

「我是被雇來罵街的。」

「啊，是的。」

「如果我離開車子，第一個見到我的警務督察就會逮捕我。你也知道。」

「無論如何，這老頭令我煩惱。」

「老頭使你煩惱，你又不是一個年輕姑娘。」

「他在第一輛車裡。」

「那又怎麼樣呢？」

「在新娘車裡。」

「那又怎麼樣？」

「因此他是父親。」

「這與我有什麼關係？」

「聽我說。」

「什麼？」

「我只能戴著面具出來。但是明天就沒有面具了，我有被捕的危險。我得躲回洞裡去。而妳是自由的。」

「不太自由。」

「總比我好一些。」

「你的意思是？」

「妳去打聽到這輛婚禮車到什麼地方去、這婚禮是怎麼回事，還有這對新婚夫婦住在哪裡。」

「才不要！在八天後去找出一個在狂歡節路過巴黎的人家？這怎麼辦得到！」

「不管怎樣，要努力。聽見沒有？雅潔瑪。」

兩列車隊在大道兩旁以相反的方向移動，婚禮車逐漸在蒙面車的視野中消失了。

24

珂賽特在市政府和教堂裡豔麗奪目，非常動人，這是杜桑在妮珂萊特的幫助下替她打扮的。她在白色軟緞襯裙上面，穿著鏤空花邊的連衣裙，披著針織花面紗，戴著一串圓潤的珍珠項鍊和一頂桔子花冠。這一切都是潔白無瑕，這種雅致的裝飾使珂賽特容光煥發，彷彿天仙下凡。

馬留斯的頭髮光亮又芳香，在捲髮下的好幾處地方可以看到在街壘留下的幾條淺色傷痕。

外祖父華貴而神氣，他的服裝和姿態包含了所有的優雅舉止，他引著珂賽特，代替吊著繃帶不能攙扶新娘的尚萬強。

尚萬強穿著黑色禮服，含笑跟在後面。

所有的儀式都進行了：對市政府和神父的無數問題回答「是」，在市政府和教堂的登記冊上簽了字，交換了結婚戒指，在香煙繚繞中雙雙並排跪在神父面前；這之後他們才手牽手，接受眾人的讚美與羨慕。馬留斯穿著黑色禮服，珂賽特一身白，教堂侍衛在前方開路，他們走在兩列讚嘆的來賓中間，從教堂兩扇大開的門裡走出來。

當一切都已結束，準備上車的時候，珂賽特還不相信這是真的。她看看馬留斯，看看所有人，看看天空，像害怕醒來似的。她那種既驚訝又擔心的神情，為她增添了一種說不出的魅力。回去時，馬留斯和珂賽特並肩同坐一車，吉諾曼先生和尚萬強坐在他們對面，吉諾曼小姐坐到了第二輛車裡。

兩位新人容光煥發，他們正處在整個青春和一切歡樂的耀眼炫目的交叉點上。兩顆心靈都洋溢著動人的幸福，使過路人也感到了輕鬆愉快。

行人在聖安東尼街聖保羅教堂前面停下來，好透過馬車的玻璃，看桔子花在珂賽特的頭上顫動。

然後他們回到受難修女街的家中。馬留斯與珂賽特歡樂地並排走上樓梯，窮人們聚集在門口分享他們的施捨，並且祝福新婚夫婦。到處都插滿鮮花，家裡像教堂裡一樣充滿著芳香。他們彷彿聽到天上有歌聲，看見一道初升的陽光在頭上閃耀。馬留斯注視著珂賽特那裸露的迷人粉臂和透過上衣的花邊隱約可見的紅潤膚色，珂賽特察覺了馬留斯的目光，羞得面紅耳赤。

很多吉諾曼家的老友都應邀而來，大家圍著珂賽特，爭先恐後地稱呼她男爵夫人。

尚萬強坐在客廳裡一張靠椅上，在門背後，這敞開的門幾乎把他遮住了。上桌吃飯前片刻，珂賽特心血來潮，用雙手把她的新娘禮服展開，向他行了個屈膝禮，帶著溫柔而調皮的目光問他：

「父親，您高興嗎？」

尚萬強說：「我很高興。」

「那您就笑一笑吧！」

尚萬強就笑起來了。

幾分鐘以後，巴斯克通知筵席已準備好了。

吉諾曼先生讓珂賽特挽著他的手臂走在前面，和跟在後面的賓客一同進入餐廳，大家根據指定的位子，在桌旁入座。

兩張大安樂椅擺在新娘的左右兩旁。第一張是吉諾曼先生的，第二張是尚萬強的。吉諾曼先生坐下了。另一張還空著。

大家的目光都在尋找「割風先生」，他已不在了。

吉諾曼先生問巴斯克：「你知道割風先生在哪兒嗎？」

「老爺，」巴斯克回答，「割風先生要我告訴老爺，他受傷的手有點痛，他不能陪男爵先生和男爵夫人用餐，他請大家原諒他，他明天早晨再來。他剛剛離去。」

這個空著的安樂椅使喜宴上有片刻感到掃興。割風先生缺席，但有吉諾曼先生在，外祖父的興致勃勃抵得上兩個人。他明確地說如果割風先生感到不舒服，最好早點上床休息，又說這只是輕微的一點疼痛；隨後，他靈機一動：

「嘿！這椅子空著，你來，馬留斯，雖然照理說你應該坐在姨媽旁邊，但她會允許你坐過來的。這椅子是屬於你的了。這是合情合理的。」

全桌一致鼓掌，馬留斯便佔了珂賽特旁邊尚萬強的位子。經過這樣的安排，珂賽特本來因尚萬強不在而不樂，結果卻感到滿意。只要有馬留斯在，珂賽特連上帝不在也不會惋惜的。

椅子有人坐了，割風先生已被忘卻，大家並不感到有什麼欠缺。於是五分鐘後，全桌的來賓已經笑逐顏開，什麼都忘了。

這一晚過得輕鬆愉快而親切。外祖父舒暢的心情為節日平添了喜氣，每個人都為這將近一百歲老人的熱情而盡興。大家跳了一會舞，笑聲不絕。這是一場親切的婚禮。

25

尚萬強後來怎麼樣了？

在珂賽特的親切命令下，尚萬強笑了之後，趁著沒人注意，他立刻站起身來，走到了候客室，向巴斯克解釋了缺席的原因，接著就離開了。

飯廳的格子窗向著大街，尚萬強一動也不動地在黑暗中閃亮的窗子下面站了幾分鐘，靜靜聽著。酒席上的嘈雜聲傳到了他耳邊，他聽見外祖父那高亢而帶有命令口氣的講話聲、小提琴聲、杯盤的叮噹聲、哈哈大笑聲。在整個歡樂的喧嘩聲中，他能辨別出珂賽特溫柔而愉快的聲音。

他離開了受難修女街，回到武人街。

回家時，他經過聖路易街、聖凱薩琳園地街和白大衣商店，這路線比較長，但這是三個月以來，為了避免擁擠和老人堂街的泥濘，他和珂賽特每天從武人街到受難修女街常走的路。他選了這條珂賽特走過的路，摒棄了任何其他路線。

尚萬強回到家，點起蠟燭上樓。房間是空的，杜桑也不在了，所有櫥櫃都敞開著。他走進珂賽特的房間，床上已沒有墊單，枕頭既沒有枕套也沒有花邊，放在摺疊好的被套上，床墊露出了麻布套子，沒有人再來睡了。一切珂賽特喜愛的小用品她都帶走了，只剩下笨重的木器和四面牆。杜桑的床也同樣剝光了。只有一張床是鋪好的，似乎在等待著一個人，這就是尚萬強的床。

尚萬強看看牆頭，關上幾扇櫥門，從這間房走到那間房。

然後他回到自己的房中，把蠟燭放在桌上。

他把手從吊帶中解出來，他使用右手就像他沒有感到疼痛那樣。

他走近臥鋪，他的目光偶然停留在一件東西上，也就是那只他從不離身的小箱子。當他六月四日來到武人街時，便把它放在床頭一張獨腳小圓桌上。他迅速走向圓桌，從口袋中取出一把鑰匙，把小箱子打開。

他慢慢地把十年前珂賽特離開蒙費梅伊時穿的衣服拿出來。先取出黑色小衣服，再取出黑色方圍巾，再取出粗笨的童靴；接著他又取出很厚的粗布上衣，還有針織短裙；又取出有口袋的圍裙，再取出毛線襪。這雙毛線襪還保有孩子小腿的形狀，它比尚萬強的手掌長不了多少。這一切都是黑色的，是他把這些服裝帶到蒙費梅伊給她穿的。

他一邊取出衣物，一邊放在床上。他在想，他在回憶。那是一個冬季，一個嚴寒的十二月，她半裸著身體在破爛衣衫中顫抖，可憐的小腳在木鞋中凍得通紅。是他，讓她脫下了這襤褸的衣服，換上了孝服。他想起了蒙費梅伊的森林，他們曾一同走過那裡；他回想起當時的天氣，想起了沒有葉子的樹，沒有鳥的林，沒有太陽的天；儘管如此，一切都非常可愛。他把小衣服擺在床上，圍巾放在短裙旁，絨襪放在靴子旁，內衣放在連衣裙旁，一樣一樣地觀看。她只有這麼高，她懷裡抱著她的大娃娃，她把她的金路易放在圍裙口袋裡，她笑呀笑的，他們手牽著手向前走，她在世上只有他一個人。

於是他那雪白的頭倒到床上，這個鎮靜的老人心碎了，他的臉埋在珂賽特的衣服裡，發出沉痛的哀號。

此刻，尚萬強正停留在一個危險的交叉路口上。兩條路出現在他面前，一條誘惑他，另一條使他驚駭。究竟該走哪一條路呢？

他對於珂賽特和馬留斯的幸福應該抱什麼態度？這一幸福是他願意的，是他一手造成的，是他用盡心力使之實現的；如今他望著這個成果，他感到的滿足，正如一個鑄劍師看見從他胸口拔出來的熱氣騰騰的刀上，有自己鑄造的標記。

珂賽特有了馬留斯，馬留斯佔有了珂賽特。他們應有盡有，也不缺財富。這都是他一手造成的。

但這個幸福，現在既已存在，並且就在眼前，他將要如何對待？他是否硬要進入這一幸福中去？是否把它看成是屬於他的呢？珂賽特當然已歸另一個人，但他還能保持他和珂賽特之間一切的關係嗎？他能泰然走進珂賽特的家裡去嗎？他能一言不發，把他的過去帶到這未來的生活中去嗎？他是否有權進去，並且戴著面具，坐在這個光明的家庭裡？他是否能含著笑，用他悲慘的雙手來和純潔的孩子們握手呢？他能把帶著法律上不名譽黑影的雙腳踏進吉諾曼的客廳中嗎？他要把他的災禍攙雜在他們兩人的幸福之間嗎？繼續隱瞞下去嗎？

尚萬強從各個方面去考慮這些殘酷的問題。

珂賽特，這個可愛的生命，是他這個沉溺者得救的木筏。怎麼辦？抓緊它，還是鬆手？

如果抓緊，他可以脫離災難，又回到陽光下，他可以使苦水從衣服和頭髮裡流乾淨，他就得救了，他就能活了。

鬆手嗎？

那就是深淵。

他痛苦地和思緒鬥爭著，內心有時反對自己的意願，有時反對自己的信心。該讓這兩個前途無限光明的孩子來承擔他的徒刑，或是他自己來完成他那無可救藥的沉淪？一邊是犧牲珂賽特，另一邊則是犧牲自己。

他經過了一整夜的頭暈目眩的苦思。

他用同樣的姿勢待到天明。在床上，他把上身撲在兩膝上，被巨大的命運所壓服，也許被壓垮了。他兩拳緊握，兩臂伸成直角，好像一個被釘在十字架上剛取下來的人，臉朝地被扔在那裡。他在隆冬的漫漫長夜裡待了十二個小時，凍得冰涼，但沒有抬一下頭，也沒有說一句話。一動不動，就像死屍一樣。忽然，他痙攣地顫抖起來，貼在珂賽特衣服上的嘴又在吻這些衣服。

26

婚禮的第二天是靜悄悄的，大家尊重幸福的人，讓他們單獨在一起，也讓他們晚一點起床。二月十七日，中午剛過，巴斯克正忙著打掃候客室時，忽然聽見輕輕的敲門聲，沒有按門鈴。他打開門，見到割風先生，便把他引進客廳，那裡東西都零亂地堆放著，正是昨晚狂歡後的殘局。

「天哪！先生，」巴斯克注意到了，「我們都起得晚了。」

「你的主人起床了嗎？」尚萬強問。

「先生的手好一些了嗎？」巴斯克回答。

「好些了，你的主人起床了嗎？」

「哪一位？老的還是新的？」

「彭梅西先生。」

「男爵先生？」巴斯克站直了身子說，「我去看看。我去告訴他割風先生來了。」

「不，不要告訴他是我。告訴他有人要求和他單獨談話，不用報上姓名。」

「啊！」巴斯克說。

「我要使他感到出其不意。」

巴斯克又「啊」了一聲，表示理解。於是走出去了。

尚萬強獨自留在客廳裡，一動也不動。他臉色慘白。他的眼睛因失眠陷進眼眶，幾乎看不見了。他的黑色服裝現出穿著過夜的皺紋，手肘處起了毛球。

幾分鐘以後，門口發出了聲音，他便抬頭望去。

馬留斯進來了，高昂著頭，嘴上帶著笑，臉上帶有無法形容的光彩，滿面春風，目光裡充滿了勝利的喜悅，原來他也沒有睡覺。

「是您呀！父親，」他看見尚萬強時這樣叫道，「巴斯克一副神秘兮兮的樣子！您來得太早了，剛過十二點半，珂賽特還在睡覺呢！」

我們知道，在馬留斯與尚萬強之間一直存在著隔閡、冷淡和拘束。但馬留斯幸福的程度已使隔閡消失，冰雪融化，使他和珂賽特一樣把割風先生當作父親來看待了。

「我真高興見到您！您不知道昨天您不在我們有多遺憾！您的手怎麼樣了？好些了，是嗎？」

他似乎很滿意自己作出的回答，又繼續說：

「我們倆一直在談您。珂賽特非常愛您！您不要忘記這裡有您的房間。我們不再需要武人街了。您當初怎麼會去住在那樣一條街上？它破敗不堪，而且又冷又舊。您今天就搬進來，否則珂賽特會不高興的。您的房間就在我們隔壁，窗子向著花園，門上的鎖已經修好了，床也鋪好了，房間都整理好了，只等您搬進來了。您將會跟我們一起生活，分享我們的幸福。您聽見了嗎？父親。啊，您今天會和我們共進早餐吧？」

「先生，」尚萬強說，「我有一件事要告訴您。我過去是一個苦役犯。」

這幾個字超出了馬留斯的耳朵可以聽見的限度。他呆住了。當他回過神來，才終於發現眼前的人神情是多麼慘白、可怖。

尚萬強解去吊著右手的黑領帶，去掉包紮手的布，把大拇指露出來給馬留斯看。

「我手上什麼傷也沒有。」他說。

馬留斯看了看大拇指，手指上的確一點傷痕也沒有。

尚萬強繼續說：「你們的婚禮我不到比較恰當。我盡量不要參與。我假裝受了傷，為了避免作假，避免在婚書上加上無效的東西，為了避免簽字。」

馬留斯結結巴巴地說：「這是什麼意思？」

「意思是說，」尚萬強回答，「我曾被罰，服過苦役。」

「您真使我發瘋！」馬留斯恐怖地喊叫起來。

「彭梅西先生，」尚萬強說，「我曾因偷盜在苦役牢待過十九年。後來我被判處無期徒刑，因為偷盜，也因為重犯。目前，我是一個違反放逐令的人。」

馬留斯想逃避事實，否認這件事，但都無濟於事。他被迫屈服。他開始懂了，但他又懂得過了頭；一個使他顫抖的念頭在他的腦中掠過，他隱約看到他未來的命運是醜惡的。

「把一切都說出來，全說出來！」他叫著，「您是珂賽特的父親！」

於是他向後退了兩步，表現出無法形容的厭惡。

尚萬強抬起頭，態度是如此尊嚴，似乎高大得頂到了天花板。

「您必須相信這一點，先生，雖然我們這種人的誓言，法律是不承認的……」

他沉默了一下，接著用一種至高無上而又陰沉的權威口氣慢慢地說下去：

「您要相信我，我是珂賽特的父親！我對著上帝發誓，彭梅西先生，我是法維洛勒地方的農民，靠修樹枝維持生活。我的名字不是割風，我叫尚萬強，我與珂賽特毫無關係。您放心吧。」

馬留斯含糊地說：「誰能證明這一點？」

「我，既然我這麼說了。」

馬留斯望著這個人，他的神情沉痛而平靜，如此平靜的人不可能說謊。

「我相信您。」馬留斯說。

尚萬強點一下頭，好像表示知道了，又繼續說：

「我只是珂賽特生命中的一個過路人。十年前，我不知道她的存在。我的確疼她，她是沒有父母的孤兒，她需要我，這就是我愛她的原因。我對珂賽特盡到了保護人的責任。我並不認為這一點小事可以稱為善事，但如果是善事，那就請您記下這一件可以減罪的事吧！如今，珂賽特離開了我的生活，我們分道揚鑣，從今以後我與她毫無關係了。她是彭梅西夫人，她的靠山已換了人，這一轉變對她有利。一切如意。至於那六十萬法郎，那是一筆託我保管的錢。我歸還這筆錢，並要您知道我是什麼人。」

馬留斯此刻心亂如麻，毫無頭緒。他被這新發現的事實驚得不知所措，說話的時候甚至像在責怪這人暴露了真相。

「您為什麼要向我說這些呢？」他叫喊道，「什麼原因在強迫您說？您大可以自己保留這個秘密。您既沒有被告發，也沒有被跟蹤，也沒有被追捕；您洩露這件事總得有個理由。說出來。」

「理由？」尚萬強的聲音如此低沉而微弱，彷彿在自言自語，「是的，為了什麼原因，這個苦役犯要承認自己是一個苦役犯？是呀！這個理由十分奇怪，這是因為誠實。您瞧，有根線牽住了我的心，它牢不可斷；如果我能拔掉這根線，將它拉斷、解開，或是遠遠地走開，我就可以得救。只要離開就行了，你們從此都幸福了。我曾經設法把線拉斷，我用力抽著，但它卻牢不可斷，我連心都快拔出來了。於是我說：『我只有不離開才能活下去，我必須留下來。』您說得對，我是一個傻子，為什麼不簡簡單單地待下來？您在您的家裡給了我一個房間，彭梅西夫人很愛我，您的外祖父希望我陪伴他，我們大家住在一起，同桌吃飯，珂賽特挽著我的手臂，我們在一個屋頂下，同桌吃飯，共用一爐火。這些都是何等愉快，何等幸福！我們同住，像一家人一樣。一家人！」

提到這三個字，尚萬強露出恐懼的樣子。他又起雙臂，眼睛盯著腳下的地板，好像要挖一個地洞，他的聲音忽然響亮起來了：

「一家人！不可能，我沒有家，我不是你們家裡的人。我不屬於家庭生活。我是不幸的人，流離失所的人，甚至從未有過父母。當我把這孩子嫁出去的那天，一切就結束了，我看到她幸福並和她心愛的人在一起，一切就稱心如意了。於是我對自己說：『你可不要進去。』我可以說謊，是的，瞞著你們所有的人，仍舊做我的割風先生。只要為了她，我就能說謊。但現在是為了我自己，我不該這麼做。你問我是什麼理由讓我說出來？那就是我的良心。我可以不預先警告，逕自把罪惡引進你們的家；我和你們同桌坐著，心中暗自思量，如果你們知道我是誰，一定會把我趕出大門；我讓僕從侍候我，如果他們知道了，一定會大叫：『多麼可怕呀！』我把手肘碰著您，而您是有權拒絕的；我在你們家裡，與可敬的白髮老人共同分享你們的敬重；在你們認為彼此都已把心完全敞開的時候，卻有一個是陌生人！我將和你們一起生活，一心想著不要把我那可怕的秘密揭開。我將終身被判過這種生活！你難道不發抖嗎？我是眾人之中一個最卑微的人，也是一個最凶狠的人，這個黑暗的面具我每天都要戴著，這些恥辱我每天都要讓你們擔負一部分！讓我親愛的孩子、我最純潔的人來負擔！我將面對珂賽特，用囚犯的微笑回答天使的微笑。那樣一來，我將會是一個萬惡的騙子！為了什麼？為了得到幸福，為了自己的幸福！難道我有資格得到幸福？我是處於生活之外的人啊！先生。」

馬留斯悲痛地聽著。尚萬強停了一下，又放低語調，用一種死氣沉沉的聲音說道：

「您問我為什麼要說出來？您說我既沒有被告發，也沒有被跟蹤，也沒有被追捕。您錯了，我是被告發了！被跟蹤了！被追捕了！被誰？被我自己。是我擋住我自己的去路，我自己拖著自己，逮捕自己。當一個人捉住自己時，那就是真的捉住了。」

於是他一把抓住自己的衣服朝馬留斯靠去：

「您看這個拳頭，」他繼續說，「良心就像是另一種拳頭，永遠不打算放掉的。如果要做幸福的人，那就永遠不應懂得天職；因為，一旦你懂了，它就會因為你懂了而懲罰你。」

他重新用一種痛心而強調的語氣繼續說：

「彭梅西先生，我是一個誠實的人。我在您眼裡貶低自己，才能在自己眼裡抬高自己。如果因我的過錯，您還繼續尊敬我，那我就不是誠實的人；現在您鄙視我，我才是誠實的。我的命運註定了只能得到騙來的尊重，這種尊重使我內心自卑，並徒增內疚，因此要我自尊，就得受別人的蔑視。這樣我才能重新站起來。我是一個不違反良心的苦役犯，我知道這很難使人相信，但我又有什麼辦法？就是這樣。我向自己許下諾言，並履行諾言。一些相遇把我們拴住，一些偶然又使我們負起責任。您看，彭梅西先生，命運多麼奇妙！」

尚萬強又停頓了一下，用力吞下口水，好像話裡有一種苦澀的滋味。他又繼續說下去：

「當一個人有如此駭人的過往時，就無權去隱瞞別人而使別人共同分擔，無權把瘟疫傳給別人，無權使別人在一無所知的情況下滑下絕壁，無權暗中使自己的苦難成為別人幸福的累贅。走近健康的人，暗中把自己看不見的疾病傳染別人，這是多麼的卑鄙！這是不誠實的。不行！我寧可受苦、流血、痛哭，任由心胸受盡折磨。這就是我來向您說出這一切的原因。」

他困難地喘著氣，並且吐出了最後一句話：

「過去，為了活命，我偷了一塊麵包；今天，為了活命，我不盜竊名字。」

「為了活命？」馬留斯打斷他的話，「您不需要這個名字了？為了活命？」

「啊！我懂得自己的意思了。」尚萬強緩慢地抬了幾次頭，又低了下去。

一陣沉默，兩人都默默無語，各自沉浸在思想中。馬留斯坐在桌旁，屈著一指托住嘴角；尚萬強來回踱步，最後停在一面鏡子前不動，於是，好像在回答心裡的猜想，他望著鏡子說道：

「只有現在我才如釋重負！」

他又開始走，走到客廳的另一頭。他回頭時發現馬留斯在注視著他走路，於是用一種無法形容的語氣說：

「我的腳步有點遲鈍。您現在知道是什麼原因了。」

然後他完全轉向馬留斯：

「現在，先生，請您想像一下，我仍是割風先生，在您家裡待下去，成為您家裡的人；我在我的寢室裡，早晨穿著拖鞋來進早餐，晚上與你們去看戲，陪彭梅西夫人到皇宮和廣場去散步，你們以為我跟你們是一樣的人。直到有一天，你們忽然聽見一個聲音，叫著：『尚萬強！』然後員警可怕的手從黑暗中伸出來，突然把我的假面具扯掉了！」

他又沉默了。馬留斯戰慄著站了起來，尚萬強又說：「您覺得怎麼樣？」

馬留斯用沉默作回答。

尚萬強接著說：

「您看，我沒有保持沉默是對的。好好地繼續享受你們的幸福吧！不要去管一個可憐的受苦人是以什麼方式向您開誠佈公和盡他的責任的。在您面前是一個悲慘的人，先生。」

馬留斯慢慢地在客廳中穿過，當他走近尚萬強時，握住了他的手。

「我的外祖父有些朋友，」馬留斯說，「我將設法使您獲得赦免。」

「這無濟於事，」尚萬強回答，「別人認為我已死去，這已足夠了。死掉的人不會再被監視，死了，就等於被赦免了。」

於是，他把被馬留斯握住的手收回來，用一種嚴酷的自尊補充了一句：

「我只向一個朋友求救，那就是天職；我只需要一種赦免，那就是我的良心。」

這時，在客廳的那一頭，門慢慢地開了一半，出現了珂賽特的臉。人們只看到她可愛的面容，頭髮蓬鬆，很好看，眼角還帶著睡意。她把頭探了出來，先看看她的丈夫，再看看尚萬強，然後笑著向他們大聲說道：

「我打賭你們在談政治！真是的，不和我一起！」

尚萬強打了一個寒顫。

「妳搞錯了，珂賽特，」馬留斯說，「我們在談生意。我們在談妳的六十萬法郎存放在什麼地方最好……」

「你說謊！」珂賽特打斷他的話，「我來了，你們這裡需要我嗎？」

她大方地走進門，到了客廳裡。她穿著一件白色寬袖百褶睡衣，從頸部一直下垂到腳跟。她在一面大鏡子前從頭至腳地打量自己，然後突然用無法形容的狂喜聲調大聲說：

「從前有一個國王和一個王后。啊！我太高興了！」

說完這句話，她向馬留斯和尚萬強行了一個屈膝禮。

「就是這樣，」她說，「我來坐在你們身旁的沙發椅上，再過半小時就要吃早餐了，你們儘管聊吧，我知道男人們是有話要說的，我會乖乖地待著。」

馬留斯挽著她的手臂，親熱地向她說：

「我告訴妳我們在談生意，去吧，我親愛的，讓我們再談一下。我們在談數字，妳聽了會厭煩的。」

「你今天打了一個漂亮的領結，馬留斯，你很愛美。先生，不，我不會厭煩。」

「我敢說妳會厭煩的。」

「不會，因為是你們，我聽不懂你們談的話，但我能聽著你們說話；聽見心愛的人的聲音，就不必去了解說的是什麼了。只要能在一起，這就是我的要求。無論如何，我要和你們待在這裡。」

「親愛的珂賽特！這件事絕對不行。」

「不行？」

「對。」

「好吧，」珂賽特又說，「輪到我了，先生，我也要說『不行』。求求你，親愛的馬留斯，讓我和你們在一起吧！」

「我向妳發誓，我們必須單獨談話。」

「難道我是一個外人嗎？」

尚萬強不開口。珂賽特轉向他：

「首先，父親，我要您來吻我，您幹嘛一言不發，不替我說話？您看我在家中多麼痛苦，我的丈夫欺負我。來吧！馬上吻我一下。」

尚萬強走近她，在那美麗的額頭上吻了一下。

「現在，您生氣吧，父親。告訴他我一定要留在這裡。你們可以在我面前盡情說話。難道你們說的話竟這樣驚人！生意，把錢存入銀行，這有什麼了不起？男人們總是神秘兮兮的。我要待在這裡，我今天早晨很美麗，看看我！馬留斯。」

她可愛地聳聳肩，裝出一副說不出的可愛的賭氣模樣望著馬留斯。兩人間好像有火花閃了一下，雖然旁邊還有人，但也顧不了了。

「我愛妳！」馬留斯說。

「我崇拜你！」珂賽特說。

於是兩人不由自主地擁抱起來了。

「現在，」珂賽特一邊整理睡衣的皺褶，一邊撅起勝利的嘴說，「我待在這裡。」

「這可不行，」馬留斯用一種懇求的聲調回答道，「我們還有點事要講完。」

「還是不行？」

馬留斯用嚴肅的語氣說：「是的，珂賽特，就是不行。」

「啊！您拿出男子漢的口氣來，先生。好吧，我走開。您，父親，您也不支持我，你們都是暴君！我去告訴外祖父。如果你們以為我會向你們屈服，那就錯了。我等著你們，你們會發現我不在場有多麼煩悶。我走了，活該。」

她出去了。兩秒鐘以後，門又打開了，她紅潤的臉龐又出現在兩扇門裡，向他們大聲說：

「我很生氣。」

門關上了。烏雲又重新出現。

「可憐的珂賽特！」馬留斯低聲說，「要是她知道……」

聽了這句話，尚萬強渾身發抖，他用失魂落魄的眼光盯著馬留斯。

「珂賽特！啊，先生，我懇求您，哀求您，請您用最神聖的諾言答應我，不要告訴她這件事。難道您自己知道了還不夠嗎？我不是被迫，是自願說出來的，我能對全世界的人說，這無所謂；但是她，她一點也不懂這是一件什麼事，不懂什麼是苦役犯，這會令她驚恐的。啊，我的天呀！」

他倒在一張沙發上，兩手蒙住臉，肩膀不住抽搐，無聲地哭泣著。

「您放心吧，」馬留斯說，「我一定替您保密。」

「我謝謝您，先生。」尚萬強淒涼地說。

他沉思一會，又提高嗓子說：

「一切差不多都結束了，我只剩下最後的一件事……」

「什麼事？」

尚萬強顯得十分猶豫，幾乎有氣無力、含糊不清地說：「現在您知道了，先生。您是主人，您是否認為我不該再與珂賽特見面了？」

「我想最好不要再見面。」馬留斯冷淡地回答。

「我不能再見到她了。」尚萬強低聲說。

於是他朝門口走去。

他把手放在門把上，轉開了門，打開到身子勉強能通過，又停下來不動了，然後又關上了門，轉向馬留斯。他的面色不是蒼白，而是灰暗如土，眼中已無淚痕，但有一種悲慘的火光。他的聲音又變得特別鎮靜：

「可是，先生，」他說，「假如您允許，我會來看她。我確實很希望見到她，如果不是為了見到珂賽特，我就不會向您坦承這一切，我就會離開這裡了；但是為了留在珂賽特所在的地方，能繼續見到她，我不得不老實地都向您說清楚。您明白我是怎樣想的，是嗎？這是可以理解的。她在我身邊九年多了，我就像她的父親，她是我的孩子。現在要我走開，不再見到她、不再和她談話，一無所有，這實在太困難了。如果您認為沒有什麼不恰當，請讓我偶爾來看看珂賽特。我不會經常來，也不會待很久。我可以在一樓的房間裡坐坐，也可以從僕人走的後門進來。真的，先生，我還想看到珂賽特，請您為我設想一下吧！我只有這點要求了。除此之外，還有一個理由：如果我永遠不再來，別人會起疑的。因此，我能做到的，就是在晚上、黃昏的時候來。」

「您每晚來好了，」馬留斯說，「珂賽特會等著您。」

「您是好人，先生。」尚萬強說。

馬留斯向尚萬強一鞠躬，幸福把失望送出大門，兩個人就此分手了。

27

馬留斯的心裡亂極了。

他總算明白，自己對珂賽特身旁的這個人為什麼一直存在著反感；他的本能使他察覺到這人有著一種不為人知的謎，這個謎，就是最醜的恥辱——苦役。割風先生就是苦役犯尚萬強。

在他的幸福中突然發現這樣一個秘密，就如同在斑鳩的巢中發現了一隻蠍子。

他與珂賽特的幸福是否從此就得和這人有關？這是否是一個既成的事實？接納這個人是已締結的婚姻的一部分嗎？儘管馬留斯的頭上戴著光明和歡樂的冠冕，儘管在享受一生中黃金時刻的美滿愛情，遇到這種打擊，他仍被迫戰慄起來。

馬留斯捫心自問，這是否應該歸咎自己？他是否缺少遠見？是否太不謹慎？是否太過魯莽從事？他是否不夠小心，沒有把情況調查清楚，就一頭鑽進與珂賽特的愛情裡？他回想起在卜呂梅街，當他陶醉在戀愛中時，在那心醉神迷的幾個禮拜裡，他竟沒有向珂賽特提起過戈爾博老屋中的、那謎一樣的悲劇，其中的受害人在事件中怪異地保持緘默，後來又逃跑了。他為什麼一點也沒有向珂賽特提起？這明明是不久前發生的，而且是這樣地可怕！現在的他幾乎無法理解當時的沉默，其實他是意識到的。他想到當時他暈頭轉向，為珂賽特而感到陶醉，愛情淹沒了一切，彼此都陶醉在理想的境界中；也可能是有一種模糊的本能，使他想忘記這一可怕的遭遇，不願在裡面攪和。何況這幾個禮拜一閃而過，除了相親相愛之外，無暇他顧。

最後，他把一切衡量了一番，在反覆思考之後，他試想：即使他把戈爾博老屋的綁架案告訴珂賽特，向她說出了德納第的名字，後果又該如何呢？即使他發現了尚萬強是一個苦役犯，這會改變自己嗎？會改變珂賽特嗎？他是否會退縮？他對珂賽特的愛是否會減少？他是否會不娶她？不會。這些已經做了的事會有任何改變嗎？不會。因此沒有什麼好後悔的，沒有什麼好自責的。

至於對尚萬強，他過去的反感現在則又夾雜了一些厭惡。在這厭惡中，也包含了一點同情，甚至還有一定的驚訝。

這個盜賊，這個慣犯，歸還了一筆錢。多少錢？六十萬法郎。他是唯一知道這筆錢的秘密的人。他本可以全部據為己有，但他卻全部歸還了。

此外，他主動暴露了他的身分。沒有什麼迫使他暴露，他卻承認了。這麼做不僅意味著忍受恥辱，還要準備災難臨頭。對被判了刑的人來說，一張假面具就等於一個避難所，一個假名意味著安全，但他卻一概拋棄了。這出自什麼動機？出自良心的不安，他已親自說明了這一點。總之，不論尚萬強是個什麼樣的人，他肯定是個對良心悔悟的人，而良心的覺醒就是靈魂的偉大。

尚萬強是誠實的。這種誠實看得見、摸得到，無可懷疑，單憑他付出的痛苦代價就足以證明，無須查問。

這種想法彷彿烏雲裡片刻的晴朗，接著烏雲又變成漆黑的了。

他又回憶起一些片段：容德雷特家中的那次遭遇究竟是怎麼回事？為什麼員警一到，這個人不但不告狀，反而逃走了？馬留斯總算找到了答案，原來這個人是個在逃的慣犯。

另一個問題：這個人為什麼要到街壘裡去？他來幹什麼？馬留斯很快就對這個問題作出了回答：賈維。他完全記得當時尚萬強那愁苦的幻影，把捆著的賈維拖出了街壘。蒙德都巷子轉角後方的槍聲還在他耳邊迴響。

也許這密探和這犯人之間有仇恨，尚萬強是到街壘裡去復仇的。他殺死了賈維。

最後還有一個問題，但這個問題無法解答。尚萬強為什麼長期地與珂賽特生活在一起？上帝開了什麼樣的可悲的玩笑，竟讓這個孩子接觸到這樣一個人？難道上帝喜歡把天使和魔鬼拴在一起？這兩個人，一個是天真的，另一個是可怕的，是什麼樣的奇蹟讓這個聖潔的孩子和老罪犯共同生活在一起？九年來，這個盜賊守衛她、教養她、保護她，使她品格高尚，儘管他自身汙穢；這個盜賊是個什麼樣的人呢？他是個惡棍，卻尊敬一個天真的人，把她培養得潔白無瑕，這又該如何解釋呢？這個尚萬強又是什麼人呢？

馬留斯不敢深究尚萬強，卻又不敢向自己承認他不敢。他深深地愛著珂賽特，珂賽特已經屬於他，珂賽特出奇地純潔；他對此心滿意足，還需要弄清楚什麼呢？珂賽特就是光明，光明還需要再明朗化嗎？他已有了一切，還有什麼其他的期待呢？尚萬強的事與他無關，當他檢視這個人的不幸時，便想起他莊嚴的聲明：「我只是珂賽特生命中的一個過路人。十年前，我不知道她的存在。」

尚萬強是個過路人，他自己也這麼說。是啊，他是過路人，不管他是誰，他的任務已經完成，從今以後馬留斯才是珂賽特的靠山。珂賽特在燦爛的藍天裡找到了她的同類、她的情人、她的丈夫、她那卓絕的男人；珂賽特長出雙翼羽化了，在飛上天時，也把她那醜惡的空蛹尚萬強扔在她身後的地下。

無論馬留斯怎麼想，他對尚萬強仍保有一定的厭惡；無論他怎麼解釋，無論他怎麼為他開脫，最後仍不得不回到這一點：他是一個苦役犯。他是一個在社會的階梯上無處容身的人，因為他處在樓梯的最後一級之下。苦役犯可以說已經不是人類的同類，法律已剝奪他的全部人格。

在這樣的思想狀態裡，他覺得尚萬強畸形、討厭，是一個惡人、一個苦役犯。一想到這個人今後將和珂賽特有某種接觸，馬留斯便感到驚惶失措。他覺得自己心腸太好、太寬厚、太懦弱了。這種軟弱使他作出了一個不謹慎的讓步。他不該如此，他應該簡單而乾脆地甩開尚萬強。尚萬強是帶來災難的人，他應該犧牲他，把他從家中趕出去。他責怪自己，怪自己一瞬間被搞糊塗了，被牽著鼻子走了。他對自己感到很不滿。

現在該怎麼辦呢？尚萬強的來訪使他十分反感。這個人來他家做什麼？該怎麼應付？他對此頭昏眼花，他不願深思，不願細察，也不願追問自己。他已經答應了，被動地答應了，尚萬強得到了他的諾言；即使是對一個苦役犯，也絕不能食言，然而他首先要負起的責任仍是珂賽特。總之，一種壓倒一切的厭惡感在支配著他。

所有的想法在馬留斯腦海中混亂地上下翻騰，每一種都使他激動，他因而極度惶惑。要在珂賽特面前隱藏這種情緒是不容易的，但馬留斯做到了。

此外，他似乎無意識地向珂賽特提了幾個問題，天真無邪、潔白如鴿子的珂賽特毫不懷疑；他向她問起她的童年，於是越來越深信：凡是一個人能具有的善良、慈愛和可敬之處，珂賽特都相信這個苦役犯是具有的。馬留斯的預感和推測是正確的：這株可怕的蕁麻疼愛並且護衛了這朵百合花。

28

第二天，黃昏時刻，尚萬強去敲吉諾曼家的大門。迎接他的是巴斯克。

「男爵先生叫我問先生，要上樓還是待在樓下？」

「在樓下。」尚萬強回答。

巴斯克十分恭敬地打開地下室的門，說道：「我去通知夫人。」

尚萬強走進了一間潮濕的地下室，似乎曾經是一間酒窖。昏暗的光線從一扇有鐵欄杆的玻璃窗裡射進來。這不是一間經常打掃的房間，灰塵在裡頭安靜地堆積著，蜘蛛網密佈各處。房間既小又矮，牆上的石灰已剝落了大半。角落有一個木質的壁爐，爐中生了火，顯然，這家人已估計尚萬強會回答「在樓下」。

兩把扶手椅放在火爐兩旁，中間鋪了一塊粗糙的小墊子，代替地毯。

尚萬強疲乏不堪，好幾天來他不吃也不睡。他倒在一張扶手椅裡。

巴斯克進來，把一支燃著的蠟燭放在爐架上，又走了。尚萬強低著頭，下巴垂在胸口上，沒有看見巴斯克，也沒看見蠟燭。

忽然間，他興奮地站了起來，珂賽特已在他後面。

他轉過身來打量她，她美麗得令人仰慕。但他用深邃的目光觀望的不是美麗的容貌，而是靈魂。

「啊，很好，」珂賽特大聲說，「好一個主意！父親，我知道您有怪癖，但我怎麼也想不到會有這一招。馬留斯告訴我您要我在這裡接待您。」

「是的，是我。」

「我已猜到您的回答，好吧，我警告您，我要和您大鬧一場。現在，父親，先來吻我。」

她把臉頰湊過去。尚萬強呆呆地不動。

「您一動也不動，這是有罪的表現。算了，我原諒您。耶穌曾說：『連左臉也轉過來。』這裡。」

珂賽特又把另一邊的臉湊過去。

尚萬強仍一動也不動，彷彿雙足已被釘在地上了。

「怎麼了？」珂賽特說，「我得罪您了嗎？我快要生氣了，您得和我言歸於好。您來和我們一起吃飯。」

「我吃過了。」

「您說謊，我要找吉諾曼公公來責備您。快跟我一起去客廳吧，立刻走。」

「不行。」

到此，珂賽特感到有點不對勁了，她不再命令，而轉為提問。

「您為什麼挑選家裡最簡陋的房間來看我？這裡真令人待不住。」

「妳知道……」尚萬強又改口說：「您知道，夫人，我很特別，我有我的怪癖。」

珂賽特拍著小手。

「夫人？……您？……這太奇怪了！這是什麼意思？」

尚萬強向她苦笑，他有時會這樣笑著。

「您要當夫人，您是夫人了。」

「但對您可不是，父親。」

「別再叫我父親。」

「為什麼？」

「叫我尚先生，或是尚，隨您高興。」

「您不是父親了？我也不是珂賽特了？尚先生？這是什麼意思？發生了什麼事？請您看著我。您也不願來和我們同住，又不要我的房間！我惹您生氣了嗎？難道發生了什麼事？」

「沒有。」

「那又是為什麼呢？」

「一切仍像過去一樣。」

「您為什麼要改變姓名？」

「您不是也改了？」他仍微笑著對她說，「既然您成了彭梅西夫人，我也可以成為尚先生。」

「我一點也不明白，這太愚蠢了。您使我多麼難受！您有怪癖，但也不必使您的小珂賽特難過呀！這不好，您不應該變得苛刻，您原來是善良的！」

他不回答。

她立刻抓住他的雙手，把手靠近自己的臉，又溫柔地把手挨著她的脖子，放在下巴下面。

「啊！」她向他說，「請您發發慈悲吧！搬過來這裡，恢復我們過去的散步，和我們一起生活，離開武人街那個破屋，和其他人一樣，來和我們一起吃飯，一起吃早餐，做我的父親。」

他把手縮回去。

「您不需要父親了，您已有了丈夫。」

珂賽特冒火了。

「我不需要父親了！這種話太不近人情，真令人不知說什麼好！」

「如果杜桑在的話，」尚萬強說，「她就會知道我有自己的一套習慣。什麼事也沒有發生，我一直喜歡我黑暗的角落。」

「哼！怪人！」珂賽特回答。

於是她用十分可愛的神氣，咬緊牙咧開嘴向尚萬強吹氣，彷彿在學小貓的動作。

「我很生氣，」她又說，「從昨天起你們全都在欺負我，我心裡很惱火。我不懂，您不幫我對付馬留斯，馬留斯又不幫我對付您。我是孤立的。我佈置了很好的一間臥室，但是房客卻跑掉了；我叫妮珂萊特準備一頓美味的晚餐，客人卻不肯吃；還有我的父親要我叫他尚先生，還要我在這個陳舊簡陋的地窖裡接待他！您性情古怪，我知道，這是您的個性，但對新婚的人總得忍耐幾分。您不應該立刻就回復舊習慣。您對我有什麼不滿？您使我十分難過。哼！」

然後，她忽然又一本正經，盯著尚萬強說道：「您不高興是因為我幸福了？」

天真的話，有時往往是一針見血的。尚萬強臉色慘白，久久不能回答，然後才用一種無法形容的聲音自言自語地說：

「她的幸福，是我生活的目的。現在上帝可以召回我了。珂賽特，妳幸福了，我沒有用了。」

「啊！您對我稱呼『妳』了！」珂賽特叫起來。

於是她跳過去抱住他的脖子。尚萬強像失去了理智那樣把她緊抱在懷裡，他彷彿覺得又把她找回來了。

「謝謝，父親！」珂賽特說。

這種熱烈的感情使尚萬強不堪忍受，他慢慢地離開珂賽特的手臂，並拿起他的帽子。

「怎麼啦？」珂賽特說。

「我走了，夫人，別人在等您。」

在到門口時，尚萬強又加了一句：

「我對您稱了『妳』，以後我不會再這樣稱呼您了，請原諒我。」

尚萬強出去了，留下不知所措的珂賽特。

29

第二天的同一時刻，尚萬強來了。

珂賽特不再問他，不再表示驚訝，也不再抱怨這間地窖；她避免稱他父親或尚先生，她任憑他稱「您」或「夫人」，只是她的歡樂減弱了。

很可能她和馬留斯已作過一次談話，他在這次談話裡說了一些重要的話，但不加任何解釋，而且還使愛妻滿意。熱戀中的人對愛情之外事物的好奇心是不會太大的。

地下室被稍稍整理了一下。巴斯克拿走了雜物，妮珂萊特清除了蜘蛛網。

在這之後，尚萬強每天準時上門，馬留斯則設法讓自己恰好不在家。家人漸漸習慣了割風先生的做法。杜桑也幫忙解釋：「先生一向是這樣的。」外祖父作了這樣的結論：「這是一個怪人。」一句話就總結了一切。

幾個禮拜就這樣過去了，一種新的生活慢慢支配了珂賽特。婚後有各種事務，例如拜客、家務、娛樂等這些大事。珂賽特的娛樂並不花錢，她只要和馬留斯待在一起就滿足了。他們時常手挽手一同上街，出現在陽光下、大路上，毫不在意眾人的眼光。這對他們來說永遠是種新的歡樂。

珂賽特只有一件不稱心的事，杜桑因和妮珂萊特不合而離去了。

尚萬強每天都來。他總是稱珂賽特「您」、「夫人」，並設法讓珂賽特與他疏遠，這已有了成效。她越來越快樂，而溫情卻一天比一天減少。其實她仍很愛他，這一點他也感覺得到。

有一天，她忽然對他說：「您曾是我的父親，現在不是了；您曾是我的叔叔，現在不是了；您本是割風先生，現在卻成為尚先生了。您究竟是什麼人呢？我不喜歡想這些。要不是我知道您是這樣地善良，那我見到您就會害怕了。」

他仍住在武人街，無法下定決心離開珂賽特居住的地區。

起初，他只和珂賽特在一起幾分鐘就走了。慢慢地，他延長了拜訪的時間；他來得早一點，離開得晚一點。

又有一天，珂賽特脫口叫了他一聲「父親」。尚萬強年老陰沉的臉上閃過一道快樂的光，他提醒她：「叫尚先生。」

「啊，對了，」她一邊大笑一邊答話，「尚先生。」

「很好。」他說，轉過身去不讓她看見他在擦眼睛。

30

在這之後，兩人不再有親近的表示，見面問好時不再親吻，不再聽到「父親」這個溫暖的稱呼了。然而，每天見珂賽特一面，尚萬強已感到滿足。他的生活都集中在這一刻裡。他坐在她身旁，靜靜地望著她，或是和她談談過去的生活、她的童年、她在修女院的情景和她那時的朋友。

四月初的一天，天氣已經暖了，但還有點涼意，正是陽光明媚的時刻。馬留斯向珂賽特說：「我們說好要去看看卜呂梅街的花園，現在就去吧。」於是他倆就去了。卜呂梅街的房子原有租賃契約，現在還屬於珂賽特。他們到那個花園和房子裡去，在那裡聚首，並在那裡忘記了一切。當天晚上，尚萬強來到受難修女街，聽說馬留斯夫婦出門了。他靜靜等了一小時，珂賽特還沒有回來，於是他低下頭走了。珂賽特對這次重訪「他們的花園」心醉神迷，並且為「整整一天活在她的過去」感到快樂。第二天，她開心地聊著這件事，忘了她昨天沒有見到尚萬強。

「你們是怎麼去的？」尚萬強問她。

「走路去的。」

「回來呢？」

「坐街車。」

近來，尚萬強注意到這對年輕夫婦在節儉過日子，他為此感到煩惱，於是試探著問了一句：

「為什麼你們不自備一輛車呢？一輛漂亮的轎式馬車一個月只花五百法郎，你們是富裕的。」

「我不知道。」珂賽特回答。

「就拿杜桑來說吧，」尚萬強說，「她走了，您也不聘個新人，為什麼？」

「有妮珂萊特就夠了。」

「您應該有一個收拾房間的女僕呀。」

「我不是有馬留斯嗎？」

「你們應該有自己的房子、自己的僕人、一輛馬車和戲院裡的包廂，這些對您來說都不算太奢侈。為什麼不利用你們的財富？財富是用來增添幸福的呀！」

珂賽特不作聲。

尚萬強來訪的時間並沒有縮短，恰好相反。他每天都心事重重地回家去。

有一天，他比平常待得更久一點。隔天，他注意到火爐裡沒有生火。

「咦？」他在想，「沒有火了。」他又這樣向自己解釋：「很簡單，四月到了，天氣不冷了！」

「老天！這裡真冷！」珂賽特進來時喊道。

「不冷嘛！」尚萬強說。

「是您叫巴斯克不要生火的？」

「是的，都快到五月了。」

「但我們到六月還要生火。在這地窖裡，一整年都得生火。」

「我認為不要生火了。」

「這又是您的怪主意！」珂賽特說。

第二天，火又生起了。但那兩把扶手椅擺到門口去了。

「這是什麼意思？」尚萬強思忖著，一邊把椅子搬過來放在火爐旁。

重新燃起的爐火給了他勇氣。他們的談話又比平時長了一點。當他要離開時，珂賽特說：

「昨天我的丈夫和我談了一件怪事。」

「什麼事？」

「他跟我說：『珂賽特，我們有三萬利弗的年金，妳有二萬七千，外祖父給我三千。』我說：『一共有三萬。』他又說：『妳有勇氣用那三千法郎生活嗎？』我回答說：『可以，沒有錢也行，只要和你在一起。』事後我問他：『為什麼你要說這些話？』他回答我：『只是想瞭解一下。』」

尚萬強無話可說，他憂鬱地傾聽著。

他猜想，馬留斯肯定在懷疑這六十萬法郎的來源，他怕來路不明，誰知道呢？可能他查出這筆錢是屬於尚萬強自己的，他對這可疑的財產有顧慮，不願接受。他和珂賽特寧可保持清貧，也不願靠這可疑的財產致富。

此外，尚萬強開始隱約感到主人有逐客之意。

又一天，他走進地下室時感到一陣震驚。扶手椅不見了，連一把普通的椅子也沒有。

「啊，怎麼啦！」珂賽特進來叫著，「沒有扶手椅了，到哪去了？」

「它們不在了。」尚萬強回答。

「這太不像話！」

尚萬強結結巴巴地說：「是我叫巴斯克搬走的。」

「為什麼？」

「今天我只待幾分鐘。」

「那也沒有必要站著。」

「我想客廳裡或許需要扶手椅吧！」

「為什麼？」

「你們今晚可能有客人。」

「今晚一個客人也沒有。」

尚萬強再也沒有話可說了。

珂賽特聳聳肩。「叫人把扶手椅搬走，那天又叫人不要生火，您真古怪！」

「再見。」尚萬強輕聲說。

他沒有說：「再見，珂賽特。」也沒有勇氣說：「再見，夫人。」

他心情沉重地走了出來。

第二天，他沒有來。珂賽特到了晚上才發覺。

「咦，」她說，「今天尚先生沒有來。」

她心中有點抑鬱，但並不明顯，馬留斯的一吻就使她忘了此事。

以後的日子，他也沒有再來。

珂賽特沒有注意，她度過她的晚上，睡她的覺，好像平時一樣，只在醒來時才想到。她要妮珂萊特去尚先生家問問他是否病了，為什麼昨晚沒有來。妮珂萊特帶了口信回來，說他一點病也沒有，只是很忙，要去作一次短期的旅行。還說他要夫人不要為他擔心，也不要惦記他。

當妮珂萊特走進尚先生家時，她把女主人的話重複了一遍：

「夫人要我來問，為什麼尚先生昨晚沒有來。」

「我兩天沒有去了。」尚萬強和氣地說。

但妮珂萊特沒有記住這一句話，回去也沒有對珂賽特說。

31

一八三三年晚春和初夏的時候，沼澤區的過路人、店裡的商人、站在門口的閒人，都注意到一個穿著整潔的黑衣老人，每天黃昏都從武人街出來，靠著聖十字架街那一側，走過白大衣商店，經聖凱薩琳園地街到披肩街，再向左轉走進聖路易街。

到了這裡他就放慢腳步，頭朝前方，目不轉睛地注視著一個目標。那對他是一個星光閃爍的地方。那不是別處，正是受難修女街的轉角。他越走近這條街的轉角，他的眼睛就越射出光芒，某種歡樂彷彿晨曦般使他的眼珠發亮，他的神情像是被吸引，又像被感動；他的嘴唇微微顫動著，好像在向一個看不見的人說話；他恍惚地微笑。他盡量越走越慢，但似乎又怕自己走得太近。當他離這條吸引他的街只有幾棟房子遠的地方，他的腳步緩慢得使人以為他沒有在走。當他終於走到受難修女街後，就停下來，渾身發抖，帶著一種憂鬱的膽怯神氣，把頭從最後一棟房屋的角落裡伸出來，哀淒地望著那條街，然後流下一滴眼淚。他就這樣待了幾分鐘，好像石頭人一樣，然後又走原路回去，以同樣的步伐，越走越遠，他的目光也隨之黯淡下來。

漸漸地，這老人不再走到受難修女街的轉角，他停在聖路易街的半路上；有時遠一點，有時近一點。有一天，他停在聖凱薩琳園地街的轉角，遠遠望著受難修女街。接著他靜靜地搖著頭，好像在拒絕自己的一點要求，就折了回去。

不久，他連聖路易街也走不到了。他走到鋪石街，搖了搖腦袋就往回走；後來他不超過三亭街；最後不超過白大衣商店；好比一個沒有擰上發條的鐘，鐘擺搖晃的距離逐漸縮短，在等待完全的停止。

每天，他在同一時間走出家門，他開始他的原路程，但不再走完，也許他不自覺地在縮短。他的表情彷彿在說：「何苦來呢？」他的眼睛已沒有神，沒有光彩，淚水也已乾了；他的頭卻總是朝向前方。有時天氣不好，他手臂下挾著一把傘，但從不打開。當地的婦女都說：「這是個傻子。」孩子們跟在他後面笑。

32

幸福的人們不免心狠。自己是多麼滿足！此外就一無所需了。當他們得到了幸福這個人生的假目的之後，竟把天職這個真目的忘掉了！

然而，說到這事，如果去責怪馬留斯那是不公正的。

馬留斯在結婚前沒有盤問過割風先生，此後，他又怕去盤問尚萬強。他對自己被動地答應的諾言感到後悔，他多次感到對失望者的讓步是錯誤的。他只能慢慢讓尚萬強離開他的家，並盡力讓珂賽特忘記他。他設法使自己經常處在珂賽特和尚萬強之間，這樣她肯定不會再看到尚萬強，也不會再去想他。

馬留斯做了他認為必須做的事，他覺得他有充分的理由堅決地擺脫尚萬強。他偶然在他辯護的一件訴訟中遇到一個拉菲特銀行的前職員，從那裡得到了一些機密的資料；他無法深究這些資料，因為他要遵守他不洩密的諾言，又要顧及尚萬強的危險處境。他認為，此刻他有一件重要的任務要完成，就是把那六十萬法郎歸還原主。目前他不動用這筆錢。

至於珂賽特，她對這些秘密一無所知，責備她也未免太苛刻了。

她和馬留斯之間有一種最強的磁力，能使她本能地服從馬留斯的意志。她感覺出馬留斯對於尚萬強的態度，因此她就順從。儘管她很愛這個長久以來被她視為父親的人，但她更愛她的丈夫。

有時珂賽特談起了尚萬強，感到詫異，馬留斯便安慰她說：「我想他不在家，他不是說要去旅行嗎？」「沒錯，」珂賽特暗想，「他是經常這樣離開的。但不會這麼久。」她曾叫妮珂萊特到武人街去過兩三次，問問尚先生旅行回來了沒有。尚萬強叮囑她回答沒有。

珂賽特不再多問，她在世上唯一需要的人是馬留斯。

就這樣，馬留斯慢慢地使珂賽特擺脫了尚萬強，珂賽特聽從他的擺佈。

33

有一天，尚萬強下樓，在街上走了兩三步後，在一塊界石上坐了下來。他在這裡坐了幾分鐘，又上樓去了。第二天他沒出房門。第三天，他沒下床。

他的門房替他做了簡單的飯菜，她看了看餐盤，叫道：

「怎麼！您昨天沒有吃東西，可憐的好人！」

「吃了。」尚萬強回答。

「碟子是滿的！」

「您看那水罐，它是空的。」

「這代表您只喝了水，沒有吃飯。」

「要是我只想喝水呢？」

「這叫做口渴。如果不同時進食，這就叫發燒。」

「我明天吃。」

「為什麼不今天吃呢？把我做的整盤菜擱著！我燒的白菜味道可好呢！」

尚萬強握著老婦人的手，用和善的語氣對她說：

「我答應您吃掉它。」

「我對您很不滿意。」看門婦回答。

一個禮拜過去了，尚萬強沒有在房裡走動一步。他老是躺著。看門人對她的丈夫說：「上面的老人不起床了，也不吃東西，他活不久了。他很難過。我敢說他的女兒一定嫁得不好。」

「要是他有錢，就該請醫生來看看。如果沒錢，就沒有醫生。如果沒有醫生，他就得死去。」

「如果他有一個呢？」

「他也會死的。」

「可憐，一個這樣正直的老人！」

她看見街尾一個本區的醫生走過，就自作主張地請他上樓。

「在三樓，」她向他說，「您進去好了。那老人睡在床上不能動了，鑰匙一直插在門上。」

醫生看了尚萬強，並和他說了話。當他下樓後，看門人問他：

「怎麼樣？醫生。」

「您的病人病得很厲害。」

「是什麼病？」

「什麼病都有，但又沒有病。看來這人失去了一個親人，這會送命的。」

「他對您說了些什麼？」

「他說他身體很好。」

「您還來嗎？醫生。」

「來，」醫生回答，「但需要另一個人來。」

一天傍晚，尚萬強很困難地用手把自己撐起來。他替自己把脈，但已摸不到脈搏；他的呼吸很短促，而且不時停頓。他承認自己從來沒有這麼衰弱過。於是，一件特別重要的心事促使他使盡全力，坐了起來，穿上工人服。穿衣的時候，他額頭的汗珠不停地往下流。

他把手提箱打開，又把珂賽特的服裝拿出來，攤在床上。接著，他從一個抽屜裡取出兩支蠟燭，插在燭台上點燃。每走一步，都使他極度衰竭；他耗盡了的生命，正一點一滴地消失在最後的努力中。

他倒在鏡子前面的一張椅子上，鏡子上印著珂賽特吸墨紙上的字跡。他看著鏡子，已認不出自己。在婚禮前，人們覺得他還不到五十歲，這一年卻抵得上三十年。他的額頭上已不是年齡的皺紋，而是死亡的痕跡。他兩腮下垂，面如土色，嘴角朝下，帶著抱怨的神情望著空中。

他就這樣停留在沮喪的狀態，直到夜晚來臨，他很吃力地把一張桌子和一張舊扶手椅拖到壁爐邊，在桌上放下筆墨和紙張。

做完這些，他昏過去了。神智恢復後，他感到口渴；他提不起水罐，他很艱難地把它側過來靠近嘴，喝了一口水。

後來他轉向床鋪，仍舊坐著，因為他已站不住。他望著那套黑色的孝服和所有這些心愛的東西；這種靜觀可以延續數小時，但好像只過了幾分鐘。忽然，他一陣寒顫，感到寒冷已向他襲來，他撐在燭光照耀著的桌上，拿起了筆，用不停哆嗦的手慢慢寫下了這些字：

珂賽特！我祝福妳。我要向妳解釋。妳的丈夫有理由要我離去，然而他的猜測卻有些誤會，不過他這樣猜測是有道理的。他是個好人，我死後妳要永遠愛他。彭梅西先生，您也要永遠愛我親愛的孩子。珂賽特，妳會找到這張紙的，下面就是我要對妳說的話。聽我說，這筆錢完全是屬於妳的。一切情節如下：白玉是挪威的產品，黑玉是英國的產品，黑玻璃是德國的產品。玉石較輕、較珍貴，價值較高。在法國我們可以像德國那樣仿造這些飾物，只需一個兩吋立方的鐵砧和一盞酒精燈來熔化蜂蠟。過去蜂蠟是用樹脂和黑煙灰製成的，要四法郎一斤。我發明用蟲膠和松節油來製造，這樣就只需一個半的法郎，並且品質更好。扣子是用這種膠把紫色玻璃黏在黑鐵的底座上；鐵座的飾物用紫玻璃，金座的飾物用黑玻璃，西班牙買進很多這類飾物，那是個玉的國家……

寫到這裡他停下了，筆從手中跌落，他又一次從心底裡發出失望的嚎啕大哭，用兩手捧著頭沉思著。

「唉！」他內心在叫喊，「這下完了！我再也見不到她了。在我進入黑暗之前，不能再見她一面了。唉！一分鐘也罷，一剎那也罷！能聽到她的聲音，摸摸她的裙邊，看她一眼，然後再死去！死是無所謂的，可怕的是死而見不到她。她會對我微笑，向我說幾句話。難道這樣會損害誰嗎？不，完了，永遠完了。我孑然一身，上帝呀！我再也見不到她了。」

正在這時，有人敲門了。

34

就在同一天，馬留斯吃完晚飯回到辦公室，因為有一份文件要研究。這時巴斯克遞給他一封信，並說：「寫這封信的人在候客室裡。」

珂賽特當時正挽著外祖父的手臂在花園裡散步。

馬留斯接過信來。信上有一股煙葉味，馬留斯想起了這味道。他再看看信封上的地名：「致彭梅西男爵府」，熟悉的煙味使他認出筆跡。一瞬間，他的腦中彷彿射出了閃光，容德雷特的破房間浮現在他的眼前。如此奇特的巧遇！他曾再三尋找的兩個人的其中一個，不久前他曾全力以赴地去尋找而未果，想不到竟自己送上門來了！

他迫不及待地拆開信唸道：

男爵先生：

我握有一個關於某人的秘密，這人又與您有關。我可以把這秘密告訴您，希望能榮幸地為您服務。我將奉上一個最簡單的辦法，把這無權留在您尊貴的家庭裡的人驅逐出去。男爵夫人的出身是高貴的，道德的聖地絕不能容下這個罪惡。

我在候客室靜候男爵先生的命令。

這封信的簽名是「德納」，簽的名不假，只是少了一小截。此外，不知所云的內容和錯字連篇充分暴露了真相。來者的身分已是無庸置疑了。

馬留斯的情緒十分激動，驚愕之餘，他又感到幸運。他把寫字台的抽屜打開，拿出幾張鈔票放入口袋，接著便按鈴，要巴斯克把客人帶來。

巴斯克於是通報：「德納先生。」

一個人走了進來。

馬留斯又感到驚訝。進來的人他完全不認識。

這人年老，長著一個大鼻子，下巴隱藏在領結裡，戴著綠色眼鏡，花白的頭髮光滑齊眉，就像假髮一般；全身穿著黑服，一串裝飾品在背心口袋上吊著，像是錶鏈；手裡拿著一頂舊帽子，駝著背走路。

馬留斯看見進來的人並非他等待的人，於是感到失望。他對新來的人表示不歡迎，從頭到腳地打量著他。當時這人正在深深地鞠躬，他不客氣地問他：

「您有什麼事？」

這人用一個親善的露齒笑容作了回答：

「我曾有幸在社交界裡見過男爵先生，那是幾年前，在巴格拉季昂夫人家中，以及在法國貴族院議員唐勃萊子爵大人的沙龍裡……」

這是些無賴常用的策略，裝作認識一個不相識的人。

「我既不認識巴格拉季昂夫人，也不認識唐勃萊先生，」他惱怒地說，「我從沒去過這兩個地方。」

但這人仍親切地堅持說：

「那就是在夏多布里昂家！我和夏多布里昂很熟識。他很和氣，有時他會對我說：『我的老朋友德納，你不來和我乾一杯嗎？』……」

馬留斯的神色越來越嚴厲：

「我從來沒有榮幸被夏多布里昂接待過。有話直說吧，您來幹什麼？」

這人聽了這嚴酷的語氣，更深深地鞠躬：

「男爵先生，請聽我說，在美洲巴拿馬的一個地區，有一個村子叫羅亞，那裡只有一棟房子，房子的每一邊長五百尺，每層高十二尺，四周都有一個繞屋的平台。中央是一個內院，堆積著糧食和武器，沒有窗子，但有槍眼；沒有門，但有梯子，梯子從地上架到二樓，再從二樓架到三樓、四樓。房間沒有門，只有吊門，房間也沒有樓梯，只有梯子；夜間關上吊門，拿走梯子，槍眼裡都有人瞄準著，無法走進去。這裡白天是一棟房子，晚上是一座堡壘，有八百個住戶。為什麼要如此小心呢？因為這是一個危險地區；為什麼人們要去呢？因為這是一個絕妙的地方。那裡找得到黃金。」

「您究竟想幹什麼？」馬留斯因失望而變得不耐煩，打斷了他的話。

「我要說的是，男爵先生，我是一個疲憊的老外交家。舊文化使我厭倦，我想過過未開化的生活。」

「還有呢？」

「我想到羅亞定居。我們一家三口，妻子和女兒。旅途很長，要花不少錢。」

「這跟我有什麼關係？」馬留斯問。

這不相識的人把下巴伸出領結外，用意味深長的微笑回答：

「難道男爵先生沒有讀過我的信嗎？」

馬留斯確實沒有注意到信的內容。他一心顧著看筆跡，忽略了內容。

「說清楚點。」

「好吧，男爵先生，我就直說了。我有一個秘密要向您出售。」

「一個秘密？」

「沒錯。」

「和我有關？」

「多多少少。」

「什麼秘密？」

「男爵先生，您家裡有一個盜賊和殺人犯。」

馬留斯一陣顫抖。

「在我家裡？不可能。」他說。

陌生人鎮定地用手肘擦了擦帽子，繼續說：

「請您注意，男爵先生，我講的是最近的事。這個人騙取了您的信任，幾乎鑽進了您的家庭。他用了一個假名。我會告訴您他的真名，不收分文。」

「說下去。」

「他叫尚萬強。」

「我知道。」

「他是一個老苦役犯。」

「我知道。」

「您知道是因為我已榮幸地向您說了。」

「不是，我早已知道了。」

陌生人微笑著又說：

「我不敢反駁男爵先生。總而言之，您知道我是瞭解實情的。現在我要告訴您的事情只有我一個人知道。這與男爵夫人的財產有關。這是一個特殊的秘密，我將它賣給您，價錢便宜，兩萬法郎。」

「這秘密和其他的一樣，我也知道。」

那人感到需要殺點價：

「男爵先生，給一萬法郎吧，我就說。」

「我再重複一遍，您沒有什麼可告訴我的。我已知道您要說些什麼了。」

這人的眼中閃出一道光，他大聲叫喊起來：

「但我總得吃飯呀！我跟您說，這是一個特殊的秘密，男爵先生。不然，給我二十法郎好了。」

馬留斯的眼睛盯著他。「我知道您的特殊秘密，就像我知道尚萬強的名字，也像我知道您的名字一樣。」

「我的名字？」

「是的。」

「這並不難，男爵先生，我很榮幸地寫給您了，並告訴了您：德納。」

「第。」

「什麼？」

「德納第。」

「那是誰？」

「您也是工人容德雷特、演員法邦杜、詩人尚弗洛、西班牙人唐·阿爾瓦內茨，又是婦人巴里查。」

「什麼婦人？」

「您在蒙費梅伊開過小旅店。」

「小旅店！從沒有這回事。」

「我告訴您，您是德納第。」

「我否認。」

「還有，您是一個壞蛋，拿著。」

這時，馬留斯從口袋裡抽出一張鈔票，摔在他臉上。

「謝謝！對不起！五百法郎！男爵先生！」

這人驚惶失措，鞠躬，抓住鈔票，仔細瞧。

「五百法郎！」他驚訝地重複道，「值錢的鈔票！」

於是突然又說：「好吧，讓我們舒服一下吧。」

說完，他用猴子般靈敏的速度，把頭髮朝後一甩，抓下眼鏡，從鼻孔裡取出兩根變聲用的雞毛管，並把它們藏起來，像脫帽那樣改變了他的臉孔。他的眼睛發亮了，一個凹凸不平、皺得出奇的醜額頭露出來了，鼻子又恢復鷹鉤形。這個狡猾、凶狠的掠奪者又出現在馬留斯面前。

「男爵先生說得對，」他用清晰的失去鼻音的聲音說，「我是德納第。」

他把駝背伸直了。

德納第，確實是他。他非常吃驚，他本來是打算使人大吃一驚的，結果卻是自己大吃一驚。這種屈辱的代價是五百法郎。總之，他還是收下，但仍不免感到驚愕。

儘管他化了裝，第一次來見這位彭梅西男爵，但對方卻認出了他，而且還徹底瞭解他。這男爵不僅知道德納第的事，同時似乎也知道尚萬強的事。這個年輕人到底是誰？他如此冷酷，卻又如此慷慨；他知道別人的名字，知道別人所有的名字；慷慨解囊，但叱責騙子時又像一位法官。

我們知道，德納第雖曾是馬留斯的鄰居，卻從沒見過他。這在巴黎是常有的事。他曾隱約聽到女兒提到有個窮青年叫馬留斯，住在隔壁房間裡，但並不認識他。他一時還無法把馬留斯和彭梅西男爵兩人連結起來。

此外，他要女兒雅潔瑪跟蹤二月十六日的新婚夫婦，並靠著自己的搜查，發現了許多細節。他猜到他那天在下水道裡遇到的是什麼人，並且很容易就得到了他的名字。他知道彭梅西男爵夫人就是珂賽特；但關於這一點，他打算謹慎從事。珂賽特是誰？他自己也不很清楚；儘管他猜她是個私生女，卻無法確定。再說，他認為有比這更值錢的情報可以出賣。

馬留斯正在深思。他終於找到了德納第。這個人，他多麼希望能找到他，現在就在眼前了，他可以實現彭梅西上校的遺囑了。這位英雄欠了這個小偷的人情，至今沒有償還，他感到是種羞辱。但無論如何，他很滿意，他終於能夠把父親的名譽從這下流的債權人那裡贖回來。

除了這一責任外，還有另外一點也要搞清楚，那就是珂賽特財產的來源。機會似乎已在眼前，德納第也許知道一些情形。應該探探這個人的底細。

德納第已把鈔票藏進了背心的口袋裡，用溫和到近乎柔情的眼神望著馬留斯。

馬留斯打破了沉默：

「德納第，我對您說出了您的名字。現在，您想告訴我的秘密，要不要我來向您說？我也有我的情報，您會發現我知道得比您更多。尚萬強，您說他是殺人犯和盜賊。他是盜賊，因為他搶劫了一個富有的手工業廠主馬德廉先生，並使他破了產；他是個殺人犯，因為他殺死了一個叫賈維的員警。」

「我不懂，男爵先生。」德納第說。

「我把話說清楚。聽著，大約在一八二二年時，在加萊海峽省的一個區，有一個過去和司法機關有過糾葛的人，名叫馬德廉，他後來改過自新，恢復了名譽。這人成為一個不折不扣的正直的人；他創建一種行業製造黑玻璃珠，使得全城發了財，他自己也發了財。他是窮人的救濟者，他設立醫院、開辦學校、探視病人、給女孩們錢當作嫁妝、援助寡婦、撫育孤兒，就像地區的一個保護人。他拒絕接受勳章，又被提名為市長。一個被釋放的苦役犯知道這人的隱情，揭發了他並使他被捕，然後來到巴黎，用一個假的簽名，從拉菲特銀行領走了馬德廉超過五十萬法郎的存款。這個搶劫了馬德廉的苦役犯就是尚萬強，至於另一件事，您也沒什麼好告訴我的。尚萬強殺死了賈維，我當時就在場。」

德納第神氣地看了馬留斯一眼，就像一個戰敗者又抓住了勝利。他立刻恢復了微笑，溫和地向馬留斯說：

「男爵先生，您走錯路了。」

「怎麼！」馬留斯說，「您能反駁這些嗎？這是事實。」

「這是幻想。我很榮幸地向男爵先生這麼說：首先，尚萬強並沒有搶劫馬德廉；再者，尚萬強也沒有殺死賈維。」

「這怎麼可能！您憑什麼這麼說？」

「憑著兩件事。」

「哪兩件事？說。」

「第一，他沒有搶劫馬德廉先生，因為尚萬強本人就是馬德廉先生。」

「您說什麼？」

「第二，他沒有殺死賈維，因為殺死賈維的人，就是賈維自己。」

「您這是什麼意思？」

「我的意思是賈維是自殺的。」

「拿出證據來！拿出證明來！」馬留斯怒不可遏地叫著。

德納第從口袋中取出一個灰色大信封，裡頭裝有一些摺得大小不一的紙。他挑出兩張發黃、陳舊、有一大股煙味的報紙。其中一張，摺疊的邊緣部分已破碎，成塊地掉下來，看來比另一張更陳舊。

「兩件事情，兩種證據。」德納第說，於是他把兩張打開的報紙遞給馬留斯。

較舊的那一張，是一八二三年七月二十五日的《白旗報》，證實了馬德廉和尚萬強的確是同一個人；另一張是一八三二年六月十五日的《通報》，證明賈維的自殺，上頭還記述了賈維向警署署長的口頭彙報：當他被囚在麻廠街街壘時，一個寬宏大量的暴動者饒了他一命，那人明明可以殺死他，卻只朝空中放了一槍。

馬留斯讀了。這是顯而易見的事，日期確鑿，鐵證如山。馬留斯再也不能懷疑。那個出納員提供的情報是假的，而他也搞錯了。尚萬強忽然變偉大了。馬留斯忍不住狂喜地叫道：

「那麼，這不幸的人是一個可敬的人！這筆財產果真是他的！他就是馬德廉，整整一座城市的護衛者！尚萬強是賈維的救命人！這是一個英雄！一個聖人！」

「他不是一個聖人，也不是一個英雄，」德納第說，「他是個殺人犯和盜賊。」

「您說什麼？」他說。

「的確如此，」德納第說，「尚萬強沒有搶劫馬德廉，但他是個盜賊。他沒有殺死賈維，但他確實是殺人犯。」

「您是指四十年前那樁可憐的偷竊案？根據您手邊的報紙，說明他已終身懺悔，改過自新了。」

「我再重複一遍，男爵先生，我所說的是最近的事。我要向您洩露的事是所有人都一無所知的，是沒人聽說過的。您或許能在其中找到尚萬強手段高明地送給男爵夫人的財產的來源。我說手段高明，是因為他透過這樣的贈與，鑽進一個高貴的家庭來分享清福，同時隱藏了自己的罪行，享受著搶來的錢，隱瞞自己的名字，建立起一個家庭，這可不是一個等閒之輩能做到的。」

「我可以在這裡打斷您，」馬留斯提醒他注意，「但您還是繼續說下去！」

「男爵先生，我把一切都向您直說，酬勞就由您慷慨賞賜好了。這個秘密的確值不少錢呢！您會問我，為什麼我不去找尚萬強？原因很簡單，他已經放棄了這些錢，讓給了您。既然我需要旅費，我認為最好還是來找您，而不是去找一個身無分文的人。」

德納第在一張椅子上坐下，再把那兩張報紙塞回信封。然後，他翹起腿，靠著椅背，開始進入正題。

「男爵先生，一八三二年六月六日，大約一年前。在暴動的那天，有一個人在巴黎的下水道裡，在水道和塞納河的交會處，榮譽軍人院橋和耶拿橋之間。」

馬留斯忽然把他的椅子挪近了德納第。德納第感到對方聽了自己的話，正在變得激動，不禁心驚膽戰。

「這個人，不得不躲藏起來；他把下水道當成住家，並且還有一把鑰匙。我再強調一遍，那天是六月六日。大約晚上八點左右，這人聽見水道裡有聲音，大為驚奇，就躲了起來，窺伺著。這是走路的腳步聲，有人正在黑暗中向他這邊走來。這真是怪事！下水道的出口離這裡不遠，從出口射來的一點光線使他能看見來者，並看見這人背上馱著東西，彎著腰前進。這個人是一個過去的苦役犯，背的是一具死屍。他正要去把屍體丟進河裡。話說回來，這個苦役犯從下水道遠處走來，途中一定會經過一個可怕的窪地，他明明可以把屍體丟去，但這凶手不願這麼做，寧可背著重負越過窪地。他一定花了驚人的力氣，冒了最大的生命危險，我不懂他怎麼能夠活著出來。」

馬留斯的椅子又挨近了一點。德納第深深地吸了一口氣，繼續說下去：

「這兩個人相遇了。過路的人向住戶說：『您看，我背著這東西，我得走出去。您有鑰匙，給我吧！』這個苦役犯力大無窮，住戶當然不敢拒絕，但他拖延了一些時間，趁機察看了那具死屍。他沒能看清楚，只知道他是個年輕人，穿著講究，像一個富家子弟，臉上血跡模糊。他一邊談話，一邊偷偷撕下了死者背後的一塊衣角，做為物證。他把這東西放在口袋裡，之後便打開了鐵柵門，放走了這名凶手。現在您明白了，背死屍的是尚萬強，有鑰匙的人此刻正在和您說話，還有那塊衣角……」

德納第在說完這話的同時，從口袋裡抽出一塊沾滿深色斑點的黑呢碎布。他用兩個大拇指和兩個食指捏著，舉得和他的眼睛一樣高。

馬留斯站起來，臉色慘白，呼吸困難，眼睛盯著那件東西一言不發。他目光不離這塊破布地退到牆邊，把右手向後伸去，在牆上摸索著尋找一把鑰匙。他找到那把鑰匙後，打開壁櫥門，伸進手臂，驚愕的眼光始終不離德納第手中的破布。

這時德納第繼續說：「男爵先生，我有充分的理由認為這個被殺的年輕人是一個被尚萬強誘騙來的、身上有著大量錢財的外國富人。」

「那年輕人就是我！衣服在這裡！」馬留斯大聲叫著，把一件沾滿血跡的舊衣服丟在地板上。

然後，他把德納第手上那塊碎片奪過來，蹲在衣服前，把撕下的這塊拼在缺了一塊的角落，撕口完全吻合，破布正好補全了那件衣服。

德納第目瞪口呆，心想：「我完了。」

馬留斯顫抖著站起來，既失望又喜不自禁。

他搜索著衣袋，氣憤地走向德納第，把抓滿了五百和一千法郎的拳頭舉到他面前，幾乎碰到他的臉：

「你這卑鄙的東西！你撒謊、誹謗、陰險惡毒！你來誣告這個人，反而證明了他的無罪；你要陷害他，反而使他變得更加高尚！你才是盜賊、殺人犯！我見過你，你這個化名容德雷特的傢伙，住在醫院路的貧民窟裡。我知道的關於你的事足以送你去服苦役，甚至去比苦役牢更遠的地方！如果我願意的話。拿著，這裡是一千法郎，惡貫滿盈的無賴！」

於是他扔了一張一千法郎的鈔票給德納第。

「啊！你這個下流的騙子！這下子你該得到教訓了，下賤的東西！把這五百法郎拿走，給我滾！滑鐵盧保護了你。」

「滑鐵盧？」德納第嘟噥著，把錢塞進了口袋。

「沒錯，殺人犯！你在那裡救了一位上校的命……」

「一位將軍。」德納第昂起了頭說。

「一位上校！」馬留斯氣憤地回答，「若是一位將軍，我是不會給你一分錢的。滾！不要再出現了！祝你幸福。啊！魔鬼！這裡還有三千法郎，拿去！明天你就離開這裡，帶著女兒到美洲去。你的妻子早已死了，可惡的騙子！我會監視你動身，強盜，到那時我再給你兩萬法郎，滾到別處去找死吧！」

「男爵先生，」德納第深深鞠躬回答說，「感激不盡。」

於是他出去了。他莫名其妙，在這種甜蜜的上千法郎的轟擊下，鈔票像雷擊那樣劈頭蓋臉而來，讓他感到驚喜交集。

我們立刻把這個人的事交代完：兩天之後，他在馬留斯的安排下，用了一個假名，懷著匯到紐約去的兩萬法郎支票，帶著女兒雅潔瑪到美洲去了。在那裡，他的歹毒心腸仍然不變，像在歐洲時一樣幹著醜惡的勾當。他靠著馬留斯的這筆錢成為了一個販賣黑奴的商人。

德納第一走出門，馬留斯就跑到花園裡，珂賽特還在散步。

「珂賽特！珂賽特！」他叫著，「來！快來！一起出去。巴斯克，攔一輛車！珂賽特，來！啊！我的上帝！是他救了我的命！不要耽誤時間了！快圍上圍巾。」

珂賽特以為他瘋了，但還是聽從了他的話。

他喘不過氣來，用手壓住心跳，大步地來回走著，他吻著珂賽特。「啊！珂賽特！我是一個可恥的人！」

他說。

馬留斯心情狂亂，他開始模糊地看到尚萬強崇高而慘澹的形象。一種絕無僅有的美德顯示在他眼前，至高無上而又溫和，偉大而又謙虛。這個苦役犯已經成為聖人了。這奇蹟使馬留斯眼花繚亂，他不知道究竟見到了什麼，只知道眼前的東西偉大無比。

一會兒，街車來到了門前。

馬留斯讓珂賽特上車，自己也跳了上去。

「車伕，」他說，「武人街七號！」

馬車出發了。

「啊！多麼幸福呀！」珂賽特說，「武人街，我都不敢向你提了，我們去拜訪尚先生！」

「是妳的父親！珂賽特，他比任何時候都更是妳的父親。珂賽特，我想到了，妳說妳沒有收到我叫加夫洛許送給妳的信，這封信肯定是落在他的手裡了！珂賽特，他到街壘去是為了把我救出來。珂賽特，他又順便救了別人。他救了賈維。他把我從這深淵裡背出來帶給妳，他背著我通過那可怕的下水道。啊！我是一個忘恩負義的人！珂賽特，他做了妳的保護人，又成了我的保護人。妳想想，那裡有一個可怕的窪地可以使人滅頂，埋在汙泥裡，他卻背著我渡過去了。我當時處在昏迷狀態，我看不見、聽不見，對自己的遭遇一無所知。我們去把他接回來，跟我們一起回來，不管他願意不願意，都不讓他再離開我們了！但願他在家裡！但願我們能找到他！今後我將終身敬愛他。沒錯，一定是這樣，妳明白嗎？珂賽特，加夫洛許的信一定是交給他了，一切都弄清楚了。妳懂了吧！」

珂賽特一點也不懂。

「你說得對。」她向他說。

這時車輪正向前滾動。

35

尚萬強聽見敲門聲，就轉過身去。

「進來。」他用微弱的聲音說。

門一開，珂賽特和馬留斯出現了。

珂賽特跑進房間，馬留斯在門口站著，靠在門框上。

「珂賽特！」尚萬強說，他從椅子上坐起身來，張開顫抖的兩臂，神情驚恐，面色慘白，看起來很駭人，目光裡露出無限歡樂。

珂賽特因激動而感到窒息，倒在尚萬強的懷中。

「父親！」她喊著。

尚萬強精神錯亂，結結巴巴地說：「珂賽特！她！是您！夫人！啊！我的上帝！」

於是，在珂賽特的緊抱之中，他叫道：「是妳呀！妳在這裡！妳原諒我了！」

馬留斯垂著眼皮，不讓眼淚流下。他走近一步，嘴唇痙攣地緊縮著，忍住痛哭，輕輕地喊了一聲：

「我的父親！」

「您也是呀，您也原諒我了！」尚萬強說。

馬留斯一句話也說不出，尚萬強又說：「謝謝。」

珂賽特把圍巾拉下來，把帽子扔在床上。「戴著不方便。」她說。

於是她坐在老人的膝上，一邊用可愛的動作把他的白髮撥開，吻他的額頭。尚萬強隨她擺佈，神情恍惚。

珂賽特模糊地懂得了一點，她加倍親熱，好像要替馬留斯贖罪。

尚萬強含糊地說：「我真傻！我以為見不到她了。您想想，彭梅西先生，你們進來的時候，我正在想：『完了，我是一個悲慘的人，我再也見不到珂賽特了。』而當時你們正在上樓梯。我多麼愚蠢！竟沒有想到上帝。慈悲的上帝說：『你以為他們就這樣把你遺棄了？傻瓜！不會的，絕不會這樣的。來吧，這裡有個可憐的人需要一個天使。』天使就來了，我又見到了我的小珂賽特！啊！我曾經痛苦萬分呀！」

他有一陣子幾乎說不出話來，後來又繼續說下去：

「我很需要偶爾看看珂賽特，我的心需要一點寄託；但我又感到我是個多餘的人。我試著告訴自己：『他們不需要你了，待在你自己的角落裡吧！你沒有權利永遠賴著不走。』啊！感謝上帝，我又見到她了！妳知道嗎？珂賽特，妳的丈夫很漂亮。啊！妳有一個美麗的繡花領，非常好看，是妳丈夫挑選的，對嗎？彭梅西先生，讓我稱她『妳』吧！這不會太久了。」

珂賽特接著說：

「您這樣丟下我們，多麼不近人情！您去哪兒啦？為什麼離開這麼久？以前您去旅行最多三四天。我派妮珂萊特來，她老是回答：『他還沒回來。』您什麼時候回來的呢？為什麼不告訴我們？您變了很多，您知道嗎？啊！父親！他生了病，我們竟不知道！你瞧，馬留斯，摸摸他的手，竟然變得這麼冰冷！」

「這麼說，您來了！彭梅西先生，您原諒我了。」尚萬強又說了一遍。

聽到尚萬強重複這句話，一切擁塞在馬留斯心頭的東西找到了發洩的機會，爆發出來了：

「珂賽特，妳聽到了嗎？他竟這樣說！要我原諒他！妳知道他是怎樣對我的嗎？他救了我的命！還不只這些，他把妳給了我！在這之後，他自己又怎麼樣呢？他犧牲了自己。他就是這樣一個人！而對我這忘恩負義的人、對我這個健忘的人、對我這個殘酷的人，他卻說：『謝謝！』珂賽特，即使我付出一輩子也無法報答他。他背著我離開那個街壘，離開那條下水道，使我避開一切死難，而他自己卻承受一切！所有的勇敢、道義、英雄精神、神聖品德他都具備了！珂賽特，這個人真是一位天使！」

「呸！呸！」尚萬強輕聲說，「為什麼要說這些話？」

「但是，您，」馬留斯氣憤而又尊敬地說，「為什麼您不說這些事？這也是您的過錯，您救了別人的命，還要瞞著別人！尤其是，您藉口說要揭發自己，其實是在誹謗自己，這真可怕！」

「我說的是真話。」尚萬強回答。

「不！」馬留斯又說，「說真話，要把全部都說出來，而您並沒有。您為什麼不說您就是馬德廉先生？為什麼不說您救了賈維？為什麼不說您救了我？」

「因為我想的和您一樣，我覺得您有道理。我應該走開。如果您知道了下水道的事，您就會留我下來。因此我不應該說。如果我說出來，大家就會感到拘束了。」

「拘束！什麼拘束！」馬留斯回答，「難道您還想待在這裡嗎？我們要帶您走。我們要把您接回去，永遠不離開您。您是她的父親，也是我的。您不會再留在這可怕的房子裡了。您明天就不在這裡了。」

「明天，」尚萬強說，「我不會在這裡，但也不會在您的家裡。」

「您這是什麼意思？」馬留斯問道，「啊，現在我們不允許您再去旅行。您不要再離開我們，您是我們的人，我們不放您走了。」

「這一次，我們說話算話。」珂賽特加上一句，「我們的車子在樓下，我們要把您帶走。如果有必要的話，我還要用武力呢！」

於是她笑著做出用手臂抱起老人的姿勢。

「家裡一直替您保留著房間，」她繼續說，「您知道，現在的花園多麼美呀！杜鵑花開得很茂盛，小路都用沙子鋪過了，沙裡還有小的紫色貝殼。您將會吃到我親手種的草莓。家裡不會再有什麼夫人，也不會有什麼尚先生了，大家都用『你』相稱。對嗎？馬留斯。等您回去了，外祖父會多麼高興呀！您在花園裡將會有您的一小塊地，您自己耕種，看看您的草莓是不是和我的長得一樣好。還有，我什麼都依您，不過您也得好好地聽我的話。」

尚萬強在聽著，但又沒聽見，他聽著她那悅耳的說話聲，而沒有聽懂她話中的含意。一大顆淚珠慢慢地在眼裡出現。於是他輕聲說：

「這足以證明上帝是慈悲的。她在這裡了。」

「父親！」珂賽特呼喚著。

尚萬強繼續說：「是啊，能一起生活，這多麼好。我和珂賽特去散步，和活著的人一樣，互相問好，在花園裡相互呼喚，這多麼幸福。從清早就能相見，我們每人各種一塊地。她種的草莓給我吃，我讓她摘我種的玫瑰花，這多麼好呀。但是……」

他停下來溫和地說：

「可惜。」

眼淚沒落下來，又收回去了，尚萬強用一個微笑代替了它。

珂賽特把老人的雙手握在她手中。

「老天！」她說，「您的手更冷了。您生病了嗎？您不舒服嗎？」

「我沒有病，」尚萬強回答說，「我很舒服，可是……」

他又停下不說了。

「可是怎麼樣呢？」

「我馬上就要死了。」

珂賽特和馬留斯聽了以後不住顫抖。

「要死了？」馬留斯叫道。

「是呀，但這不算什麼。」尚萬強說。

他呼吸了一下，微笑著，又說了下去：

「珂賽特，妳剛才在跟我說話，再多說一點吧！讓我聽聽妳的聲音。」

馬留斯嚇呆了，他望著老人。珂賽特發出一聲淒厲的叫聲。

「父親！我的父親！您要活下去，您會活的，我要您活下去，聽見了吧！」

尚萬強抬起頭來看著她，帶著一種疼愛的神色：「噢，是的，別讓我死吧。誰知道？我也許會聽從。你們來的時候我正要死去，但是停了下來。我覺得我好像又活過來了。」

「您是充滿了活力和生命的，」馬留斯大聲說，「難道您認為一個人會這樣死去嗎？您曾痛苦過，以後再也不會有了。您會活下去的，和我們一起活著，並且還會長壽！我們接您回去。我們兩人從今以後只有一個願望，那就是您的幸福！」

「您看，」珂賽特滿面淚痕地說，「馬留斯說您不會死的。」

尚萬強微笑著繼續說：

「不行，彭梅西先生，上帝的想法和您我一樣，而且祂不會改變主張。我最好還是離開。死是一種妥善的安排，上帝比我們更知道我們需要的是什麼。祝你們快樂，我的孩子們，你們的四周有丁香，又有黃鶯，你們的生命像朝陽下美麗的草坪，天上的喜悅充滿你們的心靈，而我已一無用處。讓我死吧，這樣是最好的。妳的丈夫真好！珂賽特，妳跟著他比跟著我好多了。」

門上發出聲音。是醫生進來了。

「早安，再見，醫生，」尚萬強說，「這是我可憐的孩子們。」

馬留斯走近醫生，醫生向他使了一個眼色。

「世事並非盡如人意，」尚萬強說，「我們不該指責上帝不公正。」

大家靜默無言，所有人的心都感到沉重。

尚萬強轉向珂賽特，凝視著她，好像要把她的形象帶到永生裡去一樣。他雖已沉入黑暗深處，但仍望著珂賽特出神。這個溫柔的容貌使他蒼白的臉煥發出光芒。

醫生為他把脈。

「啊！原來他缺少的是你們。」他望著珂賽特和馬留斯輕聲說。

於是他湊近馬留斯的耳邊輕聲加了一句：「太遲了。」

尚萬強幾乎一直望著珂賽特，偶爾也看看馬留斯和醫生。他的嘴裡含糊地說道：

「死不算什麼，可怕的是不能活了。」

忽然他站起身來，這是臨終時的迴光返照。他穩穩地走向牆壁，把攙扶他的馬留斯和醫生推開，取下掛在牆上的一個銅十字架，又坐回原位，把十字架放在桌上，並且高聲說：

「這就是偉大的殉道者。」

然後他的胸部下陷，頭搖晃了一下，墓中的沉醉彷彿侵蝕了他。

珂賽特扶著他的雙肩嗚咽著，想要和他說話又說不出來。只聽見她含著淒楚的口水伴著眼淚這樣說：「父親，不要離開我們，怎麼能剛找到您就又失去您呢？」

尚萬強昏迷了一陣子，突然又恢復了一點氣力。他搖晃一下腦袋，像要甩掉黑暗，接著幾乎變得完全清醒了。他拿起珂賽特的袖子一角吻了一下。

「他醒過來了！醫生，他醒過來了！」馬留斯喊著。

「你們兩個，」尚萬強說，「我告訴你們是什麼事令我痛苦。那就是，彭梅西先生，您不肯動用那筆錢。那筆錢的確是您夫人的。我要向你們解釋，孩子們。黑玉是英國的產品，白玉是挪威的產品；這一切都寫在這張紙上，你們以後再看吧。至於手鐲，我發明了不焊死金屬扣環，而是把兩頭靠緊的方法，這樣比較美觀，而且廉價。你們知道這樣可以賺很多錢。因此珂賽特的財產的確是屬於她的。我講這些是為了讓你們安心。」

看門人上樓了，透過半開的門向裡面張望著。醫生叫她走開。這個熱心的婦人在離去前向垂死的人說：

「您需要一個神父嗎？」

「我已有了一個。」尚萬強回答。

這時他伸出手指，指著他頭頂上方的某一處，他彷彿看見那裡有個人。

或許主教真的在這臨終的時刻來到了。

珂賽特輕輕地把一個枕頭塞在他的腰部。

尚萬強又說：「彭梅西先生，不用擔心。我懇求您，那六十萬法郎是屬於珂賽特的，如果你們不願享受它，那我就白活了！」

兩個年輕人痛苦得說不出話來，不知要向垂死的人說些什麼。他們失望地顫抖著站在他眼前，馬留斯握著珂賽特的手。

尚萬強一點一點地衰竭下去。他不斷地在變弱，他已接近黑暗的天邊。他的呼吸已斷斷續續，喉中有種嘎嘎的響聲在阻礙氣息；他的上臂已很難移動，雙腳也已不能動。當四肢失靈，身體越來越衰竭時，莊嚴的靈魂卻在上升，並且已經顯示在他的額頭上。他的眼珠裡已經出現了未知世界的光明。

他做了一個手勢要珂賽特走近，又要馬留斯走近。在這最後的一分鐘，他用微弱得好像來自遠方的聲音和他們說話，彷彿已有一堵牆把他和他們隔開了。

「過來，你們兩個，我很愛你們。啊！這樣死去有多好！我的珂賽特，妳愛我，我知道妳對我一直是有感情的，妳將會稍稍為我哭一下，對嗎？但不要太過分，我不願意讓妳難過。你們應當多多享樂，我的孩子。那六十萬法郎是清白的錢，你們可以安享富貴。你們應該有一輛車，偶爾在戲院訂一個包廂，做一些漂亮的舞會服裝，用盛宴招待你們的朋友。要過得非常幸福。剛才我寫了封信給珂賽特，她會找到那封信的。孩子們，你們別忘了我是一個窮苦人，把我埋在隨便一塊地上，用一塊石板蓋著做記號。這是我的遺願。石上不要刻名字。如果珂賽特有時能來看望我一下，我會感到愉快的。還有您也來，彭梅西先生。我要向您承認，我並非一直喜歡您的，我為此向您道歉。現在您和她，對我來說是同一個人了。我十分感激您，我知道您會讓珂賽特幸福。珂賽特，妳看見妳小時候的衣服在床上嗎？妳還認得嗎？那只不過是十年前的事。時間過得多麼快呀！妳還記得在蒙費梅伊的樹林裡，妳多麼害怕！妳還記得我當時幫妳提起水桶嗎？那是我第一次碰觸到妳這可憐的小手，當時它凍得通紅，現在是雪白的了。還有妳的大娃娃！記得嗎？妳叫她凱薩琳，後悔沒有把她帶進修道院！妳不記得了，這些都是過去的事了，我一直認為這一切只屬於我，我多麼愚蠢！現在，珂賽特，我該把妳母親的名字告訴妳了。她叫芳婷，記住這個名字。當妳提到她的名字時，妳應該跪下。她吃過很多苦，她非常愛你，她的痛苦就和妳的幸福一樣多。這都是上帝的安排。現在，我該走了，孩子們，你們永遠相愛吧！別忘了有時想起這個可憐的老人。啊！孩子們，我看不清楚了，我看見光亮。你們倆再靠近我一點，讓我愉快地死去。把你們親愛的頭靠近我，好讓我把手放上去。」

珂賽特和馬留斯跪下，心慌意亂，哽咽悲泣，每人靠著尚萬強的一隻手，這隻莊嚴的手已不再動彈了。

他倒向後面，兩支燭光照著他；他那白色的臉望著上天，任由珂賽特和馬留斯拚命吻他的手。他死了。

天空沒有星光，一片漆黑。在黑暗中，或許有一個站著的大天使展開雙翼，正在等待這個靈魂。

36

在拉雪茲神父公墓裡，靠近普通墓穴的旁邊，在一個荒僻的角落裡，靠著一堵舊牆，在一棵攀著牽牛花的大水杉下面，在茅草和青苔之中，有一塊石板。這塊石板和別的石板一樣，因年代久遠而斑駁，發了霉，長著苔蘚，堆著鳥糞。雨水使它發綠，空氣使它變黑。它不在任何路旁，人們不愛到這邊來，因為野草太高，會弄濕雙腳。當少許太陽露面時，壁虎會出現，四周還有野燕麥圍著沙沙作響。

這塊石板光禿禿的，上面沒有名字。

但是多年前，有隻手用鉛筆在上面寫了四句詩。這首詩在雨露和塵土的洗刷下已慢慢地變模糊了，如今大概已經消失了：

他安息了。儘管命運多舛，
他仍偷生。失去了天使他就喪生；
事情是自然而然地發生，
就如同夜幕降臨，白日西沉。

Han d'Islande

冰島的凶漢 1823

在冰雪國度，展開了壯闊的英雄史詩。
他，是王國總督之子；她，是欽犯之女。
為了愛情，他慨然褪去富貴之衣；
為了愛情，他毅然踏上冒險之路。
一段險惡的旅途，一場悲壯的起義，
圍繞著一個來自冰島的惡魔，
牽扯出一樁凶險的政治陰謀。
這場驚天風暴，究竟會如何收場？

Les Misérables

~Romans de Victor Hugo

1

「尼爾斯鄉親，這就是愛情的結局。要是可憐的古妲專心幫父親修船補網，就不會像隻被打上岸的海星，躺在那塊大黑石上了。願她父親節哀。」

「躺在她身邊的未婚夫吉爾．斯塔特，」一個尖銳的聲音說，「要是沒認識古妲，沒去該死的雷拉斯礦坑，留在家裡逗弟弟玩耍，也就不會躺在那裡了！」

「奧麗大娘，」尼爾斯插嘴道，「吉爾沒有弟弟。正因為這樣，斯塔特寡婦才更加悲傷呢！」

「可憐的母親！」奧麗大娘又說，「這全是那年輕人的錯，幹嘛要去雷拉斯當礦工呢？」

「但是，」一個年輕人問，「如果吉爾是為了贏得未婚妻的心才去的呢？」

「不該為了不值得、也不會幸福的愛賭上性命！」奧麗插嘴道。

「這名年輕女子是因為未婚夫的死而絕望跳海的嗎？」另一個好奇者問道。

「誰說的？」一名士兵高聲叫道，「我瞭解這名女子，她確實是一名礦工的未婚妻，但她也是我一個同袍的情人。前天，她想潛入孟哥爾摩堡與情郎慶祝未婚夫的死，但船撞上暗礁，她便淹死了。」

現場一陣騷動，老太婆們紛紛叫道：「不可能！」那名士兵正想朝她們發火，只聽見一個威嚴的聲音喊道：「停，停！多嘴的婆娘們。」爭吵頓時平息下來。

這些事就發生在一棟陰森的建築物內，它是公眾建來收容無名屍的場所，經常聚集了無動於衷的好奇者。這些交談者所在的大廳十分寬敞，它被一道鐵欄杆前後隔斷，後廳擺放著一排整齊的石板，礦工與其未婚妻佔了其中兩張。剛才的對話就是在這兩具屍體前進行的。

一個又瘦又老的高大男人抱著雙臂，垂著頭，坐在屋角的破凳子上，起初似乎對談話漠不關心，這時卻突然站起來喊道：「停，停！多嘴的婆娘們。」並走過來抓住了士兵的手臂。眾人不吭聲了，女人們卻開始竊竊私語：「他是斯普拉德蓋斯特停屍所的守屍人！」「那個該死的巫師斯皮亞古德瑞！」

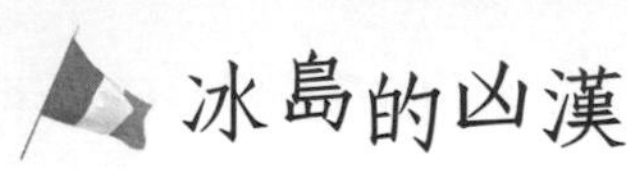

這名守屍人竭力裝出笑臉，對士兵說：「請告訴我，勇敢的士兵，那個古姐的情郎，想必也因為失去她而絕望得自殺了吧？」

「好啊！看守屍體的大僵屍，」軍人說，「你嬉皮笑臉的想幹嘛？你的笑容活像吊死鬼的最後一笑。」

「要是屍體是在水裡找到的話，就必須把一半的錢分給漁民。所以我想拜託你，別讓你的伙伴投水自盡，其他什麼死法都可以。我相信，他一定不會讓好心接納他屍體的基督徒失望的。」

「你錯了，我的伙伴絕不會接受你那些石床的招待的。因為他已經找到另一個女人，不會再去想一個死人了。我以我的鬍鬚打賭，他早就厭倦你的古妲了！」

聽了這番話，斯皮亞古德瑞那暫時按捺住的怒火又更加猛烈地傾瀉出來，老太婆們也叫嚷了起來。要不是這時外頭的聲響吸引了大家的注意，真不知這場風暴要怎麼平息。不一會兒，一群半裸的孩子圍著一副擔架，又跑又叫地進了斯普拉德蓋斯特。擔架被遮蓋著，由兩個人抬進來。

「從哪裡來的？」守屍人問兩個抬擔架的人。

「烏爾什塔爾海灘。」

斯皮亞古德瑞叫來了助手奧格里匹格拉普，與抬擔架的人一同進了側門。眾人還在議論紛紛，斯皮亞古德瑞與助手便抬著一具男屍出現在後廳，把它放在一張石床上。

「聖別西卜保佑！」士兵叫道，「他是我們團的軍官！」

人越聚越多。就在這時，一名經過的年輕男子翻身下馬，把韁繩遞給僕人，走進了停屍所。他穿著一身旅行便裝，靴子和馬刺沾滿了泥，說明他是從遠方來的。當他進來時，一個戴著大手套的矮人正回答士兵說：

「誰說他是自殺的？我敢保證，這個人不會自殺！」

「瞧你說的，滾一邊去吧！你那雙灰色小眼睛跟你戴著手套的雙手一樣，被遮蔽住了！」

「士兵，你最好求你的主保聖人保佑，別讓這雙手哪天在你臉上留下印記。」

「走，到外面去！」火冒三丈的士兵吼道，然後又忽然說：「不，在死人面前不可以談決鬥。」

矮個子男人嘟噥了幾句外國話，便離去了。

有一個聲音說道：「他是在烏爾什塔爾海灘被發現的。」

「烏爾什塔爾海灘？」士兵說，「狄斯波爾森上尉從哥本哈根來，今天早上應該在那裡下船。」

「狄斯波爾森上尉還沒到孟哥爾摩。」另一個聲音說。

「聽說冰島的凶漢最近常在這一帶海灘遊蕩。」又一個人說。

「這麼說來，這個人可能就是上尉，」士兵說，「如果凶手是凶漢的話。因為大家都知道，那個冰島人手段凶殘，被他殺死的人看起來都像是自殺一樣。」

「那個凶漢是個什麼樣的人？」有人問道。

「是個巨人。」有個人回答。

「是個侏儒。」另一個人回答。

「沒有人見過他？」一個聲音在問。

「第一個見到他的人，就是最後一個見到他的人。」

「噓！」奧麗大娘說，「聽說只有三個人跟他講過話。一個是斯皮亞古德瑞，一個是斯塔特寡婦，還有一個——就是躺在那裡的吉爾！」

「現在，」士兵突然叫道，「我相信那的確是狄斯波爾森上尉了。我認出了那條鋼鏈！」

從遠方來的年輕男子連忙追問道：「你確定他是狄斯波爾森上尉？」

「我以聖別西卜之名發誓！」士兵說。

年輕男子突然走了出去，對僕人說道：「弄條船來，去孟哥爾摩。」

「但是少爺，那將軍呢？」

「把馬牽到他那裡去，我明天再去。好了，天要黑了，我有急事，快弄條船來。」

僕人遵命了。之後，他一直目送自己的年輕主人離開海岸。

2

特隆赫姆雖然不是總督官邸所在地，卻是挪威四大城市之一。在故事發生的一六九九年，挪威王國還與丹麥聯合在一起，由總督統轄。總督府設在更南邊的貝根，那裡比特隆赫姆城更大、更美。

特隆赫姆港十分寬闊，就像一條長長的運河，右邊為丹麥和挪威的船隻，左邊是外國船隻。盡頭便是城池，座落在一片平原上，遠遠可以看見大教堂的尖頂。城市上方，可以見到柯拉山脈白色細長的山巒，形狀如同古王冠的尖銳花飾。港口中間的岩堆上，矗立著孤單的孟哥爾摩要塞，這是一座陰森的監獄，關押著一名曾經不可一世的囚犯。

舒瑪赫出身卑微，卻飽受國王寵幸。當他從丹麥—挪威聯合王國首相淪為叛徒後，被關進聯合王國最邊境的一座地牢中，眼睜睜看著他提拔的那些人瓜分他的那些殊榮。他的死敵阿勒菲爾德伯爵繼任了他的首相職位，阿倫斯多夫將軍以大元帥的身分執掌了軍權，斯波利森主教擔起了大學督察之職；唯一沒有仰仗他的是尤利克·腓特烈·蓋爾登留，先王弗雷德里克三世的私生子。他是挪威總督，也是這幫人之中地位最高者。

年輕男子的船慢慢划向陰森的孟哥爾摩要塞。夕陽迅速地下沉到要塞的背後，只剩下天邊一抹餘暉。

3

「安德烈，去通知大家，再過半小時熄燈。別忘了七點放炮，還有把碼頭鐵鍊絞起。狄斯波爾森上尉還沒回來，得點亮燈塔，還有，別忘了替上尉準備清涼飲料！」

孟哥爾摩守軍駐紮在要塞第一道門的矮塔裡，中士在燻得烏黑的拱頂下吩咐著。士兵們連忙離開賭桌或下了床，去執行他的命令，隨後又安靜了下來。

此時，一陣規律的划槳聲從外面傳來。「上尉總算回來了！」中士打開小窗，的確有條小船在鐵門下方。

「是誰呀？」中士扯著嗓子喊道。

「開門！」一名年輕人回答，「沒事的。」

「不許進來！你有通行證嗎？」

「有。」

「我得查驗一下！要是你撒謊，我會讓你嘗嘗海灣裡的水。」他關上小窗，轉過頭說道：「不是上尉。」

鐵門後亮起了燈，生鏽的門栓吱咯作響。門開了，中士檢查來人遞給他的證件。確認無誤後，中士一邊嘟噥，一邊把鐵門拴好。而年輕人則迅速穿過塔樓的拱頂，穿過操練場和炮庫，來到狼牙大閘門前。再次查驗證件後，他跟著一名士兵斜穿過圈著環形大院的方形園子。環形大院的中間屹立著主塔「施萊斯威格雄獅堡」，這座國家監獄是用來關押有地位的犯人的，除了擁有舒適的起居條件而外，還讓他們能在一個園子裡散步。

年輕人拾級而上，通往圍牆塔樓中的一座。來到這裡後，他便使勁吹起守衛給他的一支銅號角。「開吧！開吧！」裡面有人在喊，「一定是那個該死的上尉。」

暗門開了，只見昏暗的哥德式大廳裡，有一個年輕軍官大喇喇地躺在一堆毛皮上，身邊有一盞燈；他的衣服華麗，與空曠的大廳和粗糙的傢俱形成強烈對比。他兩手捧著一本書，朝來者半側過身來。

「是上尉嗎？您好，上尉，請容我對您表示衷心的恭賀和慰問。告訴我，外頭還在流行粉紅色飾帶結嗎？那個法國女人的新小說翻譯出來了嗎？我手裡拿著的正是《克列麗》，如今我與美人們相隔兩地，只好用它來解解饞了。唉！我父親命令我待在舒瑪赫的女兒身邊，但這只是白費力氣。她整天哭哭啼啼的，從不看我一眼……」

年輕人一直沒打斷軍官的絮叨，這時突然驚訝地叫道：「什麼?命令你引誘不幸的舒瑪赫的女兒?」

「就算是吧，但依我看，連魔鬼也引誘不了她！前天我值勤的時候，刻意在她面前放了一粒從巴黎送來的新鮮草莓。你猜怎樣？她連看也不看一眼！儘管我從她房間經過三四次，還把馬刺敲得噹噹作響——那馬刺的轉輪比倫巴底的金幣還大，是最新式樣，對吧？」

「上帝呀，上帝！」年輕人敲著額頭說，「我真是想不到。」

「就是啊！」軍官又接著說，「對我不屑一顧！儘管不可思議，卻是事實。」

年輕人非常激動，邁著大步踱來踱去。

「你要喝點什麼嗎？狄斯波爾森上尉。」軍官高聲喊問，年輕人這才回過神來。

「我根本不是狄斯波爾森上尉。」

「什麼！」軍官坐了起來，厲聲說：「你到底是什麼人？都這麼晚了，竟敢闖進這裡！」

年輕人打開了自己的證件，「我要見格里芬菲爾德伯爵，也就是你的犯人。」

「伯爵！」軍官滿臉不高興地嚷道，「不過，證件倒是沒問題，確實是掌璽副大臣格魯蒙德．德．克努德的簽名。格魯蒙德是特隆赫姆的司令官勒萬將軍的兄弟。告訴你吧！我未來的妹婿還是這位老將軍帶大的。」

「謝謝你告訴我這些，中尉，你不覺得你說得已經夠多了嗎？」

「真是無禮！」中尉咬著嘴唇心想。「喂！把這個陌生人帶去見舒瑪赫。你這盞三嘴燈就由我先收下了，我對這件玩意兒很有興趣。」

當年輕人與帶路人穿過主塔荒園時，這名追逐時髦的中尉又沉迷到克列麗的風流豔事中去了。

4

與此同時，一個男人和兩匹馬已經進了特隆赫姆州長的院子裡。騎手氣呼呼地搖搖頭，下了馬，正準備把兩匹馬牽到馬廄去。突然有人抓住他的手臂，朝他喊道：

「怎麼了？怎麼只有你？波埃爾，你的主人呢？你的主人在哪裡？」說話的是勒萬．德．克努德將軍，他從窗戶裡看見了年輕的僕人與一匹空馬，便連忙下樓，焦慮地盯著這名僕人。

「大人，」波埃爾鞠了一躬說，「我的主人已不在特隆赫姆了。」

「什麼？他一直在這裡？也不來看一下老朋友！他去了哪裡？」

「他坐船去了孟哥爾摩。」

「好吧，他遲早會回來的。告訴我，波埃爾，」將軍流露出關切的神情，「你們是不是在四處奔波？」

「將軍，我們是直接從貝根來的。我的主人憂心忡忡。」

「憂心忡忡？他跟他父親之間發生什麼事了？他不滿意那樁婚事？」

「我不知道，大人，他好像挺憂傷的。」

「憂傷？你知道他父親對他說了什麼嗎？」

「第一次是在貝根附近的軍營，他向殿下敘述了他去北方的一些情形。第二天，主人從府裡回來後，便說道：『他們要我結婚！但我必須先見一見我的義父勒萬將軍。』於是我備好馬，我們就來這裡了。」

「是真的嗎？」將軍哽咽地說：「他叫我義父了？」

「是的，大人。」

「如果這門婚事有違他的心願，我就絕不贊成，就算失去國王的恩寵也一樣——但那可是首相的千金呀！對了，奧爾齊涅知不知道他未來的岳母阿勒菲爾德伯爵夫人昨天來到這裡了？知不知道伯爵也要來了？」

「這我不清楚，將軍。」

「哦，」州長自言自語地說，「是的，他知道，不然怎麼會一到就又走了呢？」

說到這裡，將軍向波埃爾慈愛地點了點頭，又向持槍致敬的哨兵還了禮，便焦慮不安地回到官邸裡去了。

5

士兵領著陌生人爬上螺旋形樓梯，走過施萊斯威格主塔的一間間高大的大廳後，終於來到那個人的房間外。門被打開了，這時傳來的又是那句問話：「是狄斯波爾森上尉吧？」

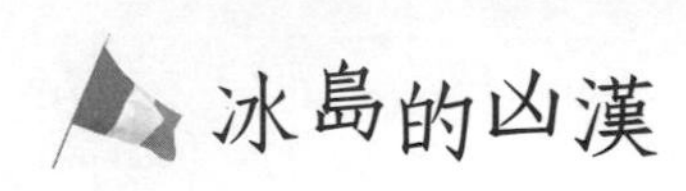

問話的是個老人，背對著門坐著。他穿著一件黑呢長袍，床的上方掛著一枚殘破的盾形紋章，周圍是折斷的騎士團勳章鏈，一頂伯爵冠倒掛在下方，還有兩個象徵法律之手的十字架殘片。他就是舒瑪赫。

「不，大人。」守門士兵回答完後，便對陌生人說：「他就是囚犯。」然後關上門，走了出去。

只聽見老者尖聲叫道：「不是上尉，我誰也不見。」

陌生人聞言，便站在門旁。囚犯以為只剩自己一人了，便又陷入沉思。突然間，他吼道：

「上尉一定是背叛我了！唉！人類就像阿拉伯人當成鑽石的一塊冰，珍藏在背囊裡，等他再找的時候，卻連一點水也看不見了。」

「我可不是那種人。」陌生人說。

舒瑪赫猛地站起來。「誰在屋裡！誰在偷聽！是那個蓋爾登留派來的無恥爪牙嗎！」

「別說總督的壞話，伯爵大人。」

「伯爵大人？你是想討好我才這麼稱呼我的嗎？那你就白費心思了，我已沒權沒勢了。」

「我認識您時您並非有權有勢，但並表示我就不是您的朋友。」

「那是因為你還對我抱有期待，人們對落難之人的懷念總是以尚存的希望來衡量的。」

「那就該輪到我抱怨了，尊貴的伯爵。因為我想起了您，而您卻忘了我。我是奧爾齊涅。」

老者的眼裡閃過一道快樂的光芒，白鬍鬚間綻放出一個無法壓抑的微笑。

「奧爾齊涅！歡迎你，祝福你這個還記得我的旅行者！」

「可是，」奧爾齊涅問，「您難道沒有指望我會回來嗎？」

「老舒瑪赫沒指望你回來。但是今天有一位姑娘提醒我，到了五月八日，你就有一年沒露面了。」

奧爾齊涅猛地醒悟。「啊！老天。是您的艾苔爾嗎？尊貴的伯爵，您的女兒竟在計算我離開的日子！唉，我度過了多麼痛苦的日子啊！我走遍了整個挪威，但我的路途始終把我引向特隆赫姆。」

「年輕人，趁你還有自由的時候好好享受它吧！不過請告訴我，你究竟是誰？我很想知道你到底是何許人也，因為我一個死敵的兒子也叫做奧爾齊涅。」

「伯爵大人，也許這個死敵對您比您對他更加仁慈。」

「你是在回避我的問題。不過，你可以保守你的秘密，也許一切只是我一廂情願。」

「伯爵！」奧爾齊涅氣憤地說，但隨即又用責備而憐憫的口吻喊了一聲：「伯爵。」

「難道我非相信你不可？」舒瑪赫回答，「你總是替那個無情無義的蓋爾登留辯護。」

「總督剛下令，允許您在主塔內自由行動，不受監視。」年輕人嚴肅地打斷他，「這是我在貝根打聽到的消息，您很快就能接到赦令。」

「這是我一直不敢奢望的恩典。」老者苦澀地一笑，然後又繼續說道：「話說回來，既然你是從貝根來的，那就告訴我狄斯波爾森上尉走什麼好運了，不然他不會把我給忘了。」

「伯爵大人，我今天趕來就是要跟您談他的事的，我知道他深得您的信任。」

奧爾齊涅的臉色變得陰鬱、困窘。

「你錯了，」犯人打斷了他，「世上沒有人深得我的信任。的確，狄斯波爾森手裡握有我的重要文件，他是為我去哥本哈根晉見國王的。」

「唔，尊貴的伯爵，我今天見過他。他死了。」

「死了？」犯人摟住雙臂，垂下頭，然後又望向牆壁。

「他是怎麼死的？你在哪裡見到他的？」

「我在斯普拉德蓋斯特見到他的。大家都不知道他是自殺，還是他殺。」

「這倒是個重點。如果是他殺，我知道凶手來自何方，那麼，一切都完了。他手上握有那些反對我的陰謀的證據，這些證據本來可以解救我、毀了他們；但他們搶先一步，把證據毀了。苦命的艾苔爾！」

「伯爵大人，」奧爾齊涅一邊致意一邊說道，「我明天會告訴您他是不是被殺害的。」

舒瑪赫沒有出聲，只是望著奧爾齊涅走出去，目光中透著比平靜等死更可怕的、絕望的沉默。

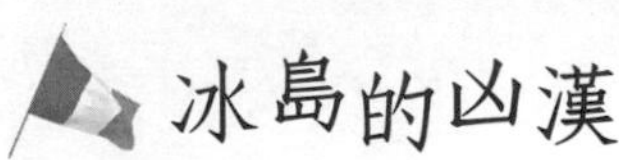

奧爾齊涅來到寂寥的前廳，隨手打開一扇門，來到一條寬大的走廊上，朦朧的月光不時落在又窄又高的彩繪玻璃上，彷彿在對面牆上畫出一串鬼影。年輕人劃了個十字，朝著走廊盡頭一道泛紅的弱光走去。

一扇門微微開著，一位少女跪在小祈禱室簡陋的祭壇前，低聲朗誦著祈禱文。她戴著黑紗，披著白紗羅，渾身上下透著一種獨特的氣質，黑眸黑髮，屬於北方罕見的美人。

奧爾齊涅渾身一顫，他已經認出了這名少女，她在為父親祈禱，也在為另一個人祈禱，但她沒有說出來，只是誦讀那首妻子等待丈夫歸來的感恩聖詩。奧爾齊涅退回走廊，心裡不自覺地充滿了一種莫名的陶醉。

小祈禱室的門輕輕關上了。不一會兒，一位渾身素白的少女提著燈在黑暗中朝他走過來。他背靠著牆壁，渾身發軟，四肢關節在顫抖，一動也不動，只聽見心臟激烈的跳動聲。

少女走過時，聽見碰到一件大衣的窸窣聲和急促的喘息聲。

「上帝！」她喊了一聲。

奧爾齊涅衝上前去，一手扶著她，另一手想去接油燈，但沒來得及。油燈熄滅了。

「是我呀。」他柔聲地說。

「是奧爾齊涅！」少女聽出來了，這時，移過的月光照亮了她那俏麗而快樂的臉龐，她隨即掙脫年輕人的手臂，靦腆心慌地說：「是奧爾齊涅公子？」

「正是，艾苔爾伯爵小姐。」

少女沒出聲，只是微笑。年輕男子也不說話，只是嘆息。少女首先打破沉寂，問道：

「您是怎麼到這裡來的？」

「如果我的到來使妳難過，請妳見諒。我是來找令尊伯爵大人談事情的。」

「這麼說來，」艾苔爾聲音哽咽了，「您只是為了我父親而來。」

年輕人低下頭去，因為他覺得她這番話很不公平。

少女埋怨地繼續說：「您想必早就到特隆赫姆了，這麼久沒來這座古堡，您可能覺得並不長。」

奧爾齊涅被深深地刺傷，沒有回答。

「我對此並無所謂，」少女的聲音因憤怒而顫抖，但又傲氣地補充道：「但願您沒有聽見我的祈禱。」

「伯爵小姐，」年輕人終於回答了，「我聽見了。」

「啊！奧爾齊涅公子，這樣偷聽是不禮貌的！」

「我並沒去偷聽，尊敬的伯爵小姐。」奧爾齊涅有氣無力地說，「我只是剛好聽見了。」

「我剛才在為父親祈禱，在為總督蓋爾登留伯爵的公子祈禱。」

「我剛才在為父親祈禱，以及……」少女不安地說，似乎想看看即將說出的話會產生什麼效果，「以及為與您同名的一個人祈禱，因為她想到自己是在撒謊，但她很生那年輕人的氣。她以為自己在祈禱時說出了他的名字，其實她只是在心裡默默地為他禱告而已。

「奧爾齊涅．蓋爾登留是幸福的，因為他能在妳的祈禱中佔有一席之地。」

「哦，不！」艾苔爾因年輕人那冷漠的態度而不知所措，「不，我沒有為他祈禱，我不知道自己到底在做些什麼。至於總督的公子，我恨他，也不認識他。別用這種嚴厲的目光看我，我冒犯您了嗎？您正在某位像您一樣自由的、美麗而高貴的女子身邊逍遙快活，難道就不能原諒一個可憐的女囚犯嗎？」

「我？伯爵小姐！」奧爾齊涅叫道。

艾苔爾淚水直流，年輕人撲倒在她的面前。

「您不是對我說，」少女哭中帶笑地繼續說，「您覺得離開的時間不長嗎？」

「誰？我？伯爵小姐！」

「別這麼叫我，」少女輕聲地說，「對任何人——特別是對您來說，我已不再是伯爵小姐了。」

年輕人忽地站起來把少女緊摟在懷裡，欣喜得渾身發抖。

「好了，我的艾苔爾，叫我奧爾齊涅吧！」他用熾熱的目光盯著少女，「跟我說，妳愛我，好嗎？」

少女的話他沒有聽見，因為他欣喜若狂，忘情地親吻了她，壓住了她的回答。這神聖的一吻在上帝看來，足以讓有情人終成眷屬了。他們一言不發地依偎著。在這種莊嚴的時刻，靈魂似乎在享受著某種上天的歡悅，用只有它們聽得懂的言語在交談，而世間的一切皆不存在。

艾苔爾慢慢地從奧爾齊涅的手臂中抽出身來。月光下，兩人如痴如醉地對視著，年輕人火熱的目光中透著一種雄獅般的勇猛，而少女朦朧的眼神中顯出一種天使般的純潔、羞怯，與愛情的各種歡樂交織在一起。

「剛才，」少女終於開口了，「您在這條走廊裡躲著我吧？奧爾齊涅。」

「我沒有躲妳，我就像個瞎子突然見到光明時一樣，暫時地避一避陽光而已。」

「您比喻的倒像是我，因為當您不在的時候，我沒有別的幸福，只有陪伴我那苦命的父親。我每天安慰他，」她低下頭去，「以及盼望您。我為父親讀《艾達》中的寓言，以及《福音書》，然後又和他談到您。他喜歡您；只是當我徒勞地看著遠方的旅行者、看著港口上靠岸的船隻一整夜時，他便苦笑著搖頭，而我則哭泣起來。我覺得，這座消磨了我一生的監獄變得可憎極了。我想得到我未曾享受過的自由。」

在少女的眼裡，在她那天真無邪的柔情中，在她那欲言又止的溫柔中，有著一種言語無法表達的魅力。奧爾齊涅滿懷夢幻般的快樂聽著她訴說。

「但是，」他說，「我現在不想要這無法與妳共用的自由了。」

「什麼？奧爾齊涅！」艾苔爾急切地問，「您不再離開我們了？」

這一問使年輕人想起了他忘記的所有一切。

「我的艾苔爾，我今晚必須離開。我明天還會再來，而且還要離開。等我回來後，就再也不離開妳了。」

「唉！」少女痛楚地打斷他說，「還是要走！」

「我再說一遍，親愛的艾苔爾，我很快就會回來，把妳從這裡救出去，否則我願意與妳一起坐牢。」

「跟您一起坐牢！」姑娘輕聲說，「啊，別哄我了，我能奢望這種幸福嗎？」

「妳需要我發什麼誓？要我怎麼做呢？」奧爾齊涅叫道，「告訴我，艾苔爾，難道妳不是我的妻子嗎？」

奧爾齊涅為愛情所激動，緊緊地把她摟在懷裡。

「我屬於你。」她聲音極低地喃喃道。這兩顆高貴、純潔的心就這樣情不自禁地貼在一起了，變得更加高貴，更加純潔。

就在這時，兩人身邊響起了一陣哈哈大笑，一個身披大衣的人露出遮住的提燈，光線一下子照到艾苔爾那驚恐的臉龐和奧爾齊涅自豪的面孔上。原來是那位中尉。午夜的鐘響，這對情侶並未聽見，而中尉卻放下正在閱讀的《克列麗》，前來夜巡。他聽見了說話聲，又看見月光下有兩個影子正在晃動，便把提燈藏在大衣下，踮著腳尖接近他們，猛然大笑一聲。兩個情侶便很不情願地從痴迷中驚醒過來了。

艾苔爾猛地一扭身，離開奧爾齊涅，但隨即又回到他的身邊，把火熱的臉埋在年輕人的胸前尋求保護。年輕人像個高傲的國王般抬起頭來。

「剛才嚇到妳的人，」他說，「讓妳傷心的人，是要遭報應的，我的艾苔爾。」

「是呀，沒錯，」中尉說，「要是我因為笨拙而嚇到溫柔的女士，是要倒楣的。」

「中尉大人，」奧爾齊涅高傲地說，「我勸你閉上嘴。」

「傲慢的大人，」中尉反擊道，「我勸您閉上嘴。」

「你給我聽著！」奧爾齊涅聲若雷鳴，「你閉上嘴，我就饒了你。」

「那是我要說的！」中尉回答道，「您還是勸勸自己吧！您閉上嘴，我便饒了您。」

「住口！」奧爾齊涅一聲怒吼，扶著顫抖的少女坐在一張扶手椅上，然後便抓住軍官的手臂。

「喂！鄉巴佬，」中尉好氣又好笑地說，「您拚命拉扯的這件上衣可是用阿賓頓最漂亮的絲絨做的呢！」

奧爾齊涅定睛看著他。「中尉，我有耐心，我的劍可沒有耐心。」

年輕人把大衣往後一抖，戴上帽子，握住劍柄。這時，艾苔爾連忙撲上去抓住他的手臂，靠在他的胸前，既驚恐又哀求地大叫一聲。

「您做得很明智，美麗的小姐。如果您不想讓這個年輕人因為大膽而受到懲罰的話。」中尉說道。

「看在老天的份上，奧爾齊涅公子，」艾苔爾說，「別讓我成為這樣一樁不幸的緣由和見證吧！」然後，她抬起頭來望著他，又說：「奧爾齊涅，我求求你了！」

奧爾齊涅慢慢地將已拔出一半的劍推回劍鞘。這時，中尉吼道：

「確實，這位小姐說得對，我認為您有資格跟我進行的這次較量，是不該讓女士們目睹的。因此，我們只能談談『延期決鬥』，如果您願意指定日子、地點和兵器，我的利劍或匕首將聽從您的吩咐。」

「好吧，」奧爾齊涅思考片刻後說，「一個月後，一個使者將告訴你地點。」

「好的，」中尉回答，「這樣我就有時間參加我妹妹的婚禮了。您將會知道，您將有幸與一位高貴的大人——挪威總督的公子，奧爾齊涅．蓋爾登留男爵未來的大舅子交手了。藉由這一風光的婚姻，他將成為丹斯吉阿德伯爵，大象騎士團上校，而我無疑將被擢升為上尉。」

「很好，阿勒菲爾德中尉，」奧爾齊涅耐著性子說，「你還不是上尉，他也不是上校，但劍仍舊是劍。」

「鄉巴佬終歸是鄉巴佬，無論怎麼抬舉都一樣。」中尉咬牙切齒地說。

「騎士，」奧爾齊涅繼續說，「你知道決鬥的規矩，別再進這個主塔，而且不可洩漏此事。」

「您放心好了，我守口如瓶，而其他守軍也不會再踏進這座塔。因為我剛接到命令，今後不再監視舒瑪赫了，要不是我忙著試穿克拉科夫產的新皮靴，早就把這個消息傳達給他了。要看看我的新皮靴嗎？」

當他們談話時，艾苔爾見他們已經消了氣，而且也不懂延期決鬥是怎麼一回事，便貼著奧爾齊涅的耳朵說了聲「明天見」，然後離去了。

「阿勒菲爾德中尉，我想請你把我送出要塞。」

「樂意效勞，」軍官說，「雖然有點晚了。不過，您要怎麼找到一條船呢？」

「我自有辦法。」奧爾齊涅說。

於是，兩人一邊友好地交談著，一邊穿過園子、環形大院和方形院子，來到矮塔樓下。聽見中尉的聲音，有人便把門打開了。

「再見，阿勒菲爾德中尉。」奧爾齊涅說。

「再見，」軍官回答，「我敢說您是個正直的對手，儘管我不知道您是誰。」

他們握手告別。鐵門重新關上，中尉哼著小曲，轉身回去欣賞他的波蘭靴子和法國小說。奧爾齊涅獨自站在門口，脫去衣服，用大衣裹好繫在頭上，開始在夜幕中朝著斯普拉德蓋斯特方向的海岸邊游去。

白天的勞累已使他精疲力盡，他很費勁地才游到岸邊。他匆匆穿好衣服，朝著斯普拉德蓋斯特走去。當他走近時，彷彿聽見有人在說話，天窗裡透出一道微弱的亮光。他很驚訝，便拚命敲著門，只見一個黑糊糊的東西從天窗探出來，蜷縮在平坦的屋頂上。奧爾齊涅又用劍柄敲了一次門，並且喊道：

「開門！國王有令！快開門！總督大人有令！」

門徐徐地打開了，出現在奧爾齊涅眼前的是斯皮亞古德瑞那蒼白瘦削的臉。他衣冠不整、面露驚恐、頭髮豎直、兩手是血，手裡提著一盞燈，燈光搖曳不定，但他那瘦長的身子更明顯地在顫抖。

6

年輕的旅行者離開斯普拉德蓋斯特後一小時，天完全黑了，人也都散去了。斯皮亞古德瑞與助手各自回到房間。老守屍人在一張擺滿舊書、乾枯植物和骨頭的石桌前坐下，埋頭研讀起來。這種研究雖是無可指責的，卻不時替他招來巫師的惡名。他潛心思索了好幾個小時，終於準備丟下書本上床。他拿過燈來，正要吹滅——

「斯皮亞古德瑞！」存放屍體的大廳裡傳來一聲喊叫。

老守屍人渾身打顫。他之所以害怕，倒不是認為停屍所的房客造反了，而是因為他太熟悉這個聲音。

「斯皮亞古德瑞！」那聲音又猛喊了一遍，「難道非要我去扯你的耳朵才聽得見嗎？」

「願聖哈斯庇斯可憐可憐我！」嚇壞的老頭說道，打開了通往大廳的門。

這時，他眼前出現了一幅極其可怕的畫面：一個又粗又壯的矮人，從頭到腳披著沾滿血跡的獸皮，站在吉爾·斯塔特的屍體前，一旁是女人和軍官的屍體；他的臉部輪廓散發出極度的野蠻，他的鬍鬚又紅又密，鷹鉤

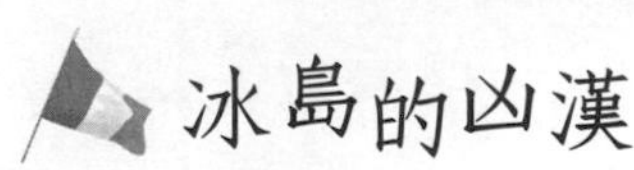

鼻，嘴很闊，唇很厚，牙齒又尖又稀疏，灰藍色的眼睛斜睨著斯皮亞古德瑞，透露出凶殘和狡猾。這個怪人帶著一把大刀、一把匕首，以及一柄石刃斧，戴著一頂鹿皮帽，以及青狐皮大手套。

「你這老鬼，讓我等了這麼久！」他自言自語地說著，便像林中的猛獸般咆哮起來。

斯皮亞古德瑞嚇得臉色蒼白。

「啊，我親愛的先生，」老看守回答，「沒有比見到閣下更讓我感到莫大幸福的事了。」

「你這個老狐狸！本人要你交出吉爾．斯塔特的衣服。」說出這個名字時，矮人的臉色變得陰沉、憂鬱。

「哦！先生，請原諒，衣服不在我手裡了。」斯皮亞古德瑞說，「您知道，我們必須把礦工的遺物上繳王室金庫，因為國王作為他們的監護人，有權繼承。」

矮人轉向屍體，說道：「他做得對，這群悲慘的礦工就像絨鴨，人們為牠們築巢，然後取牠們的絨毛。」

然後他抬起屍體，緊緊地摟抱著，發出憐愛而痛苦的狂叫。最後又把屍體重新放在石床上。

「該死的巫師，你知道那個不幸被不愛吉爾的女人看中的掃把星叫什麼名字嗎？」

說著，他便用腳踢了踢古妲冰冷的屍體。斯皮亞古德瑞搖了搖頭。

「那好，我以祖先英戈爾夫的斧頭發誓，我要把穿這種軍裝的人趕盡殺絕！」他指了指軍官的衣服，「自從吉爾死的那天起，我就這麼發過誓。噢！吉爾，你就這麼躺著，沒了氣息了，冰島之子，毀滅者英戈爾夫的血脈將無法延續了！你將不能繼承我的石斧了！而我要繼承你的頭骨，今後要用它來喝海水和人血。」

說到這裡，他抓住死者的頭。

「斯皮亞古德瑞，」他說，「幫我一把。」

他脫去手套，露出一雙大手，指甲又長又硬，而且像獸爪一般彎曲著。斯皮亞古德瑞見他準備用刀砍下屍體的頭，忍不住嚇得大叫起來：

「老天！先生，這是死人呀！」

「怎麼了？」矮人平靜地反問，「難道你想讓這把刀在活人身上磨一磨嗎？」

「噢！請您高抬貴手吧！怎麼能糟蹋屍體呢？開開恩吧！老爺，您總不會願意……」

「幫我一把！」矮人揮著刀又說了一遍，他那灰暗的眼睛如炭火般閃亮。

這句話猶如雄獅的聲音，守屍人嚇得半死，癱坐在石床上，雙手托住吉爾那顆冰冷潮濕的頭，而矮人則用刀靈巧地把它割了下來。割下之後，他看了看那顆血淋淋的頭顱，說了幾句奇怪的言語，然後又把它遞給斯皮亞古德瑞，讓他剔肉洗淨，並一邊吼道：

「但等我死後，就沒有福氣讓一個英戈爾夫的繼承人用我的頭顱去喝人血和海水了。」

他陰鬱地胡思亂想，然後繼續說道：

「我想起一件事，」矮人說，「我吩咐你去辦。這是一個鐵盒子，是我在這個軍官身上發現的。這個盒子鎖得緊緊的，大概放了金子。你把它交給托克特利村的斯塔特寡婦，當作對她兒子的撫養費。」

於是，他從馴鹿皮背囊中取出一個小鐵盒。斯皮亞古德瑞接過來，欠了欠身。

「絕對要照我的命令去做！」矮人朝他投去犀利的目光，「你得對這個盒子負責。」

「哦！先生，我用靈魂擔保！」

「不，用你的骨頭和肉擔保。」

這時候，斯普拉德蓋斯特的大門被重重地敲了一下，矮人一驚，斯皮亞古德瑞站立不穩。

「一定是急著進來的死鬼。」矮人說。

「不，先生，」斯皮亞古德瑞喃喃自語，「過了半夜就不送死人來了。」

「不管死人還是活人，我都得走。聽著，斯皮亞古德瑞，識相點，別說出去；否則，我以英戈爾夫的精靈和吉爾的頭蓋骨發誓，你將去地獄檢閱孟哥爾摩全隊的官兵。」

矮人把吉爾的頭蓋骨拴在腰帶上，戴好手套，像羚羊般靈巧地踩著斯皮亞古德瑞的肩膀竄出天窗了。

又一記敲門聲震撼了斯普拉德蓋斯特，外面的聲音以國王和總督的名義喝令開門。於是，老守屍人懷著忐忑不安的心情朝大門走去，把它打開了。

7

特隆赫姆州長回到辦公室，為了散散心，便命令秘書向他彙報呈送到州政府來的申請書。就在這時，辦公室的門開了，掌門官通報「尊貴的阿勒菲爾德伯爵夫人到」，接著便走進來一位高個兒女子，大約五十多歲，頭戴伯爵夫人冠，身穿白鼬皮鑲邊、綴有金流蘇的大紅緞裙。她握了將軍的手後，便在他的扶手椅旁坐了下來，並投去傲慢的目光和虛假的笑。

「唔，將軍大人，您的學生讓您久等了，他本該在日落之前就到這裡的。」

「伯爵夫人，假如他不是一到就急著趕去孟哥爾摩，早就已經在這裡了。」

「什麼？去孟哥爾摩？他該不會是去找舒瑪赫吧！」

「為什麼不可以？伯爵夫人，舒瑪赫很不幸。」

「為什麼？將軍，總督之子竟與這個欽犯攪在一起！」

「尊貴的夫人，腓特烈．蓋爾登留把兒子託付給我時，請求我像教育自己的孩子一樣教育他。我想過，結識舒瑪赫對奧爾齊涅不無裨益，因此我委託我的兄弟為他辦了一張出入所有監獄的通行證——他用上了。」

「尊貴的將軍，奧爾齊涅男爵是何時結識這位不無裨益的人的？」

「一年多了，夫人，他似乎挺喜歡與舒瑪赫來往的。為了去他那裡，他在特隆赫姆待了不短的時間，去年才很不情願地去了挪威一趟。」

「舒瑪赫知不知道安慰他的人是他一個最大仇人的兒子呢？」

「他知道他是個朋友，這就夠了。」

「可是您，將軍大人，」伯爵夫人目光犀利地看了他一眼說，「您知不知道舒瑪赫有個女兒？」

「我知道，尊貴的伯爵夫人。」

「那您不覺得這種情況對您的學生有所妨礙嗎？」

「奧爾齊涅是個正直的人，他知道自己與舒瑪赫的女兒之間有障礙，若無合法目的，他絕不會去勾引一個女孩，特別是一個不幸之人的女兒。」

尊貴的阿勒菲爾德伯爵夫人臉色紅一陣，白一陣的，她扭過頭去，企圖避開老人冷靜的目光。

「總之，」她支吾道，「恕我直言，將軍，我認為這種聯繫是有欠考慮的。據說北方的礦工和百姓威脅要造反，而舒瑪赫也被牽扯進這件事裡去了。」

「尊貴的夫人，」州長大聲說道，「目前為止，舒瑪赫一直老實地待在牢裡。這個傳聞是沒有根據的。」

此時，門開了，掌門官通報首相的一個使者求見伯爵夫人。伯爵夫人連忙起身告退，來到她下榻的房間。

不一會兒工夫，使者進來了。伯爵夫人一見到使者，便露出厭惡的表情，但很快又嫣然一笑，遮掩過去。使者的個頭不高，體態豐腴，乍看之下並不惹人討厭；但若仔細瞧瞧，便會覺得他的面容開朗到了無恥的程度，快活的目光透著歹毒和兇險。他朝伯爵夫人深深地鞠了一躬，交給她一份信件。

「尊貴的夫人，出於一些重要考慮，您的夫君，尊貴的大人延後了行期，這封信就是告訴您原因的，伯爵夫人。至於我，我不得不遵照我尊貴的主人之命，享有與您單獨晤談的榮幸。」

伯爵夫人臉色發白，聲音顫抖著叫道：「我？與你穆斯孟德晤談？」

使者深深鞠了一躬。

「卓絕的伯爵夫人，您從我手裡接過的那封信裡應該寫著正式命令。」

看見高傲的阿勒菲爾德伯爵夫人在一個僕人面前臉色發白，渾身哆嗦，真是一件怪異的事。她慢慢拆開信件，讀了起來，然後又讀了一遍，才有氣無力地對侍女們說：

「去吧，讓我跟他單獨談談。」

「請尊貴的夫人原諒我的放肆。」使者屈膝說，「以及我引起的不快。」

「恰好相反，請你相信，」伯爵夫人勉強地笑著回答，「我非常高興見到您。」

侍女們退了下去，信使開始與伯爵夫人交談起來，邊說邊露出魔鬼般的笑聲。夫人屈辱地垂下了頭。

「可憐的蠢女子，何必為了沒人看見的事臉紅呢？」

「人沒看見的事，上帝看見了。」

「好啊！艾爾菲格，妳要是真的悔恨的話，又為什麼每天舊習不改，自相矛盾呢？妳下地獄的傳票早已送往地下了，在世上再悔恨幾年又有什麼用呢？」

阿勒菲爾德伯爵夫人雙手捂住臉，於是穆斯孟德便坐到她身旁，雙手摟住她的脖子。

「艾爾菲格，」他說，「至少妳應該在心理上盡量保持二十年前的模樣。」

伯爵夫人成了對方的奴隸，只好勉為其難地回應他那令人厭惡的親暱。在這兩個互相蔑視、憎惡的人的偷情之中，有著某種連他們都覺得噁心的東西，那種不合法的親熱曾使他倆快活，現在卻折磨著他們，成了一種酷刑。

伯爵夫人終於掙脫了她那可惡的情人的雙臂，問他，她丈夫要他捎了什麼口信來。

「阿勒菲爾德伯爵看到自己的權力因奧爾齊涅，蓋爾登留和我們女兒的婚姻而加強——」穆斯孟德說。

「我們的女兒？」高傲的伯爵夫人大聲說著，凝視著穆斯孟德的目光重新流露出傲然和輕蔑。

「是呀，」信使冷冷地說，「但要是舒瑪赫沒被徹底打倒，這樁婚事是無法完全讓他滿意的。這個老傢伙在監獄中一樣令人膽寒，一個月前，國王聽說首相與荷爾斯泰因．蒲倫公爵的談判不順利，便不耐煩地說道：『格里芬菲爾德一個人在談判中抵得過他們所有人！』有一個叫做狄斯波爾森的人從孟哥爾摩來到哥本哈根，秘密晉見國王好幾次；事後，國王便派人去首相府追查舒瑪赫的貴族證書和財產證書。雖然還不知道舒瑪赫的目的，但對於一個欽犯來說，只要有了自由，也就等於有了實權，必須置他於死才行，而且必須讓他死得名正言順——這就是我們正在做的。艾爾菲格，妳丈夫正在視察北部省份，我們想以舒瑪赫的名義在礦工中挑起一場暴動，然後再毫不費力地把它鎮壓下去；糟糕的是，我們遺失了好幾份重要的文件，而且相信它們就在狄斯波爾森手裡。不過，在我來的路上，聽說有一個叫狄斯波爾森的上尉被殺死了。還有，我們正在找一個被稱為『冰島凶漢』的江洋大盜，想讓他帶領礦工造反。親愛的，妳有什麼消息嗎？孟哥爾摩那隻美麗的小鳥是不是已經被捉進籠子了？老首相的女兒是不是終於成為我們的兒子弗雷德里克的獵物了？」

伯爵夫人又傲慢起來，大聲地說道：「我們的兒子？」

「是的。他多大了？二十四歲？我們相識已經二十六年了，艾爾菲格。」

「上帝知道！」伯爵夫人大聲嚷道，「我的弗雷德里克是首相的合法繼承人！」

「如果上帝知道的話，」使者笑哈哈地回答，「再說，弗雷德里克只不過是個沒大腦的人，不配當我的兒子，他只適合去勾引姑娘。他應該成功了吧？」

「據我所知，還沒有。」

「艾爾菲格，妳得多出點力才行。我明天就要回妳丈夫那裡，至於妳，別只是為我們的罪孽祈禱，也祈禱讓我得到更多的犒賞。我們的命運是緊緊相連的。我雖是妳的情人，卻只是妳丈夫的僕人，我對此很反感。」

這時，午夜的鐘聲響了，一個侍女走進來提醒該熄燈了，伯爵夫人很高興能結束一場艱難的談話，便把侍女們喚了進來。

「請尊貴的伯爵夫人准許我明天再來拜會。」穆斯孟德邊退下去邊說。

「說真的，老頭，」奧爾齊涅對斯皮亞古德瑞說，「我開始相信是住在這裡的屍體在負責開門了。」

「對不起，大人。」守屍人的耳裡仍迴響著國王和總督的名字，一再道歉著，「我睡得太死……」

「這麼說來，你的那些屍體倒沒有睡著，我剛才清楚地聽見在談話的一定是它們了。」

斯皮亞古德瑞慌了手腳，「您，陌生的大人，您聽見了？」

「哎，是的，但那又怎樣？我不是來這裡管你的閒事的，而是要你幫我辦事的，先進去再說。」

斯皮亞古德瑞讓年輕人進來之後，把門關上。

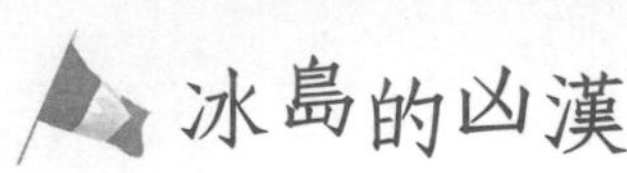

「陌生的大人，」他說，「我願就有關人文科學的一切問題為您效勞，我們去我的實驗室吧。」

「不，」奧爾齊涅說，「我們必須待在這些屍體旁邊。」

「屍體旁邊？」斯皮亞古德瑞又開始顫抖地大聲說道，「可是，大人，您不能看它們。」

「為什麼不能看？那些屍體擺在那裡不就是要讓人看的嗎？我有一個問題要問你，老頭，老實地回答，否則我只好來硬的了。」

斯皮亞古德瑞看見奧爾齊涅身邊的劍在閃光，嚇得立刻打開柵欄門，帶著陌生人進了大廳後半部。

「把上尉的衣服拿給我看看。」來者說。

這時候，一線燈光落在了吉爾那血淋淋的頭上。

「公正的上帝！」奧爾齊涅喊道，「多麼可恥的褻瀆啊！」

「哦！」可憐的守屍人大叫，「饒了我吧，那不是我幹的，而是……」

「您有沒有看見有人從天窗出去？」他有氣無力地問。

他想起了矮人的叮嚀，頓時住口了。

「看見了，是你的同伙。」

「不！是那個罪人，唯一的罪人，我以地獄的一切懲罰發誓，以上天的一切恩澤發誓，甚至以這個被褻瀆的屍體發誓！」他已伏在奧爾齊涅面前的石床上了。

不管斯皮亞古德瑞有多麼可憎，但在他的絕望與爭辯之中透著一種真切，年輕人信服了。

「老頭，」他說，「起來！如果你根本沒有踐踏死者的話，那你也不必玷辱你這把年紀了。」

守屍人直起身來。奧爾齊涅繼續說：「犯人是誰？」

「哦！別說了，尊貴的老爺，您不知道自己在說誰，別說了！」

「犯人是誰？我必須知道。」奧爾齊涅又冷冷地問。

「原諒我！我的年輕主人，」愁苦的斯皮亞古德瑞說，「我不能說呀！」

「你能，因為我要你說。把那個褻瀆者的名字說出來！」

「好吧，尊貴的主人，褻瀆這具屍體的就是殺死這個軍官的凶手。」

「這個軍官難道是被人謀殺的？」奧爾齊涅問，這句話正是他來此的目的。

「當然是的，老爺。」

「是誰？是誰！」

「看在聖母的份上，別追問他的姓名了，我年輕的主人，別逼我說出它來。」

「老頭，我本來就想知道這個名字，你吞吞吐吐的，這更增加了我的好奇。我命令你說出來！」

「好吧，既然您非要這樣，年輕人，」斯皮亞古德瑞抬起頭來說道，「這個殺人凶手，這個褻瀆者，就是冰島凶漢。」

「什麼？」奧爾齊涅並非不知道這個可怕的名字，「凶漢？那個十惡不赦的強盜？」

他彷彿思索了片刻，而斯皮亞古德瑞則想從他臉上看出這陣沉思是帶來寧靜還是風暴。終於，奧爾齊涅以嚴厲但平靜的口吻說：

「老頭，說實話，你有在這個軍官身上發現一些文件嗎？」

「我以名譽擔保，一份也沒有。」

「是不是被冰島凶漢拿走了？」

「我以聖哈斯庇斯發誓，我不知道。」

「你不知道？那你知道那個冰島凶漢藏在哪裡嗎？」

「這個異教徒的巢穴，就跟赫特倫島的礁石、跟天狼星的光芒一樣多。」老人壓低聲音說道。

「如果你認識他的話，」奧爾齊涅打斷他說，「那你就該知道他現在躲在哪裡。如果你不是他的同謀，就帶我去找他。」

老守屍人嚇得直打哆嗦。「您！尊貴的主人，這麼年輕！風華正茂！竟然去惹這個被魔鬼附身的人！」

「聽著，」奧爾齊涅又說，「我很想相信你是無辜的，但這樁褻瀆行為將使你面臨褻瀆罪的懲罰。我可以保護你，條件是你得把我帶到強盜的老巢。如果讓我找到冰島凶漢，不管他是死是活，我都要把他弄回來。你將可以證明自己的清白，而且我保證讓你恢復工作。喏，把這些拿去吧！這比你一年掙的都多。」

奧爾齊涅直到最後才把錢袋拿出來。這番話總算有了說服力，斯皮亞古德瑞開始拿錢了。

「尊貴的主人，您說得對，」他抬起猶豫的眼睛看著奧爾齊涅，「如果我跟您去，我總有一天會遭到凶漢的報復；但要是留下來，我明天就會落到劊子手的手中。在這兩種情況之下，我的小命都難保，但是『兩害相權取其輕』，是的，我跟您去，老爺，但請您別忘了，我曾盡我所能勸您改變您的冒險計畫。」

「很好，」奧爾齊涅說，「你就是我的嚮導了，老頭，我就仰仗你的忠誠了。」

「啊，主人，」守屍人回答，「斯皮亞古德瑞的信義如同您方才慷慨送我的金子一般純潔。」

「那就好。你認為冰島凶漢會在什麼地方？」

「這個嘛……由於特隆赫姆南邊駐紮了軍隊，凶漢大概朝瓦爾德霍格山洞或斯米亞森湖去了。」

「我們從斯孔根走，你什麼時候能出發？」

「天已經亮了，等到夜幕降臨，把停屍所的大門關好後，您可憐的僕人就開始為您履行職責。他將不再去照看他的死者們了。我們要想個辦法把這礦工的屍體藏起來，別讓人見到。」

「今晚我要去哪裡找你？」

「如果主人認為合適的話，就去特隆赫姆大廣場的正義女神像旁會合吧。」

「好，老頭，就這麼說定了。」

他剛這麼說，只聽見一陣悶響聲，彷彿就在他倆的頭頂上。守屍人渾身一顫。

「什麼聲音？」

「這裡除了你以外還有其他活人嗎？」奧爾齊涅也很驚訝地問。

「這麼說來，一定是我的助手奧格里匹格拉普，」斯皮亞古德瑞這麼一想，心裡踏實了，「肯定是他，一個拉普蘭男人睡覺的動靜，比得上一個熬夜的女人發出的聲響。」

兩人一邊這麼說著，一邊走近斯普拉德蓋斯特的大門。斯皮亞古德瑞輕輕地打開它。

「再見！年輕的老爺，」他對奧爾齊涅說，「願上帝賜予您歡樂，晚上見。」

說完，他匆忙關好大門，回到吉爾的屍體旁，輕輕把死者的頭轉過去，免得讓人看見傷痕。又傳來一聲悶響，倒楣的守屍人又是一顫。這根本不像助手的鼾聲，而且是從外面傳來的，但他稍加考慮之後又想：「我真幼稚，被嚇成這樣，這想必是港口的狗睡醒了在叫。」

於是，他把吉爾那不成形的四肢擺好，然後關上所有的門，來到他那張破床上舒展一下，以消除這就要過去的一夜疲勞，為即將來臨的一夜養精蓄銳。

9

舒瑪赫在女兒的攙扶下，像往常一樣來到監獄的環形院子裡。兩人一夜心緒起伏，老人是因為失眠，而少女則做著一些甜蜜的夢。他們默默地散了好一會兒步，老囚犯目光陰鬱而嚴厲地注視著少女。

「艾苔爾，妳滿臉通紅又面露喜色，挺高興的。妳正在為往昔而臉紅，為未來而微笑。」

艾苔爾的臉更紅了而且止住了笑。

「父親大人，」她窘迫慌忙地說，「我把《艾達》拿來了。」

「好，讀吧，女兒。」舒瑪赫說著，又重新陷入沉思。

這個陰鬱的囚徒坐在被一棵黑松遮蔭的石頭上，聽著女兒那柔和的聲音，卻沒聽見她在讀些什麼。

突然間，腳步聲和樹葉的颯颯聲打斷了讀書聲，使舒瑪赫從沉思中驚醒過來。阿勒菲爾德中尉從岩石後頭走出來，艾苔爾見是那個總是打擾她的人，便垂下頭去。軍官大聲說道：

「美麗的小姐，妳那迷人的嘴裡剛提到了毀滅者英戈爾夫的名字，我猜妳是談到了他的子孫冰島凶漢才追溯到他的，女士們總愛談論強盜。關於這點，倒是有一些有趣而又可怕的故事：這名毀滅者只有一個兒子，是與巫婆托爾卡生的；他的兒子也只有一個兒子，也是跟一個巫婆生的。四個世紀以來，英戈爾夫惡魔般的精神就是這麼世代單傳，傳到了這個臭名昭著的冰島凶漢身上。」

軍官停住片刻，艾苔爾尷尬地沉默著，舒瑪赫也一聲不吭。軍官繼續說：

「這個強盜沒有其他癖好，只想著害人。根據傳說，有幾個冰島農夫在貝塞斯塔德山上抓住了還是個孩子的凶漢，想把他殺了，但斯卡霍特的主教反對，並把這頭小熊保護起來，想盡辦法啟迪他的才智。然而他忘了毒芹是變不成百合花的，這個小凶漢對他的回報，就是在一個美麗的夜晚，燒了主教的宅邸，抱上一根樹幹，藉著火光越海逃跑了，就這樣來到挪威。在那之後，法羅群島的礦井被填平了，三百名礦工死在裡頭；戈林的懸岩在夜裡被推下來，砸在下方的村落上；哈弗．布羅恩橋坍塌了；特隆赫姆大教堂被焚毀；每逢暴雨夜，海岸上的信號燈全都熄滅了；在斯帕博湖或斯米亞森湖裡、瓦爾德霍格和瑞拉斯洞穴中、在多弗爾．費爾德山谷中，一樁樁的罪惡和凶殺，證明這個惡魔在特隆赫姆大肆活動。不過，州長曾不只一次試圖阻止他的惡行。」

舒瑪赫又打破了沉默。「但為了抓住他所做的努力不是全都白費了嗎？」他的目光中透著得意，臉上掛著嘲笑，「我真該祝賀首相呢！」

「到目前為止，凶漢的確很難抓到，老兵或年輕士兵，農夫或山民，不是被殺，就是落荒而逃。他是個魔鬼，人們既躲不掉又抓不著。」中尉親熱地在艾苔爾身邊坐下，女孩往父親身邊靠過去。他繼續說道：

「如果美麗的小姐贊成，我將把凶漢的冒險經過寫成一本有趣的書，類似斯居德麗小姐的傑作《克列麗》。不過，必須把傳說修飾一番：在一個鋪滿了金色石子和湛藍貝殼的美麗洞穴中，住著一位著名的魔法師『圖勒的汗紐斯』──因為妳也知道『冰島凶漢』這個名字太不悅耳。他被圖勒的大主教撫養成人之後，逃出了主教府，乘著雙龍戰車來到了『杜爾提尼亞儂』──也就是特隆赫姆──的天空之下，被這片美麗的土地迷住了，便定居於此。要把凶漢的強盜行徑寫得輕鬆愉快並非易事，可以穿插一些奇巧的愛情故事，以減少恐怖氣氛──妳可以想像，這會為汗紐斯的冒險增添多少風采。我敢打賭，這樣的主題要是由斯居德麗小姐來寫，將使哥本哈根的所有女士為之傾倒。」

這個地名使舒瑪赫從陰鬱的沉思中驚醒過來。

「哥本哈根？」他突然說道，「軍官大人，哥本哈根出了什麼新鮮事？」

「就我所知沒什麼。」中尉回答，「就是國王已恩准了那件讓兩個王國忙得不亦樂乎的那樁婚事。」

「什麼？」舒瑪赫又說，「哪樁婚事？」

這時，又來了一個人，打斷了中尉的話。三人都抬眼望去，舒瑪赫眼睛一亮，中尉輕佻的臉上露出嚴肅的表情，艾苔爾那張蒼白的臉龐也有了生氣，綻開了笑容。這名來者正是奧爾齊涅。

中尉哈哈大笑。

「親愛的客人，既然您來了，那就幫我告訴一下這位可敬的老人有什麼新鮮事。要不是您突然闖進來，我正想告訴他此刻正讓米提亞人和波斯人操心的那樁了不起的婚事呢！」

「哪樁婚事？」奧爾齊涅和舒瑪赫同時發問。

「陌生的大人，」中尉拍著手說道，「您也許是從另一個世界來的，否則憑您跑遍了挪威，不會沒聽說總督的公子與首相的千金的這樁名聞遐邇的婚事的。」

舒瑪赫轉頭望著中尉。

「什麼？奧爾齊涅．蓋爾登留要娶烏爾麗克．阿勒菲爾德？」

「正是，」中尉回答，「而且，在法國式樣的裙子送到哥本哈根來之前，這件事就會辦妥了。屆時奧爾齊涅將接受伯爵封號、大象騎士團項鍊和上校飾帶。」

「腓特烈的兒子大約二十二歲，因為當我聽說他出生時，已經在哥本哈根的要塞裡關了一年了。」舒瑪赫苦笑著說道，接著又彷彿看見復仇在望似地補充說：「也許用不了幾天，就會有人把他那高貴的項鍊變成鐵枷，把他的伯爵冠在他頭上砸爛，用上校飾帶抽他的嘴巴。」

奧爾齊涅抓住老人的手。

「為您的仇恨著想，大人，在搞清楚這對您的仇人是否是幸福之前，別詛咒他的幸福吧！」

「但是——」中尉說，「老大人的詛咒跟托爾維克男爵有什麼關係？」

「中尉，」奧爾齊涅大聲說，「關係可大了。也許您口中的那樁婚事沒有您想像的那麼確定無疑。」

「哦，當然！」中尉仰頭大笑，「太有趣了，我真想讓托爾維克男爵來這裡聽聽您如何決定他的命運。」

「中尉大人，」奧爾齊涅冷冷地回答道，「我想奧爾齊涅．蓋爾登留是不會娶一個他不愛的女人的。」

「哎！哎！太有道理了。是誰告訴您男爵不愛烏爾麗克．阿勒菲爾德的？」

「那又是誰告訴你他愛她的呢？」

「別忘了您是在談論誰，是在跟誰談話！難道總督的公子沒有您的同意就不能愛上一位女士嗎？」

中尉邊說邊站起身來，艾苔爾見奧爾齊涅兩眼冒火，連忙撲到他面前。

「哦！」她說，「求求您，冷靜點，別聽他胡說。總督的兒子愛上首相的女兒關我們什麼事！」

這隻溫馨的手貼在年輕人的心口上，平息了風暴。他低頭痴情地望著艾苔爾，不再去聽中尉說話了。中尉又快活起來，大聲說道：

「我忘了，」他對奧爾齊涅說，「我們不能再互相挑釁了，騎士。把手伸給我。您得承認，您也忘了您是在與總督之子的內兄阿勒菲爾德中尉談論總督之子。」

一直在冷眼旁觀的舒瑪赫一聽這個名字，立即從石座上跳起，猛吼一聲：

「阿勒菲爾德！站在我面前的是阿勒菲爾德家的一員！我竟然沒有從他身上認出他那可惡的老子！只差看見蓋爾登留的兒子在這裡了。懦夫！他們何不親自來觀賞我憤怒的眼淚呢？阿勒菲爾德的小子，你滾吧！」

中尉先是被這陣突如其來的怒罵給怔住了，但很快便怒氣沖沖地說：

「住口！老瘋子，還不快停止唸你的魔咒！」

「滾開！滾開！」老人繼續說，「為你和將與你家結親的可鄙的蓋爾登留家族帶去我的詛咒吧！」

「該死！」軍官憤怒地吼道，「你加倍地侮辱了我！」

奧爾齊涅拉住了氣得發瘋的中尉。

「即使有仇也別傷害老人，中尉，我們已經決定決鬥了，犯人的冒犯就由我來還你一個公道。」

「好，」中尉說，「您欠了兩份債，因為我要為我妹夫及我自己報仇。注意，您既是答應與我決鬥，也是答應與奧爾齊涅．蓋爾登留決鬥。」

「阿勒菲爾德中尉，」奧爾齊涅回答，「你能慷慨激昂地捍衛不在場的人，這證明你見義勇為，難道你就不能同樣慷慨地憐惜一個不幸的老人嗎？他只不過是因為厄運而變得過於激動罷了。」

阿勒菲爾德是那種吃軟不吃硬的人，他握住奧爾齊涅的手走近舒瑪赫。舒瑪赫由於激動而精疲力盡，又坐回了岩石上，泣不成聲的艾苔爾摟住父親。

「舒瑪赫大人，」軍官說，「要不是您找到一個保護人，我也許就要逞一時的血氣之勇了。」

「你走吧。」老囚徒聲音沉悶地說。

中尉鞠了一躬後走了，心裡因得到奧爾齊涅的贊許目光而感到滿意。舒瑪赫摟住雙臂，垂著頭，沉思了片刻後，突然抬起頭來望著默默站在面前的奧爾齊涅。

「怎麼樣？」

「伯爵大人，狄斯波爾森被殺害了。」

老人的頭又垂在胸前。奧爾齊涅繼續說道：

「兇手是一個有名的強盜，冰島兇漢。」

「冰島兇漢！」舒瑪赫說。

「他搜刮了上尉的衣物。」奧爾齊涅繼續說。

「這麼說來，」老人說，「你沒聽說一只封有格里芬菲爾德紋章的鐵盒子？」

「沒有，大人。」

舒瑪赫把頭垂在手上。

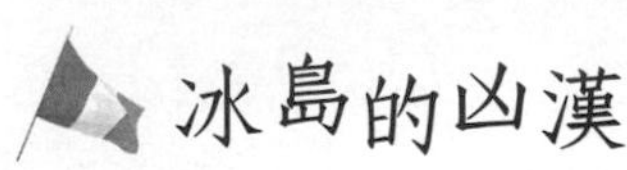

「我會替您找回來的，伯爵大人，相信我吧。凶殺是昨天上午的事，凶漢往北方逃竄了，我有一名嚮導，知道他的巢穴，我也經常走訪特隆赫姆山區，我會抓住那個強盜的。」

艾苔爾面色蒼白，舒瑪赫站起身來，眼裡有著一種快樂的光芒，彷彿他仍然相信世人的美德。

「尊貴的奧爾齊涅，」他說，「再見了。」然後他抬起一隻手向著上天，消失在荊棘叢後。

奧爾齊涅轉過身來，看見艾苔爾坐在滿是苔蘚的褐色岩石上，面色蒼白，宛如一尊石膏塑像。

「我的艾苔爾！」他衝到她的身旁，雙手扶住她說：「妳怎麼啦？」

「哦！」姑娘渾身顫抖，以幾乎聽不見的聲音說：「要是你對我還有點憐憫的話，要是你昨天的話不完全是在欺騙我的話，我的奧爾齊涅，放棄你那荒誕的計畫吧！」她淚如雨下，頭倚在年輕人的懷裡，「別去追蹤那個強盜了！你這麼做有什麼益處呢？有什麼益處能比你不幸的愛妻的利益更寶貴的呢？」

「我的艾苔爾，妳這樣驚慌是沒有道理的，我冒險尋求的利益正是妳的利益。那只鐵盒子裡裝著……」

她已泣不成聲，沒有再說下去，兩隻手臂緊緊地摟住奧爾齊涅的脖子，哀求的目光注視著他的雙眼。

艾苔爾打斷了他。

「我的利益？除了你的生命我還有什麼利益呢？萬一你有個三長兩短，奧爾齊涅，你叫我怎麼活！」

「妳為什麼覺得我會死呢？艾苔爾。」

「啊！你不瞭解那個凶漢。你知道你追蹤的是什麼樣的妖魔嗎？你知道他號令所有的魔鬼嗎？知道他能把山掀倒、把城市壓垮嗎？知道他的腳能踏破地下洞穴，他吹口氣能吹熄山崖上的號誌燈嗎？奧爾齊涅，你以為自己能抵抗得了那個獲得惡魔相助的巨人嗎？」

「放心吧，艾苔爾，人們向妳過分誇大那個強盜的能耐了。他也跟我們一樣是人，也會死的。」

「你是不想聽我的了，我的話你一點也不在乎。你倒是說說看，你走了，為了不明不白的理由，拿屬於我的你的性命去與一個魔鬼搏命，那我該怎麼辦呀！」

說到這裡，中尉敘述的故事又浮現在艾苔爾的腦海裡，她因啜泣而斷斷續續地說道：

「我向你保證，親愛的奧爾齊涅，那些對你說他只不過是個人的人，都是在騙你。人們千百次地想戰勝他，但他卻摧毀一整營一整營的人。我只盼望有別的人告訴你這些，那你也就不會去了。」

要是奧爾齊涅沒有破釜沉舟，艾苔爾的這番懇求一定能動搖他的決心；但舒瑪赫昨晚在絕望中吐露的那番話又縈繞在他的耳裡，使他堅定了決心。

「艾苔爾，這也關係到妳父親的生命。」

「我父親的！」她面色蒼白地低聲重複著。

「是的，艾苔爾。那個強盜想必是被格里芬菲爾德的仇家收買了，他手中握有一些文件，要是奪不回來，那妳父親的生命就會遭受危害。我願拚上性命去奪回它們。」

艾苔爾面色蒼白，沉默了好一陣子。她用黯然冷漠的眼光看著地上，如同死囚看見斧頭舉到他頭上一般。

「關係到我父親。」她喃喃道，然後慢慢地轉向奧爾齊涅。

「沒有用的。不過，你去做吧。」

奧爾齊涅將她拉到懷裡。

「哦！尊貴的女孩，讓妳的心貼著我的心跳動吧。我很快就會回來的，放心！妳將屬於我，我要成為救妳父親的人，以便得到做他兒子的資格，我的艾苔爾，我親愛的艾苔爾！」

「啊！我的奧爾齊涅，去吧！如果你回不來了，那絕望的痛苦將會殺了我的，我會苦苦地等著你回來。」

他倆站起身來，奧爾齊涅挽起艾苔爾的手臂，握住她那隻可愛的手。他們靜靜穿過園子的小徑，戀戀不捨地來到出口的塔樓門前。艾苔爾從懷裡掏出一把小剪刀，剪下一絲烏黑秀髮。

「拿去，奧爾齊涅，願它陪伴著你，願它比我更幸福。」

奧爾齊涅虔誠地把心上人的這件禮物緊緊貼在嘴上。她繼續說道：

「奧爾齊涅，想著我，我將為你祈禱，我的祈禱在上帝面前也許就像你的劍一樣堅強有力。」

奧爾齊涅向這位天使鞠了一躬，心裡湧滿了萬縷情思。兩人緊緊地依偎了片刻，最後，奧爾齊涅在溫情的

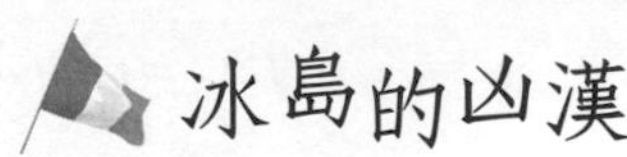

10

少女額頭印了一個純潔的長吻，便毅然決然走進螺旋梯的漆黑拱頂下，只聽見淒楚而溫馨的一聲「別了」。

阿勒菲爾德伯爵夫人剛度過一個不眠之夜。她半躺在沙發上，回想著不潔的歡樂留下的苦澀，以及在無可慰藉的痛苦中耗盡生命的罪惡。她想到穆斯孟德，過去，她心存罪惡的幻想，把他想像得如此迷人，而現在卻看透了他，感到他是如此地可憎。就在這時，房門開了，她匆忙擦乾眼淚，怒氣沖沖地扭過身來，因為她已吩咐過不要打擾她。一見是穆斯孟德，她的怒氣頓時變成恐懼；但一看見兒子弗雷德里克也在，便不害怕了。

「母親，」中尉大聲說，「您怎麼來這裡了？我還以為您在貝根呢！」

伯爵夫人熱情地擁抱弗雷德里克，但他卻像所有被寵壞的孩子一樣，反應冷淡，這也許是對這位母親最痛心疾首的懲罰。弗雷德里克是她的寶貝兒子，是這個世上她唯一無私愛著的人。即使她是個墮落的妻子，卻仍保留著某種母愛。

「我的兒子，我知道了，你一得知我在特隆赫姆，便立刻趕來看我。」

「哦！上帝，不是的。我在要塞裡待得煩了，便跑到城裡來，遇上了穆斯孟德，他就帶我來了。」

可憐的母親深深地嘆了口氣。

「對了，母親，」弗雷德里克繼續說，「告訴我，哥本哈根仍然流行粉紅色飾帶結嗎？您有想到為我帶一瓶茹旺斯油嗎？您沒有忘記帶來最新的翻譯小說吧？還有我託您帶的純金飾帶，還有那種人們用來插在捲髮下的小梳子，還有……」

可憐的女人，除了她在這世上唯一的愛而外，什麼也沒帶給自己的兒子。

穆斯孟德在屋角竊笑。

「弗雷德里克公子，」他說，「請您告訴我，這種茹旺斯油、那些粉紅色飾帶結和那些小梳子有什麼用？

如果孟哥爾摩塔樓裡的那座唯一的女性堡壘仍無法攻克，那您這些圍城的玩意兒又有什麼用？」

「老實說，她的確攻克不破。」弗雷德里克笑嘻嘻地說，「不過，一座沒有缺口、戒備森嚴的要塞又要如何攻破呢？那女孩用修女頭巾裹得嚴嚴實實，只露出脖子，長袖把手臂遮得一絲不露，叫我如何下手呢？我親愛的老師，你一定也會束手無策的，相信我吧！只要羞怯仍然嚴防著，要塞是拿不下來的。」

「確實沒錯，」穆斯孟德說，「不過，要是不只用殷勤去封鎖，而是用愛情去衝擊，那羞怯不就舉雙手投降了嗎？」

「枉費心機。雖然愛情已潛入要塞，但那裡卻充滿了羞怯的援軍。」

「啊！弗雷德里克公子，這倒有趣。愛情，在您這一邊。」

「穆斯孟德，誰告訴你愛情在我這一邊了？」

「那在誰那一邊？」穆斯孟德和伯爵夫人異口同聲地嚷道。伯爵夫人想起了奧爾齊涅。

弗雷德里克正想回答，並把昨晚的對話加油添醋一番，突然想到決鬥的規則，便斂起笑容，一臉尷尬。

「真的，」他說，「我不知道在誰那一邊，也許是在一個什麼鄉巴佬或是僕人那邊。」

「是守軍士兵吧？」穆斯孟德哈哈大笑地說。

「怎麼？兒子，」伯爵夫人也嚷道，「你肯定她愛上了一個農民、一個僕人？要是能肯定就太好了。」

「我能肯定，他不是守軍士兵，」中尉神情不悅地補充，「但我對我的話很有把握；因此我求您，母親，縮短我在那該死的城堡裡無用的流放吧！」

伯爵夫人得知少女的墮落，臉上綻開了笑容。奧爾齊涅急著去孟哥爾摩一事在她腦中引起了截然不同的猜想，她把這一功勞算在了兒子頭上。

「弗雷德里克，把艾苔爾・舒瑪赫的愛情故事說給我們聽聽吧！我毫不意外，粗人的女兒只配愛一個鄉巴佬。你先別詛咒那座城堡，是它昨天讓你有幸看見某個人物主動想結識你的嗎？」

「什麼？母親，」中尉睜大了眼睛問，「什麼人物？」

「別開玩笑了，兒子，昨天沒有人去拜訪你？你知道我的消息很靈通。」

「的確，比我靈通。如果我昨天除了那些塔樓簷下的怪獸雕飾外，還見過其他面孔，那才叫見鬼了呢！」

弗雷德里克一心遵守著決鬥的保密規則；再說，那鄉巴佬哪能算個「人物」！

「什麼？」母親說，「總督的兒子昨晚沒去孟哥爾摩？」

中尉縱聲大笑。

「總督的兒子？真是的，母親，您不是在說夢話就是在說笑話。」

「都不是！兒子，那昨天是誰在值勤？」

「是我，母親。」

「你沒有見到奧爾齊涅男爵？」

「沒有。」中尉又說。

「好好想想，兒子，他可能匿名潛入，你又從未見過他，因為你是在哥本哈根長大的，而他是在特隆赫姆。你好好想想，大家都說他很任性、思想靈活。兒子，你真的誰都沒有看見？」

弗雷德里克遲疑了片刻。

「是的，」他大聲說，「誰都沒有看見，至於別的事，我不能說。」

穆斯孟德起初與弗雷德里克一樣驚訝，一字不漏地注意聽著。這時，他打斷伯爵夫人：

「弗雷德里克公子，請告訴我：舒瑪赫的女兒愛上的那個僕人叫什麼名字？」

他又把問題重複了一遍，因為弗雷德里克忽然變得若有所思，沒有聽見他的問題。

「我不知道——或者說是——是的，我不知道。」

「公子，那您怎麼知道她愛上一個僕人呢？」

「我這麼說了嗎？一個僕人，是呀，是的，一個僕人……」

中尉的處境越來越不妙，這番審問產生的聯想，以及緘口不言的義務使他亂了方寸。

「說真的，穆斯孟德大人，還有我尊貴的母親，如果審問的癖好成了時髦，那你們兩人自己去玩吧！但我沒什麼可以告訴你們的了。」

他打開門，疾步下到院子裡，因為他能聽見穆斯孟德在叫他回來。他騎上馬，奔向港口，想坐船回孟哥爾摩，想著也許能在那裡見到那個陌生人，這個人讓首都裡頭腦最膚淺的一個人深刻思索起來。

「假如真的是奧爾齊涅．蓋爾登留……」他心想，「那麼，我可憐的烏爾麗克……不，不可能有人那麼傻，放著首相的千金不要，卻去愛一個欽犯的窮女兒。不，那不是奧爾齊涅，總督的兒子不會穿一身破衣的，還戴著那根風吹雨淋的舊羽毛飾，還有那都快可以做帳篷的大衣。而且，頭髮亂蓬蓬的，靴子也沾滿了泥土，不可能是他。托爾維克男爵是丹布羅格騎士團騎士，那個人卻什麼榮譽勳章都沒有戴。不，他連《克列麗》都不瞭解，他不是總督的兒子！」

11

「喂，怎麼搞的？波埃爾，是誰讓你上來的？」

「大人忘了，是您剛命令我上來的呀。」

「是嗎？」將軍說，「噢，那是要你把這個資料夾給我。」

波埃爾把資料夾拿給州長，其實他只要伸一伸手，自己就可以拿到的。將軍機械地把資料夾放了回去，並未打開，然後心不在焉地翻了幾份文件。

「波埃爾，我是想問你幾點了。」

「早晨六點，」僕人回答將軍，「其實將軍眼前就有一個鐘——」

「我是想問你，波埃爾，州公署裡有什麼事？」將軍繼續在看文件，心事重重地在每一份上面寫幾個字。

「沒有，大人。只是我在等我尊貴的主人，看得出將軍也很為他擔心。」

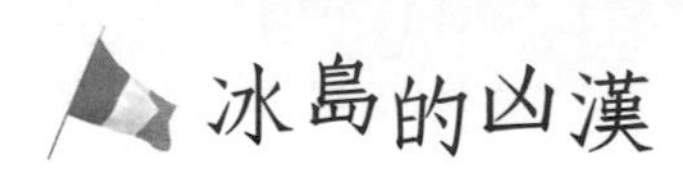

將軍從大辦公桌後方站起身來，滿臉不悅地盯著波埃爾。

「你有眼無珠，波埃爾。我會擔心奧爾齊涅？我知道他沒來的原因，我才沒在等他呢！」

勒萬·德·克努德將軍非常重視自己的威望，如果一個屬下猜中了他的心事，而認為奧爾齊涅未經他允許就擅自行動，那他就認為自己的權威受到損害了。

「波埃爾，你走吧。」他說。

僕人退了下去。

「的確，」州長自言自語道，「奧爾齊涅也太不像話了，竟讓我徹夜未眠，焦慮不安。竟讓特隆赫姆州長去受首相夫人的挖苦，受一個僕人的猜疑。奧爾齊涅呀！任性會扼殺自由。讓他回來，讓他現在就到！如果我不像火藥遇到火般地迎接他，那才奇怪呢！讓他回來！」

將軍繼續簽署文件，但並未細看，因為他心情很差，心事重重。

「將軍！尊貴的父親！」忽然間一個熟悉的聲音大聲說。

奧爾齊涅緊緊地摟住老人，老人也高興不已，不禁興奮地喊了一聲。

「奧爾齊涅！我的好奧爾齊涅！真的，我總算鬆了一口氣呀！」他說到一半，突然想起什麼，「我很高興，公子，您來到這裡都一天了，卻遲遲不露面！」

「父親，您常對我說，一個不幸的仇人應該優先於一個幸福的朋友。我是從孟哥爾摩來的。」

「毫無疑問，」將軍說，「當仇人的不幸迫在眉睫的時候。」

「舒瑪赫的前途比任何時候都危險重重，尊貴的將軍，一個卑鄙的陰謀正被策劃用來對付他。」

將軍的臉色漸漸和緩下來，他打斷奧爾齊涅說：

「好，親愛的奧爾齊涅。但你在說些什麼？舒瑪赫在我的保護之下，什麼人反對他？什麼陰謀？」

「我的好父親，再過幾天我就會弄個水落石出，到時您將會瞭解一切。我今晚還要走。」

「怎麼！」老人嚷道，「你又只給我幾個小時的時間？那你要去哪裡？為什麼要走？」

「我父親給了我一個月的時間考慮，我把它用在了另一個人的利益上。」

「什麼？」將軍關心地問，「你不滿意這樁婚事？據說烏爾麗克·阿勒菲爾德非常美麗，你見過她嗎？」

「我想是見過，」奧爾齊涅說，「我認為她的確美麗，但是她不會成為我的妻子的。」

這句冷漠堅定的話給了將軍當頭一棒，傲慢的伯爵夫人的猜疑又浮現在他的腦海裡。

「奧爾齊涅，」他搖著手說，「我真是個老糊塗，那囚犯有個女兒。」

「哦！」年輕人大聲說，「將軍，我本想跟您說這件事的，父親，我求您保護這個受迫害的女子。有人想奪走她的生命，以及她更寶貴的東西——名譽。」

「生命！名譽！這裡是我的地盤，但我卻對這些可恥行為一無所知！你說說看是怎麼回事。」

「我尊貴的父親，那囚犯與他手無寸鐵的女兒的生命受到一個惡意陰謀的威脅。」

「你說的事情很嚴重，有什麼證據嗎？」

「一個顯貴家族的長子此刻正在孟哥爾摩，他在那裡是為了引誘艾苔爾伯爵小姐，這是他親口說的。」

將軍倒退了三步。

「上帝呀！上帝，無依無靠的可憐女孩！奧爾齊涅，艾苔爾和舒瑪赫是在我的保護之下的，那個混蛋是誰？是哪個家族！」

奧爾齊涅走近將軍，握住他的手。

「阿勒菲爾德家族。」

「阿勒菲爾德！」老州長說，「是的，很顯然，弗雷德里克中尉此刻仍在孟哥爾摩。高尚的奧爾齊涅，大家想讓你與這個家族結親，我想像得出你的厭惡。」

老人抱住雙臂，沉思片刻，然後走近奧爾齊涅，把他摟在懷裡。

「年輕人，你可以走。你走後，我會負責保護你所保護的人，是的，去吧！你怎麼做都好。那個惡毒的阿勒菲爾德伯爵夫人在這裡，你也許知道吧？」

「尊貴的阿勒菲爾德伯爵夫人到！」掌門官打開門通報說。

奧爾齊涅一聽到這個名字，本能地退至屋角。伯爵夫人進到房裡，並未發現他。她大聲說道：

「將軍大人，您的學生在耍我，他根本沒去孟哥爾摩！」

「真的？」將軍說。

「所以說，將軍，」伯爵夫人帶著勝利的微笑繼續說，「別再等您的奧爾齊涅了。」

「我確實沒再等他了，伯爵夫人。」州長神色嚴肅而冷峻。

「將軍，」伯爵夫人扭過頭來說，「我還以為只有我們兩人呢！他是誰？」

伯爵夫人緊緊盯著奧爾齊涅，奧爾齊涅鞠了躬致意。

「是的，」她繼續說，「我只見過他一面，不過他應該就是將軍大人的公子吧？」

「正是，尊貴的夫人。」奧爾齊涅說著又鞠了一躬。伯爵夫人嫣然一笑。

「這樣的話，請允許我請教您一聲：您昨天去哪裡了？伯爵大人。」

「伯爵大人？我認為我還沒不幸地失去我尊貴的父親，夫人。」

「我當然不是這個意思，最好是娶個妻子變成伯爵，而非失去父親。」

「娶妻並不比喪父好，尊貴的夫人。」

伯爵夫人有點語塞，但仍決定一笑置之。

「嗯，大家跟我說的一點不錯，公子是有點古怪；不過，當烏爾麗克．阿勒菲爾德在他脖子上掛上大象騎士團的項鍊，他就會與夫人們的禮物親熱起來的。」

「一個堂堂男子是不該靠裙帶關係升官晉級的。」奧爾齊涅反駁道。

夫人臉色完全變了。

「呵，呵！男爵大人究竟是從哪裡來的？難道您昨天真的沒去孟哥爾摩？」

「尊貴的夫人，我並非喜歡回答所有的問題的。將軍，後會有期。」

說完，他向伯爵夫人鞠了一躬，走了出去，留下目瞪口呆的夫人與因知道真相而怒不可遏的將軍。

12

在沿著特隆赫姆灣通往維格拉山莊的石子小路上，能聽見奧爾齊涅與斯皮亞古德瑞的腳步聲，他們是日落時分從斯孔根城門出來的，正沿著山路直奔維格拉山莊。兩人都易了容，披著大衣；年輕人步履矯健，抬頭挺胸，帽子上的一根羽飾迎風搖曳；而那位老人稍高一些，背上背著包裹，大衣的邊緣已破爛不堪。

兩人默默無語地走了一小時之後，其中一人開始說話了：

「主人，這個地方既能看見維格拉的塔樓，也能看見特隆赫姆了。」

「維格拉離斯孔根遠嗎？」另一個步行者問。

「我們得穿過奧爾岱，公子，凌晨三點前是到不了斯孔根的。」

「現在鐘敲幾點？」

「見鬼！這是特隆赫姆的鐘聲，是風把鐘聲送來的。這說明有暴風雨，西北風把烏雲刮來了。」

「的確，我們身後的星星全不見了。」

「求求您，尊貴的公子，我們快走吧，也許城裡的人已經看見吉爾的屍體，發現我逃跑了，快點走吧！」

「很好。老人家，你背的東西好像很重，讓我來背。」

「不，尊貴的主人，我算什麼人物，哪能讓您替我背行李呢？」

「可是，老人家，要是你累壞了呢？它似乎很重，裡面裝了些什麼？我聽到裡頭叮噹作響。」

老者突然離開年輕人。

「裡面響了？主人，哦，不，您聽錯了，裡面什麼也沒有，只有乾糧、衣服、這累不倒我的。」

「好吧，」奧爾齊涅不疑有他，回答道，「如果你不覺得累的話，就背著吧。」

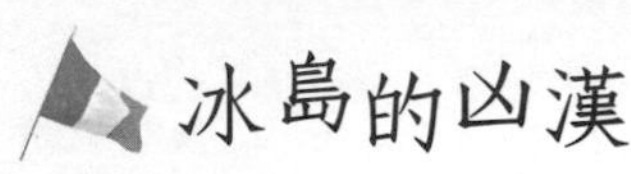

就在此時，一道大閃電照亮了海灣、山丘、岩石、塔樓，隨之響起一個炸雷，在天空雲間滾滾而去，震得地上岩石迴響。兩人抬頭望天，所有的星星都隱沒了，亂雲翻滾，像雪崩一樣在他們頭頂聚集。狂風未至，樹木靜止，只聽見空中的悶響和陣陣海濤聲。一瞬間，一聲怒嘯打破了這片寂靜，嚇得守屍人渾身打顫。

「全能的上帝！」他緊抓住年輕人的手臂喊道，「這是魔鬼在暴風雨中的笑聲，還是……」

又一道閃電，接著又是一聲雷鳴，打斷了他的話。接著，暴風雨傾瀉下來，兩名行路人裹緊大衣，以擋住大雨和狂風捲起的塵土。

「老人家，」年輕人說，「剛才的閃電讓我看清了維格拉的塔樓，我們離開這裡，找個地方避雨吧！」

「去凶險的塔樓避雨！」老者叫道，「您想想，年輕的主人，那座塔樓空無一人呀！」

「好了，老人家。這樣的夜晚，即使是賊窟我也想進去躲一躲。」

於是他不顧老者的勸誡，抓住他的手臂，朝那幢建築物走去。藉著不斷的閃電，他看見塔樓離得並不遠。當他們走近時，發現塔樓的一個槍眼裡透著亮光。

「你看，」年輕人說，「這座塔樓並非空無一人，這下子你肯定放心了。」

「仁慈的上帝！」守屍人叫道，「但願聖哈斯庇斯別怪罪我誤入這魔鬼的禮拜堂！」

他們來到了塔樓下，年輕人用力敲著這座可怕廢墟的一扇新門。沒過多久，一道亮光從上到下地閃過一個個槍眼，最後從大門鎖孔中漏了出來。

「這麼晚回來！尼戈爾，」一個尖厲的聲音在喊，「中午架好絞架，只要六個小時就可以回來了，又跑去哪裡鬼混了！」

話才剛說完，門就開了。開門的女人發現是兩個陌生人，嚇得大叫一聲，退後三步。她身材高大，臉孔瘦削，深陷的眼窩裡透出陰森的光，穿著一條大紅短裙，罩著一件男人短外衣，裙上似乎沾著某種紅色的痕跡。

「好心的太太，」奧爾齊涅說，「外頭下著大雨，妳有屋子，我們有金子。」

他從上衣裡取出錢袋，在女主人眼前晃晃，又重複了一遍自己的請求。女主人驚魂未定，用狂野的目光輪流打量著兩人。

「陌生人，」她終於大聲說道，「指點你們來這種廢墟躲雨的絕不是人，因為唯一能進這裡的活人，是不進任何其他活人的住所的。他為了讓人死而活著，只有遭人詛咒的份，只有找人報仇才能活。外來人，別再打擾我們了，也別跟你們的兄弟說你們的臉曾被維格拉塔樓的主人用燈照過。」

老者渾身哆嗦，哀求地看著年輕人。但年輕人似乎沒明白女人說的話，因為她說話又快又急，他還以為她是個瘋子；再說，雨嘩嘩地下個不停，他根本不想回到雨地裡去。

「我不太明白妳的意思，」奧爾齊涅說，「但更重要的是，誰會想在這種天氣裡繼續趕路呀！好了，關上大門，把這金子拿去。」

「唉！我要您的金子幹嘛呢？」女主人又說，「它到了我手裡，比錫還不如。好吧，您就留下吧，在這兒等我一會兒。一個人手裡拿著金子而沒沾滿鮮血進來這裡，這還是頭一遭。」

於是她拴上門，消失在大廳盡頭一座漆黑的樓梯拱頂下方。

老者渾身發抖，悄悄地在詛咒同伴的冒失；而年輕人則拿起燈，開始在這個圓形大房間裡繞了一圈。他走近牆壁時，眼前的東西讓他打了個寒顫，斯皮亞古德瑞則叫了出來：

「老天！主人，是個絞架！」

確實是個大絞架靠在牆上，直達又高又潮溼的拱頂。

「是的，」年輕人說，「這裡還有木鋸、鐵鋸、鐵鍊、枷鎖呢！這是個拷問架，上面還掛著刑具。」

「這裡就是地獄的傢俱貯藏室！」老人被年輕人數著的可怕刑具嚇壞了，打斷他說。

「你不用害怕，反正有我跟你在一起。」

紅衣女人回來了，示意兩人跟她走。他們小心翼翼地登上一座鑿在牆上的樓梯，來到二樓的一個圓廳；廳裡有一個大爐子在熊熊燃燒，煙把大廳內燻得黑漆漆的，插滿生肉的一根烤架在爐火前轉動著。離爐子稍遠處，有一張粗糙的桌子，女人請兩位過路人在桌前就座。

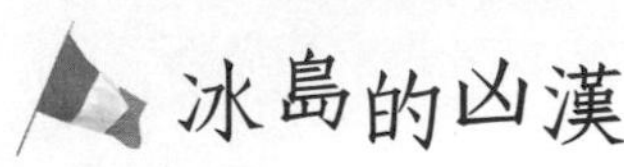

「陌生人，」她把燈放在他們面前說，「晚飯馬上就好，我丈夫想必馬上就回來。」

斯皮亞古德瑞小心翼翼地把背上的袋子拿下，裹好大衣，坐了下來。他注意著女主人的烤肉，不時向同伴投去不安和恐懼的目光，嘴裡喃喃自語著。不久後，樓下傳來了敲門聲，女主人拿起燈，匆匆地下樓去。兩位過路人尚未開始交談下去，便聽見樓下大廳傳來一陣嘈雜的人聲，其中一個人的聲調讓斯皮亞古德瑞猛地一驚，顫抖不已。

「主人，主人！」斯皮亞古德瑞緊緊地貼著奧爾齊涅，聲音微弱地說，「我們完了！」

樓梯上腳步聲雜遝，接著，兩個穿教士服的人進來了，後面跟著魂不附體的女主人。兩人中的一個比較高大，留著路德派神父的圓形頭髮；另一個身材矮小，腰上繫著一根繩子，頭上的風帽壓在臉上，只露出長長的黑鬍子。一見是兩個和氣的人，斯皮亞古德瑞便感到剛才的恐懼煙消雲散了。

「別驚慌，親愛的太太，」神父對女主人說，「我們只想避避雨。我從斯孔根到特隆赫姆去，迷了路，既無嚮導，又遇上大雨；我這位可敬的教友跟我一樣是個旅行者，他向我誇口說您心善好客，親愛的太太，毫無疑問，他沒有說錯。留下我們吧！尊敬的太太，上帝將讓您的莊稼免遭雷雨之害，使您的羊群在暴風雨中有一躲避之處，就像您給予迷途的行人避難之所一樣。」

「老頭，」女人怒氣沖沖地打斷他說，「我既無莊稼，也無羊群。」

「那好，如果您是窮人，上帝祝福您由窮變富，你們將因你們的品德而受人尊敬，你們的孩子將在世人的敬重中成長，成為像他們父親一樣的人。」

「住口！」女主人喊道，「我們仍舊是我們，我們的孩子也將像我們一樣在世人的蔑視中度過一生。住口！老頭，祝福會變成詛咒落到我們的頭上。」

「老天，」神父又說，「你們到底是什麼人？你們一生都犯了什麼罪過？」

「什麼是罪過？什麼是道德？我們在此享有一種特權，既不可能有道德，也不會犯下罪過。」

「這女人神經有毛病。」神父轉身對在爐前烘烤長袍的矮個子修士說。

「不，神父，」女人反駁道，「你應該知道這是哪裡。我不是個瘋子，而是……」

大門上的一聲重擊，使得下面的話沒能聽清，一旁的兩名旅行者不禁大失所望。女人拿起燈下樓了，留下的四個過路人藉著爐火，相互對視著。眾人都默不吭聲，最後，樓梯的那扇破門打開了。

「貝克麗！一下大雨，就有不少人坐到我們這破桌子前，到我們這遭人唾罵的屋子裡躲雨！」

「尼戈爾，」女人回答，「我阻止不了。」

「有什麼關係！只要他們付錢就行。留宿行人和絞死強盜都是很好的掙錢方法。」

說這句話的人在門口站住，此人身體粗大，也穿著紅色衣服，戴著灰氈帽，那顆大腦袋與妻子那長而細的脖子形成了強烈反差。他低額頭、塌鼻子、濃眉毛，眼睛閃著血紅的光芒，臉上刮得一乾二淨，露出一張深陷的大嘴。斯皮亞古德瑞一見到他，嚇得大叫一聲，神父憎惡地轉過臉去，而屋主人認出了神父，朝他說道：

「您怎麼來了？神父大人，真沒想到又有機會見到您這副既驚慌又可憐的德性。」

神父壓住了最初的厭惡心情，表情變得嚴肅而泰然了。

「我的孩子，您以為我怕您，其實我只不過是可憐您。」

「的確，大人，您的惻隱之心一定是太多了。我還以為您今天在那個可憐蟲面前用十字架擋住我的絞架時，已經把您的惻隱之心耗盡了呢！」

「在贖罪的時刻，」神父回答，「承認人的手臂沒有上帝的話語有力的人，才是幸福的。」

「說得好，神父，」男主人以一種挖苦的語氣說，「再說，今天那個傢伙也沒犯什麼罪，就是太熱愛國王了，以至於不在小銅板上刻上陛下的頭像就活不了，而且還要精心地鍍上一層金，讓它與國王的頭像相匹配。我們和藹的國王也很領情，獎賞了他一根漂亮的麻繩。告訴各位吧，就在今天，這根麻繩在這位神父的協助之下，由我在斯孔根廣場上交給了那個人。」

讀者也許已經猜到維格拉塔樓的這位住戶是誰了，斯皮亞古德瑞因為常見到他出現在特隆赫姆廣場的行刑儀式上，因此立刻便認出他來，嚇得幾乎要暈了過去。他湊近奧爾齊涅，聲音模糊不清地對他說：

「他叫尼戈爾·奧路基克斯，是特隆赫姆地區的劊子手。」

奧爾齊涅先是厭惡地一驚，後悔走了這條路；但很快地，一種說不清的好奇心湧上心頭，便聚精會神地去聽眼前這個怪人的言語，並仔細觀察他的習慣。可憐的斯皮亞古德瑞可沒這份閒情逸致，他躲在奧爾齊涅身後，縮進大衣裡，把飄動的假髮拉到臉前遮住，焦慮不安地喘著粗氣。

這時，女主人已把烤好的羊羔端上桌，劊子手在奧爾齊涅和斯皮亞古德瑞對面坐下，而他的妻子在桌上放好一罐啤酒、一塊麵包和兩個木盤之後，便坐到爐火前，專心一意地磨丈夫的缺了口的鉗子。

「戴假髮的大人，」奧路基克斯笑著說，「是風把您的假髮吹到臉上的嗎？」

「風……大人，暴雨……」顫抖的斯皮亞古德瑞結結巴巴地說。

「膽子大些，老朋友。告訴我您是誰，您的同伴是誰，我們認識一下。」

老守屍人咧起嘴，露出牙齒，眨著眼睛，想裝出笑容。

「我只不過是個可憐的老頭。」

「是的，」快活的劊子手打斷他，「是個什麼老學者，什麼老巫師。」

「哦，先生，是學者沒錯，但不是巫師。」

「各位，我們敬這位老學者一杯，讓他說說話，使我們的晚餐更開心。為今天被絞死的那人乾杯，愛說教的老兄。喂，隱修士，您不喝我的啤酒嗎？」

矮修士從袍子下面掏出一個大葫蘆，把裡頭清澈的水倒進杯子裡。

「好，隱修士，」劊子手大聲說，「如果您不嘗嘗我的啤酒，那我就來嘗嘗您的水。」

「好的。」隱修士回答。

奧路基克斯剛把杯子送到嘴邊，便突然拿開了，而隱修士則一飲而盡。

「尊敬的修士，這噁心的液體是什麼玩意兒！自從我從哥本哈根搭船來特隆赫姆差點淹死的那天起，我還從未喝過這種東西！說真的，修士，這不是林拉斯的泉水，這是海水！」

「海水！」嚇壞了的斯皮亞古德瑞重複了一聲。

「怎麼？」劊子手轉向他哈哈大笑，「這裡的一切都讓您擔驚受怕，連一個修士的飲料也能嚇死您？」

「哎，不，主人，但那海水……只有一個人……」

「好了，您已經不知所云了，學者大人。您這樣心煩意亂，不是心懷鬼胎，就是瞧不起人。」

主人很生氣地說了這番話，斯皮亞古德瑞只好故作鎮靜，聚起自己所剩的那一點點機智。

「瞧不起人……我？瞧不起您？我的先生，瞧不起您這位法律制裁的執行者、正義之劍、無辜者的盾牌？瞧不起您這位亞里斯多德在《政治學》第六卷最後一章裡列為法官的人？我的好先生，我難道不知道，您的同行在法國，連聖日爾曼．德．勃雷的教士每年都要在聖樊尚節期間獻給您一頭豬，並讓您走在他的儀式隊伍的前頭？我又怎能不對您深表敬意呢？」

守屍人興致勃勃地說著，突然被劊子手打斷了：

「您過獎了，」他說道，「我的確沒什麼了不起的，因為我只是一個窮州府的可憐的劊子手罷了。不過，你們想得到嗎？我就是那個二十四年前被指定來執行舒瑪赫死刑的人！」

「舒瑪赫．格里芬菲爾德伯爵！」奧爾齊涅高聲嚷道。

「讓您受驚了，沉默的大人。是的，正是那個舒瑪赫，讓我說給你們聽聽，我最初是如何那麼風光，最後又那麼悲慘的。一六七六年，我成了哥本哈根皇家劊子手盧姆．斯圖亞特的僕人。」他繼續說，「判處格里芬菲爾德伯爵死刑時，我的主人病倒了，我便代替他執行這項光榮的死刑。六月五日的凌晨，我在城堡廣場上搭起了一座大斷頭台。到了八點鐘，高級護衛把斷頭台圍了起來，槍騎兵則把擁入廣場的人群擋住，我握著大刀，欣喜若狂地等著，所有的目光全都集中在我身上；在這一刻，我是丹麥－挪威聯合王國最重要的人物了。要塞的鐘敲過十點，死刑犯走出牢房，步履堅定、神色坦然地登上斷頭台。我想替他紮起頭髮，但他把我推開，親手理好頭髮；我想為他繫上一條黑布帶，但他輕蔑地把它從眼睛上扯掉了；我想在他膝下墊個墊子，也被他拒絕了。他高喊冤枉之後，便擁抱了一下神父，跪在地上，把頭貼在木砧上，而我則舉起刀來。就在剎那間，一聲吼聲傳來：『刀下留人！國王有令，免舒瑪赫一死！』我轉過身去，只見一名副官揮動著一卷文件，騎馬朝斷頭台奔來。伯爵站起身來，接過赦令，大聲說道：『公平的上帝，終身監禁！他們的恩典比死刑還要狠！』他垂頭喪氣地走下斷頭台。至於我，我沒想到這個人的得救正是我的完蛋！第二天，我接到了一紙離開首都的命令，被調到特隆赫姆地區擔任州劊子手。州劊子手！而且是挪威最差的一個州！諸位，我告訴你們這是怎麼一回事。原來，伯爵的仇人們精心安排，想讓赦令在剛執行完死刑後送達，但卻差了一分鐘。他們怪我動作太慢。除此之外，還有壞人搞鬼——我曾有一個弟弟，他進了新首相阿勒菲爾德伯爵的府裡，我待在哥本哈根會對他不利，他蔑視我，因為將來有一天或許就是我來處死他。」

說到這裡，這位口若懸河的敘事者停了下來，等心情平復過後，才又繼續說道：

「從此之後，我在這裡老老實實地幹自己的本行，販賣屍體，或是讓貝克麗把屍體弄成骨架，賣給貝根的解剖陳列館。特隆赫姆地區的孩子一聽見我的名字就嚇得半死，民事代表提供我一輛車子和一些紅衣服，還有這座塔樓讓我遮風擋雨。總之，我跟別人一樣幸福。我吃、我喝、我絞人、我睡覺。」

劊子手滔滔不絕地說著，一邊不停地喝著啤酒，縱聲大笑。

「他既殺人，又能睡得著。」神父喃喃道，「可憐的人！」

「是的，兄弟，」劊子手說，「但肯定比您更幸福。要不是有人從中作梗，這個行業是很不錯的。我不知道是哪位名人的婚禮給了特隆赫姆的佈道牧師機會，要求赦免屬於我的十二名死囚。你們能想像嗎？」

「屬於你？」神父大聲嚷道。

「是的，其中有七個應受鞭笞，兩個左臉應烙印記，還有三個應該絞死，酬勞一共十二個埃居三十個阿斯卡林。如果他們被赦免，我就得不到了。這個該死的教士叫做亞大納西．孟德爾，他要是被我逮到……」

「我的孩子，」神父站起身來，語氣平和地說，「我就是亞大納西．孟德爾。」

奧路基克斯頓時氣得青筋暴跳，從座位上跳起來，憤怒的目光緊盯著神父。隨後，他又慢慢地坐回去，一聲不吭。奧爾齊涅從座位上站起，首先打破了沉默：

「尼戈爾．奧路基克斯，」他說，「這是十三個埃居，是賠償你的損失的費用。」

這些錢平息了神父引起的爭端。尼戈爾怒氣全消，重新快活起來。

「哎！尊敬的佈道牧師，您是個正直的人，我剛才並沒有惡意。不過，我真正恨的人是斯普拉德蓋斯特的守屍人，那個老巫師。他叫什麼來著？告訴我，老學者，您無所不知，替我想想那個巫師叫什麼名字？」

老守屍人早已嚇得魂飛魄散，全身都僵硬了；特別是當他發現話題轉移到他身上，聽見可怕的奧路基克斯直呼其名的時候，僵硬的舌頭很久答不上話來。

「這個嘛，大人……」他終於開了腔，「我發誓，我不知道他叫什麼。」

「你不知道？」隱修士說，「這個人叫做班尼紐斯．斯皮亞古德瑞。」

「我、我、偉大的上帝！」老者嚇得大叫。

劊子手被斯皮亞古德瑞恐懼的樣子逗樂了，放聲大笑：

「不是您，我們說的是那個異教徒。真是的，這個學者什麼都怕，絞死他的時候一定會很有趣的。話說回來，隱修士大人，您似乎認識他？」

「是的，」隱修士回答，「他是個高個子，年老，乾瘦，禿頭——」

斯皮亞古德瑞被他的描述嚇了一跳，連忙把假髮按好。

「他的手很長，而且駝背。」隱修士繼續說，「此外，如果他的眼睛不那麼有神的話，大家會把他誤認為他看守的一具屍體。」

「謝謝，神父，」劊子手對隱修士說，「不管在什麼地方，我現在都將能認出那老異教徒了。」

斯皮亞古德瑞試著說了幾句，好為自己辯解。

「師傅，他做錯了什麼讓您這麼恨他？因為我相信您的憎恨是有憑有據的。」

「您說得沒錯，老頭，由於他的生意與我相仿，所以斯皮亞古德瑞竭盡所能地損害我。還有，您不知道他多麼地無禮。您相信嗎？那個無恥之徒竟敢與我爭奪冰島凶漢的所有權！」

「冰島凶漢？」隱修士突然說。

「正是，您認識這個有名的強盜？」

「是的。」隱修士說。

「很好，任何強盜都歸劊子手所有，對吧？但是那該死的斯皮亞古德瑞竟然也在懸賞凶漢的頭！」

「他懸賞凶漢的頭？」隱修士插嘴道。

「他膽子真夠大。而他之所以這麼做，只是為了弄到凶漢的屍體，剝奪我的所有權。」

「這可真夠卑鄙的，奧路基克斯師傅，他竟敢與您爭奪一份明顯是屬於您的財產。」

隱修士一邊說一邊詭譎地笑，嚇得斯皮亞古德瑞全身發抖。

「這塔樓太簡陋了，所以我必須處死一個像凶漢這樣的人，才能擺脫默默無聞的境地，飛黃騰達。但只要有一個斯皮亞古德瑞和一個懸賞，就足以壞了我的好事！」

斯皮亞古德瑞不敢辯解，只是一遍又一遍地在心裡詛咒他年輕的同伴。突然間，沉思了片刻的隱修士以嘲諷的語調大聲說道：

「尼戈爾師傅，犯褻瀆罪者該受什麼酷刑？」

這句話對斯皮亞古德瑞的影響無異於扯去了他的護眼膏藥和假髮。他焦急地等待著劊子手的回答。

「這得看是哪一類褻瀆。」劊子手回答。

「假如是褻瀆了一個死人呢？」

顫抖不已的班尼紐斯立刻覺著他的名字馬上就要從這位神秘莫測的隱修士口中說出來了。

「先在他大腿上用烙鐵烙個印，」劊子手像在談論藝術般得意地說道，「然後再絞死就得了。」

「天哪！」斯皮亞古德瑞嚷道，「把他絞死？」

「喂，怎麼啦？您看著我的神情就像是死刑犯看著絞架似的。」

此刻，暴風雨已過，天色已亮，斷斷續續的號角聲清晰地傳來。

「尼戈爾，」女主人說，「外頭正在追捕什麼壞人，那是警吏的號角。」

「警吏的號角？」交談者不約而同地重複道，但斯皮亞古德瑞的聲調充滿了恐懼。接著，只聽見有人在敲大門。

13

奧爾齊涅到達特隆赫姆的當天上午，另一個人也隱姓埋名地到了北岸的勒維格，他那金光閃閃的轎子與四個全副武裝的僕從，立刻成了人們最感興趣的話題。這位大人物下榻在「金海鷗」旅店，並派出一個信使來到民事代表處，辦理通行證事宜，民事代表注意到證件的綠漆大封印上有兩隻交叉著的象徵法律之手，托著一件白鼬皮大衣，上有一頂伯爵冠，飾有盾形紋章，周圍垂著大象騎士團和丹布羅格騎士團的勳章鏈，頓時全明白了。他強烈地企盼能從這位首相府的貴客處獲得特隆赫姆地區高級民事代表的職位，但他失去了機會——因為這位高貴的陌生人不願接見任何人。

這位旅行者來到勒維格的第二天傍晚，店主走進他的房間，鞠了一躬後稟告說，他等待的使者剛到。

「好，」那位大人說，「讓他上來。」

不一會兒，使者進來了，小心翼翼地關好門，然後向陌生人深深鞠了一躬，畢恭畢敬地等候問話。

「我原指望你今天上午就來的，」陌生人說，「誰把你留住了？」

「是大人的利益留住了我，伯爵大人。我還會為別的事分心嗎？」

「艾爾菲格怎麼樣？弗雷德里克怎麼樣？」

「他們的身體無恙。」

「好，好，」主人打斷他說，「還有其他更有趣的事要告訴我嗎？特隆赫姆有什麼新聞？」

「沒有，只是托爾維克男爵昨天到那裡了。」

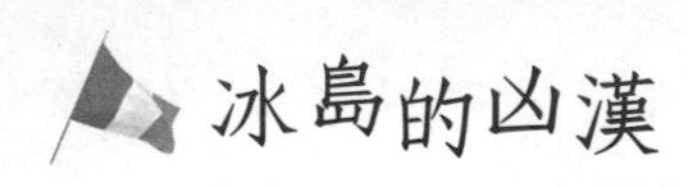

「是的，我知道他是想就婚事徵詢那個老梅克倫堡人勒萬。你知道他們會晤後的結果如何嗎？」

「今天中午我走的時候，他還沒見過將軍。」

「什麼？他昨天就到了呀！你的話真讓我吃驚，穆斯孟德。那他見過伯爵夫人了嗎？」

「更沒見過，大人。」

「那他去了哪裡？」

「他的僕人說他一到就去了斯普拉德蓋斯特，隨後乘船去了孟哥爾摩。」

伯爵目光似火。

「孟哥爾摩？去了舒瑪赫的牢房？你確定？我一直在想那個勒萬是個叛徒。去了孟哥爾摩！是誰讓他去那裡的？他要徵詢舒瑪赫的意見，他要……」

「尊貴的大人，」穆斯孟德打斷他，「並不能肯定他去那裡了。」

「什麼！那你剛才是怎麼說的？你在耍我？」

「這只不過是他的僕人說的話。弗雷德里克公子昨天在主塔值勤，他根本就沒見到奧爾齊涅男爵。」

「多好的證據！我兒子並不認識總督的兒子，奧爾齊涅可以改名換姓進入要塞。」

「是呀，大人，但弗雷德里克公子卻說誰也沒見到過。」

「這就另當別論了，」伯爵似乎平靜了，「我兒子確實是這麼說的？」

「他向我保證了三遍，而且，公子在這方面的利害關係與大人完全一致。」

使者的這番道理使伯爵完全放下心來。

「啊，」他說，「我懂了，男爵想去海灣散散步，他的僕人卻以為他是去孟哥爾摩了。是啊，他去那裡幹什麼呢？我女婿懶得去看老勒萬，這正好說明他們的交情沒有我所擔心的那麼好。你相信嗎？親愛的穆斯孟德，」伯爵含著笑繼續說，「我原以為奧爾齊涅愛上了艾苔爾．舒瑪赫，是去孟哥爾摩與她相會的；不過，感謝上帝，他沒有我這麼瘋狂。對了，那個落在弗雷德里克手裡的女孩怎麼樣了？」

在這件事上，穆斯孟德與主人一樣提心吊膽。現在，看見主人笑了，他也高興起來。

「尊貴的伯爵，令郎沒能征服舒瑪赫的女兒。但似乎有另一個人更幸運。」

「另一個人？哪一個人？」

「嗯，我不知道是哪一個農奴、農夫還是僕從。」

「此話當真？」伯爵大人說，陰沉的面孔綻放出光彩。

「弗雷德里克公子是這麼對我以及尊貴的伯爵夫人說的。」

伯爵站起來，搓著雙手，在房間裡踱來踱去。

「穆斯孟德，親愛的穆斯孟德，再加把勁，就能達到目的了。樹木的根已經枯萎，我們只須推倒樹幹便大功告成了。你還有什麼好消息嗎？」

「狄斯波爾森被殺了。」

伯爵的面孔完全舒展開了。

「啊！拿到他的文件了嗎？特別是那只鐵盒子，到手了嗎？」

「遺憾的是，謀殺不是我們的人幹的。他是在烏爾什塔爾海灘被殺的，大家都說是冰島凶漢幹的。」

「冰島凶漢？」主人的臉色又陰沉下來說，「是我們想讓他領頭起義的那個大名鼎鼎的強盜？」

「正是他，尊貴的伯爵。根據傳聞，我擔心我們很難找到他。我已物色了另一個冒充他的人，那是個粗野的山裡人，結實得像一棵橡樹，凶殘得像雪野裡的一隻狼，這個了不起的巨人不可能不像冰島凶漢的。」

「親愛的穆斯孟德，我始終欣賞你擬訂計畫的本領。起義何時開始？」

「哦！快了，大人，也許此刻已經開始了。大火將從古德布蘭夏爾燒起，蔓延到頌德摩爾，最後燒到孔斯貝格。三天之內，將有兩千名礦工以舒瑪赫的名義起事，而您正好在此地把起義鎮壓下去。在國王眼裡，這將是一項卓絕的貢獻，使其擺脫了威脅王位的舒瑪赫，也讓烏爾麗克小姐和托爾維克男爵的婚事大大增光。」

與穆斯孟德的密談使伯爵感到疲憊不堪，因為他總是毫不客氣地把自己的主人一起拉進罪惡中。許多臣子

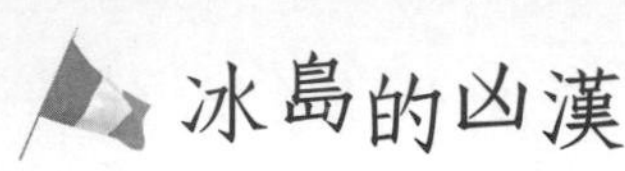

認為幹了壞事時，最好把罪攬在自己身上，以保全主子的面子，但精明的穆斯孟德卻反其道而行。他總是俯首聽命，每當他把自己捲進去時，必定把主人一同拉上。因此，伯爵最想看到人頭落地的人除了舒瑪赫，就是穆斯孟德了。他知道這一點，而他的主人也明白他知道。

伯爵已經聽到了想聽的事，他很滿意，現在該打發穆斯孟德走了。

「穆斯孟德，」他和藹地笑著說，「多虧了你，一切都很順利。我要提拔你為首相的機要秘書。」

穆斯孟德深深地鞠了一躬。

「不僅如此，」伯爵繼續說，「我會再次替你申請丹布羅格騎士勳章，但我擔心你卑微的出身……」

穆斯孟德的臉紅一陣白一陣的，他又鞠了一躬，以掩蓋面部的難堪表情。

「去吧，」伯爵說著，伸手讓他吻，「機要秘書大人，去寫您的申請書吧。我必須立刻動身，好弄清楚那個凶漢的情況。」

14

兩位旅行者已經遠離了維格拉塔樓，正在一條高低起伏的山路上艱難地跋涉。這條路滿是水坑，不時被山洪帶來的大石阻隔。天還沒有亮，在晨曦透過冷霧散發出的弱光中，或多或少能看出一些東西的形狀。

奧爾齊涅迷迷糊糊的，只是任由腳步機械般地挪動。他昨晚只有在停靠在特隆赫姆港的一條漁船上休息了幾小時，就再也沒有睡過；因此，當他的身子往斯孔根走的時候，他的思緒卻飛回了那座陰沉沉的監獄，飛回到關押著他在這個世上唯一的希望和幸福的塔樓裡。然而，不時會有一個水窪、一塊石頭、一根樹枝絆到他的腳，使他驚醒，回到現實中來。

「主人！」斯皮亞古德瑞又喊了一聲，這喊聲加上撞到樹幹的聲響把奧爾齊涅驚醒了，「您別怕，警吏和隱修士往塔樓右邊去了，我們離開他們已經很遠，可以說話了。」

「說真的，」奧爾齊涅打著哈欠說，「你小心過頭了，我們離開塔樓和警吏至少有三個小時了。」

「您說得沒錯，公子，不過，小心為上。在那個該死的班長打聽誰是班尼紐斯．斯皮亞古德瑞的當下，假如我自報了姓名，沒有謹慎地一聲不吭，真不知我現在會在什麼地方了，我尊貴的主人。」

「的確，老人家。我相信，那個時候，即使用鉗子撬開你的嘴，也休想從你口中問出你的名字來。」

「主人，假如我開了口，那個隱修士就來不及問警吏班長那個問題，為我爭取時間了。您注意到了嗎？年輕的主人，在那個愚蠢的警吏回答後，那個修士帶著多麼奇特的笑容與他一起走，還對他說他知道班尼紐斯．斯皮亞古德瑞躲藏在哪裡。」

說到這裡，看守突然激動得用哭腔說道：

「好心的神父！德高望重的隱修士！但我卻因他那嚇人的外表而恐懼，沒發現那外表下藏著一顆多麼美好的靈魂。不過，在那樣的一個巢穴裡，確實是很難頭腦清楚的，尤其又坐在一個劊子手的飯桌上。劊子手是最惹人嫌的傢伙，一旦我變得有權有勢，我就要廢除掉劊子手，恢復舊有的制度——每殺害一位王公，就罰一千四百四十個埃居；殺害一個貴族，罰一千四百四十個阿斯卡林；殺害一個市民……」

「我好像聽見一匹馬朝我們奔來了。」奧爾齊涅打斷他說。

兩人轉過頭去。天早已亮了，他們可以看到身後百步遠處，有一個黑衣人朝他們揮著手，一邊策馬奔騰。

「求求您，主人，」膽怯的看守說，「我們快走吧，我看那傢伙像是個警吏。」

「誰說那是警吏的！」奧爾齊涅毫無懼色地說道，「放心吧，我認出那個旅行者是誰了，我們停下吧。」

不一會兒，騎馬人來到他們面前，斯皮亞古德瑞認出是佈道牧師亞大納西．孟德爾溫和而嚴肅的面孔，便不再哆嗦了。來者笑盈盈地向兩人致意，隨即勒住坐騎。

「神父大人，」奧爾齊涅回答，「我們能為您做些什麼？」

「恰恰相反，尊貴的年輕人，我是來幫助你們的。能否告訴我您此行的目的呢？」

「尊敬的牧師，我不能。我所能告訴您的，就是我的目的地是北部山區。」

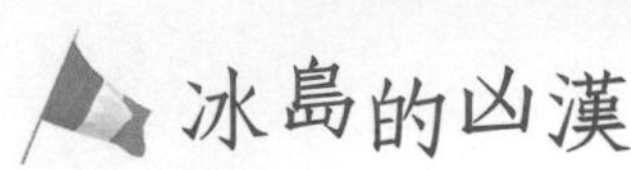

「這跟我猜想的一樣，孩子，因此我才追了上來。在這些山區裡，有一些礦工和獵人常常加害行人。」

「怎麼了？」

「昨天那個不幸的偽幣製造者是一個礦工，他臨死前把這份寫著他名字的文書給了我，說要是我在這些山裡旅行的話，這東西能幫助我擺脫一切危險。唉！我只是一個神父，這東西對我有什麼用呢？因此我打算把它交給您，讓它在你們難以預料的旅途中陪伴著你們。」

奧爾齊涅很感動地收下了老牧師的禮物。

「牧師大人，願您的願望得以實現。不過，」他手按劍柄說道，「我已經帶著我的通行證了。」

「年輕人，」牧師說，「也許這輕巧的文書比您的鐵劍更能保護您。再見了，我的囚徒們正在等著我，但願您也能偶爾為他們和我祈禱。」

「神聖的牧師，」奧爾齊涅含著笑又說，「您的死刑犯們會得到赦免的，一定會的。」

「哦！別說得這麼肯定，我的孩子，沒有人知道總督的兒子將會作何決定。也許……唉，他永遠也不願看見一個卑微的牧師在他面前。再見了，我的孩子，但願您旅途平安。」

15

在特隆赫姆州長房間隔壁的大廳裡，州長的三名秘書剛在一張黑桌子前坐下，桌上堆滿了文書、印章和文具，桌旁還有一張凳子空著。秘書們每個人都正在寫點什麼，其中的一人突然說道：

「你知道嗎？瓦菲奈，將軍在礦工們的請求書上批示了『不同意』。」

「什麼？這我就不懂了，將軍可是一直害怕這幫礦工騷動不安的情緒的。」

「也許他是想威懾住他們。我之所以這麼想，是因為佈道牧師孟德爾為十二名死刑犯提出的赦免申請也被駁回了。」

瓦菲奈與之交談的那個秘書這時突然站起身來

「哦！我可不會相信，州長心地善良，對這些死刑犯極其憐憫，不會……」

「那好，阿爾蒂爾，」瓦菲奈又說，「你自己看吧。」

阿爾蒂爾接過那份申請書，看到了駁回的簽字。

「真的！」他說，「我簡直不敢相信自己的眼睛。將軍是哪一天批示這些文件的？」

「我想是三天前。」瓦菲奈回答。

「也就是——」另一個秘書理查低聲說，「奧爾齊涅男爵一出現又突然失蹤的那天早上。」

「嘿！」瓦菲奈又插嘴道，「那個班尼紐斯．斯皮亞古德瑞呈上來的申請書上，也是一個『同意』。」

理查放聲大笑。「你是說那個莫名其妙消失的保管屍體的老守屍人？」

「是的，」阿爾蒂爾又說，「在他的停屍所裡發現了一具肢體殘缺的屍體，當局正以褻瀆罪通緝他。他的幫手，那個矮個兒拉普蘭人，也跟百姓們一樣，認為是魔鬼把他當成巫師抓走了。」

「這可真是位留芳百世的人物。」瓦菲奈大笑著說。

他還沒笑完，又一位秘書姍姍來遲了。

「你真行！古斯塔夫，你今天來得夠晚的。是不是昨天碰巧完婚了？」

「不，」瓦菲奈又說，「他一定是繞道經過可愛的羅西麗窗下了。」

「瓦菲奈，」新來者說，「要是那樣就好了。我遲到的原因一點也不有趣。」

「那你是從哪裡來的呀？」阿爾蒂爾問。

「從斯普拉德蓋斯特。」

「老天！」瓦菲奈丟下毛筆大聲說，「我們剛才正在談這件事呢！你怎麼會進去那裡了？」

「是呀，」古斯塔夫說，「你們一定很好奇，即使不想去看，至少也想聽一聽。那副慘狀你們看了一定會渾身發抖的，我要是不描繪一番，那等於是在懲罰你們了。」

三位秘書不停地催促古斯塔夫。其實他急於講述這件事的心情，比他們想知道的心情更加急切。

「我是被擁擠的人群擠進斯普拉德蓋斯特的，那裡剛抬去三名孟哥爾摩守軍士兵和兩名警吏的屍體。屍體是昨天在離峽谷四法里的卡斯卡迪摩爾懸崖下面發現的，據目擊者說，他們是三天前派往斯孔根方向追捕斯普拉德蓋斯特的守屍人的。真是這樣，我就不明白了，那麼多帶槍的人怎麼就被殺了呢？屍體的面目全非，似乎證明他們是從岩石上被推下去的。這真令人毛骨悚然。」

「這是誰幹的呢？」

「真的？」阿爾蒂爾說。

「有些人認為可能是一伙礦工幹的，還肯定地說有人昨天在山裡聽見他們互相聯絡的號角聲呢！」

「真的，但是有一位農夫卻推翻了這種說法，說卡斯卡迪摩爾那邊既無礦井，也沒礦工。」

「那會是誰幹的呢？」

「不知道，如果屍體殘缺不全，也許就是什麼猛獸幹的，因為屍體上有又深又長的抓痕。前天早上被抬進停屍所的白鬍子老頭屍體也是這樣。」

「但那老頭又是誰呀？」瓦菲奈說。

「雖然他被發現時全身已被扒光，但有人認出他是附近的一個隱修士。顯然，這可憐的人也是被殺害的，但是出於什麼目的呢？」

「你不是說，」理查說，「他的屍體跟士兵一樣，都像是被一隻猛獸爪子撕扯過的？」

「是的。而且，有一個漁夫還肯定地說，曾看見一名軍官的屍體上也有類似爪痕，那屍體是好幾天前在烏爾什塔爾海灘附近發現的。」

「這就怪了。」阿爾蒂爾說。

「這真可怕！」理查說。

「好了，」瓦菲奈又說，「別說了，幹活吧，我想將軍馬上就要到了。親愛的古斯塔夫，我很想看看這些屍體；如果你願意的話，我們今晚去斯普拉德蓋斯特轉一轉。」

16

一六七五年，也就是故事發生前的二十四年，溫柔文靜的露茜·貝爾尼爾與英俊魁梧的好青年卡洛爾·斯塔特結婚的那一天，簡直是托克特利村的一個美好節日。兩人生在同一個村，長在同一片田野，露茜是當地最漂亮的姑娘，卡洛爾則是全區最勇敢的小伙子。

卡洛爾是在把露茜從一樁極大的危險中解救出來後才得到她的。有一天，他聽見樹林裡有呼救聲，他的露茜遭到一個令所有山民聞風喪膽的強盜擄掠——這名強盜因時常發出猛獸般的吼叫，被人們稱為凶漢。愛情給了卡洛爾雄獅般的力量，他勇猛地衝向那個魔鬼，把心上人救了出來。於是，她的父親把她許配給了他。

兩個戀人結合的那一天，全村都沉浸在歡樂之中，唯有露茜滿面愁容；在她的情人似乎越來越幸福的時候，她的眼裡卻流露出越來越多的痛苦和愛戀。「哦！親愛的露茜，」卡洛爾在婚禮後對她說，「那個強盜的出現雖是這一帶的不幸，但對我來說卻是件好事。」露茜只是搖頭，沒有回答。

第二天上午，卡洛爾不見了，只留下一張紙條，由一名獵人交給露茜的父親。獵人是在黎明前遇見他的，他當時正在海灘上徘徊。老威爾把字條拿給牧師和民事代表看，於是，昨晚的喜慶頓時剩下沮喪與絕望。

沒有人知道斯塔特寡婦是怎麼活下來的，在九個月的孤獨和居喪之後，她生下一個兒子。而就在當天，懸於戈林村上方的巨岩塌落，村子被砸碎了。

兒子的出世絲毫沒有消除母親的痛楚。吉爾·斯塔特沒有任何地方像卡洛爾，他從小就桀驁不馴；有時候，一個粗野的矮個男人——見過他的山民肯定地說是那個臭名昭著的冰島凶漢——會來到卡洛爾遺孀的小屋，屋裡總是傳出女人的嘆息；他把小吉爾帶走，幾個月後又還給他母親。小吉爾變得更加陰鬱、嚇人了。

斯塔特寡婦對這個孩子既恨又愛，有時候，她慈愛地把他摟在懷裡，有時卻又恐懼地把他推開，口裡呼喚

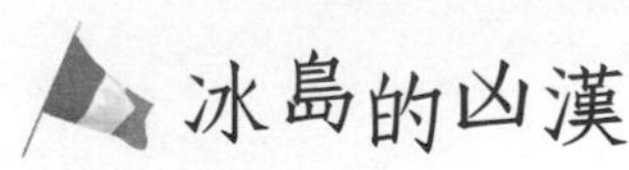

著卡洛爾的名字。沒有人知道，是什麼使她這麼心亂如麻。

吉爾年滿二十三歲了，他遇見了古妲，愛她愛得發狂。古妲很富有，他卻很窮；於是他去了雷拉斯當礦工。從此，他的母親就沒有再聽見他的消息。

一天夜裡，她正坐在紡車前紡紗，憂愁地思念著兒子，儘管他的出現會勾起她的心酸，甚至帶給她更多痛苦，但這位可憐的母親愛她的兒子。她站起身來，從舊衣櫃裡取出生鏽的十字架，用哀求的目光凝視了片刻，然後又嚇得把它挪開，叫嚷道：「我能祈禱嗎？妳只有祈禱下地獄的份了！不幸的女人，妳是屬於地獄的！」她又陷入憂傷的沉思。這時候，有人在敲門。

「但願是我的兒子，是吉爾！」她叫嚷著衝向門前。

可惜，不是她兒子，是一個身穿棕色長袍的矮修士，風帽壓得低低的，只露出黑鬍鬚來。

「聖人，」寡婦問，「您要什麼？您不知道您敲的是什麼人家的門？」

「當然知道。」隱修士用她熟悉的沙啞聲音說道，接著扯下手套、黑鬍鬚和風帽，露出一張可怕的臉、一把紅鬍子和令人噁心的手指甲。

「噢！」寡婦大叫一聲，連忙用手捂住臉。

「怎麼？」矮個男人說，「都二十四年了，難道妳還沒習慣看到妳真正的丈夫嗎？聽著，露茜・貝爾尼爾，我為妳帶來了妳兒子的消息。」

「我兒子！他在哪裡？他為什麼不來？」

「他無法來。」

「但你有他的消息？我寬恕你了，唉！你竟能為我帶來幸福。」

「我的確為妳帶來幸福，」那人低沉地說，「因為妳是個弱女人，而且我很驚訝妳的肚子能懷上這樣的兒子。儘管高興吧！妳一直害怕兒子步我的後塵，現在妳不用再害怕了。」

「什麼？」母親笑逐顏開地喊道，「我兒子！哦！他什麼時候回來？求求你告訴我，我是否很快就能見到他？」

假隱修士從長袍裡面掏出一個形狀怪異的酒杯來。

「喂，寡婦，」他說，「為你兒子的即將歸來乾杯！」

寡婦嚇得大叫一聲，那酒杯是人的頭蓋骨做的，她嚇得一句話也說不出來。

「不，不！」那人吼道，「別轉過臉去，女人。妳不是想見到妳兒子嗎？這就是他剩下的一切了。」

他在泛紅的燈光下，把她兒子光滑的頭蓋骨送到她蒼白的嘴唇邊。這顆心靈早已受過太多的不幸重創，再多一份不幸也壓不碎它。她抬起呆滯的眼睛，盯著可惡的隱修士。

「哦！死亡，」她有氣無力地說，「死亡，讓我死吧！」

「妳想死就死吧！不過，記住托克利的那片樹林，露茜，妳要記住，當魔鬼佔據了妳的身體、把妳的靈魂交給了地獄的那一天，我就是魔鬼，而妳是我永生永世的妻子。現在，妳想死就死吧！」

在這一帶，人們相信鬼魂會附在人的身上，四處生災，冰島凶漢便是如此；而一個女人因被強暴而成為這樣一個魔鬼的受害者，便會成為他永世不得翻身的伴侶。隱修士提起的樁樁往事似乎喚醒了寡婦的這些迷信。

「唉！」她痛苦地說，「我是萬劫不復了。你知道的，親愛的卡洛爾，我是無辜的，一個少女手臂的力氣是比不上魔鬼的。」

她繼續嘮叨著，目光裡充滿癲狂，而且語無倫次，嘴唇痙攣地顫動著。

「是的，卡洛爾，從那一天起，我就成了不淨的女人。我根本沒有欺騙你，只是你來得太遲了，我已經先歸了他了。唉……我將永生永世受到懲罰，雖為你痛哭，卻不能去見你，死又有什麼用呢？我將與這個惡魔同去像他一樣可怕的世界，被天主放棄的世界，我活著時遭受的不幸將成為我永生永世的罪孽！」

隱修士朝她投去得意而威嚴的目光。

「啊！」她突然轉向他叫道，「告訴我，這只是一場惡夢。因為你也知道，自從我失身的那一天起，我總要看到一些惡鬼、總要做一些可怕的夢、產生一些嚇人的幻影！」

「女人，女人！清醒一下吧！真的是我，就像妳醒著一樣真，就像吉爾已經死了一樣真！」

這番話又使她回想起了新的不幸。

「哦！我的兒子，我的兒子！」她說著，「不，他會回來的，他沒有死，我是不會相信的！」

「別再懷疑了，妳兒子確實死了，他犯了跟他父親同樣的錯而受到懲罰。他讓他的鐵石心腸被女人的媚眼軟化了，妳的卡洛爾的不幸又降臨在他的身上——他被他的未婚妻騙了，被那個他為之而死的女子騙了！這名女子是為了孟哥爾摩的一名士兵才欺騙他的，他們全部都將死在我的手裡！」

隨後，他彷彿突然想起了什麼似的，轉而問道：

「寡婦，有人替我交給妳一個鐵盒子嗎？怎麼？我送了金子給妳，為妳報了仇，妳卻還哭哭啼啼的！」

寡婦瞪了他一眼，搖了搖頭，又陷入痛苦的沉思。

「啊！混蛋，」矮人吼道，「不忠實的混蛋，斯皮亞古德瑞，這金子會讓你付出很大的代價！」

他隨即脫去隱修士的長袍，像隻尋找屍體的鬣狗似地嗥叫著衝出小屋。

17

挪威海岸邊佈滿狹窄的海灣、小灣、礁石、潟湖和小海岬簡直不計其數。根據民間傳說，從前，每個峽谷都有一個魔鬼出沒，每個小海灣都住著一位仙女，每個岬角都有一位聖人保護；因為有種種的迷信，所以人人自危。在離北部的瓦爾德霍格岩洞幾哩的克爾威爾海灘一處地方，據說是唯一一個不受鬼神管轄的區域。那是海岸邊的拉爾夫林間空地，怪石嶙峋，岩頂可見小古堡的廢墟，西臨大海，嵌於覆蓋著歐石南的岩石中間。

在暴風雨過後的夜晚，有三個人在空地中央點了一堆火，圍坐在一起。其中兩人戴著大氈帽，穿著寬大的礦工長褲，手臂袒露著，腰間繫著彎刀和長手槍，脖子上掛著一把號角。他們一個年老，一個年輕，嚴峻冷漠的面容帶有一點野性。他們的同伴戴著一頂熊皮軟帽，身穿油亮的皮外套，以及一條又短又瘦的短褲，露出腳上的樹皮涼鞋；背上扛著一支火槍，手握一柄冷光閃閃的斧頭，一看便知是挪威北部的一個山民。

這三個人不時轉過頭去，看著通往空地的荒徑，由他們口中的隻言片語判斷，他們似乎在等另一個人。

「我記得，」年輕礦工說，「哈凱特大人曾答應過，冰島凶漢將領頭起義。」

「他是這麼答應的，」山民回答，「有了這凶漢的幫助，我們一定能戰勝特隆赫姆和哥本哈根的守軍。」

「那好極了！」老礦工嚷道，「不過，我可不想在夜裡當他的守衛。」

這時候，歐石南枯草叢中有腳步聲，三個說話者轉過頭去，藉著篝火的亮光認出了來者。

哈凱特大人是個矮胖男子，穿了一身黑，原本開朗的臉上籠罩著一片陰霾。

「哈凱特大人，您好，我們已經等了您好一會兒了。」

「非常好，朋友們，」他說，「由於我不認識路，加上小心翼翼，因此來遲了。這裡有三袋金子，是舒瑪赫伯爵要我交給你們的。」

兩個老人貪婪地撲向金子，而年輕礦工卻把哈凱特遞給他的錢袋推了開。

「留著它們吧！大人，我之所以造反，是為了讓礦工們擺脫皇家監護權，是為了讓我母親床上的被子別再像我們的祖國挪威海岸那樣支離破碎的。」

哈凱特大人並沒有顯得尷尬，反而笑盈盈地回答說：

「那我就把這些錢送去給令堂吧，親愛的諾爾比特，讓她能有兩張新被子抵禦今冬的寒風。」

年輕人點點頭，算是讓步了。巧舌如簧的使者繼續補充道：

「不過，別再重複你剛才的話了，別再說什麼不是為了格里芬菲爾德伯爵才拿起武器的。」

「可是……」兩個老人喃喃道，「我們只知道礦工受壓迫，並不認識那個伯爵、那個欽犯呀！」

「什麼？」使者激動地說，「你們竟然這麼忘恩負義！你們在地底下呻吟、不見天日、一無所有時，是誰幫了你們，是誰鼓起了你們的勇氣，是誰給了你們金子？難道不是我的主人格里芬菲爾德伯爵嗎？如今你們受了他的大恩大德，卻不想報答他，為他贏得自由，也為你們自己贏得自由？」

「您說得對，」年輕人插言道，「那就太不仗義了。」

「是呀，哈凱特大人，」兩個老頭說，「我們將為舒瑪赫伯爵而戰！」

「勇敢些，朋友們，以他的名義起義吧！把你們恩人的名字傳遍全挪威吧！聽著，一切都進行得很順利，你們就要擺脫一個可怕的敵人了——由於格里芬菲爾德伯爵的影響力，勒萬．德．克努德將軍即將被召回貝根去了。現在，告訴我，肯尼博爾、若納斯，還有你，親愛的諾爾比特，你們的伙伴全都準備好了嗎？」

「古德布蘭夏爾的弟兄們就等我的信號了，」諾爾比特說，「如果您願意，明天就行動。」

「法羅群島的六百勇士已在班那拉格森林待命了三天，只等著勒維格的老隊長若納斯的一聲號角了。」山民說道。

「柯拉山口所有拿著斧頭的人，只要礦工兄弟需要他們，立刻就可召來。」老礦工也說。

「很好！為了增加信心，告訴你們的伙伴，」使者提高嗓門，「冰島凶漢將是他們的首領！」

「這是真的嗎？」三人異口同聲地說，語氣中既有恐懼，又含有期待。

使者回答說：「四天後，我會在阿蒲賽爾．柯爾赫礦井等著你們集結人馬，冰島凶漢也將與我同行。」

「我們會到的！」三個頭領齊聲說，「但願上帝別拋棄凶漢將幫助的那些人。」

「別擔心。」哈凱特獰笑著說，「聽著，別忘了口號：『舒瑪赫萬歲，救出舒瑪赫。』天快亮了，我們得分手了，但在那之前，必須先發誓嚴守秘密，絕不把我們之間的事洩露出去。」

三個頭領沒有回答，只是用刀尖把左手臂劃開，然後抓住使者的手，各自在他手裡滴了幾點血。然後，他們分了手，只留下半明半暗的篝火，微弱的火光不時映照到那些孤零零的廢塔尖頂上。

18

奧爾齊涅與斯皮亞古德瑞離開特隆赫姆四天了，卻沒有走多遠，一方面是因為大雨，另一方面，守屍人認為最好多繞點小道，避開人煙稠密的地方。將近第四天的傍晚，他們已把斯孔根遠遠地甩在後頭，抵達了斯帕博湖畔的奧埃爾梅村。此刻的村中廣場上正發生著一件罕見的事。村民們、獵人、漁夫、鐵匠，全都奔向一個環形小土台前，土台上已有幾個人，其中一人一面吹著號角，一面揮動一面黑白相間的小旗。

當兩名旅行者走近小土台時，看見一個身穿黑長袍、頭戴圓而尖的軟帽的民事代表，身邊圍著幾個警吏，吹號角的人是宣讀告示的差役。守屍人驚慌失措，低聲喃喃道：

「說真的，我可沒料到會在這個村子遇見一個民事代表！願偉大的聖哈斯庇斯保護我。他要說什麼？」

斯皮亞古德瑞很快便明白了，宣讀告示的差役聲音突然提高，一小群村民誠惶誠恐地聆聽著：

「特隆赫姆州高級民事代表受州長勒萬．德．克努德將軍閣下之命，昭示各城鎮鄉村：一、懸賞冰島的殺人犯和縱火犯──凶漢的人頭，賞金一千皇家埃居！」

聽眾頓時議論紛紛。差役繼續唸道：

「二、懸賞巫師和褻瀆犯、斯普拉德蓋斯特的守屍人班尼紐斯．斯皮亞古德瑞，賞金四皇家埃居！」

毫無疑問，要是周圍那群人沒有全神貫注地在聽敕令的話，倒楣的斯皮亞古德瑞此刻臉上流露出的恐懼表情勢必引起他們的注意。

「懸賞凶漢的頭！」一位老漁民大聲說，「他們乾脆順便懸賞別西卜的頭！」

「榮耀屬於聖母，」一個老嫗補充道，「我想看看凶漢的頭，看他的眼睛是否真的像傳聞中所說的如同兩塊火炭。」

「這是誰跟妳胡說的？老太婆，」獵人打斷她說，「我可是見過那個冰島凶漢，他跟我們一樣是人，只不過他的身高有如一棵四十年的白楊樹！」

「真的？」人群中有一人用古怪的聲調說。

這聲音嚇了斯皮亞古德瑞一跳，聲音發自一個矮男人，臉被一頂寬大的礦工帽遮住，身上裹著一件蓑衣。

「說實話，」一個鐵匠憨笑著說，「不管是懸賞一千還是一萬皇家埃居，也不管他有四隻或四十隻手臂那麼長，反正我是不會去找他的。」

「我也不去！」漁夫說。

「我也不去！我也不去！」眾人都在重複著。

「不過，要是有誰想試試，」那矮人又說，「明天在斯米亞森附近的阿巴爾廢墟就能找到冰島凶漢，後天則可以在瓦爾德霍格岩洞找到他。」

「好心人，你確定？」

奧爾齊涅和另一個人同時提出這個問題。另一個提問者是個矮胖的人，穿著一身黑衣服，長著一張喜氣洋洋的臉，差役的號角剛一吹響，他便從鎮上唯一的旅店走了出來。

戴大帽子的矮人似乎打量了他倆片刻，然後用低沉的聲音地回答道：「是的。」

「你憑什麼這麼肯定呢？」奧爾齊涅問。

「我知道冰島凶漢在哪裡，就像我知道班尼紐斯．斯皮亞古德瑞在哪裡一樣。他們此刻離這裡都不遠。」

可憐的守屍人嚇得魂不附體，幾乎不敢看矮人一眼。他扯了扯奧爾齊涅的大衣，悄悄說：

「主人，公子，看在老天的份上，求求您可憐可憐我，我們走吧！離開這該死的村子吧！」

奧爾齊涅與他一樣驚訝地注視著那矮人，矮人背對著夕陽，彷彿刻意把臉擋住。然而，既然已經得到想要的情報，奧爾齊涅也開始隨著散去的人群遠離，走出了村子。

「老人家，聽那個矮人的口氣，我們明天就能在那個廢墟裡找到冰島凶漢了，那叫什麼廢墟來著？」

「我不知道，我沒有聽清楚，尊貴的主人。」斯皮亞古德瑞說，他的確沒有撒謊。

「那只好等後天到瓦爾德霍格岩洞去找他了。」年輕人繼續說。

「我們往左邊去，從奧埃爾梅大岩石的後面走，用不了兩天就能到達瓦爾德霍格洞穴了。」

「老人家，你認識那個似乎非常瞭解你的怪人嗎？」奧爾齊涅委婉地問道。

隨著奧埃爾梅村的遠離，斯皮亞古德瑞的恐懼開始減退了；但經這麼一問，他又害怕起來。

「不，真的，公子，」他以幾近顫抖的聲音回答，「不過，他的聲音可真怪！」

奧爾齊涅竭力使他放心。

「別害怕，老人家，如果你對我盡心盡力，我會好好保護你的。如果我戰勝了冰島凶漢，不僅會給你獎勵，而且還要把懸賞的一千皇家埃居送給你。」

班尼紐斯特別怕死，但也嗜財如命，奧爾齊涅的許諾彷彿魔咒一般，除去了他所有的恐懼，也激起了他的興致。

「奧爾齊涅公子，」他說，「什麼也阻擋不了我認為您是一位理智而可敬的青年！的確，有什麼比甘冒生命危險去把祖國從一個魔鬼手中拯救出來更加光榮、偉大的呢？公子，當您的輝煌勝利傳揚開來，全挪威都將沉浸在歡樂之中，如同廢王威爾孟德從奧埃爾梅岩上看見孟哥爾摩主塔上點起的火光時一樣歡樂喜悅……」

「什麼？」奧爾齊涅聞言，立刻打斷了他，「從這座岩石上可以看到孟哥爾摩的主塔？」

「是的，公子，往南十二英里，在被稱為『弗利加矮凳』的群山之間，可以清楚地看見主塔的燈塔。」

「真的！」奧爾齊涅喊道，他激動不已，想再看看他全部幸福所在的那個地點。「老人家，想必有一條道路可通往這座岩石的頂部吧？」

「是的，當然了，那條路源於我們即要進入的樹林，沿一道緩坡而上，直達岩頂，然後沿威爾孟德的同伴們鑿出的台階而上，通往他的城堡。」

「那好，老人家，把那條小路指給我看，我們將在這座看得見孟哥爾摩主塔的城堡廢墟中過夜。」

「您是認真的？公子，」班尼紐斯說，「累了一天了……」

「老人家，我會扶你走，我的腳步從沒這麼堅定過。」

「公子，這條小道荒廢多年，荊棘叢生，石頭也鬆動了，又是夜晚……」

「我走前頭。」

在離奧埃爾梅這麼近的地方停留，讓斯皮亞古德瑞很不高興；但一想到能看見孟哥爾摩的燈塔，也許還能看到艾苔爾窗前的亮光，奧爾齊涅便精神抖擻，非去不可。

「年輕的主人，」斯皮亞古德瑞說，「相信我，別這麼做……我有預感，這會為我們帶來不幸的！」

「走吧，」奧爾齊涅心意已決，不耐煩地說，「別忘了，你已發誓為我盡心盡力。把那條路指給我看。」

「我們馬上就到了。」看守只好服服貼貼地說。

那條小路的確很快便出現在眼前。兩人走上了小路，但斯皮亞古德瑞驚恐地發現，高高的野草有的倒伏、有的折斷了——廢王威爾孟德的那條古道似乎剛有人走過。

19

勒萬．德．克努德將軍坐在辦公桌前沉思。桌上散放著文件，其中有幾份剛到的信件，一旁的秘書似乎正在等候他的命令。將軍時而跺一跺腳下的地毯，時而漫不經心地摩擦掛在脖子上的大象騎士團勳章，時而想張嘴說話，卻又立刻閉上嘴，看一眼滿桌子已拆封的急件。

「誰會想到，」他終於說道，「這幫礦工竟然會這麼幹！一定是有人暗中煽動他們。你知道嗎？瓦菲奈，事態很嚴重，法羅群島有五六百人在一個叫若納斯的老強盜的率領下已經離開了礦井，一個叫諾爾比特的狂熱青年也領著古德布蘭夏爾的那些不滿分子造反了；連山民都捲進去了，由柯拉山的老狐狸肯尼博爾在指揮他們！根據特隆赫姆北部的傳聞，正是那個十惡不赦的壞蛋，冰島凶漢在領頭造反。你對此有何看法呢？我親愛的瓦菲奈。」

「閣下知道採取什麼措施……」瓦菲奈說。

「有一件事我想不通，據說我們的囚犯舒瑪赫成了起義的主謀，這是最令我驚奇的，可是人們都一口咬定礦工們是以他的名義起事的；他的名字成了他們的口號，他們把被國王剝奪的那些頭銜又還給了他，一切似乎都確鑿無疑……可是，六天之前，還沒有起義的跡象時，阿勒菲爾德伯爵夫人為什麼就已經知道所有細節了呢？其中必有蹊蹺……管它的，把我的印章拿來！瓦菲奈。」

將軍寫了三封信，加上封印，交給秘書。

「把這幾封信送交駐防孟哥爾摩的火槍手團上校沃特豪恩男爵，要他火速趕往起事地點……這封信交給孟哥爾摩的指揮官，要讓他嚴密監視前首相；我得親自去審問那個舒瑪赫……還有，把這封信送給斯孔根的沃爾赫姆少校，要他帶一部分守軍去支援鎮壓行動。瓦菲奈，這些命令必須迅速執行！」

秘書出去了，留下州長在獨自冥思苦想。

「情況很令人擔憂，」他心想，「一邊是造反的礦工，一邊是那個詭計多端的首相夫人，還有一個瘋子奧爾齊涅——不知他現在何處，也許在那幫強盜之間奔波，把陰謀叛國的舒瑪赫和他的女兒丟在這裡。為了那個姑娘的安全，我還特地把那個弗雷德里克的連隊調走了呢！不過這也剛好，這個連隊駐防的瓦爾斯特羅姆就在斯米亞森湖和阿巴爾廢墟附近，是起義者必爭的地點之一。」

將軍想到這裡，忽然被開門聲打斷。

「將軍，有個使者求見閣下。」

「又有什麼事？準沒好事。讓他進來！」

信使被領進來，呈上一封總督的信件。將軍連忙拆開。

「聖喬治保佑！」他猛地一驚，大聲說道，「我看他們是瘋了！總督竟請我去貝根，說是國王的命令，這可真是會挑時間！『首相正在特隆赫姆地區視察，在您不在期間，將代行——』我可不信任這個代理人，『主教將輔佐他——』腓特烈真是選了兩個好管家！一個首相，一個主教！好吧，既是國王的命令，只好去了。但在那之前，我要審問一下舒瑪赫。我感覺到了，有人想把我拖進一件陰謀中去，但我的良心將會指引我。」

20

「是的，伯爵大人，我們今天就能在阿巴爾廢墟見到他。我相信這個情報的真實性，那是我昨晚在奧埃爾梅村偶然收集到的。」

「我們離那個阿巴爾廢墟還遠嗎？」

「就在斯米亞森湖畔，」嚮導保證說，「我們中午前就能趕到。」

在斯米亞森湖和斯帕博湖之間的森林中，兩個騎馬人一大清早便在趕路。一名山區嚮導背著號角、板斧，騎著小馬在前頭帶路，在他們身後是四名全副武裝的騎手。兩人不時轉過頭去，深怕談話被偷聽到。

「如果這個冰島強盜確實在阿巴爾廢墟的話，」其中一個交談者說，「我們就算先勝了一籌。」

「你是這麼想的？穆斯孟德，要是他不肯接受我們的提議呢？」

「那不可能，閣下，有金子又不用受懲罰，有哪個強盜會拒絕呢？」

「但你知道，這個強盜不是一般的惡棍，別用你的常理去衡量他。要是他不肯，你要如何實踐你前天夜裡對那三位起義頭領許下的諾言？」

「尊貴的伯爵，要是真的出現這種情況，兩天後，一個假的凶漢將出現在會合的地點，也就是在藍星平原；再說，那個地方離阿巴爾廢墟不遠，閣下難道忘了嗎？」

「對了，」伯爵又說，「你認為那個梅克倫堡人收到我們召他回去的命令了嗎？」

「伯爵大人，」秘書回答，「我想總督的信使此刻應該到達特隆赫姆了，勒萬將軍很快就會動身。」

伯爵親熱地說道：「親愛的，召他回去是你的一個高招，是你設想得最好、執行得最妙的計謀之一。」

「這榮譽既屬於我，也屬於閣下。」穆斯孟德反駁道

伯爵深知其心腹的這種鬼主意，但他卻裝作不知道，微笑著說：

「我親愛的秘書，你總是這麼謙虛。不過，我是不會忘了你的卓絕貢獻的。艾爾菲格把守特隆赫姆，而那

個梅克倫堡人又不在，這下子我就是該州的主人了；只要冰島凶漢接受起義的指揮權的話，在國王眼裡，平息這場可怕的起義、並抓住這可怕的強盜的光榮就將屬於我了。」

21

在月光升起之時，奧爾齊涅和斯皮亞古德瑞正艱難地攀登奧埃爾梅岩光禿禿的圓頂。突然，斯皮亞古德瑞停了下來。

「主人，您有沒有聽見我們身後有腳步聲？」

「聽見了，」年輕人平靜地回答，「別緊張，只不過是什麼野獸，我們一靠近，牠就會嚇跑了。」

「您說得對，年輕的勇士，這些樹林裡很久沒有人跡了。聽那腳步聲，這頭野獸一定挺大的，挪威這一帶有不少駝鹿或馴鹿，甚至還見得到藪貓哩！我得為您描繪一番那隻凶狠的動物。」

「親愛的嚮導，」奧爾齊涅說，「我倒希望你能為我描繪另一頭不太凶狠的怪獸——那個凶漢。」

「小聲點！公子，您竟如此隨便地說出這樣一個名字，難道不知道……老天！公子，您聽——」斯皮亞古德瑞邊說邊靠近奧爾齊涅，年輕人確實也聽見了一種類似野獸的吼聲，這種吼聲在他們離開特隆赫姆的那個暴風雨之夜，曾經把膽小的老守屍人嚇得魂不附體。

「您聽見了嗎？」守屍人嚇得氣喘吁吁，悄悄地問道。

「當然，」奧爾齊涅說，「這也許就是你剛才說的那種藪貓的叫聲。但我看不出你為什麼發抖。我敢說，老人家，牠們肯定比你還要害怕。」

斯皮亞古德瑞見年輕人仍舊鎮定自若，自己也踏實了一些。

「好，也許您說得對，不過這叫聲太像一個人的聲音。恕我直言，公子，您想去威爾孟德城堡實在不是個好主意，我擔心我們會在途中就遭遇不幸。您難道沒注意到，這條路不久前有人走過，被那個人踩倒的野草都

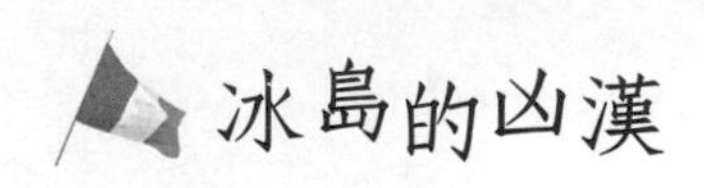

還來不及立起來呢！」

「說實在的，我並不覺得驚奇。我們就要走出灌木叢了，到時就不會再聽見腳步聲和野獸叫聲了。我的好嚮導，我不會要你鼓足勇氣，而要叫你振作精神，因為鑿在岩石上的小道想必會比這條路更加難走。」

兩人繼續走在滾動的石頭和鋒利的碎石上，還不時踩到岩縫間那又短又滑的野草。奧爾齊涅想著又能見到孟哥爾摩，便喜上眉梢，忘了疲勞。這時候，斯皮亞古德瑞叫嚷起來。

「怎麼啦？」

「怎麼！公子，」守屍人說，「難道您沒看見這塊錐形岩石被挪動了嗎？這塊巨岩會被挪動，說明了這裡有什麼非凡的人存在。除非是魔鬼，要不然挪威只有一個人的力氣能夠……」

「我可憐的嚮導，你又驚恐萬狀了。誰知道呢？也許這石頭一個多世紀以來都是這樣的。」

「確實如此，」斯皮亞古德瑞平靜了一些，「不過，我倒覺得它是剛才被挪動的，它原本的位置還濕濕的呢！公子您看。」

奧爾齊涅急不可耐地要趕到廢墟，便把嚮導從石頭旁邊拉開。

「聽著，老人家，等你拿到那一千皇家埃居的獎金後，你就可以定居在這座湖畔，慢慢地去研究它了。」

「您說得對，尊貴的公子，不過別說得這麼輕鬆，勝利與否還不知道呢！我得給您一個忠告，好讓您能更容易地戰勝那個魔鬼。」

「忠告？什麼忠告？」

「那強盜，」守屍人不安地看了看四周，「那強盜腰上掛著一顆頭蓋骨，他習慣用它來喝水。那是他兒子的頭蓋骨，他兒子就是害我受到追捕的那具屍體。」

「說大聲一點，別害怕。什麼頭蓋骨？」

「就是那個頭蓋骨，」斯皮亞古德瑞在年輕人耳邊說道，「您必須把它奪過來，那魔鬼對它似乎有著某種迷信，當您奪得他兒子的頭蓋骨，那他就任您擺佈了。」

「這很好，不過要怎樣才能把那頭蓋骨奪過來呢？」

「智取，公子。等那魔鬼睡著了，也許就……」

說到這裡，斯皮亞古德瑞突然停住，兩隻手向前伸出，聲音微弱地喊道：

「哦！天哪，前面的那是什麼呀？您看，主人，是不是有一個矮人走在我們前面的路上呀！」

「是嗎？」奧爾齊涅望過去說，「我什麼也看不見。」

「什麼也看不見？公子，的確，他消失在大岩石後面了。我求您了，公子，我們別再往前走了。」

「你想必是把一隻驚醒的貓頭鷹影子當成了人。」奧爾齊涅說。

「但我認為我確實看見了一個矮人。不過，月光的確常產生一些古怪的幻影，」斯皮亞古德瑞又以一種平靜的口吻說，「可能這月光也讓我看錯了。」

這時候，他們已經到達了那座廢王威爾孟德的城堡，原先的大門已被廢墟填沒，兩人艱辛地從一處裂縫鑽進牆內。那座唯一立著的塔樓就在巨岩頂端。斯皮亞古德瑞曾告訴奧爾齊涅，從這座塔頂可以看見孟哥爾摩燈塔，因此儘管此刻漆黑一片，他們還是朝那裡走去。當他們正要翻過另一堵牆的缺口，以進到城堡的第二座塔內時，班尼紐斯一下子停住不走了；他一把抓住奧爾齊涅，手抖得十分厲害，連年輕人也跟著顫抖起來。

「怎麼啦？」奧爾齊涅驚奇地問。

班尼紐斯沒有回答，只是更用力地捏著奧爾齊涅的手，彷彿在叫他不要出聲。

「可是……」年輕人又說。

守屍人又捏了他一把，深深地嘆息了一聲。年輕人決定耐心地等他的恐懼過去再說。

斯皮亞古德瑞終於壓著嗓門說話了。

「是吧？公子，」他說，「您現在很後悔到這裡來了吧？」

「不，我的好嚮導，我還想繼續往上爬呢！為什麼要後悔？」

「為什麼！難道您一點也沒有看出來？」

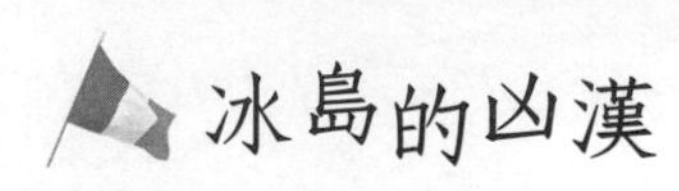

「看出來什麼？」

「什麼！那邊！那堵牆後面，黑影裡面，像彗星一樣亮的兩隻眼睛正在盯著我們哪！您一點也沒看見？」

「真的沒有看見。」

「您沒看見它們動來動去，忽上忽下，最後消失在廢墟中間？」

「我不知道您想說什麼，再說，那又有什麼關係？」

「奧爾齊涅公子，您知道嗎？在挪威，只有一個人的眼睛像這樣在黑暗中閃閃發亮！」

「行了，管它的，這個長著兩隻貓眼的人是誰？是不是那個可怕的冰島凶漢？要是他在這裡正好，省得我們去瓦爾德霍格找他。」

斯皮亞古德瑞情不自禁地驚嘆一聲，說出了他內心的秘密。

「啊！公子，您答應過我，讓我留在離搏鬥地點一英里遠的蘇布村。」

善良而高尚的奧爾齊涅明白了，微笑著說：

「你說得對，老人家，我不該把你牽扯進我的危險中。不過，你別怕，難道在這些廢墟中就不可能有什麼野貓，眼睛跟那個凶漢的眼睛一樣閃亮的？」

斯皮亞古德瑞又一次放下心來，或許是他覺得這個解釋確實合理，又或許是年輕同伴的情緒感染了他。

他們已到了最高那座塔樓的入口，掀起一層厚厚的藤蔓鑽了進去。守屍人生起了火，使他們看清了四周的情況。塔樓裡只剩下一堵厚實的環形牆，長滿了藤蔓和苔蘚，上頭的樓板已坍塌，一座沒有扶手、多處折斷的窄樓梯盤繞在牆的內壁上，直通塔頂。當火光初起，驚動了一些大蝙蝠飛來，翅膀掠過火苗。

「這裡的主人不太歡迎我們，」奧爾齊涅說，「但你也不必再害怕了。」

「我？」斯皮亞古德瑞在火邊坐下，一邊說道，「我怕的只是活人。我承認自己不勇敢，但也不迷信。嗯，公子，別去理會這群畜牲了，還是考慮一下晚餐吧！」

但奧爾齊涅一心只想著孟哥爾摩。

「我這裡還有點吃的，」斯皮亞古德瑞從大衣中取出行囊，「如果您的胃口跟我一樣，那一定會喜歡這塊黑麵包和乳酪。塔頂也許有海鷗或野雞的窩，但要怎麼上去呢？這樓梯搖搖欲墜，承受不住任何人的重量。」

「但它必須承受得住我才行，」奧爾齊涅說，「因為我一定要到塔樓的頂端。」

「什麼？主人，去找海鷗窩？求求您了，別這麼亂來，別為了嘴饞而送命。」

「我會替你留意鳥窩的。你不是告訴我說，從這座塔頂可以看見孟哥爾摩的主塔嗎？」

「是的，年輕的主人，在南面。但我求求您，別冒險登這破樓梯，連烏鴉都不敢在它上面棲息的。」

班尼紐斯不想一個人待在塔樓下面，他站起來抓住奧爾齊涅的手。放在膝上的行囊掉在石頭上，發出清脆的響聲。

「裡面什麼東西這麼響？」奧爾齊涅問。

斯皮亞古德瑞很忌諱這個問題，所以他不再勸他的年輕同伴別上樓了。

「好了，」他沒有回答問題，只是說，「既然您執意登塔，那就小心樓梯的裂縫吧。」

但奧爾齊涅又問：「你的行囊裡到底是什麼？怎麼會有金屬的響聲？」

「哎！尊貴的主人，只不過是一個不值錢的鐵盤子罷了，沒什麼好操心的。既然我說服不了您，」他急忙補充一句，「那您就快去快回吧，您將看到孟哥爾摩的燈塔就在南面的兩座山之間。」

這這番話說得巧妙，使得年輕人一心只想登上塔頂。奧爾齊涅脫去大衣，奔向樓梯。斯皮亞古德瑞盯著他上到塔頂後，便又坐了下來，撿起他的行囊。

「親愛的斯皮亞古德瑞，趁這個年輕人看不見你的時候，趕緊砸碎這個鐵皮玩意兒，拿走裡頭的寶貝吧！只要拿出來，以後帶著就不會那麼重了，也更容易隱藏了。」

他拿起一塊大石頭，準備砸開盒蓋。就在這時，一道亮光落在盒子的鐵封印上，這位古董專家立刻住手。

「聖威爾布羅德保佑！我沒有看錯，」他連忙擦了擦生銹的盒蓋，「這正是格里芬菲爾德的紋章！我差點把這印章砸了！這也許是一六七六年被劊子手砸碎的那些紋章中剩下的最後一枚了。見鬼！可不能動這盒蓋。

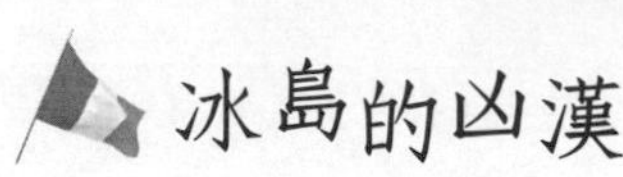

我現在成了格里芬菲爾德廢去的紋章的唯一擁有者了。把這寶貝好好藏起來，也許我將能找到打開它的秘密，用不著去破壞文物。哦！是的，我走好運了！」

他每擦去舊封印上的鐵鏽，從紋章中找出新的發現時，都要讚嘆地大叫一聲。

「這無疑是前首相的財寶，要是有誰為了那四個埃居而把我抓去，我很容易就能把自己贖回來。這麼說來，這個盒子將能救我的命。」

他就這麼自言自語著。突然，他那張滑稽的表情從狂喜變成了驚恐，渾身顫抖不已。只見篝火的另一邊站著一個矮人，可憐的守屍人從他那帶血的獸皮服、他的石斧、他的紅鬍子以及他那駭人的目光，一眼便認出了來者。那正是他在停屍所最後一次接待的人。

「是我，」矮人神色可怕地說，「這盒子將能救你的命？」他嚇人地嘲笑著補充道，「斯皮亞古德瑞，這是去托克特利的路嗎？」

「托克特利……老爺，我的老爺，我正要去那裡……」

「你是在往瓦爾德霍格去！」對方聲若響雷般地說道。

斯皮亞古德瑞嚇壞了，否定地搖了搖頭。

「你為我帶來一個敵人，謝謝，又將要少一個活人了。別怕，忠心的嚮導，他一定會跟你走的。」

不幸的守屍人真想大吼一聲，但卻只是模糊不清地悶哼了一下。矮人揮舞了一下石斧，繼續說道：

「你背叛了我！」

「沒有，大人……沒有，閣下……」班尼紐斯好不容易吐出了這幾句哀求的話。

對方發出低沉的咆哮聲。「你還想騙我？聽著，當你在與那個瘋子約定時，我正在斯普拉德蓋斯特的屋頂上，你兩次聽見的聲音都是我！你在暴風雨途中聽見的也是我！你在維格拉塔樓見到的隱修士還是我！」

嚇傻了的守屍人茫然地朝四周看了看，彷彿在求援似的。矮人又說道：

「我當時不想放過那幾個追蹤你的士兵，他們是孟哥爾摩團的。而你，斯皮亞古德瑞，你在奧埃爾梅村見到的那個礦工是我，你在爬這些廢墟時聽見的腳步聲和叫聲、你看到的眼睛，也都是我！」

倒楣的守屍人撲倒在地，撕心裂肺地高喊：「饒命啊！」

「求你期待的這個盒子救你一命呀！」矮人嘲笑地說。

「饒了我吧！老爺，饒了我！」斯皮亞古德瑞絕望地重複著。

「你用不著害怕，」矮人說，「我不會讓你與你的財寶分開的。」

他解下腰帶，把盒子掛在斯皮亞古德瑞的脖子上，又把他的頭壓彎下來。絕望的老頭一句話也說不出來，跪在矮人面前百般地表示哀求和害怕。

「不，不，」矮人說，「聽著，忠實的斯皮亞古德瑞，別擔心你的年輕同伴。我答應你，你去哪裡，他也將到哪裡。如果你跟著我，你只要為他指點道路就行了，走吧！」

說完，他把可憐的看守擄出塔樓，不一會兒，廢墟裡響起一聲大叫，隨即爆發出一陣可怕的笑聲。

與此同時，愛冒險的奧爾齊涅終於爬到厚實的圓牆頂上。他的腳剛一踏上牆頭，眼睛便轉向南面天際。當他瞥見那兩座山角處像一顆紅星般閃爍著的亮光時，有一種說不出的快樂在激動著他。那是孟哥爾摩的燈塔。他的心充滿幸福，激烈地跳動著，彷彿呼吸都停止了。他一動也不動，兩眼直視著那顆充滿慰藉和希望的星辰，覺得這個亮光來自他全部幸福的所在，並為他帶來了艾苔爾的什麼東西。

他就這樣望著遠方孟哥爾摩的燈塔沉思默想著。在最初的喜悅之後，隨之而來的是一種聊以自慰的淒涼感，萬千情思湧上了心頭。「是呀，」他心想，「她就在那裡，她睡了，她進入了夢鄉，也許在想念我……可是，有誰會告訴她，她的奧爾齊涅此刻正憂愁孤獨，立於黑暗之中？她的奧爾齊涅只是懷裡揣著她的一縷秀髮，只是看見天邊一個模糊的亮點……」然後，他望了一眼樓下那堆篝火的紅光，喃喃道：「也許她正從牢房的窗戶漫不經心地朝遠方的這堆火光瞥了一眼。」

突然間，一聲大叫和一陣大笑從他腳下傳了上來。他忽地扭過身去，看到塔樓內已空無一人，他立刻擔心起老嚮導來，匆匆忙忙地跑下樓去。但他才剛走下幾階樓梯，只聽見一聲悶響，彷彿是一個沉重的物體墜入湖水的聲音。

22

夕陽西下，天際的餘暉在舒瑪赫的呢袍上、在艾苔爾的裙子上投下了黑影。他們坐在窗戶旁，老囚犯正在憂愁地沉思著，白鬍鬚雜亂地垂在胸前。

「父親，」想盡辦法為他散心的艾苔爾說，「我的父親大人，我昨晚做了一個夢，夢見將來幸福美滿。您看，尊貴的父親，抬起頭來，看看那美麗的天空。」

「我只從牢房的窗戶看天。」老人回答，「如同我透過自身的不幸來看妳的未來一樣，艾苔爾。」

他那剛抬起頭隨即又垂到手中，兩人便都默不作聲了。

「我的父親大人，」少女又怯生生地說，「您認為奧爾齊涅公子很快就會回來嗎？他已經離開四天了。」

老人憂傷地搖了搖頭。

「上帝！難道您認為他不會回來了？」

舒瑪赫沒有回答，少女以哀求和不安的語調追問了一遍。

「他不是答應過會回來的嗎？」老囚犯突然說。

「是的，確實。父親，」艾苔爾急忙回答，「奧爾齊涅公子會回來的，他不像其他的男人。」

「妳怎麼知道？女兒。」

「因為您自己也很清楚這一點，我的父親大人。」

「我承認，我起初像妳一樣被他的許諾所打動。不過他是絕不會去的，所以也不會再回來了。」

「他會去的！父親，他會去的！」

「好吧，即使他去大戰那個強盜，即使他甘冒這個危險，反正都一樣：他也是回不來了。」

「哦！父親，」少女喃喃道，「在您這麼說的時候，也許那個高尚的不幸之人正在為您拚死搏鬥呢！」

老首相表示懷疑地搖搖頭。

「我既不相信、也不願意他這樣。再說，我本來要對這個年輕人不義的，就像那麼多人對我不義一樣。」

艾苔爾沒有回答，只是深深地嘆了口氣。舒瑪赫開始心不在焉地翻著書。不一會兒，開門的聲音傳了過來，舒瑪赫沒有轉身，像往常一樣地喝令道：

「別進來！走開！我不願意任何人進來！」

「是州長閣下到。」守衛回答道。

確實，一位老人身穿將軍服，脖子上掛著大象騎士團、丹布羅格騎士團和金羊毛勳章鏈，朝著舒瑪赫走來。「州長……州長……」老人喃喃地重複道，少女則站在父親身旁，焦慮而膽怯地看著眼前這位將軍。

州長向倒台的首相走過去，本能地伸出手，沒有注意到對方對他的禮貌並不搭理。

「您好，舒瑪赫大人。」他說。

「這麼說來，」舒瑪赫終於開了口，「您就是特隆赫姆州州長？」

將軍沒想到被自己要審問的人發問，有點驚奇，但還是點了點頭。

「州長大人，」舒瑪赫若有所思地說，「從您的面容和聲音來看，有點像我過去認識的一個人。那是很久以前的事了，我當時正春風得意呢！那人名叫勒萬·德·克努德，梅克倫堡人。您認識那個瘋子嗎？」

「我認識他，」將軍並不激動地說，「他是不是皇家衛隊的一名上尉？」

「是的，一名普通上尉。儘管國王很喜歡他，不過他只想玩樂，而無野心。在我聲名顯赫時見過的所有的人之中，他是唯一讓我回憶起來既不討厭又不憎惡的人。儘管他有些荒唐，卻品德高尚，不失為一個人才。」

「我可不這樣想，這個勒萬跟其他人沒什麼不同，有很多人都比他傑出。」

舒瑪赫摟住雙臂，抬頭望天。

「是呀，他們總是這樣，容不下別人受到讚揚。不過，他確實是個難得的人。聽我說，在忠誠和仗義上，再也沒有人比得上那個勒萬了。儘管他瘋癲荒唐，但其他人都遠遠不如他，他們虛假、無義、嫉妒、陰險。您知道勒萬把他一半的收入捐給了哥本哈根的各個醫院嗎？」

「我不知道您也知道這件事。」

「我還知道，他把國王交給他的軍隊讓給了在決鬥中打傷了他的一個軍官，因為他說對方比他老。」

「我還以為沒人知道這件事呢！」

「勒萬在無法拯救一名被謀殺的士兵之後，把一筆年金送給了那人的遺孀。」

「嘿！誰都會這麼做的。」

舒瑪赫聞言，再也忍不住了。

「州長大人，因為您穿著漂亮的將軍服，胸前掛著一些光榮的牌子，就以為自己了不起了；但可憐的勒萬到死也只是個上尉。他的確是個瘋子，從不考慮自己的升遷！」

「如果說他自己沒有想到，那麼，仁慈的國王卻為他考慮到了。」

「好極了！」老首相拍著手說道，「一個忠誠的上尉，效忠了三十年後，也許剛被提升為少校，這種崇高的獎賞便使您不悅了吧？尊貴的將軍。」

「不，聽我說……」

「聽您說？聽您跟我說勒萬．德．克努德不配受到那點可憐的獎賞？」

「您弄錯了，我根本沒想……」

「是他促使副首相以及審我的三名法官決心不判我死刑的，這您知道嗎？但您還想要我冷靜地聽您誣蔑他？是的，他是這麼對待我的，但我過去對他的傷害卻多於幫助，因為我像你們一樣，既卑鄙又凶惡！」

將軍在這場談話中感到一種奇怪的激動，他既受到最直接的侮辱，又受到最真誠的讚揚，既惱怒又動容。他時而想發作，時而想感謝舒瑪赫；不過，在他的內心深處，對勒萬上尉的熱烈讚揚深深打動了他，勝過對特隆赫姆州州長的辱罵。他慈愛地注視著被貶謫的寵臣，決定放任他把憤怒和感激一吐為快。

至於他前來孟哥爾摩的主要目的，他還未能涉及，除了出於憐憫和感動之外，他也認為舒瑪赫不可能是個陰謀家。然而，作為州長，他身不由己。於是他盡可能使語氣變得緩和，開始審問。

「請您不必動氣，舒瑪赫伯爵，」好心的州長說道，「我是出於一種艱難的職責而前來的……」

老囚犯打斷他說：「州長大人，請允許我再跟您談一件事。這比閣下要對我說的一切事都令我感興趣。您剛才跟我說，那個勒萬的效忠已經得到報酬了，我想知道是怎麼個報酬法。」

「格里芬菲爾德大人，陛下把勒萬擢升為將軍。二十多年來，他身居要職，享有國王的恩澤。」

舒瑪赫低下了頭說：

「是的，願意當一輩子上尉的這個傻子竟當了將軍。而本打算當一輩子首相的舒瑪赫卻成了要犯。」

老囚犯一邊說，一邊用雙手捂住臉，吐出一聲長嘆。艾苔爾連忙為父親排解憂愁。

「父親，您瞧，北面有一點亮光在閃爍，彷彿是從遠方的某處山巒上發出的。」

舒瑪赫沒有吭聲，將軍卻吃了一驚，想起了此行的目的——那也許是反叛者們點起的火。

「格里芬菲爾德大人，我很遺憾得打擾您，但我必須承受……」

「我懂，州長大人，我身為階下囚，就得忍受這樣的屈辱。要是您把職位給了那個尊貴的勒萬·德·克努德，那就太好了。因為我向您發誓，他是不會來監獄折磨一個落難之人的。」

在這場奇怪的談話中，將軍不只一次想挑明自己的身分；但舒瑪赫這間接的指責使他無法這麼做，這指責刺痛了他的心，使他彷彿感到一種羞愧。他的決心全沒了，對此行的厭惡感陡然冒出，而且無法抑制。

「他說得對，」他心想，「只因為懷疑就跑來折磨一個落難之人？讓別人去幹吧！別找我。」

他立刻朝驚奇的舒瑪赫走去，握了握他的手，然後邊離開邊說道：

「舒瑪赫伯爵，永遠保持對勒萬·德·克努德的這一評價吧。」

23

白雪皚皚的群山像腰帶似地環繞著斯米亞森湖，從湖南面的森林走出來，登上一段到處是斷垣殘壁的山坡之後，便來到一處貫穿山腰的洞口，洞裡透出微弱的光亮，一直通到一個橢圓形大廳。大廳的前一半鑿於山崖上，後一半則是一種巨大的磚石結構，大廳裡散落著粗糙的石像，長滿雜草和苔蘚，壁虎、蜘蛛以及各種昆蟲混雜其間。這裡就是被人們稱為阿巴爾廢墟的所在。

一個矮人坐在這個橢圓形大廳中間的一塊石頭上，嘴邊的杯子裡裝滿冒著熱氣的液體，他正大口大口地喝著。突然間，他發現隧道深處有一點紅光在逐漸變大，微微地映紅了濕漉漉的殘牆。

「有人來了，」矮人說著，眼睛緊盯住越來越亮的火光，「弗里安老兄，讓我單獨待一會兒。出去！」

矮人身旁的一隻白熊聽話地朝門口奔去，倒退著下了樓梯。與此同時，一個高大的人來到隧道出口，身後的隧道裡還亮著一點隱約的亮光。來人穿著一件褐色大衣，拿著一盞昏暗的提燈，他把燈舉起照著矮人的臉。

矮人始終坐在石頭上，抱著雙手大聲說：

「你不受歡迎！你來這裡不是出於自覺，而是另有所圖。」

來人用提燈朝矮人渾身上下照了一遍，似乎很驚奇而非害怕。

「我是想來為您效勞的，如果您就是我所要找的那個人。」

「也就是說，利用我來效勞？人哪，你找錯了，我只為那些對生活厭倦了的人效勞。」

「聽您這麼一說，」陌生人回答，「我明白您就是我所需要的人。不過，看您的身材，據說冰島凶漢是個高大魁梧的巨人，不可能是您。」

「除了我的身材，再看看我的名聲，你就會看到我比赫克拉更高大了。」

「真的？請您回答我，您當真是生在冰島克利普斯塔杜爾的凶漢？」

「我不會用言語來回答這個問題。」矮人站起身來說，他的目光使冒失的陌生人倒退了三步。

「我是為了您的利益才來的，」陌生人幾乎是低聲下氣地懇求道，同時朝隧道口瞥了一眼，後悔不該跨進來。「聽我說，挪威的礦工們起事了，您知道的，一次起義會造成多麼大的災難！」

「是的，燒殺姦淫，褻瀆擄掠！」

「我把這一切都送給您。」

矮人哈哈大笑。

「無須你奉送，我自己就會這麼幹！」

矮人說這話時伴隨著獰笑，令陌生人又一次戰慄不已，但陌生人仍繼續說道：

「我以礦工們的名義，邀請您領導起義。」

矮人沉默片刻，他那陰沉的面容流露出一種陰險惡毒的表情。

「你真的是以他們的名義邀請的嗎？」他問。

這個問題似乎令陌生人局促不安，但他深信這位可怕的交談者並不認識他，於是又坦然自若了。

「礦工們為何造反？」矮人問。

「為了擺脫王室監護權的重負。」

「只為了這個？」矮人以同樣的嘲諷口吻又問。

「他們也想搭救孟哥爾摩的那個囚犯。」

「難道這就是這次起義的唯一目的？」

矮人說這些話時，口氣始終是嘲諷的。陌生人為了驅散這些困窘，連忙從大衣裡掏出一個大錢袋，扔到凶漢跟前。

「這是您領導起義的酬勞。」

矮人用腳踢開錢袋。「我不要！難道你以為，如果我想要你的金子或你的小命，還需要你的允許嗎？」

「那麼，我可以向礦工的頭領們宣佈，威鎮四方的冰島凶漢只願接受指揮權。」

「我不接受指揮權！」

這句話說得簡單乾脆，似乎令那位自稱是起義礦工使者的人震驚不快。

「什麼！」陌生人問，「您拒絕參加對您有那麼多好處的一次征戰？」

「我完全可以單槍匹馬地焚毀農莊村寨，屠殺農夫或士兵。」

「但您想想，接受礦工們的提議，您就不會受到懲罰。」

「你難道也是以礦工們的名義保證我不受懲罰的嗎？」矮人笑著問道。

「實不相瞞，」陌生人神情詭秘地回答，「是以一個關心這次起義的大人的名義。」

「啊——好吧，他到底是誰？」

「這我可不能告訴您。」

矮人走上前來拍拍陌生人的肩膀，仍舊嘲諷地笑著說：「要不要我來告訴你？」

穿大衣的那人不由得顫抖了一下，他既沒料到凶漢這突然一問，也沒料到他會如此粗野無禮。

「我是在逗逗你，」矮人繼續說，「你不知道我什麼都清楚，那位大人就是丹麥－挪威聯合王國的首相，而丹麥－挪威聯合王國的首相就是你！」

一點也沒錯，的確是他。他來到廢墟，想親自說服這個強盜，但萬萬沒有想到對方認識他，而且正在等著他。儘管阿勒菲爾德伯爵精明過人，卻不知道冰島凶漢的消息怎麼會如此靈通。難道是穆斯孟德洩露的？但他為什麼要出賣他？這對他有什麼好處？或是那強盜從他的某個受害者身上弄到了一些重要的文件？但是，除了穆斯孟德之外，只有弗雷德里克知道他的計畫，他絕不會蠢到把這樣的一個秘密給捅出去的；再說，他正在孟哥爾摩駐防——至少他父親是這麼認為的。

「嗯，是的，」阿勒菲爾德伯爵恢復了平靜而自信的表情，「我願意向您開誠佈公。我的確是首相，請您也坦誠相待。請您用同樣的真誠告訴我，您是怎麼知道我是誰的？」

「難道就沒人告訴過你，冰島凶漢是能看透大山的嗎？」

高傲的伯爵大人咬著嘴唇，他有求於這名強盜，因此並未流露出不滿來。

「別拿您的利益當兒戲，接受起義的領導權吧！請相信，我會重重酬謝您的。」

「挪威首相，我的回答是『不』。」

「在您已經為我做出了卓越貢獻之後，我一直期盼您作出另一種回答。」

「什麼貢獻？」強盜問。

「狄斯波爾森上尉難道不是您殺的嗎？」首相回答。

「有可能吧，阿勒菲爾德伯爵，但我不認識他。你說的那人是誰？」

「怎麼？難道此人身上的鐵盒子沒有落到您的手裡？」

這個問題似乎使強盜的記憶定格了。

「等等，」他說，「我確實想起這個人了，那是在烏爾什塔爾海灘。」

「至少，」首相又說，「假如您能把那個盒子交給我，我會對您感激不盡的。告訴我，那個鐵盒子怎麼樣了？它在您手裡嗎？」

尊貴的首相如此窮追不捨，強盜似乎十分驚訝。

「難道這個鐵盒子對於挪威首相大人就那麼重要？」

「是的。」

「嗯，那我就不告訴你了。」

「夠了，別開玩笑。想一想，您將會幫我很大的忙的！我會讓您得到巨大的財富，並請求國王赦免您。」

「你不如求我赦免你吧！」強盜說，「聽我說，首相，我將放你活著從我眼前離開，因為你是個惡人，你生命的每時每刻都要對世人造成不幸。至於你說的那個上尉，你別得意，我不是為了你才殺他的，是他的軍服害死他的。這個可憐蟲也是一樣，我不是為了替你效勞才掐死他的。我向你保證！」

他一邊這麼說著，一邊抓住伯爵的手，把他拉向躺在暗處的屍體。昏暗的燈光落在了那具屍體上，那是一

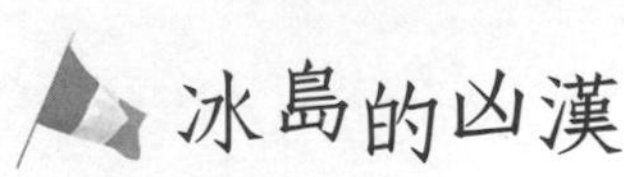

具被撕裂的屍體，還穿著孟哥爾摩火槍手的軍服。首相厭惡地走近它，突然，他的目光停在死者那滿是血跡的臉上，令人毛骨悚然地大叫一聲：

「天哪！弗雷德里克，我的兒子！」

阿勒菲爾德伯爵並不知道妻子的姦情，還認為弗雷德里克是他的兒子，是他的世襲繼承人。他一直以為他在孟哥爾摩，根本沒想到會在阿巴爾廢墟見到他，而且是他的屍體。一瞬間，他被驚訝、恐懼和絕望所壓垮，猛地向後一退，擰著自己的手臂，一個勁地哭喊。

強盜哈哈大笑，這笑聲夾雜在一位父親面對兒子的屍體的呻吟聲中，簡直令人寒毛直豎。接著，他那張可怕的臉陰沉下來，淒切地說：

「你哭你的兒子吧！但我是為了替兒子報仇的。」

隧道裡一陣急促的腳步聲打斷了他。四個身材高大的人提著佩劍衝進大廳，隨後是一個又矮又胖的人。

「大人，我們聽見了您的喊聲，趕來救您。」最後的那人說。

那是伯爵的隨從穆斯孟德與四個帶武器的僕人。伯爵一見這猝然而至的援軍，復仇的念頭湧上心頭，使他從絕望轉為狂怒。

「殺死這強盜！」他邊拔劍邊喊，「他殺了我兒子！殺死他，殺死他！」

「他殺了弗雷德里克公子？」穆斯孟德說，臉上沒有絲毫的痛苦。

「殺死他！殺死他！」怒不可遏的伯爵重複道。

六個人一齊撲向強盜，凶漢被突如其來的攻擊一逼，連忙退到洞口，一邊凶猛地咆哮著。他抄起石斧，勇猛異常地揮舞起來，讓六柄劍無法近身。但由於連日疲憊，他漸漸招架不住，很快便退到朝向深谷的門邊。

「朋友們，」伯爵喊道，「勇敢點，把這怪物扔下懸崖！混蛋，這是你最後一次犯罪了！」

強盜沒吭聲，一邊用右手繼續揮著斧頭，一邊用左手取下腰間掛著的號角，放在嘴邊吹了好幾下。突然間，深谷中傳來一聲咆哮，片刻之後，一頭白熊的大腦袋出現在懸梯末端，進攻者們大驚失色，連忙後退。

白熊笨拙地爬上懸梯，向進攻者們露出牠那血盆大口和利齒尖牙。

「謝謝！我勇敢的弗里安！」強盜喊道。

強盜趁著敵人驚魂未定，跳到白熊背上，白熊便倒退著下了梯子。伯爵等人眼睜睜看著白熊馱著強盜逃走，本想推下大石頭砸它，但還沒等他們從地上搬起一塊，強盜便與他古怪的坐騎消失在一處洞穴之中。

24

特隆赫姆州長在私訪孟哥爾摩的第二天早上，便下令套好馬車，希望趁伯爵夫人還在睡時趕緊動身。然而，伯爵夫人一向很警覺；當將軍剛在最後幾份文件上簽完名，站起身來準備出門時，掌門官便通報尊貴的首相夫人駕到。

這個意外情況令這位老兵驚惶失措，不過他仍滿臉堆笑地與這位女士道了別。這時，只見她神秘兮兮地湊近他的耳朵。

「尊貴的將軍，孟哥爾摩的囚犯是否令您滿意地回答了您的審問？」

「哦……是的，的確，伯爵夫人，」州長說，「可以想像他有多尷尬。」

「您找到他捲進礦工陰謀的證據了嗎？」

勒萬不自覺地驚嘆一聲。

「尊貴的夫人，他是無辜的。」

他立即住了口，察覺到自己的言語有失謹慎。

「他是無辜的？」

伯爵夫人神情沮喪地重複了一遍，她害怕舒瑪赫真的向將軍喊冤，而誣陷此人與首相利害攸關。州長看出了她的疑慮和慌亂，趁機回答道：

「尊貴的伯爵夫人，」他說，「請原諒，我與前首相的談話只能向總督彙報。」

說完，他深深地鞠了一躬，來到院子裡。馬車已備好等著。

「好，」伯爵夫人回到房間後心想，「你走吧！你一走，我們的仇人就少了保護人；你一走，我的弗雷德里克就可以回來了。我倒想請問你，你怎麼敢把哥本哈根最英俊的騎士派到那可怕的山裡去！幸虧我現在輕易就能召他回來。」

想到此，她便對她的心腹侍女說：

「麗絲貝特，妳想辦法從貝根弄兩打小梳子來；打聽一下斯居德麗出的新書；叫他們每天早上按時替弗雷德里克的長尾猴洗澡……一切都順著他的意去做，我要讓他回來時大吃一驚。」

可憐的母親！

25

奧爾齊涅從塔樓上下來，四處尋找他那可憐的嚮導班尼紐斯．斯皮亞古德瑞，但找了半天也沒看見。他以為這守屍人是被什麼嚇跑了，於是決定在巨岩上過夜，等著他回來。日出時分，他起床了，仍然沒看見斯皮亞古德瑞的人影，只好不再等他，自行出發，因為他第二天必須在瓦爾德霍格找到冰島凶漢。

朝著西北方走了整整一天後，年輕人來到了蘇布村。此時天已全黑，煤焦油的氣味和煤炭的煙霧告訴奧爾齊涅，他已接近漁民們的住所了。他朝著黑暗中辨視出的第一座小屋走去，屋內的爐火將門口掛著的魚皮映得通紅。他敲著木門框喊道：

「我是過路的！」

一隻手殷勤地掀起魚皮，奧爾齊涅被領進了屋內。這是一座圓形的小屋，中間生著一盆火，漁夫、妻子和兩個孩子坐在一張桌前；桌子對面，兩頭馴鹿躺在樹葉和獸皮上酣睡。奧爾齊涅剛跨進門內，漁夫及其妻子便站起身來，開朗而親切地向他還禮。挪威的農民十分好客，既是由於他們那強烈的好奇心，也是由於他們的生性使然。

「公子，」漁夫說，「您大概又冷又餓了。這裡有火，烤烤您的大衣，還有上等的圓餅可以充飢。然後，請閣下跟我說說您是誰，從哪裡來，到哪裡去；您家鄉的老太婆們都聊些什麼。」

「是呀，公子，」女主人插嘴說，「您可以在吃圓餅的時候，配上一塊美味的鹽漬鱈魚乾。請坐。」

「如果閣下不喜歡這裡的飯菜，」漁夫又說，「那就請您稍等片刻，我保證讓您吃上一大塊美味麅子肉，或是一隻可口的野雞翅。我們正在等著那個最好的獵手歸來，是吧？我的好梅絲。」

「最好的獵手！當然了，」妻子誇張地回答，「他是我哥哥，有名的肯尼博爾。願上帝保佑他滿載而歸！他是來跟我們一起住幾天的，公子，他跟您一樣總是東奔西跑。」

「非常感謝，好心的女主人，」奧爾齊涅笑盈盈地說，「不過我只來得及吃上您美味的鹹鱈魚乾和圓餅，我等不及您的兄長了。我得馬上走。」

「怎麼？公子，您這麼快就要離開我們？」梅絲大聲說道。

「因為有件要緊的事。」

年輕人的回答既激起了主人們天生的好奇心。漁夫站起身來說：

「您是在蘇布村的漁夫克里斯多夫·巴杜斯·布洛爾的家裡。」

挪威農民在問一個陌生人的名字時，習慣先通報自己的姓名。

奧爾齊涅回答道：

「我是個遊蕩之人，對自己的姓氏和所走的路都不甚瞭解。」

這個奇怪的回答似乎沒有滿足漁夫布洛爾。

「我原以為在挪威，只有一個人對自己的姓氏不甚瞭解，那就是尊貴的托爾維克男爵。大家都說他馬上就要改叫丹斯吉阿德伯爵了，因為他攀上了首相的千金。陌生的公子，您竟然跟總督的公子一樣！」

「既然閣下一點也不能告訴我們您自己的事，」妻子一臉好奇地插嘴道，「那您能不能告訴我們外頭現在有些什麼新鮮事？例如我丈夫聽到的那樁大喜事。」

「是呀，」丈夫神情嚴肅地說，「這是最新鮮的事了。不到一個月，總督的公子就要娶首相的千金了。」

「我不信。」奧爾齊涅說。

「您不信？公子，我可以肯定地告訴您，這事確實無疑了。我的消息來源可靠，告訴我這個消息的人是從托爾維克男爵的心腹波埃爾那裡聽來的……」

就在這時，外頭來了個人，使奧爾齊涅得以擺脫這尷尬的話題。

「是他！是我哥哥！」老梅絲叫道。

她丈夫一本正經地把手向來人伸去。接著又轉向奧爾齊涅說：

「公子，這是我們的哥哥，柯拉山裡有名的獵手肯尼博爾！」

「衷心問候大家，」山裡人脫去熊皮軟帽，「妹夫，我在你們沿海什麼也沒獵到，只有這隻討厭的松雞。好個鬼天氣！」

他一邊說著，從獵袋中取出一隻松雞，擺在桌上，還說這麼瘦的雞不值得浪費一顆子彈。

「村裡的人都在議論礦工們要起事，」漁夫問道，「哥哥，這件事你知道些什麼嗎？」

山裡人朝陌生人斜睨一眼，然後壓低嗓子說了一句：「別多嘴！」漁夫搖了搖頭。

「如果你們沒有好吃的，」獵手突然說道，顯然想轉移話題，「明天我一定為你們帶熊油來當佐料。」

「熊油？」梅絲叫道，「難道附近有熊？派特里克、雷涅，孩子們，不許你們離開這個屋子！有熊！」

「放心，妹妹，妳明天就不用再怕牠了。是的，我在蘇布村兩哩外的地方確實看到一頭白熊。牠好像還馱著一個人，不過距離太遠，我看不清。令我驚奇的是，牠把獵物馱在背上，而不是叼在嘴裡。」

「真的？哥哥。」

「真的，那動物一定是死了，因為它一點掙扎的架勢也沒有。」

「可是，」漁夫合情合理地問道，「要是他死了，又怎麼能待在熊背上呢？」

「我也不知道。總之，梅絲妹妹，明天我將為妳送來一張比白雪還要白的漂亮熊皮來。」

「你是在哪個方向遇見那頭熊的？」

「在斯米亞森到瓦爾德霍格的那個方向。」

「瓦爾德霍格！」奧爾齊涅重複道。

「老天，哥哥，」漁夫又說，「你該不會是朝瓦爾德霍格山洞的方向去吧？」

「不，朋友們，你們是怎麼想的？一頭熊怎麼敢拿洞穴當窩？尤其那洞穴……」

他打住話頭，其他三人一起畫了十字。

「我的好主人們，」奧爾齊涅說，「那個瓦爾德霍格洞穴裡有什麼可怕的呀？」

那三人呆若木雞地互相看著，彷彿不明白這種問題似的。

「說呀！」奧爾齊涅問，「我要知道那個洞裡的一切，因為我正要往那裡去。」

這句話把三個聽者嚇傻了。

「去瓦爾德霍格？天哪！您要去瓦爾德霍格？是什麼原因促使閣下去這個可怕的地方？」

「我有點事情要問一個人。」奧爾齊涅回答。

「聽著，陌生的公子，您好像不很瞭解這個地方。閣下無疑是弄錯了，您不可能是想去瓦爾德霍格。」

三位主人既驚訝又好奇。

「再說，」山裡人補充道，「您在那裡找不到任何人的。」

「除非是惡魔。」女人插嘴道。

「惡魔？什麼惡魔？」

「您不知道，公子，」漁夫壓低嗓子，湊近奧爾齊涅說，「您不知道瓦爾德霍格山洞裡平常住著……」

女人止住了他。「親愛的，別說出那個名字，會遭禍的！」

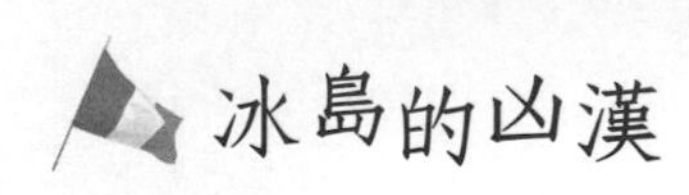

「老實說，我的好主人們，我不知道你們想說些什麼。有人曾明確地告訴過我，那裡頭住著冰島凶漢。」小屋裡同時響起三聲驚叫。女人拉低頭巾，懇請諸神作證，不是她說出這個名字的；漁夫驚魂未定，凝視著奧爾齊涅，彷彿這個年輕人身上有些他無法理解的東西。

「公子，我一直認為，即使我可以活到一百二十歲，也絕不會告訴一個有理智的人要怎麼去那地方。」

「我要去，我的好主人們。而你們能幫我的最大的忙就是為我指一條路。」

布洛爾搖搖頭，肯尼博爾則凝視著年輕的冒險家，仔細地打量著他。

「我明白了！」漁夫突然大聲嚷道，「您是想賺高級民事代表懸賞冰島凶漢的一千皇家埃居！年輕的公子，相信我，放棄這個打算吧，不值得為了那一千皇家埃居送掉小命。」

奧爾齊涅笑了。

「是一個更大的利益促使我去尋找那個被你們稱為惡魔的人。是因為別人，而不是為了我自己……」

眼睛一直緊盯著奧爾齊涅的山裡人打斷了他。

「我明白了，我知道您為什麼要尋找冰島凶漢了。」肯尼博爾說，「您負有一些重大的使命，是吧？」

「這我剛才已經說了。」

山裡人神情詭秘地湊近年輕人，對著他的耳朵悄悄說了一句話。奧爾齊涅聽了大驚失色。

「是為了舒瑪赫．格里芬菲爾德伯爵，對不對？」

「正直的人！您是怎麼知道的？」奧爾齊涅嚷道。他無法理解，一個連勒萬將軍都不知道的秘密，一個挪威的山民是怎麼知道的呢？

肯尼博爾俯身向著他。

「別聲張，」肯尼博爾把食指貼在嘴上說，「我希望您能從瓦爾德霍格得到您要的東西。我的手臂也與您一樣，是忠於孟哥爾摩的那位囚徒的。」

然後，還沒等奧爾齊涅說話，他又提高嗓門說：

「妹妹，為他祈禱吧！願災禍別降到他的身上。他是一位尊貴而可敬的年輕人。正直的公子，跟我們一起吃點東西，好好休息一下。明天，我將為您指路，我們一起去尋找，您找您的魔鬼，我找我的白熊。」

26

初升太陽的第一道霞光微微映紅海邊的岩尖時，奧爾齊涅便來到瓦爾德霍格山洞。宛如人們駛入盼望已久的港口一般，一想到就要完成人生的重要使命，他便感到一種少有的快樂。他即將見到一個令全州人驚恐不安的強盜，但浮現在他腦海中的卻並不是那張駭人的面孔，而是正在監獄的祭壇前為他祈禱的倩影。他在彎彎曲曲的拱頂下向前走去，腳下不時踢到一些破爛玩意兒，從黑暗中看去，像是一些破碎的頭蓋骨，或是一排排掉光牙齒、露出齒根的慘白下顎。

他來到某個圓形大廳，這裡便是通道的盡頭。大廳四壁沒有其他出口，只有一些寬大的裂縫，裂縫外隱約可以看到山巒和森林。他很失望，竟這樣一無所獲地踏遍了這個致命的洞穴，而並未遇見那個強盜。

突然間，他渾身一顫，一個聲音彷彿從石頭中傳出來的，震動了他的耳朵。

「年輕人！你是用觸著墳墓的腳走到這地方來的！」

就在這時，一顆可怕的腦袋從祭壇的另一側冒了出來，頭上長著紅頭髮，還一邊哈哈大笑。

「年輕人！」那顆腦袋又重複道，「是的，你用觸著墳墓的腳走到這地方來了！」

「還帶著一隻握住利劍的手！」年輕人毫不激動地回答。

怪物從祭壇下面鑽了出來，露出又短又粗、青筋暴露的四肢、帶血的獸皮衣服、扭曲的手指，以及沉重的石斧。

「我一直等著你！」

「我不僅等著你，還在尋找你！」不屈不撓的年輕人回敬道。

「你知道我是誰嗎？」

「是的。」

「那你一點也不害怕？」

「我不再害怕了。」

「這麼說來，你剛來這裡的時候很害怕？」惡魔得意洋洋地搖晃著腦袋。

「害怕找不到你。」

「你在冒犯我！但你的腳剛剛絆到了一些人的屍體。」

「明天，也許它們就將絆著你的屍體了。」

矮人氣得發抖，奧爾齊涅一動不動，神態始終平靜而高傲。

「孩子，你的聲音很柔和，你的面孔很鮮亮，彷彿一個女人家。你找我不是在找死嗎？」

「找你的死。」

矮人大笑。「你還不知道我是個惡魔，我的思想就是毀滅者英戈爾夫的思想。」

「我知道你是個強盜。你謀財害命！」

「你錯了，」惡魔打斷他說，「我為殺人而殺人。」

「你難道不認識你在烏爾什塔爾海灘殺害的狄斯波爾森上尉？」

「也許吧，不過我早已忘了，正像我三天後也會把你忘了一樣。」

「你不認識阿勒菲爾德伯爵？是他給你錢，讓你搶走那個上尉的一只鐵盒子的。」

「阿勒菲爾德？等等，是的，我認識他，我昨天還用我兒子的頭蓋骨喝過他兒子的血呢！」

奧爾齊涅噁心地一顫。「聽著，一個星期之前，你從你的一個受害者，孟哥爾摩的一個軍官身上偷走了一只鐵盒子吧？」

強盜聞言，渾身發顫。

「英戈爾夫作證，一個可惡的鐵盒子竟牽動這麼多人！我告訴你吧，如果你的骨頭裝進棺材，也不會有那麼多人去找它的。」

強盜的這番話說明了他知道那個鐵盒子的下落，這使得奧爾齊涅增加了奪回它的信心。

「告訴我你把這鐵盒子弄到哪裡去了？是不是在阿勒菲爾德伯爵手裡？」

「不在。」

「聽著，」奧爾齊涅提高嗓門說，「你必須把那只鐵盒子給我！」

「你是不是習慣了對牛和熊發號施令？」惡魔仍舊笑著回敬道。

奧爾齊涅抽出利劍，劍刃在黑暗中發出寒光。

「俯首聽命！」

「來吧，」對方揮舞著石斧說，「你來的時候，我本該敲碎你的骨頭，吮吸你的血的；但我忍住了，因為我很想看看小麻雀是怎麼撲向大老鷹的。」

他一邊說著，一邊躍上祭壇，用眼睛死死盯住年輕人，好像在考慮從哪個方向進攻最好。奧爾齊涅沒給強盜考慮的機會，眼明手快地向他撲過去，劍尖逼著對方的面孔。於是，難以想像的惡鬥開始了。

矮人身手不凡，無論奧爾齊涅從哪個方向攻擊，總是遇到他的正面以及他那石斧的利刃；要不是年輕人幸好想到把大衣捲在左臂上，致使敵人的大部分劈砍都被這道盾牌擋住，那他早已粉身碎骨了。兩人就這樣大戰了好幾分鐘，都未能傷及對方。忽然間，矮人發出一聲駭人的吼叫，他的石斧砍進了大衣的褶縫裡；他拚命地抽動手臂，但是卻連斧柄也一同捲進了大衣裡，而且越是掙扎，纏得就越緊。

不可一世的強盜看見年輕人的劍頂住了自己的胸膛。

「聽著，我再說一遍，」奧爾齊涅勝券在握地說，「你還不還被你偷走的那個鐵盒子？」

「不還！你這個該死的。」

尊貴的年輕人收回了劍，說：

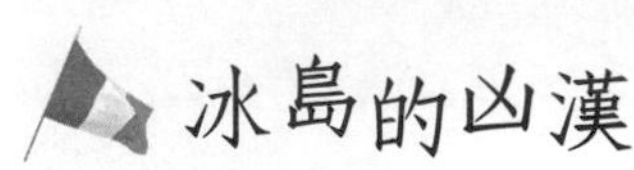

「好吧，把斧頭抽回去，我們繼續搏鬥。」

惡魔不屑地縱聲大笑說：「孩子，你故作豪爽，好像我需要似的。」

還沒等奧爾齊涅轉過頭來，強盜便一腳踏上那位勝利者的肩膀，用力一蹬，跳到十二步之外去了。然後，他又一蹤身，撲向奧爾齊涅，整個身子吊在他身上，張開了血盆大口，露出準備撕咬的利齒。

年輕人踉蹌了一下，剎時間，他想到要與艾苔爾永別了，這種想法彷彿給了他一種力量。他用雙臂緊摟矮人，然後抓住利劍中間，插進對方背脊。強盜慘叫一聲，奧爾齊涅趁機掙脫了對方，朝後幾步摔倒在地。

搏鬥再次開始了。他碰巧跌在一大堆岩石旁，強盜雙手抱起其中一塊，舉過頭頂，朝著奧爾齊涅砸過去。年輕人才剛閃過，那塊大花崗岩便在牆腳摔得粉碎，發出一聲巨響。

奧爾齊涅驚呆了，幾乎還來不及回過神來，又一塊巨石舉在強盜手裡，如同炸雷般滾滾而來。頓時間，劍像玻璃般被擊成碎片，四處飛散，只聽見惡魔惡狠狠的笑聲在拱頂內迴蕩。奧爾齊涅被解除了武裝。

「你死前還有什麼話要對上帝或魔鬼說的嗎？」惡魔吼叫道。

突然，洞外遠遠傳來一陣吼聲，惡魔停住了。吼聲越來越大，一頭熊的哀嚎中夾雜著幾個人的嘈雜聲，強盜一把抄起石斧，衝了出去。奧爾齊涅也一樣朝著出口走去，只見不遠處的空地上，一頭大白熊被七位獵手團團圍住。他聽見外面有一個可怕的聲音在喊：

「弗里安，弗里安！我來了，我來了！」

27

孟哥爾魔火槍手團正在特隆赫姆和斯孔根之間的隘道上行進。士兵們槍口朝下，大衣敞開，發著牢騷。他們昨天還津津有味地開著粗俗的玩笑，今天卻沒這份閒情逸致了。天氣很冷，滿天霧氣，為了消除征途的煩悶感，年輕的丹麥男爵蘭德梅爾中尉與臨時加入的老上尉洛瑞攀談了起來。

「喂，上尉，您怎麼了？您挺憂傷的。」

「一看就知道原因了。」老軍官回答說，但沒有抬頭。

「好了，好了，別憂傷了。您瞧，我憂愁嗎？但我敢說我至少跟您一樣有理由發愁。」

「我不相信，男爵。我失去了我唯一的財產，那可是我全部的財富！」

「洛瑞上尉，我們是一樣的。不到半個月前，阿爾貝雷克中尉在賭桌上贏去了我漂亮的城堡與屬地，我破產了。但您看我因此而不快活了嗎？」

「中尉，您只失去了您的城堡，而我，我失去了愛犬。」

聽到這個回答，年輕人那輕佻的臉上流露出哭笑不得的表情。

「我的好上尉，」中尉說道，「別再憂傷了，我們也許明天就要投入戰鬥了。」

「是的，」老上尉鄙夷不屑地回答，「去打一些凶暴的敵人，那些強盜礦工，那幫山裡人、石匠，連陣都不會佈，竟敢與我這樣的人為敵！我可是在偉大的查克將軍和英勇的蓋爾登留伯爵麾下打過仗的人！」

「但您並不知道，」蘭德梅爾打斷他說，「這幫強盜有一個可怕的首領，是個像哥利亞一樣凶殘的巨人，一個只喝人血的強盜，一個撒旦化身成的惡魔！」

「到底是誰呀？」對方問道。

「嘿！臭名昭著的冰島凶漢呀。」

「哼！我敢說，這個了不起的首領連把槍上膛都不會！這種貨色也算得上敵人！我的德拉克要是在的話，連他們的大腿都不屑去咬的！」

上尉繼續盡情地發洩滿腔怒火。突然間，一名軍官上氣不接下氣地跑來，打斷了上尉的話。

「怎麼啦？」

「朋友們，我嚇得渾身冰涼！阿勒菲爾德中尉，首相的公子，那個弗雷德里克，那麼英俊、瀟灑……」

「是的，」年輕的男爵回答，「很英俊。不過，在卡洛騰堡的那次舞會上，我的化裝品味比他更高。但他到底出什麼事了？」

「他在瓦爾斯特洛姆駐防。」老上尉冷冷地說。

「正是，」軍官說，「上校剛接到一封信，那個可憐的弗雷德里克……」

「到底怎麼回事呀？波拉爾上尉，您在嚇唬我們。」

波拉爾拍了拍老洛瑞的肩膀。

「洛瑞上尉，阿勒菲爾德中尉被活活吃掉了！」

兩個上尉互相對視著，而蘭德梅爾怔了一下，突然放聲大笑起來。

「哈！波拉爾上尉，我知道您愛惡作劇。不過我告訴您，這一回我可不會上您的當的。」

「蘭德梅爾，」波拉爾一本正經地說，「阿勒菲爾德死了！我是從上校那裡知道的。上校在行軍途中接到一份急件，上頭寫道，弗雷德里克．阿勒菲爾德中尉三天前去阿巴爾廢墟方向打獵，遇上一頭怪物，被擄進洞穴裡，吃掉了！」

蘭德梅爾聞言更加歡叫不已。

「哈！哈！很好，親愛的波拉爾，您可真是有趣。接下來您該不會要描繪那個把中尉擄走並吃了的怪物是什麼模樣吧？」

「喝弗雷德里克血的那個怪物，就是冰島凶漢。」波拉爾不耐煩地說道。

「強盜首領！」老軍官嚷道。

這時候，幾個談得很起勁的軍官走近了這三個人。

「啊，真的，我要用波拉爾的故事逗逗他們。」蘭德梅爾嚷道，「伙伴們，你們不知道吧？那個可憐的弗雷德里克剛剛被凶惡的冰島凶漢給生吞了！」

他說完這句話，忍不住哈哈大笑起來，想不到這幾位軍官聽了之後，竟氣憤地吼了起來：

「怎麼？您還笑得出來？我認為您不該用這種態度對待這樣的一個消息。」

「怎麼？」蘭德梅爾慌亂不已地說，「難道這是真的？」

一位老軍官開了腔。

「要是開玩笑的話，那也太缺德了。可惜這不是玩笑，我們的上校沃特豪恩男爵剛收到這個噩耗。」

「太可惡了！太可怕了！」大家都在叫嚷。

「阿勒菲爾德的死令人不寒而慄。」波拉爾莊重地說，「我們團很不幸，狄斯波爾森之死、在卡斯卡迪摩爾發現的那些士兵之死、阿勒菲爾德之死；短短的時間就連續發生了三件慘案。」

沉默不語的蘭德梅爾男爵從沉思中回過神來。

「這事真不可思議，」他說，「那個弗雷德里克的舞跳得那麼好。」

28

奧爾齊涅那天晚上與冰島凶漢交手未果之後，十分沮喪；他想追上對手，卻在灌木叢中迷了路，在越來越荒涼不毛的土地上轉了一天。日落時分，他來到一片寬闊的平原，四周是茫茫一片環形天際，沒有他這個飢渴疲憊的旅行者可以落腳的房屋。

肉體的痛苦本已嚴重，但他的心卻更加愁苦。千百種灰心喪氣的念頭瞬間朝他襲來：沒能帶回文件，他要怎麼回去見舒瑪赫呢？奪不回那要命的鐵盒子，會造成多麼可怕的不幸？他與烏爾麗克，阿勒菲爾德的婚事呢？要是他能把艾苔爾救出牢中該有多好！要是他能與她遠走高非，逃到某個窮鄉僻壤該有多好！

突然間，有說話聲傳到他的耳朵裡。他用手肘撐起身子，瞥見不遠處有幾個黑影在移動，隨後便相繼鑽入地下去了。可想而知，這時的他有多麼驚奇。

他站起身來，朝著幻象出現的地方走去，看見腳前是一口寬大的圓井，井底有一微光在晃動。這名年輕人俯身深淵，凝神細聽。有說話聲遠遠地傳了上來，於是，他大膽地攀著這個巨大的梯子，往深淵中下去。

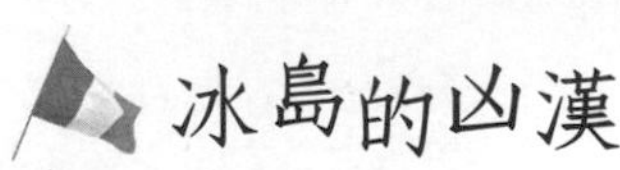

空氣越來越稀薄，說話聲越來越清晰，淡紅的光亮開始映照出深井的圓壁，這一切告訴他離洞底不遠了。他又下了幾級梯子，眼前清楚地出現一個地道的入口。這時，幾句話傳進他耳裡，吸引了他全部的注意力。

「肯尼博爾還沒到？」有個聲音不耐煩地說。

「我們不知道，哈凱特大人。」有人回答，「他也許在蘇布村的妹妹家過夜了。」

「你們都看見了，」第一個聲音又說，「我可是信守了諾言，把冰島凶漢帶來給你們了。」

眾人竊竊私語了一番，但猜不出他們說了些什麼。聽見肯尼博爾這個名字本已讓奧爾齊涅十分驚奇，現在又聽見冰島凶漢的名字，更讓他想要一探究竟了。

那同一個聲音又在說：

「我的朋友，肯尼博爾即使遲到了又有什麼關係？我們的人已經很多，什麼也不用怕了。你們在克拉格廢墟找到義旗了嗎？」

「找到了，哈凱特大人。」好幾個聲音在回答。

「那好，舉起義旗吧，是時候了。為了搭救尊貴的舒瑪赫，落難的格里芬菲爾德伯爵，前進吧！」

「萬歲！舒瑪赫萬歲！」眾人一齊高呼，舒瑪赫的名字在蜿蜒的地道中經久不息地迴蕩著。

奧爾齊涅越來越好奇，越來越驚訝，屏聲斂氣地聆聽著。他對聽見的一切簡直無法置信，也無法明白，舒瑪赫怎麼會與肯尼博爾、冰島凶漢攪和在一起？他目睹的這幕戲究竟是什麼樣卑鄙的陰謀？

「你們聽著，」那同一個聲音又說，「你們都看見我這個格里芬菲爾德的朋友與親信了。你們要相信我，就像伯爵信賴我一樣。朋友們，一切都對你們有利，你們將順利到達特隆赫姆，不會遇上一個敵人的！」

「哈凱特大人，」一個聲音打斷他，「快走吧，彼得斯說他在山門隘路中，看到一個孟哥爾摩團正朝這裡開過來。」

「他在騙你，」對方威嚴地回答道，「州政府還不知道你們要起事。以至於拒絕你們請願的那個人，不幸的舒瑪赫的壓迫者勒萬·德·克努德將軍竟離開了特隆赫姆，前往首都參加他的學生奧爾齊涅·蓋爾登留與烏爾麗克‧阿勒菲爾德的喜慶大典了。」

可想而知，奧爾齊涅該有多麼驚奇！在這片荒郊野嶺，在這個神秘的深洞之中，聽到一些陌生人說出那些與他有關的名字。他心中升起一股極大的疑惑：這是真的嗎？這個說話者真的是舒瑪赫派來的嗎？他親愛的艾苔爾的父親竟然敢造反？而他這個總督的兒子竟為了這個偽君子而葬送前程、犧牲生命？也許那個鐵盒子裡藏著這個卑鄙陰謀的什麼秘密呢！也許他發現了自己的真實身分，藉由把自己推到這凶險的旅途上，好除掉仇敵的兒子！

奧爾齊涅心亂如麻，各種痛苦的思緒全都襲上心頭。他覺得生命的全部樂趣全都離他而去，真想在此刻了卻一生。他在踩著的梯子上搖晃了一下，又繼續聽下去。

「是的，」那名使者繼續說，「你們由大名鼎鼎的冰島凶漢指揮，誰還敢與你們較量！去吧！舒瑪赫和自由在等待著你們，向暴君開戰！」

「開戰！」成百上千個聲音在喊，隨後，通道裡響起了一陣陣兵器的響聲和低沉的號角聲。

「慢著！」奧爾齊涅大吼一聲，迅速地下了最後幾級梯子，驚奇地看著眼前那奇特的場面。

眼前是一個宛如地下城的寬闊廣場，邊緣一直延伸到一根根支撐拱頂的坑木後面，上千支火把將坑木映照得通體透亮。舉著火把的人拿著各式各樣的武器，散亂無序地站在廣場深處。看著這些光亮以及一張張嚇人的面孔在黑暗中晃動，真會令人誤以為是古老傳說中的那種妖魔集會。

頃刻間，響起了一陣吼聲。

「是個陌生人！殺了他！殺了他！」成百隻手臂已經朝他舉起。

「慢著！慢著！」自稱是舒瑪赫使者的那個人喊道。此人又矮又胖，穿了一身黑，眼裡透著快樂和虛假。

他朝奧爾齊涅走過來。

「您是誰？」他問奧爾齊涅。

奧爾齊涅沒有回答，他被團團圍住，胸前被無數支劍尖或槍口頂住。

「您害怕了？」矮個子笑著問道。

「如果不是這些劍，而是你的手擱在我的心口，」年輕人冷冷地說，「你將會看到我的心跳得並不比你快。」

「哈！哈！」矮胖子說，「他還硬充好漢，那好，殺了他！」

他說完轉過身去。

「等一等！哈凱特大人。」一個大鬍子老頭說，「您是在我的地盤，只有我有權送這個基督徒去向死人們講述他看見的事。」

「好吧，若納斯，隨你的便。只要把這個奸細處死，我並不介意由你來審判。」

老頭轉向奧爾齊涅。

「喂！告訴我們你是什麼人，竟敢這麼大膽！」

奧爾齊涅一聲不響，此刻的他只有一個強烈願望：儘快死去。

「閣下不想回答？」老頭說，「狐狸一旦被捉住，就不叫喚了。」

「殺了他，若納斯，」哈凱特說，「還是讓冰島凶漢來殺此人，立個頭功吧！他就在你們中間。」

奧爾齊涅很驚奇，但仍視死如歸。他看見一個山裡人裝束的魁梧男子向他走來，越來越驚奇。這巨人凶狠愚鈍地盯著奧爾齊涅，叫人拿斧頭來。

「你不是冰島凶漢！」奧爾齊涅氣勢洶洶地說。

「殺了他！殺了他！」哈凱特怒不可遏地吼道。

奧爾齊涅見自己難逃一死，便把手伸到胸前，想取出艾苔爾的秀髮，給它最後一個吻。這麼一動，卻把腰間的一張紙弄掉下來。

「那是什麼？」哈凱特說，「諾爾比特，把它撿起來！」

一名叫作諾爾比特的黝黑年輕人撿起了那張紙，並把它展開。

「上帝！」他嚷道，「這是我朋友尼德蘭姆的通行證！我那不幸的伙伴一週前在斯孔根廣場被處決了。」

「那好，」哈凱特大失所望地說，「你就留著那張破紙吧。至於您，親愛的冰島凶漢，解決這傢伙！」

諾爾比特立刻站在奧爾齊涅面前，大聲喊道：

「此人受我保護，我不允許任何人踐踏我朋友克利斯多菲魯斯．尼德蘭姆的通行證！」

「別開玩笑了，」哈凱特說，「你在說蠢話，諾爾比特。這人是個奸細，必須殺了他。」

「的確，」老若納斯說，「諾爾比特說得對，哈凱特大人，您怎能讓人殺死這個陌生人呢？他有尼德蘭姆的通行證。」

老頭站到年輕人身旁，擋住奧爾齊涅。群眾也開始竊竊私語，說這個陌生人不能死，因為他帶著通行證。

「好吧，」哈凱特強壓怒火，「那就讓他活著吧！反正這是你們的事。」

諾爾比特得意洋洋地轉過身來，對著奧爾齊涅繼續說道：

「聽著，我們是皇家礦工，為了擺脫監護權而造反。這位哈凱特大人說，我們是為了一個舒瑪赫伯爵而拿起武器的，但我並不認識他。陌生人，你聽好，並且認真地回答我：你願不願意跟我們一起幹？」

奧爾齊涅腦海裡閃過一個念頭。

「願意。」他回答說

這時，號角聲在坑道裡響了起來，只聽見遠處有些人在說肯尼博爾來了。哈凱特一聽有名的獵手肯尼博爾來了，連忙把奧爾齊涅撇下，迎上前去。

「你總算來了，親愛的肯尼博爾。讓我為你介紹你們偉大的首領冰島凶漢。」

肯尼博爾面色蒼白，氣喘吁吁，頭髮蓬亂，滿手是血。一聽這名字，不自覺地後退了三步。

「冰島凶漢在這裡？」

「是呀，」哈凱特說著，「你會害怕他？」

「怎麼？」獵手打斷他說，「您是說，冰島凶漢就在這個礦井裡？」

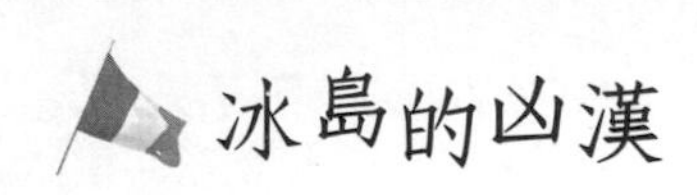

哈凱特轉向圍在他身邊的人。

「我們正直的肯尼博爾是不是瘋了？」然後，他又轉向肯尼博爾說，「我明白了，你是因為害怕冰島凶漢才姍姍來遲的。」

肯尼博爾高舉起手說：

「我發誓，哈凱特大人，我不是因為害怕冰島凶漢，而正是冰島凶漢本人使我沒能早點趕到這裡的。」

他的話在山民和礦工們間引起了一陣議論紛紛，哈凱特額頭上頓起一片陰雲。

「什麼？你說什麼？」他壓低了聲音問。

「我是說，哈凱特大人，要不是您那該死的冰島凶漢，我在貓頭鷹叫第一聲時就已經到了。」

「真的？他對你做了什麼？」

在哈凱特的一再追問下，肯尼博爾敘述了今天早上他是怎樣在六個同伴的協助下，把一頭白熊追到瓦爾德霍格洞穴附近的；因為追得太急，沒有發現自己已經靠近那可怕的地方了。這時，那頭走投無路的熊的叫聲引來了一個矮人——一個怪物，握著一柄石斧，朝他們撲過來，搭救了白熊。這個惡魔一定是冰島凶漢！六名同伴都被惡魔和白熊殺死了，只有他逃得快，而冰島凶漢又精疲力竭，才得以倖免於難。

「您看！哈凱特大人，」他繪聲繪影地講完這令他心有餘悸的故事後說道，「我今天上午才逃過冰島凶漢和他的熊，他們正在瓦爾德霍格拚命撕咬我那六個可憐的伙伴呢！所以，冰島凶漢現在是不可能作為我們的朋友，出現在這個礦井裡的。我告訴您吧，這不可能！」

哈凱特一直注意地聽著，此時，他用一種嚴肅的口吻開了腔：

「我的好友肯尼博爾，我早就知道這一切了，只不過不知道你是這次悲慘冒險的英雄罷了。冰島凶漢在來這裡的路上把這一切都跟我說了。」

「真的？」肯尼博爾說著，注視著哈凱特的目光開始產生一種敬畏之情。

「當然，不過，現在，你就放心吧。我帶你去見那了不起的冰島凶漢。」

肯尼博爾只好讓步了，然而心裡對於見那個惡魔不免有一種強烈的厭惡。他們朝著奧爾齊涅、若納斯和諾爾比特走去。這時候，肯尼博爾的目光與奧爾齊涅的目光遇到一起。

「啊！您在這裡，年輕人，」他連忙走近他，向他伸去手說，「歡迎您！看來您的大膽行為成功了。」

「難道你認識這個陌生人？肯尼博爾。」諾爾比特嚷道。

「我怎麼會不認識他！我喜歡他並且敬重他。他像我們一樣忠於我們正義的事業！」

這時，哈凱特走近他們四人了，後面跟著他的巨人。眾強盜似乎嚇得四處逃竄，哈凱特說：

「我的好獵手肯尼博爾，這就是你們的首領，有名的克利普斯塔杜爾的凶漢！」

肯尼博爾朝這個巨人看了一眼，顯得十分驚訝而不是害怕。隨即貼著哈凱特的耳朵說：

「哈凱特大人，我今天早上逃過的那個冰島凶漢是個矮人！」

哈凱特悄悄地回答：「你忘了？肯尼博爾，他是個魔鬼。」

「確實，他會變形。」輕信的獵手說道，哆哆嗦嗦地轉過身去。

29

在一座濃密的老橡樹林裡，淡淡的晨曦微微透進。一個矮個子走近另一個人，悄聲談了起來。

「讓閣下久等了，好幾件事把我耽擱了。」

「一切都順利吧？」

「非常順利，古德布蘭夏爾和法羅群島的礦工以及柯拉山民，此刻或許正在行進途中。胡布法羅和頌德摩爾的伙伴將在離藍星四哩處與他們匯合。至於孔斯貝格的起義者和斯米亞森的鐵匠隊伍，如您所知，已經迫使瓦爾斯特羅姆的守軍後撤了。」

「你的那個冰島凶漢，他們是如何對待他的？」

「對他深信不疑。」

「我為何不能找這個惡魔為我死去的兒子報仇？讓他逃掉了真是天大的不幸！」

「尊貴的大人，先利用凶漢的名字找舒瑪赫報仇，然後再想辦法找冰島凶漢算帳。起義者們今天將行進一整天，晚間在離斯孔根兩英里的黑柱山谷紮營過夜。」

「什麼？你讓這麼一大隊人馬闖到離斯孔根這麼近的地方過夜？穆斯孟德。」

「別擔心，尊貴的伯爵，您只要立即派信使到沃特豪恩上校那裡去，他的團應該已經到達斯孔根了。告訴他，各路起義隊伍今晚將在黑柱山谷紮營——那裡好像是埋伏的好地方。」

「妙極了，穆斯孟德。不過，雖然這邊一切順利，另一邊卻不盡如人意。您知道，我們已經派人在哥本哈根偷偷尋找那些文件，但它們可能已經落到那個狄斯波爾森手裡了。」

「結果如何？大人。」

「我剛得知，那個陰謀家與星相學家昆比蘇蘇姆曾經關係密切，這個老巫師臨死前把一些文件交給了舒瑪赫派去的人。」

「不管怎麼說，尊貴的主人，我們不必大驚小怪的。狄斯波爾森已經死了，他的文件也丟了。再過幾天，這些文件可能幫助的那些人也要完蛋了。」

「你說得對，不過，我請求你儘快了結這一切。我馬上派人去見上校。我們必須原路趕回特隆赫姆，那個梅克倫堡人想必已經離開那裡了。」

兩人鑽進樹林，他們的說話聲漸漸消失了。不一會兒，只聽見兩匹馬遠去的蹄聲。

30

就在這時，起義者已分成三隊人馬，走出了礦口。奧爾齊涅被編在諾爾比特的隊伍裡，在晨曦中，他看見了一長串的火把，映照出斧頭、長叉、十字鎬、榔頭等幹活用的工具，夾雜一些正規武器，例如火槍、長矛、大刀、馬槍，說明這次起義是陰謀策劃好的。這群烏合之眾毫無秩序往前走著，他們的上方飄動著一些火紅的旗幟，上面寫著各種口號「舒瑪赫萬歲」、「釋放我們的救星」、「還礦工們自由」、「殺死蓋爾登留」、「殺死壓迫者們」。起義者們似乎視這些旗幟為累贅，不時將它們傳來傳去。

反叛者的這股洪流熙熙攘攘地向前流去，號角聲在特隆赫姆北部山區的松林裡迴蕩著。很快地，頌德摩爾、胡布法羅、孔斯貝格，以及斯米亞森的隊伍也加了進來。這一群起義者一路上沒有遇見半個人影，就這樣穿過了村鎮稀少的山丘和森林，走過彎彎曲曲的道路。他們繞過瀉湖，越過激流、溝壑和沼澤，奧爾齊涅對這些地方都不瞭解，只有一次他抬起頭時，遠遠看見天邊一個彎曲巨岩的影子。他湊近一個同伴問道：

「朋友，南方，右手邊的那塊岩石是什麼地方？」

「那是奧埃爾梅岩石。」對方回答。

奧爾齊涅深深地嘆了口氣。

31

長尾猴、小梳子和飾帶全都準備好了，還花大錢弄來了著名的斯居德麗最新的小說。阿勒菲爾德伯爵夫人感到自己除了迫害舒瑪赫和艾苔爾之外，就沒有別的事情好做了。勒萬將軍一走，這兩個人就任她擺佈了。

一天晚上，艾苔爾獨自走在孟哥爾摩主塔的園子裡，門忽然開了，一個高個子女人出現在她眼前。她向艾苔爾綻開了微笑，但在那和藹的目光中，卻透著一種仇恨、氣惱和不得不讚賞的表情。艾苔爾驚詫地望著她。

「孩子，」陌生女人溫和地說，「妳是孟哥爾摩囚犯的女兒吧？」

艾苔爾不禁將頭扭了過去，心裡有種與此人格格不入的感覺，彷彿那女人吐出的空氣中含著毒液。

「我叫艾苔爾．舒瑪赫。我父親說，當我還小時，大家都叫我童斯貝格伯爵小姐和渥琳公主。」

「妳父親對妳說這個？」女人氣急敗壞地叫道，隨即又假惺惺地說：「妳吃了不少苦吧？」

「我生來就落在不幸的禁錮之中，我尊貴的父親說，只有死亡才能擺脫不幸。」年輕女囚回答。

陌生女人嘴角掠過一絲笑意，隨即又不動身色地問道：

「妳知道是誰讓妳受到這番折磨的嗎？」

艾苔爾思忖片刻後說：「這都是天意。」

「妳不幸的父親沒在他氣憤之時，指出他不共戴天的仇人阿倫斯多夫將軍、斯波利森主教、阿勒菲爾德首相嗎？」

「我不知道您說的是誰。」

「妳知道勒萬．德．克努德這個名字嗎？」

幾天以前，州長與舒瑪赫對話的場面對艾苔爾來說仍歷歷在目。她不會不記得這個名字的。

「勒萬．德．克努德？」艾苔爾說，「我認為我父親極為尊崇、愛戴這個人。」

「什麼！」高個子女人嚷道。

「是的，」少女說，「我父親前天前曾在特隆赫姆州長面前，為這個勒萬．德．克努德激烈辯護。」

這番話使對方更加驚訝不已。

「在特隆赫姆州長面前？妳別耍我，姑娘，我是為了妳的利益而來的。您父親站在勒萬．德．克努德將軍一邊，反對特隆赫姆州長？」

這種質問令可憐的艾苔爾十分疲勞，她定睛望著這個高個子女人。

「您這樣審問我，難道我是罪犯不成？」

陌生女人怔住了，彷彿感到自己的算計白費了。

「妳父親希望走出這座監獄嗎？」

「是的。」艾苔爾說道，一顆淚珠在眼裡滾動著。

陌生女人頓時兩眼發光。

「妳是說他希望出獄？但怎麼出去？用什麼辦法？什麼時候？」

「他希望走出這座監獄，因為他希望離開人世。」

這個老謀深算、狡詐險惡的女人似乎感到被戲弄了，她突然臉色大變，把冰涼的手搭在艾苔爾的手臂上。

「聽我說，」她以一種幾乎坦率的腔調說，「妳父親的生命又受到了威脅，司法正在調查他。他被懷疑在北方礦工中策劃反叛。這些妳聽說了沒有？」

艾苔爾並不清楚「反叛」、「調查」等字眼的意思，她抬起那又黑又大的眼睛望著陌生女人。

「您想說什麼？」

「我是說妳父親陰謀反對國家，他的罪行幾乎是公開的了，這一罪行要判他死刑！」

「死刑！罪行！」艾苔爾叫道，「我尊貴的父親！他整天聽我讀《艾達》和《福音書》，怎麼會謀反？他到底哪裡得罪你們了？」

「別這麼看著我，我絕不是妳的仇人。我把這件事告訴妳，妳也許不該恨我，而應該感激我才對。」

「哦！對不起，尊貴的夫人。一直以來，我們見過的人盡是我們的仇人，因此我起初不相信您的。您原諒我了，是吧？」

「什麼？姑娘，妳至今從未見過一個朋友？」

艾苔爾頓時滿臉通紅，但她遲疑了片刻。

「是的，我們見過一個朋友，尊貴的夫人。唯一的一個。」

「唯一的一個？」陌生女人連忙說，「告訴我，他叫什麼名字。」

「我不知道。」艾苔爾說。

陌生女人臉色蒼白。「好好想想，這關係到妳父親的性命。說，妳剛才提到的那個朋友是誰？」

「尊貴的夫人，我只知道那個人的名字叫奧爾齊涅。」艾苔爾勉強地說道。

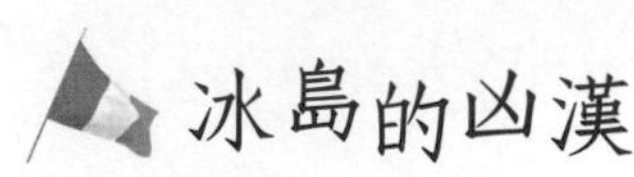

「奧爾齊涅！」陌生女人激動地重複著，「他父親叫什麼？」

「我不知道，」少女回答，「他的父親是誰又如何？尊貴的夫人，那個奧爾齊涅是世上最豪爽的人。」

艾苔爾的語氣讓陌生女人看透了她心中的全部秘密。她裝出平靜而正經的神氣，盯著姑娘問道：

「妳聽說了嗎？總督的公子和現任首相阿勒菲爾德的千金馬上就要結婚了。」

「我想我聽說過了。」她只這麼回答道，她的平靜似乎令對方頗感吃驚。

「那好，」狡詐的陌生女人繼續說道，「妳可以趁著這樁喜事，請求總督的公子為妳父親求情。」

「尊貴的夫人，我的請求要如何讓總督的公子得知呢？」

這句話說得極其真誠，陌生女人不禁怔了一下。

「什麼？妳不認識他？」

「您忘了，我的目光還從未越過這座監獄的高牆呢！」

「這倒是，」高個子女人喃喃自語道，「她不認識他！這不可能呀。」接著她又提高嗓門說：「妳應該見過總督的公子的，他來過這裡。」

「這不可能，尊貴的夫人，所有來過這裡的人之中，我只見過他——我的奧爾齊涅。」

「妳的奧爾齊涅！」陌生女人打斷了她。她似乎並未發現艾苔爾滿臉緋紅，又繼續說道：「妳認識一個年輕人嗎？面孔高貴、身材挺拔，眼神既溫柔又冷峻，膚色光亮得像個女人，一頭栗色頭髮。」

「噢！」艾苔爾大聲嚷道，「是他！是我的未婚夫，我心愛的奧爾齊涅！告訴我，尊貴的夫人，您為我帶來了他的消息嗎？您是在哪裡見到他的？他告訴您他很愛我，是吧？他想必也告訴您我深深地愛著他。」

陌生女人在發抖，臉色紅一陣白一陣的；突然間，一聲炸雷似的吼聲傳到艾苔爾的耳裡：

「妳這個可憐蟲！妳竟愛上了奧爾齊涅．蓋爾登留！烏爾麗克．阿勒菲爾德的未婚夫，你父親的死敵，挪威總督的兒子！」

艾苔爾暈倒過去。

32

「我們離黑柱山谷還很遠嗎？」

「伙計，我們夜幕降臨時分就會走進山谷。我們馬上就要到『四十字』了。」

回答的人是肯尼博爾。眾人沉默了一會兒，只聽見腳步的雜遝聲、北風的呼嘯聲，以及遠處的斯米亞森那幫鐵匠的歌聲。

「蓋登留．斯泰培老兄，」肯尼博爾吹了吹口哨說道，「你剛在特隆赫姆待過幾天吧？」

「是的，頭兒，我的兄弟喬治漁夫病了，我替他在船上幹了幾天活，免得他的家人挨餓。」

「既然你是從特隆赫姆來的，那你是否見過那個伯爵，那個囚犯舒瑪赫……他姓什麼來著？總之，就是那個我們以他的名義起事的那個人，就是你扛著的這面大旗上繡著的紋章的主人。」

「你是說孟哥爾摩要塞的那個囚犯？我的好頭兒，我怎麼可能見到他呢？」他壓低嗓門補充說，「不過，我敢肯定，此刻在我們中間，只有一個人見過那伯爵，見過你所說的那個囚犯。」

「只有一個人？哦，哈凱特大人，但他已經不在這裡了，他今晚已經離開我們回去了。」

「我說的不是哈凱特大人，頭兒。是那個穿綠大衣的年輕人，今晚突然來到我們中間的那個。」

「怎麼回事？」

「怎麼回事？」蓋登留靠近肯尼博爾說，「就是說，他認識那個什麼伯爵，就像我認識你一樣，頭兒。」

肯尼博爾眨了眨左眼、拍拍他的肩膀，得意洋洋地說道：「我早料到了。」

「是的，頭兒，」蓋登留繼續說道，「我敢保證，那年輕人見過那個伯爵，就在孟哥爾摩主塔。」

「你怎麼知道？蓋登留兄弟。」

老山民小心翼翼地微微掀開自己的皮衣，露出腰帶上的一個鑽石扣。

「那是大約一個禮拜前的事，我剛替幾個孩子指點了去斯普拉德蓋斯特的路，一個年輕人朝我的小船走來，說要去孟哥爾摩，後頭還跟著一個僕人，牽著兩匹馬。他一臉高傲的神氣，大搖大擺地跳上我的小船，於是我只好抄起雙槳。到了那裡之後，那年輕的乘客跟指揮要塞的中士談了幾句，就把這鑽石扣扔給了我，作為船資。這是真的。」

「我的老伙計，你能肯定那個年輕人跟現在與諾爾比特在一起的是同一個人嗎？」

「絕對沒錯，我能從成千張面孔中認出這個讓我發財的人的臉來。顯然，他是去見那名囚犯的，因為要不是有什麼重大機密，他絕不會這樣犒賞他的船夫。再說，他現在又跟我們在一起。」

「你說得對。」

「而且我在想，這陌生人也許比哈凱特大人更得那個伯爵信任，我認為哈凱特只會像隻野貓一樣亂叫。」

肯尼博爾意味深長地點了點頭。

「伙計，你說中了我的心事。在這次行動中，我更寧願聽這位公子的命令，而不是哈凱特。要是冰島囟漢真的幫助我們的話，我認為，蓋登留兄弟，那全多虧了這個陌生人，而不是那個囉哩八嗦的哈凱特。」

肯尼博爾正想說下去，只覺得有人在拍他的肩膀。是諾爾比特。

「肯尼博爾，我們被出賣了！高爾孟．威斯特倫從南邊來，一路上看見綠衣兵多如樹叢。我們快到斯孔根去！到了那裡至少可以防禦。還有，高爾孟認為黑柱隘道的荊棘叢中有火槍的閃光。」

「不可能！」肯尼博爾嚷道。

「是真的，是真的！」諾爾比特十分激動地說。

「但是哈凱特大人……」

「他不是叛徒就是懦夫！相信我說的吧，肯尼博爾兄弟。」

這時候，老若納斯走到這兩名頭領身邊，看得出他也已得知那不祥的消息了。

「怎麼辦？」若納斯問道。

「我認為，若納斯老兄，最好是停止前進。」

「更聰明的法子是後退，肯尼博爾兄弟。」

諾爾比特用腳跺地。

「前進！後退！那皇家監護權呢？還有我那飢寒交迫的母親呢？」

「年輕人說得倒輕鬆，諾爾比特兄弟。」肯尼博爾說，「你想想，如果我們再往前走，所有的敵人……」

「我想，即使回到山裡去也是枉然。他們知道我們的名字和造反的事。反正都是一死，我寧可挨子彈，也不願被絞死。」

「見鬼！你說得有道理。」

「老兄，聽我說，我們今天就趕到斯孔根，那裡防守薄弱，一攻就破，我們必須穿過黑柱山谷，但絕對不許出聲。即使有敵兵把守，也非穿過去不可。」

「我想，火槍手們還沒有到達斯孔根前面的奧爾達斯橋。不管怎麼說，不許出聲。」

「現在，若納斯，」諾爾比特又說，「我們回到崗位上去，儘管有無數敵人，但也許我們明天就能到達特隆赫姆。」

三位頭領分手了，很快地，「不許出聲」的口令便傳了下去。片刻之前還吵吵嚷嚷的這支隊伍，頓時成了一支無聲的幽靈部隊，悄無聲息地在夜幕之中遊蕩。

他們行進的道路越來越狹窄。淡紅的月亮漸漸升起，可以看見南邊那塊巨大的尖頂長方形花崗岩，在灰暗的天空和周圍的雪山中顯現，那就是人們稱為「黑柱」的地方。起義者走在兩山之間的崎嶇狹道上，隊伍拉得很長；他們闖入這深深的山谷，沒有點火把，也沒有任何聲響。

在這樹幹和巨石阻塞的山道中艱難跋涉了兩個小時之後，先頭部隊走進了黑柱山谷盡頭高低起伏的樅樹林中，林子上方高懸著長滿苔蘚的黑岩。這時候，兩個猶如火炭的圓形亮光，在濃密的矮樹叢中移動，引起了他們的注意。

「願我們的靈魂得救！」肯尼博爾搖搖蓋登留的手臂悄悄說，「這兩隻眼睛，應該是從未在獵網裡叫過的最漂亮的藪貓才有的。」

「你說得對，」老斯泰培回答，「要不是他在我們前面走，我肯定會以為這該死的眼睛是冰島凶漢。」

「噓！」肯尼博爾制止他，然後抓起自己的槍，「說真的，讓這麼漂亮的玩意兒在肯尼博爾眼前溜掉，那就太不像話了。」

蓋登留還來不及抓住不謹慎的獵手的手臂，子彈已經打出去了。回應那一聲槍響的不是野貓的尖叫，而是一聲可怕的虎嘯，接著是一陣人的笑聲。只聽見滿山遍野之中，出乎意料地響起一片可怕的「國王萬歲」的吼叫聲，子彈從四面八方向起義隊伍襲來。從紅色的硝煙中，他們看見每塊巨岩後都埋伏著一個營的人馬，每棵樹後都藏著一個士兵。

33

就在起義者們走出礦井的前一天，火槍手團便已進駐斯孔根。團長沃特豪恩男爵安排好全團士兵宿營後，正要跨進下榻的宅邸，突然感到一隻手按住了他的肩頭。他轉過頭來，看見一個矮人，穿著像是隱修士的長袍，只露出茂密的紅鬍鬚，以及兩隻戴著大手套的手。

「孟哥爾摩火槍手團團長，」那人表情古怪地說，「請借一步說話，我要為你出個主意，重要的主意。」

沃特豪恩男爵聽了，決定跟他走一趟。該地正處於危急時刻，加上他又身負重要使命，任何情報都不容忽視。於是他回答道：

「走吧。」

矮人走在前頭，當兩人出了城後，他便說道：

「團長，你是否想一舉殲滅所有的反叛者？」

團長笑著說道：「一打就贏？那太好了！」

「那好，你今天就把你的軍隊埋伏在城外兩哩的黑柱山谷，叛軍今晚將在那裡駐營。你一看見火光，便帶上你的人馬向他們攻過去，輕易就能大獲全勝。」

「正直的人！這主意很好，謝謝您。但您是怎麼知道這些的？」

「如果你認識我的話，團長，你就不會這麼問我了。」

「您到底是誰？」

矮人跺了跺腳。「我不是來跟你說這些的。」

「您不告訴我您是誰，那就得不到國王的獎賞了。儘管如此，沃特豪恩男爵也將感謝您提供的幫助。」

說罷，團長把錢袋扔到矮人跟前。

「收起你的金子！團長，」矮人說，接著他指指自己腰帶上吊著的一個大袋子補充說，「如果你需要犒賞才肯殺這幫人，團長，那你儘管殺了他們，我有的是金子來犒賞你！」

神秘人這番不可思議的言語令團長驚訝不已。還沒等他回過神來，那人就已消失不見。

沃特豪恩男爵慢吞吞地往回走，思考是否該相信此人的話。當他回到宅邸，有人交給他一封首相的信，信中的消息與剛才那個怪人說的如出一轍，男爵的那份驚訝是可想而知的了。

34

起義者們在肯尼博爾那該死的子彈打出來之後，未及射出第二槍，周圍已是硝煙瀰漫，火光沖天。他們散佈在崎嶇狹窄的小道上，道路一側是深澗激流，另一邊是高聳岩壁，彼此間失去聯絡，只能看清自己，並隱約瞥見遠處模模糊糊地出現在岩石旁、樹林邊的火槍兵、龍騎兵、槍騎兵。

待驚魂甫定，一種絕處逢生的心情激發了這幫天生粗暴無畏的人；他們齊聲怒吼，蓋過了敵人勝利的歡呼；他們以赤手空拳，冒著槍林彈雨攀登懸崖絕壁；他們揮動著鐵錘和鐵叉，令裝備精良、軍容整齊、佔據有利地形的正規士兵不由得嚇呆了。

有好幾次，當這幫凶蠻的人攀到敵人盤踞的峰頂，剛高呼一聲自由、舉起斧頭或棒子，便重新被推下了深淵。試圖逃跑或抵抗者的努力也是枉然，隘道的所有出口全都被封死。在槍聲大作中，只聽見起義頭領們的憤怒吼叫和軍官們鎮靜的喝令聲、吼聲、槍聲混成一片；而在兩支敵對的隊伍中間流過的激流，翻著白沫，把掉進其中的屍體捲帶而去。

當這場屠殺一開始，損失最慘重的是肯尼博爾指揮的先鋒隊。他們深入隘道盡頭的松樹林裡，才剛舉起火槍，便一下子被林中射手的火力壓制住了。可憐的老伙計蓋登留．斯泰培身中無數子彈，倒在他身邊；其他無處可逃的山民嚇得失魂落魄，擠成一團，哭天搶地，完全忘了抵抗。

肯尼博爾置身一大堆垂死的兄弟之間，自己也開始沮喪絕望了，就在這時，他隱約看到居高臨下的那一營士兵中一陣大亂，發出一聲聲慘叫。很快地，射擊稀疏了，硝煙散去，他可以清楚地看見大塊的花崗岩從火槍手盤踞的巨岩上滾下來，發出巨響，碎片落在士兵群中，引起大亂。士兵們抱頭鼠竄，跳下高處四處奔逃。

同時，一個穿著獸皮衣的矮人，就像是一頭猛獸般怪笑著，高興地吼叫著穿梭在戰場中。沒有人知道他從哪裡來，也沒有人知道他站在哪一邊，他的斧頭既砍起義者的頭，也剖士兵的腹——不過，他好像更喜歡殺孟哥爾摩的火槍手。他銳不可擋，像幽靈般在混戰中左衝右突，一邊還說著一些古怪的話語，其中不時夾帶著吉爾的名字。這個可怕的陌生人在屠殺場裡就像是在狂歡一樣。

一個山民跑去跪倒在肯尼博爾曾寄託厚望卻大為失望的巨人面前，呼喊著：

「冰島凶漢！救救我！」

「冰島凶漢？」矮人重複著，他朝巨人走過去說：「你是冰島凶漢？」

巨人沒有回答，舉起了鐵斧，矮人向後一閃，鐵斧落下，正好砍在向巨人求救的那個可憐人的腦袋上。

陌生人哈哈大笑。

「哈！哈！英戈爾夫作證，我還以為冰島凶漢身手不凡呢！」

「冰島的凶漢正是這樣拯救求他的人的。」巨人說。

「你說得對！」

兩個凶神惡煞便大戰起來。鐵斧和石斧相遇，「砰」的一聲，斧刃碎裂，沒了武器的矮人迅如閃電地從地上抓起一根沉甸甸的狼牙棒，猛地朝著巨大對手的腦門砸去。巨人吼叫了一聲，倒下了，得勝的矮人用腳踩著他說：

「這個名字的份量太重，你擔當不起！」

他隨即得意洋洋地舞動著狼牙棒，去找其他的受害者了。

巨人並沒有死，剛才的猛擊把他打暈了，幾乎不省人事。現在，他開始睜開眼睛，微微地動彈幾下；這時候，一名火槍手在混亂之中發現了他，吼叫著向他撲過去。

「抓住冰島凶漢了！勝利了！」

「抓住冰島凶漢了！」眾人以勝利或憂傷的語氣重複著。

矮人不見了，山民們寡不敵眾，早被打垮了。主要的起義頭領都已投降，廝殺已經停止。正直的肯尼博爾戰鬥一開始便受了傷，不幸被俘，冰島凶漢也被俘獲。這下子，山民們的勇氣便蕩然無存，他們放下了武器。

當晨曦映照在雪山的尖頂時，黑柱山谷中只剩下死一般的寧靜。天空中，黑壓壓的一群群烏鴉，從四面八方飛來這慘不忍睹的山谷。當幾個可憐的牧羊人在黎明經過岩邊時，嚇得連忙逃回自己的小屋，說在山谷裡看見一個怪物坐在死人堆裡喝人血。

35

自從艾苔爾知道了奧爾齊涅的真實身分後，她的眼睛從未闔過，她的心靈從未平靜過。夜晚，她只有自由地痛哭，心裡才會暢快些。一切都完了，在她的全部回憶中，在她的全部痛苦中，在她的全部祈禱中，那個屬

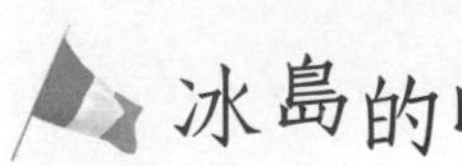

於她的人、那個她在夢中深信自己是他妻子的人，根本就不屬於她，而是另一個女子的未婚夫。他溫存地把她摟在懷裡的那個夜晚，在她腦海裡不過是個幻夢；也許他此時此刻正摟抱著一個比她更加美麗、富有、高貴的女人，而她卻在監獄的床上輾轉反側，哭了又哭。

然而，在她那難以言表的痛苦之中，她一刻也沒忘了盡一個女兒的孝道。這個纖弱的少女做出了巨大的努力，強忍住自己的悲痛，不讓父親看出來。直到好多天之後，沉默不語的老人才發現她的變化。

「艾苔爾，」舒瑪赫問道，「妳是否有時還在思念奧爾齊涅？」

「我的父親大人，」艾苔爾回答，「我們何必管他？我跟您一樣，認為他不會再回來了。」

「不會回來了？女兒，我可沒這麼說。相反地，不知怎麼搞的，我總有一種預感，覺得他會回來。」

「這不是您的真實想法，父親。您對我談起這個年輕人時是那麼地懷疑，而且在這一點上我與您有同感，我認為他欺騙了我們。」

「他欺騙了我們？女兒，如果我是這麼看他的，那我就像所有人一樣冤枉他了！我從奧爾齊涅身上見到的是忠心耿耿。」

「您能肯定他來這裡沒有任何企圖嗎？」艾苔爾聲音微弱地說。

「有什麼企圖呀？」老人急切地問。

艾苔爾沒有出聲，對她來說，繼續譴責她心愛的奧爾齊涅簡直太難了。

「我已經不再是格里芬菲爾德伯爵了，」老人繼續說，「不再是丹麥—挪威聯合王國的首相了，不再是不可一世的權貴了，只是個可憐的欽犯。他卻能在與那些靠我飛黃騰達的人談起我時毫不嫌惡；他既非獄卒也非劊子手，卻肯跨進我的牢房，自稱是我的朋友……不，我絕不會像世人那樣忘恩負義。這個年輕人值得我感謝，哪怕他只是向我露出一張笑臉，讓我聽見一種慰藉的聲音。」

艾苔爾心酸地聽著這番話，要是早幾天，這番話本會讓她笑逐顏開的。老人沉默片刻之後又說：

「聽我說，女兒，我要對妳說的話很嚴重。我感到自己來日不多了。」

艾苔爾壓抑的呻吟聲打斷了他。

「噢！父親，別這麼說，求求您，可憐可憐您苦命的女兒吧！難道您也想拋棄她嗎？沒了您的保護，她一個人活在世上會有什麼下場呢？」

「我剛才想的也正是這件事，是呀，妳的幸福比我的不幸更使我操心。聽我說，妳不該那麼苛刻地看待那個年輕人，女兒，他外表坦誠而高尚，我覺得他或許並不是個沒有道德的人。」老人又一次停住了，接著他定睛看著女兒，又說：「我明白自己不久於人世了，因此我考慮過他和妳，艾苔爾。如果他像我希望的那樣回來了，我同意讓他當妳的保護人和丈夫。」

艾苔爾臉色蒼白，渾身顫抖，正當她幸福的夢幻剛剛逝去時，她父親卻在設法實現它。她愣了片刻說不出話來，生怕眼眶中滾動著的熱淚滴落下來。

「什麼？」她終於有氣無力地說道，「父親，您既不瞭解他的出身，也不知道他的真實姓名，就把我許配給他？」

「他的身世又有什麼關係？我無須瞭解他的家世，因為我瞭解他這個人。妳想想吧，妳只有這點得救的希望了。謝天謝地，我認為他似乎也愛著妳。妳別顯得又高傲又遺憾了，女兒，別忘了妳已不再是渥琳公主和童斯貝格伯爵小姐了；不管這個年輕人是什麼出身，只要他願意娶妳，妳就應該高興。如果他出身卑賤，那更好，女兒，妳就不會像妳父親一樣過得風風雨雨；妳將不受世人的嫉妒與仇恨，默默無聞地過著與世無爭的生活。」

艾苔爾跪倒在父親面前。

「哦！父親，求求您了。」

老人驚訝地張開雙臂說：「妳這是什麼意思呀？女兒。」

「看在老天的份上，別為我描繪這種幸福了，我沒那個福份。」

老人站起來，在牢房裡激動地走了幾步。

「女兒，」他說，「就當妳可憐的父親在求妳，在命令妳，別讓我臨終時還為妳的前途擔憂。答應我，同意嫁給這個陌生人吧！」

「丟掉這個想法吧！父親。再說，如果您瞭解他，您也許就不願意讓他做您的女婿了。」

「艾苔爾，不管他是什麼出身，什麼家世，他都將是我的女婿。」

「那好，」她說道，「如果這個年輕人是您一個死敵的兒子，是挪威總督的兒子，是蓋爾登留伯爵的兒子呢？」

舒瑪赫倒退了兩步。

「妳在說些什麼呀？偉大的上帝，奧爾齊涅？這不可能！」

老人黯淡的眼睛裡燃起了難以描述的仇恨，艾苔爾的心頓時冰涼，後悔不該說出剛才那番不謹慎的話來。但後悔已經晚了，舒瑪赫一動也不動地站了好一會兒，他渾身顫抖著，嘴唇發青，兩隻冒火的眼珠瞪著地面。

「奧爾齊涅，對了，奧爾齊涅．蓋爾登留。很好，來吧，舒瑪赫，你這個老瘋子，張開你的臂膀，這個正直的年輕人是來用刀捅你的。」

突然，他用腳跺地，聲若雷鳴。

「我幾乎向一個蓋爾登留家的人露出了笑容！一群惡魔！誰會想到那個奧爾齊涅竟會有這樣一顆靈魂、這樣一個姓氏？我真該死。他不得好死！」

可憐的艾苔爾嚇得渾身顫抖，淚如雨下。老人把她緊緊地摟在懷裡。

「答應我，」舒瑪赫說，「妳要始終像我一樣地仇恨蓋爾登留的兒子，妳向我發誓！」

「上帝不允許發誓的，父親。」

「妳發誓！女兒，」舒瑪赫毫不退讓地重複道，「妳將永遠憎恨那個奧爾齊涅．蓋爾登留，是嗎？」

艾苔爾回答起來並不困難。

「永遠。」

老人沉默了片刻，然後又抱住他那被他嚇壞了的苦命女兒。

「我的艾苔爾，告訴我，妳是怎麼發現這個叛徒有著一個可惡的姓氏的？妳是如何識破這個秘密的？」

她鼓起全部勇氣正要回答，門卻開了。一個身穿黑衣、拿著木鞭、脖子上戴著一根鋼鍊的人出現在門口，身旁站著幾個也穿黑衣的持戟兵。

「你想幹什麼？」老囚犯尖刻而驚奇地問。

那人沒有答話，也沒看他，只是把一卷文件展開，上面用絲線墜著一個綠蠟印章。他大聲唸道：

「奉克利斯蒂安國王聖諭，著命孟哥爾摩皇家監獄欽犯舒瑪赫及其女兒，隨持聖諭者——」

舒瑪赫重複了一遍自己的問話。黑衣人始終面無表情，準備再唸一遍聖諭。

「夠了。」老人說。

於是，他站起身來，示意又驚又怕的艾苔爾與他一起跟這個陰森的押送隊走。

36

夜幕剛剛降臨，寒風在維格拉塔樓周圍呼嘯著，劊子手一家聚在二樓大廳中央的火堆旁；奧路基克斯坐在一張木凳上，似乎在喘氣，腳上沾滿了塵土，說明他剛從遙遠的地方回來。

「孩子們，你們聽著，如果再過不到一個月，我當不上皇家劊子手，我寧可不會用斧頭！儘管高興吧，我的孩子們，你們的父親也許將會把哥本哈根的斷頭台留給你們當遺產！」

「尼戈爾，這是怎麼一回事？」貝克麗問。

「怎麼回事？再過不到一週，孟哥爾摩的那個囚犯，曾經在哥本哈根近距離看過我的面孔的前首相舒瑪赫和臭名昭著的冰島凶漢，也許都得落到我的手裡了！」

紅衣女人迷茫的眼裡流露出一種驚訝和好奇的表情。

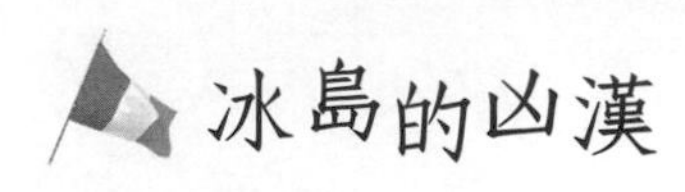

「舒瑪赫？冰島凶漢？」女人迷茫的眼裡流露出驚訝和好奇的神情，「這是怎麼回事？尼戈爾。」

「昨天早上，在我去斯孔根的路上，遇上了孟哥爾摩火槍手團，他們正得意洋洋地返回特隆赫姆。我打聽到他們是從黑柱山谷回來的，他們在那裡擊潰了造反的礦工。妳知道，這些人是為了舒瑪赫才造反的，而且由冰島凶漢指揮。這下他們得上絞架或是斷頭台了。處死這兩個大人物，我至少可各得十五個金杜卡托，而且還會讓我在聯合王國中獲得最大的榮耀。」

「什麼？」貝克麗打斷他說，「冰島凶漢被捉住了？」

「是的，無庸置疑，我看見他在火槍手的隊伍裡走呢！他是個巨人，兩隻手臂被縛在背後，頭上紮著繃帶，肯定是受了傷。不過，他不必擔心，我很快就會替他治好這個傷的。」

劊子手一邊說這嚇人的話，一邊用手噁心地比劃著。然後他又繼續說道：

「在他後面的是他的四個伙伴，也是被押往特隆赫姆的，他們將在那裡與前首相舒瑪赫一起接受法庭審判。該法庭是由現任首相主持的，高級民事代表也要參加。話話回來，貝克麗，妳還記得半個多月前狂風暴雨的那一晚走進這塔樓的幾個過路人嗎？」

「妳注意到了嗎？這幫陌生人中間有個年輕人，陪著一個戴假髮的老學者——我說了，是個年輕人，穿了一件綠大衣，帽子上插了一根黑羽毛的。」

「就像撒旦記得他墮落的那天一樣清楚。」女人回答。

「說真的，我甚至覺得他現在還在我眼前，對我說：『女人，我們有金子。』」

「好，老太婆，那第四個俘虜正是那個年輕人。他的臉全被羽毛、帽子、頭髮和大衣擋住了，而且還低著頭，但那衣服、靴子，還有那架勢完全一樣。妳覺得如何？貝克麗，這個陌生人在考驗了我的好客之後，又要考驗我的手藝了，這不是挺諷刺的嗎？」

劊子手淒厲地大笑了好一會兒後又說：

「貝克麗，給我一杯啤酒！我要為我未來的晉升乾杯。來吧！祝未來的皇家行刑人尼戈爾．奧路基克斯大人飛黃騰達，健康長壽！」

這時，塔外傳來三聲不同的號角聲，是高級民事代表的警吏。劊子手匆匆地下樓去，不一會兒又上來了，手裡拿著已拆封的一大卷文件。女人接過文件，瀏覽了一陣子之後，高聲唸了起來：

「特隆赫姆州高級民事代表特令州劊子手尼戈爾．奧路基克斯帶上榮譽的斧頭、木砧和黑帷幔，立即趕往特隆赫姆城。」

「就這樣？」劊子手語露不悅地說，「州劊子手！」

他沒好氣地看著民事代表的文書，呆了一會兒。

「好吧，」他終於說道，「只好遵命上路了，不過，不必氣餒。他們也許想等那場重大的行刑過後，再提升我，以資獎勵呢！」

37

阿勒菲爾德伯爵穿著丹麥—挪威聯合王國首相的全套行頭，神情焦慮地在伯爵夫人的房裡踱著。此刻，只有她一人與他在一起。

「嘿！九點了，就要開庭了。絕不能耽擱，今夜就必須做出判決，以便最遲明晨行刑。高級民事代表向我保證，劊子手黎明之前會趕到。艾爾菲格，妳安排好船隻載我去孟哥爾摩了嗎？」

「老爺，船已備好起碼半小時了。」伯爵夫人從扶手椅中微微抬起身子回答。

「轎子準備好了嗎？」

「是的，老爺。」

「很好，」首相嘟噥著，「聽著，艾爾菲格，我們即將審判的人一共有六個：舒瑪赫——我希望明天的這時候就不必再害怕他了；還有我們的假冰島凶漢；另外四人是三個反叛頭領和一個不知怎地出現在集合地點的

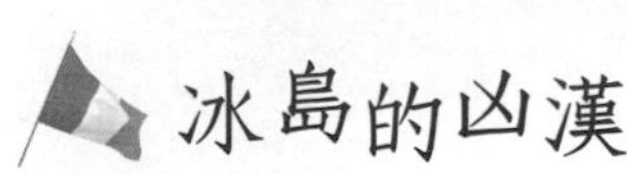

傢伙，多虧穆斯孟德小心戒備，才使他落到我們手裡。穆斯孟德認為這人是勒萬的奸細，的確，當他被抓到這裡來時，第一句話就是打聽將軍的事，當得知將軍不在這裡時，他似乎很沮喪。此外，他對穆斯孟德提的問題一概不肯回答。」

「親愛的老爺，」伯爵夫人打斷他說，「您為什麼不親自審問一下他呢？」

「我把事情交給穆斯孟德了。再說，親愛的，這個人本身並不重要，但我們可以指控他是勒萬・德・克努德的代表，以此證明梅克倫堡人和舒瑪赫勾結。憑著這一點，就算不能定他的罪，至少可以讓他失寵。」

伯爵夫人好像沉思了片刻。

「您說得對，」老爺，「不過，托爾維克男爵對艾苔爾・舒瑪赫的那份要命的激情……」

首相聳了聳肩。「聽著，艾爾菲格，當舒瑪赫再一次受到叛國罪的指控，他被推上斷頭台，而他女兒則落入社會底層，永遠背負父親的恥辱時，妳認為奧爾齊涅還會記得這一點兒女私情嗎？他會在一個身敗名裂的罪人之女和一位首相的千金之間有絲毫猶豫嗎？」

「但願您是對的。」伯爵夫人說，「還有一件事，老爺，我的弗雷德里克在哪裡？」

「弗雷德里克！」伯爵表情陰鬱，捂住臉說。

「是的，我的弗雷德里克呢？他的團已回到特隆赫姆了，但卻沒有他的影子。您曾發誓，他沒有去那可怕的黑柱山谷；怎麼一提到他，您的臉色就那麼難看？我擔心得要死。」

首相恢復了他那冷漠的面容。

「放心吧，艾爾菲格，他的確沒去黑柱山谷。再說，這場戰役的傷亡名單早已公佈了。」

「對，」平靜下來的伯爵夫人說，「您這麼說我就放心了。這麼說來，我兒子留在瓦爾斯特羅姆了？」

「他留在那兒了。」伯爵回答。

「那好，親愛的，」伯爵夫人竭力裝出溫柔的笑容，「我請求您儘快讓他從那可怕的地方回來。」

首相費勁地從哀求他的伯爵夫人手裡掙脫開來。

「夫人，」首相掙脫了伯爵夫人的手，「我正急著開庭呢！再見，您請求的事不取決於我。」

他說完便趕忙走了出去。伯爵夫人陰鬱憂愁，若有所思。

「不取決於他？」她在嘀咕，「他只要一句話就能把兒子還給我。我一直認為，這個人實在太壞。」

38

艾苔爾渾身顫抖，被押進一處陰暗的牢房。房門對面有一座柵欄門，裡頭透出火把和蠟燭的光亮。從柵欄看出去，可以看見一座大廳，上首擺了一張台子，七名法官身著黑袍坐在台前，其中一人居於中間的首位，胸前戴著鑽石和金片項鍊。台子兩旁分別坐著一位主教，與一位身材矮小、戴著大假髮的人。正對法官處擺著一張木凳，由一群高舉火把的衛兵包圍著，火光照出了柵欄外的觀眾。

她看見首席法官站起來，宣佈審判開始，接著那個矮人便宣讀一篇長文，裡頭不時常提到她父親的名字，並與「陰謀、造反、叛國」等字眼連結在一起。最後，她聽見那人以清晰的聲音唸到「死刑」二字，頓時嚇得魂不附體。

首席法官站起來，生硬地說：「警吏，傳被告到庭！」

不一會兒，大廳陰森的通道裡傳來一陣騷動，隨後是一陣雜遝的腳步聲，六個被綁著的人被獄卒押進了廳內。艾苔爾看出第一個人正是她父親；而另一個是位年輕人，穿著一件綠大衣，頭垂在胸前，似乎想用栗色的長髮遮住臉。艾苔爾不禁渾身一顫，冒出一身冷汗，她認為那是——不，不可能，這只是一個殘酷的幻覺罷了！

犯人們在主教旁坐下，舒瑪赫坐在凳子的一端，那名青年與其他四名不幸的同伴被隔在另一端。艾苔爾看見首席法官轉向她父親。

「老頭！」他聲色俱厲地說，「告訴我們你的姓名，你是誰？」

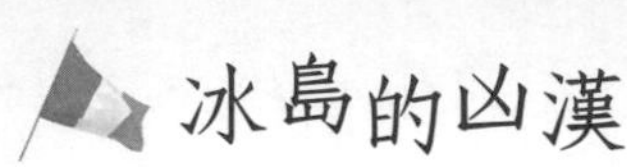

老者微微抬起頭，傲然說道：「從前，大家都稱呼我格里芬菲爾德伯爵，皇家大象騎士團騎士，丹布羅格勳團騎士，丹麥－挪威聯合王國首相；至於現在，我叫做讓・舒瑪赫。阿勒菲爾德首相，我除了是您過去的恩人以外，現在什麼都不是。」

「被告，」首席法官駁斥道，「在國王委任的法官面前不得無禮！你在這裡只允許為自己辯護。」

舒瑪赫沒有回答，只是聳了聳肩。

「對於你受指控的重大罪行，你有什麼要向法庭供認的嗎？」首席法官繼續問。

「尊貴的阿勒菲爾德伯爵，您指的是什麼罪行？難道我曾經拘押、判決、羞辱過恩人？難道我曾把對我恩重如山的人害得身敗名裂？說實在的，我不知道您為何把我帶到這裡來，想必是想透過砍下一些無辜者的頭來證明自己的能耐吧？」

「住口！」首席法官說完，又轉問老人身旁犯人的姓名。此人是一個身材高大的山民，他站起來說：

「我是出生在克利普斯塔杜爾的冰島凶漢。」

人群中一陣驚慌騷動，艾苔爾也同樣大為震驚。她膽怯而貪婪地看著這個巨人，也許她的奧爾齊涅曾與他搏鬥過，說不定他已死在了這個巨人的手下，這麼一想，令她傷心欲絕。只聽見這個強盜用粗俗的言語自稱是造反者的首領。

「你擔任反叛者的指揮是出於自願，還是受他人唆使？」首席法官問。

「是一個叫哈凱特的人要我幹的。」

「這個哈凱特是什麼人？」

「是舒瑪赫的代表，他還稱舒瑪赫為格里芬菲爾德伯爵。」

首席法官轉問舒瑪赫：「舒瑪赫，你認識這個哈凱特嗎？」

「被您搶先一步了，我正想問您這個問題呢！阿勒菲爾德伯爵。」老人反諷道。

這時候，主教轉身向擔任記錄和指控人的矮個男人問道：

「機要秘書大人，這個哈凱特是否在我的當事人中間？」

「不，大人，被他溜走了，沒能抓到他。」他說話時彷彿在故意偽裝聲調。

「派人追捕這個哈凱特了嗎？知道他的相貌特徵嗎？」

沒等機要秘書回答，其中一名犯人站了起來，是一位面孔狙獷的年輕礦工。

「要抓到他很容易，」他鏗鏘有力地說，「那個混蛋是個身材矮小的男人，有一張開朗得陰險的面孔。嘿！主教大人，他的聲音就像那位在桌上寫字的大人，就是您稱呼他機要秘書的那位。而且，要是大廳再明亮一些，而他的頭髮再少一些，別把臉遮住的話，我幾乎可以肯定，他長得很像那個陰險的哈凱特。」

「他說得對！」年輕礦工身旁的兩個犯人嚷道。

秘書不由自主地顫抖了一下。首席法官也慌了起來，連忙打斷他們說：

「冰島凶漢，你與哈凱特有過接觸，請你告訴我們：那個人是否確實像我們尊敬的機要秘書？」

「根本不像，大人。」巨人毫不猶豫地回答。

主教點點頭，表示滿意。於是首席法官又向另一名被告提問：

「你叫什麼名字？」

「維爾弗雷德．肯尼博爾。柯拉山人。」

「是誰慫恿你造反的？」

「我們的礦工兄弟不滿皇家監護權，政府又不聽他們的請求，於是他們想到了起事。就是這樣。」

「沒有誰煽動、鼓勵和領導你們造反嗎？」

「是一個叫哈凱特的人，他希望我們解救孟哥爾摩的一個犯人，並且自稱是那個犯人派來的。這並不費什麼事，因此我們便答應他了。」

「那個犯人是不是叫舒瑪赫或格里芬菲爾德？」

「正是，閣下。」

「你從未見過他？」

「沒有，大人。不過，如果就是他就是這位老人的話，我不得不承認他有一把漂亮的白鬍鬚。」

「你還有什麼要說的嗎？」

「沒有了，閣下，我只想說不該判我死罪，我只是為了幫礦工兄弟們一點忙罷了。我敢保證，儘管我是個獵人，但我的槍從未射過國王的黃鹿。」

首席法官沒聽他辯解，轉而問起他的另兩個伙伴——一個是自稱若納斯的老頭，他重複了跟肯尼博爾一樣的證詞；另一個就是看出機要秘書與哈凱特十分相像的年輕人，他說他叫諾爾比特，並且拒絕說出任何與哈凱特及舒瑪赫有關的事，因為他曾發誓守口如瓶；無論首席法官如何威逼利誘都無濟於事。

諾爾比特說完之後，機要秘書便補充說道：

「只剩下一個被告需要審問了，我們有足夠的理由認為，他是特隆赫姆州當權者的密使，正是這個當權者加速了謀反的爆發，不僅毀了在座所有的不幸者，也將曾被國王饒過一命的舒瑪赫再度推上斷頭台。」

這時候，第六名被告站了起來。他高貴傲然地甩了甩擋住面孔的頭髮，大聲堅定地說道：

「我是奧爾齊涅．蓋爾登留，托爾維克男爵，丹布羅格勳團騎士。」

秘書不禁失口驚叫：

「總督的公子！」

「總督的公子！」眾人一起重複道，彷彿大廳裡此刻有上千人的聲音在迴蕩。首席法官癱倒在椅子上，其他法官也開始交頭接耳，這讓聽眾們騷動得更加厲害，連衛兵們也忘了維持秩序，驚訝地議論起來。

誰能想像得出艾苕爾此刻的心情？誰能描繪得出這悲喜交織的情感，誰能體會這既擔憂又期盼的等待呢？他就在她的眼前，但他卻看不見她。他就是她心愛的奧爾齊涅，她以為他已經死了，但他就站在那裡，不是捉弄她的一種幻想，而是真的奧爾齊涅！不過，他為什麼出現在這樣的場合呢？她應該對他抱有希望，還是感到恐懼呢？她臉色蒼白，繼續盯著那位始終平靜地站著的年輕人。

法庭上的混亂漸漸停止，首席法官開始審問總督的公子。

「男爵公子，」首席法官說，「您想必是因為一個不幸的偶然才被帶到這裡來的。反叛者們在您的旅行途中抓住了您，強迫您跟著他們。於是，想必您就是這樣在他們隊伍中間被尋獲了。」

秘書也站起來說：

「各位尊貴的法官，光是總督公子的身分就足以為他辯護了。奧爾齊涅．蓋爾登留男爵不可能是個謀反者，我們請求立即釋放他，撤除對他的一切指控。」

「你錯了！」奧爾齊涅高聲反駁道，「我應該是這裡唯一的被告，唯一應受審判、應被處以死刑的人。」他停頓片刻，然後又用不太堅定的語氣說：「因為我是唯一有罪的人。」

聽眾中又是一番驚訝。艾苔爾在顫抖，她沒有想到她情人的這個聲明能救她的父親，只想著他的死。年輕人沉思了片刻，然後狠狠地嘆了口氣，聲音平靜而無奈地說道：

「是的，我知道等著我的是屈辱的死亡，但為了完成我生命中的首要義務，我將會灑下熱血，拋卻榮譽，死而無憾。諸位法官大人，在人的心靈和命運之中，有著一些你們無法瞭解、批判的秘密。儘管處置我吧！我是唯一有罪的人，舒瑪赫是無辜的，其他幾位不幸的人只是誤入歧途罷了，礦工謀反的主謀是我！」

「是您？」首席法官和機要秘書同時嚷道。

「是我，是我以舒瑪赫的名義煽動礦工造反的，是我讓人把旗幟分發給造反者的，是我以孟哥爾摩的囚犯名義送給他們金子和武器的，哈凱特也是我派去的。而我也正是在造反的礦工中間被抓住的。現在你們審判吧！如果說我證明了自己有罪，那也就證明了舒瑪赫和這些可憐的人是清白的。」

艾苔爾呼吸微弱，她只覺得奧爾齊涅在為她父親辯護的同時，也痛苦不堪地提及她的名字。儘管她不懂他的這番話，卻感到害怕，她隱隱察覺到了不幸。首席法官似乎也是如此，他惴惴不安地對總督的公子說：

「如果您真是這次謀反的主謀的話，那您是出於什麼目的呢？」

「我不能說。」

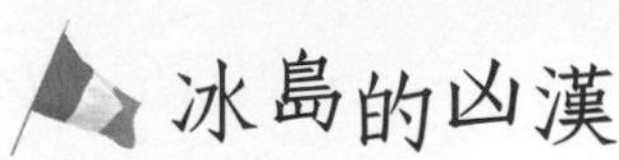

「是不是想搭救舒瑪赫？」秘書插問道。奧爾齊涅沉默不語。

「被告奧爾齊涅，」首席法官說，「有證據表明您與舒瑪赫勾結，您的認罪不但不能為他開脫，反而更能證明他有罪。您常去孟哥爾摩，顯然，您絕不是單純出於好奇才去的，這個鑽石扣就是證明。」

首席法官從桌上拿起一只閃亮的扣子給奧爾齊涅看。

「您認得出來這是您的嗎？」

「是的，怎麼會？」

「一個造反者在臨終前交出來的，他聲稱自己曾載著您從特隆赫姆港到孟哥爾摩要塞，這是您付給他的船資。各位大人，被告竟付給一個船夫這麼貴重的酬勞，難道不正好說明了他對於前往那座監獄有多麼急切嗎？」

「這個扣子並不能說明什麼，」奧爾齊涅回答道，「按規定，外人是不能帶鑽石進要塞的。因此我隨手把這個鑽石扣扔給了這名船夫。」

「對不起，閣下，」機要秘書插嘴道，「按規定，總督的公子是不受這個限制的，您完全可以——」

「我不想表明自己的身分。」

「為什麼？」首席法官問。

「我不能說。」

「您與舒瑪赫父女串通一氣，這證明您的目的是想搭救他們。」

這時候，舒瑪赫忽然站起來，說道：

「搭救我？這個卑鄙的陰謀分明是想毀了我！就像現在這樣，如果奧爾齊涅．蓋爾登留不是與造反者一同被抓住，你們認為他會承認這一切嗎？哦！我看得出他繼承了他父親對我的仇恨，但願蓋爾登留知道，我的女兒也繼承了我對蓋爾登留和阿勒菲爾德家族的仇恨！」

奧爾齊涅深深地嘆了口氣，而艾苔爾則在心裡反駁自己的父親。舒瑪赫氣呼呼地坐下。

「機要秘書大人，」首席法官說，「辯論到此為止，您的看法如何？」

秘書站起身來，向審判席鞠了幾躬，眼睛一刻也沒離開首席法官的眼睛。最後，他拖著哭腔說道：

「各位尊敬的法官，指控完全成立！奧爾齊涅．蓋爾登留永遠玷汙了自己的家門。他只能證明自己有罪，而不能證明前首相舒瑪赫及其同謀冰島凶漢等人是無辜的。我請求法庭判六名被告犯有叛國罪與犯上罪。」

人群中響起一片嗡嗡的私語聲，首席法官正要宣佈休庭時，主教要求發言。

「我對機要秘書的要求頗為驚訝，到目前為止，沒有什麼可以證明我的當事人舒瑪赫有罪，無法指控他直接參與了暴動。而且，既然我的另一位當事人奧爾齊涅．蓋爾登留聲稱濫用了舒瑪赫的名義，並聲稱自己是這場謀反的唯一主謀，那麼有關舒瑪赫的所有指控便不攻自破了。至於其他幾名被告，他們只是上當受騙罷了。而這位奧爾齊涅．蓋爾登留，他還年輕，容易失足墮落；請各位法官大人在做出判決時，考慮一下他的年幼無知，別奪去他的生命吧！」

老人說完，便坐到奧爾齊涅身邊。眾法官從審判席上站起來，默默地跨進合議廳中。

好幾個小時的等待就這樣過去了，人群中夾雜著嘆息聲、笑聲和各種忽高忽低的嘈雜聲。人們不時朝裁判所看上一眼，但什麼動靜也沒有，只有兩個拿著長矛的士兵在門前來回巡視。當黎明的曙光透過大廳狹窄的窗戶時，門終於開了，人群的吵鬧聲頓時平息，只聽見急迫的呼吸聲和等待見分曉的人群微微的騷動。

法官們徐步走出合議廳，重新在審判席上就座。坐在首席法官右側的法官手裡拿著一份文件，起身說道：

「我們，特隆赫姆州高級法庭法官，謹代表偉大的克利斯蒂安國王陛下，對六名被告進行了審議。所有被告均犯有叛國罪，主謀者犯有犯上罪；此外，冰島凶漢亦犯有謀殺罪、縱火罪和搶劫罪。」

「現做出判決如下：讓．舒瑪赫無罪，即刻發還監獄。肯尼博爾、若納斯和諾爾比特有罪，但念其誤入歧途，從輕發落，判處終身監禁，並每人罰款一千皇家埃居。冰島凶漢被指控的所有罪行成立，今晚押送孟哥爾摩操練場，判處絞刑。主謀奧爾齊涅．蓋爾登留犯有叛國罪，以及犯上罪，當庭免去封號，一併於今晚押送同一地點，斬首示眾。國王最高法庭宣判完畢！」

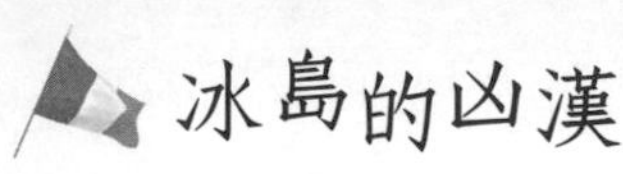

只聽見大廳裡一聲尖叫，比可怕的判決書更令人心驚膽戰。這聲尖叫使得被判處死刑的奧爾齊涅寧靜而欣然的面孔一下子變得蒼白。

39

總算完了，一切就要結束了。奧爾齊涅救了他心上人的父親，為她保留下了這個依靠，也等於救了她本人。年輕人為了救舒瑪赫一命而想出的這個高尚計謀成功了，現在，其他的一切都不算什麼了，他只有等著一死了。

眼下，他戴著鐐銬坐在一間潮濕的牢房裡，只有一點光線和空氣從陰暗的通風口裡透進來。擺在他身邊的是維持他來日無多的食物：一塊黑麵包、滿滿一罐水。他沉浸在甜美的夢想之中。

「也許對我的回憶不會隨我而消亡，也許她會為我的死灑下一滴熱淚，也許她偶爾會為那個為她獻出生命的人感到遺憾，也許在她那純潔的夢想中有時會出現她的朋友的模糊印象……不過，身後之事，誰知道呢？」

然而，這番欣慰的沉思中卻夾雜著苦澀的情感。舒瑪赫在法庭上對他表現出的仇恨緊緊壓在他的心頭；在宣讀他的死刑判決時，他聽到的那聲撕心裂肺的尖叫深深震撼了他，因為只有他一人聽出了這個聲音，明白其中的痛楚。難道他再也見不到艾苔爾了嗎？難道他不能再觸摸一下她的纖纖玉手，聽聽她溫柔的聲音了嗎？

正當他如此憂傷地胡思亂想著，牢房那沉重的鐵門打開了，鉸鍊發出噹噹的響聲。年輕的死囚平靜地站起身，以為是劊子手來提他了。然而他錯了，一個渾身素白的倩影出現在牢房門口，是她，是他的艾苔爾！

少女撲到他的懷抱中，奧爾齊涅的雙手灑滿了她的熱淚，被她又黑又長的秀髮拭去。她沒有說話，只是親吻著他的鐵鐐，但他卻感到有生以來最絕妙的快樂。他把艾苔爾溫柔地摟在懷裡，彷彿已永生永世擁有了她。

他沒有問這位天使是如何來到他的身邊的，當人們可以用心交流時，又何必用語言交談呢？兩人都默然無語，激動得只能以沉默來表達。然而，少女終於把依偎在年輕人心口上的頭微微抬了起來。

「奧爾齊涅，」她說，「我是來救你的。我為你帶來了一個獲救的辦法。」

她說這句話時帶著一種痛苦和焦慮。奧爾齊涅含著笑，搖搖頭說：

「來救我？艾苔爾，別抱有幻想了，再過幾小時，一把斧頭就會殘酷地把妳的幻想斬斷了。」

「噢！別說了，奧爾齊涅，別讓我想到那可怕的情景，好讓我有勇氣犧牲自己，救你出來。」

奧爾齊涅含情脈脈地看著她。「犧牲自己？這是什麼意思？」

艾苔爾用手捂住臉，啜泣了起來。但這份沮喪轉瞬即逝，她又抬起頭來，兩眼放光，嘴角含著微笑。

「我是受阿勒菲爾德伯爵夫人的委託而來的，」她以一個殉道者的平靜口吻說，「只要您同意娶首相的女兒，他們就答應替您向國王求情。我來此是為了得到您的同意，以及與她一起生活的保證。他們之所以選我做使者，是因為他們認為我的話對您有一定的影響力。」

「艾苔爾，」死刑犯冷冰冰地說，「永別了。妳走出牢房後叫他們派劊子手來吧。」

她站直身子，在他面前呆立了一會兒，面色蒼白，渾身顫抖；然後又兩腿發軟，跪在石頭上。

「我說了什麼？」她有氣無力地喃喃道。奧爾齊涅默不作聲。

「公子，」她跪在他面前說，「您不回答我，難道您再也不願意與我說話了？那我只有一死了。」

「艾苔爾，妳不再愛我了？」年輕人的眼裡滾動著淚珠。

「哦！上帝，」少女嚷道，「您說我不再愛您了？我的奧爾齊涅，您真的會說出這種話來嗎！」

「既然妳蔑視我，就是不再愛我了。」

「我？蔑視你？偉大的上帝啊！難道你不是我的寶物、我的驕傲、我的偶像嗎？我的話裡除了對你的深愛與崇敬之外，還有其他東西嗎？啊！奧爾齊涅，我犧牲了一切來救你，但你那狠心的話可真傷人啊！」

「好吧，」年輕人吻了吻少女，溫柔地說，「妳勸我拋棄我的艾苔爾，卑鄙地忘掉自己的誓言，犧牲自己的愛，以贖回自己的性命，這不是蔑視我嗎？」隨即又補充道：「那份愛是我為之灑下全部鮮血的愛呀！」

艾苔爾深深地嘆了口氣。

「聽我說，奧爾齊涅，別急著指責我。阿勒菲爾德伯爵夫人前來主塔，問我是否想救你一命，並向我提出剛才那醜陋的辦法——必須毀掉我的命運，拒絕你，永遠失去你，把我的全部幸福讓給另一個女人；要不就讓你受盡酷刑。他們要我在我的痛苦和你的死亡之間做出抉擇，我沒有猶豫。」

他恭敬地吻了吻這個天使的手。

「我也不猶豫，艾苔爾。如果妳知道我為何而死，妳就不會來勸我娶烏爾麗克，以換回自己的命了。」

「聽我說，奧爾齊涅，你堅信與那個烏爾麗克在一起無法幸福嗎？她也許——甚至無疑是很美麗、很溫柔、很有情操的，比你為之而死的女子更好。只要你和她一起到某個漂亮城市生活，就不會再想到這座陰森的監獄了。平靜地去度過你的人生，把我從你的記憶中抹掉吧，別再打擾我，也不必再為我擔憂了，我不會再痛苦多久了。」

她停住了，早已泣不成聲。然而，從她那痛苦的目光中可以看到一種痛苦的渴望。奧爾齊涅對她說：

「艾苔爾，別再跟我說這些了。此時此刻別再提到別人的名字，只提妳和我。」

「這麼說來，」她又說，「唉！你打定主意要去死。」

「必須如此，我將為了妳高興地走上斷頭台，而不是憎惡地與另一個女人走向聖壇。別再提這件事了。」

這時候，他的目光從哭泣的艾苔爾身上移開，瞥見一名老教士站在牢門矮拱下的陰影中。

「你要幹什麼？」他突然說。

「我是牧師，」老人說，「奉命——」

「我明白，」年輕人說，「我準備好了。」

牧師向他走去。「上帝也準備好迎接您了，孩子。」

「牧師大人，」奧爾齊涅又說，「我總覺得您的臉很面熟，我在什麼地方見過您。」

牧師鞠了一躬。

「我也認出您了，孩子，是在維格拉塔樓。那時您承諾十二名囚犯可以得到赦免，但我根本不相信，因為我沒料到您是總督的兒子。」

奧爾齊涅似乎心事重重，沉默了一陣子後大聲地說道：「聽著，牧師大人，我要信守我在維格拉塔樓許下的諾言。等我死了以後，您去貝根找我父親，對他說他兒子死前的最後一個請求，就是赦免那十二名囚犯。我相信他會答應您的。」

動情的淚水浸濕了亞大納西那可敬的面孔。他從懷中取出一個黑十字架，放在一塊用花崗岩隨意搭起的祭壇上，又在十字架旁放好他隨身帶來的一盞鐵皮燈和一本打開的聖經。

「孩子，祈禱吧。我過幾個小時再來。」他轉向艾苔爾補充道：「該離開犯人了，時間到了。」

她平靜而欣喜地站了起來，眼睛裡閃現著某種神聖的光芒。

「牧師大人，我還不能隨您而去。您必須先把艾苔爾．舒瑪赫與她的丈夫奧爾齊涅．蓋爾登留結合在一起。」她又看著奧爾齊涅說道：「我的奧爾齊涅，如果你仍有權有勢、有自由、有榮耀，那我會讓自己的不幸命運離你遠去。但現在你不必害怕受我的牽連了，你與我一樣成了囚徒，就要死了，我要到你的身邊去。但願你至少能允許我這個無緣成為你妻子的人隨你一同去死，因為你愛我，從沒懷疑過我會與你同時死去，對嗎？」

死囚跪倒在她的面前，吻著她衣裙的下擺。

「您，老人家，」她繼續說，「您將代替我們雙方的家長，這間牢房就是神殿，這塊石頭就是聖壇，這是我的戒指。我們跪在上帝和您的面前，為我們祝福吧！誦讀讓我們結合的聖語吧！」

說罷，兩人便跪在牧師的面前。老人驚訝而憐憫地看著他們，發出了嘆息。於是，一場溫馨而可怕的儀式開始了，新人在牧師最後的祝福聲中站了起來，死刑犯的臉上洋溢著苦澀的歡樂，他把新娘摟在懷裡。

「艾苔爾，妳總算是我的人了。」

「唉！」艾苔爾大聲嘆道，「永別了，我心愛的奧爾齊涅，我的主人，祝福我吧！」

不一會兒，陰森的拱頂下便響起了訣別聲和最後的吻別聲。隨即，沉甸甸的門閂便吱咯一聲插上了，這對年輕的夫妻被鐵門分隔開來，兩人相約在天國相會之後，就要死去。

40

「沃特豪恩男爵，在黑柱山谷俘虜了冰島凶漢的士兵是誰？把他的名字告訴本庭，好讓他領取懸賞的一千皇家埃居。」

首席法官對火槍手團團長說道。團長坐在機要秘書的桌子旁，他站起身來，朝著審判席和主教鞠了一躬。

「各位法官大人，抓住冰島凶漢的士兵就在現場，他是二等火槍手托利克．貝爾法斯特。」

說罷，一個穿著孟哥爾摩火槍手軍服的年輕士兵走上前來。

「你就是托利克．貝爾法斯特？是你俘虜冰島凶漢的？」首席法官問。

「是的，閣下。」

「上前來，托利克．貝爾法斯特，」首席法官說，「這是高級民事代表懸賞的一千埃居。」

士兵急忙向審判席走過去。這時，人群中響起了一個聲音：

「孟哥爾摩的火槍手，抓住冰島凶漢的人不是你！」

話音剛落，一個矮個子撥開人群，走進審判廳中間來。這人穿著枯草和海豹皮做的衣服，遮住了手臂。他留著一把黑鬍鬚，又黑又密的頭髮蓋住了紅褐色的眉毛和整張面孔，看上去十分醜陋。

「原來是你，」士兵哈哈大笑，「那照你看，是誰榮幸地抓住了那個魔鬼呢？」

矮人搖搖頭，帶著一種詭譎的笑說：「是我。」

這時候，沃特豪恩男爵認出這個怪人就是在斯孔根告訴他反叛者情報的那個男子，而阿勒菲爾德首相也認出他是阿巴爾廢墟的主人，機要秘書則認出他是奧埃爾梅的一個農民，為他指出了去冰島凶漢巢穴的路。但又感到眼前的人與他們印象中那人的相貌與服裝似乎有所不同。

「真的是你？」士兵嘲諷地回答，「要不是你這身格陵蘭服裝，憑你的那股目光，我還以為你就是半個多月前在斯普拉德蓋斯特向我挑釁的一個醜陋侏儒呢！就是吉爾．斯塔特的屍體被抬去的那一天。」

「吉爾．斯塔特？」矮人渾身一顫，打斷他說。

「是的，吉爾．斯塔特，」士兵無動於衷地說，「就是被一個女人甩掉的那傢伙。那女人是我一個同伴的情婦，他就是為了她而像個傻瓜似地送了命的。」

矮人強壓怒氣問道：「你們團一位軍官的屍體是不是也在那裡？」

「正是，我一輩子都忘不了那一天。那個軍官就是狄斯波爾森上尉。」

「這兩個人浪費了法庭太多時間，我請求首席法官縮短這無用的談話。」

機要秘書聽見這個名字便站了起來。

「求之不得！」士兵說，「只要各位大人把懸賞冰島凶漢的那一千埃居給我就行，因為是我俘虜他的。」

「賞錢應該歸我，」矮人冷冷地說，「因為沒有我，你就抓不到冰島凶漢。」

士兵怒氣沖沖地發誓說，當冰島凶漢在戰場上倒下後，是他抓住了他的。

「那好，」對方說，「也許是你抓到他的，但卻是我把他打倒的。沒有我，你就不可能俘虜到他。」

「你胡說！」士兵反駁道，「不是你把他打倒的，是一個穿著獸皮的精靈。」

「那就是我。」

「不是！不是！」

首席法官喝令雙方住口，然後又向沃特豪恩團長證實是否是托利克．貝爾法斯特抓住冰島凶漢的。得到了肯定答覆後，他便宣佈賞金歸那士兵所有。

「等等！」矮人吼道，「首席法官先生，根據告示，這筆錢應歸交出冰島凶漢的人所有。」

「怎麼了？」法官們問。

矮人轉向巨人。「此人不是冰島凶漢。」

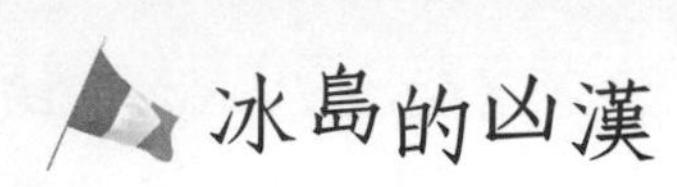

大廳裡響起一陣驚訝的私語聲，首席法官和機要秘書如坐針氈。

「衛兵！」首席法官說，「把這狂徒帶走！他失去了理智。」

主教發話了。

「容我提醒尊敬的首席法官，拒絕聽取此人的證詞，就有可能打破在場這位死刑犯獲救的希望。我請求允許繼續對質。」

「尊敬的主教，如您所願。」首席法官說完，朝向巨人問道：「你曾自稱是冰島凶漢。在死之前，你仍舊堅持自己的說法嗎？」

「我依舊堅持，我就是冰島凶漢。」死刑犯回答。

矮人立刻嚷道：「你撒謊！柯拉山民，這個名字會壓死你的，別忘了它曾讓你倒過大楣！我才是克利普斯塔杜爾的冰島凶漢！」

矮人走近孟哥爾摩的那個士兵。這名士兵如同所有聽眾一樣，好奇地看著這一場面。

「柯拉山民，據說冰島凶漢喝人血，如果你真的是的話，那就喝吧！」

矮人剛一說完，便從蓑衣中亮出匕首，插入那火槍手的心窩，把屍體扔到巨人面前。現場立刻響起一片驚恐的尖叫，矮人迅如閃電地衝向巨人，又是一刀，把他捅倒在士兵的屍體上。這時候，他扔掉蓑衣、假髮和鬍鬚，露出底下那青筋暴跳的醜陋手腳和一張噁心的臉，這張臉比他手中滴著血的匕首更加令人膽寒。

「衛兵！抓住這個惡魔！」嚇得魂飛魄散的首席法官吼道。

矮人把匕首扔在大廳裡。

「如果這裡沒有孟哥爾摩的士兵了，它對我就沒用了。」

他一邊說，一邊撲向朝他包圍過來的衛兵們。眾人將這個惡魔捆在被告席上，又用擔架把兩名受害者抬走。大廳又恢復了肅靜，聽眾、衛兵和法官的各種情緒都被好奇心壓過，人們都注意地在聽。

「聽著，各位法官，我不會說太多廢話。我就是克利普斯塔杜爾的凶漢，毀滅神英戈爾夫的後代；我的本性是仇恨世人，我的使命是加害他們。孟哥爾摩火槍手團團長，是我告訴你礦工們會經過黑柱山谷的，因為我深信你將在那裡大開殺戒；是我用大石頭砸死你們一營士兵的，這是為了替我兒子報仇。現在，各位法官，我兒子已經死了，我是來這裡找死的。英戈爾夫的英靈不可能再傳給任何人了，我對生活感到厭倦，因為它無法再讓一個繼承人去仿效、去學習了。我喝了不少人血，我不渴了；現在，我就在這裡，你們可以喝我的血了。」

他住口了，所有的人都因他這番可怕的發言而低聲竊議。法官們退庭了，經過一番短暫的討論，他們又回到庭上。首席法官大聲地宣讀了一份判決書：按照慣例，判處冰島凶漢絞刑。

「很不錯嘛！」惡魔說，「阿勒菲爾德首相，我知道你不少好事，足以讓你受到同樣的判決。不過，你還是好好活著吧，因為你還可以繼續陷害世人。」

機要秘書命令衛兵將他暫時押往施萊斯威格雄獅堡主塔，以便在孟哥爾摩火槍手營區執行絞刑。

「在孟哥爾摩火槍手營區！」凶漢快活地吼道。

41

就在宣讀對奧爾齊涅判決的那天黎明，斯普拉德蓋斯特來了幾個斯帕博湖的漁民，用擔架抬進了一具從湖裡打撈上來的屍體。當漁民們離去後，新任守屍人奧格里匹格拉普開始脫去屍體的衣服。這具屍體又長又瘦，當他揭去蓋頭布時，首先映入眼簾的東西是一個很大的假髮。

「是的，」他心想，「我見過這個奇怪的假髮，是那個年輕法國人的。」他一邊繼續脫，一邊在想，「這雙靴子是那個被馬踩死的馬車伕格拉姆奈爾的，這身黑衣服是辛格蘭塔克斯教授的，這位老學者最近淹死了。這具新屍體穿戴的全都是我熟悉的東西，他究竟是什麼人呀？」

他用燈照照死者的臉，但無法看清楚，腐爛的臉已經不成人樣了。他在衣服口袋裡摸了摸，掏出幾張被浸

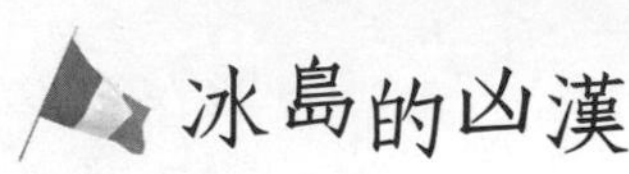

爛的舊文件。他用圍裙用力地擦了擦，終於從其中一份上看出一些不連貫的模糊字跡。

「我簡直無法相信自己的眼睛！」他叫道，文件掉在了地上，「這是我從前的主人班尼紐斯．斯皮亞古德瑞的筆跡！」

於是，他又重新檢查屍體，認出了那雙長手、稀疏的頭髮以及他身上所有令人熟悉的地方。他搖了搖頭，心想是魔鬼把他抓走，扔進斯帕博湖裡淹死了。

「誰想得到，斯皮亞古德瑞在停屍所看管了那麼多年的屍體，有一天自己也會跑來這裡讓人看管。」

拉普蘭人抬起屍體，想把它抱到石床上去。這時，他發現有件重物被用皮帶繫在斯皮亞古德瑞的脖子上。原來是一只小鐵盒，他仔細擦過之後，湊上去看了看，發現上面有一個印有盾形紋章的寬大盒蓋。

「把這盒子交給主教吧，」他心想，「這人是個巫師，裡頭或許藏著一個惡魔呢！」

於是，他取下鐵盒，匆匆地朝主教府走去，一路上還喃喃地唸著一些驅魔的禱詞。

42

冰島凶漢和舒瑪赫一同待在施萊斯威格堡主塔大廳裡。兩個囚徒默默地對視良久，彷彿兩人都感到並認定彼此是世人的仇敵。

「你是誰？」前首相終於開口問道。

「我說出名字來會把你嚇跑！」對方說，「我是冰島凶漢。」

「冰島凶漢！」舒瑪赫又說，「我喜歡你，因為你仇恨世人。」

「所以我才恨你。」

「聽著，我像你一樣仇恨世人，因為我曾有恩於他們，但他們卻恩將仇報。」

「你跟我不一樣。我之所以恨他們，是因為他們有恩於我，而我則以怨報德。」

舒瑪赫被惡魔的目光看得發抖，他徒勞地克制自己的本性，繼續說道：

「是的，我憎恨世人，因為他們奸詐、無情、凶狠；我一生中的全部不幸皆源於他們。」

「太好了！而我一生的全部幸福則多虧了他們。」

「什麼幸福？」

「生肉在我牙齒下顫抖的幸福，熱血滋潤我乾渴喉嚨的幸福，把活物往岩石上砸碎的幸福，聽受害者斷肢裂骨時發出慘叫聲的幸福——這就是世人為我提供的歡樂。」

舒瑪赫嚇得往後倒退，他羞愧難當地用兩手捂住自己的臉，因為他兩眼滿是憤怒的淚水。那顆高貴的心靈開始對自己長久以來的仇恨世人感到害怕了。

「怎麼樣？」惡魔大笑著說，「世人的仇敵，你還敢吹噓自己像我嗎？」

老人哆哆嗦嗦地說：

「哦！上帝，我寧願愛他們，也不願像你這樣恨他們！」

衛兵把凶漢帶到另一間牢房裡。舒瑪赫若有所思地獨自待在主塔裡，但他已不再是世人的仇敵了。

43

致命的時刻到了。在孟哥爾摩操練場上，立著一座蒙著黑布的斷頭台，迫不及待的人群在它周圍越聚越多。斷頭台上有個紅衣人正在踱步，時而倚在手中的斧頭上，時而動動木砧和台階上的木踏板。斷頭台旁立了一根木樁，上頭的牌子寫著「叛徒奧爾齊涅・蓋爾登留」。從操練場望去，可見到主塔上飄著一面大黑旗。

就在這時，奧爾齊涅來到了審判廳裡的法官面前，他穿了一身黑，脖子上戴著丹布羅格勳團的勳章鏈，臉色蒼白，但一臉自豪。他已在牢房裡祈禱過、夢想過，感到自己獲得了上帝和愛情給予的力量，因此很堅強。

在他上斷頭台之前，必須先被押到審判廳褫奪掉頭銜和榮譽。於是，首席法官命令臨刑人單腿跪下，又要

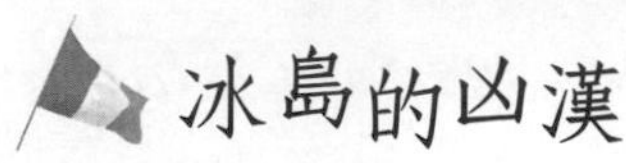

群眾保持秩序，然後便厲聲說道：

「托爾維克男爵，丹布羅格勳團騎士奧爾齊涅·蓋爾登留，你犯了叛國罪。根據此罪，你將被斬首，屍身將被焚燒，骨灰將被拋撒；你已經不配待在丹布羅格騎士團，我將代表國王公開褫奪你的封號。」

正當首席法官準備對平靜的奧爾齊涅宣讀最後的詞句時，審判席右側的側門打開了，一位教會執事宣佈特隆赫姆州可敬的主教駕到。

「首席法官大人！」主教以洪亮的聲音喊道，「且慢！感謝上帝，我來得及時！」

首席法官沒好氣地轉向他說：

「請大人允許我提醒您，您已經不必來這裡了。犯人馬上就要伏法了。」

「此人在主的面前是純潔的，您不許碰他！他是冤枉的！」

除了首席法官和機要秘書的恐懼叫聲之外，沒有什麼可以與聽眾中響起的一片驚呼相比。奧爾齊涅也驚訝地站了起來，生怕自己的詭計被戳穿了，生怕已發現了舒瑪赫的罪證。

「主教大人，」首席法官說，「如果說奧爾齊涅·蓋爾登留清白無辜的話，那罪犯又是誰呢？」

「閣下馬上就會知道。」主教回答之後，指了指他身後的僕人拿著的一只鐵盒。「這只盒子裡裝著驅散迷霧的神奇之光！」

首席法官、機要秘書和奧爾齊涅一看見那神秘的盒子，似乎同時感到震驚。主教繼續說道：

「各位尊貴的法官，當我今天回到宅邸，準備為臨刑犯們祈禱時，僕人呈上了這只密封的鐵盒。據說是斯普拉德蓋斯特的守屍人在早晨送來的，他是在斯帕博湖撈上來的班尼紐斯·斯皮亞古德瑞的屍體上發現的，上面刻有格里芬菲爾德的紋章。我們敲開了封印，發現裡頭藏有一個重大的秘密。各位尊敬的大人，請你們仔細聽我說下去，因為這事攸關好幾條人命——」

於是他打開那神秘的盒子，從中取出一份文件，背面寫著以下證詞：

我，布拉克斯．昆比蘇蘇姆，在這臨終時刻，宣布將這份文件交給前格里芬菲爾德伯爵在哥本哈根的代理人狄斯波爾森上尉。該文件出自阿勒菲爾德首相的僕人圖里亞夫．穆斯孟德之手。我祈求上帝饒恕我的罪孽。

一六九九年一月十一日寫於哥本哈根

機要秘書抽搐似地顫抖著，一句話也說不出來。主教把文件交給面色蒼白的首席法官。

「這寫的是什麼呀！」首席法官展開文件嚷道，「『呈尊貴的阿勒菲爾德伯爵批示，關於以法律手段除掉舒瑪赫之辦法……』我發誓，尊敬的主教……」

「大人，」主教繼續說，「我並不懷疑您那卑鄙的僕人濫用了您的名義，正如他濫用了舒瑪赫的名義一樣。他如此策劃了舒瑪赫的倒台，無疑是希望向閣下您邀功請賞。」

主教的這番話向首席法官表明自己的懷疑並不是針對他，這使他鎮定了些，奧爾齊涅心裡也踏實了，他感到舒瑪赫和他的冤屈將同時得到昭雪，同時也對古怪的命運感到驚訝：這個盒子促使他去追蹤一名可怕的強盜，但它卻一直在他的嚮導斯皮亞古德瑞身上；他為了這個盒子險些送命，又因為它而挽回了性命。

首席法官恢復了鎮靜，憤怒地唸起手中的長文。機要秘書好幾次想站起來為自己辯護，但每一次都被聽眾的吼聲逼回去。最後，這篇令人作嘔的文章在一片憤怒的議論聲中唸完了。

「衛兵！把這個人抓起來！」首席法官指著機要秘書說。

這名惡徒渾身無力，一言不發地從座位上走下來，在一片斥責聲中坐上了可恥的被告席。

「各位法官大人，」主教說，「在場的這位教友、皇城監獄的佈道牧師亞大納西．孟德爾即將告訴你們的事情，將進一步證實你們剛得知的這一真相！」

陪在主教一旁的正是亞大納西．孟德爾。他向主教和審判席鞠了一躬，說出了下面這段話：

「就在幾小時之前，我奉命為那個可憐的山民做臨終禱告，也就是在你們面前被殘酷殺害、以及被你們當成冰島凶漢判了死刑的那個人。他對我說：『我冒充冰島凶漢，遭到了報應。要我假扮這個人的是首相府的機要秘書，叫做穆斯孟德，他化名哈凱特策劃了整個起義。』我認為他是這一切的唯一罪人。」

「圖里亞夫．穆斯孟德，」首席法官審問新被告，「你還有什麼話要說的嗎？」

穆斯孟德朝主人望去，很快又恢復了自信。沉默片刻之後，他回答說：

「沒有，大人。」

「那你是承認犯了所指控的罪了。你承認策劃了一樁既反對國家又反對舒瑪赫的陰謀了。」

「是的，大人。」穆斯孟德回答。

主教起身說道：「首席法官大人，為了不使此案留下任何疑點，請閣下審問被告是否有同謀。」

「同謀？」穆斯孟德重複道，首席法官臉上流露出極大的不安，「沒有，主教大人，我根本沒有同謀。我策劃這一切全是出於對主人的愛戴。他不知道我這麼做是為了搞垮他的仇敵舒瑪赫。」

被告和首席法官的目光再次相遇。

「那麼，」主教說，「既然穆斯孟德沒有同謀，奧爾齊涅．蓋爾登留男爵就不可能有罪。我請求法庭宣佈我的當事人無罪。」

首席法官點頭表示同意。法官們很快便退庭了，經過簡短的討論之後，首席法官用一種幾乎聽不見的聲音宣讀了對穆斯孟德的死刑判決，並為奧爾齊涅．蓋爾登留恢復名譽，歸還他所有的榮譽、封號和特權。

44

孟哥爾摩火槍手團回到了原先的營房，只有分派在各塔樓的哨兵和在營房後軍事監獄的守衛隊留在外面。這座監獄是孟哥爾摩監獄中防備最為森嚴的，裡面關著兩名隔天早晨要被絞死的死囚，冰島凶漢和穆斯孟德。

冰島凶漢獨自待在牢房裡，戴著腳鐐手銬，躺在地上。他聽見大廳裡看守的笑罵聲，夾雜著酒瓶的碰撞聲和骰子滾動的聲音。突然，他扯開嗓門叫人。一名獄卒隨即出現在柵欄外。

「老兄，我冷，石床又硬又溼，給我一捆乾草鋪鋪吧！再生點火。」

「我馬上把你要的拿來。你有錢嗎？」

「沒有。」凶漢回答。

「什麼？你這個挪威最赫赫有名的大盜，口袋裡會沒有幾個金杜卡托？」

「沒有。」強盜回答。

「幾個不值錢的阿斯卡林也沒有？」

「沒有，沒有，什麼也沒有！連買張老鼠皮或一個人靈魂的錢都沒有。」

獄卒搖了搖頭走開了。凶漢嘟噥著，又繼續在鐐銬裡扭來扭去。沒過多久，牢門開了，一個穿紅衣的高個兒男人提著燈走了進來，剛才的獄卒也陪著他。

「冰島凶漢，」穿紅衣服的人說，「我叫尼戈爾．奧路基克斯，特隆赫姆州的劊子手。明天黎明時分，我將有幸絞死閣下。絞架很漂亮，是新做的，就搭在特隆赫姆公共廣場。」

「你確實有把握把我絞死嗎？」強盜反問。

劊子手哈哈大笑，接著說道：「聽我說，你死了之後，你的屍體理當歸我所有。但按照法律，你有權把它賣給我。你就開個價吧！」

冰島凶漢朝著那名獄卒說：

「告訴我，伙計，你賣給我一捆草和一點火要多少錢？」

「兩個金杜卡托。」獄卒想了一下說道。

「那好，」強盜對劊子手說，「我的屍體賣給你兩個金杜卡托。」

「兩個金杜卡托！」劊子手嚷道，「太貴了，一具屍體賣兩個金杜卡托？不，絕對不行！」

「這是我一生中第一次、可能也是最後一次賣東西。所以我要談個好價錢。」

「罷了，給你兩個皇家埃居該滿意了吧？你要這些錢幹什麼。」

「問你的伙伴好了，」強盜指指獄卒，「他為我準備乾草和生火，要收我兩個金杜卡托。」

「怎麼？」劊子手沒好氣地斥責獄卒道，「買點草、生點火，竟然要兩個杜卡托？這也太欺侮人了！」

獄卒反唇相譏道：

「尼戈爾師傅，你才更精呢！這個囚犯把自己的屍體賣給你兩個金杜卡托，但你只要轉賣給什麼學者或醫生，就能得到二十個杜卡托。」

冰島凶漢點點頭。

「不給兩個金杜卡托，就別想得到我的屍體。」毫不動搖的強盜說。

劊子手沉默一會兒後，用腳跺了跺地，然後極不情願地從外衣裡掏出一個皮袋。

「喏！該死的冰島凶漢，這是你的兩個杜卡托。撒旦肯定不會像我一樣付給你的靈魂這麼多錢的。」

強盜接過兩枚金幣，獄卒立刻為他抱來一捆乾淨的乾草和燒紅的炭火。

「這就好了，」強盜說著把兩枚杜卡托交給他，「今晚我就暖和了。還有一件事。」他聲音淒厲地說，「這牢房隔壁是不是孟哥爾摩火槍手的營房？」

「正是。」看守回答。

「外頭刮的是什麼風？」

「我想是東風。」

「很好。」強盜說。

「再見了，伙計，明天一早見。」

「好，明天見。」強盜說。

關上鐵門時發出的聲響，使劊子手和同伴沒能聽見他說話時伴隨著的粗野和嘲諷的獰笑。

45

就在軍事監獄的另一間牢房，關押著圖里亞夫．穆斯孟德。這個奸詐、懦弱的傢伙竟那麼誠實地向法庭道出了他的秘密，還仗義地隱瞞了他的主人阿勒菲爾德伯爵所犯的罪行，讀者或許會很驚訝；然而，穆斯孟德並未改邪歸正，他之所以這麼做，是因為深信首相會設法助他越獄。

牢門外果然傳來了腳步聲響，他的心充滿希望地跳動著。鎖孔響了，鐵鍊掉下，門開了，進來的是剛剛曾出現在冰島凶漢牢房裡的那個紅衣人。他的腋下挾著一圈大麻繩，與他一起來的還有四名黑衣衛兵。

「您是圖里亞夫．穆斯孟德？」來人說，眼睛盯在一份展開的文件上。

「正是，朋友們，你們是首相派來的吧？」

「是的，閣下。」

「等你們完成使命之後，別忘了向首相大人轉達我的感激之情。」

紅衣人用驚詫的眼光看看他說：「您的……感激之情？」

「是的，朋友們，因為我可能將無法立刻親自向他表示感激了。」

「這很有可能。」來人帶著譏諷的表情說，「我幹這一行二十六年了，還是頭一次聽到這種交代。好吧，大人，廢話少說，您準備好了嗎？」

「準備好了。」穆斯孟德向牢門邁出一步，高興地說。

「等一下。」紅衣人喊道，彎腰把那圈繩索放在地上。

穆斯孟德停下來。

「要這些繩索幹什麼？」

「確實，我帶得太多了。審判一開始的時候，我還以為有好多死刑犯呢！」

紅衣人一邊說，一邊把繩索展開。

「看在上帝的份上，快點吧，我急著從這裡出去。我們要走很多路嗎？」

「走路？」紅衣人說著，直起身子，「不會走太多路的，因為我們足不出戶就能結束一切了。」

穆斯孟德一愣，面色變得蒼白。「你這是什麼意思？你是誰？」

「我是劊子手。」

「你難道不是來幫我越獄的？」他有氣無力地喃喃道。

劊子手哈哈大笑。

「是來幫您的！幫您逃到地獄。我保證，到了那裡，誰都抓不到您了。」

穆斯孟德跪倒在地，磕頭求饒。

「饒命！可憐可憐我吧！饒命呀！」

「說真的，」劊子手冷冷地說，「我還是第一次聽到這種請求。您以為我是國王嗎？」

他一腳把求饒者踢開。穆斯孟德仍然跪在地上，雙手捂住臉，痛哭失聲。這時候，劊子手踮起腳尖，把繩索套進拱頂的鐵環，垂到地板上，然後繞了兩圈繫緊，又在垂下的那一頭打了活結。

「我準備好了，」劊子手對死囚說道，「您是不是祈禱完了？」

「不！」穆斯孟德站起來說，「這不可能！你一定是弄錯了，阿勒菲爾德首相不會那麼卑鄙……他很需要我，他們派你來找的不會是我。讓我逃走，否則小心首相找你算帳！」

「你不是說你是圖里亞夫．穆斯孟德嗎？」劊子手反駁道。

「不，不！我根本就不叫穆斯孟德。我叫圖里亞夫．奧路基克斯！」

「奧路基克斯！」劊子手嚷道，「奧路基克斯！」

他猛地一把扯去遮住死刑犯面孔的假髮，不禁失聲驚叫。

「我的弟弟！」

「你的弟弟？」死刑犯既羞愧又高興地驚訝回答，「莫非你是……」

「尼戈爾．奧路基克斯，特隆赫姆州劊子手。願為你效勞，我的圖里亞夫弟弟！」

死囚撲上去摟住劊子手的脖子，不停地叫「哥哥」、「親愛的哥哥」，對他親熱有加，面帶虛假和膽怯的笑容，而尼戈爾只是陰鬱而尷尬地看著他。

「真幸運！尼戈爾哥哥，又見到你我真開心。」

「但我卻為你憂傷，圖里亞夫弟弟。」

「你一定有妻子和孩子吧，帶我去看看他們，我要當我可愛侄兒們的義父。聽著，哥哥，我有權有勢，我有靠山。」

哥哥用淒厲的口氣回答說：

「我知道你原先有靠山，但現在，想想怎麼去神明那裡找靠山吧！」

死囚額頭上的希望之光全部消失了。

「噢！親愛的尼戈爾，別忘了，你是我哥哥，我們是一母所生，從小一塊兒玩耍！」

「在這一刻之前，你一直忘了這一點。」尼戈爾生氣地反駁道。

「不！我不能死在我哥哥的手裡！」

「那是你的錯！圖里亞夫。是你毀了我的人生，是你阻止我成為哥本哈根皇家劊子手，害我被發配到這個鬼地方來。如果你當初沒幹那些壞事，你今天就不需要埋怨這一切，我也就不會待在特隆赫姆了。我說得夠多了，弟弟。」

「好哥哥，好哥哥！」這可憐蟲又說，「好吧，就等到明天吧！首相是不可能下令殺了我的。這是個可怕的誤會，阿勒菲爾德很喜歡我，我敢發誓，親愛的尼戈爾，我很快又能得寵了，我會幫你各種忙的！」

「你只能幫我一個忙了，圖里亞夫，」劊子手打斷他說，「我已經失去了兩次難得的行刑機會，一次是對前首相舒瑪赫，一次是對總督的公子。現在只剩下冰島凶漢和你了，處決你能讓我得到十二個金杜卡托。讓我好好幹吧！這就是我所希望你幫我的唯一的忙。」

「不！」死囚嚷道，猛地朝劊子手撲過去，眼裡冒火又淚汪汪，「不！我不能就這麼死。我活著像一條蛇，令人害怕，死時就不能像一隻小蟲，讓人踩死。我臨死也要咬上最後一口，咬上致命的一口！」

他這麼說著，像仇敵似地勒緊了他的哥哥。不過，一直冷眼旁觀的四名衛兵很快就趕上前，制止了憤怒咆哮的穆斯孟德。他乖乖就縛，沒有多餘的反抗，無用的拚命早已耗盡了他的力氣。他們脫去他的長袍，用來捆綁住他；就在這時，一個封好的包裹從他的衣服裡掉了出來。

「這是什麼？」劊子手問。

一絲冷酷的光亮閃現在死囚那茫然的目光中。

「我差點忘了它！」他說道，「聽著，尼戈爾哥哥，這些文件是首相的。答應我，先把它們交給他，之後你想怎麼處置我都可以！」

「既然你已經冷靜下來，我答應你，滿足你最後的願望，儘管你剛才那樣對我。我奧路基克斯說話算話，這些文件將會交給首相的。」

「請你親自交給他，」死囚微笑著對劊子手說，「它們會使那位大人感到高興，這也許會對你有好處。」

「真的？弟弟，」奧路基克斯說，「謝謝你，也許能被委任為皇家行刑人，是吧？好吧，我原諒你那麼狠狠地抓我，你也原諒我替你套上繩圈。」

這時，捆綁好的穆斯孟德已被帶到牢房中間，劊子手把致命的活結套在他的脖子上。

「圖里亞夫，你準備好了嗎？」

「等一等，等一等！」死囚又恐懼起來說，「求求你，哥哥，我沒叫你拉，你可別拉繩子！」

「我用不著拉繩子。」劊子手說。

一分鐘過後，他又重複了一遍問話。

「準備好了嗎？」

「再等一等，唉，只好死了……」

「圖里亞夫，我不能再等了。」

「還有一句話，哥哥，別忘了把包裹交給阿勒菲爾德伯爵……」

「放心吧！」劊子手回答後，又一次問道：「喂，你準備好了嗎？」

死囚張開嘴巴，也許想哀求再多活一分鐘，但不耐煩的劊子手已扭動地板上的一個銅把。地板在犯人腳下敞開了，犯人掉進一個活門裡，繩索呼的一聲繃緊了，可怕地抖動著。活門裡刮上來一陣清涼的風，還能聽見流水的嘩嘩聲響。

「很好，」劊子手說，「永別了，弟弟。」

說完，他從腰間抽出一把刀，割斷了繩索。只聽見又深又黑的水裡撲通地響了一聲，水依舊往海灣流去。劊子手像打開時一樣關上活門。當他站起身來時，只見牢房裡煙霧瀰漫。

「怎麼回事？」他問衛兵，「煙是從哪裡來的？」

衛兵也不知道。他驚訝地打開牢房門，監獄的走道裡也灌滿了嗆人的煙霧；他又來到方形大院，只見一片火光借助強勁的東風，吞沒了監獄和火槍手營房，又沿著石牆竄上屋頂。孟哥爾摩一座座黑色的塔樓時而被火燒得通紅，時而又被濃煙籠罩得不見蹤影。

一個獄卒逃到院子裡，告訴他們火是從冰島凶漢的牢房裡竄出來的，還說不該給他乾草和火盆。

「倒楣透了！」奧路基克斯叫道，「冰島凶漢又從我手裡逃脫了。他一定是燒死了，這下我得不到他的屍體了，我還花了兩個杜卡托呢！」

隔天早晨，大院中只剩下被燻黑的高牆，以及一大堆尚有餘火的瓦礫。當灰燼冷卻後，大家便在裡面刨挖；在一層被火燒得變形的磚頭、大樑和鐵門底下，埋著一堆燒白的骨骼和面目全非的屍體。整整一團孟哥爾摩火槍手，只剩下三十幾個士兵，而且大部分都殘了手腳。

當人們挖到起火的地點，也就是冰島凶漢的那間牢房時，在裡頭發現了一具屍體，躺在一個鐵火盆旁邊，身子下壓著斷掉的鐐銬。大家還發現，儘管只有一具屍體，可是卻有兩個頭蓋骨。

46

阿勒菲爾德伯爵面色蒼白，神情沮喪地在屋裡踱來踱去，手裡搓著剛看過的一捆信件。在房間的另一頭，站著劊子手尼戈爾，奧路基克斯，一副畢恭畢敬的模樣，手裡拿著氈帽。

劊子手怯生生地抬起他那木然的眼睛問道：

「幹得好呀！穆斯孟德。」首相恨得咬牙切齒地喃喃道。

「閣下滿意吧？」

「你想要什麼？」首相猛然轉向他問。

劊子手因為引起首相的注意而感到自豪，滿懷希望地笑著說：

「如果閣下因我帶來的消息而願意獎賞我的話，就把哥本哈根皇家行刑人的位置交給我吧！」

首相叫來門口的兩名衛兵。「把這傢伙抓起來！他竟敢嘲弄我。」

兩個衛兵帶走尼戈爾。他又驚又怕，還想問一句。

「你不再是特隆赫姆州的劊子手了，我取消你的資格了！」

首相說著，砰的一聲將門關上，又拿起信來，氣憤地看了看。這些信是從前伯爵夫人寫給穆斯孟德的情書，他從信中明白烏爾麗克不是他的親生女兒，弗雷德里克可能也不是他的親生兒子。可憐的伯爵得到了懲罰，不僅看見報仇的機會從手中溜掉，還看見飛黃騰達的美夢化作了泡影；他的過去已煙消雲散，他的未來也如同槁灰；他本想毀滅自己的仇敵，但毀掉的竟是自己的聲譽，甚至是作為丈夫和父親的權利。

他想至少再看一次背叛他的那個女人。他疾步穿過各個大廳，手裡搖晃著那些信件，憤怒地推開伯爵夫人的房門，闖了進去。

這個妻子剛從沃特豪恩團長那裡得知自己兒子的慘死，可憐的母親瘋了。

47

半個月後，奧爾齊涅又回到施萊斯威格雄獅堡主塔中。一同來的有勒萬・德・克努德和牧師亞大納西・孟德爾。此刻，舒瑪赫在女兒的攙扶下正在園子裡散步。小夫妻倆非常難受，無法擁抱在一起，只能以眉目傳情。

「年輕人，」老囚犯說，「老天有眼，你又回來了。」

「大人，」奧爾齊涅回答，「我回來了，我剛見過我貝根的父親，回來擁抱我特隆赫姆的父親。」

「你這話是什麼意思？」老人驚訝地問。

「願您把您的女兒許配給我，尊貴的大人。」

「我女兒！」老人大聲說著，轉向滿面羞紅、渾身顫抖的艾苔爾。

「是的，大人，我愛您的艾苔爾，我把生命獻給了她，她現在是我的人了。」

舒瑪赫臉色陰沉下來說：

「你是一個尊貴而有為的年輕人，儘管你父親害得我好苦，但我願意看在你的面上原諒他。我很樂意看見你們結合在一起，不過，有一個障礙：你愛我的女兒，但你肯定她也愛你嗎？」

兩個情人詫異地默默對視一眼。

「是呀，」老人繼續說，「我很為難，因為我很喜歡你；但我女兒卻不這麼想。她不久前還跟我說她恨你。自從你走後，每當我提起你時，她總是默不作聲，彷彿不願提到你一樣。死了這條心吧！奧爾齊涅。」

「大人！」奧爾齊涅驚呆了地說。

「父親！」艾苔爾握住他的雙手說。

「女兒，放心吧，」老人打斷她說，「我很滿意這樁婚事，但我不會逼妳的，艾苔爾，妳自己做主吧！」

牧師莞爾一笑說：「她做不了主了。」

「您弄錯了，尊貴的父親，」艾苔爾壯著膽子說，「我並不恨奧爾齊涅……」

「什麼？」老人嚷道。

「我已是……」艾苔爾欲言又止。

奧爾齊涅跪在老人面前說：

「她已是我的妻子了，父親，像我貝根的父親那樣原諒我吧！並為您的孩子們祝福吧！」

舒瑪赫驚訝不已，立刻為跪在他面前的小夫妻祝福。小倆口把事情解釋了一遍，老人因為感動、感激和憐愛而哭了起來。

「奧爾齊涅．蓋爾登留，」老舒瑪赫說，「你比我強。因為在我得意時，我肯定不會屈就一個不幸囚犯的窮女兒的。」

勒萬將軍握住老囚犯的手，交給他一卷文書說：

「伯爵大人，別這麼說。這是您的封號證書，國王早已賜給狄斯波爾森，讓他轉交給您了。陛下剛剛下令赦免您，還您自由，這就算是您的女兒丹斯吉阿德伯爵夫人的嫁妝了。」

「丹斯吉阿德伯爵夫人……」老人重複道。

「是的，伯爵，」將軍繼續說，「您恢復了全部封號，並發還全部財產。」

「這一切我該感謝誰呢？」幸福的舒瑪赫問。

「感謝勒萬．德．克努德將軍。」奧爾齊涅答道。

「勒萬．德．克努德？我早就跟您說了，將軍，勒萬是世上最好的人。但他為什麼不親自把我的幸福帶來呢？他現在在哪裡？」

奧爾齊涅驚奇地指了指又哭又笑的將軍說：「他就在這裡。」

這兩個官場上的老伙伴相逢的場面感人至深。自從舒瑪赫認識了冰島凶漢之後，他就不再仇恨世人了；認識了奧爾齊涅和勒萬之後，他便開始愛世人了。

亞大納西·孟德爾獲得了十二名死囚的特赦令，連同對肯尼博爾、若納斯和諾爾比特的赦免。這三個獲釋者高高興興地回去對礦工們宣佈，國王已取消了對他們的監護權。

舒瑪赫沒能享受太久的自由和幸福，他於一六九九年當年去世，被安葬在他的女婿於茹特蘭領地的維爾教堂。墓碑上刻了他曾被褫奪了的全部封號。奧爾齊涅和艾苔爾的結合使得丹斯吉阿德家族誕生了。

Bug-Jargal

布格－雅加爾 *1826*

殖民地，種植園，棕櫚樹，鱷魚。
在美麗的熱帶小島，爆發了血腥的起義。
叛軍火燒莊園、屠殺白人，殘酷至極。
遍地暴民中，卻有一支仁義之師；
它的首領，偉大的布格－雅加爾，
他身世高貴，以德報怨，言出必行，
卻為一個諾言斷送了自己……
營火旁，道出一段不為人知的殖民地悲歌。

Les Misérables

~Romans de Victor Hugo

1

輪到萊奧波德．多韋奈上尉講的時候，他睜大了眼睛，向其他人承認，他一生中實在沒什麼值得一提的。

「不過，上尉，」亨利中尉說，「據說您出過遠門，見過世面。您不是去過安地列斯群島、非洲、義大利和西班牙嗎？──啊！上尉，您那條瘸腿的狗來了！」

多韋奈一驚，連忙朝帳篷門口轉過頭去。這時候，一隻大狗一瘸一拐地朝他跑來。牠舔著他的腳，搖著尾巴，又叫又跳的，接著就在他面前躺下來。

「你來啦！拉斯克，你來啦！」上尉一邊撫摸牠，一邊激動地說道，「可是，是誰把你帶回來的呢？」

「上尉，請原諒我……」

達戴中士已經站在帳篷門口一會兒了，他的右手臂藏在上衣裡，眼睛含著淚水，默默地望著這幅畫面。多韋奈抬起頭來。

「原來是你，達戴……可憐的狗！我還以為牠在英國人手中呢！你在哪裡遇到牠的？」

「唉，事情是這樣的，上尉。自從可憐的拉斯克失蹤以後，我就看出您有一點不自在。老實說吧，當我發現牠沒有跟平常一樣，來分我的軍糧的那一天，我差點像個嬰兒一樣哭出來！可是，謝天謝地，我這輩子總共只哭過兩次，第一次是在……那一天……」

中士不安地看著他的主人。「第二次就是七團的巴爾塔札爾要我剝一大桶洋蔥的那一次。」

「我認為，達戴，」亨利笑著嚷道，「你還沒有告訴我們你第一次哭是在什麼時候。想必是在你下令向布格──雅加爾──又叫比埃羅的那個人開槍的那一天吧？」

多韋奈的臉上罩上了一層愁雲，他走到中士面前，想跟他握手，但達戴仍然把手藏在上衣裡。

「是的，」達戴接著說下去，多韋奈用悲痛的眼光盯著他，「是的，我那一次哭了，而且他確實值得我為他哭！儘管他是一個黑人……」

他沒注意到那些在聽他講話的年輕軍官臉上的微笑，接著說下去：

「我說，上尉，您還記得那個黑人嗎？他正好趕在他的十個弟兄還活著的時候到達了。他親自替他們鬆綁，代他們受刑。啊！他真是一個男子漢！後來，他就站在那裡，挺直身子；而他的狗——就是拉斯克，明白別人要怎麼對付他，就朝我的喉嚨直撲過來……」

「達戴，」上尉打斷他，「平常你講到這段故事時總是會摸摸拉斯克，瞧牠怎麼看你。」

「您說得對，」達戴面有難色地說，「不過……瑪拉格麗達老太婆說過，用左手摸狗不吉利。」

「那麼，幹嘛不用右手呢？」多韋奈詫異地問，這才終於注意到達戴的那隻手藏在上衣裡。

中士顯得越來越不安了。

「上尉，請原諒我……您已經有了一條瘸腿的狗，我恐怕您又多了一個只有一隻手的中士。」

上尉跳了起來，問：

「怎麼？老達戴，你說什麼？讓我看看你的手臂！天呀！」

中士慢慢地拉開他的大衣，讓長官看他那條用血跡斑斑的手帕裹住的手臂。

「啊！我的天！」上尉小心翼翼地解開手帕，低聲地說，「可是，老伙伴，這是怎麼一回事？」

「啊，這很簡單。自從那些英國人搶走了拉斯克以後，我注意到您很傷心。因此我下定決心，一定要把牠找回來。就在今晚，我悄悄溜出了營地，鑽過一道道樹叢。我還沒有到第一道壕溝，就在樹林裡看到了一大群紅衣士兵。我悄悄地靠近，發現拉斯克被拴在他們中間的一棵樹上。拉斯克也看見了我，猛地一掙就把繩子扯斷了，跑到我的面前，那一伙人緊追在後。我衝進樹林，拉斯克也跟著我。正當我穿出樹叢時，迎面來了兩個穿紅軍服的人。我用軍刀解決了一個，要是另外一個手槍裡沒有裝子彈，我就可以把他也一起幹掉。瞧我的右手臂！沒關係，拉斯克朝他的喉嚨撲上去，把他掐死了。最後，老達戴終於回來了，拉斯克也回來了。唯一的遺憾是明天不能上戰場了！」

「夠了，我的老達戴！」上尉用手蒙住眼睛嚷道，「過來，靠在我身上，我們去野戰醫院。」

達戴恭敬地順從了，那條狗也站起身來，跟在他們後面。

2

萊奧波德·多韋奈上尉的外表沒有一點突出的地方，他的態度冷淡，對什麼都顯得漠不關心，但隨時都準備著行動。他總是第一個跨上馬鞍，最後一個回到帳篷裡，彷彿要藉著肉體的疲勞，來擺脫重重的心事。同伴們原諒他的冷淡、慎重和沉默，因為不論在什麼時候，他們都覺得他厚道、溫和、而且可親。他冒過好幾次生命的危險救了許多同袍，軍隊裡的人都喜歡他、原諒他，而且相當尊敬他。

他還很年輕，許多人都會猜他有三十歲，其實他還遠遠不到呢！他在共和國軍隊裡待了一段時間了，卻沒有人知道他過去的經歷。除了拉斯克，就只有達戴能得到他親近的表示，達戴中士是與他同時加入連隊的。人們都知道，多韋奈曾在美洲遭遇過不幸：他在聖多明哥結了婚，他的妻子和全家都死於那幾次可怕的屠殺。這些屠殺象徵了革命運動傳入殖民地；在故事中的年代裡，這一類不幸事件是那麼地常見。

在戰鬥中，多韋奈上尉表現得非常勇敢，但他的同伴們卻發現他毫不在乎榮譽和軍階。他們當然猜不到，多韋奈一心希望的，只是死亡。有一次，長官派他擔任旅長，被他拒絕了，因為這麼做就必須離開達戴中士；隔了幾天，他自願指揮一次危險的遠征，出乎大家的預料和他本身的願望，他居然活著回來了。人們聽見他對於拒絕升任這件事表示後悔。

「因為，」他說，「既然敵人的子彈總是放過我的命，那麼一向打擊那些升遷者的斷頭台，說不定會要走它的。」

3

多韋奈回到帳篷裡，一聲不響地坐了下來，仍顯得悶悶不樂，可是臉色比較平靜了。他看起來似乎有什麼心事，周圍人說的話，他一句也聽不進去。跟在他後面的拉斯克，在他腳旁躺下來，不安地望著他。

「您的酒，多韋奈上尉。嘗嘗看。」一副官巴沙爾親切地表示。

「啊！謝天謝地，」上尉喃喃回應道，「傷勢不算重，手臂並沒有斷。」

「既然您不擔心達戴的傷了，」亨利說，「大伙兒打算聊一聊各自的遭遇，好消磨露營的長夜，我希望您也能把您的狗和『布格—雅加爾』的故事告訴我們。我不懂，那個人怎麼會又叫作比埃羅？」

多韋奈終於答應了。

「各位先生，我會滿足你們的要求。不過，這只是一個普通的故事，而我在這個故事中扮演的角色也不重要。如果你們指望有什麼離奇的經過，那麼我得先聲明：你們錯了。我開始說了——」

多韋奈沉思了一會兒，彷彿在回憶很久以前就被其他事情代替了的一些往事。最後，他慢吞吞地、低聲地、斷斷續續地講了：

4

我出生在法國，但是很早就被送到聖多明哥的一位叔父家裡。他是一個有錢的殖民者，我本來應該娶他的女兒為妻。他的產業靠近加利費炮台，他的種植園佔了阿居爾平原的大部分土地。這個不幸的位置，正是帶來許多災難和讓我家破人亡的主要原因之一。

八百個黑奴種植著我叔父的土地，這些奴隸的生活十分淒慘，再加上他們的主人殘忍的作風，又變得更慘了。只要我叔父的眼睛一動，人們就得服從他；一個奴隸哪怕只是遲疑了一下，也會受到最嚴厲的懲罰。即使他的孩子們去說情，往往也只會弄巧成拙。

在所有那些奴隸之中，只有一個人能得到我叔父的寵愛。這個人是一個西班牙侏儒，格里夫種混血兒，是牙買加總督艾芬罕爵士送給他的。他要這個奴隸當他的小丑，就像王侯宮廷中的那些弄臣一樣。這個侏儒叫作阿比布拉，他醜得令人發笑，長得又矮又胖，挺著個大肚子，但兩條細長的腿走路卻快得出奇。他的大腦袋深深地陷在肩膀中間，上頭豎著一叢羊毛般的捲曲紅髮，長著兩個大耳朵。他總是在扮鬼臉，但沒有一個表情是相同的，這種滑稽的模樣受到了我叔父的喜愛。當其他奴隸們都被工作壓得喘不過氣來，但阿比布拉卻搖著扇子，跟在主人後面替他趕蚊子。我叔父讓他坐在腳下的草蓆上吃飯，還把自己愛吃的菜分給他。受到這樣仁慈的待遇，阿比布拉顯得很感激，因此，他總是不時扮鬼臉，或是說些傻話來為主人解悶。只要我叔父有點表示，他馬上就像一隻狗般馴服地飛奔過去。

我不喜歡這個奴隸，他那卑躬屈膝的樣子未免太下賤了。再說，這個矮子靠著他的卑下博得了主人的信任，但他卻沒有利用這種信任來幫助他的同胞們。當他的主人施刑罰時，他也從來沒有求過一次情。甚至有一次，有人聽到他勸我的叔父要更嚴厲地對待他的同胞。不過，其他奴隸似乎並不恨他，他在他們中間激起了一種敬畏的情緒；他總是戴著釘了鈴鐺、用紅墨水寫了古怪符號的尖帽子，從奴隸的茅屋前走過，而他們則竊竊私語地說：「他是一個奧比（巫師）。」

在當時，我對這些事情一點也不關心，因為我已經沉浸在愛情之中，除了我的瑪麗以外，我對誰都不怎麼關心。沒有人比我過得更幸福，我一生下來就處在富裕的環境裡，享受著我的膚色擁有的種種特權，還與我深愛的人一起生活，而一切又是在熱血沸騰的年紀裡，在永遠是夏天、景色又是那麼明媚的地方；我怎麼可能去懷疑我愉快的命運呢？怎麼可能說有人比我更幸福呢？

上尉說到這裡停了一會兒，彷彿無法把這些幸福的回憶說出來似的。隨後，他用傷心的語氣繼續說道：

「是的，但我現在也可以說，沒有一個人的餘生會過得比我更可悲的了。」

他好像從痛苦的情緒中恢復了力量一般，接著用堅決的聲音說下去。

5

到了我二十歲那年，也就是一七九一年的八月，我叔父決定替我和瑪麗舉行婚禮。幸福的日子漸漸迫近，這種念頭把我的感官全都吸引住了，因此當時在殖民地已經醞釀兩年的政治糾紛，並未留給我太深的印象。只有一次，我熱心地參與了當時的事件。那是在宣佈一七九一年五月十五日的法令的時候，這個法令允許有色自由民與白人享受同樣的政治權利。總督在海角（海地城市）舉行的一場舞會上，許多年輕的殖民者都激動地談論這條法令，認為它狠狠地傷害了白人的自尊心。那時候，我看見一名種植園主朝著我們走過來，他曖昧的膚色讓白人們起了疑心；於是我走過去，大喊：「走開！先生，這裡正在談論一些讓你這個混血兒感到刺耳的事！」這一侮辱激怒了他，他向我提出決鬥。我倆都負了傷。我承認，我不該向他挑釁，不過，使我這麼做的原因不僅僅是種族歧視；一段時間以來，這個人竟敢盯著我堂妹，在我羞辱他之前，他才剛和她跳過舞。

不管怎樣，我獲得瑪麗的日子漸漸近了，周遭沸沸揚揚的政治情勢我一點也不理會；我一心只注意離我越來越近的幸福，卻沒有看出那些驚心動魄的烏雲，這些烏雲早已籠罩了我們，一旦爆發就會斷送掉所有人。當時，哪怕是最警覺的人，也沒有料到奴隸們會起義，因為他們平常太令人瞧不起了。

就在我熱切地盼望著的八月的前幾天裡，發生了一件奇怪的事，為我寧靜的希望摻進了一絲不安。

在我叔父的種植園裡，有一條美麗的小溪從中流過，他叫人在河邊搭了一座小涼亭，周圍是一片茂密的樹林。瑪麗每天都會去那裡享受溫和的海風，而我每天早晨也總是用我採集到的鮮花，親自把這裡佈置一番。

一天早上，瑪麗慌慌張張地跑來找我。原來，她看見我那天早晨鋪在涼亭裡的花全被扔在地上，用腳踩過了；除此之外，還有一束剛採來的野金盞花，就放在她常坐的位子上。她感到又驚又怕。就在這時，她聽見涼亭周圍的灌木叢裡傳來了吉他的聲音，接著，有人開始輕輕地唱起西班牙歌。她心裡很不安，也有些羞怯，便一溜煙地逃來了，幸好他沒有出來攔住她。

我聽了這件事，心裡不由得感到嫉妒和憤怒。起初，我懷疑是不久前與我爭執過的那個混血兒；但我仍然冷靜下來，沒有輕舉妄動。我安慰了可憐的瑪麗，答應今後會片刻不離地守著她。

我推測，這個膽大妄為的人不會善罷甘休。因此就在當天晚上，我握著匕首，躲在我未婚妻房間附近的甘蔗叢裡等著。將近半夜時，不遠處突然響起了憂鬱而沉重的樂器試奏聲——是吉他的聲音，就在瑪麗的窗前！我勃然大怒，立刻朝聲音傳來的方向衝過去。一瞬間，我感到自己被一種過人的力量抓住，推倒在地上，手裡的匕首也被奪去了，一雙熾熱的眼睛在我面前的黑暗中發亮，兩排雪白的牙齒張開來，用憤怒的語氣說出了西班牙語：「我逮到你了！逮到你了！」

這時候，瑪麗突然出現在窗口，她是被吉他的聲音、混亂的腳步聲和說話聲驚醒的。她聽出了我的聲音，看見了閃閃的刀光，焦急地大叫了一聲。我的敵人頓時呆住了，又猶豫不決地用匕首在我的胸前比劃了一會兒，隨後，又把它扔開。

「不行！」他這次是用法語說的，「她會很傷心的！」

說罷，他就鑽進甘蔗叢裡不見了。我感到又驚又怒，這個人似乎是想跟我爭瑪麗，奇怪的是，卻又為了她而饒了我的命。他到底是誰呢？我首先懷疑那個混血的種植園主，但他絕不可能有這麼大的臂力，再說，聲音也不一樣。跟我搏鬥的那個人似乎光著上半身，在殖民地，只有奴隸才會這樣；不過，他不可能是個奴隸，促使他扔掉匕首的那種慷慨，一個奴隸不可能有；何況，想到我的情敵是個奴隸，我的內心就不舒服。那麼，他到底是誰呢？我決心繼續等待、觀察。

6

天一亮，我們把這件事告訴了我叔父。他驚訝極了，吩咐奶媽不許離開瑪麗，又要我在八月二十二日——

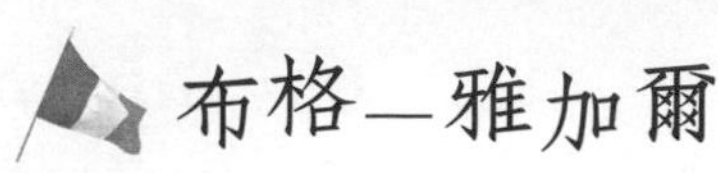

也就是婚禮的那一天之前，不論瑪麗什麼時候出門，都得陪著她；同時，他認為那位大膽的追求者一定是從外面來的，又下令在土地周圍嚴加守衛。

有了這一切防備，我打算再做一次試驗。我去了涼亭裡，把被弄亂的地方整理好，並且在一樣的地方放了一些鮮花。之後，我手裡拿著來福槍，說要護送她到涼亭裡去，老奶媽在我們後面跟著。瑪麗先走進了涼亭。

「瞧！萊奧波德，」她說，「涼亭還是跟昨天一樣零亂。你的花被扔了一地，踩爛了。奇怪的是，」她拿起一束放在草凳上的野金盞花說道，「這束花從昨天到現在，一點也沒枯萎，看上去就像剛採來一樣。」

我又氣又驚，站在那裡不能動彈。這些新鮮的野花毫不客氣地霸佔了我散放著玫瑰花的位置。但我怕瑪麗驚慌，沒有把實情告訴她。隨後，我要她在我跟她奶媽中間的位子坐了下來。

我們剛坐下來，就聽見了前一晚激起我滿腔怒火的緩慢試奏。我正要站起來，卻被瑪麗攔住了。

「萊奧波德，」她低聲對我說，「等一下，說不定他要唱歌了，我們可以從歌詞裡聽出他是誰。」

果然，從樹林傳來了一首西班牙情歌，伴隨著吉他淒涼的調子，既雄壯又哀傷。歌詞是這樣的：

為什麼避開我？瑪麗亞？為什麼聽了我的聲音，害怕得連心都冰涼？我真的很可怕喲！我只知道愛、受苦，和歌唱！

當我看見妳那輕盈純潔的身體，妳的光芒照得我眼花繚亂！啊！瑪麗亞，我以為我看到了一位天使！

啊！妳的聲音，比天上的小鳥還要甜，這些小鳥來自我祖國的海岸。

在我的祖國裡，我是國王；在我的祖國裡，我是自由的。

自由和國王！為了妳，這一切我都可以忘掉，忘掉王位、親人、責任、復仇——是的，連復仇都可以忘掉！雖然，採摘這如此晚熟、既苦又甜的果子的時刻就要到了！

妳為什麼拒絕我的愛呢？瑪麗亞。我是國王，我的頭高仰在世人之上。妳是白人，我是黑人，但是白晝需要與黑夜結合，才能產生黎明和黃昏，它們比白天更加美麗！

隨著最後幾句歌詞，顫抖的吉他琴弦奏出一聲冗長的嘆息。我發狂了。

「……國王！……黑人！……奴隸！」

聽完這首怪異的歌，我猛地生出一個瘋狂的念頭，要了結這個不認識的人。我握緊我的來福槍，衝進了傳出歌聲的樹林裡。然而，我搜遍了整座樹林，卻什麼也沒有發現！這次搜尋毫無結果，加上我從剛才聽見的情歌中也找不出答案，我除了憤怒，還感到羞愧。我永遠猜不到他是誰，永遠也遇不到他了！就在這時，從涼亭那邊又傳來一聲可怕的叫喊，那是瑪麗的聲音。

我拔腿就跑，心裡驚恐地想到：又有什麼新的災難要落到我頭上啦！當我跑到綠蔭下的涼亭時，一副可怕的景象在等著我：一條巨大的鱷魚，半截身子藏在河裡的蘆葦和水草裡，牠的頭部從涼亭的拱門伸了進來，可怕的嘴半張著，正在威脅一個身材高大的年輕黑人，他的一隻手托著嚇昏的少女，另一手把鑿子伸進那怪物銳利的牙齒中間，與牠搏鬥。一看見我，瑪麗高興得叫了出來，離開了黑人的手臂，投進我的懷抱，叫道：「我得救了！」

黑人猛地回過身來，悲痛地看了我的未婚妻一眼，一動也不動，彷彿沒有注意到鱷魚就在他身邊，已經掙脫了鑿子，要把他吞下去。我連忙把瑪麗交給一旁的奶媽，朝怪物走過去，往牠的嘴裡轟了一槍。鱷魚大叫一聲，翻了個身，覆滿鱗片的腳僵直地向上豎著，死了。

這個黑人回過頭來，朝著這個大怪物凝視了一陣子，隨後抬起頭，慢慢地轉向瑪麗。她已經又投入了我的懷抱。他用西班牙語極度失望地對我說道：

「你為什麼殺死牠？」

接著，他邁著大步走進樹林，不見了。

這可怕的一幕、這怪異的結局，以及我在樹林搜尋前後的各種情緒，已經攪得我頭昏腦脹，瑪麗也因為這一場驚嚇而呆住了。我們兩人默默相視，緊緊地握著手；最後，我打破了這陣沉寂。

「來，」我向瑪麗說，「我們離開這裡吧！這個地方不太吉利！」

她連忙站起來，倚在我的手臂上，跟著我走了。我問她是怎麼得到那個黑人援助的，問她認不認識這個奴隸——他光著上半身，只穿一條粗布短褲，一看就知道他是島上居民中最卑賤的那一階級。

「這個人，」瑪麗說，「一定是我父親的一個黑奴。我看見鱷魚時，也許他剛好在河邊幹活，因此立刻從樹林裡衝出來，跑來救我。」

「他是從哪一邊來的？」我問她。

「之前傳來歌聲的那個方向，跟你剛才鑽進樹林的方向正好相反。」

我想到這個黑人對我說的西班牙語，以及樹林裡的人用同樣語言唱出的歌，心裡難免有所懷疑，但她的話卻把我的猜測推翻了。另一方面，我又想到這個人巨大的身材與力量，以及他的穿著，他很可能就是昨天跟我搏鬥的那個對手。在樹林裡唱歌的人提到：「我是黑人。」這又是一個共通點。不過，他說自己是國王，而這個人卻是個奴隸。

話雖如此，我仍驚訝地想起他臉上那種威武不屈的精神。他兩眼炯炯有神，牙齒被黑皮膚襯得異常雪白；他那少見的寬闊額頭，使他那厚嘴唇和大鼻孔顯得高傲而堅強，以及更高人一等的肥胖、高貴、優美。儘管因終日勞累而消瘦憔悴，卻仍顯露出一副威風凜凜的樣子。

接著，我又猶豫不決起來。我這樣猜測究竟有什麼意義呢？聖多明哥島大部分都被西班牙佔領過，因此許多黑人說的土語中也摻雜了西班牙語。至於做這首情歌，需要一定的文化素養，在我看來，黑人是不會有的；他怪我不該殺死鱷魚，只不過是顯示一名奴隸的厭世心情；他出現在涼亭周圍，很有可能只是巧合；而他的力量和身材也不足以證明他就是前一晚的敵人。光憑這一點靠不住的證據，我就去懷疑這個曾英勇拯救瑪麗的黑人，這麼做是對的嗎？

就在這時，瑪麗柔和的聲音一下子把我的怒火全驅散了，她說：

「我的萊奧波德，我們應該感謝這個勇敢的黑人。沒有他，我早就沒命了！」

這幾句話起了決定性的作用，我仍然決心去找這個奴隸，不過，不是為了懲罰，而是為了報答。當我叔父知道這件事情後，便許下承諾：只要我能找出那個人，他一定會還他自由。

7

第二天，我叔父要我陪他四處巡查。我心想或許能在奴隸中間找到瑪麗的救命恩人，於是立刻答應了。這次巡查使我有機會看到一個主人對奴隸們有多大的權威。但同時，我也看出這種權威是花了多大的代價才得來的。黑奴們一見到我叔父，就會渾身發抖，變得加倍勤勞；不過，這種恐懼後面卻隱伏著仇恨。

我叔父平素就好發脾氣，這時候，那個小丑阿比布拉突然把一個累壞的、在一棵樹下睡著的黑奴指給他看；我叔父立刻走到這個倒楣蛋的面前，粗暴地把他喊醒。這個黑奴嚇壞了，站起身來，露出了屁股下的一棵孟加拉玫瑰樹，那是我叔父特地種的，如今它被毀了。主人怒不可遏，忍不住從皮帶上解下一根鞭子，要鞭打這個黑奴。就在一瞬間，這位殖民者的手突然間被一隻有力的手緊緊抓住，一個黑人──也就是我要找的那一個──用法語大聲說道：

「處罰我吧！是我冒犯了你。不過，別傷害我的兄弟，他只是弄倒了你的玫瑰樹而已。」

然而，這種勇敢的莽撞行為，不僅沒有使我的叔父羞愧，反而讓他更加暴怒。他把手臂從這個高大黑人的手裡掙脫出來，說了一連串恐嚇的話，又舉起鞭子要打。這一回，鞭子竟被奪了過去，一把折斷，扔在腳下。我叔父氣得一動也不動，他的眼睛抖動著，發青的嘴唇不停打顫。這個奴隸沉著地盯著他一會兒，隨後，突然很威嚴地把手中的斧頭送到他面前。

「白人，」他說，「如果你想打我，至少也得拿這把斧頭。」

我叔父正打算朝這把斧頭撲過去，卻被我攔住。我敏捷地奪過斧頭，把它扔到附近的井裡。

「你幹什麼？」叔父怒氣沖沖地問我。

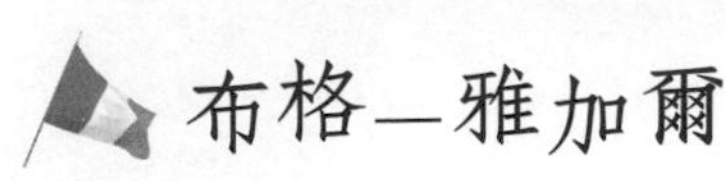

「我是為了您好，」我回答他，「沒讓您打了令嬡的救命恩人，不然的話，您一定會很後悔的。您應該感謝這個奴隸救了瑪麗的命，他就是您答應還他自由的那名黑奴。」

然而，在這種場合提醒他的諾言，是很不恰當的。這個殖民者完全聽不進我的話。

「還他自由！」他粗暴地回答，「是的，他的確該擺脫奴隸生活了。我倒要看看法庭會給他哪一種自由！」

最後，引發這場風波的那名黑奴受到了一頓毒打，而這個袒護他的人，則被關進加利費炮台的地牢，並被指控犯下毆打白人的罪——這對一個奴隸來說是滔天大罪。

之後，我打聽到一些有關這個犯人的事。我瞭解到這名黑人在伙伴中備受尊敬，只要他有任何表示，所有人都絕對服從。他不是在黑奴的茅屋裡出生的，也沒有人知道他的父母是誰；據說，幾年以前，他隨著一條載奴隸的船來到聖多明哥。你們知道，在殖民地出生的黑人，最瞧不起剛果黑人——也就是來自非洲的黑人；因此，在這種情形下，他還能在伙伴中有這麼大的威信，就更顯得稀奇了。

儘管他看起來十分落魄，但他那過人的力氣，加上他純熟的技藝，使他在種植園成了一個最有價值的人。他往往一天能完成他十個伙伴的工作，讓他們免於因疏忽和疲勞受到懲罰；因此，他受到黑奴們的敬愛。不過，他們對他的尊敬，與對阿比布拉的敬畏完全不同，那之中似乎隱藏著一些另外的原因，也就是信仰。

那些負責監工的黑奴，儘管他們不時會刁難他來取樂，但似乎也對他敢於頂撞我叔父的那份高傲表示尊敬。他們從未對他施以侮辱性的懲罰，一旦他們要懲罰他，便會有二十個黑奴挺身而出，代他受過；而他則一動不動地、嚴肅地看著他們受罰，彷彿他們是在盡其職責似的。這個怪人在黑人的茅屋中被叫作比埃羅。

瑪麗出於憐憫和感恩，稱讚了我的熱心，而比埃羅又大大引起了我的興趣，因此我決定去探望他一下，幫他一些忙。

儘管我很年輕，但由於我是海角最富有的殖民者的侄子，我當上阿居爾教區的民兵隊隊長。加利費炮台是歸民兵隊和黃色龍騎兵的一個支隊駐防的，支隊長由隊上的一個下級士官擔任，他是一個窮殖民者的弟弟，我曾幫過他很大的忙，所以他對我非常忠實。是的，這個人就是達戴。

要他放我進黑人的監牢裡並不困難，我既然是民兵隊隊長，當然有權利去視察炮台。不過，為了不讓我叔父起疑，我特地趁他睡午覺的時候過去。達戴領著我來到牢房門口，開了門，隨即就離開了。我走了進去，黑人就坐在那裡，除了他以外，還有一隻小狗叫著站起來，朝我走過來。

「拉斯克！」黑人叫道，這隻幼小的狗就不叫了，重新在主人的腳邊躺下。

我身上穿著軍服，從窗戶透進牢房的陽光很微弱，因此比埃羅沒有看出我是誰。

「我準備好了。」他很鎮靜地對我說，接著欠了欠身。

「我還以為……」我看見他動作靈巧，感到驚奇，「我還以為你戴著鐐銬呢！」

「鐐銬？我把它們扭斷了。」他把一些碎鐵塊踢到我面前，彷彿想說：「我不是生來戴鐐銬的。」

「他們並沒有告訴我，你可以養一條狗。」

「是我讓牠進來的。」

我越來越驚奇了。地牢的門關著，外面層層鎖上，氣窗不到六吋寬，而且又裝了兩根鐵條。他似乎猜出我的心思，便輕巧地把氣窗下的一塊大石頭搬走，露出了一個足以讓兩個人出入的窗洞。洞外是一座小叢林。

這時候，忽然有一線陽光照到我臉上。犯人頓時跳了起來，千百種矛盾的情緒迅速掠過他的眼睛；那是一種憎恨、仁慈、痛苦而驚奇的表情。不過，他很快又恢復冷靜，毫不在乎地盯住我，像在看一個陌生人。

「我準備好了，長官，」他說，「別傷害拉斯克。」

這時候我才明白他的「準備好了」是什麼意思。他以為我是來帶他去執行死刑的。這個力大無窮的人，放著逃生的路不走，卻像個孩子般冷靜地忍受這一切。

「你不認識我了嗎？」我說。

「我知道你是一個白人，無論是多好的白人，都認為黑人是微不足道的。何況我還有埋怨你的地方。」

「埋怨我什麼？」我驚奇地問。

「你不是救了我的命兩次？」

我聽了這個奇怪的責難，不禁微笑了。他痛苦地接下去說：

「是的，我應該怨你，你從一條鱷魚和一個殖民者那裡把我救了出來！更糟的是，你把我恨你的權利剝奪了。我真是太不幸了！」

「我欠你的比你欠我的還多，」我對他說，「我的未婚妻瑪麗的命是你救的。」

他像觸了電一樣。

「瑪麗亞！」他用抑鬱的語氣說道。他的頭垂到了兩手之中，痛苦地嘆息著，胸部不停上下起伏。

我承認，我的疑心又重新被激起了，不過我並不生氣。我離幸福太近了，而他卻離死亡太近了；即使他真的是一個情敵，也只會令我憐憫，而不會有別的情緒。

「走吧，」最後，他抬起了頭說道，「別感謝我！」停了一會兒又說：「不管怎麼樣，我的身分不會比你低！」

這一句話引起了我的好奇心，我追問起他的身分，他忍受著什麼痛苦；他仍固執地閉口不談。不過，我的行動總算打動了他的心，我說我願意幫助他，這似乎打消了他厭世的心理。他走出牢房一會兒，帶回了一些香蕉和一顆大椰子，隨後又把窗洞堵上，開始吃起來。在我們交談的時候，我注意到他的法語和西班牙語同樣流利，顯然是有受過教育的。從各方面來看，這個人都是那麼地不可思議，儘管我想弄清楚是什麼原因，但他始終一聲不響。最後，我離開了他，並叮嚀達戴要盡可能尊敬他、善待他。

9

我每天在同一個時間去看望他。他的事使我非常不安；儘管我再三懇求，我的叔父還是執意要控告他。我並未向比埃羅隱瞞我的憂慮，而他呢，總是漫不經心地聽著我的話。

我們在一起的時候，拉斯克常常跑進來，脖子上圍著一大張棕櫚葉。比埃羅把樹葉拿下來，看著寫在上面的奇怪文字，然後把它撕掉。我已經習慣了不去過問。不過有一次，他唱完了一首西班牙歌後，忽然對我說：

「兄弟，假如你以後懷疑我的話，答應我：在聽完這首歌以後，把所有的疑慮丟開。」

我答應了他的請求，儘管不知道他這話是什麼意思。他拿起一個椰子殼，在裡面盛了棕櫚酒，要求我把它一口喝光。從那天起他就與我稱兄道弟了。

漸漸地，我開始抱著一線希望。我叔父不再那麼生氣了，他女兒的喜事使他的脾氣變得溫和，瑪麗也和我一起苦苦哀求。最後，他終於表示自己也許不再控告了。我沒有向比埃羅透露這件事，想等到他完全恢復自由時再告訴他。令我最驚奇的是，儘管他相信自己被判了死刑，卻絲毫沒有打算逃走。

「我不得不留在這裡，」他冷冷地說，「不然，他們還以為我會害怕呢！」

10

一天早晨，瑪麗跑來找我。她容光煥發，臉上洋溢著愉快的表情，因為她想到自己做了一件好事。

「你聽好，」她對我說，「我想了個詭計，你聽了一定也會高興。昨天我跟爸爸一起進城去買婚禮用的東西，看到一件中國絲綢做的裙子，價錢很貴。我盯著它看了老半天，爸爸也發現了。回家以後，我請求他送一件禮物給我，他也答應了，還說無論我要什麼都可以。他一定以為我想要那件裙子，但是他猜錯了，是比埃羅的命——那將是我的結婚禮物！」

我不禁把這個天使抱在懷裡，之後又急忙趕到加利費炮台，告訴比埃羅：他的命有救了。

「兄弟！」我一走進去就大喊，「恭喜你！你的命有救了，那是瑪麗向她父親要的結婚禮物！」

「瑪麗？結婚？我的命？這一切怎麼會兜在一起呢？」

「那很簡單，」我回答，「瑪麗的命是你救的。她就快結婚啦！」

「跟誰？」這個奴隸喊道，他的眼光茫然而可怕。

「你不知道嗎？」我溫和地回答，「跟我。」

「啊！的確，」他的臉變得和善了，露出了絕望的表情，「是跟你。是哪一天呢？」

「八月二十二日。」

「八月二十二日！你瘋了嗎？」他又對我說，臉上露出焦急的表情。我詫異地望著他。沉默了一陣子後，他緊緊握住了我的手。

「兄弟，你幫了我這麼多，我必須給你一個警告。聽我的話，搬到海角去，並且在二十二日以前結婚！」

我請他解釋這些曖昧的話，但是沒有用。

「再見了！」他嚴肅地說，「我恐怕說得太多了。可是，我恨忘恩負義甚於說謊騙人。」

我躊躇不安地離開了他，沒過多久就把這件事情忘了。就在那一天，我叔父撤回了他的上訴。我回到炮台去釋放比埃羅，卻發現他已經不在牢房裡了！拉斯克留在那裡，牠的脖子上綁了一張棕櫚葉，我拿下來，唸著上面的字：

謝謝你，這是你第三次救了我的命。兄弟，不要忘記你答應我的事。

我打算把拉斯克帶走，可是一走出炮台，牠就鑽進附近的樹籬，不見了。

11

八月二十二日到了。阿居爾的教堂裡舉行了隆重的結婚儀式，我陶醉在無窮的歡樂之中，早已把比埃羅和他不祥的警告拋在腦後。黃昏終於到來，我的新婚妻子已經回到新房，但我卻不能跟她一起去，有一樁討厭的任務把我拖住了。作為民兵隊隊長，我必須在那一晚巡查阿居爾的崗哨；這種警戒在當時是必要的，因為殖民地不時有黑人暴動。

我視察了前幾個崗哨，沒有發現任何異樣。不過，到了將近半夜時，我發覺地平線上有一片紅光升起，一直延伸到利蒙納德和聖路易．德莫蘭那邊。

起初，我們以為是發生了火災；但過了一陣子，火勢變得更加猖狂，煙越來越濃，我立刻跑去炮台發警報。當我經過黑人的茅屋附近，發覺那裡已亂成一片，大部分的黑人都醒著，激動地交談著；在他們的土話裡，不時冒出一個奇怪的名字：布格—雅加爾。從我聽得懂的幾句話中，我明白北部平原上的黑人已經公開暴動了，並且放火焚燒海角一側的殖民者產業和種植園。我立刻下令阿居爾的民兵隊武裝起來，嚴格監視奴隸。

到了凌晨兩點左右，我叔父按捺不住了，他要我把民兵留下一部分，再率領其餘的士兵到海角去。當時我的妻子還在睡夢中，或者在等我回去，但我還是服從了叔父的命令，因為他是省議會的議員。

我漸漸走進那座城市，那裡的景象我一輩子也忘不了。火焰吞噬了城市周圍的種植園，火光照亮了整個市區，街道密佈濃煙，燃燒的甘蔗渣形成了大批火星，像雪花般落在屋頂上，以及碼頭大船的繩索上；居民們在這場可怕的大火中搶救他們僅存的財產，連性命都不顧了；海灣裡的船隻害怕遭到同樣的命運，在血紅的海面上張滿帆篷遠遠地駛去。

不久後，我聽說暴動的奴隸已經佔領了東東、紅山、烏阿納曼特鎮，甚至蘭貝的一些種植園。這使我焦急萬分，因為這些地點全都在阿居爾附近。

我儘快趕到了總督布朗夏蘭德的府邸，要求他發佈命令，盡可能確保阿居爾的安全。在場的還有旅長德．

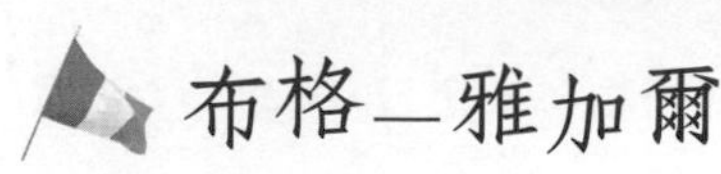

魯弗瑞、海角連隊的德·杜沙爾中校、幾個殖民地議會和省議會的議員，以及一些較有聲望的殖民者。大伙兒正在議論紛紛。

「啊！各位先生，別再爭論不休了，替我出點主意吧！我收到了報告，上面寫道暴動是今晚十點由杜爾潘的黑人發起的。在一個名叫布克曼的英國黑人指揮下，他們煽動了克萊芒、特萊梅、弗拉維爾和諾埃等地的黑人，放火燒了所有的種植園，還用各種殘酷手段殺害殖民者。例如說，他們的旗幟是：用矛尖挑著一個孩子的屍體！」

一片低語聲暫時打斷了總督的話，他接著說：

「這是外頭的情況，而裡面卻是一片混亂。海角有許多居民殺死了自己的奴隸，還有一些人把他們的奴隸囚禁起來，在屋外上了大鎖。有的白人將這場災禍歸咎於自由的黑白混血兒，意圖加以迫害，我不得不讓他們在一座教堂裡暫時躲避。如今，這些混血兒為了要證明自己的清白，要求我撥給他們一些武器，允許他們協助守衛。」

「別聽他們的話！」有一個聲音叫道，我聽出是之前被懷疑是混血兒、還跟我決鬥過的那個種植園主，「別聽他們的！總督先生，千萬別把武器交給黑白混血兒。混血兒是我們最大的敵人，我認為發起暴動的正是他們，而不是奴隸。奴隸算得了什麼！」

這個可憐的傢伙以為說了黑白混血兒的壞話，就能完全與他們撇清關係，也不會再被白人們瞧不起了。不過他這個企圖實在太過卑劣，因此並沒有成功，從一片反對的嗡嗡聲就可以察覺到這一點。

「將軍，」總督轉向旅長德·魯弗瑞，「您認為黑白混血兒的請求怎麼樣？」

「把武器給他們！」旅長回答，「凡是願意幫忙的人，我們都利用一下吧！」

響徹整座城市的焦慮的呼聲不時傳進總督府裡，激烈的爭論仍在繼續著，有一個殖民者——他是少數染上了革命狂熱的其中一個人，因為曾經指揮過幾次血腥的屠殺，被人稱為「將軍公民C」。他嚷了起來：

「與其打仗，不如用重刑！對付暴徒只有殺一儆百的辦法，讓我們給黑人一點顏色瞧瞧！六、七月發生的暴動就是由我鎮壓的，我在我宅邸的大路兩旁種了五十個黑奴的頭來代替棕櫚樹。聽從我的建議吧！讓我們用留下的黑人來防衛海角城！讓我們把他們的頭串在一根繩子上，從比戈萊炮台一直圍到加拉哥爾岬；他們叛亂的同伴見了就不敢靠近。我第一個自願！我有五百個沒有造反的黑奴，我願意把他們繳出來！」

這個可惡的提議讓眾人聽了都大吃一驚。

「太可惡了！太可怕了！」所有的人都叫了起來。

布朗夏蘭德總督再次向眾人徵求意見。

「懸賞布克曼的頭！」一個人說。

「把一切事態通報牙買加總督！」另一個人說。

「沒錯，好讓他再次送來五百支步槍的可笑增援！」一名省議員插嘴道，「總督先生，乾脆派使者到法國去，等著他們的支援好了！」

「等？等？」德．魯弗瑞大聲地打斷他，「黑人會等你嗎？燒到城牆下的大火會等你嗎？德．杜沙爾先生，去叫人把召集軍隊的鼓敲響，把大炮準備好，帶著你的擲彈兵和輕裝兵去找叛軍的主力。總督先生，派人在東部各教區紮營，在特魯和瓦利埃爾佈上防哨。而我，我負責領導多芬炮台的平原這一側。就這樣辦！大家立刻行動起來！」

這個老軍人的這番強而有力的話，頓時讓所有人啞口無言。總督感激地握緊將軍的手，向他證明：儘管他的建議說出來像是發號施令，但自己仍感受到它們的重要性。所有殖民者都被要求立即去執行各自的任務。

我抓緊這個時刻，從布朗夏蘭德那裡得到了我迫不及待的命令。接著，我離開了會場，率領我的士兵前往阿居爾。

12

天開始亮了，我看見一個黃色龍騎兵渾身塵土，以最快的速度騎馬朝我奔來，我急忙迎上前去。從他斷斷續續的幾句話中，我明白我擔心的事真的發生了：這次暴動已經蔓延到阿居爾平原，黑人正在圍攻殖民者避難的加利費炮台。

一分鐘也不能耽擱了，我讓所有士兵都騎上馬，由龍騎兵引路，早上十點就到了我叔父的土地。

種植園早已成了一片火海，濃煙在平原上翻滾著，可怕的爆烈聲和劈啪聲、喃喃聲混成一片，似乎在呼應遠處黑人們的陣陣叫嚷。我叔父的產業毀了，我並不放在心上，我腦中只想著瑪麗的安危。我知道她在炮台避難，我向上帝禱告，但願我能及時趕到，這一線希望給了我獅子般的勇氣和力量。

看得見加利費炮台了，三色旗依然在炮台上飄揚，大火把圍牆的輪廓照得清清楚楚。「快跑！用力刺馬！放開韁繩！」我對士兵們喊道，以加倍的速度朝炮台跑去。途中經過了我叔父的房子，門窗都破碎了，但還沒有起火；一群黑人埋伏在其中，不斷朝炮台射擊。

我們來到了炮台最外層的壁壘，大伙兒排成一隊，等著我下令進攻。就在這時，炮台裡響起了一大片叫嚷聲，一股濃煙把這棟建築物完全籠罩了。等到煙霧消散以後，我們看見一面紅旗在加利費炮台上飄揚。

一切都完了！炮台被佔領了，防守的人被殺死了，二十個家庭被屠殺了。而我，失去了瑪麗！在她屬於我短短的幾個小時之後，就失去了！這全是我的錯，要是我前一晚不聽我叔父的命令到海角去，不離開她，至少這時還能在她身邊保護她，或是和她一起死。想到這些痛心的事，我難過得幾乎發狂！

「報仇！」憤怒的士兵們大叫。我們用牙齒咬著軍刀，兩手各握一柄手槍，朝著暴動者衝過去。黑人的數量遠遠超過我們，但一看到我們來了，卻四散奔逃。我們來到炮台的一條隧道裡，看見了渾身是傷的達戴。

「隊長，」他對我說，「您的比埃羅是一個巫師！一個魔鬼！我們好不容易守住了炮台，可是他卻突然冒了出來——我也不知道他是從哪裡進來的。瞧！至於您的叔父、他的家眷和您的夫人……」

「瑪麗！」我打斷他的話說，「瑪麗在哪裡？」

這時候，一個高大的黑人抱著一名少女，從起火的柵欄後方衝了出來。她尖聲叫喊，拚命地在他懷裡掙扎。這個少女就是瑪麗，黑人就是比埃羅。

「忘恩負義的傢伙！」我朝他喊道。

我朝他開了一槍，但沒有打中。比埃爾回過頭來，似乎說了些什麼，隨後便跳進正在燃燒的甘蔗叢。沒過多久，拉斯克銜著一個搖籃走出來，裡面躺著我叔父最小的孩子。我氣瘋了，也朝牠開了一槍，但沒有打中。

我像個瘋子般追趕了一陣，肉體與精神上的折磨把我累垮了。我跑了幾步，忽然有一層黑霧罩在我眼前，接著我就倒在地上，失去了知覺。

13

等我醒過來，我已經在叔父的房子裡了。忠心耿耿的達戴正用焦急的眼光望著我。我連忙問道：

「瑪麗在哪裡？」

我想起了我那可怕的新婚之夜，想起了那個善良、慷慨、忠實、被我搭救了三次的比埃羅，竟是一個忘恩負義的小人、一個惡魔、一個情敵！他在我們的新婚之夜擄走了我的妻子，這足以證實當初的懷疑；我終於明白，在涼亭外的歌唱者不是別人，正是這個擄走瑪麗的惡棍。

達戴告訴我，他追過比埃羅和他的狗，但是沒有追到；還告訴我，雖然黑人數量勝過我們，但他們卻撤退了。我們家的產業還在繼續燃燒，火根本不可能撲滅。

我問起我叔父的情況。他一聲不響地握住我的手，把我領到房間一角，拉開了床帷。我不幸的叔父就躺在那裡，床上血跡斑斑，一把匕首深深地刺進他的胸口；從他臉上安詳的表情來看，他是在熟睡時遇害的。一旁阿比布拉的床墊上也沾滿血跡，他那鑲著花邊的外衣被丟在幾步外的地上，上面也有同樣的血跡。

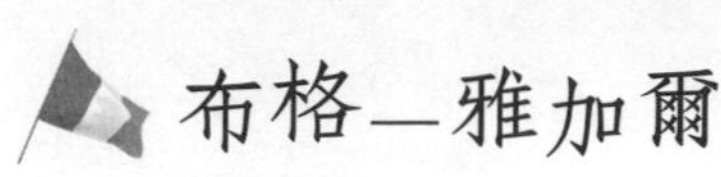

當時我毫不懷疑地相信：這個小丑是因為與我叔父親近而犧牲的，說不定還是為了保護主人而被殺的呢！我痛苦地譴責自己，怪自己不應該抱著偏見，以至於看錯了阿比布拉和比埃羅。我下令搜索他的屍體，但沒有找到。我猜一定是黑人把他帶走扔在火裡了；於是我決定，在替我岳父舉行葬禮的時候，也要為忠實的阿比布拉的靈魂安息而祈禱。

加利費炮台毀了，我們的房子也不見了，於是當天晚上我們回到了海角。在那裡，我發了一場高燒，神經變得錯亂；想到我的瑪麗正受到另一個情人、另一個主人、另一個奴隸的擺佈，我更是失去了理性。事後他們告訴我，我曾從床上跳起來，用頭去撞牆，來了六個人才總算把我攔住。

生死關頭過去了，十天之後，我痊癒了，也不沮喪了。我很高興還能多活一段日子，好讓我報仇雪恨。我去找總督布朗夏蘭德先生，請求他讓我當一名志願兵，加入機動隊去掃蕩黑人。

當時，暴動已有了驚人的進展。太子港的黑人已經開始騷動；比阿蘇率領了蘭貝、東東和阿居爾的黑人；讓—弗朗索瓦自封為馬利巴羅平原的大元帥；布克曼則帶了一隊人走遍了利蒙納德的田野；最後，還有紅山的那一幫人，他們推舉了一名叫布格—雅加爾的黑人當他們的首領。

與布克曼和比阿蘇相比，這名首領顯得仁慈寬大多了。前者往往會想出上千種刑罰，來殺死落到他們手中的俘虜，布格—雅加爾卻會提供各種方法，讓俘虜們離開島上。前者總是與近海的西班牙雙桅帆船交易，布格—雅加爾卻擊沉了好幾艘這種海盜船。戈拉．德．梅涅和另外八名殖民者原本已被布克曼綁上刑柱，卻被布格—雅加爾下令釋放了。

總督想先解決布格—雅加爾，他的牽制使他惶惶不安。他派了烏阿納曼特的民兵和海角的一個營去攻打他。兩天後，這支軍隊被打得大敗而回。總督又增調了五十名黃色龍騎兵和四百名馬利巴羅民兵，這回遭到了比前一次更大的挫敗。達戴也參加了這次出征，回來時氣極敗壞，發誓要向布格—雅加爾討回顏面。

14

消息傳來了，說布格—雅加爾已經離開了紅山，率領隊伍穿過山地去和比阿蘇會師。總督高興得跳了起來。「他們終於落到我們手裡啦！」隔天，殖民地的軍隊離開海角，向前走了一法里。暴動的隊伍看見我們接近，慌忙地放棄了馬爾戈港和加利費炮台，退到山裡面去。我們繼續向前進軍，穿過這片寸草不留的平原，這裡曾是我們的田地、我們的住所、我們的財富所在，現在卻認不出來了。

到了第三天晚上，我們進入大河的谷口，我們估計黑人就在二十法里外的山上。軍隊在一座低的山頭紮營，這個地勢並不適宜，但我們卻挺放心的。小山四周都是覆著樹林的懸崖峭壁，大河流經我們營地背後，夾在陡峭的兩岸中間，河道在這裡變得又窄又深；陡峭的兩岸長滿了樹叢，什麼也看不見。藤蔓與樹叢相互纏繞，甚至延伸到對岸，在河上形成了一個綠色的大天篷。

不久後，金色的夕陽消失了，黑暗漸漸籠罩了整個營地，只聽得見鶴的叫聲和哨兵有節奏的腳步聲。突然間，我們的頭頂傳來了可怕的戰歌，山上的棕櫚樹、阿拉瑪樹和杉樹轟地一下燃燒起來，熊熊的火光照出了附近山頭上數不清的黑人和混血兒。這是比阿蘇的隊伍。

隊長們從睡夢中驚醒，連忙把士兵集合起來；集合的鼓聲和緊急的號角聲響起了，我們在混亂中擺好陣勢。叛軍並沒有趁我們混亂的時候進攻，卻一動也不動地望著我們，一邊唱著戰歌。

在臨近的一座山峰上，有一個身材高大的黑人單獨出現了，他的頭上飄動著一根火紅色的羽毛，右手握著一把斧頭，左手舉著一面紅旗——那正是比埃羅！他繼續唱著歌，把旗子插在山頂上，又把斧頭扔到我們這裡，自己卻跳到了洶湧的河水裡去。接著，黑人們開始把大塊的岩石朝我們滾下來，子彈和箭矢像冰雹一般落在小山上。士兵因無法接近敵人而怒不可遏，隊伍亂成一團。後來，有人想出了一個主意，去躲在覆蓋在河面上的那一層厚厚的藤蔓下方。這是一個巧妙的方法，是達戴第一個提出的——

說故事的人說到這裡，忽然被打斷了。

15

十五分鐘以前，達戴已經回到了帳篷裡，他的右手吊在一根吊腕帶裡。他一直默默地聽著上尉講的故事；這時候，他相信自己應該對多韋奈的讚美表示感謝，於是便用慌亂的聲調結結巴巴地說：

「上尉，您太好了！」

這句話引起了一陣哄堂大笑。多韋奈轉過身來，嚴肅地朝著他嚷道：

「怎麼！達戴，你怎麼離開野戰醫院了？」

「是的，請原諒我，我是來請示您，明天是否要為您的戰馬準備馬鞍。」

亨利笑起來了。

「達戴，你應該去請示軍醫長，你的手臂明天是否需要裹上二兩紗布。」

「或者請示一下，」巴沙爾接著說，「你是否可以喝一點酒來提提神。這裡有白蘭地，嘗嘗看吧！我勇敢的中士。」

達戴中士走上前去，恭敬地行了個禮，隨後一口氣乾了杯。他興致好起來了。

「上尉，您剛才講到——啊！對了，是我提議的，躲在藤蔓下，免得被石頭砸死。我的長官願意照我的建議去做，但他要我先下去試一試。我去了，我沿著河岸下去，跳到像篷子一樣的藤蔓下，兩隻手吊住上面的樹枝。就在這時，老天！我的腿好像被人拉住了，我拚命掙扎，呼喊救命，一連挨了好幾刀。原來是紅山的黑人埋伏在那裡，等著偷襲我們。一瞬間，搏鬥、叫罵、呼喊聲連成一片；在這陣吵鬧中，我看見一個高大的黑人，像個惡魔似地跟我的八九個伙伴對打。我游過去，認出他就是比埃羅，於是一把掐住了他的喉嚨；他正想用匕首對付我，卻認出了我，於是不但沒有殺我，反而乖乖束手就擒。黑人們看見他被抓了，都衝到我們這裡來救他，而民兵隊也下水來幫我們；比埃羅看出黑人們沒有勝算，便說了一句話，這句話就像咒語一樣，那些黑人頓時四散逃開，一轉眼就不見了。我在這一場戰鬥中失去了一根手指，弄濕了十筒彈藥；但是他……唉！

上尉，這一切都是命中註定的。」

「是的，」多韋奈也激動地說，「我的老達戴，你說的對，那真是個不幸的夜晚。」

如果不是人們催促他趕快說下去，他一定又會陷入往常的那種深邃的沉思中了。他接著說下去。

16

達戴剛才說的這場戰鬥發生在小山背後，至於我，當時正帶著幾名手下，往一座陡峭的山峰上爬。這座山峰和黑人們佔據的那些山頭一樣高，當我們登上山頂後，便猛烈地朝他們開火。黑人們節節敗退，最後終於撤出了附近的山峰。隨後，我們砍倒了幾棵野生的大棉樹，用棕櫚葉和繩子把它們綁在一起，搭成一座座便橋，登上了黑人放棄的一座座山頭。這種情況讓叛軍動搖了。突然間，比阿蘇的隊伍裡響起了一片淒慘的叫喊聲，其中夾雜著布格—雅加爾的名字。好幾個紅山的黑人在飄揚的紅旗前趴下來磕頭，拔掉旗子，然後帶著旗子跳進深淵似的大河裡。看起來他們的首領不是被殺就是被俘了。

我們的膽子越來越大，決定用白刃把叛軍從他們還盤踞著的山頭上趕走。我首先跳到了另一座山頭上，衝到黑人中間；手下的士兵剛要跟過來，橋卻被一個暴動者用斧頭一下子砍斷了，掉進了河裡。

剎那間，我被六七個黑人抓住。他們奪走了我的武器，用樹皮搓成的繩子把我綁起來。不久之後，我聽到周圍傳來一片白人勝利的歡呼聲，許多黑人和混血兒亂成一團地朝最險峻的山上爬，一邊恐怖地喊叫著。看守我的其中一個黑人也把我扛在肩上，朝著樹林跑了過去。

穿過叢林，躍過山澗，我們來到地勢較高的一個山谷裡，這裡荒蕪得出奇，我從未來過。這座山谷位在幾座小山的中央，那是一片綠色的草原，四面由光禿禿的岩石和外界隔絕，草原上稀稀落落地長著一叢叢的松樹、癒創樹和棕櫚樹。

夜快結束了，天開始破曉，周圍的山頂已經發白；但這座山谷還沉浸在黑暗裡，只有黑人的許多營火發出

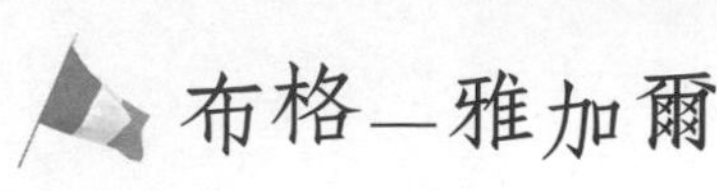

的亮光。這是叛軍整編隊伍的地點，他們的殘兵敗將亂糟糟地聚在這裡，隨時都有一群驚慌失措的黑人和混血兒加入，痛苦地呻吟著，憤怒地叫喊著。

俘虜我的黑人把我綁在一棵橡樹幹上，便準備離開我。我用黑人的土語問他，這是屬於東東的隊伍，還是紅山的隊伍。他立刻停下來，驕傲地回答：「紅山！」我忽然想到，聽說這支隊伍的首領布格—雅加爾十分寬大，儘管我決心一死，但一想到若是落在比阿蘇手裡，在死之前一定會遭受各種痛苦，這令我不寒而慄。因此，我請求他帶我去見他的首領布格—雅加爾。他哆嗦了一下。

「布格—雅加爾！」他重複了一遍，痛苦地敲著額頭，隨後又露出憤怒的表情，握著拳頭對我喊道：「比阿蘇！比阿蘇！」說了這個帶有威脅性的名字以後，他就離開了。

這個黑人的憤怒和悲哀使我想起，我們曾經斷定紅山的首領不是被我們殺死，就是被我們俘虜了；如今我不再懷疑。我決定忍受比阿蘇可怕的報復。

天漸漸亮了，黑人和篝火不斷增加。俘虜我的那個黑人回來了，還帶來了另一個怪異的人。這個人又矮又胖，像一個侏儒；他的臉用一塊白面紗蒙起來，像苦行僧一樣，面紗上有三個洞，分別在兩隻眼睛以及嘴巴的位置，面紗一直垂到他的脖子和肩頭上；滿是汗毛的胸膛袒露著，膚色看上去就像格里夫種的混血兒，胸口上還掛著一根金鏈子；一把沉重的匕首掛在他的紅皮帶上，皮帶繫在一條綠、黃、黑條紋相間的裙子上，裙子一直垂到他那雙難看的大腳；他的手臂一樣袒露著，手上拿著一根白棍子；他的頭上戴著釘了很多小鈴鐺的尖帽子，當他靠近時，我認出那頂帽子正是阿比布拉的那一頂，上頭仍然能看出幾點血跡，這讓我大吃一驚。毫無疑問，這一定是那個忠心耿耿的小丑的血。這些痕跡再次證明了那個矮人遇害的事實，並在我心中激起了悔恨的感情。

我猜想，這個人一定是比阿蘇軍隊裡的一個巫師。他朝我看了一眼，嚇得往後退了一步，低聲地說了：「該死的！」然後又湊著那個黑人的耳朵說了幾句話，便交叉著雙臂，慢條斯理地走了，顯然在沉思。

看守我的那個黑人告訴我，比阿蘇要見我，叫我在一小時以內準備好和這位首領見面。

我等待著這一個小時過去，目光慢慢掃過叛軍的營地。天已經亮了，因此營地裡的奇怪景象，我看得一清二楚。這些黑人幾乎都戴著從死者身上剝下來的、軍人和教士用的裝飾品，絕大部分都只是些撕破的、染滿血跡的破布片。不時可以看見僧侶的寬領帶下有一片頸甲在閃閃發光，或是看到一枚肩章別在無袖法衣上。毫無疑問，這些黑人做了一輩子苦工，現在得到了休息，過著一種我們從未有過的悠閒生活。他們有的睡在大太陽下，頭靠近熊熊的篝火；有的一邊哼著單調的歌曲，一邊蹲在棚子門口，他們的妻子和孩子正在一旁準備食物。在遠處，營地的外圍，一群黑人在篝火四周圍成一個個大圈子，斷斷續續地傳來樂器的聲音和歌聲。不時有成群的好奇的黑人圍著我。他們全都帶著威嚇的表情望著我。

17

終於有一小隊全副武裝的混血兒士兵來到我面前，俘虜我的黑人把我從樹上解下，交給這隊士兵的隊長，並從隊長手裡換來了一個相當大的錢袋。

士兵們把我帶走了，我們在一排排散亂的棚子中間繞了好幾個圈子，來到了一個岩洞的洞口。這個岩洞是自然生成的，就在圍著大草原的巨大岩石群中的一座岩山腳下。洞口由許多成雙成對的士兵守衛著。隊長跟在洞外來回踱步的兩名哨兵交換過口令後，就揭開洞口的門簾，把我帶進去。

一盞銅燈用鐵鍊掛在洞頂，搖曳的燈光照在山洞陰濕的洞壁上。在兩排士兵中間，我看到一個混血兒坐在一個很大的桃花心木的樹樁上，這個人是薩卡特拉種混血兒，他的裝束非常可笑：一條華麗的絲辮腰帶，垂著一枚聖路易十字獎章，繫住一條齊肚臍的藍粗布短褲；一件白羽紗上衣，短得碰不到腰帶；腳上套著一雙灰色靴子，頭戴有紅色徽記的圓帽，兩肩各有一只不同顏色的肩章，怪異地掛在胸口兩側；一把軍刀和兩支鑲了金銀絲的手槍就放在他身邊的羽毛毯上。

他的座位後面有兩個穿著奴隸短褲的白人孩子，一聲不響地站著不動，手中握著一把大扇子。在他的兩邊各有一個座位，右邊的座位坐著我剛才見到的巫師。他盤腿坐著，一動也不動，但從他面紗的兩個洞裡，我仍能感受他那雙閃閃發光的眼睛在盯著我。

這名薩卡特拉種的首領是中等身材，他貧賤的相貌中透著一種既陰險又殘暴的神情。他叫我走近一些，靜靜地看了我一會兒；最後，他像一條狼似地冷笑起來。

「我是比阿蘇。」他對我說。

「噢！我看你似乎是一個勇敢的人。好，我問你，你是不是本地生長的？」

我早就知道會聽見這個名字，儘管心裡忍不住打顫，但臉上仍保持著鎮靜和高傲。我沒有理他。

「不是，」我回答，「我是法國人。」

「好極了！我從你的制服看出你是一個軍官。你多大了？」

「二十歲。」

「什麼時候滿的？」

這個問題喚醒了我許多痛苦的回憶。我出神地沉思了一會兒，回答：

「你的朋友萊奧格里被吊死的那一天。」

他氣得繃緊了臉，連著冷笑幾聲。然而，他還是克制住自己。

「萊奧格里被吊死二十三天了，」他對我說，「法國人，今晚你可以替我傳個口信給他，告訴他：他的弟兄們已經獲得了自由。再告訴他：你在旅長讓．比阿蘇的大本營裡見到的情形，以及這一位大元帥對老百姓們有多麼大的權力。」

他下令把我帶到山洞的一個角落裡坐下來。接著，他向幾個穿副官制服的黑人做了個手勢，說：

「把召集隊伍的鼓敲響，讓所有人在大本營周圍集合，我們要進行檢閱。還有您，法師先生，」他回過頭，向巫師說道，「把您的法衣穿起來，為我們的軍隊主持彌撒。」

巫師站起來，向比阿蘇深深鞠了個躬。一轉眼工夫，山洞內便佈置好了，首領比了個手勢，洞口的門簾立刻被掀開了，所有的黑人士兵都在山洞外，密密麻麻地排成方陣。比阿蘇脫下圓帽，在聖壇前跪下來，大聲喊道：「跪下！」這個命令被傳下去，一陣鼓聲響起來了，所有的隊伍都跪了下來。看守我的混血兒士兵用力地朝我的肩膀一按，於是我也跟別人一樣跪了下來，被迫假裝對這種虛偽的宗教儀式表示恭敬。

巫師一本正經地在行瞻禮，大元帥也不例外。在闡揚瞻禮的時候，巫師用當地的土話大聲喊道：「我們認識了好上帝，專心地參加這個儀式，比阿蘇的兩個白人奴隸則擔任了助祭。這群叛亂者一直趴在地上，專心地參加見到祂的是我！白人殺死了祂，把所有的白人都殺死！」我似乎在哪裡聽過這個聲音。所有的隊伍齊聲大叫了一聲，互相碰了碰他們的武器。這讓我瞭解到他們的勇敢和殘酷會到什麼樣的地步。

儀式結束了，巫師轉過身來，很有禮貌地向比阿蘇鞠了一躬。隨後，首領站起來，叫人拿來了一個盛滿了黑玉米粒的玻璃盆，在上面撒了幾顆白玉米粒，接著把這個玻璃盆舉過他的頭頂，說道。

「弟兄們，你們是黑玉米，你們的敵人白人是白玉米！」

說完，他把盆子搖動起來，等所有白玉米差不多都埋在黑玉米底下，看不見了，他便得意洋洋地大聲說：

「瞧！白人跟你們相比算什麼！」

人群中爆發一陣歡呼。比阿蘇繼續說下去，在不流利的法語中時常摻雜當地的土話與西班牙語。

「順從的時期已經過去了！我們曾經像綿羊一樣柔順，現在，讓我們現在變得跟故鄉的虎豹一樣殘暴吧！只有靠武力才能獲得權利，一切都屬於那些毫不留情的運用武力的人！」

「人類再生的敵人！這些白人，這些殖民者，這些種植園主，這些做買賣的人，這些真正的魔鬼來了！他們穿著華麗的衣服，帶著武器，瞧不起我們，因為我們是黑人，而且赤裸著身子。他們以為自己能夠驅散我們，就跟這些孔雀羽毛可以驅散一大群的蚊子一樣！」

他一邊做比喻，一邊從身後一個白人奴隸手裡奪過一把大扇子。

「然而，我的弟兄們，儘管他們穿著很好的衣服，卻被我們光著的手臂打倒了！他們以為我們的手臂沒有力量，但他們不知道，好的木材剝去了樹皮反而更加堅硬！這些可惡的暴君，他們現在發抖了！害怕了！」

一陣得意洋洋的歡呼聲，回應了這位首領的呼喊聲，所有的軍隊都不斷嚷著：「他們害怕啦！」

「本地黑人和剛果黑人，我們要報仇！混血兒，不要讓白人的誘惑迷住了！雖然你們的父親在他們的軍隊裡，但你們的母親和我們同在。既然上帝有了神聖的訓誡，不許你們打你們親生的父親，那麼，當你們在敵人的軍隊裡遇到他時，就對彼此說：『你來殺我的父親！我來殺你的父親！』報仇吧！讓所有人都得到自由！這個呼聲已經在所有的島上都得到了響應。它從聖多明哥發出，喚醒了多巴哥島和古巴島。在我們中間舉起了義旗的，是一個牙買加的黑人，青山的一百二十五個逃亡黑人的首領布克曼！讓我們學習他高貴的榜樣，不要對白人客氣！讓我們屠殺他們的家人，毀掉他們的種植園！拿出勇氣吧！弟兄們！我們馬上要與他們戰鬥，我們馬上要把他們殺光。勝利之後，將輪到我們享受生活的種種快樂；萬一戰死了，我們會進入天堂，在那裡，每天都會領到雙份的燒酒，和一個銀幣！」

這一番可笑的演講，對這些暴動的人產生了巨大的影響。叫聲、怨聲和吼聲形成了一首不和諧的大合唱。有的人捶著胸部，有的人把棍子和軍刀碰得噹噹作響；許多人都跪下來或趴在地上，像昏迷似地一動也不動。

比阿蘇又做了一個手勢，喧嚷聲頓時停止了，每個黑人都一聲不響地回到自己的隊伍裡去。比阿蘇靠著自己的思想和意志的那種簡單力量，讓他的同胞們嚴守紀律，就像音樂家手指下的鋼琴鍵一樣，這令我看呆了。

18

這滑稽的一幕演完了，戴著面紗的巫師又接著演出下一幕。

「大家，聽好！」巫師喊道，忽地跳上了祭壇，「凡是想看看生死簿上怎麼寫的人，請走過來，讓我來告訴你們。我學過吉普賽人的科學！」

一群黑人和黑白混血兒急急忙忙地朝他跑過去。就在同時，有一個混血兒走到比阿蘇的跟前，他像有錢的殖民者一樣穿著一件上衣和一條白褲子，頭上圍著頭巾。他的臉上露出驚慌失措的神情。

「哦！」大元帥低聲地說，「什麼事？您怎麼啦？里戈。」

他是開依縱隊的首領，是個黑白混血兒，人們都稱他「里戈將軍」。他是一個外貌忠厚但內心狡猾、態度溫和而心腸冷酷的人。我仔細打量他。

「將軍，」里戈回答，「軍營外來了一名讓─弗朗索瓦的使者。布克曼不久前在與德·杜沙爾的一場交戰中陣亡，白人一定把他的首級當成戰利品陳列在他們的城裡了！」

「就這樣？」比阿蘇說，他一想到首領的數目減少，自己的地位就變得更加重要了，眼裡閃現出快樂的光芒。「別這麼大驚小怪，親愛的里戈。」

「不過，」里戈爭辯道，「您不害怕布克曼的死會影響到您的軍心嗎？」

「您說得對，里戈，」首領回答，「不過，您將會看到我是怎麼辦事的。讓這名使者等一等！」

隨後，他走到巫師面前。在他們進行這段談話的時候，巫師正在為人看相，在詢問那些吃驚的黑人，察看他們手上或額頭上的皺紋；每個黑人在他腳邊的銀盆裡扔一些錢，他就按照錢的數量來說他們有沒有好運。比阿蘇在他耳邊悄悄說了幾句話。這個巫師一句也沒有回答，繼續為人看相。

「要是一個人的腦門中間、太陽線上，有一個小方塊或是小三角形，那他將會發一大筆財。」

「腦門上三個交叉的S型是不祥的徵兆。有這樣紋路的人，必須小心避開水，否則將會淹死。」

「從鼻子開始的四條皺紋，在眼睛上面、腦門上，成雙成對地彎成曲線，這說明這個人一定會成為俘虜，而且會在外國人手中當很長一段時間的俘虜。」

巫師講到這裡停了一停。

「弟兄們，」他鄭重其事地說道，「我在紅山的首領布格─雅加爾的腦門上就看過這種紋路。」

這幾句話向我證實了布格─雅加爾已經被俘。他說完這幾句以後，有一隊士兵哭起來了，這隊士兵全是由黑人組成，他們的首領們穿著深紅色短褲。這是紅山的隊伍。

隨後，巫師又開始說了：

「要是腦門上的七條皺紋是細的、成螺旋形的，而且很淺的話，那就表示這個人會短命。」

「要是眉心的月亮線上有兩個交叉的箭頭，那這個人將會陣亡。」

「要是生命線靠近手指的那一端有個十字，那表示他將會死在斷頭台上——」

「說到這裡，」巫師又說，「我記得，我們勇敢的保衛者布克曼，就有這三種不祥的紋路。」

聽到這幾句話，所有的黑人都伸長了脖子，屏住呼吸，目不轉睛地盯著這個騙子看。

「不過，」巫師又說，「我無法解釋這兩種同時威脅著布克曼的徵兆——在戰場上死，同時也在斷頭台上死。但是，我看相從來沒有誤判過。」

他停下來，和比阿蘇交換了眼色。比阿蘇向一名副官悄悄說了些什麼，這名副官立刻走出山洞。沒過多久，他回來了，帶來一個滿身汙泥的黑人，這個黑人的腳上被樹根和石頭磨破了，顯然歷經了長途跋涉。他一手拿著一個密封的包裹，一手拿了一張展開的羊皮紙，那是讓—弗朗索瓦發的通行證。

使者把通行證遞給比阿蘇，深深地鞠了個躬，然後又把包裹交給他。大元帥急急忙忙地把它撕開，仔細地看了看裡面的公文，然後用悲傷的聲調喊道：

「弟兄們！牙買加青山一百二十個黑人的首領布克曼，在這場為自由和人道而發起的、反對專制和暴政的光榮戰爭中犧牲了！這位勇敢的首領是在與惡名昭彰的杜沙爾的白人軍隊交戰時被殺死的，那些殘酷的人把他的頭割下來，宣佈要把它可恥地放在海角城校場的斷頭台上！報仇吧！」

在宣讀完這篇通告以後，有好一陣子，整個軍隊都垂頭喪氣，一聲不響。但是，巫師忽然在祭壇上站起來，得意地揮著手杖，喊道：

「朋友們！你們剛才都聽見我講的話了。我是怎麼預言的？布克曼腦門上的皺紋告訴了我，他是一個短命的人，他會死在戰場上；他手上的紋路告訴了我，他要上斷頭台。我的預言已經一毫不差地實現了！他死在戰場上，同時也上了斷頭台！弟兄們，崇拜吧！」

在說這段話的時候，黑人們氣餒的情緒轉變成了一種敬畏的情緒。他們聽著巫師的話，既相信又害怕。比阿蘇又冷笑起來。他對巫師說：

「法師，既然您能預知未來，我們希望您也能談談旅長讓．比阿蘇的命運。」

巫師在祭壇上驕傲地坐下來。

「把您的手伸出來，將軍，」巫師說，彎下腰來握住比阿蘇的手，「關節線從頭到尾深淺都一樣，說明您富有而幸福；生命線又長又深，預言您一生逢凶化吉，晚年安樂；生命線細，表示您有過人的智慧與才能。最後，我還看到了所有的相之中最幸運的一種——一群小皺紋，形狀像一棵樹，向手的上部伸展；有這種相的人必定能大富大貴。健康線很長，向小指彎過去，形成一個鉤形；這表示一種有利的嚴厲——」

矮小的巫師說到這裡，發亮的眼睛從面紗的洞中望向了我。「健康線上還有許多小圓圈，說明您將處死許多人。它在中間斷了，形成一個半圓形，這表示您將從白人那裡遭到極大的危險，如果您不消滅他們的話。至於您的手指，大拇指從指甲到手指底部都有許多細紋，表示您將得到一筆很大的遺產；毫無疑問，這一定是指布克曼的光榮！」

「謝謝您，法師先生。」比阿蘇說，準備回到他那桃花心木寶座上去了。

這時候，這位首領不可思議的相，已經對全軍產生了影響。所有暴動者，自從聽到布克曼戰死的消息以後，比從前更相信巫師的話了；他們不再垂頭喪氣，變得非常興奮、盲目地信任著他們的巫師選中的將軍，爭先恐後地高呼：「奧比萬歲！比阿蘇萬歲！」

不知怎地，這個巫師一直使我的大腦不得安寧。我總覺得以前曾見過和聽過一個與這個怪物相像的人。我想聽聽他說話。

「法師先生，」我對他說，「這裡還有一個人的相您沒有看過，就是我的相。」

他很快地走到我面前，接過我伸出去的手。他的眼睛閃著光芒，假裝在察看我的手。

「你的生命線，」他對我說，「在中間被兩條橫線切斷，這代表死期將近。你的死期快到了！」

「要是健康線不在手掌中央，只有生命線和幸運線在根部連成一個三角形，那就代表將會不得好死。所以你別指望得到好死！」

「要是食指下端有一條長紋路，最後一定會遭到橫死。聽見了嗎？準備好迎接橫死吧！」

宣佈我死期的這個陰沉聲音裡夾雜著一種得意的聲調，但我仍用輕蔑的態度聽著他說。

「法師，」我藐視地微笑著，「你說得沒錯。因為你說的是理所當然的事。」

他又靠近了我一步。

「你懷疑我的智慧，是嗎？好吧！再聽好：你腦門上的太陽線斷了，這代表你把一個仇人當成了朋友，把一個朋友當成了仇人。」

「這是什麼意思？」我大聲說道，我想到了背信忘義的比埃羅以及忠心耿耿的阿比布拉。

「聽我把話說完！」巫師繼續說，「我說的是未來，現在我說過去：你腦門上的月亮線微微彎曲，這代表你的妻子被人搶走了！」

我打了個寒顫，想從坐位上跳起來，卻被衛兵按住了。

「你不是一個有耐性的人，」這名巫師接著說，「這個切斷這條完整曲線的小十字紋證明了這一點。你的妻子就是在婚禮的那天晚上被人搶走的！」

「混帳！」我喊道，「你知道她在哪裡？你是誰？」

我又拚命掙扎，想去扯掉他的面紗，可是他們人多，力氣又大，我只能眼睜睜地看著這個神秘的巫師一邊走開，一邊對我說：

「現在你總相信我了吧？準備好，你的死期近了！」

19

比阿蘇已經重新坐回他的寶座上了，巫師與里戈在他的兩側。這時候，有三群亂哄哄的黑人發出可怕的叫聲，一起湧到洞口，每一群人各自帶來了一名俘虜交給比阿蘇處置。

這名旅長下令把這三名俘虜帶到洞口。我非常吃驚地從這三人中間認出了兩個：一個是將軍公民C，那個曾在總督召開的會議中提出用殘忍手段對付黑奴的人；另一個就是那個血統可疑的殖民者，白人們說他是混血兒，而他卻對混血兒極度反感；第三個看起來似乎是個窮白人，他圍著一條板圍裙，袖子捲到手肘上面。

這名窮白人第一個被審問。

「你是誰？」比阿蘇問。

「我是海角神父醫院的木匠雅各．布蘭。」

大元帥的眼睛裡同時露出了既驚奇又羞愧的神情。

「雅各．布蘭！」他咬牙切齒地說。

「沒錯，」木匠回答，「難道你不認識我了嗎？」

「你？」這位旅長說，「你得先認識我，向我行禮！」

「我絕不會向我的奴隸行禮。」木匠回答。

「你的奴隸？不要臉的東西！」大元帥喊道。

「沒錯，」木匠回答，「我是你的第一個主人，我把你賣給聖多明哥的一名商人，賣了十三枚銀幣。」

比阿蘇臉上掠過一陣怒不可遏的表情。

「怎麼樣？」窮白人繼續說，「你好像因為替我幹過活而感到羞恥，讓．比阿蘇做過雅各．布蘭的奴隸！他還不該為這個驕傲嗎？至於你的母親，她也經常為我打掃店鋪；不過，我已經把她賣給醫院裡的總管了，換來三十二法郎和六個蘇。這就是你們的過去！不過，看起來你們這些黑人得意忘形了，你已經忘了你跪著侍候主人的那些日子了。」

比阿蘇冷笑著聽他說，他的冷笑聽起來十分殘酷。隨後，他轉過頭去，向抓住布蘭的黑人說：

「拿兩根架子、兩塊板子，跟一把鋸子來。海角的木匠雅各．布蘭，感謝我吧！因為我替你準備了一個木

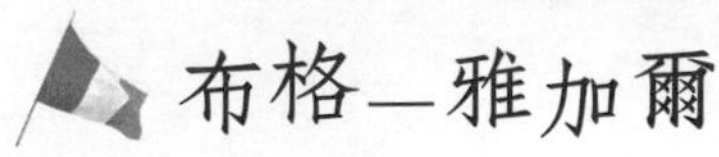

匠的死法。」

雅各．布蘭連眉頭都沒皺一下，他驕傲地向比阿蘇回過頭來。

「好的，」他說，「我應該感謝你，因為我賣掉你，換回了十三枚銀幣，而你替我賺的卻遠超過這些。」

他們把他拖走了。

另外兩名俘虜早已嚇得半死不活。比阿蘇用一種狐狸般的眼光打量著他們，隨後便故意跟里戈談論各種煙葉，說哈瓦那煙葉只適合做雪茄，至於鼻煙，就非西班牙煙葉莫屬。這時，他冷不防向將軍公民問道：

「你的看法如何？」

這句突如其來的問話把這位公民問得不知所措。他結結巴巴地回答：

「將軍，我完全同意閣下的意見……」

「完全是拍馬屁！」比阿蘇回答，「我要問的是你的意見，不是我的。」

「真的，老爺，我不知道……」將軍公民說，他惶恐的模樣叫比阿蘇很感興趣。

「將軍？閣下？老爺？」這位首領不耐煩地接著說，「你是一個貴族啊！」

「哦，不是的！」這位將軍公民叫道，「我是一個忠誠的愛國者，也是一個熱心的『同情黑奴者』……」

比阿蘇目不轉睛地盯著他看，對他說：

「那麼，你愛黑人和混血兒嗎？」

「我當然愛他們！」公民嚷道，「而且我還……」

比阿蘇冷笑著打斷了他的話。

「哈！原來你是我們的同志。既然如此，你一定恨那些用酷刑鎮壓我們起義的卑鄙殖民者了；你一定也跟我們一樣，認為既然白人違反了自然和人道，那麼真正的叛徒不是黑人，而是白人！你一定痛恨他們！」

「我痛恨他們！」公民回答。

「好！」比阿蘇繼續說，「有一個人為了鎮壓最近幾次奴隸的起義，在他宅邸前的道路兩旁放了五十個黑人的頭。你覺得這個人怎麼樣？」

將軍公民的臉色嚇得發白。

「還有一個白人，建議在海角城的周圍掛一圈黑人的頭——」

「饒命！饒命！」這個嚇破了膽的將軍公民喊道。

「難道我威脅你了！」比阿蘇冷冷地說道，「——一圈黑人的頭，從比戈萊炮台一直到加拉哥爾岬，你覺得怎麼樣？回答我！」

比阿蘇的話給了將軍公民一線希望，他認為這位首領也許只知道這些可怕的事，而不知道是誰幹的；因此，他為了消除一切對他不利的猜測，堅定地回答：

「我認為這都是殘暴的罪行。」

比阿蘇冷笑。「好！這個罪人，那你會怎麼處罰他呢？」

這個不幸的公民遲疑不決了。終於，他選擇了威脅性比較少的一個答案：

「這個有罪的人應當處死。」

「回答得很好。」比阿蘇平靜地回答，把嚼著的煙葉吐掉。

他漠不關心的神情使這個可憐的同情黑奴者安心了不少。他又試圖消除一切可能的猜疑。

「沒有人比我更熱切地希望您的事業成功，」他高聲說，「和我通信的同情黑奴者有法國的布里索、美洲的瑪高、荷蘭的彼得．波拉斯，還有義大利的鄧布里尼神父……」

「啊！這跟我有什麼關係？還不如告訴我你的店鋪和倉庫在哪裡吧！我的軍隊還需要糧草呢。毫無疑問，你的許多種植園一定是富裕的。」

這個問題給了將軍公民一線希望，他急著抓住了這個希望。

「傑出的戰士啊！」他回答，「您的軍隊裡有沒有一個經濟學家？」

「那是什麼？」

「那就是，」俘虜盡量加強了語氣說，「就是一個最重要的人。能夠對一個國家的物資與財富加以鑑定，能夠按照它們的價值來分類、排列，再結合它們的來源和用途，增加並改良它們。我曾經研究過許多經濟學家的著作，精通這種對一個國家不可或缺的學問……」

「你這個嘮叨不休的人！告訴我，難道我有什麼國家可以統治嗎？」

「現在還沒有，將軍，」將軍公民連忙回答，「不過會有的。再說，我的學問還能用在許多對管理軍隊有用的雜事上……」

「我不管理我的軍隊，種植園主先生，我指揮我的軍隊！」

「好的，」將軍公民回答，「我還有許多關於繁殖牲畜的專門知識……」

「飼養牲畜？」比阿蘇冷笑，「如果我們需要牲畜，我會越過邊界的山脈，去掠奪西班牙人的牛羊！」

這番嚴厲的聲明使這個可憐的經濟學家沮喪了，但他又試著努力了一回。

「我可以告訴您各種木材的用途，」俘虜繼續說，「吉卡隆樹和薩比艾卡樹用來做船的龍骨，雅巴樹做船尾的彎曲處，歐楂樹做架子，阿卡瑪樹、通卡豆樹、杉木、阿可瑪……」

「聽著，」比阿蘇說，「我不需要船隻，我的軍隊裡只有一個空缺，不知道適不適合你——你必須跪在地上侍候我，為我端煙斗和食物；你還要像這兩個奴隸一樣，在我背後為我拿扇子。回答我！你願意嗎？」

將軍公民一心只想救自己的命，趴在地上，做出了許多高興和感激的表示。比阿蘇聽了他的回答，冷笑得更大聲了。他得意洋洋地站起來，叉著雙手，用腳踢開這個卑微的白人的頭，大聲說：

「我很高興，能夠在見識了白人的殘酷後，又看見他們的懦弱！將軍公民，這多虧了你。我認識你！你怎麼會愚蠢到這個地步呢？六、七月和八月的處刑就是你主持的；在道路兩旁插了五十個黑人的頭的也是你；起義之後打算屠殺被你監禁的五百個黑人、用奴隸的頭把海角城圍起來的又是你！如今，我要你當我的下人，你以為自己走運了。不！一點也不！我比你更重視你的榮譽，我不會讓你受這種侮辱的。準備受死吧！」

他做了個手勢，黑人們就把這個不幸的同情黑奴者拉到我的身旁。他一句話也說不出來，彷彿被雷劈了一樣，一頭栽倒在地上。

「現在輪到你了！」首領轉過身來，朝最後一個俘虜說，這個俘虜正是那個曾被白人懷疑是黑白混血兒、還因此向我挑戰決鬥過的種植園主。

「將軍！」一個混血兒說道，「他是個白人，非把他處死不可！」

這個可憐的種植園主一邊叫嚷，一邊比著手勢。

「不！不！將軍，不！我的兄弟們，我不是白人！這是無恥的毀謗！我是個黑白混血兒，就跟你們一樣，我的母親也和你們的母親和姐妹一樣，是個黑人！」

「他說謊！」被激怒的黑人大聲喊道，「他是個白人！他痛恨黑人和混血兒！」

「我是一個混血兒！」俘虜答辯，「我是你們中間的一個！」

「證據呢？」比阿蘇冷冷地說。

「證據？」對方驚慌失措地回答，「就是白人們一直瞧不起我。」

一個年輕的混血兒激動地對這個殖民者說：

「白人做得對，是該瞧不起你。可是另一方面，你卻裝模作樣地瞧不起混血兒！有人告訴過我，有一次一個白人罵你，說你跟我們是同一個階級，你就跟他決鬥！」

一陣憤怒的叫罵聲從群眾中升起，喊著：「死！死！」這位殖民者用詫異和懇求的眼光斜著看了我一眼，淚眼汪汪地繼續說：

「這是惡意中傷！我最大的驕傲就是身為一個黑人！大將軍，您可以看見我指甲周圍的黑圈，這就是我身為混血兒的證據！」

比阿蘇把這個苦苦哀求的人的手推開。

「我可沒有我的法師那種學問，能從手看出一個人的來歷。既然你堅稱自己屬於我們這一個階級，那麼現在只剩下一個方法，可以讓你證明你的話，挽救你的命。那就是用這柄匕首親手殺了這兩個白人！」

他一邊說，一邊瞥了我們一眼，並且用手朝我們指了指。這個殖民者看見比阿蘇陰險地微笑著，把匕首遞給他，嚇得往後退了幾步。

「好極了！」比阿蘇轉過頭來對黑人們說，「他不願意當劊子手，那麼就讓他當死刑犯吧！我看得出來，他是個白人。把他帶走——」

黑人們走過來抓這個殖民者，這個動作迫使他立刻在殺人與被殺之間挑選一個，極端膽小的人在這時也會產生出勇氣來。他一把奪下比阿蘇的匕首，毫不考慮地朝將軍公民撲過去，公民就躺在我身旁的地上。

這名同情黑奴者在與比阿蘇說完話以後，一直陷在絕望和麻木的狀態中；一看到這個人朝他撲過來，高舉發亮的刀刃，近在眼前的危險頓時把他驚醒。他嚇得跳起來，抓住這個來殺他的人的手臂，哭叫道：

「饒命！饒命！你想做什麼？我做了什麼對不起你的事？也許是我以前說你是一個混血兒吧？可是，饒了我吧！我向你保證，我承認你是個白人。是的，你是白人，我願意跟別人這麼說，饒了我吧！」

「住口！住口！」混血兒生怕黑人聽見他這番話，激怒地喊道。

但是對方不聽他的話，直說他是一個白人，而且出身富裕。混血兒最後一次要將軍公民住嘴，他抓住了他的兩隻手臂，把匕首刺進他的衣服。這個倒楣的人察覺到刀尖，發瘋似地咬住了握著匕首的手臂；可是，這個殺人犯仍用力把匕首往前一刺。一股血在他的手周圍湧了出來，甚至濺到他的臉上，不幸的同情黑奴者的雙腿一癱，手臂垂了下來，闔上了眼睛，嘴裡低低地哼了一聲。隨後，倒在地上死了。

看了這副場面，我完全嚇傻了，而且想到自己即將面臨相同的命運。這名謀殺者嘴唇發紫，牙齒咬得格格作響，緊張得四肢發抖，連站都站不穩了。他機械般地摸著額頭，擦去血跡，呆呆地望著腳邊的屍體。

「好了，」比阿蘇對他說，「幹得好。我對你很滿意，我的朋友！」接著，他朝我看了一眼，又說：「剩下的這一個你不必殺了，退下吧！我宣佈你是我們的兄弟，並任命你擔任我們軍隊的劊子手！」

20

之後，比阿蘇對我說話了。

「小伙子，」他說，「你的命掌握在你的手裡，只要你願意，你就能救你自己。」

「什麼！」我驚訝地嚷道，「你這是什麼意思？」

一旁的巫師和我一樣詫異，他一下子跳了起來，怒氣沖沖地對大元帥說：

「傑出的旅長，您忘了您答應我的話嗎？他和上帝都不能救這條命，因為它是屬於我的！」

比阿蘇毫無所動地站起來，悄悄對巫師說了什麼。巫師同意地點點頭，隨後又坐回到位子上。

「聽我說，」大元帥對我說，一邊把口袋裡的公文掏出來，「我們的行動不太順利，布克曼在最近的戰鬥中犧牲了；白人在絕境區屠殺了兩千個黑人，還在平原上佈滿了防哨，我們失去了佔領海角的機會。因此，讓—弗朗索瓦上將認為，我們應該和布朗夏蘭德以及殖民地議會談判。這就是我們寫給議會的文書。」

比阿蘇朗讀了黑人的外交公文，之後說道：「讓—弗朗索瓦和我都沒有在學校受過教育，沒有學過流利的語言。我們懂得如何打仗，卻不懂如何寫文章；然而，我們可不想被我們過去的主人嘲笑。你似乎學過我們缺少的這種學問，替我們把這份公文裡的錯誤改正，別讓白人笑話，那我就留下你的命作為代價！」

替比阿蘇的外交文書修改拼法上的錯誤？這個任務太有損我的尊嚴了，因此我連一刻也沒有遲疑；況且，我也不在乎活不活下去。於是我拒絕了他的提議。

他似乎吃了一驚。

「什麼？」他叫道，「你寧願死也不肯用鋼筆在羊皮上動幾筆嗎？」

「是的。」我回答。

我的決心好像把他難倒了。他想了一會兒，又對我說：

「聽好，我可沒有你那麼固執。我允許你明天晚上再給我答覆，你可以在夜裡好好想一想。記住，我們這裡的死刑可不是普通的死刑啊！」

他對他的侍衛長下了道命令，那個黑白混血兒便把我的手臂綁在背後，牽著繩子的一頭出了山洞，把我交給紅山的黑人。我沒有反抗，任憑他們把我攔腰綁在一棵樹上。隨後，他們給我吃了一些煮熟的山芋。

黑夜來臨了，看守我的人躲進了他們的棚子裡，只留下五六個人留在我身邊，他們生起了一堆火來驅趕寒氣，不到一會兒都沉沉地入睡了。我也模模糊糊地進入了夢境。

我想到那些和平、寧靜的日子，不到幾個禮拜以前，我還跟瑪麗一起過著那種日子，除了永遠的幸福以外，從未想到其他的可能性。但就在這一天裡，我面前發生了那麼多奇怪的事情，我有多次幾乎要被處死，而且依然沒有得救。我問自己，這一切是真的嗎？我難道真的在殺人魔王比阿蘇的營地裡？我真的永遠失去瑪麗了？這個被六個野蠻人捆綁起來、等待死刑的俘虜，真的是我嗎？

我想起了瑪麗，想起可能降臨在她身上的可怕命運。我又想起了比埃羅，差點氣得發瘋。我恨我自己、鄙視我自己，因為我在愛瑪麗的同時，居然還會喜歡比埃羅；我沒有去想是什麼原因使他跳進大河裡，只為了自己沒有殺死他而傷心。他已經死了，而我，也快死了，我唯一感到遺憾的事，就是沒有能夠報仇。

我處於筋疲力竭引起的半睡眠狀態中，也不知道過了多久，忽然被一個唱歌的聲音驚醒了。聽起來很遠，不過很清楚，那是一首西班牙情歌裡的歌詞：

在奧卡娜的田野上，我淪為俘虜；
他們把我帶到卡塔蒂亞；我真不幸！

那正是比埃羅的聲音！過了一會兒，這聲音又在昏暗和寂靜中升起來，幾乎就在我的耳邊。就在同時，一隻狗興高采烈地朝著我跑過來，在我腳邊打滾，那是拉斯克。我抬起頭來，一個黑人站在我面前，篝火的火光把他龐大的影子投在地上，那正是比埃羅。我驚奇得一動也不動，呆住了。

「兄弟，」他低聲喃喃地說，「你答應過我，一聽見那首歌，就永遠不會懷疑我。難道你忘了你的諾言了嗎？」

憤怒使我又恢復了說話的能力。

「怪物！」我叫道，「我終於找到你了！劊子手，你殺了我叔父，搶走了瑪麗，竟然還敢叫我兄弟？別靠近我！走開！」

他用激動但溫和的聲音繼續說道：

「不，不，我不會走近你。你很不幸，我同情你；而我比你還要不幸，你卻不同情我。」

我聳了聳肩膀，他明白這種無聲的責備，若有所思地看著我。

「是的，你的損失很大。可是，相信我，我的損失比你更大。」

說話聲驚醒了看守我的黑人，他們一看到有陌生人，連忙抓著武器跳了起來。但當他們的眼光一落到比埃羅身上，便又驚又喜地歡呼起來，趴倒在地上，不停磕頭。

「啊！」我大吼道，我被綁住了，動彈不得，氣得要哭出來，「我多麼不幸啊！我以為這個不要臉的傢伙自殺了，還為他傷心呢！我以為他死了，沒有辦法報仇了。如今，他卻在這裡嘲笑我，我眼看著他還活著，卻無法享受殺死他的幸福。啊！誰能讓我擺脫這些該死的繩子！」

比埃羅朝那些趴在他面前的黑人轉過身去。

「弟兄們，」他說，「把他的繩子解開！」

他的命令立刻被執行了。黑人們連忙把綁住我的繩子割斷。我站起來，得到了自由，卻驚奇得一動也不動。

「還有，」比埃羅從一名黑人手中搶過一把匕首，遞給我，「你可以報仇了。你三次救了我的生命，我的命是屬於你的。只要你願意就殺吧！」

他的聲音裡沒有一絲責備和痛苦，只是很憂愁，彷彿已將生死置之度外。

這條為我的復仇開出的道路也未免太輕易了，而且還是由我的仇人開出來的。我隱隱感覺到，無論是我對比埃羅的仇恨、對瑪麗的恩愛，都不能促使我去幹一樁謀殺的勾當；再說，這個怪人似乎有一種傲慢的威力，不由自主地征服了我。我把匕首推開。他沉默了一會兒，又接著說下去：

「我在你眼裡看出仇恨的光芒，我知道你遭遇許多不幸。你的叔父被屠殺了，你的田地被燒了，你的朋友們被殺害了；有人掠奪了你的房子，破壞了你將要繼承的產業；不過，那是我同胞做的，不是我呀！過去，我也曾對你說過，你的同胞做了太多迫害我們的事，你說那不能歸咎於你。當時我說了什麼？」

他的臉色漸漸變得開朗了，顯然在指望我擁抱他。我怒氣沖沖地望著他。

「你把同胞的犯行推得一乾二淨，」我憤怒地說道，「但對於自己幹的好事，你卻一句也不提！」

「我幹了什麼好事？」他問。

我猛地走到他跟前，用雷鳴般的聲音大吼道：

「瑪麗在哪裡？你把她怎麼了？」

聽到這個名字，他的臉上掠過了一陣陰影。一剎那間，他似乎變得局促不安。

「瑪麗亞！是的，你說得對……不過，這裡聽得見的人太多了。」

他看著我，臉上的表情仍然十分坦率，用極為激動的聲音對我說：

「我懇求你，不要懷疑我，我到別的地方再告訴你。啊，像我愛你一樣，充滿信心地愛我吧！」

他停下來，看看這些話產生了什麼效果。隨後，他很感動地接下去說：

「我能夠稱你為兄弟嗎？」

然而，嫉妒的怒火早已在我心中瘋狂地燃燒起來，他這段溫情的言語令我感到虛偽，更助長了我的憤怒。

「你還敢向我提起那些日子？」我喊道，「你這忘恩負義的傢伙！」

「忘恩負義的不是我！」他打斷了我的話，大粒的淚珠在他的眼眶裡發亮。

「那麼，說吧！」我衝動地繼續說，「你把瑪麗怎麼了？」

「到別的地方去說！」他回答我，「這裡還有其他耳朵在聽我們說話，我必須帶你離開這裡。聽著，既然你懷疑我，不如一刀殺了我；不過在你復仇之前，再多等等吧！我得先讓你重獲自由，跟我去找比阿蘇。」

他的態度隱藏了一種無法理解的神秘，儘管我對他存在各種偏見，他的聲音總能打動我的心弦。我不知道是什麼力量制服了我，讓我在復仇和同情之間、猜疑和信賴之間猶豫不決。我跟著他走了。

我們離開了紅山的黑人區域。前一晚，在這個軍營裡，每個人見了我都彷彿想喝我的血似的；但現在，那些黑人和混血兒不但不攔住我們，反而紛紛拜倒在地上，發出驚異、快樂和尊敬的叫聲。我不知道比埃羅在叛軍裡是什麼地位，但我還記得他在當奴隸的時候，在同伴中間有多大的影響力，因此也能理解到他在那些暴動的同志中為什麼顯得那麼重要。

我們到了比阿蘇的山洞外，侍衛長向我們走過來，盛氣凌人地質問我們的來意。可是，當他認出比埃羅的容貌後，惶恐地脫下他的小帽，深深鞠了一躬，然後便把我們帶到比阿蘇面前。

大元帥正獨自在洞裡吃著早餐。我看見他一見到比埃羅便連忙站起來，恭敬的態度下隱藏著不安的驚訝和強烈的反感。他謙卑地對我的伙伴行禮，把自己的那張桃花心木寶座讓給他坐。比埃羅拒絕了。

「讓．比阿蘇，」他說，「我不是來取你的位子的，我只是來請你通融一下。」

「陛下，」比阿蘇回答，加倍地向他行禮，「您知道，您能夠支配讓．比阿蘇擁有的一切，甚至讓．比阿蘇自己。」

比阿蘇用來稱呼比埃羅的這個稱號，使我更加驚奇了。

「我不要這麼多，」比埃羅連忙回答，「我只不過向你要這個俘虜的生命和自由。」

他指指我，比阿蘇顯得手足無措了。同時，外面的吵鬧聲越來越大了，這似乎讓比阿蘇聽了非常不安。事後我才聽說聲音是紅山的黑人引起的，他們在營地裡跑來跑去，把比埃羅回來的消息告訴大家。比阿蘇或許擔心營地裡會造成不祥的分裂，決定答應比埃羅的要求。

「好的，陛下，我將盡我所能使您滿意。不過，請准許我跟這個俘虜私下講兩句話；然後，他就可以獲得自由，跟您走。」

「可以，如果只有這一個要求的話。」比埃羅回答。

比阿蘇把我拉到山洞的一個角落裡，低聲對我說：

「我只能在一個條件下饒過你的命。這個條件你也知道，你同意履行嗎？」

他讓我看了看讓—弗朗索瓦的緊急公文，我認為要同意這個要求實在太羞恥了。

「不！」我回答。

「哈！」他發出一陣格格的冷笑，「你還是這麼固執！這麼說來，你想必對你的靠山信心滿滿。你知道他是誰嗎？」

「我知道，」我連忙回答，「他跟你一樣，是一個怪物，只不過比你更虛偽！」

他驚訝得挺直了身子，想從我的眼光裡看出我說這些話是不是認真的。

「怎麼！」他說，「難道你不認識他？」

「我只知道他是我叔父的奴隸，名字叫比埃羅。」

比阿蘇又冷笑起來。

「哈！哈！那可真是奇怪了！他為你爭取生命和自由，而你卻說他是一個怪物！」

「那又怎麼樣？」我回答，「要是我真的能獲得一刻的自由，絕不會向他討我自己的命，而是要他的命！」

「那是什麼意思？」比阿蘇說，「你說的似乎是實話，其中一定另有緣故。不過，這跟我沒有關係。我讓你自由地跟他離開；不過，你得用你的人格發誓，在太陽下山前的兩個小時，你必須回到這裡，重新當我的俘虜。你是法國人，是嗎？」

我該怎麼說呢？生命對於我已經成了一個累贅；再說，我也不願意從這個比埃羅手裡得到我的命。另一方面，我的確需要幾個小時的自由，讓我能在死之前打聽出我心愛的瑪麗的命運。於是，我向比阿蘇立了誓。

這個首領得到了我的誓言以後，便走到比埃羅面前。

「陛下，」比阿蘇用奉承的口氣說，「這個俘虜就任憑您差遣吧！您可以把他帶走了。」

我從來沒有看過比埃羅眼裡流露出這麼高興的光芒。

「謝謝，比阿蘇！」他伸出手來，大聲說，「你幫了我一個大忙，從此之後你是主人，我完全聽你支配。在我回來以前，紅山的弟兄們就繼續由你指揮。」

隨後他朝我回過頭來，帶著一種不可思議的熱忱拉著我離開了。比阿蘇吃驚地望著我們遠去，儘管他恭恭敬敬地向比埃羅告別，卻還是能看出他的驚奇。

我們從三層黑人中間走過去。當我們經過時，他們都趴在地上，並且驚奇地喊道：「真是奇蹟！他不再是囚犯了！」

我們走出軍營的邊界，視線被山石和樹木擋住，再也看不見比阿蘇的前哨地點了。拉斯克搖頭擺尾地前後亂跑，比埃羅飛快地走著。我突然叫他停下來。

「聽著！」我對他說，「不必再走遠了，現在沒有人會聽見我們說話了。你說，你把瑪麗怎麼了？」

「你馬上就會完全明白了。」

「我現在就要知道！怪物，」我又說，「瑪麗在哪裡？快回答！不然我殺了你！」

他聽了，便從腰帶上拔出一把匕首，遞給我。我發狂地抓住這把匕首，把它抵在他的胸口上。但他一點也不想逃避。

「你是主人，但是我懇求你，允許我再活一個小時，並且跟我走。要是你在一個小時以後還是懷疑我，那你可以任意殺死我。你看得出我並不打算反抗你，我以瑪麗亞的名義懇求你……」他又痛苦地補充一句：「我以你妻子的名義懇求你。再給我一個小時，這不是為了我自己，而是為了你！」

他的語氣裡有一種難以形容的痛苦，就像有什麼東西在告訴我，他說的也許是實話，否則他的聲音裡絕不可能有這種動人的親切感和懇切的溫和感。我再一次屈服了。

「好吧，」我說，「我允許你再活一個鐘頭。我跟你走！」

21

我們走進了一座原始森林，大約過了半個鐘頭，又來到一片美麗青翠的草原，一道從岩石裡流出的泉水流過這片草原，它的四周被森林裡的百年古樹圍著。正對著大草原，有一個山洞，淺灰色的洞口被各種綠油油的攀緣植物遮蓋著。拉斯克叫著跑過去，但他的主人做了個手勢，牠就一聲不響了。比埃羅一句話也沒說，拉住了我的手，領我走進洞去。

一個女人背對著亮光，坐在山洞裡的一張草席上；一聽見我們的腳步聲，就回過頭來。原來是瑪麗！

她仍然跟結婚那天一樣，穿著一件白色禮服，頭上戴著花環。她認出是我，就叫了一聲，投入了我的懷抱，高興和驚訝得暈了過去。我也快樂得發狂了。

聽到了這聲叫喊，一個老太婆懷裡抱著一個小孩，從山洞盡頭的第二個房間裡急急忙忙走了出來。原來是瑪麗的老奶媽，她抱著的是我叔父最小的孩子。比埃羅弄來了一些泉水，灑了幾滴在瑪麗臉上。她張開了眼。

「萊奧波德，」她說，「我的萊奧波德！」

「瑪麗！……」我正要回答，但要說的話都被一吻制止了。

「至少別當著我的面！」有一個聲音痛苦地叫喊，是比埃羅。我們抬起頭來，看見他的胸膛上下起伏著，額頭的汗珠一顆顆往下掉，渾身都在發抖；突然間，他用雙手蒙住臉，一邊叫喊一邊奔出了山洞。

瑪麗在我的懷抱裡坐起身子，看著他出去，說道：

「天哪！萊奧波德，我們的愛情似乎令他難受。難道他愛上我了嗎？」

這個黑人的呼喊已經向我證明了他是我的情敵，瑪麗的話卻又證明了他也是我的朋友。

「我重新獲得了妻子和朋友！」我叫道，「我多麼高興！可是又多麼過分啊！我竟懷疑過他。」

「什麼?」瑪麗驚奇地喊道，「懷疑過比埃羅?哦!是的，你確實有錯。他兩次救了我的命——或許救的不僅是生命呢。」她垂下了頭，接著說下去：「要是沒有他，河裡的那條鱷魚早就把我吞下去了;要是沒有他，那些黑人……是比埃羅把我從他們的手裡救出來的，他們當時正要送我去跟我可憐的父親見面!」

「那麼，是比埃羅把妳帶到這裡來的了?」我對她說。

「是的，我的萊奧波德，這個僻靜的山洞只有他一個人知道。他不但救了我，還救了我的好奶媽和我的小弟。他把我們安置在這裡，供給我們需要的東西。每當他來的時候，頭上總是戴一根紅羽毛;他安慰我，時常談到你，說我們會再見面的。不過，我已經有三天沒見到他了，不禁開始擔心起來，今天卻看到你跟他一起回來了，這個可憐的朋友!這麼說來，他是去找你的了?」

「是的。」我回答她。

「要是他愛我的話，又怎麼會這麼做呢?」她接著說，「你確定嗎?」

「我現在確定了，」我對她說，「在黑暗中抓住我、後來又饒過我的那個人就是他;在河邊涼亭對妳唱情歌的人也是他。」

「真的?」瑪麗露出天真無邪的態度說，「比埃羅就是你的情敵!我簡直不敢相信，他對我那麼謙卑、那麼尊敬，即使還是奴隸時也未曾這樣過!的確，有時候他看我的神情很古怪，不過，這種神情僅僅是憂愁。要是你知道他跟我提到你的時候多麼忠誠，那就好了!」

瑪麗的解釋讓我既高興、又難受，我想起自己對這個心地高尚的黑人多麼殘酷。他曾經溫和地埋怨過：「忘恩負義的不是我!」現在我明白這句埋怨的含意了。

這時候，比埃羅回來了，臉色顯得陰鬱而痛苦。他慢慢地朝我走來，指著我插在腰帶上的匕首，莊嚴地說：「一個小時已經結束了。」

「一個小時?什麼一個小時?」我問。

「你答應我的那一個小時，好讓我把你帶來這裡。當時我懇求你饒我的命，現在我請你把它了結了吧!」

內心裡的最深刻的感情——愛、感恩和友誼一瞬間融合在一起。我跪在這個奴隸的腳前，一句話也說不出來，傷心地啜泣起來。他連忙把我扶起。

「你這是幹什麼？」他對我說。

「向你致歉。我不配再當你的朋友了，儘管你感激我，但也不可能饒恕我的忘恩負義。」

有好一陣子，他臉上保持著嚴肅的表情，似乎正經歷一場劇烈的內心掙扎。最後，他向我張開了手臂，說：「我現在能稱你兄弟了嗎？」

我唯一的回答就是給了他一個擁抱。

「我再一次找回了我的兄弟，」我對他說，「我不再不幸了。可是，我罪孽深重！」

「罪孽深重？兄弟，我也罪孽深重，而且比你更重。你不再不幸了，而我呢？我永遠也不會幸福！」

我們的友誼剛一恢復，他的臉上就露出了快樂的光芒。不過，這光芒漸漸消逝了，他的臉上又流露出一種奇怪的、極度悲傷的表情。

「你聽著，」他冷冷地說道，「我的父親是加貢果的國王，我們的生活本來過得很快樂，而且強盛。後來，歐洲人來了，他們的首領是一個西班牙船長，他答應讓我父親統治更大的土地，再給他白種女人作為妻妾；於是我父親就帶著一家大小跟他走了……兄弟，他們出賣了我們！」

這個黑人的胸脯起伏著，眼裡冒出了怒火。隨後，他彷彿不是在跟我說話一樣，繼續往下說：

「加貢果的國王有了一個主人，他的兒子成了聖多明哥的一個奴隸，像牲口一樣被賣來賣去，換了好幾個主人。有一天，我終於看見了我的父親，但他卻是在車礫的刑柱上！我的妻子被賣給白人當妓女，最後死去了。她要我為她報仇，但是，我該怎麼對你說呢？」他猶豫地垂下了眼皮，「我有罪，因為我又愛上了一個女人。不過，不提這個了。」

「我所有的同胞都請求我解救他們，為他們報仇。拉斯克把他們的信帶給了我，但我無法滿足他們，因為我正被關在你叔父的監獄裡。獲釋的那一天，我急急忙忙跑出去，要從一個殘酷的地主手中救出我的孩子。當我趕到那裡時，加貢果國王最小的孫子剛在白人的毆打下斷氣了！其餘的幾個更早以前就死了。」

這個可怕的故事把我嚇呆了。他露出了苦笑，又繼續說下去：

「奴隸們決定反抗他們的主人，他們推舉我作為首領。我聽說你叔父的奴隸也要起義了，於是我在當天晚上趕到了阿居爾。你不在那裡，你叔父剛在床上被人刺死，黑人們已經放火燒種植園了，於是我決定去把你家裡剩下的人救出來。我潛入了堡壘，把你妻子的奶媽託付給一個可靠的黑人，自己去救瑪麗亞。當時，她正要去著火的那一區救她最小的弟弟；黑人們包圍了她，正要殺她。我朝他們衝過去，命令他們把她交給我，接著便抱起她，把孩子交給拉斯克，把他們兩人帶來這個只有我知道的山洞裡。兄弟，這些就是我的罪行。」

我越來越感激，越來越懊悔，恨不得再次跪在比埃羅腳下。他生氣地攔住了我。

「我們得走了，」隔了一會兒，他說道，「帶著你的妻子，我們五個人一起離開這裡。這個地方不再安全了，天一亮，白人就會進攻比阿蘇的營地，森林將會起火。此外，我們沒有時間耽擱了，有十個人的性命繫在我手上，我必須加快腳步。」

這些話使我驚奇不已，我要他為我解釋一下。

「你沒有聽說布格─雅加爾被俘虜了嗎？」他不耐煩地回答。

「我聽說了。但是布格─雅加爾跟你有什麼關係？」

這一次輪到他驚奇了。隨後，他用莊嚴的聲音回答：

「我就是布格─雅加爾。」

可以說，眼前這個人令我驚奇的事情太多，我已經習以為常了。在不久以前，我得知奴隸比埃羅成了非洲的國王，現在又聽到他就是紅山暴動者的首領、既勇敢又仁慈的布格─雅加爾；這下我終於明白，為什麼所有的叛軍，連比阿蘇在內，都對加貢果國王布格─雅加爾如此頂禮膜拜了。

「聽著，」他並未注意到我的驚訝，說道，「今天早上，我被你的軍隊俘虜了。我在軍營裡聽說比阿蘇宣佈要在太陽下山以前，把一個名叫萊奧波德．多韋奈的俘虜處死。於是他們加派了衛兵看守我，打算在你被處死以後，也隨即處死我。萬一我沒有回去，我的十個同伴就要代我受罰。所以，我沒有時間可以耽擱了。」

「那麼，你是逃出來的？」我對他說。

「不然我怎麼會在這裡呢？跟我走吧！我們離白人的軍營有一小時的路程，和離比阿蘇的軍營一樣遠。瞧，這些椰子樹的影子在變長了，再三個小時太陽就要下山了。來吧！兄弟，時間很急迫了。」

這番話頓時令我毛骨悚然，它讓我想起了我答應比阿蘇的致命諾言。不久前，當我看到瑪麗時，歡樂的感情驅散了我的記憶，使我忘了我們即將面臨的永別，直到此時才又猛地被投回不幸之中。我的責任迫切地等待完成，那個壞蛋得到了我的承諾，他彷彿信任法國人的人格，我寧死也不要讓這個野蠻人輕視法國人。

於是，我嘆了一口氣，用一隻手握住比埃羅的手，用另一隻手握住我可憐的瑪麗的手，她已經擔心地看到了我臉上的愁容。

「布格—雅加爾，」我壓抑住感情說道，「我把瑪麗託付給你。你們回軍營去吧！我不能跟你們一起。」

「我的天！」瑪麗叫道，幾乎連氣都喘不過來了，「又有什麼災難了？」

比埃羅打了個寒顫，眼睛裡露出既詫異又痛苦的眼光。

「兄弟，你說什麼？」

我不想讓瑪麗知道這令人心碎的事實，便湊近比埃羅的耳朵，低聲對他說：

「我向比阿蘇發過誓，要在太陽下山前兩小時，回去聽候他處置。」

他激怒地跳了起來，他的聲音變得尖銳刺耳了。

「混帳！原來他之所以要跟你私下談話，就是為了這個。我不該相信這個十惡不赦的比阿蘇！」

「小聲一點，」我又低聲對他說，「別嚇到瑪麗。」

「好，」他用憂愁的聲音回答，「但是，你為什麼要許下這個諾言呢？」

「我以為你是一個忘恩負義的人，而我也失去了瑪麗，我活著還有什麼意義呢？」

「不過，一個口頭的諾言並不能讓這個強盜約束你。」

「不行，兄弟，我已經答應他了。」

「不！你沒有答應過，」他氣得叫了起來，接著又提高嗓子喊道：「瑪麗，跟我一起來吧！不要讓妳的丈夫離開我們。我好不容易把他從黑人手中救出來，他卻要回去，說他已經答應把自己的命交給他們的首領！」

「你這是幹什麼！」我喊道。

聽見他的話，瑪麗立刻撲到我懷裡，痛苦萬分地叫了一聲。她勾著我的脖子，靠在我的心口上，一句話也說不出來，連氣都喘不過來。

「啊！」她有氣無力地說，「我的萊奧波德，這是真的嗎？我們才剛重逢，你就要離開我去死！你沒有權利放棄你的生命，因為那也是屬於我的。不要離開我，不要永遠不再見我！」

「瑪麗，」我回答，「他說得沒錯，我的確要離開妳，我非這麼做不可；但我們會在另一個地方相會。」

「另一個地方？」她害怕地重複道，「另一個地方？在哪裡？」

「在天上！」我回答，我不能對這個天使說謊。

她又昏過去了。時間緊迫，我把她放在比埃羅的懷裡，他的眼裡充滿了淚水。

「兄弟，在白人的軍營裡有你的一個親戚，我會把她交給他。」

他把一座山峰指給我看，它的峰頂高聳在鄰近地區的上空。

「看那塊岩石！當你被處死的信號從那裡傳出來的時候，宣告我死亡的槍聲也會馬上跟著響起。再見了！」

我擁抱了他，又在瑪麗慘白的臉蛋上吻了一下，接著便慌忙地離開，深怕她的甦醒動搖我的決心。

22

我循著我們來時留下的痕跡，穿進廣闊的森林，一刻也不停地往前跑；跑過不少叢林、草原和山丘，最後總算來到一塊岩石的頂上。從那裡可以望見比阿蘇的軍營、一排排的大車、一行行的棚子，和密密麻麻的黑人。我又疲勞又激動，渾身一點力氣也沒有了，於是靠在一棵樹上，望著眼前這片不祥的大草原上的景象。

在這之前，我一直以為自己嘗過了所有的痛苦，其實我還沒體會到一切不幸中最殘忍的一種，那就是在人生中最甜蜜的時刻，卻被道德的力量強迫放棄生命。在幾個鐘頭以前，活不活下去對我有什麼差別呢？但是現在，我重新得到了瑪麗，我逝去的幸福又復活了，我又有了光明的未來。我剛要走進這生活，一種無形的責任感卻逼著我再退出去受苦。死對於絕望的人來說不怎麼可怕，但對於剛開始享樂的人來說，卻是多麼殘酷！

當這陣悔恨帶來的沮喪過去以後，我走下山谷，出現在黑人的前哨。立刻來了兩個士兵抓住我，把我帶到比阿蘇面前。這名首領看見我，似乎並不覺得驚奇。

「派人去通知法師。」他對一個副官說。

我們兩個都一聲不響地待了一會兒，彼此對望著。就在這時，里戈進來了，他似乎很激動，低聲對大元帥說話。

「把軍隊裡的所有首領都叫來。」比阿蘇沉著地說。

十五分鐘後，所有首領穿著古怪的軍服，在山洞門口集合了。比阿蘇站了起來。

「聽著，朋友們，白人們打算明天一早就向我們進攻。我們的陣地對我們不利，非放棄它不可。我們要在天黑的時候進軍，到達西班牙邊界。瑪開雅，你帶你的黑人組成先鋒隊。巴德爾讓，你把大炮的炮口塞起來，這些炮帶不進山裡。『森林十字』的士兵跟著瑪開雅後面出發，杜桑帶領萊奧加納和特魯的黑人跟上。克魯中校把步槍分發下去，帶著自由的混血兒抄維斯塔的小路。把留下的俘虜都殺死，把子彈頭咬開，在箭上塗上毒藥，再在水井裡扔三噸砒霜！蘭貝、東東和阿居爾的軍隊跟在克魯和杜桑後面，用岩石把通往大草原的路堵死，路上埋伏狙擊兵。放火把森林燒了。紅山的黑人殿後，不到天亮不許退出大草原。」

他轉過身去，悄悄對里戈說：

「那些都是布格—雅加爾的黑人，但願他們都在這裡被殺光！他們的首領也一樣！」

當各個首領們退下以後，里戈又說道：「將軍，我們應該把讓—弗朗索瓦的公文送去，局勢惡化了，這封公文可以阻止白人前進。」

比阿蘇連忙把公文從口袋裡抽出來。

「您提醒了我。可是，據他們說這封文書上有許多錯誤，白人會笑話的。」他把這張紙遞給我，「聽著，你想不想救自己的命？儘管你固執，我寬宏大量再問你一次。幫我把這封信修改一下，我會把我的意思說給你聽，你用白人的語言寫下來。」

我搖搖頭，他似乎不耐煩了。

「是不願意嗎？」

「不願意！」

「好好考慮一下。」

「我考慮過了才拒絕的，」我回答，「你指望用這封信拖延白人們的進軍和復仇，但我不願意用這條命來做可能救了你的命的事。執行我的死刑吧！」

「哈！哈！小伙子！」比阿蘇一邊跺著腳，一邊說，「你拒絕當我的秘書！好吧，你做得對，因為我不會讓你在事後活下去；凡是知道了比阿蘇秘密的人，我都不會讓他活下去。況且我已經答應法師，把你交給他處死。」

他朝一旁的巫師轉過身去。

「好神父，您的隊伍準備好了嗎？」

巫師做了一個表示準備好了的手勢。接著，比阿蘇把角落一面大黑旗指給我看，這面旗子我曾經見過，它原本擺在山洞的一個角落裡。

「它會把你的死訊傳達給你的同胞，」他冷笑著回答，「再會了，年輕的上尉，替我問候萊奧格里。」

他笑著向我行了個禮，隨後他做了個手勢，讓黑人們把我拉走了。蒙著面紗的巫師跟在我們後面，手裡拿著念珠。

我們爬上了草原西邊的一座小山頂，在那裡休息了一會兒。我對正在落下的太陽看了最後一眼；對我來說，它再也不會升起了。衛兵押著我繼續往下走，走進一個小山谷，一條急湍的小溪流過這個山谷，匯入一片藍色的湖。我們沿著小溪邊緣的小路往前走。使我驚奇的是，我發覺這條小路在一座垂直的峭壁下突然斷了；在峭壁底下，我看到一個拱形的洞口，洞裡傳來沉悶的轟響，小溪就是從那裡流出的。接著，黑人們朝左邊走，順著一條彎彎曲曲、高低不平的小路爬上峭壁，一個山洞出現在眼前。

當黑人們把我拉進洞裡後，巫師就走到我身邊，用奇怪的聲音說：「我現在預言：在我們兩個中間，只有一個能走出這個洞，再踏上這條路。」

我不屑回答他。我們又往暗處走了一陣。聲音變得越來越響，我想那這一定是瀑布的聲音。我沒有猜錯。走了十分鐘之後，我們來到一處自然形成的地下平台，平台呈半圓形，一大部分被從山中匯聚而出的一條激流淹沒；在它的上方，拱頂形成一種圓頂，長滿淡黃的常春藤，上頭有一條裂縫，陽光從中透了進來；平台北端，激流嘩嘩地投入看不見底的深淵，深淵上俯臥著一棵老樹，樹根深深地紮進下方一兩呎處的岩縫。

黑人們都停下腳步。看得出我的死期到了，我不由得發出一聲嘆息。

「朋友們，」我對周圍的黑人們說，「一個剛滿二十歲的人，朝氣蓬勃，被人們所愛著；卻不得不撇下一位悲痛的心上人而赴死。這是件很淒慘的事，你們明白嗎？」

我的哀訴引來一聲可怕的笑，那是矮巫師的聲音。這個惡鬼突然走近我。

「哈！哈！你捨不得死，謝天謝地，我唯一擔心的是你不怕死！」那聲音聽來是那麼地熟悉。

「混帳！」我對他說，「你究竟是誰？」

「你馬上就會知道的！」

他用恫嚇的口氣回答我，隨後便把遮住胸膛的飾物拿開，喊道：「你看！」

我俯身一看，他那毛茸茸的胸前印著兩個名字，是用烙鐵燙在奴隸們胸膛上的、那種無法抹去的白色字母，一個寫著「艾芬罕」，另一個寫著我們家族的姓氏「多韋奈」！我驚訝得說不出話來。

「好了，萊奧波德．多韋奈，」巫師對我說，「你應該知道我是誰了吧？」

「不，」我竭力搜索著記憶，「這兩個姓名只有印在那個小丑胸前……可是他死了，那個可憐的侏儒；再說，他一直敬愛我們。你不可能是阿比布拉！」

「正是他！」他嚇人地吼道，摘去了帽子和面紗，露出我所熟悉的那張醜臉。

「老天！」我驚恐萬分地叫道，「難道所有死人都復活了嗎？你是阿比布拉，我叔叔的小丑！」

侏儒用手按住匕首，聲音低沉地說：「他的小丑……也是殺他的凶手。」

我嚇得倒退一步。

「什麼？」我說，「是你殺了他！混帳！」

「是我。」他面目猙獰地回答，「我把刀深深刺進他的心窩，他還來不及醒來就死了，只喃喃地喊了一聲：『阿比布拉，快來！』其實我就在他身邊。」

他那殘酷的話語、他那冷酷無情，使我勃然大怒。

「卑鄙的凶手！難道你忘記了他的種種恩寵了嗎？你在他桌旁吃飯，在他床邊睡覺……」

「像一條狗！」阿比布拉再次打斷我，「是的，這些恩寵就是侮辱，我記得一清二楚！我為此向他報了仇，我馬上還要找你報仇！聽著，難道你以為，身為一個畸形的混血侏儒，我就不算是人了嗎？我有一顆靈魂，一顆深邃、堅強的靈魂，卻像隻猴子一樣被送給了你叔叔，逗他取樂，以被他鄙視為榮！你說他喜歡我，是的，就像他的猴子和鸚鵡一樣。於是，我用匕首在他心中選擇了另一個位置！」

我在顫抖。

「是的，」侏儒繼續說，「確實是我殺了他！萊奧波德．多韋奈，你總是嘲笑我，現在你卻發抖了。啊！你讓我想起了你叔叔對他的小丑的偏愛！每當我走進你們的客廳，迎接我的是一陣陣蔑視的笑；我的身材、我的外貌、我的奇裝異服，一切都成了你們的笑料，而我卻必須跟他們一起笑！回答我，你認為這種侮辱能讓一

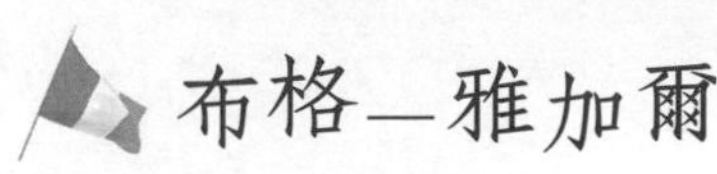

個人感恩戴德嗎？你認為這還不足以在一個人的心裡埋下仇恨的種子嗎？啊！我吃了那麼多的苦，一刀就報了仇，真是太不過癮了！要是他能知道殺他的人是誰，那該有多好！不過，我這回總算能痛痛快快地報仇了。你看清我的真面目了，是吧？的確，你所認識的阿比布拉一直是笑容滿面、快快活活的，但現在我不必再像從前那樣了！」

「惡魔！」我叫道，「你錯了，在你凶狠的臉上和心中，仍然留著某種可笑之處。」

「什麼凶狠不凶狠！」阿比布拉打斷我說，「想想你叔叔的凶狠吧——」

「混帳！」我憤怒地說，「你倒為不幸的奴隸們抱起屈來了，但你當時為什麼卻利用你主人的信任欺壓你的同胞呢？為什麼你從未試著說服他手下留情呢？」

「我才不會那麼做！阻止一個白人得到凶狠的惡名？不！恰好相反，我慫恿他加倍虐待他的奴隸，好讓極度的壓迫點燃復仇之火，讓暴動的時刻提前來臨！我表面上在傷害我的同胞，其實是在幫他們！」

我被他那處心積慮的復仇計畫弄得茫然不知所措。

「怎麼樣？」侏儒繼續說，「現在你對小丑阿比布拉有什麼看法呢？」

「做你該做的事吧，」我回答他說，「要殺就殺，少廢話！」

他搓著雙手，在平台上踱來踱去。

「不，我不會馬上動手，我要盡情欣賞你的痛苦！你很快就會隨著瀑布墜入深淵；但在那之前，我要先告訴你，我已經發現了你妻子的藏身之地，並且慫恿比阿蘇放火燒森林了。現在大概已經燒起來了。因此，你全家人全都完了！你叔叔被刀殺死，你將被水淹死，你的瑪麗被火燒死！」

「混帳！混帳！」我大叫道，並準備向他撲過去，卻被黑人們捆了起來，拉到深淵邊，準備把我推下去。侏儒抱著雙臂，得意洋洋地看著我。就在這時，傳來一陣清晰響亮的狗吠，拉斯克的腦袋伸進了洞口，侏儒連忙吼道：「動手！」黑人們沒聽見狗叫，就要把我推下深淵。

「住手！伙伴們。」一個雷鳴般的聲音喊道，眾人回過頭來，是比埃羅！他正站在岩縫旁，頭上飄著一根紅羽毛。黑人們連忙跪倒，一邊叩頭，一邊發出喊叫。

「替俘虜鬆綁！」他命令道。

轉眼之間，我被鬆了綁。矮人又驚又怒，想向我撲過來。黑人們抓住了他，於是他破口大罵：「魔鬼！暴君！怎麼，混帳，你們竟敢不服從我？你們聽著，要是你們不服從我的命令，要是你們不把這個可惡的白人推下激流，我就詛咒你們！你們的頭髮將變白，你們的手腳將像蘆葦一樣折斷，你們將立即死去！」

黑人們似乎被巫師的詛咒嚇住了。這時候，比埃羅嚴肅地回答道：

「他得活下來！這個白人救過布格—雅加爾的命，所以布格—雅加爾要他活下來！弟兄們，去告訴比阿蘇，別在山上升起那面黑旗！」

黑人們畢恭畢敬地出去了，巫師也一起消失在通道的黑暗之中。我淚眼汪汪地看著比埃羅，他也用感激而自豪的表情盯著我。

「感謝上帝，」他終於說道，「一切都有救了。兄弟，從原路回去吧！你會在山谷裡再見到我的。」他向我招招手，就不見了。

23

我準備走出這可怕的洞穴。可是，新的危險正等著我。

當我向地下通道走去的時候，阿比布拉突然從一個石柱後面站了出來，哈哈大笑，手裡握著閃閃發光的匕首。我孤身一人，又手無寸鐵，於是不由自主地朝後退了一步。

「哈！你以為逃出我的手掌心了，可是小丑卻沒有你那麼傻。這一次，你的朋友布格—雅加爾也救不了你了，你將與他在山谷會面，不過是這激流送你去的！」他一邊這麼說著，一邊舉著匕首向我撲來。

我退到了深淵的邊緣，他猛地衝過來，想把我一刀刺下去；但我一閃身躲過了。岩石上濕漉漉的，長滿了薛苔，他腳底一滑，滾下了被水流沖得光滑的斜坡，口裡咆哮道：「該死的！」便落入深淵。

我剛才曾經說過，在深淵邊緣下方不遠處的有一棵老樹的根，侏儒跌下去時正好抓住了。他懸在可怕深淵的上面，先是試著往平台上攀爬，但兩隻小手搆不到邊緣，急得哇哇大叫。我不想落井下石，決心讓上帝決定他的命運。正當我準備走出地下大廳，突然聽見侏儒從深淵中發出哀求和痛苦的叫聲。

「主人啊！」他喊道，「主人！您別走呀，求求您了！看在上帝的份上，別讓我就這麼死了。唉！主人呀，可怕的深淵在我下方咆哮！仁慈的上帝！難道您就不憐憫您可憐的小丑嗎？他的確十惡不赦，不過，難道您就不向他證明一下白人比混血兒好，主人比奴隸強？」

我激動地走近懸崖，裂隙中透進的光線讓我看清了侏儒的那張醜臉，上面有著一種我從未見過的表情——乞求和絕望的表情。

「萊奧波德先生！」他繼續哀求道，「難道您願意對一個同類見死不救嗎？唉！把手伸給我，主人，這對您不費吹灰之力！求求您，拉我一把！我雖然罪孽深重，但會對您感激不盡的。」

我無法向你們描述他那恐懼而痛苦的聲音多麼淒慘！我忘記了仇恨，不再把他視為一個敵人、一個叛徒、一個凶手，而是一個落難者；他那麼苦苦地哀求我，我必須幫他一把。我蹲下身子，跪在深淵邊緣，一隻手抓住樹幹，把另一隻手伸給他。當他終於搆得到我的手時，便拚了命地抓住它。可是，他根本不打算借助我的力量往上爬，我感覺到他不停想把我和他一起拉到深淵裡去。

「惡棍！」我嚷道，「你在幹什麼？」

「我在報仇！」他陰險地咯咯笑著，「啊！我總算抓住你了，蠢貨！這是你自己送上門的！這下我總算沒有遺憾了，因為我雖然死了，卻報了仇！你中計了，兄弟，我在湖裡餵魚時會有一個伴了。」

「啊！叛徒，」我一邊用力撐住一邊說，「我本想救你的，你卻這麼報答我！」

「是的，」他說，「我知道自己能跟你一起獲救，但我寧可跟你一起死！來吧！」

與此同時，他那兩隻長滿老繭的手，用異乎尋常的力氣在搖動我的手；他兩眼冒火，嘴吐白沫；他的衣服掛在樹根上，因此他將兩腳像槓杆一樣頂在垂直的岩壁上，猛地在樹根上蹦跳，想掙斷它，好將自己的全身重量加在我身上，更快地把我拉下去。幸好，我的一隻膝蓋頂在一個岩石凹處，一條手死死勾住支撐我的樹幹。我不時地艱難地呼喊布格—雅加爾的名字，但是，瀑布聲嘩嘩作響，離得又遠，他很難聽得見我的叫喚。

我漸漸支撐不住了。他猛地一扯，痛得我的手臂幾乎麻痺，兩眼發黑，耳裡也嗡嗡直響。我聽見樹根咯咯的響聲，快要斷了，還聽見這個惡魔在笑；我感覺咆哮著的深淵正向我靠近。就在我精疲力竭、沮喪絕望，快要洩氣之前，我試著呼喊了最後一次：「布格—雅加爾！」

回答我的是一聲狗吠，我聽出是拉斯克的叫聲，連忙轉過臉去看。比埃羅和他的狗已經在裂縫邊上！我不知是他聽見我的叫喚，還是他不放心又回來的。他看見我很危險。

「堅持住！」他朝我大喊。

阿比布拉生怕我得救，也氣憤地朝我吼道：「下來吧！下來吧！」他鼓起他最後的餘力，想作個了結。這時候，我的手臂已經累到不行，放開了樹幹，這下完了！然而，我卻覺得身子被抓住了——是拉斯克！牠從裂縫跳到平台上，用嘴牢牢地咬住我的衣服。至於阿比布拉，這最後一搏使他氣力耗盡，他那麻木僵硬的手指終於鬆開，墜入了陰暗的深淵裡去了。這就是這名小丑的結局。

這瘋狂的搏鬥、恐怖的結局，使我疲憊不堪，幾乎失去知覺。比埃羅的聲音叫醒了我。

「兄弟，」他叫道，「趕快出去！再過半小時太陽就要下山了。我在那邊等你！跟著拉斯克來。」

這友愛的言語使我恢復了勇氣。我站了起來，跟在拉斯克後面飛快地鑽出了洞穴。當我從潮濕陰暗的拱頂下走出來時，想起了那個侏儒的預言：「在我們兩個中間，只有一個能走出這個洞，再踏上這條路。」他的算盤打錯了，但是他的預言卻應驗了。

24

到了山谷，我又見到了比埃羅。我著急萬分，有上千個問題想問，卻什麼也說不出來。

「聽著，」他對我說，「你妻子很安全，我把她交給了你在白人前哨陣地的一個親戚。我要回去就縛，免得他們把為我擔保的那十個人處死。你親戚要我跑快一點，設法阻止你的死刑；於是我讓拉斯克在前面帶路，拚命地跑。謝天謝地！我總算趕上了。你不會死了，我也可以活了！好了，快去看看你妻子，讓她放心。」

這個建議與我心中迫切的盼望不謀而合。我們上路了，比埃羅走在前面，我和拉斯克跟在後面。

山谷中最高的那塊岩石已經照不到太陽了。突然，一道光在那上面掠過，消失了。比埃羅渾身一顫，緊緊地握住我的手。

「聽著！」他對我說，「這是炮聲，對吧？」

一個類似大炮的轟鳴聲在山谷中迴蕩著。比埃羅躍上了一處較高的岩石，我也跟了上去；這時候，他抱起雙臂，苦笑起來。

「你看見了嗎？」他問我。

我順著他指的方向望過去，看見了我與瑪麗重逢時他指給我看過的那座山峰，上頭豎著一面大黑旗。我後來得知，比阿蘇急於撤退，並且深信我已經死了，便在負責處決我的隊伍歸去之前，叫人升起了黑旗。

「上帝！上帝！我可憐的伙伴們呀！」比埃羅又回過頭來問我：「你聽見炮聲了嗎？」

我沒有回答。

「唉！兄弟，這是信號，他們正被押赴刑場。」他的頭垂了下來，「去找你的妻子吧，兄弟。拉斯克將會帶你去。」

他吹起口哨，哼著一支非洲歌曲，拉斯克開始搖著尾巴，像是要朝山谷中的一個地點走去。布格—雅加爾握住我的手，硬擠出一個笑容。

「永別了！」他激動地對我喊道，隨即便消失在樹林中。

拉斯克見主人不見了，便跑到岩石邊上，哀傷地叫喚著，搖著腦袋；接著便拖著尾巴走了回來，焦急不安地看著我，然後又回到主人消失的地方，叫了好幾聲。我理解牠，我跟牠有著相同的擔心。最後，牠就像離弦的箭一樣循著布格－雅加爾的足跡飛奔而去，我也跟在後面拚命地奔跑……我們就這樣跑過好幾個山谷，越過不少林木覆蓋的山丘，終於……

多韋奈的聲音沒了，臉上露出絕望與憂傷，然後才勉強地說道：「達戴，你接著說吧，我連一個老太婆的力氣都沒有了。」

「既然您這麼說的話……上尉，請見諒……各位長官，我得實話實說，儘管比埃羅是個高大的黑人，非常溫順、非常健壯、非常勇敢，是世上最有勇氣的人……但我並沒有因此就不恨他，這是我無法原諒自己的地方……所以，上尉，在聽說您的死刑訂在第二天晚上以後，我便對這個可憐的人恨之入骨，並真的幸災樂禍地告訴他，作為報復，他將跟您一起被處死；如果他不在的話，將由他的十名同胞代為受死。他聽了這個消息之後，沒有任何表示，但就在一個小時之後，他挖了個大洞逃走了……」

「嗯……當我們看見山上飄起一面大黑旗，而他又沒有回來，我們便鳴了一聲炮，把那十個黑人押到行刑地點。當我們抵達那裡，安排好行刑隊的時候，我看見那個高個子黑人從森林中冒了出來，氣喘吁吁地向我跑來……」

「『我及時趕到了！』」他說，「『你好，達戴。』」

「是的，先生們，他只說了這一句，便走去替他的同胞們鬆綁。我不知所措地站在原地，看著他和黑人們為了赴死的權利而互相爭執起來。這場爭執本來會持續得更久，但是……是的，我讓他們停止了爭執，宣佈由比埃羅取代黑人們。這時候，他那條大狗……可憐的拉斯克！牠趕到了，朝我的胸口撲上來。牠本來可以拖延一點時間，上尉，但是比埃羅打了個手勢，可憐的狗就放開了我，跑過去躺在他的面前。這時候，我以為您已

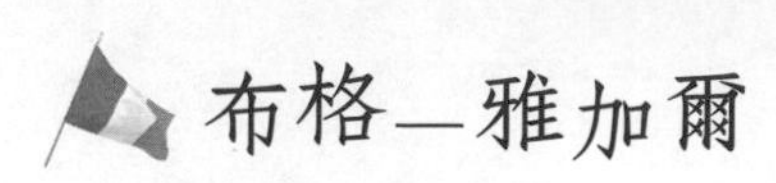

經死了，上尉，我憤怒極了……於是我喊了……」

中士伸出手去，看著上尉，但沒能說出那個不祥的詞來。

「布格—雅加爾倒下了……一粒子彈打斷了他的狗的爪子……從那天起，牠便瘸了……」中士憂傷地搖晃著腦袋，「我聽見附近的樹林裡有呻吟聲，立刻走了進去，看見了上尉您。您為了跑去救那個黑人，被一顆子彈擊中了……是的，上尉，您在呻吟，但那是因為他死了，布格—雅加爾死了！我們把您抬回營地，您傷得不重，多虧了瑪麗夫人的精心照料，您痊癒了。」

中士說到這裡停住了。多韋奈以沉重、痛苦的聲音重複道：「布格—雅加爾死了！」

「是的，」達戴垂下頭去，「他饒過我的性命，我卻殺了他……」

25

在法蘭西共和國軍戰勝歐洲軍隊的一場大戰後的第二天，擔任總指揮的M少將正獨自在營帳中，起草一份送交國民公會的捷報。一名副官前來報告他說，派駐軍中的人民代表要求見他。將軍很討厭這些官員，他們是政府派到軍中掣肘部隊的，是一些可恥的告密者。但是，拒絕這些人的來訪是危險的，將軍只好請他進來。

代表針對這場戰役作了一些簡略的祝賀之後，走近將軍，低聲說道：

「這還不夠，將軍公民，光挫敗外部的敵人還不行，還要消滅內部的敵人。」

「您這是什麼意思？代表公民。」將軍驚訝地問。

「在您的部隊裡，」代表神秘兮兮地說，「有一個名叫萊奧波德．多韋奈的上尉，他在第三十二團服役。將軍，您認識他嗎？」

「當然認識，」將軍說，「我正在讀一份與他有關的報告呢！他曾是團裡一位卓絕的上尉。」

「怎麼？將軍公民，」代表高傲地說，「難道您打算提拔他？」

「實不相瞞，代表公民，我確實曾有此意……」

特派員聽聞此言，蠻橫地打斷了將軍。

「請您自重！將軍，那個萊奧波德．多韋奈是個貴族，是個反革命份子，是個保王黨，是個君主立憲派，是個吉倫特派！公眾法庭要審判他。您必須馬上把他交給我！」

將軍冷冷地回答說：「我不能。」

「什麼？您不能？」特派員生氣地說，「將軍，難道您不知道我在這裡擁有無上的權力嗎？這可是共和國的命令！聽著，我來為您朗讀一下我手邊一份有關多韋奈的報告，我會把這份報告連同他本人一起送交公眾檢察官。這是一份名單的節錄，您大概不會希望自己的名字被加在上面吧？聽好了——」

第三十二團前上尉萊奧波德．多韋奈，被確認犯有以下罪行：

一、此人在一次會議上講述了反革命的故事，旨在嘲諷平等和自由的原則，宣揚對王權和宗教的迷信。

二、此人運用各種言詞詆毀各種難忘的事件，特別是對聖多明哥前黑奴的解放。

三、在此人的談話中，始終採用「先生」一詞，從不使用「公民」這個稱謂。

四、此人透過上述的故事，公開策劃推翻共和國，以支持吉倫特派和布里索派。應處以死刑。

「怎麼樣？將軍，您還有什麼要說的嗎？您還想為這個祖國的敵人辯護不成？」

「祖國的這個敵人，」將軍義正詞嚴地反駁道，「曾經為祖國作出過犧牲。我有一份報告可以回答您。您也聽著——」

第三十二團上尉萊奧波德．多韋奈奠定了這場戰役的勝利。同盟國構築了一座巨大的角面堡，它是此戰的關鍵所在，必須把它拔除。第一個衝上去的勇士必死無疑。多韋奈上尉義無反顧，奪下了角面堡，自己也獻出了生命；於是，我們勝利了。第三十二團的達戴中士以及一隻狗被發現死在他身邊。我們建議國民公會嘉獎萊奧波德．多韋奈上尉，他無愧於祖國——

「代表，您都看見了，您揭發他是叛徒，我確認他為英雄；您汙損他，我褒獎他；您要人架起斷頭台，我為他豎起紀念碑。我們各司其職。然而，幸運的是，這個勇士獻身於疆場，逃過了您的迫害。感謝上帝！您想置於死地的人已經死了。他沒有等您。」

「他死了，真可惜！」

將軍聽見了他的話，氣憤地吼道：

「您還有一個辦法，代表公民！去角面堡的廢墟尋找多韋奈上尉的屍體。誰知道呢？也許敵人的炮彈把屍體的腦袋留下了，好上國家的斷頭台！」

Le Dernier jour d'un condamné

死囚末日記 1829

從審理到宣判，從上訴到定讞；
從發監到移送，從囚禁到處決……
從冷漠到恐懼，從哀愁到憤怒；
從悲壯到懊悔、從乞求到絕望……
人們的六個禮拜，死囚的六百年；
囚車外笑語歡騰，囚車內一片死寂。
掌聲中，刀落處，只留下
一顆人頭，一場悲劇，一切遺憾。

Les Misérables

~Romans de Victor Hugo

1

寫於彼塞特監獄

判處死刑！

啊，五個禮拜以來，這個詞一直沒有離開我。它佔據了我全部身心，讓我麻木，把我壓得喘不過氣來。從前（因為我覺得已度過了好幾年，而不是幾個禮拜），我也像別人一樣，是一個人。我的每天、每時、每刻都有它存在的意義。我的思想年輕活潑、豐富多彩、浮想連翩，喜歡把這一切像走馬燈一樣無窮無盡地展現在我眼前，在我這幅既粗糙又纖細的生命畫卷上不斷地繡上阿拉伯式的裝飾圖案。那上面有荳蔻年華的少女，有光彩奪目的主教服，有一場場勝利的戰鬥，有充滿喧囂和彩虹的劇院，也有黑夜裡和女士們在栗林下悠閒散步的情景。在我的想像裡，每天都是良辰美景，我可以隨心所欲地幻想，我是自由的。

現在，我成了一個死囚。我的肉體被關押在一間牢房裡，我的心靈被禁錮在一個念頭中，一個可怕的、無法平息的、帶著血腥味的念頭。

我心裡只是在考慮著、在喃喃自語著、在證實著一件事：被判處死刑！

無論我做什麼，這個想法總會出現。這個陰森恐怖的想法，像一個可惡的幽靈般如影隨形。它既獨斷又專橫，緊緊地盯住我這個可憐的人，不讓我有一絲一毫的分心；當我一想到別的事，或剛剛閉上眼睛，它就用那兩隻冰冷的手來搖我；無論我以什麼方式逃到哪裡，它也會以各種形式在那裡出現，像歌詞裡令人反感的疊句一樣，出現在人們的每一句話中，和我一起被關在這牢房可惡的鐵欄杆內。當我清醒的時候，它來糾纏、折磨我；當我戰戰兢兢地睡著的時候，它來窺視我，像一把刀子般插入我的夢中。

剛才，我被它追得從夢中忽地驚醒過來。「啊！原來是個夢。」我自言自語道。我這雙困倦的眼睛甚至還來不及睜開，就看到了那個帶來不幸的影子。它被刻寫在包圍著我的可怕環境裡，在我牢房裡潮濕的地板上，在夜晚黯淡的燈光裡，在我的布衣的每一根紗線上，在獄卒冰冷陰森的臉上，即使當他們身上的子彈盒的反光穿過鐵欄、射進牢房裡的一瞬間，我彷彿也聽到有一個聲音在我耳邊細語：「判處死刑！」

2

這是八月的一個清晨。

我的案子開審已經三天了。三天裡，我的名字和罪行每天上午都引來一大群聽眾，像烏鴉圍著腐屍般坐到了法庭大廳的旁聽席上。三天裡，那些法官、證人、律師和檢察官像幽靈般在我面前晃來晃去，有時顯得滑稽可笑，有時顯得粗暴凶惡，但始終是那麼冷若冰霜，令人反胃。最初兩天夜裡，由於不安和恐懼，我沒能入睡。第三個晚上，厭倦和疲勞使我睡著了。半夜，我聽到陪審員討論我的案情；獄卒把我丟在牢房的乾草地上後，我倒頭便睡，睡得很熟，熟到忘了一切。這是幾天以來我第一次的歇息。

當獄卒把我叫醒時，我睡得正熟。這一次，他腳上鐵釘鞋笨重的踏步聲、那串鑰匙叮叮噹噹的響聲和拉動門閂時吱咯的聲音都沒能把我吵醒，直到他在我耳邊粗野地叫喊：「喂！起來呀！」並用他粗糙的手拉我的手臂時，我才從昏睡中醒過來。我睜開眼睛，驚慌地坐起來。這時，我從那又高又窄的窗子望去，看到走廊的天花板上有一道金色的反光。我的眼睛雖已習慣了牢房裡的黑暗，但一見這道金光，便馬上辨認出那是太陽的光芒。我喜歡太陽。

「今天天氣真好。」我對獄卒說。

獄卒沉默了一陣子，似乎在考慮值不值得回答。接著，他用冰冷的嗓子說道：「也許吧。」

我一動也不動地坐著，神態還處在半睡半醒，嘴上掛著笑意，目不轉睛地盯著反射在天花板上的光線。

「真是好天氣。」我又讚美了一句。

「是的，」獄卒回答說，「人們在等你呢！」

短短的一句話，像阻擋小飛蛾飛行的蜘蛛網，又把我猛地拋回了現實。我好像在一道閃光中又忽地看到了陰森的法庭，看到了圍坐著的法官、三排面目痴呆的證人，以及站在我兩側的法警；我看到了黑袍在晃動，人頭在黑暗深處擁擠，以及十二個陪審員盯著我的目光。

我站了起來，牙齒格格作響，雙手打顫，連衣服也找不到了。我兩腿軟弱無力，剛邁出一步，就像一個背著重負的搬運伕般踉蹌了一下。然而，我還是跟著獄卒走了。

兩個獄警在牢房門口等著我，他們又把我扣上了手銬。手銬上的鎖很複雜，他們認真地鎖著，我任由他們擺佈。

我們穿過一個小內院，清晨的新鮮空氣使我清醒了過來。我抬起頭，天空蔚藍，和煦的太陽光照耀在高聳的煙囪上，在監獄陰暗的高牆上留下了幾道曲折的影子。今天天氣確實很好。

我們沿著一個螺旋狀的樓梯上去，接連穿過三條狹窄的走廊。最後，一扇低矮的門打開了；迎面撲來一股夾雜著嘈雜聲的熱氣，那是從擠在法庭裡的人群身上發出的氣味。我走了進去。

我的出現引起了一陣喧囂聲和挪動武器的聲音。凳子被猛烈地移動，牆隔板被擠得吱咯作響，尤其當我從列隊的士兵中間走過擁擠的大廳時，我彷彿感到自己成了一個中心，我身上有無數條線，牽引著每一個俯著身子的人目瞪口呆的臉，它們都隨著我的動作而有所變化。

我的手銬被取下了，我完全沒意識到它是在什麼地方、什麼時候被去掉的。

這時，大廳變得靜悄悄的，我走到了我的座位上。當人群中的喧囂聲停止時，我的思想也停止了。在這之前我一直迷迷糊糊的，現在忽然明白決定我命運的時刻到了。我來到這裡，是為了聽判決宣佈的。

這個念頭並沒有使我感到害怕，我也不明白是為什麼。窗子敞開著，街上的新鮮空氣和各種聲音毫無阻礙地闖了進來，法庭上一片明亮，像是要舉行婚禮；豔麗的陽光投射著窗子的光影，或灑在地板上，或平伸著在桌面上鋪開，或被牆角遮斷；而從每一個菱形的窗戶射進的光束，又都在空氣中形成了一個金色的菱柱體。

坐在台上的法官們個個露出滿意的神情，也許是為了案子即將結束而高興吧。庭長的臉被窗戶的反光照著，看上去顯得平靜而溫和。一個年輕的助理執事正一邊玩著他的領花，一邊愉快地和坐在他身後的漂亮女郎講話。

只有陪審員們顯得臉色蒼白、精神沮喪，顯然是因為徹夜未眠而露出了倦意。有幾個在打哈欠。從他們的舉止神態來看，怎麼也看不出他們是一群剛判了某個人死刑的傢伙。從這些善良的有錢人臉上，我看到的只是渴望好好大睡一覺的神態。

在我的對面，有扇窗子完全敞開著，我聽見河邊賣花姑娘的笑聲；而在窗台上的石縫裡，長著一株好看的黃花，完全沐浴在太陽的光線裡，隨風輕輕搖擺。

看著如此美好和諧的景象，怎麼可能會產生不吉利的想法呢？在陽光和新鮮空氣的包圍中，除了自由之外，我不可能再想到其他東西了。希望和光明一樣，將普照我的全身。於是，我對判決的結果充滿了信心，深信自己能夠重獲自由。

這時，我的律師來了，大家都正在等著他。他的胃口很好，剛吃了一頓豐盛的早餐。他走到自己的位置上坐下來，朝我鞠躬笑了笑。

「我有信心。」他對我說。

「是嗎？」我小聲回答，也笑了笑。

「是的，」他說，「雖然我目前還不知道會怎麼判決，但他們一定會排除蓄意殺人罪，頂多只判處您終身苦役。」

「什麼！先生！」我憤怒地問道，「我寧可死一百次！」

「啊！死！可是……」我心中莫名其妙地有一種聲音向我說道。莫非說出這句話會為我帶來什麼危險嗎？過去，誰不是在陰雨綿綿的寒冬的午夜時分，點起燭火，在一個陰森的大廳裡宣判死刑的呢？現在是八月，又是早上八點，是一個陽光燦爛的日子，是陪審員們變得慈悲的時刻，是不可能宣判死刑的！我的目光又停留在陽光下那株美麗的黃色鮮花上。

律師一到，庭長就突然叫我站起來。士兵們端起了武器，全場的人像觸了電似地同時站了起來。一名坐在法官下首的書記官站起來，宣讀了陪審員們在我缺席時作出的判決。一股冷汗從我全身每個毛孔裡冒了出來，我倚到了牆上才不致倒下。

「律師先生，您對判決還有什麼要說的嗎？」庭長問道。

本來，我覺得有許多話要說，但此刻一個字也吐不出來。我的舌頭像是被黏住了一樣。

律師站了起來。我明白，他想請求法官把刑罰減輕，降低一個等級，用一種他希望的、剛才令我感到震撼的那種苦役來代替死刑。

此時，我憤怒極了，我真想大聲地重複一遍剛才已對他說過的話：「寧可死一百次！」可是我沒有那力氣，我只是忽然抓住他的手臂，用一種抽搐的聲音喊道：「不！」

當庭長反駁律師的話時，我竟帶著一種驚愕的興奮在聽著。法官們出去了，接著他們又回來了，最後庭長宣佈了對我的判決。

「判處死刑！」

人們議論紛紛。當獄警把我帶走時，這些人如同一座建築倒塌似地亂哄哄地從我身後擠過來。我麻木不仁、朦朦朧朧地走著，身上發生了一種翻天覆地的變化。直到宣佈死刑判決以前，我還感到自己和周圍的人一樣在呼吸、心臟在跳動、和他們生活在同一環境裡。但現在，我和世界被一堵明顯的牆隔開了。我再也不能回到以前的環境裡去了。這些明亮而寬敞的窗戶、這燦爛的陽光、這純淨的天空、這美麗的花朵，全都抹上了裹屍布的慘白。這些緊緊擠在我身後的男人、女人和小孩，我覺得他們就像一個個幽靈。

樓梯下，一輛又黑又髒的囚車在等著我。走上囚車前，我隨便看了看周圍的情景。「一個死囚！」那些朝囚車跑來的人在叫嚷著。我眼前彷彿有一層霧把我和萬物都隔開了。透過這層霧，我卻清楚地看見有兩名少女正睜大眼睛跟在我身後。年紀較輕的那一個拍著手說：「好極了！六個禮拜後就要行刑了。」

3

判處死刑！

好吧，有何不可呢？我記得曾在一本書上看過這樣一句話：「所有的人都是被判了死刑的，只不過是無限期的緩刑罷了。」我現在的處境與這有什麼不同呢？

從宣佈我的判決的那一刻到現在，有多少想長生不老的人已經死了！有多少想在那一天到格列夫廣場看我人頭落地的年輕、自由、健康的人反而先我而去了！從現在到我的臨刑的那一天，誰敢說眼前這些自由自在地行走、呼吸的人不會死在我的前頭呢？

再說，生命有什麼值得如此惋惜的呢？實際上，在牢房裡，我過的是陰森的日子，吃的是黑麵包和從髒木桶裡舀出的一碗清水湯。像我這樣一個受過教育的人，卻受到獄卒們的淩辱和虐待，沒有一個人把我當成有資格與他們交談的人；無論我做什麼，或是想到別人將對我做什麼，我總是戰戰兢兢的。事實上，劊子手能從我這裡得到的，也差不多就這些東西了。

話雖如此，死刑還是可怕啊！

4

黑色的囚車把我送到了可怕的彼塞特監獄。

遠處看，這棟建築物十分雄偉壯觀。它座落在山腰，面前視野廣闊，還保留著幾分昔日的輝煌景象，好像一座富麗的王宮。可是，當你漸漸走近它，就會看出這宮殿原來是一座破爛不堪的房子。年久失修的尖頂不堪入目，牆上像是患了麻瘋病似的，盡是斑斑點點；窗戶上既沒有窗格，也沒有玻璃，只有許多橫豎交叉的粗大鐵欄杆。鐵欄杆之後是一張張蒼白的面孔，他們既像囚犯又像瘋子。

這就是從遠處看到的情景。

5

剛一抵達，監獄就對我實行了鐵腕手段，採取了多種預防措施，以確保我的生命安全：吃飯不給刀叉，要我穿上像帆布袋的緊身衣，好束縛我的雙臂。我已向最高法院提出了上訴。這樣一來，他們的這件繁重的任務將持續六至七個禮拜了。在把我送上格列夫廣場的斷頭台前，他們必須保證我安然無恙。

最初的一些日子，監獄的態度溫和得令我恐懼。一個獄卒的謙恭會使我聯想到斷頭台。幸虧過了幾天後，他們又原形畢露了。那種不尋常的客氣已蕩然無存，他們像對待其他囚犯一樣粗暴地對待我，使我常感到劊子手就站在眼前。改善的還不只這一點；我的年輕、溫順和神父對我的關照，特別是我向獄卒說的那幾句他聽不懂的拉丁語，使我破例每週有一次可以和別的囚犯一起放風的機會，還脫掉了使我感到麻木的緊身囚衣。而且，經過再三評估後，還給了我紙、筆、墨水和夜間用的一盞油燈。

每個禮拜天，做完彌撒後的那段時間裡，他們便讓我在監獄的小院子裡走動。在那裡，我可以和其他犯人聊天。他們向我介紹他們令人心驚膽戰的事蹟，當然，我知道他們是在誇大其詞。他們還教我講暗語，也就是行話。這些話是從普通語言裡衍生出來的一種語言，就像人身上長出的一個難看的肉瘤。有些暗語確實具有意想不到的表達效果；例如，路上有一攤血，暗語為：「路上有一堆糖果」；被絞死了，暗語是：「娶了個寡婦」，好像絞刑架上的繩索成了所有被絞死的人的寡婦了。一個小偷的頭有兩個名字：當它在策劃、思考、設法作案時，叫「巴黎大學」；當它被劊子手砍下之後，叫「劈柴」。這種暗語有時又具有滑稽的作用；例如，他們把一個裝破爛的簍子稱為「藤條編的背心」，把舌頭叫「騙子」。後來，隨時隨地都可以聽到一些奇形怪狀、粗俗不堪的話，也不知道這些話是誰創造的，例如把劊子手稱為「老闆」，把死人的骸骨叫「地毯」，把刑場叫「告示板」。當他們講這些話時，我彷彿感到有人在我面前抖動破布，弄得塵土飛揚，骯髒不堪。

不過，至少這些人很同情我。他們也是唯一同情我的人了。那些獄卒當著我的面又說又笑地談論我，像在談論一件東西似的。當然，我並不怨恨他們。

6

我心想，既然我有了寫作的工具，為什麼不利用呢？可是，寫什麼呢？被關在四堵光禿禿、冷冰冰的石牆中間，沒有自由，沒有東西可看，唯一的消遣是每天看著從牢房門的小洞裡射進來的白色光束慢慢移動。就像我剛才說的那樣，我腦子裡唯一會出現的東西，就是罪惡和懲罰、殺人和死亡！一個在這個世界上再也沒有什麼可做的人，還會有什麼東西可寫嗎？在我這個枯萎而空洞的腦袋裡，還能有什麼值得寫的東西嗎？

為什麼沒有？雖然我周圍的一切是單調枯燥、黯淡無光的，但我本身不就是一個起伏的波瀾、一場激烈的鬥爭、一場悲劇嗎？那個頑固地佔據了我全身心的思想，隨著我的刑期的接近，不是每時每刻都在以一種新的形式，也就是一種更加可怕、血腥的形式出現在我面前嗎？我何不試著把我在這裡的一切強烈而陌生的感受寫出來呢？顯然，題材是豐富的，我的生命已那麼短暫，而且從現在起到我死的那一刻為止，在它將不時遭遇的煩惱、恐懼和痛苦的折磨中，還有許多需要用這支筆記錄下的東西；更何況，唯一能減輕煩惱的辦法，是觀察這些煩惱、描寫這些煩惱，以排遣我難過的心情呢？

再說，我寫的東西也不會毫無用處。如果我有毅力堅持寫到我的肉體無法再動彈的那一刻，我這種度日如年的親身經歷，難道不能給人既深刻又有意義的教訓嗎？難道在一個即將被處死的人的回憶中、在這日益加深的痛苦裡、在一個死囚的精神狀態中，就沒有一點可以使判決者們引以為戒的東西嗎？也許，當他們讀了這些東西以後，下回再決定把一顆頭砍下來的時候，就不會再那麼草率了吧？也許，這些可惡的傢伙根本從未想過他們匆匆寫下的那份死刑判決書裡，隱藏著多少緩慢而持續的痛苦；在他們作出令人傷心的判決時，難道他們從未遲疑一下，想想在他們要殺掉的那個人的腦中會有一個期望活下去的思想，有一個一點也不希望死的靈魂嗎？沒有，在這件事情上，他們只會看到一把三角鬼頭刀垂直落下，認為一個被判死刑的人，生前死後都是一無所有的。

我寫的這些東西一定會使他們覺醒過來，如果有朝一日它們被發表出來，一定會吸引執法者去體會一下死囚們心裡遭受的痛苦，因為這是他們想像不到的痛苦。他們總為了自己能讓犯人沒有痛苦地死去而自豪。啊！問題就在這裡。和精神上的痛苦相比，肉體上的痛苦又算得了什麼！恐怖、可憐！人們所制定的法律就是這麼回事！我的這篇回憶錄，一個悲慘的人臨死前吐露的這些內心話，總有一天會對此有所幫助的……

除非在我死後，風會把這些紙片吹到院子裡去沾上泥汙，除非它們會被獄卒們拿去糊在破掉的窗子上，讓雨水慢慢把它們淋壞。

7

即便我寫下的東西有朝一日會幫上他人，會左右一個即將判決的法庭，把那些不幸者、無辜者和有罪者拯救出來，使他們不再遭受我死前的這種痛苦，但我這麼做又有什麼用？對我又有什麼幫助？當我的頭被砍下來，他們再去砍別人的頭又關我什麼事？在我上了斷頭台後，再把斷頭台推倒，這對我會有絲毫的好處嗎？什麼？這太陽、春天、綻開的鮮花、清晨啼叫的小鳥、雲彩、樹木、大自然、自由、生活，這一切都已不再屬於我了？

啊，要拯救的是我自己啊！難道真的不可挽回了嗎？難道在明天，甚至在今天，我就要死去？事情已成定局了嗎？啊！上帝，我產生了一個可怕的念頭，我真想把我的腦袋撞碎在牢房的牆上！

8

現在來計算一下我還剩下多少日子。

宣判以後，準備上訴的期限為三天。

上訴書在重案法庭的檢察官手中要擱置八天，然後才會送到司法大臣那裡去。

文件要在司法大臣那裡積壓十五天，也許他一開始根本不知道這份文件的存在，但他還是得裝模作樣，審閱一番後再轉送到最高法院。

在最高法院，文件又得進行分類、編號、登記，因為要砍頭的犯人很多，因此犯人也需排隊才能受刑。

有十五天的時間來複查對犯人的判決是否有不公正之處。

最後，最高法院依照慣例在某個禮拜四開庭。它把二十份上訴文件一起駁回，然後再把文件送回司法大臣手裡，司法大臣再送給總檢察官，總檢察官送給劊子手。這前後一共耗時三天。

第四天上午，總檢察官的助理一邊繫上領帶，一邊說：「這件案子該結束了。」而且，如果沒有朋友請書記官的助理吃早餐，耽誤他辦理這件事的話，行刑的命令便可以草擬、修改、謄正、寄發出去了。隔天，天一亮，人們就可以聽到格列夫廣場上有釘絞刑架的聲音了，還可以聽到十字路口有人扯起沙啞的嗓子拚命叫喊。

一共是六個禮拜。那個小姑娘講得完全正確。

啊！我在彼塞特的死牢裡至少已待了五個禮拜了，也許是六個禮拜，我不敢去計算了，我覺得三天前似乎是禮拜四！

9

我剛寫好遺囑。

遺囑有什麼用？法庭判我負擔訴訟費用，而我所有的積蓄剛好夠支付這筆費用。絞刑架的費用也實在太昂貴了。

我留下了一個母親、一個妻子和一個孩子。一個三歲的女兒，很乖巧，臉色紅潤，皮膚嬌嫩，一雙大大的黑眼睛，長長的褐色頭髮。

我最後一次看到女兒的時候，她才兩歲零一個月。

這麼說來，我死後便留下三個女人，一個失去了兒子，一個失去了丈夫，一個失去了父親。三個輩份不同的孤苦人，三個法律造成的孤兒寡母。

就算我是罪有應得，但這三個無辜的女人該怎麼辦？人們羞辱她們、毀滅她們，卻絲毫不當一回事，難道這就是正義？

我擔心的倒不是我那可憐的老母親，她已經六十四歲了，這次打擊就會要了她的命；即使她還能多活幾天，在她生命的最後時日，只要火爐裡還有一點火，也就心滿意足了。

我也不擔心我的妻子，她的身體已經很糟糕，精神也很脆弱了，她很快也會死去。當然，除非她瘋了，聽說瘋狂能讓人活下去。不過，至少瘋子在精神上不會有痛苦。精神麻木了，就如同死了一般。

但是，我的女兒！我的孩子！我那可憐的小瑪麗！她卻正在嬉笑、玩耍、歌唱，什麼也不知道。正是她，讓我心如刀絞！

10

以下是關押我的牢房的情景。

長寬各八尺，四面都是石牆。牢房內的石板地面比走廊高出一層，四堵牆垂直砌在石板上。一進門，右邊有一個小凹角，獄卒們在那裡放一堆草，當成犯人休息和睡覺的地方。無論春夏秋冬，犯人都只穿一條帆布褲

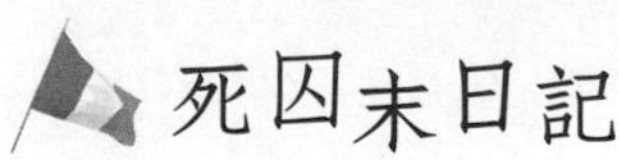

子和一件粗布上衣。

我的頭頂沒有天空，只有一個黑漆漆的尖拱，尖拱上掛滿破布般的厚蜘蛛網。牢房沒有窗戶，甚至連通風口也沒有，只有一扇包著鐵皮的木門。

我說得不完全對。在門的上方，有一個釘著十字形鐵架、約九公分寬的方洞，不過夜裡獄卒會把它關上。

牢房外是一條相當長的走廊，牆上方有一排狹窄的通風窗，用來通風和採光，而且被泥牆隔成了一個個小間，連接這些小間的是一排低矮的拱門。每個小間就成了跟關押我的牢房一樣的牢房前室。獄卒們把被典獄長關禁閉的苦役犯關押在這裡。前三間牢房是用來關押死刑犯的，因為那裡離獄卒比較近，方便他們看守。

這些牢房就是十五世紀溫徹斯特紅衣主教修建的彼塞特古堡所剩下的全部房間了，下令燒死聖女貞德的也是這位主教。這是某天一些來牢房看我的好奇人士告訴我的。他們站得遠遠的，彷彿在看動物園裡的一隻猛獸。據說獄卒還因此得到了一百個蘇。

我忘了提到，我的牢房門口從早到晚都有一個士兵站崗，每當我抬頭去看門上那小方洞時，總會遇上他們睜大了緊盯著牢房內的眼睛。

當然，人們還可以猜到這石籠子裡會有空氣和光亮。

11

既然天還沒亮，夜裡該做些什麼呢？我突然有了個主意。我站起身來，端著燈去照牢房的四壁。牆上塗滿了字句、圖畫、姓名、偶爾還有些肖像。字畫重疊交錯。看來，每一個囚犯都在這裡留下了一點痕跡。有用鉛筆寫的、粉筆寫的、木炭寫的；字畫有黑的、白的、灰的；還有不少是刻上去的，刻痕中可以見到鐵鏽的紅色，像是用鮮血寫成的一樣。顯然，如果我的心情更輕快些的話，我會對這一頁頁鋪展在牢房石牆上的文字感興趣的。我很樂意把這些支離破碎的東西整理一番，讓每個肖像都與姓名配對，為這些殘缺不全的銘刻、不完整的句子賦予完整的意義和生命。

在我床頭的牆上，畫有兩顆紅色的心，中間用一支箭串著，上方寫著「熱愛生命」。這個可憐的人，他的一生並不長久。

旁邊模模糊糊地畫著一個小小的人頭，戴著一頂三尖帽，還寫著「皇帝萬歲！一八二四」。

還有幾顆紅色的心，旁邊刻著在牢房裡很難見到的字：「我喜歡，我愛瑪蒂爾．唐璜。雅各。」

在對面的牆上，可以看到這樣的字：「巴巴萬拉」，第一個字母大寫，還用阿拉伯式的圖案進行了精心的美化裝飾。

一段猥褻的歌詞。

石牆上還刻有一頂自由黨人的帽子，帽子下刻著「波利斯——共和國」。波利斯是預謀推翻國王的拉羅歇爾四中士之一。這個可憐的年輕人！他們所謂的「政治需求」多麼可怕！為了一個夢想、一個抽象的概念，便得到了這種可怕的結局——上斷頭台！而我，一個真正犯了罪、負有血債的犯人，卻還在哀嘆！

我無法再看下去了，因為我在牆角上看到了一幅用粉筆畫的令人毛骨悚然的白色圖畫——斷頭台。此時此刻，畫上的那具斷頭台也許是專門為我而架設的。油燈差點從我手中掉下去。

12

我急忙退回去坐在稻草上，把頭埋在雙膝間。孩子般的驚慌很快就消失了，一種奇怪的好奇心又促使我繼續去看牆上的字畫。

在巴巴萬拉的名字旁邊，有一張巨大的蜘蛛網，積滿了厚厚一層灰塵，掛在牆角上。我撥開蜘蛛網一看，牆上有四五個名字，十分清晰可見：「杜東，一八一五」、「普蘭，一八四八」、「讓．馬丁，一八二一」、「加斯丹，一八二三」。看到這些姓名，我的腦中馬上出現了一連串恐怖的回憶。杜東是一個把他弟弟大卸八塊的人；夜裡，他把弟弟的頭顱丟進巴黎的一個池塘裡，身體丟到下水道裡。普蘭是一個殺害自己妻子的傢伙。讓·馬丁是一個趁年邁的父親去開窗戶時用手槍朝他開了一槍的人。加斯丹是個醫生，他對自己的病患下了毒。這四個名字的旁邊便是巴巴萬拉，他是個瘋子，用刀砍下了好多小孩的腦袋。

「原來……」我不禁打了個寒顫，「他們就是以前住在這間牢房裡的人。」

正是在我站的這一塊石板上，這些沾滿鮮血的殺人犯曾作了他們死前最後的思考；正是在這一間小小的牢房裡，他們留下了最後的足跡。他們被關進這間牢房的時間相隔不久。看來，這牢房從來沒有空閒過。他們留下了一塊空白的地方，那是專門為我留的。接著，該輪到我到克拉馬公墓去與他們會合了，那裡的草長得真茂盛啊！

我既不是幻想家，也不是迷信者，也許是剛才的那些想法使我心裡忐忑不安。然而，當我這麼想時，我突然覺得他們把這些名字寫到牆上時是帶著一股怒火的。我的耳裡響起了越來越強烈的嗡嗡聲，眼前出現了一片紅色的光芒。而且我彷彿看見，這牢房裡盡是人，一些奇形怪狀的人。他們用左手拿著自己的腦袋，因為沒有頭髮可抓，便抓著嘴巴。所有的人都向我伸出了拳頭。

我嚇得閉上了眼睛，但閉上以後卻看得更清楚了。

是做夢、幻想，還是現實？當我差點要暈過去的時候，我突然感到我的腳背上有一個冷冰冰的物體和一些毛茸茸的爪子在爬動，那是被我從蜘蛛網裡趕出來一隻大蜘蛛。

這一驚嚇使我清醒過來。「啊，多麼驚心動魄的場面！」不，這僅僅是我空白而混亂的腦海裡的一團迷霧，一陣思緒！那些人已經死了，他們已被緊緊地封閉在墳墓裡，那不是一座他們能逃得出的監獄。可是我為什麼會被嚇成這樣呢？

墳墓的大門是不會從裡面打開的。

13

有一天，我目睹了一件可怕的事。

天剛亮，監獄裡就翻騰起來了。只聽見沉重地開門、關門、扳動門閂、開鎖的聲音，獄卒腰帶上的一大串鑰匙碰撞的聲音，人們急急忙忙從樓梯走下樓的聲音，以及在走廊兩頭呼叫與回答的聲音。我隔壁牢房裡的幾個苦役犯也顯得比平常興奮。整個彼塞特監獄似乎都處在歡笑、奔跑、歌唱、跳舞之中。

在整座監獄裡，在這樣的騷動喧囂中，只有我一動也不動，驚奇地、靜靜地聽著。

一個獄卒從眼前走過。我壯著膽子把他叫過來，問他今天是不是監獄裡的節日。

「要說節日也可以！」獄卒回答，「今天是為那些即將前往土倫的苦役犯釘上腳鐐的日子，你想去看看嗎？這也許會帶給你一點樂趣。」

當然，對一個與世隔絕的人來說，無論那場面多麼難堪，也會是一種極好的消遣。我欣然接受了這一建議。

為了防止我行為不軌，獄卒採取了一些預防措施，然後把我領到一間小小的空牢房裡，只有一扇釘著鐵條的窗戶，窗戶高度正好可以讓人們把手放在上面，從那裡可以直接看到天空。

「好吧，」獄卒對我說，「你從這裡既可以看也可以聽。你一個人待在這間包廂裡，就像一個國王。」

說完，他關上門，扣上插鞘，上了鎖，走了。

窗外是一個相當大的方形庭院，四周矗立著一棟七層樓的石造建築，像一堵高牆似地把它包圍了起來。從外觀上看，再也沒有比這棟樓房更衰敗、更淒涼、更不堪入目的東西了。它的牆上開有一排排裝著鐵條的窗子，每一個窗口都擠滿了消瘦、蒼白的面孔。他們是囚犯，是在這次儀式中等待著登台表演的觀眾，或者該說是被罰到監獄的窗口目睹地獄慘狀的鬼魂。

所有人都默默地望著空無一人的院子。他們在等待著，在這些呆板而憂鬱的面孔中，有幾雙興致勃勃的眼

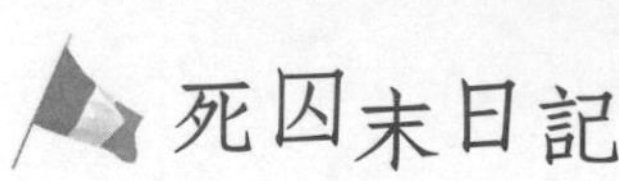

睛，像點點火花般閃現出光芒。

包圍著院子的這棟方形建築物並不是完全封閉的。建築物東面的牆被攔腰切斷，取而代之的是一道鐵柵欄。柵欄通往另一個院子，和那棟建築一樣被灰暗的石牆和尖頂包圍著。

大院子周圍，沿牆面擺放著許多石凳。院子中央，立著一根掛燈用的彎形鐵杆。

正午的鐘聲敲響時，轉角的大門突然被打開了。隨著一陣陣鐵器的聲響，一輛大車慢吞吞地駛了進來。押車的是一些身穿藍色制服、佩戴紅色肩章、腰繫黃色皮帶的骯髒士兵。車裡裝的是為苦役犯們準備的鐵鐐。

與此同時，整個監獄彷彿被喚醒似的，趴在窗口的那些一直安靜無聲的觀眾們突然爆發出歡呼聲、歌唱聲、恫嚇聲、詛咒聲，中間還夾雜著一種尖銳刺耳的笑聲。我還以為見到了一群魔鬼呢！每個人的臉上都出現一種鬼臉，所有人的拳頭都伸到了鐵欄杆外，所有的嘴巴都在吼叫，所有人的眼睛裡都噴出光芒。在死灰中忽然看到這麼多火花，反而使我恐懼不安起來。

這時候，獄卒們開始有條不紊地幹活了。一個獄卒爬上車，把鐵鍊、枷鎖和幾捆帆布褲扔給了他的同僚。然後，他們分頭行事，一部分人把長長的鐵鍊拉直，擺在院子一角；另一部分人把襯衫和褲子擺放在石板地上；而那些最有經驗的人則在一位典獄長的監督下，逐一檢查那些鐵枷鎖，枷鎖在石板上不時地擦出些火花。這一切動作都引起了囚犯們的噓聲，只有苦役犯們的狂笑才能把他們的聲音蓋住，因為這些準備工作都是為他們做的。

準備結束後，一位被稱為「監察員先生」的人向典獄長下了一道命令。隨即從兩三道低矮的門裡吵吵嚷嚷地擁出一群群蓬頭垢面、衣衫襤褸的人。他們就是那些被判服苦役的犯人。

他們進來時，把所有囚犯的歡鬧推向了最高潮。在他們當中，有幾個監獄裡赫赫有名的人物，受到了大伙兒的鼓掌歡呼，他們則盡可能謙虛地傲然接受了這陣歡呼。大多數人都戴著他們用苦役犯牢房的稻草編織成的草帽，而且每個人都把草帽編得奇形怪狀，以引起城裡路人的注意。這些人也受到了囚犯們的喝采。

其中有一個長得像大女孩的小伙子，簡直讓整個監獄都沸騰起來了。他從一間秘密關押了他一個禮拜的牢房裡出來時，從頭到腳裹著他用牢房裡的乾草編織的蓑衣，像蛇一樣靈活地蜿蜒爬進了院子裡。他原本是一位小丑，因偷竊而被判刑。頓時，歡聲雷動，喊聲震天。然而，這種狂歡是一種令人懼怕的事。獄吏們和巴黎來的監察員都顯得驚慌失措，罪犯們當面嘲笑他們，把這次可怕的懲罰變得宛如自己的節日。

苦役犯們陸續往外走，站成兩列的獄警則把他們一個一個趕到小院子裡，讓醫生檢查他們。在那裡，所有苦役犯不是說自己眼睛瞎了，就是腿瘸了、手殘了，都試圖作最後的掙扎，稱病以逃過苦役；而醫生們幾乎每次都認定他們是健康無恙的。於是，他們頃刻間便忘了自己剛才說的疾病，毫不在乎地去聽天由命了。

小院子的門又打開了。一個獄警按字母順序點名，苦役犯們逐一走出來，到大院子裡的一邊排隊。每個人拿著自己的鎖鍊，和一個不相識的人並排站著，之後便是連綿不斷的災難了。

大約三十名犯人走出後，那扇鐵柵門又被關上了。一名獄卒用棍子指揮他們排列好，扔給每人一件襯衫、一件上衣和一條粗布褲子，然後做了個手勢，要他們開始脫掉衣服。忽然間，彷彿是命運的安排，一場意想不到的災禍把這種對囚犯們的侮辱變成了刑罰。

當天，直到這時為止，天氣還是相當不錯的，雖然十月的北風已吹得滿天寒意，但它還不斷地撥開天空的濃霧，讓陽光從一條縫隙裡射下來。可是，當苦役犯們剛脫掉身上破爛的囚衣，光著身子站著，讓獄卒們仔細地檢查時，天空忽然烏雲籠罩，秋天冰冷的大雨忽然傾瀉而下，淋在那四方形的院子裡，以及犯人們光禿禿的腦袋和幾乎一絲不掛的身軀上，淋在他們脫在地上的破衣服上。

轉眼間，院子裡只剩下了獄卒和囚犯，其他人紛紛走避，就連專程從巴黎來的那些監察員們也早已躲到了屋簷下。

雨越下越大。這時候，院子裡只剩下脫掉衣服的囚犯了。他們站在被大水淹沒的石板地上，雨水在他們身上流淌，剛才那陣逞強的吵嚷已變成了死一般的沉寂。他們渾身哆嗦，牙齒格格作響，瘦削的雙腿和突出的膝蓋不斷顫抖碰撞。看見那些濕淋淋的破襯衫、上衣、內褲緊緊貼在他們凍得發青的身軀上，真令人同情。完全赤身裸體也許還好受一些。

只有一個老頭，他還保留著幾分風趣。他一邊用濕淋淋的襯衫擦臉，一邊叫道：「節目單上並沒有這一項呀！」說完，他笑著把緊握的拳頭揮向天空。

當囚犯們重新穿好上路的囚衣後，獄卒們把他們分成二十人或三十人一列，帶到院子的另一側。在那裡，一根根又長又粗的鐵鍊早已擺好在等待他們。在整條鐵鍊上，每隔兩尺，便拴上一根短鍊條，短鍊一端繫著一具鐵枷鎖。在押送途中，苦役犯的脖子上得一直套著這具枷鎖。當這些鐵鍊在地上擺開的時候，活像一條巨大魚類的脊椎骨。

獄卒們讓苦役犯在淹水的石板地上坐下，為他們套枷鎖。兩個粗壯的鐵匠帶來了鐵砧，不把枷鎖加熱，便一錘一錘地朝上面砸去，讓枷鎖在犯人脖子上密合。這真是嚇破膽的時刻，膽子再大的人也被嚇得面無血色。鐵錘每在緊貼犯人背脊的鐵砧上錘一下，犯人的下巴就跟著震動一下，只要他們的腦袋稍微擺動一點，就會像核桃殼一樣被砸得粉碎。

扣上枷鎖後，苦役犯們變得陰沉沉的。這時候，人們只聽到鐵鍊的響聲、犯人們不時發出的叫喊聲，和獄卒用棍棒在那些桀驁不馴的犯人身上鞭打時發出的沉悶聲音。

有人在哭泣，上了年紀的人開始全身發抖，牙齒不停打顫。

從一旁看著這些套上枷鎖、災難臨頭的人們，我心裡也感到恐懼不安。

一道陽光又從天空裡射了出來，彷彿是在苦役犯們的頭上噴了一團火。他們像觸了電一般都站了起來。被鎖在五根鐵鍊上的犯人們手牽手地連起來，不一會兒，便在燈柱旁圍成了一個大圓圈，繞著燈柱轉動，真叫人眼花繚亂！他們用黑話唱著一首監獄之歌，那音調時而哀婉動人，時而奔放愉快。在那神秘的歌詞中，人們不時可以聽到尖銳的叫聲和零星的、氣喘吁吁的笑聲；最後，又變成一片怒吼聲，而五根鐵鍊有節奏的碰撞聲恰好成了伴奏曲。

如果要我尋找一幅群魔亂舞的畫像的話，這情景再合適不過了！

有人把一個大木桶抬到了院子裡，管理苦役犯的獄卒們一陣亂棒，打斷了囚犯們的狂舞，把他們帶到了木桶旁邊。木桶裡冒著熱氣，不知盛著什麼混濁的湯，湯裡不知漂浮著什麼野草。犯人們吃了起來。吃完後，他們把剩下來的殘湯、黑麵包潑灑在地上，又繼續跳起來了。

正當我全神貫注的時候，忽然看見那又唱又跳的人圈停住了，靜了下來。接著，所有的目光都轉向我趴著的窗戶。「死刑犯！死刑犯！」他們一邊用手指著我，一邊喊叫，興奮的程度又達到了高潮。

我嚇得目瞪口呆。我不知道他們怎麼會認識我，也不明白他們怎麼會發現我。

「你好！你好！」他們帶著冷酷的笑容向我喊道。在那些比較年輕的苦役犯中，有一個面色鐵青的人以一種羨慕的眼光看著我，說：「他倒是走運！咔嚓一聲就結束了。再見了！伙伴。」

我無法說出我此刻內心的感受。實際上我確實是他們的伙伴，格列夫刑場和土倫監獄就像一對好姐妹。而我的處境甚至比他們更糟糕，他們這麼做是在給我面子吧！我發抖了。

是的，我是他們的伙伴！幾天以後，也許就輪到我成為他們觀賞的對象了。

我渾身麻木，一動也不動地趴在窗口。可是，當我看到那鎖在五條鐵鍊上的人群帶著凶狠可怕的友好，熙熙攘攘地朝我聚集過來的時候，當我聽見這群魔鬼的鐵鍊聲、吵鬧聲、腳步聲在牆下鬧成一片的時候，我感到他們彷彿在朝我的牢房往上爬。我大叫一聲，猛地朝門口衝去，想把門衝破。可是沒有成功，因為門的外側上了鐵門。我撞擊著、大聲叫喊著，這時，我感到苦役犯們的叫嚷聲越來越接近了。我確信他們那可怕的頭已出現在窗口了。我慘叫了一聲，昏倒了。

14

當我醒過來的時候，已經是夜裡了。我躺在一張簡陋的床上，吊在天花板上的油燈照出了我的床邊還擺著一些同樣簡陋的床。我明白了，我被送進了醫療所。

有一陣子，我是清醒的，但我既不想什麼，也不去回憶什麼，完全沉浸在躺在一張床上的舒服之中。毯子是灰色的，摸起來很粗糙；被子很薄，而且破了洞；隔著床墊可以感覺到墊下的稻草。但這又有什麼關係呢！我的四肢可以在這粗糙的毯子下舒展伸直；雖然這被子是那麼薄，我仍覺得平時累積在我骨髓裡的可怕寒氣逐漸在消散。我又睡著了。

一陣巨大的嘈雜聲把我吵醒了，天剛朦朦亮。這聲音來自窗外，窗子就在我的床邊；我坐起身來，想看看窗外發生了什麼事。

窗口正對彼塞特監獄的大院子。院子裡擠滿了人，兩隊士兵費了好大的力氣才從院子裡的人群中闢出一條狹窄的通道。在士兵中間，五輛裝滿了人的長方形囚車慢慢地行駛著，每碰到一塊石板就顛簸一下。他們是已經出發的苦役犯。

這些車是敞篷的，每一輛上面載著拴滿一根鐵鍊的苦役犯。犯人們背靠背地坐著，中間被那條共用的鐵鍊分隔。鐵鍊縱向擺著，兩端各站著一位武裝的獄警。我聽見鐵鍊噹噹的響聲，還看見當車子顛簸時犯人們的頭在搖晃，懸空的腿在擺動。

一陣刺骨的毛毛細雨使天氣變得寒冷起來，並且把囚犯們的灰布衣淋濕成了黑色，緊緊地貼在他們的膝蓋上。短髮和長鬚上都在滴水。只見他們凍得臉色發青，全身發抖，牙齒格格作響。他們冷，滿腔憤怒，卻連動也不能動一下。一旦他們被拴到那可惡的鐵鍊上，就成了上面無法分割的一部分。拴滿囚犯的整條鐵鍊就如同一個人，每個人的腦袋都已是多餘的了。這些連畜牲都不如的人，他的吃喝拉撒都得在規定的時間內進行。就這樣，囚犯們必須半裸著身體、光著頭、兩腳懸空、一動也不動地坐在那輛車上，進行長達二十五天的旅程。而且，不論是在七月炎熱的陽光下，還是在十一月冰冷的雨水裡，他們都得穿著同樣的衣服。看來，劊子手們希望老天也來參與他們殺人的使命。

我不知道押車的士兵和車上的囚犯們發生了什麼爭執，一方在罵人，另一方在頂撞，後來變成了互相對罵。可是，隊長一聲令下，只見棍棒雨點似地打在囚犯們的肩膀上和頭頂上，於是大家都閉嘴了，恢復了表面上的寧靜。然而，囚犯們的眼睛裡充滿了復仇的怒火，握緊的拳頭在他們的腿上發抖。

那五輛囚車在騎警和步行獄警的押送下，一輛一輛地出了彼塞特高大的拱門。跟在它們後面的是第六輛車，車上放著鐵鍋、銅碗和預備替換用的鐵鍊等雜物。看熱鬧的人群散了。從楓丹白露街傳來的沉重的車輪聲、馬蹄聲、鐵鍊的摩擦聲，還有人們希望苦役犯們在旅途中多受磨難的咒罵聲，都漸漸地變弱了。

可是，對於苦役犯們來說，這只是開始而已。

還記得律師是怎麼說的？希望幫我減刑成苦役？啊！我的老天！我寧可死一千次，寧可上斷頭台，也不願服苦役！寧可變成孤魂野鬼，也不願去那地獄般的地方！寧可把我的脖子放在斷頭台的刀下，也不願套上苦役犯的枷鎖！老天，多可怕的苦役！

15

可惜的是，我並沒有真正生病。第二天，我就得離開醫療所，被送回牢房裡去。

沒有病！我年輕力壯，身體健康，血液在血管裡自由流暢，四肢能聽從我隨意指揮，軀體和思維都健全正常，一切都足以使我長命百歲。然而，我卻患了一種怪病，一種致命的病，一種人為加在我身上的病。

從醫療所出來後，一種忿忿不平的想法一直困擾著我，簡直要把我逼瘋了。那就是：如果他們讓我留在醫療所的話，我就有可能逃走。那些醫生和修女看起來很關心我。這麼年輕就要死了，而且還是這樣的死法！他們似乎很同情我，在我床邊伺候我時是那麼地殷勤！呸！這只不過是心血來潮罷了！何況，這些人只能治好我的頭痛，卻不能免除我的死刑。是的，要讓我逃過一劫，這對他們而言多麼容易！打開一道門就好了，這對他們有什麼妨礙呢？

可是現在再也沒機會了！我的上訴無疑會被駁回，因為一切都是按照法律程序進行的：有人作了證，辯護人作了辯護，法官作了判決。我不抱什麼希望了，除非……不，我瘋了嗎？不可能再有希望了！上訴書就像一根把人吊在深淵上空的繩子，每時每刻都發出斷裂的聲音，直到全斷了為止；又像是要六個禮拜才會砍下來的那把斷頭刀。

要是我能得到赦免呢？赦免我！由誰來赦免？為什麼要赦免？怎麼個赦免法？他們不可能赦免我。就像他們說的：要殺一儆百！

我只有三個地方可以去了：彼塞特監獄、巴黎審判廳的附屬監獄，以及格列夫刑場。

16

待在醫療所的那短暫的時刻裡，我坐在一扇窗前，享受了從窗格裡向我射來的所有陽光。

我用雙手抱著沉重的頭，我的頭重得超過了兩手能承受的重量，於是我把兩隻手臂支在膝蓋上，雙腳蹬在椅子上。我渾身沒有一點力氣，只好彎著身子，縮成一團，就像是我沒有骨頭、也沒有肌肉似的。

監獄裡窒息的氣味比任何時候都使我壓抑、難受。我滿腦子迴響著苦役犯們的鐵鍊聲，對彼塞特監獄有一種無比的厭倦感。我覺得上帝該可憐可憐我了，至少祂可以派一隻小鳥到我對面的屋簷上，為我唱一首歌。

不知是仁慈的上帝還是魔鬼，我果真如願以償了。幾乎在同一時刻，窗戶下方傳來了一陣歌聲，不是鳥兒的歌唱，而是一種更美好的、一個十五歲少女的清脆、嘹亮、柔和的歌聲。我猛地抬起頭來，貪婪地聽著她的聲音。歌聲緩慢傷感，有如淒涼悲哀的鳥鳴。歌詞是這樣的：

在馬伊街，

三個壞巡警，倒楣喲！

猛撲過來，把我抓住，倒楣喲！

他們為我戴上手銬，倒楣喲！

巡警隊長也過來了，倒楣喲！

押解途中，我碰到
一個小偷，哎呀喲！

小偷說，
快去告訴我太太，哎呀喲，
我被關進了鐵窗內，倒楣喲！
太太一聽火冒三丈，哎呀喲，
問我做了什麼事？倒楣喲！

我讓一棵橡樹流點汁，哎嘿喲，
他的金銀我拿了點，哎呀喲，
他的金銀和金錶，哎嘿喲，
還有他的小錢包，哎呀喲！

我老婆前往凡爾賽，哎嘿喲，
跪在國王面前，哎呀喲，
向國王呈上陳情書，哎嘿喲，
請求聖上饒恕我，哎呀喲！

如果我有幸能生還，哎嘿喲，
我要買條薄紗巾，哎呀喲，

還有一雙鯊皮鞋，哎嘿喲，

親手把我老婆來打扮，哎呀喲！

可是國王大發雷霆，倒楣喲！

他以他的王冠發誓，哎呀喲，

要讓我在離開地面的地方，哎嘿喲，

去把舞跳！

哎呀，倒楣喲！

我沒有再聽見什麼，也不可能再聽下去了。這首令人毛骨悚然的歌中不時出現的情景：那強盜與巡警之間的搏鬥、那強盜留給妻子的口信、那為丈夫求情的女人、還有那勃然大怒的國王……這一切透過那最柔和的曲調和最甜美的嗓音唱出來，令我感到悲傷、麻木、絕望！這樣殘酷的歌詞從這張紅潤嬌嫩的嘴唇裡吐出來，實在是一件令人無法忍受的事。就像一朵玫瑰花沾上了臭蟲的黏液。

我真不知道該如何表達此時此刻的內心感受。這歌聲既為我帶來傷害，又給了我撫慰。牢裡的黑話和暗語，無不充滿著血腥味和滑稽的意味；這些粗俗、不堪入耳的語言，竟然和一個少女的聲音混合在一起，這是多麼地奇妙！

啊！監獄是一個多麼卑鄙下流的地方！這裡有一種可以汙染一切的毒液。任何東西在這裡都會被玷汙，哪怕是一個十五歲少女的歌聲也不能倖免！要是你在這裡看到一隻鳥，你會在牠的翅膀上發現汙泥；要是你在這裡採摘一朵美麗的鮮花，拿它一聞，也會覺得奇臭無比。

17

啊，要是我能逃走，我將飛也似地穿過田野！

不，不應該跑。跑會引起別人的注意和懷疑。相反地，應該昂著頭，唱著歌，慢條斯理地走。還要想辦法弄一件帶有紅色圖案的舊藍布衫。這樣的顏色便於偽裝，因為附近一帶的菜農都穿這種衣服。

我知道，在亞捷附近有一片菜圃，菜圃旁有一個小樹林。過去讀中學時，我常和同學們到那裡去抓青蛙。我可以在那裡一直躲到天黑。

天黑以後，我再繼續跑。我到文森去。不，那條河會擋住我的去路。我去阿爾帕容……最好還是經聖日耳曼到哈佛，從哈佛乘船去英國……唉！有什麼用呢？我到了隆格瑞莫，一個警察走過來，向我要護照……一切都完了！

唉，可怕的幻想者，先打破囚禁你的那座三尺厚的獄牆吧！死，只有死路一條！

見鬼！這種時刻，我竟回想起了孩童時代到彼塞特來看那口大水井和瘋子的情景！

18

當我寫到這裡的時候，我的燈光變弱了，天亮了。教堂的鐘響過了六點。

這是什麼意思？門口的獄卒走進我的牢房，脫帽向我行禮，並盡量壓低他粗魯的嗓門，好聲好氣地問我早餐想吃些什麼？……

他讓我打了個寒顫。

事情就在今天？

19

就在今天！

典獄長也親自來看了我。他問我，應該如何滿足我？他能為我做點什麼？他希望我不要怨恨他和他的部下，並很關切地詢問我的身體狀況以及我昨晚睡得如何。在離開時，他還稱呼我「先生」！

就在今天了！

20

這位典獄長還以為我會怨恨他和他的部下。我不應該這麼做，他們把我看守好，是在履行他們的職責；何況在我進來和離去的時候，他們都對我很有禮貌。難道我還不該滿意嗎？

這位稱職的典獄長，有著和善的笑容、甜蜜的言詞、諂媚和能洞察一切的目光、粗大的雙手。他就是監獄的化身，就是化成人形的彼塞特監獄。我周圍的一切都是監獄。我現在才知道監獄是以各種形象出現的，正如它會以鐵欄杆和門閂的形象出現一樣，還會以人的形象出現。獄牆，就是石頭監獄；牢房門，就是木頭監獄；而這些獄卒，便是肌肉和骨頭監獄。

監獄是一種可怕的東西。它一半是房屋，一半是人，兩者緊緊相連，密不可分。我就是它的獵物，它把我遮蓋起來，用它所有的草蓆把我層層裹住，把我關在監硬的石牆裡，用鎖把我鎖起來，還用獄卒的眼睛緊緊地盯著我。

啊！可悲啊！我的下場會怎樣？他們到底會如何處置我？

21

現在，我反而平靜了。一切都完了，徹底完了。我從典獄長帶給我的惶恐不安中擺脫了出來。我得承認，因為我當時還有某些幻想——但現在，謝天謝地，我不再希望什麼了。

這就是剛才發生的事：

時鐘敲響六點半的時候——不，應該是六點四十五分的時候——牢房的門又被打開了。一位身穿棕色禮服的白髮老人走了進來。他微微敞開了他的禮服，我看見了教士服和教士的領巾。原來這是一位神父。

他不是本監獄的神父。這可是不祥之兆！

他露出善良的微笑，在我對面坐下，然後搖了搖頭，接著又仰望天空，也就是仰望牢房的天花板。我明白了他的意思。

「我的孩子，」他對我說，「你準備好了嗎？」

我用很微弱的聲音回答：「我還沒準備好，但我正在準備。」

這時候，我兩眼昏花，四肢冒汗，還感到我的兩頰鼓起，耳裡嗡嗡作響。

當我像睡著了似地在椅子上搖晃的時候，慈祥的老人不停在講話。至少我是這樣感覺的，而且我還記得看見他的嘴唇在動、手在比劃、眼睛在發光。

牢房門又一次被打開了。門閂的聲響使我從朦朧中清醒過來，也打斷了神父的講話。一位身穿黑色衣服的先生在典獄長的陪同下出現在我們面前，向我深深地鞠了個躬。

這人臉上帶有那種舉辦喪事的執事們矯揉造作的憂傷。他手上拿著一份捲好的公文。

「先生，」他面帶殷勤的微笑對我說，「我是巴黎最高法院的法警。我很榮幸地擔負了替總檢察官先生傳遞一份公文的使命。」

最初的一陣驚恐過後，我的神智完全清醒了。

「是總檢察官先生那麼迫切地要我的腦袋嗎？」我回答道，「能收到他的信，真令我受寵若驚！但願我的死能為他帶來無比的愉快，因為，他那麼熱切地要我死。要是他毫不在乎的話，我反而會感到難過的。」

說完這些話，我用堅強的聲調對他說：「唸吧！先生。」

他開始唸一份冗長的公文。這就是我的那份上訴書的批駁公文。

「——判決於今日在格列夫廣場行刑。」他唸完後，頭也不抬，眼睛仍盯著那份印花公文，補充道：「我們將在七點半準時出發前往巴黎審判廳附屬監獄。我親愛的先生，勞駕您跟我一同上路，行嗎？」

有一陣子，我根本聽不進法警的話。典獄長在和神父交談，法警的眼睛盯著他手裡的公文；我又朝著半掩的門口望去……啊，完了！走廊裡還站著四個全副武裝的士兵！

法警重複了一遍他的問話，這次他是看著我的。

「隨您方便吧，您說什麼時候就什麼時候。」我回答道。

他向我敬了個禮，說道：「那好，我會很榮幸地在半小時後來接您。」

說完，他們留下了我一個人，出去了。

上帝啊！賜給我一個逃走的方法吧，無論什麼方法都行！我應該逃走，必須逃走，馬上逃走！從門裡、窗口、屋頂上逃走，哪怕是讓柵欄、屋樑刮掉我幾塊肉也好！

啊！我瘋了，見鬼了，倒楣透了！要想鑿穿這堵牆，得花好幾個月的時間，得有精良的工具才行，而我現在，既沒有一顆釘子，又沒有一個小時的時間！

22

寫於巴黎審判廳附屬監獄

瞧！我被移送到這裡來了。

以下是移送的經過。

七點半的鐘聲一敲響，法警再次出現在我的牢房門口。「先生，我在等著您。」他對我說。一同來的有法警，還有其他人。

我站起身來，走了一步。我的頭是那麼沉重，兩腿是那麼無力，感到無法再邁出第二步了。但我很快就清醒過來，並以穩健的步伐繼續往前走。離開牢房前，我又看了它最後一眼。「我愛你，我的牢房。」然後，我讓它空蕩蕩地敞開著，這會為一間牢房增添奇特的色彩。

不過，這牢房也空不了多久。獄卒們說，刑事法庭此刻正在宣判一個罪犯，那罪犯今晚就會住進來呢！

在走廊的轉角處，神父追上了我們。他剛吃過早餐。

走出監獄時，典獄長親切地握著我的手，並加派了四名士兵護送我。

在醫療所的門口，一個生命垂危的老頭朝我喊道：「再見！」

我們來到院子裡。我深深地吸了一口氣，感到舒服多了。

我們沒有在天空下走太久。一輛套著馬的雙輪馬車停在第一個院子裡。那是一種長方形的輕便馬車，一層嚴密的鐵絲網橫在中間，將車廂隔為兩室。兩室均有一道門，一門在車前，一門在車後。馬車是那樣髒、那樣黑，連一輛窮人的柩車都比它華麗。

在走進這座兩輪的墳墓以前，我的目光在院子裡掃視了一下，這是那種可以射穿牆壁的絕望目光。在這個四周種了樹木的小型廣場裡，聚集的觀眾比觀看苦役犯出發時還要多。瞧！已經擠著一大群人了。

如同鎖在鐵鍊上的苦役犯們出發的那天一樣，天空下著秋雨。直到我記錄下這一切的時候，這陣寒冷的毛毛細雨還在下。也許會下一整天，甚至比我的壽命還要長。

道路被雨水淋得稀爛，院子裡積滿了爛泥和髒水。讓那些看熱鬧的人站在這爛泥巴裡，倒讓我感到高興。

我們爬上了馬車。法警和一個獄警坐在車子前面，神父、另一個獄警和我坐在後面，四個騎警走在馬車的四角。這樣一來，不算車伕，共有八個人押送我一人。

當我上車時，一位老太太說道：「看把犯人鎖上鐵鍊的場面，還不如看這個！」

我明白老太太的意思。這是個一覽無遺的畫面，看起來方便、集中、痛快，而且與看苦役犯一樣精彩，不會有任何東西分散你的注意力。儘管只有一個人，但從這個人身上可以看到所有苦役犯經歷的一切淒涼、悲慘。唯一不同的是，這場面沒有那麼散亂，就像一杯濃縮的醇酒，喝起來更帶勁。

馬車出發了。它隆隆地從高大的拱門下駛過，上了大街。車子離開後，彼塞特監獄厚重的大門被關上了。我麻木不仁，任由別人把我帶走，就像一個患了嗜睡症的病人，明知道別人在埋葬他，卻不能動彈，也不能叫喊。我模模糊糊地聽見掛在馬頸上的鈴鐺發出很有節奏的聲響、馬車的輪子輾過石板發出的咔嚓聲、馬車周圍騎警們的馬蹄聲，以及車伕揮動馬鞭的劈啪聲。這種種聲音彷彿像旋風似地在捲著我跑。

我的眼睛從鐵絲網的縫隙望出去，不由自主地注意到了彼塞特監獄門上刻寫的幾個大字「養老院」。

我心裡在說：「瞧！好像還有人在這裡養老呢。」

後來，我一直處在迷迷糊糊的狀態中，悲痛麻木的內心裡老是翻來覆去地想著這件事。突然間，馬車上了大路，我眼前那小洞裡的景物也變了。在巴黎上空的濃霧中隱約可見的聖母院鐘樓出現在我眼前，我的心情也隨即轉換了。我甚至傻笑著對自己說：「站在鐘樓上的人一定能看得很清楚吧！」

就在這時，神父又開始跟我講話了。我任憑他喋喋不休地講，耳裡卻充塞著車輪聲、馬蹄聲、車伕的鞭子聲，他的話只不過是在這些喧囂上多加的一種聲音罷了。

我無精打采地聽著神父枯燥單調的話。它像潺潺的流水聲，使我的頭腦變得遲鈍麻木；又像在我眼前晃過的路邊彎彎曲曲的小榆樹，樹木不斷地換，樣子卻一模一樣。直到從車廂前座傳來法警急促斷續的聲音，我才猛地吃了一驚。

「喂，院長先生，」他幾乎用一種得意的聲音說道，「您知道今天有什麼大事嗎？」

神父正滔滔不絕地對我講話，加上馬車的聲音震耳欲聾，他沒有回答。

「咳！咳！」為了蓋過車輪的響聲，法警提高嗓門罵道，「該死的馬車！」

該死！的確。

法警接著說：「一定是因為車子顛簸得太厲害，害您聽不見。剛才我說了什麼來著？院長先生，提醒我一下……啊！對了。您知道今天巴黎會發生什麼大事嗎？」

我顫抖了一下，他講的或許是我。

「不知道，」神父終於聽見了，他回答說，「我還沒空看今天的報紙。」

「啊，」法警又說道，「您可能不知道這件事。巴黎的大事！今天上午的大事！」

我插嘴道：「我相信我知道這件事。」

法警望了我一眼。「您？真的？那麼，您說是什麼大事？」

「您感興趣嗎？」我對他說。

「何不呢？先生。」法警說，「每個人都有自己的政治見解，如果我說您沒有自己的看法，那也未免太不尊重您了。就我來說，我完全贊成恢復國民自衛軍。我曾是自衛軍的一名士官。老實說，當個小軍官還真過癮！」

我打斷他的話說：

「我以為您說的大事不是關於這方面的。」

「那是什麼方面的？您不是說知道發生了什麼——」

「我說的是另一件事，是一件全巴黎人今天都在談論的事。」

這個傻子還沒有意會過來，他的好奇心更強烈了。

「另外一件事？天知道您能從哪裡得到什麼消息！到底是什麼事？我親愛的先生，求您快告訴我吧！您知道嗎？院長先生，難道您知道的比我還多？求求您，讓我知道真相吧！是關於什麼方面的？您瞧，我最喜歡打聽消息了。我會把這些消息告訴審判廳長先生，讓他高興。」

接著，他又講了一大堆廢話。他的頭來回轉動，一會兒看看神父，一會兒看看我。我只是聳了聳肩，沒有回答。

「喂！」他對我說，「您到底在想什麼呀？」

「我在想，我今天晚上就再也不能思考了。」我回答說。

「啊！是這麼回事。」他說道，「我看呀，您是過於悲傷了。加斯丹先生在臨刑前可是說個不停呢。」

一陣沉默過後，他又說：

「我還押送過巴巴萬拉先生，他戴著獺皮小帽，吸著雪茄。至於拉羅歇爾的那些年輕軍人，他們只跟彼此交談，但他們畢竟還是在講話呀！」

他又停頓了一下後，接著說：

「他們簡直是些瘋子！一些情緒激昂的傢伙！看他們那神氣，簡直像是鄙視整個世界。但您就不一樣了，年輕人，我認為您想太多了。」

「年輕人？」我對他說道，「我比您還老呢！現在的我，每過一刻鐘，就等於老了一歲！」

他轉過身來，呆呆地看了我幾分鐘，然後不自然地傻笑起來。

「真是的，您真會開玩笑。比我還老！我都可以當您的祖父啦！」

「我並不想開玩笑。」我嚴肅地回答。

他打開他的鼻煙盒，說：「來，親愛的先生，別生氣，吸一口鼻煙吧！別怨恨我。」

「別害怕，我就算怨恨你，也恨不了多久了。」

這時候，他朝我遞過來的鼻煙盒碰到了鐵絲網。同時，馬車猛地震動了一下，把他打開了的鼻煙盒震到了獄警腳下。

「該死的鐵絲網！」法警罵道。

他朝我轉過身來，說：

「您瞧，我不是已經倒楣了？我整整一盒鼻煙都完蛋了！」

「我失去的比您還多。」我微笑著回答。

他想把鼻煙撿起來，嘴裡嘟噥道：

「您失去的比我還多？說得倒輕鬆！到巴黎前都沒有鼻煙可吸了，太可怕了！」

神父對他講了幾句安慰的話。我不去管他們的談話，專心想自己的事。

直到入城前，我一直在想自己的心事，但巴黎似乎顯得比平常更喧囂熱鬧。

馬車在入城關卡前停了一下。稅收員過來檢查了一下馬車。如果車上裝的是送到屠宰場去的一頭羊或是一頭牛，也許得繳一些錢才能通行；但一顆人頭不需繳稅。我們通過了關卡。

穿過林蔭大道後，馬車便飛奔著進入了聖馬爾索區和城區的那些破舊的彎曲街道。它們就像一個螞蟻窩裡的千百條蟻道一樣，縱橫交錯，蜿蜒伸展。馬車在這些狹窄的石板街道上行駛時，跑得那樣快，車輪發出那樣大的聲響，使我一點也不到外面的喧囂聲了。當我從車上的小孔往外看時，我彷彿覺得如潮水般湧動的人流都停下來看我們這輛車，一群群小孩跟在馬車後面奔跑。我好像還看到，每隔一會兒，每過一個十字路口，就有一個衣衫襤褸的男人或老太婆，手裡拿著一疊印刷品，而來往的行人正瘋狂地搶這些印刷品。

當我們抵達審判廳的附屬監獄時，巴黎的時鐘敲響了八點半。看到附屬監獄那寬大的石階、黑暗的教堂和陰森的牢房，我的心涼了。當馬車停下來的時候，我以為我的心也同時停止了跳動。

我又振作起來了。馬車的門如閃電般打開了，我從車上跳下來，大步地穿過兩列士兵中間。

23

當我走在審判廳的旁聽席中間，我的內心頓時有了一種自由、舒坦的感覺。然而，隨著我通過那只有法官和犯人才能進入的一道道矮小的門、秘密的階梯，以及沉悶的走道，我的堅毅與自信便又蕩然無存了。

法警一直跟在我身邊，神父已離開我，做別的事去了，要兩個小時後才回來。

他把我領到典獄長辦公室，交到典獄長手裡。典獄長要法警稍等一會，告訴他，有一頭「獵物」要交給他，必須用同一輛馬車立刻押到彼塞特監獄去。無疑，這就是今天被判處死刑的那個人。今天晚上，他將會睡在我曾經睡過的那捆乾草上。

「好，」法警對典獄長說，「我會等著的。兩份公文同時交接，安排得很緊湊呀！」

在等待的過程中，他們將我獨自關在典獄長辦公室旁的一個小房間裡，門緊緊地鎖著。

我昏昏沉沉的，既不知自己在想什麼，也不知在那房間裡待了多久。突然，一陣笑聲傳到我的耳朵裡，把我從麻木中驚醒。我戰戰兢兢地抬起頭來。小房間裡已不只我一個人了，一個大約五十五歲的男人和我待在一起。這個人中等身材，滿臉皺紋，彎腰駝背，頭髮灰白，四肢粗短，一雙灰色斜視眼，面帶苦笑，渾身骯髒，衣不蔽體，令人作嘔。

我和那人相視了好一陣子。他扯開破銅鑼般的嗓子大笑著，我則是一半驚愕、一半恐懼。

「你是誰？」我終於問他。

「問得好！」他回答說，「一個改天要『咔嚓』的。」

「改天『咔嚓』？那是什麼！」

這個問題令他更加興奮了。

「也就是說，」他哈哈大笑著說道，「六個禮拜後，他們會把我的『巴黎大學』放在籃子裡玩，就像他們六小時後會拿你的腦袋去玩一樣。哈！現在你好像明白一些了。」

確實，我變得臉色慘白，頭髮都豎起來了。他就是今天被判處死刑的那個人，是彼塞特監獄正在等待的那個人，我的接班人。

他繼續說道：

「你還有什麼要問我的嗎？現在來聊聊我的事吧。我是一個鼎鼎大名的強盜的兒子。遺憾的是，有一天劊子手替他繫上了『領帶』。於是，我六歲時就沒了爹娘。夏天，我在路邊的灰塵裡打滾，好博得人們的同情，丟給我一個銅板；冬天，我赤著雙腳在泥巴裡行走，朝我凍紫的雙手吹氣。九歲時，我開始去偷東西；十歲時，我成了一個扒手。接著，我結識了一些朋友。十七歲時，我已成了一個大盜。我偽造了一把鑰匙，搶劫了一家店鋪。但我被逮住了，被送到一艘小艇上去划船。苦役犯的生活真不是人過的！睡的是地板，喝的是清水，吃的是黑麵包，腳鐐上還拖著一個笨重的大鐵球；平日不是挨打就是被太陽曬，甚至連頭髮也得剪掉，可憐了我那頭美麗的栗髮！我就這樣熬到了刑滿。這苦役一共奪走了我十五年的青春！我三十二歲了。」

「一天早上，他們給了我一張護照和六十六個法郎。這是我在十五年的苦役中掙來的錢。無論如何，我希望能用這六十六個法郎重新當個正直的人。可是我的護照是黃色的！他們還在上面寫上了『獲釋苦役犯』。無論我走到哪裡，都得把那東西拿給別人看。每個禮拜，我得在他們指定居住的地方，把護照交給村長檢查。一封多麼好的介紹信！苦役犯！人人都怕我。孩子見了我就逃跑，大人見了我就關門，誰也不肯給我工作。那六十六個法郎我都吃光了，但我總得活下去呀！於是有一天，我便用手臂敲碎了一家麵包鋪的櫥窗，抓了一個麵包，但麵包鋪的老闆也抓住了我的手。我沒有吃到麵包，卻被判終身苦役，外加肩上烙兩個字。你想看嗎？就在這裡，寫著『慣犯』。就這樣，我又被送到了土倫監獄，和那些戴綠帽子的人關在一起。」

「我心想：非逃跑不可。但是要逃跑，得鑿穿三堵牆，鋸斷兩根鐵鍊，而我只有一顆鐵釘。但我還是逃出來了。這一回，我沒有黃色的身分證，也沒有錢。我碰到了一些獄友，他們有的是刑滿釋放的，有的跟我一樣是逃出來的。他們的首領邀我加入他們的行列，在光天化日之下打家劫舍，殺人越貨。我答應了。從此以後，我便開始以搶劫為生。我們有時搶馬車，有時搶驛站，有時殺牛販子。我們搶了錢以後，有時把牲口和車輛放走，然後把屍體埋在樹下。人們四處追捕我們，我們只好在野外露宿。這種生活雖然使我提早衰老了，但至少我是自由的，可以支配自己的命運。好景不長，一天夜裡，員警包圍了我們，我的同伴們都逃走了，但我卻被逮住了。他們把我帶到這裡。我已經爬到人生階梯的盡頭，只剩下最後一級了。對我來說，以後無論是偷一條手帕，還是殺一個人，都是一樣的，只不過在我的前科上再添一筆罷了。我的人生只剩下上斷頭台這一關了。

我就是這樣一個人，伙伴。」

我簡直嚇呆了。他又笑了起來，比一開始時笑得更響亮。他還想握我的手，我嚇得往後退。

「朋友，」他對我說，「看來你並不勇敢呀！不要畏懼死亡。當然，在登場以前會有一段難熬的時刻，但那只是一下子的事！我願意表演給你看。上帝可以作證！如果他們肯把我和你一起砍頭的話，我寧可不上訴。你瞧，我是個勇敢的人吧！喂！你說，我們交個朋友，你願意嗎？」

為了靠近我一點，他又朝前走了一步。

「先生，」我一邊把他推開，一邊回答道，「我很感謝您。」

又是一陣哈哈大笑。

「哈！『先生』，你真像一位貴族呀！」

我打斷了他的話。「朋友，我需要一個人靜一下，對不起。」

我嚴肅的神態馬上使他沉思起來。他搖了搖腦袋，接著又用指甲去搔毛茸茸的胸脯。

沉默了幾分鐘後，他小心翼翼地對我說：

「好吧，你是個高貴的人，好極了。你身上穿著一件漂亮的禮服，但那對你沒有多大意義了！劊子手會把它拿走的。不如現在就送我吧，我可以拿去換煙抽。」

我把衣服脫下來，送給他。他高興得像個孩子般地拍起手來。但當他看見我只穿一件襯衫，冷得直發抖時，又說道：

「你冷了，先生，把這件衣服穿上吧。天在下雨，你會被淋濕的，再說，在囚車上也該穿得像樣一點。」

他一邊說，一邊脫下了身上那件肥大的灰色毛衣，放到我的手上。我任由他做著這些事。接著，他仔細地檢查我送給他的那件禮服，不時發出歡喜的叫喊。

「口袋還是全新的！領子也沒有壞！至少能賣十五個法郎！真走運！我這六個禮拜的煙絲有著落了！」

門開了。獄警來領我們兩個人。一方面，要把我帶去候刑室；一方面，又要把他押送到彼塞特監獄。他站在那群要把他帶走的員警中間，笑嘻嘻地對他們說：

「喂，喂，你們別搞錯了。我和這位先生交換了衣服，可別把我當成他帶走了。該死！我可不幹，我現在有了買煙的錢了！」

24

這個老惡棍，他搶走了我的衣服，因為我並沒有給他。真是的，他留給我的這件爛衣服，我穿出去像什麼樣子呀！

我把自己的好衣服送給他時，並不是心甘情願的，也不是發了善心；而是因為他比我強壯。我要是不給，他一定會用他那粗大的拳頭狠狠地揍我一頓。

哼，發什麼善心！我滿腹牢騷，恨不得當場用雙手把他掐死，再在他身上踩個兩腳，這個老賊！

我滿腔的怒火，一肚子的苦水，覺得心就快炸了。死亡會使一個人的心也變壞。

25

他們把我帶進一間空蕩蕩的小牢房裡，當然，窗子上同樣裝了許多欄杆，門上設了許多插鞘。

我提出要一張桌子、一張椅子和寫字所需的物品，他們都替我拿來了。

我又提出要一張床。看守驚愕不已地望著我，似乎在說：「要床做什麼？」

不過，他們還是在角落替我放了一張床。同時，一個獄警也進了牢房。或許他們擔心我用床墊自殺吧！

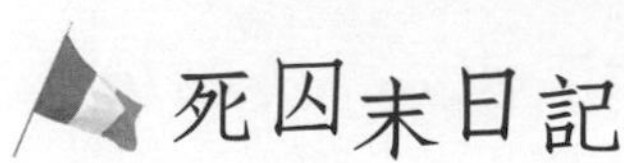

26

十點了。

啊！我可憐的女兒。再過六個小時，我就要死去了！我會變成一件汙穢不堪的東西，擺在解剖室冷冰冰的桌子上。一些人會拿我的頭去塑造模型，另一些人會拿我的軀體去解剖，殘餘下來的東西會被人統一裝在一口棺材裡，送到克拉馬公墓。

他們將這樣處置妳的父親。他們之中沒有一個人恨我，都憐憫我，也都可以救我，但卻要殺掉我。瑪麗，妳能明白這是為什麼嗎？他們舉行一個盛大的儀式，冷酷地把我殺死，僅僅為了結束某件事。啊！我的天哪！

可憐的孩子，妳父親是多麼地愛妳！他常常親吻妳那白嫩芳香的小脖子，用手捧著妳那漂亮的小臉蛋，不停地撫摸妳那絲線般的捲髮。白天，他把妳放在膝上逗著玩；晚上，他合著妳的兩隻小手，祈求上帝保佑妳！

以後，誰來吻妳？誰來抱妳？誰來疼妳？誰來愛妳呢？所有的孩子都有父親，而妳沒有。親愛的孩子，妳要怎樣把節日的歡樂、新年的禮物、漂亮的玩具、父親送給妳的一大堆糖和一個個吻忘掉呢？這些都是妳習慣的事物啊！

啊，要是這些陪審員能看見我那美麗可愛的小瑪麗就好了。至少，他們會明白，不應該殺死一個三歲孩子的父親。

當小瑪麗長大以後，如果她能長大的話，會是一種什麼情形？她的父親將成為巴黎市民茶餘飯後的話題。她會以我的名字為恥，會因為我這個全心全意疼愛她的人而變得低賤，受到別人的輕蔑和鄙視。唉！我最親愛的小瑪麗，難道妳真的會為我感到羞愧，會厭惡我嗎？

多麼令人痛心疾首！我犯了多麼不可饒恕的罪行，我又對社會犯了多大的罪惡！

唉！難道我真的得在天黑前死去嗎？難道那個即將死亡的人真的是我嗎？我親耳聽到的外面那些吵鬧聲、那些在河邊上興高采烈地奔跑的人群、那些在營房裡整裝待發的法警、那個穿黑長衫的神父、還有那個雙手沾滿鮮血的人，不都是因為我才出現的嗎？要死的人無疑就是我了。就是我，就是現在還在這間牢房裡東張西望，就是坐在這張桌子前寫字、急促呼吸的我本人。這張桌子，可以像別的桌子一樣，也可以被移到別的地方；可是我，始終是我所觸摸到和感覺到的這個人。瞧，這不正是我那件皺巴巴的衣服嗎？

27

要是我知道那玩意兒是什麼構造，知道人在上面是怎麼死的，也許還好些。可怕的是，我對這些全然不知。

那玩意兒的名稱令人畏懼，我真不知道為什麼直到現在我還能把它寫出來、唸出來。

這個由十個字母（斷頭台的法文為Guillotine）構成的詞，從形式到內容，都是為了帶給人恐怖感而創造出來的。那個發明這玩意兒的醫生，看來是為了發明它而誕生的。

把我聯繫在一起的那玩意兒、以及那個醜陋名詞的形象是模糊不清的，甚至是陰森可怕的。它的每個音節就像是那惡魔般的機械的一個零件，我在自己的心裡不斷地把它拼湊起來又拆散，拆散了又拼湊起來。

我根本不敢思考那玩意兒到底是什麼樣子，可是要是不知道它是怎麼構成的，又不知道怎麼使用它，那就更可怕了。在我的想像中，那機器有一塊搖板，劊子手讓我臥在這塊搖板上……然後，在我的頭還沒掉下來之前，我的頭髮就變白了！

28

不過，我曾經從遠處看過那玩意兒一次。

有一天，早上十一點左右，我坐車經過格列夫廣場，馬車忽然停了下來。廣場上人山人海，我從車門探出

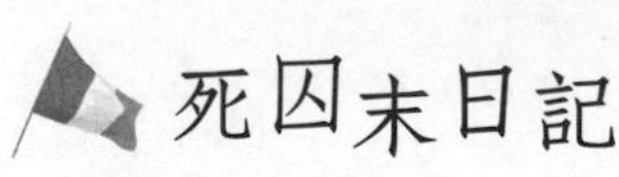

頭去，看見格列夫廣場上、河岸上，人群擠得水洩不通，有的人還站到了欄杆上。從人們的頭頂上望過去，我看見有三個人正在搭建一座漆成紅色的木頭架子。

有一個死囚將在那天被處死，所以他們才把殺人的機器架起來。我還沒把那玩意兒看個仔細，就把頭轉了過來。馬車旁，有個女人在對一個孩子說：

「嘿！你看，每次刀子不夠鋒利時，他們就用蠟燭去抹，潤滑一下刀槽。」

今天，他們或許也該這麼做了。十一點的鐘聲敲響了，毫無疑問，他們此刻正在潤滑刀槽。唉！不幸的是，這一回我無法把頭轉過去。

29

啊，赦免我吧，赦免我吧！國王可能會赦免我的，他和我無怨無仇。去把我的律師找來，快去找律師來呀！我情願服苦役！服五年的苦役也行，服多少年都行，或是二十年，甚至一輩子也行。只要饒了我的性命！做一個苦役犯，還可以活動，還可以行走，還可以看到太陽！

30

神父又回來了。

他滿頭白髮，樣子十分寬厚，相貌端莊可敬。事實上，他的確是一個善良仁慈的人。今天早晨，我就看見他把自己口袋裡的錢全部分給了囚犯們。可是，為什麼他的言語中沒有一點能打動人的東西，也不像是出於激動而說出來的呢？為什麼沒有一句話能使我頭腦清醒，能觸及我的良知呢？

今天上午，我心慌意亂，神父的話我幾乎一句也沒聽進去。我總覺得他的話對我毫無意義，我便毫不在意。那些話，就像打在光滑的窗玻璃上的那些冰冷雨點，一滴上去就滑走了。

可是，當他再次來到我的身邊時，他變得特別順眼。我心想，在所有的人當中，他或許是唯一能得到我尊敬的人。他讓我產生了一種想聽到一些安慰言語的熱烈渴望。

我倆都坐下了。神父坐在凳子上，我坐在床上。他對我說：

「我的孩子，你相信上帝嗎？」

「相信，神父。」我回答他說。

「你願意聽聽一個負有教廷使命的教士的話嗎？」

「當然願意。」我對他說。

「我的孩子，」他接著說，「看來你還是半信半疑。」

不過，他還是說下去了。他講了很長一段時間，說了很多的話。最後，當他認為已經講完時，便站起身來看著我，這是他和我談話以來第一次看我，並問我：

「你覺得如何？」

我告訴他，我對他心悅誠服。說完，我也站了起來，對他說：

「先生，請讓我單獨待一會兒，好嗎？」

他問我：「我什麼時候再來？」

「我會叫人去找您的。」

他出去了，什麼也沒說，只是搖了搖頭，似乎在自言自語：

「一個沒有信仰的人。」

不對，不管我墮落到什麼地步，都絕不至於沒有信仰。上帝可以為我作證，我是相信祂的！可是，這老頭對我說了些什麼呢？沒有一句話是真誠的，沒有一句話能打動人心，沒有一句話哀婉動人，沒有一句話發自肺腑，沒有一句話是為了深入我的心靈而發出的。相反地，我不知道他說那些模棱兩可、無關痛癢的話，究竟有什麼意義。需要深刻時，他卻膚淺；需要簡單扼要時，他卻喋喋不休。他的話頂多算一篇傷感的說教，一首神學界的哀輓歌。他在談話中不時引用一句拉丁文，像是什麼聖奧古斯丁、聖格雷戈爾，我哪裡聽得懂？而且，他說話的樣子，就像是在背誦一篇已經背誦了二十次的課文，在複述一篇由於太熟悉反而無味了的論文。他講話時，眼裡沒有任何感情，聲音沒有任何起伏，雙手沒有任何動作。

可是，除了這樣，他又能怎麼辦呢？他是監獄裡的專職指導神父，他的職業就是安慰犯人和勸誡犯人，他以此為生。他早已習慣於那些令人心驚膽戰的事，他那滿頭的白髮也不會再因驚嚇而豎起；監獄和斷頭台是他每天必去的地方，他已變得麻木了。也許，他私藏了一本筆記本，一些書頁裡記錄著對苦役犯說的話，一些記錄著對死刑犯說的話。前一晚，他得知明天要去安慰某個犯人，便看了看那本筆記上的東西，就啟程赴任了。這樣一來，無論是在土倫監獄的犯人，還是格列夫刑場的犯人，在他眼裡都是沒有區別的。而在犯人的眼裡，他也是一塊永恆不變的木頭。

行行好，把這位神父換掉吧！到附近隨便哪個教堂裡去找一個年輕的助理教士，或是年老的本堂神父都行，去找那些正蜷縮在火爐邊看書、無事可做的神父，並對他說：「有一個人快要死了，需要你去安慰他。當獄卒捆住他的雙手、剃去他的頭髮的時候，他需要你在場。他還希望你帶著耶穌受難像登上囚車，替他遮住劊子手的面孔；希望你和他一起從石板路上顛顛簸簸地前往格列夫刑場；希望你和他一起穿過那嗜血成性、令人畏懼的人群；希望你在斷頭台下擁抱他，希望你一直留在那裡，直到他身首異處為止。」

行行好，把他帶來給我吧！哪怕他心驚膽戰、全身發抖，請把我交給他、受他主宰吧！他將會與我一起哭泣，他將會說出娓娓動聽的話，使我得到安慰；我滿腹的苦水將傾瀉到他的心田裡，他將得到我的靈魂，我將得到他的上帝。

啊，眼前這個慈祥的老頭，我把他當成什麼了？在他看來，我又是什麼？只不過是一個倒楣的傢伙，是一個幽靈，一個新的死囚罷了。

我這樣拒絕他也許是錯誤的，因為好人是他，壞人是我。天哪！但這不是我的錯，是被判處死刑的打擊毀了一切。

獄卒為我送來了一些吃的東西。他們還以為我有胃口呢！那是一桌精美講究的菜，有一隻雞，還有別的菜。好吧！我試著吃一點，可是剛一吃進去就全部吐了出來。我感到這些菜又臭又苦啊！

31

一位戴帽子的先生走了進來，幾乎連看也沒看我一眼，就打開一把尺，從下往上丈量牆上的石頭。他說話的聲音很高，一下說：「是這樣。」一下又說：「不是這樣。」

我問獄警他是誰。他好像是監獄中的助理建築師一類的職員。

這時，那人也對我產生興趣了。他和陪他進來的獄卒低聲嘀咕了幾句後，盯著我看了一會，以一種輕蔑的神態搖了搖頭，接著又開始量石頭，大聲說話。

量完以後，他走到我面前，用宏亮的嗓音對我說道：

「親愛的朋友，六個月後，這座監獄將會有很大的改觀。」

而他的手上的動作彷彿還在說：「可惜你享受不到了。」

他幾乎是在微笑，我相信他此刻正在找一些好聽的話來逗我，就像新郎在新婚之夜取悅年輕的新娘一樣。

看守我的那位戴著臂章的老獄警替我回答：

「先生，在一個死囚的牢房裡是不能這樣大聲說話的。」

建築師走了。我卻像剛才被他丈量過的那些石頭一樣，留在牢房裡。

32

接著，我遇到了一件可笑的事。

有人來接替了看守我的那位慈祥的老獄警。那是一個額頭扁平、生著一雙牛眼的獄警，樣子很笨拙。我沒有注意他的表情，我背對著門，坐在桌子前，用手搓著額頭，想讓亂成一團的腦袋清醒一下。

有人輕輕拍了一下我的肩膀，我轉過頭去，是新來的獄警。這房間裡只有我和他兩人。他說道：

「犯人，你的心地好嗎？」

「不好。」我回答說。

我這種粗暴的回答使他不知所措了。然而，他猶豫了一下後又說：

「人並不是為了壞心而壞心的。」

「是嗎？」我反駁說，「如果您只是為了跟我說這個，就請饒了我吧。您說這些話到底有什麼用意？」

「請原諒，親愛的犯人，」他回答說，「我只問你一句，就這一句。如果你能為一個可憐的人做一件善事，而這件事對你又沒有絲毫損失，難道你也不願意做嗎？」

我聳了聳肩膀，回答說：

「您是從夏朗登瘋人院跑出來的不成？像我這樣的人，還能給人幸福嗎？」

他把嗓門壓低，神秘兮兮地說道：

「是的，犯人，我想得到幸福，我想發財。而我的幸福和財富都將來自於你。是這樣的，我是一個窮獄警，工作繁重，薪水微薄，我騎的馬是自己的，牠讓我幾乎傾家蕩產！於是，我想靠買彩券來增加收入。可是買彩券也要有訣竅。直到如今，我還沒有掌握這個訣竅，所以總是中不了獎。我白白花錢買了許多彩券，每一次都落空……請你耐心聽完好嗎？我馬上就講完了——對我來說，現在總算有個好機會了。對不起，犯人，看來你今天就要死了，被砍頭的人肯定預先就知道中獎號碼的。請你明天晚上託個夢給我，告訴我三個中獎的號碼，好嗎？這對你有什麼損失呢？請放心，我不害怕鬼魂。這是我的地址：波班古營房，一棟二十六號房，在走廊盡頭。你認得出我，對嗎？即使今晚就來也可以，如果你覺得今晚更方便的話。」

要不是這時我的腦中突然出現了一種愚蠢的願望，我真不屑理會這個蠢貨。確實，一個身在我這種處境的人，往往會相信一根頭髮也能拉斷一根鐵鍊的。

「你聽著，」我裝腔作勢地說道，「沒錯，我可以讓你變得比國王還富有，可以讓你賺到幾百萬——不過，有一個條件。」

他瞪著一雙發呆的眼睛，連忙回道：

「什麼條件？什麼條件？親愛的犯人，只要你高興，我什麼條件都答應！」

「只要你和我交換衣服，別說告訴你三個號碼，就算四個號碼也可以。」

「就這樣呀！」他一邊嚷，一邊解開衣扣。

我也從椅子上站起來。我看著他做的每一個動作，心裡砰砰直跳。在獄警解開制服時，我彷彿看到一道道鐵門已經打開了——刑場、街道、還有審判廳都已被拋在了我身後。

但就在這時，這個傢伙忽然遲疑起來。

「嘿！你該不會是想從這裡逃走吧？」

我知道一切都完了。但我還想做最後一次努力，儘管這是荒謬而徒勞的。我對他說：

「就算是吧，但你也發財了——」

他打斷了我的話，說：

「啊，不行，不行！要知道中獎號碼，一定要你死了才行。」

我又坐了下來，默默無言，比我產生那種願望之前更加絕望了。

33

我閉上眼睛，用雙手把它們捂起來，試圖讓自己沉浸在回憶中，以忘掉現在。當我這樣幻想的時候，我童年和青少年時代甜蜜、寧靜而歡樂的往事果真一幕幕地湧現出來，彷彿一座座鮮花盛開的小島浮現在我頭昏腦脹、陰鬱雜亂的思想深淵之上。

我又回到了天真爛漫、歡樂嬉戲的孩提時代，和我的兄弟們在一個雜草叢生的花園的林蔭道上玩耍、奔跑、歡笑。那是一座被圍牆包圍的古老修道院，從聖寵谷教堂灰色的鉛板屋頂上可以把它看得一清二楚。我就在那裡度過了童年。

四年後，我又來到了這裡。這時候，雖然我還是個小孩，但已變得富於幻想、充滿熱情了。一起在這僻靜的花園裡玩耍的，還有一個小女孩。她是一個西班牙小姑娘，大大的眼睛，長長的頭髮，棕黃色的皮膚，紅紅的嘴唇，白裡透紅的臉蛋。她叫貝芭，十四歲，安達魯西亞人。

我們的母親叫我們一起去奔跑，我們卻在散步；我們的母親叫我們去玩耍，我們卻在聊天。我們年齡相同，卻是一男一女。

直到一年以前，我們還是一起奔跑，時常爭吵。那時候，我和貝芭比賽搶蘋果樹上最大的蘋果；我還為了一個鳥巢打過她。她嚎啕大哭。我們都回去向母親告狀，她們表面上責備我們，私底下卻都在袒護。

但如今，她正倚在我的手臂上，我無比自豪，異常激動。我們慢慢走著，小聲地談話。她故意讓手帕掉到地上，我幫她撿起來。我們發抖的手碰在一起。她跟我說她在遠處看到的小鳥和星星，一邊欣賞樹葉和緋紅的落日，有時還跟我說她學校的同學、她的裙子和絲帶。

我們談的都是些天真幼稚的事，但是我倆卻羞得臉紅。小姑娘已變成少女了。

在一個夏日的夜晚，我們到了花園深處的栗樹下。經過像往常散步時一樣的一陣沉默後，她突然離開我的懷抱，對我說：我們跑吧！

我還看見了另一幕。有一天，她正為她的祖母服喪，穿著一身黑色的孝服，但她已經從貝芭變成了貝比塔。一個天真的念頭出現在她腦中，她又對我說：我們跑吧！

說完，她那蜂腰般纖細的身子便在我面前跑出去了。兩隻小腳把裙子甩得高高的，露出了半條大腿。她在前面跑，我在後面追。風不時把她黑色的短披肩吹起來，讓我看到了她那棕黃色的細嫩的後背。

我無法克制自己了。我在一個廢棄的下水道口前追上她，把她抱住，兩人一起在草地上坐下。她並沒有反抗，氣喘吁吁地笑個不停，我卻鄭重其事地看著她黑色睫毛下的雙眼。

「你坐在這裡，」她對我說，「時間還很早呢！我們看看書吧，你有帶書嗎？」

我身上正好有一本《斯巴朗扎尼遊記》第二卷。我隨意地把書打開，在她身邊坐下，她把肩膀倚在我的肩膀上。我們開始輕輕地讀著同一頁書。

每次翻書之前，她總會等我一會兒。她的腦袋比我靈光。

「你看完了嗎？」她總會這樣問我，但我幾乎才剛剛開始。

這時候，我們的頭碰在一起，我們的頭髮交纏在一起，我們的呼吸也漸漸交融。突然，我們的嘴……

等到我們想再看書時，已是繁星滿天。

「媽媽，媽媽，」她一邊進家門一邊說，「告訴妳，我們今天跑了好遠啊！」

我卻一句話也沒說。

「你什麼也沒告訴我，」我母親對我說，「看來你不怎麼高興呀。」

我的心裡有一個幸福的天堂。

這是我一輩子也無法忘懷的一個夜晚。我永生永世都會記住它！

34

時鐘剛才敲響了，但我不知是幾點了。我已聽不清鐘敲的次數。我滿腦子好像只有一種風琴的聲音，這嗡嗡之聲大概就是我最後的思想了。

在我陷入沉思的這個特別時刻，我也恐懼地想起了我犯的罪。我希望能作進一步的懺悔。在判刑以前，我時常懺悔；但判刑以後，我滿腦子似乎都裝著死亡，已容不下別的想法了。其實，我很想做一次徹底的懺悔。

當我用短暫的片刻追憶了自己的一生後，思想又轉到了待會將結束我這一生的那一把斧頭。我就像看到了一件前所未見的東西一般戰慄起來。我的童年幸福愉快！我的青春光彩奪目！這燦爛的一生卻要在血淋淋中結束了！在我的過去和現在之間，橫亙著一條血河，河裡流的是我和另一個人的血。

有朝一日，要是人們看到了我的故事，他們絕不會相信，我在度過了那麼多天真爛漫、甜蜜幸福的歲月後，會有以犯罪開始、以死刑結束的這倒楣的一年。這故事的開頭和結尾似乎是不相稱的。

然而，是先有了那倒楣的法律，才有了倒楣的人。我原先並不是壞人呀！

哎！再過幾個小時我就要死了。回想一年前的今天，我還是清白、自由的。在秋高氣爽的時分，我經常散步，在樹蔭下溜達，在花葉叢中漫遊！

35

此時此刻，在我的身邊，在審判廳和格列夫刑場周圍的那些房子裡，在整個巴黎；人們正在來往行走，談笑風生，讀書看報，想著他們的心事；商人們正在出售商品；少女們正在為今天晚上的舞會準備服裝，母親們正在逗她們的孩子玩。

36

記得有一天，當我還是個孩子的時候，我去巴黎聖母院看那口巨大的鐘。當我爬完那昏暗的螺旋梯，穿過那條連接兩個鐘樓、似乎搖搖欲墜的走廊，看到整個巴黎都在我腳下時，我的頭暈了。我就這樣走進了那懸掛著一千多斤重的大鐘和鐘錘的石頭房間裡。樓板到處都有縫隙，我戰戰兢兢地在上面走著，站在遠遠的地方欣賞全巴黎的人都知道的那口壯觀大鐘。當我發現自己正站在與鐘樓周圍蓋著石板的斜形屋簷一樣高的地方時，我更是心驚膽戰。我從石板縫隙中鳥瞰聖母院廣場，看廣場上那些如螞蟻般大小的來往行人時，覺得自己就像一隻正在空中飛翔的小鳥。

突然，巨鐘被敲響了，悠揚的聲音在空氣中震盪，使那座高大堅固的鐘樓搖晃起來。樑上的木板在跳動，巨大的鐘聲差點就把我震倒。我被震得搖搖晃晃，隨時都有可能倒下，有可能從那傾斜的屋簷上掉落。我害怕得趴在地上，雙手緊緊抱住樓板，屏聲斂氣，只用耳朵去聽那響亮的聲音，用眼睛去看那宛如懸崖峭壁的樓下，以及那些在廣場上悠閒自得地散步的人。

唉！我覺得現在彷彿仍置身那座大鐘樓裡。我此刻同樣感到頭昏眼花、惶恐不安；我的腦海裡似乎有一陣鐘聲在迴蕩。那種平靜安詳的生活與我再也無緣了，我周圍的人仍然生活在那環境裡，我卻離開了它，一條地獄般的裂縫已把我和它遠遠地隔開。

37

巴黎市政廳大樓像一座陰森不吉利的建築物。

大樓由高聳的尖頂、怪里怪氣的鐘樓、白色的大鐘面、用小柱子支撐的一層層樓房、千百個窗戶和被踏舊的、左右兩端各有一道拱門的一條條樓梯構成，與格列夫刑場齊名。它在經歷了歲月的摧殘後，牆面顯得黯淡淒涼，哪怕在它上面灑滿了陽光，也是那麼陰沉沉的。在行刑的日子裡，許多警察會從大樓的每一扇門裡擁出，它的所有窗口都成了注視犯人的眼睛。

到了夜晚，那曾經宣告過行刑時間的鐘面依然在陰森的牆上閃閃發光。

38

現在是一點十五分了。

以下便是我此時此刻的感覺。

頭一陣劇痛，腰部發冷，前額滾燙。每當我站起來或彎腰的時候，都感到有一股液體在腦袋裡湧動，它使我的腦髓撞擊著頭蓋骨。我渾身痙攣、發抖，手像觸了電似的，筆不斷地掉落。兩隻眼睛像在煙霧中熏烤般難受。我的肘關節也疼痛。

再過兩個小時四十五分，這一切也就該痊癒了。

39

他們說，這沒什麼，受刑者感覺不到痛苦，這是一種很舒服的結局，這種死法痛快得很。

沒什麼？但這六個禮拜的極度苦惱、這一整天的坐立不安又是怎麼回事？在這無可挽回的、過得既慢又快的日子裡，我為什麼如此恐慌？在通往斷頭台的道路上，這痛苦為什麼不斷加劇？

表面上看來，死的那一剎那並不痛苦。可是，我的血在一滴一滴的流失中乾枯，我的智慧在反覆的思慮中熄滅，這難道不是同樣的痛苦嗎？

何況，他們說死時不痛苦，但誰又能真的肯定？哪個死去的人告訴過他們？從來沒有聽說過哪顆被砍下來的、鮮血淋淋的頭會趴在簍子邊緣，對人們大聲地喊「一點也不痛苦」呀！

有誰聽說過被砍頭的人會反過來感謝劊子手，並對他們說：「這個發明很好，你們以後就用這個辦法吧。這機器不錯。」

羅伯斯比爾這樣說過嗎？路易十六這樣說過嗎？

不，一點痛苦也沒有！不到一分鐘，不到一秒鐘，事情就結束了！但他們誰真正為死者想過？當他躺在斷頭台上，鋒利的砍頭刀落下來，割破皮肉、砍斷神經、砍掉脊骨時會是一種什麼滋味？什麼？只需要半秒鐘，痛苦就過去了？那也很可怕啊！

40

真奇怪！我怎麼老是想到國王。即使我拚命搖頭，要自己別去想，仍無濟於事，因為我耳邊總有一種聲音不停地對我說：

「在同一座城市裡，在同一個時刻，在離這裡不遠的另一座宮殿裡，也有一個人。他的宮殿的每一扇門也有許多衛兵把守；他也跟你一樣，在民眾之間是唯一突出的人物。不同的是，他處在最高位置，而你在最低階層。他的一生中，無時無刻不在享受著光榮和偉大，過著快樂、陶醉的生活。他周圍的人愛戴他、尊敬他、崇拜他；和他講話時，最粗魯的嗓門也成了低聲細語，最驕傲的人也變得謙恭卑微。他眼裡所見，盡是絲綢與黃金。此時此刻，他或許正在與大臣們商談國事，而大臣們無不隨聲附和；也許他正在考慮明天去打獵或今晚赴舞會，無庸置疑，無論是狩獵還是舞會都會稱他的意，分毫不差地如期舉行，別人應當為了他的歡樂與享受而奔忙。是的！這個人也和你一樣，是由肉與骨頭構成的。這個時刻，如果想讓那可怕的斷頭台被拆毀，如果想讓人把生命、自由、幸福和家庭統統還給你，只需要這個人用筆在一張紙上寫下他的名字就行了，甚至只要他的馬車遇上你的囚車就夠了——因為，他是一個寬厚仁慈的人，也許他巴不得這麼做呢！然而，這一切事實上都不可能發生。」

41

那好吧！讓我們勇敢地面對死亡，用雙手把這可怕的東西捧起來，面對面地正視它吧！我倒要看看它到底是什麼東西，要弄清它到底想把我怎麼樣。我要把它翻來覆去，前後左右地看個夠，揭開這個謎，提前把墓穴中的真相一探究竟。

我彷彿覺得，只要閉上眼睛，就會看到一道巨大的光束和許多光洞，我的靈魂就向這些光洞深處無止境地滑下去。這時候，我好像感到，天空本身是光亮的，星星反而變成了一個個黑點；它們不再像活人的眼睛看見的那樣如同黑色天鵝絨上的金色斑點，卻變成了金色絨毯上的黑點。

也許，像我這樣不幸的人，要去的墳墓將是一個可怕的、陰暗的、深不見底的洞穴，我在這洞穴中永無止境地墜落下去的途中，將看見許多影子在黑暗中晃動。

也許，當我被砍頭以後再醒來時，會發現自己置身於一片潮濕的平地上，在黑暗中爬行、打滾，像一顆滾動的人頭。我覺得有一股強勁的風在刮著我前進，途中又到處撞到其他滾動的人頭。不時還可以看到一些池塘和小溪，裡面有一種奇怪的液體在冒著熱氣。一切都是黑漆漆的。當我的眼睛轉動到上方時，也只能看到黑暗的天空，厚厚的雲層像是要朝我壓下來；而在遠方的深處，有一股股黑煙在翻滾，它們比深淵還要更黑。我還看到許多火花在黑暗中飛濺，當它們濺到我面前時，便成了火鳥。這一切周而復始，永無止境。

也許，在一個漆黑的冬天夜晚，那些在格列夫刑場上死去的人會齊聚這屬於他們的廣場來集會。他們都是些臉色蒼白、血肉模糊的人，其中當然少不了我。這個晚上將沒有月亮，大家低聲地講話。市政廳那斑駁的牆和破爛的屋頂、還有對我們毫不留情的那口巨鐘也會出現。廣場上將豎起一座地獄的斷頭台，一個魔鬼來行刑，處死一個劊子手，行刑時間訂在清晨四點。這一回將輪到我們當看熱鬧的人了。

也許，這樣的事真的會發生。可是，即使這些死人真的能回到廣場上，他們將以什麼形態回來呢？他們早已身首異處，將保留哪一部分呢？選擇哪一部分呢？那變成鬼魂回來的，到底是頭顱還是軀體呢？

唉！死神將如何處置我們的靈魂？會讓它保留一種什麼形態？它將從中奪走什麼，又加諸它什麼，把它置於何處？它是不是偶爾也會借給它一雙肉眼，讓它也能看看人間的景象，也能哭泣流淚呢？

啊！必須有一個神父，一個知道這一切的神父！我需要一個神父，我要吻一吻耶穌受難像！

我的天哪！在我身旁的怎麼還是原來那個神父！

42

我請求神父讓我睡一會兒，說完便倒臥在床上。

我頭昏腦脹，因此一上床就睡著了。像這樣的睡眠，是我生命中最後一次了。

我做了一個夢。

夢見在一個夜晚，我和兩三個朋友在書房裡，但我已記不得他們是誰了。

我的妻子帶著孩子在隔壁的房間裡睡著了。

我和朋友們都小聲地講話，我們談論的事卻令我們自己害怕。

突然，我好像聽到從某處的房間裡傳來一陣微弱的、怪異的、模糊不清的聲音。我的朋友們也聽到了這個聲音。我們屏聲斂氣地聽著，好像是有人在悄悄在開鎖、輕輕地鋸門閂。

這聲音使我們不寒而慄，我們很害怕，認為可能是小偷。

我們決定過去看看。我站起身來，端著一支蠟燭。我的朋友一個接一個地跟在我後面。

我們穿過隔壁的臥房，那裡睡著我的妻子和孩子。

隨後，我們來到了客廳。什麼也沒有看見。那幾張畫像原封不動地嵌在襯有紅色牆飾的金色框架裡。

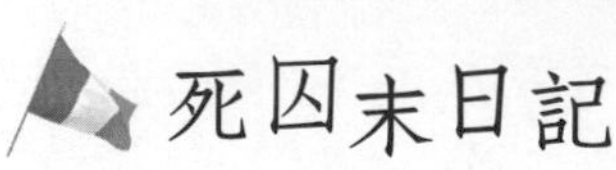

通往餐廳的那扇門似乎被人動過了，我們便走進餐廳，四周瞧了一眼。我走在最前面。朝向走廊的門關得好好的，窗戶也關得很嚴實。但當我一走近火爐時，我發覺衣櫃的門被打開了，而且被拖到了牆角上，好像想用櫃門遮住什麼似的。

這使我吃了一驚。我想一定是有人躲在櫃門後面。

我用手去拉門，想把衣櫃關上，可是拉不動。驚訝之下，我猛地用力一拉。門被拉開了，我們發現有一個瘦小的老太婆，雙手下垂，兩眼緊閉，一動也不動地站著，像被黏在牆角一樣。

這情景真是恐怖極了！我一想起就毛骨悚然，頭髮倒豎。

我問老太婆：「妳在這裡做什麼？」

老太婆不回答。

我又問他：「妳是誰呀？」

她既不吭聲，也不動彈，雙目緊閉。

我的朋友說：「她一定是那些歹徒的同伙。那些歹徒聽到我們來便逃跑了，她沒跑走，只好躲在這裡。」

我再次問老太婆。她還是不說話，既不動彈，也不睜眼。

我們之中有個人推了她一下，她便倒在了地上。就像一塊木頭、一件僵硬的物品一樣。

我們用腳踢了踢她，然後有人又把她重新扶起來，靠在牆上。她沒有任何反應。我們在她耳邊大喊，她仍像個聾子般沒有任何回應。

這時候，我們已失去了耐性，我們的恐懼中已充滿怒火。我們之中的一個人對我說：

「用蠟燭燒她的下巴。」

我便把燃燒著的蠟燭移到了她的下巴下方。這時候，她微微睜開了一隻眼睛，那是一隻空虛、無神、令人害怕而且什麼也不看的眼睛。

我拿開蠟燭，說：「喂！老太婆，妳到底說不說話？妳是誰？」

老太婆那隻微開的眼睛又闔上了。

我的朋友們說：「太過分了。再燒！再燒！燒到她開口為止！」

我又把蠟燭放到了老太婆的下巴下方。

這時候，她才慢慢地睜開雙眼，把我們每個人打量了一番，然後，猛地彎下腰，一口氣吹熄了蠟燭。與此同時，我感到漆黑中有三顆尖銳的牙齒咬住了我的手。

我驚醒過來了，嚇得渾身發抖，冷汗直流。那位善良的神父正坐在我的床邊唸著祈禱文。

「我睡了很久嗎？」我問他。

「我的孩子，」他對我說，「你睡了一個小時。他們把你的女兒帶來了，就在隔壁的房間裡。我不想讓他們把你叫醒。」

「啊！」我叫了起來，「我的女兒！快把我的女兒帶過來！」

43

我的女兒氣色很好。她臉色紅潤，眼睛大大的，真是美麗！她穿著一件合身的小連衣裙。

我拉住她，把她抱起來放在自己的大腿上，吻她的頭髮。

為什麼她沒和母親一起來？她母親一定是病了，她奶奶也是。一定是這樣的。

她神色驚慌地看著我。

我撫摸她、擁抱她、拚命吻她。她並不反抗，但不時用不安的目光看看正在牆角流淚的奶媽。

我終於能說出話來了。

「瑪麗！」我喊道，「我親愛的瑪麗！」

我用力把她緊緊抱在我激動哽咽的胸前。她小聲地叫了一下，對我說道：

「啊！先生，您把我弄痛了。」

先生？這可憐的孩子，她快一年沒有見到我了。她把我的相貌、聲音、腔調全忘了！這也難怪，我這一臉鬍鬚、這一身破衣、這蒼白的面孔，還有誰認得出我？怎麼！我真的從她的記憶中完全消失了？她是我唯一希望能記住我的人呀！怎麼！難道我已不是父親了？我難道被判處不能再聽到「爸爸」兩個字的刑罰了？這是兩個那麼親切、甜蜜、只能從孩童口中聽到的字啊！

我是多麼希望再從女兒的嘴裡聽到這兩個字！只要最後一次就夠了。我被剝奪了四十年的生命，而我所要求的就只有這麼一點點！

「瑪麗，我問妳，」我捧著她的兩隻小手，對她說，「妳真的一點也不認識我了？」

她瞪著兩隻美麗的眼睛，回答道：「當然不認識呀！」

「妳仔細看看，」我對她說，「怎麼了？妳不知道我是誰嗎？」

「知道，」她說，「您是一位先生。」

唉！在這個世上，你只熱烈地、全心全意地愛著一個人，而這個人此刻就在你眼前，正在看著你、注視你、和你說話、回答你的問題，但她竟然不認識你！你只希望從她那裡得到一點安慰，但她偏偏不知道你需要她的安慰。

「瑪麗，」我又問道，「妳有爸爸嗎？」

「有的，先生。」孩子回答說。

「那麼，妳爸爸在哪裡？」

她睜開一隻驚訝的大眼睛，說：「啊！您不知道嗎？他已經死了。」

說完，她嚷了起來。我差點鬆開手讓她跌下去了。

「死了！」我說道，「瑪麗，妳知道死是什麼意思嗎？」

「知道的，先生，」她回答，「他到地下去了，到天上去了。」

她又天真地說道：

「每天早晨和晚上，我還坐在媽媽的腿上祈求仁慈的上帝保佑他呢！」

我吻著她的額頭。

「瑪麗，替我唸唸妳的禱告詞好嗎？」

「我不能唸，先生，禱告詞是不能在白天唸的。您今晚到我家來吧，我會唸給您聽的。」

我無法再聽下去了。我打斷了她的話，說：

「瑪麗，我就是妳的爸爸呀！」

「啊！」她驚訝地叫道。

「妳希望我就是妳爸爸嗎？」

孩子把身子轉了過去，說：「不，我的爸爸比您好看多了。」

我淚眼汪汪地不停吻她，她卻在努力從我懷裡掙脫出去，嘴裡喊道：

「您的鬍子把我弄疼了！」

我只好把她放回膝上，全神貫注地看著她，繼續問她：

「瑪麗，妳會識字嗎？」

「會的，」瑪麗回答說，「我認識好多字了。是媽媽教我的。」

「那好，妳唸一點給我聽聽。」我指著她手裡的一個皺巴巴的小紙團。

她點了點頭，說：「好吧！我只會讀寓言故事。」

「沒關係，試試看。」

她打開小紙團，用手指比劃著，很費力地一個字一個字地唸起來。

「判……判……決……判……判……判決。」

我從她手裡奪過那張紙，仔細一看。原來那正是我的死刑判決書！她的奶媽用一個蘇把它買過來了，可是，我卻因此付出了多少代價！

任何言語也無法表達我此刻的內心感受。我發怒的模樣嚇壞了瑪麗，她差點哭了出來。她突然對我說：

「把我的紙還給我！我要。那是給我玩的！」

我把她交到了奶媽手裡，說：

「把她帶走。」

我有氣無力地、絕望地坐回了椅子上。這時候，他們也許該來了。我不再有什麼牽掛了，我心中的最後一點懸念也沒了。我作好了一切準備，隨他們處置吧！

44

神父很仁慈，法警也不賴。我相信，當我叫奶媽帶走我的孩子時，他們也掉過一滴眼淚的。

什麼都結束了。現在，我該打起精神來，勇敢地去想想那個劊子手、那輛囚車、那些法警、那些擁擠在橋頭、河邊、窗口的看熱鬧的人群，想想用落下的人頭就足以把它鋪滿的陰森的格列夫刑場，以及刑場上專門為我設置的那件東西吧！

我相信，我還有一個小時來使自己習慣這一切。

45

所有這些看熱鬧的人，此刻都在歡笑、鼓掌、喝采。可是，在這些開開心心地跑來看我處刑的人群中，將來也有許多人的腦袋會跟我一樣掉進那個紅色籃子裡。在那些跑來看我熱鬧的人群中，將來也有許多人會為了自己而來。

在格列夫刑場的某個角落裡，早已特別為這些人留了一塊地方、一個對他們具有吸引力的中心、一個陷阱。他們正圍繞著這個中心轉來轉去，直到掉下去為止。

46

我的小瑪麗！——又有人把她帶來了。

她從馬車的門口看著人群，已不再想這位「先生」了。

也許還有時間寫幾頁東西留給她，讓她有朝一日能看到，會為今天的事而哭泣。

沒錯，應該讓她瞭解我的遭遇，瞭解我留給她的為什麼是一個帶有血腥味的名字。

47

我的遭遇。

（註：這一節的內容至今尚未發現，根據後文的暗示，或許是當這位死囚產生寫下自己遭遇的念頭時，已經太晚了，來不及完成了。）

48

寫於市政廳的一個房間裡

市政廳！我終於到了這個地方。那災難的路程總算走到了盡頭。格列夫刑場就在旁邊，窗外那些可怕的人正在狂叫、歡笑、等待。

我想讓自己冷靜，可是做不到。當我越過人群，從河邊的兩盞路燈中間看到那豎起的兩根紅色柱子，和柱子頂端那黑色的三角鋼刀時，我的心已不聽我使喚了。我要求再申訴最後一次，他們便把我送到這裡，接著去找皇家檢察官。我等待著他，這多少為我贏得了一點時間。

三點的鐘剛敲響，他們就來通知我時間到了。我不由得顫抖起來，彷彿我這六個小時、六個禮拜、六個月裡想的完全是別的事，新宣佈的事就像從天而降一般。

他們領著我穿過幾條走廊，下了幾層樓梯，從一個門縫裡走進樓梯底層的一間狹窄、低矮、幾乎像雨天一樣陰暗的小房間裡。房間中央擺著一張椅子，他們要我坐在上面。

門口的牆邊站著幾個人，除了神父和法警外，還有另外三個人。

第一人個子較高，年紀較大，長得很胖，臉色紅潤。他身穿燕尾服，頭戴一頂變了形的三尖帽。就是他。他就是劊子手，斷頭台的奴僕。另外兩人是劊子手的助手。

我剛一坐下，那兩個助手就像貓一般悄悄竄到了我身後，一瞬間，我感覺到有一件冰冷的鐵器插進了我的頭髮裡，緊接著在我耳邊發出了咔嚓的剪刀聲。我的頭髮被胡亂地剪下，一根根地掉在肩膀上，那個戴三尖帽的人便用他粗大的手輕輕地把它們撥掉。

我身旁的人在低聲談論著。

門外的人在大聲叫嚷，就像一聲聲爆雷，震得四周搖晃。起初我還以為是河水的聲音，聽到一聲聲大笑後，才知道是亂哄哄的人群聲。

站在窗戶旁的一個年輕人隨手在紙上寫了幾句話問一個獄卒，室內正在進行什麼工作。

「為囚犯化妝。」獄卒回答說。

我便明白，這件事明天將上報了。

忽然，劊子手的一個助手脫下了我的上衣，另一個則把我垂著的雙手拉到我背後。我感到他正用繩子慢慢地將它們一圈又一圈地捆起來。與此同時，另一個開始解開我的領帶。當脫到只剩下我的麻布襯衣時，他猶豫了一會，最後只把衣領割了下來。

看到這種可怕的準備工作，加上剪刀恰好碰到了脖子上，我開始顫抖起來，並忍不住慘叫了一聲。劊子手的手發抖了。

「先生，」他對我說，「對不起！我是不是把您弄痛了？」

這些劊子手往往都是些性格溫和的人。

外面的人群嚷得更厲害了。

那滿臉粉刺的大胖子拿來一塊浸過醋的手帕給我聞。

「謝謝，」我盡可能大聲地說道，「沒必要，我感覺很好。」

於是，一名劊子手助手彎腰去捆我的雙腳。繩子不粗，捆的也比較鬆，好讓我還能小步行走。最後，他把我手腳的繩子都繫在一起。

接著，胖子又把我的上衣披到我背上，用兩隻衣袖在我的下巴下方打了個結。行刑的準備都作完了。

這時候，神父端著耶穌受難像過來了。

「走吧，我的孩子。」他對我說。

兩個劊子手助手便架住我的雙臂，把我扶起來，開始走動。我的雙腳軟綿綿的，沒有一點力氣，彷彿每條腿上長了兩個膝關節似的。

這時候，外面的那道門完全敞開了。一剎那間，一股冷風、一道白光、一陣強烈的熙攘聲一齊朝身處黑暗中的我襲來。

我在陰暗的屋內，從門口看去，透過雨絲，看見擁擠在審判廳外階梯上的千百個吵吵鬧鬧的人頭。右邊，從與門檻平行的方向看去，有一隊騎警，因為門太矮，只能看得見馬的前蹄和胸部；正前方是一隊整裝待命的士兵；左邊有一輛馬車，馬車後靠著一架筆直的梯子。這幅醜陋的畫面搭配監獄的門框真是妙極了！

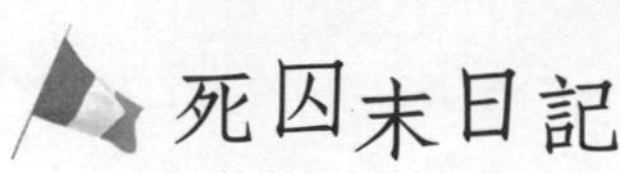

為了對付這可怕的情景，我鼓足了勇氣。我踏出三步，便走到了房間門口。

「他在那裡！他在那裡！」人群叫嚷著，「他終於出來了！」

而那些最靠近我的人甚至鼓起掌來。掌聲之熱烈，恐怕連國王出巡也達不到這種程度。

這是一輛普通馬車，套著一匹瘦馬。車伕和彼塞特郊區的菜農一樣，穿著一件藍布紅花背心。

戴三尖帽的胖子第一個上了馬車。

「你好，桑松先生！」趴在欄杆上的孩子們喊道。

一個助手跟在後面爬了上去。

「好呀！穿得真帥！」孩子們又喊叫道。

胖子和他的助手坐在前面的座位上。該我上去了，我用比較穩健的姿勢上了馬車。

「他看起來很鎮定啊！」站在法警身邊的一個女人說。

這種讚美很殘酷，但給了我一些勇氣。神父走過來坐在我旁邊。

他們把我安排在最後一個座位上，背向馬匹，這最後的關照反而使我戰慄了一下。

我想看看周圍的一切。前面有一隊法警，後面也有一隊法警；其餘的地方，除了人還是人，整個廣場都是人，簡直是一片人海！

一小隊騎警在審判廳的鐵柵欄門口等著我們。

指揮官下了命令，馬車和押車的隊伍開始移動，像被人群吼叫的聲浪推著走似的。

我們出了柵門。當馬車轉了彎，朝兌換橋方向駛去時，廣場上叫聲雷動。從地面到屋頂，從橋上到河邊，四處吼聲迴蕩，撼天動地。

早已在等待的那一小隊騎警也在門口加入了這支隊伍。

「脫帽致敬！脫帽致禮！」成千上萬張嘴巴異口同聲地叫喊道，就像是脫帽向國王行禮似的。

我恐懼地笑了一聲，對神父說：「他們脫下帽子，我脫下腦袋。」

馬車和押車隊伍慢慢地移動。

塞納河邊散發出鮮花的芳香。今天正好是趕集的日子。那些賣花姑娘都離開了花束，跑來看我。

正前方，在審判廳轉角那棟大樓前面不遠處，有幾家小酒吧。酒吧樓下擠滿了看熱鬧的人。這些人，特別是女人，為自己找到了這麼個好位置而洋洋得意。對於酒店老闆來說，這也是賺錢的好日子。

有些人乾脆把桌子、椅子、馬車、梯子拿來出租。這些東西上都站滿了觀眾，有人扯著嗓子叫道：

「誰要租看熱鬧的位子？」

面對這種人，我真是憤怒不已。我也真想大喊：

「誰要我這個位子呀？」

這時，馬車往前走了。馬車每前進一點，車後的人便散去，隨後又馬上跑到前面不遠處重新集結起來，把我的眼睛都看花了。

馬車駛上兌換橋時，我無意中向右方看了一眼。我的目光被塞納河對岸屋頂上的一些東西吸引住了。那裡聳立著一座黑色的鐘樓，鐘樓上豎立著許多雕塑，在鐘樓頂上，我看見並排坐著兩個怪物。我不知道為什麼竟會問神父，那座鐘樓叫什麼名字。

「那是聖雅各教堂。」劊子手回答說。

我自己也不明白是怎麼回事，儘管有霧，天空還下著細雨，就像佈滿了蜘蛛網一樣，但沿途的任何東西都逃不過我的眼睛，每一樣細小的事物都會為我帶來痛苦。我此刻的心情是難以用任何言語表達的。

馬車走到兌換橋中部時，路面雖然很寬，但人潮太過擁擠，幾乎難以前進了。我害怕極了，擔心自己會暈過去，這可是我最後的尊嚴了！於是，我開始對一切視而不見，聽而不聞；除了隱約聽到神父那經常被打斷的聲音外，其他什麼也不理會。

我拿起耶穌受難像吻了一下，說：「啊！仁慈的上帝，可憐可憐我吧！」並盡量讓自己保持這一思想中。

可是，這討厭的馬車每顛簸一下，我也得跟著震動一下。後來，我又突然感到冷了。因為雨水濕透了我的

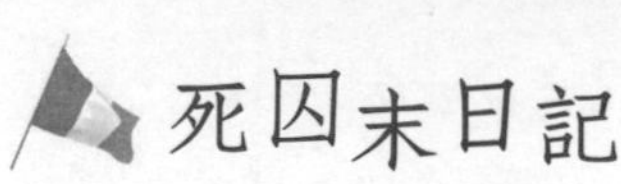

衣服，並滲進我剛被剪短的頭髮，淋濕了我的頭皮。

「我的孩子，你冷得發抖嗎？」神父問我。

「是的。」我回答說。

唉！豈只是因為冷呢？

下橋時，許多女人在為我的年輕而惋惜。

我們已到了那將要奪走我生命的河岸。我什麼也不看、什麼也不聽了。所有這些喧囂聲，這些從窗口、門邊、路燈上冒出來的頭；所有這些貪婪而凶殘的圍觀者；所有這些認識我、而我一個也不認識的人；那佈滿了人臉的街道……都不去聽、不去看了。我僵硬了、麻木了、沒有知覺了。這麼多目光都集中在我的身上，這麼力叫人怎麼也無法忍受。

我坐在板凳上搖搖晃晃，即使是神父和耶穌受難像也無法引起我的注意了。

我再也無法從包圍著我的嘈雜聲中分辨出哪些是同情的叫喊，哪些是歡樂的掌聲，哪些是笑聲，哪些是嘆息聲，哪些是談話聲，哪些是喧囂聲；所有的一切都像破銅爛鐵的回音一般，在我的腦際震盪、迴旋。

各種商店的招牌出現在我眼前時，也沒引起我任何注意。

只有一次，一種奇怪的好奇心使我回過頭去，看看我們正朝什麼地方行進。這也許是我最後一次的頭腦清醒了。我的身體已經不聽使喚，脖子已經直不起來，就像提前被砍斷了一樣。

我只迷迷糊糊地看到左邊塞納河對岸的聖母院鐘樓；再往前看，這座鐘樓還遮住了另一座鐘樓，也就是掛著旗子的那座。那裡擁擠著許多人，他們的視野一覽無遺。

馬車慢慢地移動著，店鋪一家接一家地過去了。店鋪上寫的、畫的、鍍金的招牌一一落到了車後，泥濘街道上的人群有的拍手歡笑、有的捶胸頓足，而我就像在做夢似地聽天由命。

忽然間，一間商店也沒有了，而人群的聲音卻更加嘈雜、震耳、歡騰了。馬車猛地一停，我差點撲倒在車上。神父扶住了我。

「別害怕。」他低聲地說。

這時，有人搬來一個梯子，放在馬車後面。那人向我伸過手來，扶著我下了車。我邁出一步，轉過身來想再邁第二步時，腳卻動不了了。在兩個燈柱間，我看見了那個凶惡可怕的東西。

啊，就要實現啦！

我停下來，像已被砍了一刀似地搖晃著。

「我還要作最後一次申訴！」我喊叫的聲音很微弱。

就這樣，他們把我帶到這裡來了。

我要求他們讓我把最後的遺願寫下來。他們鬆開了我的手，但那條繩子就在旁邊，隨時都可以把我捆起來，而其餘的東西也在下面放著。

49

剛才來過一個人，不知是什麼官員，也許是法官，也許是員警，也許是行政官員。

我跪在地上，雙手作揖，請求他赦免我。

他像命運之神似地笑了笑，問我是不是只有這些話想說。

「赦免我吧！赦免我吧！」我反覆地喊道，「至少，可憐可憐我，再給我五分鐘吧！」

誰知道呢？也許他真的會赦免我。像我這個年紀，又是這種死法，真是太可怕了！到了最後一秒鐘被赦免，這樣的事是經常發生的。先生，如果您不能饒恕我，還能饒恕誰呢？

但那個劊子手太可惡了！他走過來對法官說，死刑應該在規定的時刻執行，而那個時刻快到了，他要為此負責任。再說，天又在下雨，會淋壞機器的。

「啊！可憐可憐我吧！再給我一分鐘，讓我等待赦免令！不然，我會反抗，我會咬人的！」

法官和劊子手都出去了。我孤孤單單的一個人，和兩個法警在一起。

外面那些可怕的人們發出豺狼般的吼叫！誰又能肯定我擺脫不了他們？誰能肯定我不會得救？要是我被赦免了呢？……他們不可能不赦免我的！

啊，多麼凶殘的人！我覺得有人從樓梯上走來了……

這時正是四點鐘。

Claude Gueux

克洛德・格 1834

一個守法度日的工人，為貧困迫害，
偷了一個麵包，被送進監獄。
一個安份守己的囚犯，為法律迫害，
殺了典獄長，走上斷頭台。
一顆聰明的腦袋，一顆善良的心；
生在腐敗的社會，囚於險惡的監獄；
走上偷竊的道路，墮入殺人的陷阱。
克洛德・格，社會，誰是真正的凶手？

Les Misérables

~Romans de Victor Hugo

七、八年前，巴黎城裡住著一個貧苦的工人，名叫克洛德．格。他與情婦和孩子同居。這位工人聰穎靈巧，精明能幹。他沒受過教育，卻頗有天賦；他目不識丁，卻善於思考。

有一年冬天，他找不到工作，破屋裡既無取暖的柴火，也沒充飢的麵包。一家三口飢寒交迫。工人去偷東西了，他為情婦和孩子弄來了三天的麵包和柴火，卻為自己招了五年的牢獄之災。

他被押到克萊沃中央監獄服勞役。這裡原是一座修道院，人們卻把它改成了監獄，於是，修女室成了牢房，祭壇成了刑台。克洛德．格入獄後，夜晚被關在牢房裡，白天到車間幹活。

克洛德．格長得五官端正，神情嚴肅，儘管年紀尚輕，高聳的額頭上卻泛起了皺紋，烏黑的頭髮中隱約可見幾根銀絲，溫和而銳利的雙眼深深藏在突起的眉骨下；大大的鼻孔，前挺的下巴，配著一雙經常流露出輕蔑神情的嘴唇。這是一個端莊而漂亮的腦袋。他不愛說話，手勢也很單調，渾身卻顯示出一種威嚴，使人甘願服從他。他經常沉思，表情莊重，外表上雖見不到痛苦的神色，實際上卻經歷過許多艱難苦楚。

在關押克洛德．格的監獄裡，有一個典獄長。他是那種最適合管理監獄的小官吏。他既當獄卒，又當廠長；既向工人訂貨，又威脅囚犯；既把工具塞到你手裡，又把鐵鐐戴到你腳上。他古板生硬、專橫暴虐、囂張跋扈；但偶爾又是一個好同伴、好長官，會面帶喜色、風趣地開開玩笑。與其說他堅強，不如說他冷酷；他對任何人都不講理，甚至對自己也不留情；他無疑是個好父親、好丈夫，但這是出於無奈，而非源於道德。總而言之，他雖不顯得凶惡，卻是個惡人。他是那種不敏感、不靈活、毫無生氣、對任何思想和感情都麻木不仁的人，是那種陰狠、善妒、儘管激動萬分卻不流於外表的人。這類人的主要特質就是頑固，但他引以為傲，經常自比拿破崙。因此，每當他在這種意志的支配下幹著荒誕不經的事情時，還總是昂首挺胸、不畏艱險，非得堅持到最後不可。沒有智慧的頑固，比愚蠢更加愚蠢，並使人越來越蠢，後果不堪設想！我們可以發現，一個社會的災難，往往是由一群碌碌無為、頑固不化、盲目自信的人造成的。這些自詡為救世主、既頑固又渺小的人物，世界上處處可見。

克萊沃中央監獄的典獄長就是這樣一個人。社會把他當成一個取火器，日復一日地用他在囚犯身上敲打出

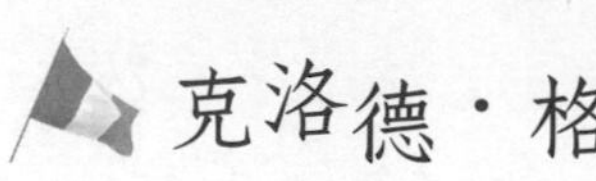

火星。然而，用這樣的取火器在這樣的石子上敲打出的火星，又常會釀成一場大火災。

克洛德·格一到克萊沃監獄，就被編上號碼，送到車間裡終日幹活。典獄長一見到他，便發現他是個優秀工人，因此對他很不錯。有一天，他心情愉快，看到克洛德·格因為思念他的情婦而憂傷，便帶著既消遣又安慰的神態，和顏悅色地告訴他，那個不幸的女人已成了妓女。克洛德冷冷地問他孩子怎麼了，他回答不知道。

幾個月以後，克洛德習慣了監獄的生活，似乎什麼也不想了。他性格中本來就有的那種嚴肅的寧靜又出現了。同時，他在他的獄友之間產生了一種奇特的影響，誰也不知道為什麼，甚至連他自己也茫然。所有人都請教他、順從他、模仿他，彷彿是一種默契。模仿是欽佩至極的表現，能得到這些罪犯的順從，可不是一種尋常的榮譽！這種權威來自他眼睛裡的那兩道目光。眼睛是人的窗扉，透過它，可以看到一個人的心裡。

把一個聰明的人放在一群愚蠢的人中間，經過一段時間後，由於一種不可抗拒的吸引力，所有愚蠢的人都會謙恭地、欽佩地集結在聰明的人周圍。就如同鐵與磁鐵彼此吸引，克洛德正是那塊磁鐵。因此，不到三個月，克洛德便成了監獄裡的靈魂、法律和秩序。所有的指針都在他這塊鐘盤上轉動。

然而，同一件事總會招來各種後果。他既贏得了囚犯們的愛戴，也就不可避免地引來獄卒們的憎恨。

克洛德·格食量超人，他的胃天生能容納兩個人的食物。這對於一個擁有五十萬頭羊的西班牙大公爵來說，固然是一件令人高興的事；但對於一個工人來說便是一種負擔，對於一個囚犯則是一種災難。

以前，自由自在地住在小閣樓裡的克洛德，幹一天活，能掙得四斤麵包，他全吃了；如今，蹲在監獄裡的克洛德，幹一天活，卻只能換來一斤半的麵包和四盎司的肉。這個份量少得可憐。因此，克洛德·格在克萊沃監獄天天感到餓。

不過，他餓歸餓，從不聲張。這是他的天性。

一天，克洛德剛吃完他那份微薄的口糧，便開始幹活，以為勞動能驅除飢餓感。別的囚犯都還在津津有味地吃飯。這時，一個面無血色、皮膚白、身體虛弱的年輕人來到他身邊。年輕人手裡拿著他那份尚未動過的食物和一把小刀，站在克洛德身邊，似乎有話要說，但不又敢啟齒。這個人、他的麵包、他拿著的肉，無一不使克洛德心煩。

「你要幹什麼？」克洛德終於粗暴地說。

「請你幫幫忙。」年輕人膽怯地說。

「什麼事？」克洛德問。

「請你幫我把這些東西吃了。它對我來說太多了。」

克洛德高傲的眼裡流出了熱淚。他拿起刀，把年輕人的食物分成兩半，拿來一份，吃了起來。

「謝謝，」年輕人說。「如果你願意，我們每天都這樣分著吃吧。」

「你叫什麼名字？」克洛德．格問。

「阿爾班。」

「你怎麼會進來這裡？」克洛德又問。

「我偷了東西。」

「我也是。」克洛德說。

之後，他們天天這樣分享食物。事實上，克洛德．格只有三十六歲，由於他生性嚴肅，看起來總像五十歲了。阿爾班已有二十歲，但由於他的目光仍帶有幾分稚氣，人們還以為他只有十七歲呢！兩人結下了親密的友誼，這友誼與其說是兄弟之情，還不如說是父子之愛。阿爾班差不多還是個孩子，克洛德卻幾乎是個老人。

他們在同一個車間裡幹活，在同一個屋頂下休息，在同一個院子裡散步，分享同一塊麵包。兩個朋友結成了一個個體，難分難捨，看起來很幸福。

囚犯們對典獄長恨之入骨，他經常得求助受囚犯們愛戴的克洛德．格，好讓囚犯們乖乖聽話。克洛德的無形的權力，勝過了典獄長那政府授予的權力。他多次為典獄長效了勞，典獄長卻因此對他耿耿於懷。他嫉妒這個小偷，內心深處對克洛德懷有一種隱秘的、由嫉妒而生的仇恨。這樣的仇恨總是最狠毒的。

克洛德一心疼愛阿爾班，卻從未提防過典獄長。

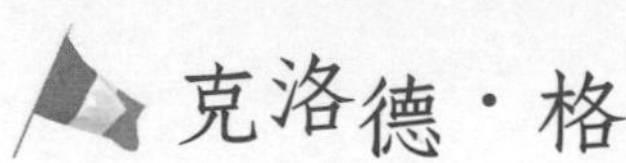

一天早上，當囚犯們成雙成對從宿舍走進車間時，一個獄卒叫住了克洛德身旁的阿爾班，說典獄長找他。

「他叫你幹什麼？」克洛德問。

「不知道。」阿爾班回答。

獄卒把阿爾班帶走了。

一個上午過去了，阿爾班沒有回到車間。吃午飯的時候到了，克洛德心想，他會在院子裡見到阿爾班的。然而，阿爾班也不在院子裡。囚犯們又回到了車間，阿爾班還是沒有出現。

白天就這樣過去了。晚上，當犯人們被領回宿舍後，克洛德用目光搜索著阿爾班，仍然不見人影。他此刻心如刀絞，終於第一次詢問了獄卒。

「阿爾班是不是病了？」他問道。

「沒有。」獄卒回答。

「那他去哪裡了？」克洛德接著問，「他今天怎麼不見人影？」

「哦！」獄卒不疾不徐地說，「因為他被調走了。」

一聽到這個回答，克洛德那隻舉著蠟燭的手微微顫抖。但他平靜地問：

「是誰下這道命令的？」

獄卒回答說：「典獄長狄先生。」

隔天的白天還是和前一天一樣，阿爾班沒有出現。

晚上，在收工的時候，狄先生照例到各個車間裡巡視一番。克洛德從遠處看到他後，就脫下粗羊毛帽，把灰色囚衣的扣子扣好，希望博得這名上司的歡心。然後，他手裡拿著帽子，站在車間門口的板凳旁，等待典獄長經過。

典獄長過來了。

「先生！」克洛德說。

典獄長停下腳步，側過身來。

「先生，」克洛德又說，「阿爾班真的被調走了嗎？」

「沒錯。」典獄長回答說。

「先生，」克洛德接著說，「我需要阿爾班才能活下去。」

他又補充道：

「光靠監獄發的那一點麵包，我吃不飽，阿爾班卻常把他的食物分給我。這些您都知道。」

「這是他的事。」典獄長說。

「先生，不能把阿爾班和我關在同一個地方嗎？」

「沒辦法，已經作出了決定。」

「誰的決定？」

「我的。」

「狄先生，」克洛德又說，「我是死是活，全掌握在您手裡了。」

「只要是我作出的決定，絕不收回。」

「先生，我是不是做了什麼對不起您的事？」

「沒有。」

「既然如此，」克洛德說，「為什麼非得把我和阿爾班分開不可？」

「不為什麼。」典獄長說。

典獄長這樣敷衍了一句後，便走掉了。

克洛德垂著頭，無話可說。牢籠中的獅子多可憐，連與它作伴的狗也被奪走了。

不過，這種分離帶來的憂傷，絲毫沒有減弱這名囚犯的食欲。他身上也沒有出現任何明顯的變化。他不和任何囚犯談起阿爾班；休息的時候，他獨自一人在院子裡散步。他感到餓，如此而已。

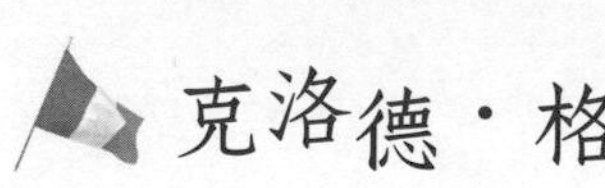

然而，十分瞭解他的人都注意到，他臉上那種恐怖和憂鬱的神色一天比一天更嚴重。此外，他顯得比任何時候都溫和。

好幾個人都願意把自己的麵包分給他吃，他微笑著一一拒絕了。

自從聽了典獄長的那番話後，他每天晚上都要做出一種近乎瘋子的舉動。這種舉動出現在一個像他那樣莊重的人身上，確實令人驚恐不安！每當典獄長來到克洛德幹活的地方巡視時，克洛德總要抬起雙眼，緊緊地盯住他，用充滿焦慮與憤怒、既像是懇求、又像是威脅的語氣吐出幾個字：「阿爾班呢？」而典獄長往往裝聾作啞，或是聳聳肩膀就走了。

他這麼做大錯特錯。因為目睹這些奇怪場面的人都明顯地看到，克洛德·格在心中已暗自下了某種決心。全監獄的人都感到焦急不安；他們在猜想，一個頑固的人與一個堅定的人之間的衝突將會有什麼結局。

有一次，克洛德對典獄長說：

「聽我說，先生，把我的同伴還給我。我肯定，這將是一件好事。請記住我的這些話。」

又有一次，在禮拜天，克洛德坐在院子裡的一塊石頭上，兩肘支在膝蓋上，雙手壓著前額，就這樣一動也不動，連續待了幾個小時。囚犯法耶特走過來，笑著向他喊道：

「你在做什麼呀？克洛德。」

克洛德慢慢抬起嚴肅的臉孔，說：「我在審判一個人。」

最後，一八三一年十月二十五日的晚上，當典獄長來巡視的時候，克洛德把他上午從走廊撿來的一塊窗玻璃放在腳下踩碎，弄出很大的聲響。典獄長問聲音是從哪裡發出來的。

「別緊張，」克洛德說，「是我弄出的聲音。典獄長先生，請把阿爾班還給我，請把我的同伴還給我。」

「不可能。」典獄長說。

「但您必須還給我。」克洛德說，聲音很低，卻很堅決；他直直盯著典獄長，又補充道：

「請您好好考慮。今天是十月二十五日，我讓您考慮到下月四日。」

一個獄卒提醒狄先生，克洛德在恐嚇他，應該關禁閉。

「不，不必關禁閉。」典獄長滿不在乎地笑著說，「對這些人應該友好些！」

第二天，當其他囚犯們都聚集在院子的一小塊陽光下閒聊的時候，一個叫佩爾洛的囚犯走到獨自在一旁散步、沉思的克洛德身邊，問道：

「喂！克洛德，你一臉愁容，在想什麼心事啊？」

「我擔心，」克洛德說，「我擔心這位好心的狄先生很快就要大禍臨頭。」

從十月二十五日到十一月四日的這九天裡，克洛德每天都嚴正地向典獄長指出，阿爾班的失蹤讓他越來越痛苦。典獄長被他纏得煩了，有一次便關了他二十四小時禁閉。這就是他對克洛德再三懇求的答覆。

十一月四日到了。那天早晨，克洛德醒來時，臉上露出自狄先生強行拆散他的朋友以來，人們再也沒有見過的寧靜。他在床底下一個裝著破衣服的木箱裡翻找了一陣子，從裡面拿出一把裁縫的剪刀。這把剪刀和一本破舊的《愛彌兒》是他的情婦、他孩子的母親、他從前那個幸福的小家庭剩下的唯一財產了。這兩樣東西對克洛德都毫無用處。剪刀是女人使用的，書本是給識字的人看的；克洛德既不會裁剪，也不會讀書。

監獄裡有一條年久失修的舊走廊，是犯人們冬天散步的場所。當克洛德經過這裡時，朝著正在注視一扇鐵窗的犯人費拉利走過去。他揮了揮手中的那把小剪刀，對費拉利說：

「今天晚上，我要用這把剪刀把這些鐵條都剪斷。」

費拉利不相信，笑了起來。克洛德也笑了。

這天早上，克洛德工作得比平常更賣力。看來，他竭力想在上午完成特魯瓦市的一位市民訂做的一頂草帽，工錢已經付過了。

接近中午時分，克洛德找了個藉口，到他幹活的那層樓下面的車間去了一次。他在那裡同樣受人愛戴，不過他很少去。因此，他一出現，就有人嚷起來：

「啊！克洛德來了！」

人們一齊圍了上來，如同歡慶節日。克洛德迅速在車間裡掃了一眼。獄卒都不在。

「誰能借給我一柄斧頭？」他問道。

「要斧頭做什麼？」人們問他。

「今天晚上，我要用它把典獄長殺死。」

人們拿出好幾柄斧頭供他挑選。他挑了一柄最小但最鋒利的，藏在褲子裡，就上樓去了。那車間裡有二十七名囚犯，他並沒有叮嚀他們保密，可是誰也沒有洩露消息，甚至彼此之間也不議論這件事。

人人都在等待著即將發生的事情。事情是可怕的，但又是正義的、合乎情理的，沒有任何不可思議之處。克洛德既不會受人勸阻，也不會被人告密。

一個小時後，有個十六歲的少年囚犯站在走廊裡，無聊地打著哈欠，克洛德走到他身邊，勸他好好讀書識字。這時，法耶特走近克洛德，發現他的褲子鼓鼓的，便問他藏了什麼。克洛德說：

「是一柄斧頭，今晚殺狄先生用的。」緊接著又問：「看得出來嗎？」

「有一點。」法耶特說。

白天的剩餘時間和平常沒什麼兩樣。晚上七點，犯人被分組關在指定的車間裡；獄卒們相繼走出車間，按照慣例，要等典獄長巡查完之後才能回去。克洛德．格和其他獄友一樣，被關在車間裡。

這時候，一種不尋常的氣氛出現了，那是無法用言語形容的、既莊嚴又恐怖的氣氛。

獄卒剛一離開，克洛德便站上他的板凳，向在場的人宣佈道：

「你們都知道，阿爾班是我的兄弟。這裡分發的食物不夠我吃；即使把我掙得的那點少得可憐的工錢拿去買麵包，也填不飽我的肚子。阿爾班把他的食物分給我，我愛他，但典獄長狄先生卻硬是把我們拆散。我們待在一起，一點也不妨礙他什麼；可是，這個壞蛋，他把自己的快樂建立在別人的痛苦之上。我向他要過阿爾班，你們也都看見了，他不給。我給了他一個期限，要他在十一月四日以前把阿爾班還來，他卻因此關了我禁閉。我在這段時間裡審判了他，判處了他死刑。今天是十一月四號。兩個小時後，他就會來巡查。我預先告訴你們，我要殺死他。你們有什麼意見嗎？」

大家都不說話。

克洛德便接著說下去。他說話時，既顯得口若懸河、滔滔不絕，又顯得從容不迫。他聲明道，他很清楚自己即將採取的是一種暴力行為，但他並不覺得這有什麼錯。他請在場的八十一名盜竊犯的良心為他作證：他已到了忍無可忍的地步。一個人到了這個地步，採取報復行動是必要的。

事實上，他要砍下典獄長的頭，不可能不付出自己的生命，可是他認為，為了正義而流盡自己的鮮血是值得的。兩個月來，他深思熟慮過，認為自己完全不是憑著義憤用事；但他仍告訴大家，如果有人向他提出不同的意見，他願意聽取。

只有一個人建議：在殺死典獄長以前，克洛德應該設法向他提出最後一次，要他讓步。

「說得對，」克洛德說，「我會這麼做的。」

時鐘敲響了八點。典獄長將在九點來。

當這個前所未見的最高法院用某種方式認可了克洛德的判決後，他又恢復了往常的平靜。他把一個囚犯所能遺留的一點東西：襯衫和外衣，放在桌子上。接著，他把最喜歡的同伴一個個叫到身旁，把衣物全部分送給他們，只留下那把剪刀。然後，他擁抱了所有的人。有幾個人哭了，他卻對他們微笑。

在這最後的時刻裡，當他泰然自若、甚至帶著喜悅講話的時候，他的許多同伴都暗自希望他放棄這一決定。

他瞥見一個少年囚犯臉色慘白，渾身發抖，眼睛一動也不動地望著他，顯然是由於想到即將發生的事而嚇得魂不附體。

「別怕，勇敢些！小伙子，」克洛德溫和地對他說，「那只是一瞬間的事情。」

克洛德把所有的破衣服分送完，並和所有人一一握手訣別後，發現車間昏暗的角落裡有些人三五成群地正在議論著，相當不安。他打斷他們的講話，勸他們開始幹活。所有的人都默默地聽從了。

這個車間是一間狹長的房間，四邊都裝了窗戶，兩側各有一扇門；車床靠著窗戶，分立兩邊；板凳靠牆放著，與牆壁成直角；兩排車床之間留有一片空地，形成一條狹長的通道，兩端各連接一扇門。典獄長每次視察時，都得從這條又長又窄的通道穿過；他總是從南門進來，再從北門出去。他經過這裡時，往往走得很快，腳不停步。

克洛德又重新回到他的位置上，開始幹活。人人都在等待。

時間臨近了。突然，時鐘響了一下。克洛德說：

「預備鈴響了。」

隨即，他站起來，在房子裡莊嚴地邁了幾步，走到南門口，手肘支在門左邊的第一台車床角上。臉色格外寧靜、親切。

時鐘敲完第九下，門開了，典獄長走了進來。這時，屋裡的囚犯個個都像雕像般悄然無聲。

典獄長進來時，臉上帶著愉快、滿足和嚴酷的神色，沒有發現克洛德站在門旁，右手藏在褲子裡。他很快從前面幾台車床旁走過。他點點頭，反覆地講著幾句常講的話，目光隨意地左右掃視，根本沒有注意到四周的人都目光呆滯，被一個可怕的念頭所纏繞。

突然間，他聽到身後有腳步聲，便猛地轉過身子。是克洛德，他悄悄跟在典獄長身後好一陣子了。

「你跟在我後面做什麼？」典獄長問，「為什麼不留在你的崗位上？」

克洛德·格恭敬地回答：「我有話跟您說，典獄長先生。」

「什麼事？」

「關於阿爾班的事。」

「又是阿爾班！」典獄長說。

「每天都是阿爾班！」克洛德答。

「該死！」典獄長一邊走一邊說，「關了你二十四小時的禁閉還不夠嗎？」

克洛德繼續跟在他後面，回答道：

「典獄長先生，請把我的同伴還給我。」

「不可能。」

「典獄長先生，」克洛德用一種可怕的聲音說，「我懇求您，重新讓阿爾班回到我身邊，我會好好幹活的。您自由自在，我卻只能待在牢房的四堵牆中；您在外頭能見到各式各樣的事物，我卻只有阿爾班。把他還給我吧！阿爾班養活了我，您也知道。您只要說一句話就行了。我與阿爾班在一起，這對您會有什麼妨礙呢？就是這樣，一點也不複雜。典獄長先生，我親愛的狄先生，我以上帝的名義懇求您了！」

克洛德從未對一個獄卒說過這麼多話。經過這番懇求後，他已精疲力竭，默默地等待著。典獄長不耐煩地揮了揮手，說：

「不可能，我早就說過了。夠了，以後別再提了。你真令我厭煩！」

說完，他便加快了腳步，急著離開。克洛德也加快了腳步。他倆就這樣邊走邊講，快走到了門口。八十一名囚犯屏住呼吸，看著他們，聽著他們說話。

克洛德輕輕地拉住典獄長的衣角。

「但是，您至少得讓我知道我是怎麼被判處死刑的。請告訴我，您為什麼要把我跟阿爾班拆開。」

「我早就回答過你了，」典獄長回答說：「不為什麼。」

說完，典獄長轉過身子，背朝克洛德，手向門上的插鞘伸去。

聽到典獄長的回答，克洛德往後退了一步。在場的八十一個人看見他從褲子裡抽出握著斧頭的右手。這隻手舉起來了，而且，典獄長還來不及叫出一聲，斧頭便接連劈了三下，三下都劈在同一個地方。典獄長的頭顱被劈開了。當他倒下去的時候，第四斧又落在了他的臉上。已經爆發的狂怒無法遏止，克洛德又在他的右腿上砍了第五斧，但這毫無用處，因為典獄長已經一命嗚呼了。

緊接著，克洛德扔下斧頭，大聲叫道：「現在該處置另一個人了！」另一個人就是他自己。人們見他從上衣裡掏出他情婦的剪刀，一轉眼便刺進了自己的胸膛。然而，刀刃太短，胸膛太厚；他用剪刀不斷地在胸膛裡亂刺，一連刺了二十多下，口裡還大聲呼叫：「罪人的心啊，我為什麼找不到你！」他終於血染全身，倒臥在典獄長的屍體上。

當克洛德恢復了知覺時，已經躺在一張床上。他蓋著被單，裹著繃帶，身邊有人看護。床邊站著幾個慈善會的修女，以及一個正在寫案情報告的預審法官。

克洛德大量失血，但是沒能死去。儘管他那麼拚命地亂刺，卻沒有一下刺到要害。只有留在狄先生身上的那些傷口才是致命的痕跡。

審訊開始了。法官問他是否殺死了克萊沃監獄的典獄長。他回答：「是的。」法官又問他為什麼，他回答：「不為什麼。」

有一段時期，他的傷口惡化了，高燒幾乎奪去了他的性命。

十一月、十二月、第二年的一月、二月在醫療和審判的準備中過去了。醫生和法官圍著他忙碌不停，前者為他治癒傷口，後者為他架起斷頭台。

一八三二年三月十六日，他完全康復後，便被送到特魯瓦重案法庭受審。全城能來的人都來了。克洛德在法庭上的態度很好。他把鬍鬚刮得乾乾淨淨，頭髮剃光，穿著克萊沃監獄的灰色囚衣。

當辯論開始的時候，出現了罕見的阻礙。在十一月四日事件的目擊者之中，誰也不願提供對克洛德不利的證詞；儘管庭長作出了各種威脅，仍無濟於事。只有在克洛德要求他們出來作證時，所有的舌頭這才解了扣。他們說出了他們親眼目睹的事情。

克洛德聚精會神地聽著每個人的發言。當某個人因為忘卻、或是出於對克洛德的尊敬，忽略了一些細節時，他就代為補充。

證人一個接一個地傳喚完畢後，這樁案件的全部事實便重現在法庭上了。在場的婦女都哭了。

法警傳喚了阿爾班。他踉踉蹌蹌，嗚咽著走了進來，一頭撲倒在克洛德懷裡，獄警無法攔住。克洛德扶住阿爾班，微笑著對檢察官說：「這就是那個把麵包分給飢餓之人的惡棍。」說完，他吻了吻阿爾班的手。

證人都傳訊完後，檢察官站起來，說了下面這段話：「陪審員先生們，若不將像被告克洛德這樣罪大惡極的人繩之以法，整個社會就將從根基上動搖……」

在這段令人刻骨銘心的演講過後，克洛德的辯護律師發言了。在刑事訴訟的場合之中，按照慣例，有利和不利的辯護總要輪流出來表演一番。

克洛德認為事情並未說完整，便站起來補充。他講得那麼出色，使得旁聽席上每個有智慧的人都吃了一驚。這個可憐的工人彷彿不是殺人犯，而是演說家。他站在法庭裡侃侃而談，聲音沉著動人；目光明亮、誠實、堅定；手勢幾乎重複不變，但格外有力。他敘述著事情的真實面貌，一五一十、嚴肅認真，既不胡說八道，也不避重就輕，對一切都坦承不諱。有時，他雄辯有力的口才使得現場騷動起來，人們交頭接耳，重複他剛說過的話。這往往會引起一陣嗡嗡聲，克洛德便藉此機會喘口氣，自豪地看看四周的聽眾。

這個一字不識的窮工人，有時顯得溫文爾雅，彬彬有禮，像個學識淵博的人；有時顯得謙遜、節制、一絲不苟。當談到敏感的部分時，他從容不迫，口若懸河。他對法官也是親善友好。

只有一次，他忍不住動了怒。那是在檢察官說話的時候，他說克洛德．格殺害的是一個既未動手打人、也無其他暴力行為，也就是沒有挑釁舉動的典獄長。

「什麼！」克洛德大聲叫道，「沒有挑釁？啊！是的，確實如此。我明白您的意思。一個酩酊大醉的人給了我一拳，我殺死他，那才是受到挑釁，你們才會饒了我的命，把我送到苦役犯監獄。但是，四年來，一個沒有醉、神智清醒的人，一直在折磨著我的心，一直在羞辱我；每一天、每一刻、每一秒都用針在我意想不到的地方狠紮！我過去有一個情婦，我為了她偷竊，他便用這女人來羞辱我；我過去有一個孩子，我為了他而犯罪，他便用這孩子來傷我的心；我的麵包不夠吃，有個朋友分給我，他便奪走了我的朋友和麵包。我要他把朋友還我，他卻關我禁閉。我對他說出自己的痛苦，他卻說我令他厭煩。那麼，你們說我該怎麼辦？我只好殺了他。沒錯，我是個魔鬼，我殺了這個人，而我卻不曾被他挑釁。你們砍下我的頭吧，砍吧！」

在我們看來，這是一種偉大的舉動。因為，法庭在衡量減刑時，總是以有形的挑釁作為依據，他這番話卻揭露了一切被法律忽視的、無形的挑釁。

辯論結束時，庭長作出了公正而又明確的總結。他得到的結論是：克洛德·格的一生是醜惡的一生，他本人是個真正的魔鬼。他先與妓女同居，後來偷竊，接著又殺人。這一切都確鑿無疑。

當陪審員準備到房間裡去商量的時候，庭長又問被告還有什麼話要說。

「有的，」克洛德說，「我想請問，我是個偷竊犯和殺人犯。我偷過東西，殺了人。可是，我為什麼偷竊？為什麼殺人？請你們想想這兩個問題吧！陪審員先生們。」

經過十五分鐘的討論，十二名陪審員宣佈了討論結果：克洛德·格被判處死刑。

克洛德聽完判決書的宣讀後，只是說道：

「判得好。但是，這個人為什麼偷竊？為什麼殺人？這兩個問題尚未得到回答。」

他回到監獄，愉快地吃著飯，說：「活了三十六歲啊！」

他不願意向最高法院上訴。一個看護過他的老修女流著淚來懇求他，他才上訴了，那是為了不讓她傷心。看來，他也是堅持到了最後一刻，因為他在上訴書上簽名的時間，只比三天的法定期限超過了幾分鐘。可憐的修女感激不已，送給他五個法郎。他謝過修女，把錢收下了。

在他等待上訴的時間裡，特魯瓦的囚犯試圖幫助他，勸他越獄。他拒絕了。

犯人們先後把一個釘子、一截鐵絲、一個水桶柄從通風窗扔進他的囚房。對於一個像克洛德這樣聰明的人來說，這三件東西，無論是哪一件，都足以幫助他把他身上的鐵鐐銼斷。他卻把它們全都上繳給了獄卒。

一八三二年六月八日，殺人之後已過了七個月又四天，贖罪的時刻到了。這一天早上七點，法院的書記官走進克洛德的牢房，向他宣佈，他只剩下一個小時可以活了，上訴已被駁回。

「好吧，」克洛德無所謂地說，「我昨晚睡得很好。無疑，今晚將睡得更好。」

看來，凡是堅強的人在臨死前說的話都會帶有某種崇高的意味。

神父來了，劊子手也到了。克洛德謙恭地對待神父，和善地接待劊子手。他既不依戀自己的靈魂，也不吝惜自己的肉體。

他的精神始終豁達開朗。當別人正剪去他的頭髮時，有人在牢房角落裡談論當時威脅著特魯瓦的霍亂。

「這下我不必害怕霍亂了。」克洛德打趣地說。

此外，他專心地聽著神父講話，十分自責，為沒有受過宗教的教誨而深感遺憾。

根據他的要求，人們把他用來自殺的那把剪刀還給了他。剪刀缺了一邊刀刃，它已斷在他的胸膛裡。他請獄卒代他把剪刀送給阿爾班。他還希望在他贈的這份遺物上加上他當天應得的那份麵包。他請求捆綁他雙手的人把修女送給他的那五個法郎的錢幣放在他的右手裡，那是他唯一留下的東西了。

七點四十五分，他走出監獄，伴隨他的是平時那個淒涼的囚犯隊列。他一步步地走著，臉色蒼白，目光呆滯地盯著神父手中的十字架，但步伐很堅定。

人們之所以選定這一天作為行刑的日子，是因為這天恰逢集市，可以盡可能讓更多人看到將罪人押赴刑場的情景。

克洛德莊嚴地登上斷頭台，眼睛始終盯著帶有耶穌受難像的十字架。他希望吻吻神父，吻吻劊子手，感謝前者，寬恕後者。劊子手輕輕地把他推開了。當行刑助手把他綁到可怕的斷頭台上時，他向神父打個招呼，要神父把他右手裡的五個法郎拿去，並對他說：

「請給窮人。」

這時，八點的鐘聲響了，鐘聲淹沒了克洛德的聲音，聽他懺悔的神父沒有聽見。他在兩下鐘聲之間裡又溫和地說了一遍：

「請給窮人。」

鐘聲還沒響到第八下，這顆高貴而聰明的頭就已經落地了。

當眾處決的影響真是立竿見影！就在當天，斷頭台仍聳立於鬧市人群之中，血跡還未洗去，集市上就有人因稅率問題而造反了。市稅徵收處的一個職員也差點被打死，政府制定的法律為它造就了多麼馴服的人民！

筆者認為有必要把克洛德·格的故事詳細公諸於世，因為這個故事的每一段，都足以在解決十九世紀人民的重大問題上作出一些啟發。

在克洛德坎坷的一生中，有兩個主要的階段：墮落之前與墮落之後。兩個階段顯示了兩個問題：教育與刑罰，而把這兩個問題聯繫在一起的，是整個社會。

無庸置疑，這個人生性良好，身心健全，天賦異稟。那麼，他缺少的是什麼呢？這正是關鍵所在，只要這個問題能得到解決，世界就會太平。

看看克洛德·格吧！一個天生的聰明腦袋，一顆天生善良的心，卻被命運丟到一個糟透了的社會裡，終於使他走上了偷竊的道路。社會把他投入一個壞透了的監獄，使他最後墮入殺人的陷阱。

誰是真正的殺人犯？

是克洛德嗎？

是我們嗎？

這些問題既嚴肅又尖銳。現在，它們已引起了一切頭腦清醒的人的注意，它們已抓住了我們每一個人的衣角，並且，它們遲早會把我們的道路堵死，迫使我們正視它們，並讓我們瞭解它們的要求。

當一個人面對這樣的事實，想到這些問題的步步進逼，他一定會問：身為統治者，他們不去思考這樣的問題，到底在思考什麼？

議會年年忙亂不堪，那些毫無結果的爭論把這個國家裡所有的頭腦都弄得疲憊不堪，把所有的事情都攪成一團。這時候，倘若有人突然從議會席上或公共講台上站起來並發表鄭重的議論，議會將會有何反應呢？

「別說了，閉上嘴吧！你們自以為涉及了問題的要害，但卻大錯特錯了。」

「真正的問題是，大約一年前，法庭在帕米埃用刀子把一個男人大卸八塊，又在剛才在第戎割下了一個婦人的頭，還在巴黎的聖雅各門秘密處決了一批人！」

「這就是問題的癥結之所在。諸位還是先關心一下這樣的問題吧！」

人民正處在飢寒交迫中，貧困迫使男人犯罪，迫使女人墮落。可憐可憐人民吧！苦役犯被監獄奪走了兒子，又被妓院吞噬了閨女。你們的苦役犯太多了，你們的妓女太多了！

這兩個膿瘡說明了什麼？說明社會這個軀體患了敗血病，你們應該聚集到病人的床邊診治這種疾病。你們制定法律的時候，應該想到，這只不過是治標之法，權宜之計。烙刑只是一種使傷口潰爛生疽的燒灼，監獄只是一種荒謬的發瘡藥，死刑則是一種殘酷的切除術！

為我們拆毀犯罪和刑罰組成的這架陳腐不堪、搖搖欲墜的梯子，重新建造吧！你們應該重立刑罰，重訂法典，重建監獄，重訓法官，把法律納入合乎風俗習慣的軌道。

先生們，法國每年處決的人太多了。既然你們正在講節約，那麼先在這方面節約點吧。既然你們正熱中於「取消」，那麼先把劊子手取消吧！用你們雇用八十個劊子手的薪水，支付六百名小學教師的工資。為孩子們多辦幾所學校，為男人們多開設幾座工廠！

到苦役犯監獄去吧，把他們叫到你們身邊，一一查看這些被法律懲罰的人吧！這些可憐的人之所以不倫不類、奇形怪狀，無疑，首先應當歸罪於先天，其次就是教育。把你們的注意力轉到這方面來吧！為人民提供良好的教育，盡你們最大的努力啟迪這些不幸之人的頭腦，使他們內蘊的聰明才智得以發展。

人民的腦袋！這就是問題之所在。人民的腦袋裡充滿著有用的嫩芽，請你們用最光輝、最溫柔的道德使它成長起來，並結出豐碩的果實；你們培植、開發、澆灌、繁殖、啟發、教誨、使用它吧！不要把它砍掉。

國家圖書館出版品預行編目資料

悲慘世界 : 雨果經典小說集 / 維克多・雨果 原著 ; 鄧哲生 編譯. -- 初版. -- 新北市 : 華文網, 2014.5

面 ;　公分

譯自 : Les misérables

ISBN 978-986-271-490-4 (平裝附光碟片)

876.57　　103004928

悲慘世界

雨果經典小說集

LES MISÉRABLES

ROMANS DE VICTOR HUGO

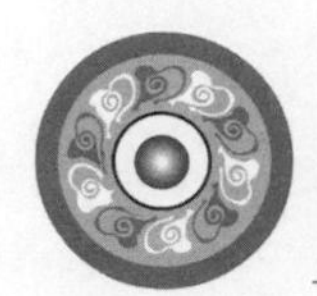

典藏閣

悲慘世界：雨果經典小說集

出版者 ◤典藏閣
作者 ◤維克多．雨果
編譯 ◤鄭哲生
品質總監 ◤王寶玲
文字編輯 ◤Helen
總編輯 ◤歐綾纖
美術設計 ◤May

台灣出版中心 ◤新北市中和區中山路2段366巷10號10樓
電話 ◤(02) 2248-7896
傳真 ◤(02) 2248-7758
ISBN ◤978-986-271-490-4
出版日期 ◤2023年最新版

全球華文市場總代理／采舍國際有限公司
地址 ◤新北市中和區中山路2段366巷10號3樓
電話 ◤(02) 8245-8786
傳真 ◤(02) 8245-8718

全系列書系特約展示
新絲路網路書店
地址 ◤新北市中和區中山路2段366巷10號10樓
電話 ◤(02) 8245-9896
網址 ◤www.silkbook.com

線上pbook&ebook總代理／全球華文聯合出版平台
主題討論區 ◤www.silkbook.com/bookclub
電子書平台 ◤www.book4u.com.tw
紙本書平台 ◤www.silkbook.com
● 新絲路讀書會
● 華文網雲端書城
● 新絲路網路書店

本書係透過華文聯合出版平台自資出版印行。
採減碳印製流程並使用優質中性紙 (Acid & Alkali Free) 與環保油墨印刷。